외국어 번역 고소설 선집 3

애정소설 1

― 구운몽[일역본] ―

역주자

김채현 명지대학교 방목기초교육대학 객원조교수
박상현 경희사이버대학교 일본학과 교수
정출헌 부산대학교 한문학과 교수
이상현 부산대학교 인문학연구소 HK교수

이 책은 2011년도 정부(교육과학기술부)의 재원으로 한국학중앙연구원
(한국학진흥사업단)의 지원을 받아 수행된 연구임(AKS-2011-EBZ-2101)

외국어 번역 고소설 선집 3

애정소설 1
- 구운몽[일역본] -

초 판 인 쇄 2017년 11월 20일
초 판 발 행 2017년 11월 30일

역 주 자 김채현·박상현·정출헌·이상현
감 수 자 권순긍·강영미
발 행 인 윤석현
발 행 처 도서출판 박문사
책 임 편 집 최인노
등 록 번 호 제2009-11호

우 편 주 소 서울시 도봉구 우이천로 353 성주빌딩 3층
대 표 전 화 02) 992 / 3253
전   송 02) 991 / 1285
홈 페 이 지 http://www.jncbms.co.kr
전 자 우 편 bakmunsa@hanmail.net

ⓒ 김채현 외, 2017. Printed in KOREA

ISBN 979-11-87425-65-6 94810   정가 57,000원
     979-11-87425-62-5 94810(set)

외국어 번역 고소설 선집 3

애정소설 1
─ 구운몽[일역본] ─

김채현·박상현·정출헌·이상현 역주

권순긍·강영미 감수

박문사

한국에서 외국인 한국학에 대한 연구는 지금까지 주로 외국인의 '한국견문기' 혹은 그들이 체험했던 당시의 역사현실과 한국인의 사회와 풍속을 묘사한 '민족지(ethnography)'에 초점이 맞춰져 왔다. 하지만 19세기 말 ~ 20세기 초 외국인의 저술들은 이처럼 한국사회의 현실을 체험하고 다룬 저술들로 한정되지 않는다. 외국인들에게 있어서 한국의 언어, 문자, 서적도 매우 중요한 관심사이자 연구영역이었기 때문이다. 그들 역시 유구한 역사를 지닌 한국의 역사·종교·문학 등을 탐구하고자 했다. 우리가 이 책에 담고자 한 '외국인의 한국고전학'이란 이처럼 한국고전을 통해 외국인들이 한국에 관한 광범위한 근대지식을 생산하고자 했던 학술 활동 전반을 지칭한다. 우리는 외국인의 한국고전학 논저 중에서 근대 초기 한국의 고소설을 외국어로 번역한 중요한 자료들을 집성했으며 더불어 이를 한국어로 '재번역' 했다. 우리가 『외국어 번역 고소설 선집』 1~10권을 편찬한 이유이자 이 자료집을 통해 독자들이자 학계에 제공하고자 하는 바는 크게 네 가지로 요약된다.

첫째, 무엇보다 외국인의 한국고전학 논저 중에서 가장 큰 비중을 차지하는 사례가 바로 '외국어 번역 고소설'이기 때문이다. 한국의 고소설은 '시·소설·희곡 중심의 언어예술', '작가의 창작적 산물'이라는 근대적 문학개념에 부합하는 장르적 속성으로 인하여 외국인들에게 일찍부터 주목받았다. 특히, 국문고소설은 당시 한문 독자층을 제외한 한국 민족 전체를 포괄할 수 있는 '국민문학'으로 재조명되며,

그들에게는 지속적인 번역의 대상이었다. 즉, 외국어 번역 고소설은 하나의 단일한 국적과 언어로 환원할 수 없는 외국인들 나아가 한국인의 한국고전학을 묶을 수 있는 매우 유효한 구심점이다. 또한 외국어 번역 고소설은 번역이라는 문화현상을 실증적으로 고찰해볼 수 있는 가장 구체적인 자료이기도 하다. 두 문화 간의 소통과 교류를 매개했던 번역이란 문화현상을 텍스트 속 어휘 대 어휘라는 가장 최소의 단위로 살필 수 있기 때문이다.

둘째, 이 선집을 순차적으로 읽어나갈 때 발견할 수 있는 '외국어번역 고소설의 통시적 변천양상'이다. 고소설을 번역하는 행위에는 고소설 작품 및 정본의 선정, 한국문학에 대한 인식 층위, 한국관, 번역관 등이 의당 전제될 수밖에 없다. 따라서 외국어 번역 고소설 작품의 계보를 펼쳐보면 이러한 다양한 관점을 포괄할 수 있는 입체적인 연구가 가능해진다. 시대별 혹은 서로 다른 번역주체에 따라 고소설의 다양한 형상을 발견할 수 있다. 예컨대 민속연구의 일환으로 고찰해야 할 설화, 혹은 아동을 위한 동화, 문학작품, 한국의 대표적인 문학정전, 한국의 고전 등 다양한 층위의 고소설 인식을 살펴볼 수 있다. 이러한 인식에 맞춰 그 번역서들 역시 동양(한국)의 이문화와 한국인의 세계관을 소개하거나 국가의 정책에 도움을 주고자 하는 한국에 관한 지식을 제공하기 위해서 출판되는 양상을 살필 수 있다.

셋째, 해당 외국어 번역 고소설 작품에 새겨진 이와 같은 '원본 고소설의 표상' 그 자체이다. 외국어 번역 고소설의 변모양상과 그 역사는 비단 고소설의 외국어 번역사례로 국한되는 것이 아니다. 당대 한국의 다언어적 상황, 당시 한국의 국문·한문·국한문 혼용이 혼재되었던 글쓰기(書記體系, écriture), 한국문학론, 문학사론의 등장과 관련해서도 흥미로운 연구지점을 제공해주기 때문이다. 예를 들어 본다면, 고소설이 오늘날과 같은 '한국의 고전'이 아니라 동시대적으로 향유되는 이야기이자 대중적인 작품으로 인식되던 과거의 모습 즉, 근대 국민국가 단위의 민족문화를 구성하는 고전으로 인식되기 이전, 고소설의 존재양상을 발견할 수 있다. 이 원본 고소설의 표상은 한국 근대 지식인의 한국학 논저만으로 발견할 수 없는 것으로, 그 계보를 총체적으로 살필 경우 근대 한국 고전이 창생하는 논리와 그 역사적 기반을 규명할 수 있다.

넷째, 외국어 번역 고소설 작품군을 통해 '고소설의 정전화 과정'을 살펴보는 것이다. 20세기 근대 한국어문질서의 변동에 따라 국문 고소설의 언어적 위상 역시 변모되었다. 그리고 그 흔적은 해당 외국어 번역 고소설 작품 속에 오롯이 남겨져 있다. 고소설이 외국문학으로 번역의 대상이 된다는 사실은, 이본 중 정본의 선정 그리고 어휘와 문장구조에 대한 분석이 전제됨을 의미하기 때문이다. 사실 고소설 번역실천은 고소설의 언어를 문법서, 사전이 표상해주는 규범화된 국문 개념 안에서 본래의 언어와 다른 층위의 언어로 재편하는 행위이다. 하나의 고소설 텍스트를 완역한 결과물이 생성되었다는 것은, 고소설 텍스트의 언어를 해독 가능한 '외국어=한국어'로 재편하는 것에 다름 아니다.

즉, 우리가 편찬한 『외국어 번역 고소설 선집』에는 외국인 번역자만의 문제가 아니라, 번역저본을 산출하고 위상이 변모된 한국사회, 한국인의 행위와도 긴밀히 관계되어 있다. 근대 매체의 출현과 함께 국문 글쓰기의 위상변화, 즉, 필사본·방각본에서 활자본이란 고소설 존재양상의 변모는 동일한 작품을 재번역하도록 하였다. '외국어 번역 고소설'의 역사를 되짚는 작업은 근대 문학개념의 등장과 함께, 국문고소설의 언어가 문어로서 지위를 확보하고 문학어로 규정되는 역사, 그리고 근대 이전의 문학이 '고전'으로 소환되는 역사를 살피는 것이다. 우리의 희망은 외국인의 한국고전학이란 거시적 문맥 안에서 '외국어 번역 고소설' 속에서 펼쳐진 번역이라는 문화현상을 검토할 수 있는 토대자료집을 학계와 독자에게 제공하는 것이다.

　물론 우리가 편찬한 『외국어 번역 고소설 선집』이 이러한 목표에 얼마나 부합되는 것인지를 단언하기는 어렵다. 이에 대한 평가는 우리의 몫이 아니다. 이 자료 선집을 함께 읽을 여러 동학들의 몫이자 함께 해결해나가야 할 과제라고 말할 수 있다. 이들 외국어 번역 고소설을 축자적 번역의 대상이 아니라 문명·문화번역의 대상으로 재조명될 수 있도록 연구하는 연구자의 과제를 들 수 있을 것이다. 더불어 당대 한국의 이중어사전, 해당 언어권 단일어 사전을 통해 번역용례를 축적하며, '외국문학으로서의 고소설 번역사'와 고소설 번역의 지평과 가능성을 모색하는 번역가의 과제를 이야기할 수도 있을 것이다.

머리말/5

제1장 한국주재 언론인, 호소이 하지메의   11
       〈구운몽〉 개관역(1911)

제2장 조선연구회의   39
       〈구운몽 일역본〉(1914)

제3장 자유토구사의   491
       〈구운몽 일역본〉(1921)

한국주재 언론인, 호소이 하지메의 〈구운몽〉 개관역(1911)

細井肇, 「九雲夢」, 『朝鮮文化史論』, 朝鮮研究會, 1911.

호소이 하지메(細井肇)

▌해제 ▌

호소이 하지메의 <구운몽 일역본>은 『조선문화사론』(1911)에 수록된 것으로 줄거리 요약본이라고 말할 수 있다. 후일 호소이는 자유토구사의 <구운몽 영역본>의 발문에서 당시 『구운몽』을 읽고 줄거리만을 수록했다고 술회했는데, 그때 그는 이 번역본이 심히 쓸모없는 것이었다고 혹평을 했다. 사실 당시 한국고소설을 한국 주재 일본인들에게 안내해주는 좋은 길잡이는 다카하시 도루가 출판한 『조선의 이야기집과 속담』(1910)이었다. 그렇지만 호소이가 한국고소설을 설화가 아니라 이야기 책으로 분명히 인식했다는 점에서 변별점이 보인다. 이러한 입장의 차이로 다카하시가 국문고소설을 번역대상으로 선정했고, 호소이는 한문고소설을 포괄할 수 있었던 것이다. 그렇지만 호소이는 과거 사회주의활동을 했던 자신의 이력이 문제가 되

어 경성에서도 사회주의자로 각인이 됐다. 『조선문화사론』을
출판하던 해 그가 다시 일본으로 돌아가야 했던 이유다. 결국 『구
운몽』을 비롯한 한문고소설을 번역한 인물은 호소이를 대신하여
조선연구회를 이끌게 될 아오야기 쓰나타로(靑柳綱太郎)였다.

┃ 참고문헌 ─────

서신혜, 「일제시대 일본인의 고서간행과 호소이 하지메의 활동 - 고소
　　　설 분야를 중심으로」, 『온지논총』 16, 온지학회, 2007.
윤소영, 「호소이 하지메의 조선인식과 제국의 꿈」, 『한국 근현대사 연
　　　구』 45, 한국근현대사학회, 2008.
박상현, 「제국일본과 번역 - 호소이 하지메의 조선 고소설 번역을 중심
　　　으로」, 『일어일문학연구』 제71집 2권, 한국일어일문학회,
　　　2009.
최혜주, 「한말 일제하 재조일본인의 조선고서 간행사업」, 『대동문화연
　　　구』 66, 성균관대 대동문화연구소, 2009.
다카사키 소지, 최혜주 역, 『일본 망언의 계보』(개정판), 한울아카데미,
　　　2010.
박상현, 「호소이 하지메의 일본어 번역본 『장화홍련전』 연구」, 『일본
　　　문화연구』 37, 동아시아일본학회, 2011.

　一

　　天下に名山五あり、泰山(東)華山(西)衡山(南)恒山(北)嵩山(中)即ち
これ也、而して衡山は中土を距る事最も遠く、洞庭の湖其北を經、湘
江の水其三面をめぐる、昔仙女衛夫人修錬得道、上帝の職を受けて仙
童玉女を率ゐ来ってこの山を鎭む、

1

천하에 명산이 다섯 있으니 태산(泰山, 동), 화산(華山, 서), 형산(衡山, 남), 항산(恒山, 북), 숭산(嵩山, 중)이 바로 이것이다. 그 중에서 형산이 중국 땅에서 가장 멀고, 동정(洞庭)의 호수가 그 북쪽을 지나며 상강의 물이 그 삼면을 둘러싸고 있다. 옛날 선녀 위부인(衛夫人)이 수련하여 도를 닦아, 상제의 분부를 받들어 선동(仙童)과 옥녀(玉女)를 거느리고 와서 이 산을 진압하였다.

 されば古より靈異の蹟尠からず降って、唐の時高僧天竺より来り衡岳の秀色を愛し其蓮花峯上に草庵を結び、衆生を濟度す、富人其財を薦め、貧者其力を出してここに宏大なる法宇を開く、山勢の傑道場の雄南方の最たり、其和尚手に金剛經一卷を持し或は六如和尚と稱し或は小觀大師と稱す、弟子五六百人、その中戒を修め行ひ神通を得しもの三十人、中に性真なるものあり、皓たる美少年にして三莊經文通解せざるなく聰明智慧諸髠に卓出す、大師鍾愛太しく追ては衣鉢を傳へんとす、

 그런데 예로부터 영험한 흔적이 적지 않아 당나라 때 천축(天竺)에서 온 고승(高僧)이 형산의 빼어난 경관을 사랑하여 그 연화봉(蓮花峯) 위에 초가집을 짓고 중생을 구제하였다. 부자는 그 재물을 공물로 바치고 빈자는 그 힘을 내어 이곳에 웅대한 사원을 열었는데, 산세가 뛰어나고 도장(道場)이 웅대한 것이 남방에서 최고였다.[1] 그 화

---

1 원문에는 두보의 시가 수록되어 있다.

13

상(和尙)은 다만 손에 금강경 한 권을 지니고 있었는데, 혹은 육여화
상(六如和尙)이라고 불리거나 혹은 소관대사(小觀大師)라고 불렸다.
제자가 오륙백 명으로 그 중에서 계행을 닦아 신통을 얻은 자가 30
인이었다. 그 중에 성진(性眞)이 있었는데 빛이 나는 미소년으로 삼
장경을 이해하지 못하는 것이 없을 정도로 총명하고 지혜로움이 여
러 스님들 가운데서 탁월하였다. 이에 대사가 애지중지하여 의발(衣
鉢)²을 전하고자 하였다.

一日大師の命を帶びて水府に至り竜王に見へての帰途、圖らずも鶏
谷の独木橋上に衛夫人の八仙女に遇ふ、帰来僧房に入って褌を破ぐ
に、八仙女の艶態妍姿猶眼前にあり嫩語嬌声耳邊を去らず、煩惱の犬
しきりに法心を嚙破ってそぞろ一盂飯一瓶水、数三巻の經文と百八願
の念珠とに浮世を外の出家の身空悲しく、色音の仇なる思に胸を焦す
折柄一童子窻外に立って大師の召し玉ふと呼ぶ、性眞扨てはと胸にこ
たへて愕き惑ひつつ悄々として方丈に至ればそこには大師の両側に衆
弟子嚴めしく正座し燭影煌々たり、大師大喝して曰く汝性愼、汝の罪
を知る乎と、

하루는 대사의 명을 받고³ 용왕의 궁전에 이르러 용왕을 만나고
는 돌아가는 길⁴에 생각지도 못하게 계곡의 독목교(獨木橋) 위에서

---

2 가사와 바리때를 아울러 이르는 말.
3 원문에는 대사가 제자들을 불러 동정 용왕을 방문할 이를 찾고자 하는 질문을
던지고 이에 성진이 가기를 청하는 대화가 있는데, 번역문에는 이 부분이 생략
됐다.
4 성진이 용왕이 주는 술을 거절하지 못하고 마시는 내용이 번역문에는 생략됐다.

위부인의 팔선녀[5]를 만났다.[6] 돌아와서 승방에 들어가 이불을 찢으니 팔선녀의 매우 곱고 예쁜 자태가 마치 눈앞에 있는 듯, 아리따운 말과 아양을 떠는 소리가 귓가에 쟁쟁하였다. 번뇌의 개에게 법심을 물어뜯기고 마음이 들떠 한 바리의 밥과 한 병의 물 여러 권의 경문과 백팔 개의 염주뿐인 덧없는 세상을 슬퍼했다. 목소리[7]가 원수 같은 생각에 애를 태우고 있을 때, 한 동자가 창밖에 서서 대사(大師)가 부른다고 하였다. 성진은 결국 마음에 찔려서 놀라며 어찌해야 할 바를 몰랐다. 풀이 죽어 방장(方丈)에 이르니 그곳에는 대사의 양측에 제자의 무리가 위압적인 느낌이 들게 정좌하고 있었으며 촛불의 그림자가 빛났다. 대사는 크게 꾸짖으며 말하기를,

"성진은 네 죄를 아느냐?"

고 하였다.

遂に地獄道に墮されたり、幸ひにして閻魔王の寬怒により畜生道に墮するの憂目を免れ、再び人間界に放送せらるる事となりぬ。

爰に大唐国、淮南道秀州縣なる揚処士夫人五十にして胎候あり、臨産已に久しくして未だ分身せず、閻魔王の宣托にて性真は揚処士夫人の胎内に送られ、夫人は軈て産氣附きぬ。性真愕いて大呼すれど声は喉間にあり語をなす能はず、只小児啼哭の声也。処士夫妻喜ぶ事限りなし、その児を見れば骨格清秀なり、頂を撫して言って曰くこの児必

---

5 팔선녀가 육관대사를 만나 위부인의 말씀을 전하고 각종 과일과 보석을 바치고 돌아가는 길에 남악 형산에서 시간을 보내게 된 내용이 번역문에는 생략됐다.
6 성진과 팔선녀가 돌다리 위에서 서로 희롱하는 내용이 번역문에는 생략됐다.
7 목소리: 일본어 원문은 '色音'이다. 색과 소리, 음색, 소리색 등과 같은 뜻을 나타낸다(松井簡治·上田万年編,『大日本国語辞典』01, 金港堂書籍, 1915).

らず天人の滴降也と、

마침내 지옥 길에 떨어졌다.[8] 다행이 염라왕이 너그럽게 용서하여 축생 길에 떨어지는 것은 면하고, 다시 인간 세계에 보내지게 되었다.

이때에 대당국(大唐國) 회남도(淮南道) 수주현(秀州縣)의 양처사(揚處士) 부인이 50이 되어 태후(胎候)가 있었다. 임신한 지는 이미 오래 전이나 아직 분만하지 못하였는데, 염라왕의 선탁(宣托)으로 성진은 양처사 부인의 태내에 보내졌다. 부인은 이윽고 산기가 있었다. 성진은 놀라서 큰 소리를 질렀지만 소리는 목 안에서만 나며 말을 할 수가 없었다.[9] 그저 어린아이가 크게 우는 소리였다. 처사의 부인은 한없이 기뻤다. 그 아이를 보면 골격과 용모가 빼어나 머리를 어루만지며 말하기를,

"이 아이는 필시 하늘에서 내려온 것이다."

少遊と名づけ掌中の玉の如く愛育するに早や十歳となりぬ。容ち温玉の如く、眼は晨星の如く、気質擢秀、智慮深遠、魁然として大人君子の如し、処士柳氏に謂って曰く、我れ本と世俗の人に非ずして下界にあり、烟火の中に留まる、蓬莱仙侶書を寄せて招邀するもの已に久し、君を念ふて孤子決去する能はず、今皇天點佑、聰頴衆に超えたる一子を授けらる、これ吾家千里の駒也、向来必らず富貴を享受するを

---

8 성진뿐 아니라 팔선녀가 함께 염라왕 앞에 나아가 죄를 묻는 장면이 번역문에는 생략됐다.
9 성진이 양처사의 집에 들어 가기를 머뭇거리는 장면이 번역문에는 생략됐다.

得べしと、

　소유(少遊)라고 이름 지어 매우 소중하게 사랑으로 키우니 어느덧 10살이 되었다. 용모는 고운 옥과 같고 눈은 신성(晨星)[10]과 같으며 기질이 남달리 빼어나고 지혜와 생각이 깊어 당당하고 훌륭한 모습이 대인군자와 같았다. 처사가 부인 유씨에게 말하기를,

　"나는 본래 세속의 사람이 아니다. 하계에 있으며 속세의 인간 속에 머무르고 있는 건데, 봉래산 신선 친구가 글을 보내어 초빙한 것이 이미 오래전 일이다. 그대를 생각하면 결코 홀로 떠나가지 못하였는데, 지금 하늘이 조용히 도우셔서 총명한 아들을 얻었으니 이는 우리 집안이 천리로 뻗을 것이고 장차 부귀를 누릴 것이다."

　一日衆道人来って堂上に集り処士と與に或は白鹿に騎し、或は青鶴に驂れりと見る間に何時しか深山に向って去り、遂に帰らず。

　하루는 도인의 무리들이 내려와 당상(堂上)에 모여 처사와 함께 혹은 흰 사슴을 타거나 혹은 푸른 학을 타고 순식간에 깊은 산을 향하여 사라지더니 돌아오지 않았다.

二

　処士升仙の後母子相依りて詫しく暮しけるが少遊の才名四隣に高く、太守朝に薦むれども母老ひたるを辞として肯んぜず、十四五歳に

---

10 새벽녘의 하늘에 남는 별.

17

至りて秀善の色潘岳に似、発越の気青蓮に似たり、文章、詩才、筆法
は素より、舞槍用劍の術に至る迄、往くところとして可ならざるな
し、

2

처사가 승선(升仙)한 후 모자는 서로 의지하며 생활하였다. 소유
가 재능이 있다는 평판이 사방에 높아 태수(太守)가 조정에 천거하였
지만, 어머니가 연로하시다는 이유로 승낙하지 않았다. 십 사오 세
에 이르러 빼어나고 뛰어나게 아름다운 용모는 반악(潘岳)을 닮았고,
준수한 기상은 이태백을 닮은 듯하였다. 문장, 시재, 필법은 말할 것
도 없이 창 쓰는 법과 칼 쓰는 기술에 이르기까지 무엇을 해도 모두
충분한 성과를 올릴 수 있었다.

一日母に告げて曰く、父親昇天の日門戸の貴きを以て少子に付した
り、今家計貧窶、甘んじて守家の狗、曳尾の亀たるに忍びんや、世上
の功名を求めざれば則ち家声以て継ぐなしと、

하루는 어머니에게 고하여 말하기를,
"아버지가 승천하신 날 가문[11]을 소자에게 부탁하셨는데, 지금 가
계가 기울어졌으니 만일 가업을 지키는 개가 되고 꼬리 끄는 거북이
되어 세상의 공명을 구하지 않으면 가문의 이름[12]을 빛내지 못할 것

---

11 가문: 일본어 원문에는 '門戸'로 표기되어 있다. 집의 입구 혹은 가문을 뜻한다
(松井簡治・上田万年編, 『大日本国語辞典』04, 金港堂書籍, 1919).
12 가문의 이름: 일본어 원문은 '家声'이다. 집안의 명성 혹은 집안의 자랑이라는
뜻이다(松井簡治・上田万年編, 『大日本国語辞典』01, 金港堂書籍, 1915).

입니다."

漸やく母の同意を得て郷関を出で行く事累日、華州華陰縣に至る、
長安を距ること遠からず、山川風物一倍明麗なり、尙行く事数十里或
は名山を訪ね或は古跡を尋ね、客路の鬱寥を慰むるに忽ちにして一區
の幽庄あり、近く芳林嫩柳を隔て交影緣烟織るが如く、中に丹碧照耀
蕭洒たる小樓あり、近寄って之を見れば長條細枝地を拂ふて嫋娜とし
て若かも美女新浴の緣髮風に臨んで自ら梳るが如く、

　　간신히 어머니의 동의를 구하고 고향을 나선 지 며칠 후, 화주(華
　州) 화음현(華陰縣)에 이르렀다. 장안을 밟을 날이 멀지 않았다. 한결
　맑고 고운 산천 풍물을 가기를 수 리, 어떤 때는 명산을 방문하고 어
　떤 때는 고적을 찾아보며 여행객의 울적함을 달랬다. 문득 살펴보니
　한 곳에 조용한 별장이 있었는데, 가까이에 좋은 향기가 있는 숲이
　있고 예쁜 버들을 사이에 두고 그림자가 엉켜 있어 비단을 짠 듯하였
　다. 그 속에 아득하게 붉으락푸르락 밝게 비추는 작은 다락[13]이 있었
　다. 가까이 가서 그것을 보니, 긴 가지 작은 가지가 땅에 얽혀 하늘거
　리는 모양이 마치 미녀가 새로 목욕하고 윤기 나는 검은 머리가 바람
　에 날리어 스스로 빗질하는 것과 같았다.

風情云はん方なし、揚生乃ち詩を賦して曰く。
楊柳青如織　　　長條拂畫樓

---

13 누각을 일컫는다.

願君勤種意　　此樹最風流

　　경치가 뭐라고 말할 수 없어 양생은 곧 시[14]를 지어 말하기를,
　　수양버들 푸른 실 짜 놓은 듯
　　긴 가지 단청 누각 씻어낸다오
　　바라건대 그대여 은근히 심어두소
　　이 나무가 무엇보다 멋이 있나니

と。
라고 적었다.

楊柳可青々　　長條拂綺楹
願君莫攀折　　此樹最多情

　　수양버들 푸름이 괜찮나니
　　긴 가지 비단 기둥 씻어낸다오
　　바라건대 그대여 가지를 꺾지 마소
　　이 나무가 무엇보다 다정하나니

　詩成り浪咏一遍するにその声清亮豪爽宛かも扣金撃石の如し、一陣
の春風その餘響を吹いて樓上に飄散す、
　其中適ま玉人あり、午睡方に濃かなり、声に驚いて繡戸を開き欄に

---

14 양류사를 일컫는다.

よって流眄凝□すれば、楊生も又顧みて端なくも両眸相値ふ、鬟影たる雲髪、亂毛雙鬢玉釵欹斜、眼波朦朧、睡痕猶眉端にあり、鉛紅半ば瞼上に消えんとす、天然の色、嫣然の態、中々筆には盡し難し、両人脉々相看て恋情連り也。適ま、村前客店の使抵って夕炊の備はれるを告ぐ、美人情を凝らして熟視し静かに戸を閉ぢて入る、惟暗香風に泛んで浮動し来る、楊生憾み甚しく、客店の使と輿に山を下り一歩に一顧すれど紗窓已に堅く閉ぢたり。

시가 완성되어 낭랑하게 한 번 읊조리니, 그 소리가 맑고 깨끗하며 호탕하고 시원스러워서 마치 쇠를 두드리고 돌을 치는 것 같았는데, 한 줄기 봄바람이 그 울림을 불어 내니 누각 위에서 흩어졌다.

그 가운데 마침 미인이 있어 낮잠에 취했다가 소리에 깜짝 놀라 수놓은 창을 열고 난간에 의지하여 눈을 흘기며 응시하니, 양생도 또한 뒤돌아보고 서로 두 눈이 마주쳤다. 치렁치렁 풀어 헤쳐진 구름 같은 머리털이 양쪽 귀 밑에 드리웠고, 옥비녀는 아름답게 비스듬히 걸려 있으며, 눈빛은 몽롱하여 졸음 흔적이 아직도 눈 끝에 맺혔으며, 뺨 위의 연지는 반이나 지워져 있어, 천연의 색과 예쁜 몸가짐은 좀처럼 글로는 다 표현할 수가 없었다. 마을 앞 가게에 부리는 사람을 보내어 저녁밥을 준비하게 하였다. 미인이 정다운 눈길로 그윽하게 바라보다가 문을 닫고 들어가니, 오직 그윽한 향기가 바람에 날려 와 떠돌 뿐이었다. 양생은 크게 아쉬워하며 가게에서 부리는 사람과 함께 산을 내려오며, 한 걸음에 한 번씩 뒤돌아보았으나 사창(紗窓)은 이미 굳게 닫혀 있었다.

来って客店に座すれども、悵然として魂消えんばかりなり、原来こ
の女子姓は秦氏、名は彩鳳、卽ち秦御史の女子也。早く慈母を喪ひ且
つ兄弟なく、年笄に及んで未だ人に適かず、

　　　가게에 돌아와 앉으니 못내 섭섭하여 넋이 빠졌다. 원래 이 여자
　　의 성은 진(秦)씨이고, 이름은 채봉(彩鳳)으로 진어사(秦御史)의 딸이
　　었다. 일찍이 어머니를 여의고 또한 형제가 없었다. 나이가 비녀 꽂
　　을 때에 이르렀는데 아직 시집은 가지 않았다.

時に御史京師に上り、彩鳳独り家にあり、夢寐の外忽ち楊生に逢ふ
て恋々の心禁じ難く、遂に一幅の牋を展べて数句の詩を寫し、乳媼を
して楊生の許へ届けしめたり、曰く。

　　　이때 어사는 서울로 올라가고 채봉은 홀로 집에 있었는데, 뜻밖에
　　양생을 만나게 되어 사랑하는 마음을 금하지 못하여, 결국 한 폭의
　　종이를 펼쳐서 몇 구의 시를 베껴서 유모로 하여 양생에게 전하도록
　　하였는데, [그 시에] 이르기를,[15]

楼頭種楊柳　　　擬繫郎馬住
如何折作鞭　　　催向章臺路

　　　누각 앞에 수양버들 심어놓고서

---

15 번역문에는 진채봉이 양소유를 자신의 인연이라 여기고 그를 위해 시를 작성하
　여 보내고자 하는 자신의 마음을 토로하는 내용이 생략되어 있다.

낭군님 말을 매고 머물길 바랐더니

어찌하여 꺾어서 채찍 만들어

서울로 가시는 길 재촉하시나

と、楊生天に昇る心地して、直ちにこれに答へて曰く。

楊柳千萬糸 糸糸結心曲

願作月下繩 好結春消息

라고 [적혀 있었다] 양생은 하늘에 올라갈 듯한 마음으로 곧 이에 대답하여 말하기를[16],

수양버들 천 가닥 만 가닥에

가닥마다 내 마음 맺혀있구려

바라건대 월하노인[17] 밧줄이 되어

꽃다운 봄소식을 잘 맺었으면

と、然れども、未だ行禮に及ばず、私かに夜陰に相見ん事の後ろめたき心地すれば明日中堂に会すべしとの彩鳳の言の葉に、楊生悶々の一夜を客舍にまどろみもやらず、曉を待わびぬ。

라고 하였다. 그렇지만 아직 예식을 치르는 데는 이르지 못한 채 몰래 밤중에 서로 만나는 것은 뒤가 꺼림칙한 마음이 들었지만, 내

---

16 시를 보낸 진채봉에 대해 설명하는 양소유와 유모의 대화가 번역문에는 생략됐다.

17 월하노인(月下老人): 전설상 결혼을 주관하는 신을 말한다. 붉은 밧줄을 가지고 다니면서 부부의 인연이 닿는 사람들의 발목을 꽁꽁 묶어놓으면 어떠한 경우에도 꼭 부부가 된다고 한다.

일 중당(中堂)에서 만나자는 채봉의 말[18]에 양생은 애타는 밤을 객사에서 잠시 졸지도 못하고 새벽을 기다렸다.

然るに拂曉に至り突然潮の押寄せたるが如く、人馬の喧しき物音に驚きて立出づれば、こは何事ぞ、神策将軍自ら皇帝と稱し兵を発して天子にそむき到る処人家を劫掠しつつ、早や此処へも亂入しけるなりき、楊生禍の及ばんことをおそれて身をのがれ、岩間石逕に從って難を避けしが、五箇月を山中に送りて

그러자 새벽녘에 이르러 돌연 조수가 밀려들어 오듯이 사람과 말의 떠들썩한 소리에 놀라서 밖에 나가니, 이게 무슨 일인지 신책장군(神策將軍)이 스스로 황제라고 칭하여 군사를 일으켜 천자에게 등을 돌리고 도착한 인가에 머물러 약탈을 일삼고 있었다. 어느덧 이곳에도 난입하여 왔으니 양생에게도 화가 미칠 것이 두려워 몸을 숨기고는 바위틈 돌길을 따라 난을 피하여 5개월을 산중에서 보내고 있었다.[19]

漸やく兵の平らぎけるにぞ、山を出でで彩鳳の家を訪へば曩日の朱樓粉墻兵燹にかかりて只破瓦堆積の遺墟となり果てける、楊生餘りの事に涙も出でず、其場に僵れんばかり気を失ひぬ。
何時迄も斯くてあるべくもあらず、人生の離合定め難きをかこちつ

---

18 만남 시간을 정하기 위해 양소유와 진채봉의 말을 전하는 유모의 대화가 번역문에는 생략됐다.
19 산 속으로 피한 양소유가 도인을 만나 거문고를 배우는 내용이 번역문에는 생략됐다.

つ涙を收めて京師へと志しぬ。

　　겨우 전쟁이 평정되었을 때 산을 나서 채봉의 집을 찾아가니, 전
쟁으로 화려한 누각과 하얀 담장은 재해를 입었고, 다만 깨어진 기
와만이 쌓여 있을 뿐이었다. 양생은 생각지도 못한 일로 눈물도 나
오지 않고 그 자리에서 쓰러질 듯 정신을 잃었다. 언제까지나 이와
같을 수는 없는 법, 인생의 헤어짐과 만남을 정할 수는 없는 것이라
며 눈물을 삼키며 서울로 향하였다.

二

　　旅路を重ねて天津に至れば、逎がは大都、朱甍碧瓦の壯、金鞍駿馬
の美、巷は人の林をなせり、中に一旗亭あり、いづれも科擧に赴かん
とする年少書生十餘人、美人を擁して盛宴を張り、羅綺紛繽、香十里
に聞ゆ、

2

　　여행을 계속하며 텐진(天津)[20]에 이르자 이곳은 과연 대도시였다.
붉은 용마루와 푸른 기와가 장엄하고, 금으로 장식한 안장을 얹은
말들이 아름다우니, 마을은 사람으로 숲을 이루었다. 그 중에 한 요
리집이 있었는데, 모두 과거를 보러 가려는 나이 어린 서생 10여 명
이 미인과 더불어 성대한 연회를 열고 있었다. 아름다운 비단자락[21]

---

20 원문에 따르면 낙양성을 가리킨다.
21 비단자락: 일본어 원문은 '羅紗'다. 란어(蘭語)로 서양의 모포, 양모로 촘촘하게
　　짠 것이라는 뜻이다(棚橋一郎·林甕臣編, 『日本新辞林』, 三省堂, 1897).

이 어지러이 날리어 그 향내가 10리에 퍼졌다.

楊生端なくもここに登り、年少書生の席末に座しけるに、座に桂蟾月と呼ぶ絶世の美妓あり、詩文に堪能にして濫りに人に許さず、適ま楊生の秀麗なる風丰を見て心しきりに動く折柄年少書生等の請に餘義なくせられて、楊生筆を執つて。

　　　양생이 우연히 이곳으로 올라와 나이어린 서생이 앉아 있는 곳의 끝자리에 앉으니, 자리에 계섬월(桂蟾月)이라고 불리는 절세미인이 있었다. 시문에 뛰어나고 함부로 사람에게 허락하지 않았으나, 아름다운 양생의 수려한 풍채를 보고 마음이 움직이려고 하였다. 나이어린 서생 등이 청하여 하는 수 없이 양생은 붓을 들었다.[22]

楚客西遊路入秦　　酒樓来醉洛陽春
月中丹桂誰先折　　今代文章自有人

　　　초객[23]은 서로 놀아 진나라에 들어와서
　　　주루에 찾아와서 낙양 봄에 취하노라
　　　달 속의 붉은 계수[24] 누가 먼저 꺾으리오
　　　이 시대의 문장으론 바로 이 사람이라

---

22 양소유와 그 곳에 있던 선비들(두생)과의 대화가 번역문에는 생략됐다.
23 초객(楚客) : 중국 초나라 굴원처럼 뛰어난 시인을 가리키는 말이다.
24 붉은 계수 : 과거시험에 급제하는 것을 이르는 말이다.

○

天津橋上柳花飛　　珠箔重々映夕暉
側耳要聽歌一曲　　錦筵休復舞羅衣

천진교[25] 다리 위엔 버들꽃이 날리고
겹겹의 주렴에는 석양빛이 비친다
귀 기울여 한 곡조 들어보려 하는데
꽃자리에 다시는 고운 춤 아니 추네

○

花枝羞殺玉人粧　　未吐纖歌口已香
待得欃塵飛盡後　　洞房航燭賀新郞

꽃가지도 단장한 미인에겐 부끄러워
노래도 하기 전에 입이 벌써 향기롭네
아름다운 노래를 다 마치고 난 다음에
화촉 밝힌 신방에서 낭군님께 하례하네

　の三章を題するに及び、詩才高邁、筆力勇健、一座大いに驚歎す、
蟾月、一座の考官として券を納め、楊生の詩才を激賞し望を囑するこ
と限りなく、ひそかに誘ふて自邸に伴ひ、紅燈の下、情語喃々、才子
佳人の夢濃やかに、一夜の契り百年の變らぬ誓をぞ結びける。

---

25 천진교(天津橋) : 옛 중국 낙양에 있었던 다리다.

의 삼장(三章)에 제목을 붙이니, 시재(詩才)는 고매하고 필력은 강건하여 자리에 있는 많은 사람들이 경탄하였다. 섬월은 이 자리의 감독으로 양생의 시재를 극찬하고 끊임없이 바람을 부탁하여 은밀하게 유혹하여 자신의 집에서 만나서 홍등 아래에서 정답게 이야기를 주고받으니, 재인(才子)²⁶과 가인(佳人)²⁷의 꿈을 두텁게 하룻밤의 맹세 백년 동안 변하지 않을 것을 약속하였다.²⁸

才子由来多情なり、楊生蟾月と訣れて洛陽より長安に抵り、滯留すべき旅舍を定めけるが科日尚遠ければ、紫清を問ふて彼処此処の景勝を賞で、吟懷を肥やしぬ茲に春明門外の鄭司徒と云へるに一女あり、美貌竝ぶものなく、加ふるに才華火旬爛、稀代の才媛と聞知りて、一たび相見んとの仇し心休む時なく、千々に心を碎きたる末、小姐の音楽を好むを瞷知し、服を變じて少女となり、伶人と僞りて、遂に鄭司徒の家に招かれぬ。

재인은 이후 다정하였다. 양생은 섬월과 헤어져 낙양에서 장안에 이르렀다. 거기서 숙박을 정하였다. 과거 날은 아직 많이 남아 있었다. 자청(紫淸)을 물어 여기저기 경치를 감탄하였는데, 춘명문(春明門) 밖에 정사도(鄭司徒)라 불리는 사람에게 딸이 하나 있었다. 미모는 견줄 자가 없었고 더불어 재능도 화려하여 세상에 드문 재원이라고 알려졌다. 한 번 보고는 그 마음 쉬지도 않고 갈기갈기 마음이 찢

---

26 재능이나 재주가 있는 젊은 남자.
27 아름다운 여자.
28 양소유와 계섬월이 함께 하게 되는 것을 마땅치 않게 생각하는 선비들의 이야기와, 섬월의 집을 찾은 양소유와 계섬월의 대화 내용이 번역문에는 생략됐다.

어졌다. 소저(小姐)가 곧 딸이 음악을 즐긴다는 것을 알고는 옷을 바꾸어 소녀가 되어 음악 연주자로 위장하여 드디어 정사도의 집에 초대받았다.[29]

侍婢に引かれて內庭に入れば鄭夫人中堂に座し、威儀端嚴、楊生叩頭して堂下に再拜し座を賜ふに及んで琴を弾ず、千金易へ難き妙音に、夫人之を激賞して措かず、楊生心に小姐の出で来らんことを望めども未だに其姿を顯さず、乃ち請ふて曰く、小姐の技、入神の妙ありと聞及び候、賤藝自ら愧づるところ多し、願はくば小姐の下教を賜はらんと、

하인에게 이끌려 안쪽의 정원으로 들어가니 정부인이 중당(中堂)에 앉아 있었다. 차림새가 단정하고 엄숙하였다. 양생은 경의를 표하여 머리를 조아리고 당 아래에서 두 번 절하고는 자리를 하사받아 거문고를 연주하였다. 천 냥으로도 바꾸기 어려운 묘한 소리였다. 부인은 이것을 극찬하지 않을 수 없었다. 양생은 마음에 소저가 나오기를 바랐지만 아직 그 모습이 보이지 않자 이내 청하여 말하기를, "소저의 기예가 매우 뛰어나다고 들었습니다. 천한 재주 스스로 부끄러운 점이 많으니 원컨대 소저의 가르침을 받고자 합니다."

ここに於て夫人侍児をして小姐を招かしむ、俄かにして繡幕左右に開かれ、小姐楚々として来って夫人の座側に坐す、楊生起拜してひそ

---

29 양소유가 정사도의 딸을 만나는 과정에서 이를 추진한 모친의 외사촌 두련사와의 이야기가 번역문에는 생략됐다.

かにこれを窺へば、目くるめきばかりの美人なり、楊生魂天外に飛び
而自づからにして赤らむを強ゐて押へ、先づ霓裳羽衣の曲を奏し、次
で帝舜南薫曲、司馬相如卓文君を挑むの曲等数三曲を弾ず、小姐ここ
に至って楊生の女冠に非ず、服を變じて来れるを知り、怫然として席
を去りたれど、爾来楊生が秀麗の眉目思はざらんと欲するも得ず、終
日侍女春雲を相手にそれとなく女冠の噂などして心を慰め居たり。

이에 부인은 하인에게 소저를 부르게 하니, 이윽고 수놓은 장막이
열리며 소저가 와서 부인 옆자리에 앉았다. 양생이 일어나 절한 다
음 은밀히 이를 살펴보니, 눈이 부시도록 똑바로 볼 수 없는 미인이
었다. 양생은 혼이 하늘 밖으로 날아가고 얼굴은 저절로 붉어지는
것을 강하게 자제시키며, 우선 예상우의(霓裳羽衣)곡을 연주하였다.
다음은 제순남훈(帝舜南薫)곡과 사마상여(司馬相如)가 탁문군(卓文君)
의 마음을 돋우던 곡 등 세 곡을 연주하였다. 소저는 이때에 이르러
여자 도사가 아니라 양생이 옷을 바꾸어 입고 온 것을 알고 갑자기
자리를 떠났다. 그 후 양생의 수려한 외모를 생각하지 않으려고 해
도 원하는 것을 얻지 못하고, 종일 시녀 춘운(春雲)을 상대로 하여 넌
지시 여자 도사의 이야기 등을 하며 마음을 위로하고 있었다.

然るに一日鄭司徒外より帰り、新出榜眼を持して夫人に授けて曰
く、新榜の中、淮南の人にて楊少游と呼ぶ十六歳の壮年、壮元となり
盛名あり、これ必らず一代の才子なり、且つ其風俗俊秀、標致高爽な
りと聞く、小姐に娶はすべき好配偶この人を措いて他に需むべから
ず、卿の意嚮如何にやと、言葉さへもいとどしく忙はし。

그러던 어느 날 정사도가 밖에서 돌아와 새로 급제한 사람[의 이야기]을 들고 와서 부인에게 말하기를,

"새로 급제한 사람 중에 회남 사람으로 양소유라 불리는 16세의 장년이 장원이 되어 이름을 크게 떨치니 이는 반드시 시대의 재인일 것이오. 또한 그 풍모가 수려하고 풍격이 시원스럽다고 들었소. 소저가 취할 만한 배우자로 이 사람을 두고 달리 구할 필요가 없소. 그대의 의향은 어떠한가?"

라며 말이 점점 더 바빠졌다.

爰に楊生は会試及び殿試に連ねて魁たり、翰苑に棟ばれ声名一世に鳴る、公侯貴戚の女子を有するもの争ふて媒妁を送れど盡くこれを却けて從はず、禮部權侍郎住ゐて鄭家求婚の意を告ぐるや、楊生始めて之を諾し、盛裝して鄭家に至る。

이에 양생은 회시(會試) 및 전시(殿試)에 잇따라 장원을 하고, 한원(翰苑)에 뽑혀 이름과 평판[30]이 한 시대를 진동하였다. 존귀한 집안 중에서 딸을 가진 사람들이 다투어 중매 할멈[31]을 보내었으나 이를 물리치고 따르지 않았다. 예부(禮部) 권사랑(權侍郎)이 와서 정가(鄭家)에서 구혼할 뜻이 있음을 아뢰니, 양생은 비로소 이를 승낙하고 훌륭하게 옷을 차려 입고 정사도의 집으로 갔다.

---

30 이름과 평판: 일본어 원문은 '声名'이다. 좋은 평판, 자랑, 명성 등의 뜻을 나타낸다(松井簡治·上田万年編, 『大日本国語辞典』03, 金港堂書籍, 1917).
31 중매 할멈: 일본어 원문은 '媒妁'이다. 남녀의 인연을 맺어주는 것 또는 그 사람을 뜻한다(松井簡治·上田万年編, 『大日本国語辞典』04, 金港堂書籍, 1919).

小姐心に曩日の女冠は乃ち楊生なるを知り侍婢春雲をしてその風丰
擧止を窺はしむるに果して違はず、楊生さあらぬ體にて鄭司徒、鄭夫
人に見へて曰く、婚儀の事、我身に餘る果報なり、只恐る、門戶の敵
せざる青雲濁水の相懸れるが如く、人品の同じからざる鳳凰鳥雀の異
れるに同じと、鄭夫妻喜ぶこと限りなく、酒饌を設けてこれを祝し
ぬ。(小姐曩の日楊生の女冠に變じて猥りに内庭に入り、まざまざと面
を見られたるを楯として、一應は楊生を斥け侍女春雲を以て楊生に通
ぜしめ、戲謔を弄する一節あれど、冗漫に亘るの嫌あればこのくだり
筆を省くべし)。

　　소저는 마음으로 지난날의 여자 도사가 바로 양생이라는 것을 알
기에, 시비 춘운으로 하여 그 풍모를 엿보게 하였는데 과연 다르지
않았다. 양생은 태연한 몸짓으로 정사도와 그의 부인에게 말하기를,
　　"혼사[32] 일은 나에게는 넘치는 행운이니 그저 놀랍습니다. 문벌
의 어울리지 않음이 푸른 구름과 흐린 물이 서로 어울린 듯하고, 인
품의 다름이 봉황과 조작(鳥雀)[33]의 다름과 같다고 하니, 정부인은
한없이 기뻐하며 술상을 차려 이를 축하하였다. (소저는 지난날 양
생이 여자 도사로 변하여 함부로 안뜰로 들어와서 똑똑히 얼굴을 보
고 간 것을 방패로 하여 일단은 양생을 물리치고 시녀 춘운을 통해서
양생과 내통하였다. 연극과 거짓말을 희롱하는 일절도 있었지만 지
루해지는 것도 싫기에 이 문장을 생략하고자 한다.)[34]

---

32 혼사: 일본어 원문은 '婚儀'다. 혼례 또는 혼인을 뜻한다(棚橋一郎·林甕臣編, 『日
本新辭林』, 三省堂, 1897).
33 새와 참새.
34 정경패가 자신의 얼굴을 보고자 위장했던 양소유의 행동을 갚아 주기 위하여

當時邊彊安からず、楊少游詔を拜し、元師の印綬を帶びて兵を率ゐ
て戰陣にあり連戰連捷の報頻々として至り、楊少游の盛名正に一世に
声ふ。斯かる析、宮廷にては蘭陽公主とて王の御妹の婚事につきくさ
ぐざの評定あり、王と太后との間に駙馬は楊少游と定められぬ。さり
ながら、楊少游には旣に鄭小姐の婚約あればこれを斥けんこと强脅に
近く、遂に鄭女を以て太后の養女となし、英陽公主に封ぜられ蘭陽は
右夫人として嫁降する事となれり、然るにここに秦御史の女彩鳳は華
陰縣の變を避けて後ち、久しく太后の許に仕へ、蘭陽公主の寵用斜な
らざりしが、楊少游との間に深くも百年を契り交せること、太后の御
耳に達しければ、これまた淑人として楊少游に賜はらんとす。

당시 변방이 불안하였는데 양소유는 부름을 받아 원사(元師)의 인
수(印綬)[35]를 차고 군사를 통솔하여 전장에 나아갔다. 전쟁에 연이어
이겼다는 보고가 자주 도착하니 양소유의 명성은 실로 세상에 드높
아졌다.[36] 이와 같은 때에 궁정에서는 난양(蘭陽) 공주라는 왕의 누
이동생의 혼사에 대해 여러 가지를 평가하고 결정하였다. 왕과 태후
사이에서는 부마는 양소유라고 정하였다. 그렇기는 하지만 양소유
에게는 이미 정소저와의 혼약이 있기에 이를 거절할 것이라는 강한
위협이 있었다. 그래서 결국 정녀(鄭女)를 태후의 양녀로 삼아 영양
(英陽) 공주에 봉하고[37], 난양은 우부인(右夫人)이 되어 시집가게 되었

정십삼, 가춘운과 모의하여 양소유를 속이는 내용이 번역문에는 생략됐다.
35 관인(官印) 따위를 몸에 지닐 수 있도록 인(印) 꼭지에 단 끈을 지칭하던 말.
36 번역문에는 전쟁 길에 계섬월과 적경홍을 만난 내용이 번역문에는 생략됐다.
아울러 심요연, 백능파를 만나게 된 사연도 빠졌다.
37 정경패를 공주로 봉하는 내용, 그리고 후에 양소유를 속이기 위해 죽음을 위장

다. 그런데 진어사의 딸 채봉은 화음현(華陰縣)의 변(變)을 피한 후 오
래도록 태후가 있는 곳에서 시중을 들고 있었다. 난양공주가 총애하
고 등용하였는데 양소유와의 사이에 백년의 약속을 깊이 주고받았
던 것이 태후의 귀에 들어가니[38], 이 또한 숙인(淑人)으로 봉하여 양
소유에게 보내고자 하였다.

楊少游至るところに武勳を樹て、兵平らぎて凱旋するや、天子親し
く渭橋に臨んでこれを迎へ、威容堂々として京師に入りぬ、天子喜ぶ
こと限りなく、少游の功を賞して大丞相となし、魏国公に封じ食邑三
萬戶を賜はり、大いに面目をほどこせるばかりか、蘭陽公主英陽公主
は云はずもがな、久しく夢寐にのみ其俤を夢みて生死の程も心許なく
思ひける秦女彩鳳を淑人として賜はりけるより、楊丞相、位は人臣を
極め、富貴心のままなるに、搗て加へて相思の美人三人を一堂に鍾
む、得意の程妬ましきばかり也。

양소유는 가는 곳마다 무훈을 세우고 군사를 평정하여 전투에서
이기고 돌아오니, 천자(天子)[39]는 몸소 위교(渭橋)로 향하여 이를 마
중하였다. 위엄 있는 모습 당당하게 서울로 들어왔다. 천자는 한없
이 기뻐하며 소유의 공을 상하여 대승상(大丞相)으로 하고 위국공(魏
國公)에 봉하여 영지 3만 호를 하사하였다. 크게 체면을 세워 은혜를

하는 내용 등이 생략되어 있다.

38 궁녀로 있으며 양소유의 시를 받아본 진채봉이 부채 끝에 답시를 쓴 내용이 번
역문에는 생략됐다.

39 천자: 일본어 원문은 '天子'다. 천하의 주인 혹은 일국의 군주의 존칭을 뜻한다
(棚橋一郎·林甕臣編,『日本新辞林』, 三省堂, 1897).

베풀었는데 난양공주와 영양공주는 말할 것도 없이 오래도록 꿈속에서만이라도 그 모습을 꿈꾸며 생사의 정도도 불안하게 생각하던 진어사의 딸 채봉을 숙인으로 봉하여 하사하였다. 양승상의 지위는 신하로서 더할 나위 없고 부귀의 마음 또한 뜻대로 되었는데, 더불어 서로 사랑하는 미인 세 명을 한 집에 부여하니 마음먹은 대로 되어가는 정도가 시기할 만하였다.

楊丞相、權勢榮華比ぶものなく、全盛を極めけるが、十六歳の時郷関を辞したるまま未だ一たびも母を觀省せず、疏を上って天子に請ふところあり、深く其孝心を賞せられ特に黄金千斤綵帛八百匹を賜ひ、帰途天津にて圖らずも曩に約したる桂蟾月、及び河北の名妓としてその名を蟾月に比ぶる狄驚鴻の両妓を得て、これを妾とし、帰って老母を觀省し、老母を伴ふて再び京師に帰りぬ。

양승상의 권세와 영화가 비교할 만한 것이 없고 더없는 전성기를 맞이하였지만, 16세 때 고향을 떠난 채 아직 한 번도 어머니를 뵈러 가지 못하여 임금에게 글을 올려 청하니, 깊은 그 효심을 상하여 특별히 황금 천 냥과 비단 팔백 필을 하사하였다. 돌아가는 길에 텐진에서 뜻밖에도 이전에 약속을 맺었던 계섬월(桂蟾月) 및 하북(河北)의 명기로 그 이름이 섬월과 비교할 만한 적경홍(狄驚鴻)이라는 두 기생을 얻고는, 이를 첩으로 삼아 돌아가서 노모를 보고 살피다가 노모를 모시고 다시 서울로 돌아왔다.

今その楊丞相の京師における生活の一端を誌さんに、邸宅の正堂を

慶福堂といひ、大夫人これに居り、慶福の前を燕喜堂といひ、左夫人
英陽公これに居り、慶福の西を鳳蕭宮といひ、右夫人蘭陽公主これに
居り、燕喜の前を清和樓といひ丞相これに居る、鳳蕭宮の南尋興院に
は淑人秦彩鳳、燕喜堂の東迎春閣には孺人賈春雲等を居らしめ清和樓
の東西には皆小樓あり、緣窓朱欄、ここに桂狄両姫を養ひ宮中楽妓八
百人皆天下の才媛にして常に宴を中庭に設け、管絃歌舞粹の有らん限
りを盡し、人間の歡楽一として備はらざるなし。

　　지금 그 양승상의 서울 생활의 한 면을 기록하자면, 저택의 정당
(正堂)은 경복당(慶福堂)이라고 하고 대부인(大夫人)이 이에 거처하였
으며, 경복의 앞을 연희당(燕喜堂)이라고 하여 좌부인(右夫人) 영양공
주가 이에 기거하며, 경복의 서쪽을 봉소궁(鳳蕭宮)이라고 하여 우부
인 난양공주가 이에 기거하고, 연희의 앞을 청화루(淸和樓)라고 하여
승상이 이에 기거하며, 봉소당의 남쪽 심흥원(尋興院)에는 숙인 진채
봉이, 연희당의 동쪽 영춘각(迎春閣)에는 유인(孺人) 가춘운(賈春雲)
등을 기거하게 하였다. 청화루의 동서에는 모두 작은 누각이 있었는
데 녹색 창에 붉은색의 난간을 이루었다. 이곳에서는 계섬월과 적경
홍의 두 아씨를 모시던 천하의 재원으로 궁중의 음악과 가무에 뛰어
난 기생 팔백 명이 항상 중원(中庭)에서 연회를 열었다. 관악기와 현
악기 노래와 춤이 더없이 세련되었기에 인간이 기쁘게 즐기는 곳의
하나로 갖추어질 만하였다.

　一日、越王に招かれ美人を伴ふて至り、ここに又圖らずも沈氏、白
氏の二美人を得て帰る、楊丞相、妻妾を蓄ふること既に八人、豪奢一

世を俺ふ、

　　하루는 월왕(越王)에게 초대받고 미인을 따라 도착하였더니, 이곳
에서 또한 뜻밖에도 심(沈)씨 백(白)씨의 두 미인을 얻어 돌아왔다.[40]
양승상은 처첩을 두기를 이미 여덟 명으로 호화롭고 사치스러운 한
시대를 함께 하였다.[41]

　　適ま某日、一□胡僧あり、来って丞相に謁す、丞相その俗僧に非る
を知って恭しく起って答禮し、師傅いづれより来賜ひしぞと問ふ、胡
僧笑って曰く、丞相平生故人を解せざる乎と、丞相眼を瞬って胡僧を
諦視すれば、圖らざりきこは南岳の老和尚なり、和尚高声に問ふて曰
く、性真人間の快楽果して如何、性真叩頭流涕して曰く、性真已に大
いに覚めたりと、和尚曰く、汝未だ夢より覚めず、一般の工夫を要す
と、言未だ畢らず仙女八人を召す、

　　그러던 어느 날 한 스님이 와서 승상을 알현하니, 승상은 그가 속
승(俗僧)이 아님을 알고 공손히 일어나 답례를 하며,
　　"사부(師傅)는 어디에서 오셨습니까?"
　　하고 물으니 호승(胡僧)이 웃으며 말하기를,
　　"승상은 평생 옛 사람을 깨닫지 못하였느냐?"
　　승상이 눈을 크게 뜨고 고승을 찬찬히 살펴보니, 뜻밖에도 남악

---

40 심요연과 백능파를 만나는 과정이 번역문에는 생략됐다.
41 양소유가 거느린 부인과 그 혼인과정 그리고 그들이 낳은 자식들에 대한 상세
　한 설명과 그가 은퇴하여 거처하게 된 취미궁에서 불도에 귀의하기로 마음을
　먹는 내용이 번역문에는 생략됐다.

(南岳)의 늙은 화상이었다.[42] 화상은 높은 소리로 물으며 말하기를,

"성진아 인간의 쾌락은 과연 어떠하였느냐?"

성진은 바로 머리를 조아리고 눈물을 흘리며 말하기를,

"이미 크게 깨우쳤습니다."

화상이 말하기를,

"너는 아직 꿈에서 깨어나지 말고 일반적인 공부를 할 필요가 있다."

말이 채 끝나기도 전에 선녀 여덟 명을 불렀다.

八仙女は人間界に降って今乃ち楊丞相の妻妾たり、和尚法を説くこと頗る嚴也、真性八仙女ここに飜然として本に帰り、性真は西天に向って去り後ち蓮花道場といふをしつらへ衆生を済度し、八仙女亦尼となり皆性真に師事しいづれも深く菩薩を得大いに畢境を得て、極楽世界に帰しけりとぞ。(完)

팔선녀는 인간 세계에 내려와서 지금 즉시 양승상의 처첩이 됐고 화상법(和尚法)을 푸는 것을 매우 엄격하게 하였다. 팔선녀는 이에 불현듯 정말로 사라지고, 성진은 서천(西天)을 향하여 떠난 후에 연화도장(蓮花道場)이라고 불리는 곳을 장만하여 중생을 제도하고, 팔선녀 또한 비구니가 되어 모두 성진을 스승으로 받들어 모셨다. 어느 쪽이든 깊이 보살을 얻고 크게 필경(畢境)을 얻어 극락세계로 돌아가게 되었다.(완)

---

42 육관대사가 양소유의 깨우침을 위해 도술을 부리는 장면이 번역문에는 생략됐다.

조선연구회의
〈구운몽 일역본〉(1914)

靑柳綱太郎 譯,『原文和譯對照 謝氏南征記・九雲夢』, 朝鮮硏究會, 1914.

아오야기 쓰나타로(靑柳綱太郎) 역

▌ 해제 ▌

　　조선연구회는 호소이 하지메가 조선병합을 기념하여 설립한 조선연구단체이다. 그렇지만 실질적 운영은 아오야기 쓰나타로(靑柳綱太郎, 1877~1932)가 담당하게 되어,『조선고서진서(朝鮮古書珍書)』총서를 간행하였다. 아오야기 쓰나타로는 1901년 9월 한국으로 들어와『간몬신보(關門新報)』와 오사카마이니치 신문의 통신원이 되었다. 이후 전라남도 나주 및 진도의 우편국장,『목포신보』의 주필, 재정고문부의 재무관, 궁내부 주사,『경성신문』사장 등을 역임했다. 또한 아오야기는 다수의 한국고전을 번역하고 한국 관련 저술을 펴낸 인물이었다. 아오야기는『구운몽』을 번역했으며, 서문에서 그 줄거리 개관을 말한 후 이 작품을 일종의 심리소설이라고 규정했다.

　　조선고서를 간행한 한국 주재 일본민간학술단체가 이처럼

한문고소설을 주목한 모습은 1910년대부터 보인다. 호소이 하지메의 『조선문화사론』(1911)의 서문과 수록작품을 보면, 『금강몽유록』, 『사씨남정기』, 『구운몽』 등의 작품을 말했기 때문이다. 또한 조선연구회가 염두에 둘 수밖에 없었던 조선총독부의 『조선도서해제』(1915)를 보면, 『화사』, 『사씨남정기』, 『구운몽』, 『창선감의록』에 대한 작품해제가 수록되어 있었다. 1914년 『사씨남정기』 및 『구운몽』을 일역한 작품의 발간은 총독부 참사관 분실의 이러한 한국도서조사가 긴밀히 관련되어 있었던 셈이다. 조선연구회가 출판한 『원문 일본어역 대조 사씨남정기·구운몽(原文和譯對照 謝氏南征記·九雲夢)』은 그 제명이 시사하는 바와 같이, 해당 고소설의 원문과 그에 대한 번역문이 함께 수록되어 있다. 아오야기는 자신이 번역한 원전이 6권 3책으로 된 『구운몽』이라고 했는데, 이는 계해본(癸亥本) 계열의 한문본이다. 그렇지만 여기서 아오야기의 일본어 번역문은 일종의 현토체 번역문으로 향후 자유토구사의 번역문체와는 완연히 변별되는 것이었다.

┃ 참고문헌 ────────

우쾌재, 「조선연구회 고서진서 간행의 의도 고찰」, 『민족문화연구논총』 4, 인천대학교, 1999.

최혜주, 「일제강점기 조선연구회의 활동과 조선 인식」, 『한국민족운동사연구』 42, 한국민족사운동학회, 2005.

서신혜, 「일제시대 일본인의 고서간행과 호소이 하지메의 활동」, 『온지논총』 16, 온지학회, 2007.

최혜주, 「한말일제하 재조일본인의 조선고서 간행사업」, 『대동문화연구』66, 성균관대 대동문화연구원, 2009.

최혜주, 『근대재조선 일본인의 한국사 왜곡과 식민통치론』, 경인문화
　　사, 2010.

이상현, 「『조선문학사』(1922) 출현의 안과 밖」, 『일본문화연구』40, 동
　　아시아일본학회, 2011.

박영미, 「일본의 조선고전총서 간행에 대한 시론」, 『한문학논집』37,
　　근역한문학회, 2013.

卷之一

권지일

蓮華峰に大に法宇を開き、眞上人楊家に幻生す、

연화봉에 크게 법우를 열고, 진상인 양가에 환생하다

　天下の名山に曰く五有り、東を東岳と曰ふ、卽ち泰山、西を西岳と
曰ふ卽ち華山、南を南岳と曰ふ卽ち衡山、北を北岳と曰ふ卽ち恒山、
中央の山を中岳と曰ふ卽ち嵩山、此れ所謂る五岳也、五岳の中惟だ衡
岳中土を距る最も遠し、九疑の山其南に在り、洞庭の湖其北を經ぎ、
湘江の水其三面を環る、祖宗の儼然と中處し、而して子孫羅立して拱
揖するが如し、七十二峯或は騰踔して天に矗し、或は嶄辟して雲を截
ち、奇標俊彩の美丈夫の如し、七竅百骸皆な秀麗淸爽、元氣の鐘る處
に非ざるは無し、其中最高の峰を祝融と曰ひ、紫盖と曰ひ、天柱と曰
ひ、石□と曰ひ、蓮華と曰ふ、五峰也、其形ち擢竦、其勢ひ陟高、雲
其直而を掩ひ、霞氣其半腹を藏くし、天氣廓淸、日色晴朗に非ざれ

41

ば、則ち人其の彷彿を得る能はず、

　　천하에 명산이 다섯 있다고 한다. 동을 동악(東岳)이라 하니 곧 태
산(泰山), 서를 서악(西岳)이라 하니 곧 화산(華山), 남을 남악(南岳)이
라 하니 곧 형산(衡山), 북을 북악(北岳)이라 하니 곧 항산(恒山), 중앙
의 산을 중악(中岳)이라 하니 곧 숭산(嵩山), 이것이 이른바 오악(五岳)
이다. 오악 가운데 오직 형악(衡岳)이 중국에서 가장 멀다. 구의산(九
疑山) 그 남쪽에 있고, 동정호 그 북을 거치며, 상강(湘江)의 물 그 삼
면을 둘러싸고 있다. 선조를 의연하게 그 가운데 모시고, 자손이 그
주위에 벌려 서서 공읍(拱揖)[1]하는 것 같았다. 일흔두 봉우리가 혹은
나는 듯 뛰는 형세가 하늘을 떠받치는 듯하고, 혹은 높고 가파른 것
이 구름을 가로지르는 듯하니, 기이한 모습이 뛰어나게 아름다운 장
부와 같았다. 칠규(七竅)와 백해(百骸) 모두 수려(秀麗)하고 청상(淸爽)
하여, [하늘의]기운이 모이지 않는 곳이 없었다. 그 중 최고봉을 축
융(祝融)이라 했고, 자개(紫蓋)라 했고, 천주(天柱)라 했고, 석름(石廩)
이라 했고, 연화(蓮花)라 했으니 오봉(五峯)이다. 그 형세가 자못 가파
르게 치솟고 무척 높아서, 구름이 그 낯을 가리고 안개가 그 허리를
감싸고 있어, 날씨가 씻은 듯이 맑고 햇빛이 개지 않으면, 사람들이
그 참모습을 얻을 수 없었다.

　　昔は大禹氏洪水を治め、其上に登り、石を立て功徳を記し、雲篆を
天書し、千萬古を歷るも尚ほ存せり、秦の時仙女衛夫人、倏練して道

---

1 두 손을 마주잡고 인사함.

を得、上帝の職を受け、仙童玉女を率ゐ、來つて此山を鎭す、即ち所
謂る南岳の衛夫人也、盖古昔より以來、靈異の蹟、環奇の事、彈く記
す可らず、唐の時高僧有り、西域大竺國より中國に入り、衡岳の秀色
を愛し、蓮花峰上に就て、草庵を結び以て居り、大乘の法を講じ、以
て衆生に敎へ以て鬼神を制す、是に於て西敎大に行はれ、人皆敬信し
以爲らく、生佛復た世に出づと、當人は其財を薦め、貧者は其力を出
だし、疊嶂を鏟り絶整に架し、材を鳩め工を□へ、大に法宇を開き、

옛날 대우씨(大禹氏)가 홍수를 다스리고, 그 위에 올라 돌을 세워
공덕을 기록하더니, 하늘의 글씨 구름의 전(篆)자가 천만 년이 지나
도 그대로 있었다. 진(秦)나라 때 선녀 위부인(衛夫人)이 도를 닦아 깨
친 다음 [옥황]상제의 분부를 받들어, 선동(仙童)과 옥녀(玉女)를 거
느리고 와서 이 산을 지켰다. 이른바 남악의 위부인이었다. [생각건
대]예로부터 신령스럽고 이상한 자취와 괴기한 일을 다 기록할 수
없다. 당(唐)나라 때 고승 한 분이 서역 천축국으로부터 중국에 들어
와, 형악의 뛰어난 빛을 사랑하여 연화봉 위에 암자를 짓고 거처하
며, 대승불법을 강론하여 중생을 가르치고 귀신을 막아내니, 이에
불교가 크게 유행하여 사람들이 모두 공경히 믿고서 생불이 다시 세
상에 나왔다고 여겼다. 부자는 그 재물을 내고 가난한 자는 그 힘을
내어 중첩한 산봉우리는 깎고 끊어진 골짜기를 이어 절을 지었다.

幽夐寥闃、勝槪萬千、杜工部の詩に所謂る、寺門高開洞庭野、殿脚
挿入赤沙湖、五月寒風冷佛□、六時天樂□香爐、の四句已に之を盡せ
り、山勢の傑、道場の雄、稱して南方の最と爲す、其の和尙は、惟だ

43

手に金剛經一卷を持つのみ、或は六如和尙と稱し、或は六觀大師と稱す、弟子五六百人中、戒行を修して神通を得る者三十餘人、小闍利の性眞と名づくる者有り、貌ち永雪よりも瑩かに、神秋水よりも凝る、年僅に二十歲、三藏の經文通解せざる無く、聰明知毒諸髡に卓出す、大師極めて愛重を加へ、將に衣鉢を以て之に傳へんと欲す、大師每に衆弟子と大法を講論するや、洞庭の龍王化して白衣の老人と爲り、來つて法席に參じ經文を味聽す、

　　그윽하고 멀고 쓸쓸하고 고요한 좋은 경치가 천 가지 만 가지였다. 두보의 시에 이른바 '절의 문이 동정호들에 열리고, 전각(殿脚)은 적사호(赤沙湖)에 세워졌네. 오월 한풍(寒風)은 불골(佛骨)을 차게 하고, 육시의 천악(天樂)은 향로봉에 조회하네. [이]네 구절이 이미 그것(말)을 다했다. 산세(山勢)의 뛰어남과 도장(道場)의 웅장함이 이른바 남방의 최고라 할 만하였다. 그 화상은 오직 손에 『금강경』한 권을 지닐 따름이었다. 혹은 육여화상(六如和尙)이라 불렸으며, 혹은 육관대사(六觀大師)라 불렸다. 제자 오륙 백 명 가운데 계행(戒行)을 닦아 신통을 얻은 자가 30여 명이었다. 나이 어린 스님 중에 성진이라 하는 이가 있었다. 얼굴이 빙설(氷雪)보다 밝았고, 정신은 추수(秋水)보다 맑았다. 나이 겨우 20세에 삼장경문(三藏經文)을 다 익혀 모르는 것이 없고, 총명과 지혜가 여러 중들 가운데서 뛰어났다. [이에]대사가 지극히 아끼고 사랑하여 장차 그에게 의발을 전하고자 하였다. 대사가 항상 제자들과 더불어 대법(大法)을 강론할 때, 동정호의 용왕이 흰옷 차림의 노인이 되어[와서], 법석에 참석하여 경문을 음미하며 들었다.

一日大師衆弟子に謂つて曰く、吾れ老ひ且つ病み、山門を出でざる
こと已に十餘年、今輕しく動く可らず、汝か輩衆人中、誰か能く我か
爲めに水府に入り、龍王を拜し替つて回謝の禮を行ふ乎と、性眞行か
んことを請ふ、大師喜んで之を送る、性眞七斤の袈裟を着、六環の神
節を曳き、飄々然として洞庭に向つて去る、俄にして守門の道人大師
に告げて曰く、南岳の衛眞君娘々、八介の仙女を送り已に門に到れり
と、大師命じて之を召す、八仙女次第に入り、大師の座を固行するこ
と三回、乃ち仙花以て地に散じ、訖つて跪き夫人の言を傳へて曰く、
上人は山の西に處り、我は則ち山の東に處り、起居相近く飮食相接
す、而かも賤曹多事、我をして苦惱せしめ、尙ほ未だ一たびも法座に
到り、玄談を穩聽するを得ず、處仁の智蔑く交隣の道闕けり、玆に酒
掃の婢を送り、敬んで起居の禮を修し、兼ねて天花仙七寶紋綿を以
て、區々の意を表すと、

하루는 대사 제자들에게 일러 말하기를,

"내 늙고 또한 병이 들어 산문을 나서지 못한 지 이미 10여 년, 이
제는 가벼운 거동도 할 수 없다. 너희들 가운데 누가 나를 대신하여
수부(水府)에 들어가 용왕을 배알하고 대신하여 사례하고 돌아오겠
느냐?"

성진이 가기를 청했다. 대사 기뻐하며 그를 보냈다. 성진이 7근
(斤)의 가사(袈裟)를 입고 육환(六環)의 신공(神節)을 이끌면서 득의양
양하게 동정호를 향해 떠났다. 잠시 후 문을 지키는 도인이 대사에
게 고하여 말하기를,

"남악 위진군(衛眞君) 낭낭(娘娘)이 팔인의 선녀를 보내어 이미 문

45

에 이르렀습니다."

　대사가 명하여 그들을 부르니 팔선녀 차례로 들어왔다. 대사의 앉은 자리를 세 번 돌고 나서, 곧 선화(仙花)를 땅에 뿌린 후, 무릎을 꿇고 앉아 부인의 말을 전하여 말하기를,

　"상인(上人)[2]은 산의 서쪽에 계시고 저는 산의 동쪽에 있기에, 기거(起居)가 서로 가깝고 음식[또한] 서로 접합니다. 하지만 천조(賤曹)[3]가 일이 많아 저를 수고롭고 번민하게 하여, 일찍이 한 번도 법좌(法座)에 나아가 깊은 담설을 듣지 못했습니다. [그리하여]사람을 대하는 지혜가 없고 이웃을 사귀는 도리가 없습니다. 이에 청소하는 시비들을 보내어 삼가 기거의 예를 드리고, 아울러 천화(天花)와 선과(仙果), 칠보(七寶) 무늬가 있는 비단으로써 구구(區區)한 정성을 표하고자 합니다."

　遂に各の領する所の花果賓貝を以て、撃げて大師に進む、大師親ら之を受け、以て侍者に授け、佛前に供養せしめ、身を屈して禮し又手して謝して曰く、老僧何の功德有つてか此の上仙の盛饋を荷ふと、仍ち齋を設け以て八仙を待ち、其歸るに當つて敬謝の意を致して之を送る、八仙女同じく山門を出で、手を携へて行き、相議して曰く、此の南岳は天山なり、一丘一水我が家の境界に非ざるに無し、而も和尚の道場を開きしより後、便ち鴻溝の分を作し、蓮華の勝景は咫尺に在るも、未だ探討を得ず、今は吾が儕娘々の命を以て、幸に此地に到れり、且つ春色正に妍く、山日未だ暮れず、此良辰を趁い彼の崔嵬を渉

---

2 승려의 경칭.
3 자신의 무리를 낮추어 하는 말.

り、衣を蓮華の峯に振ひ、纓を濕布の泉に濯ひ、詩を賦して吟じ興に
乘して歸り、宮中の諸姉妹に誇張する亦快ならず乎と、皆曰く諾、

　　마침내 각기 가지고 온 꽃과 과일과 보배를 대사에게 올렸다. 대
사 친히 그것을 받아 시자(侍子)에게 주어 불전에 공양하게 하고, 몸
을 굽혀 합장하고 사례하며 말하기를,
　　"노승이 무슨 공덕이 있어 이 상선(上仙)의 성대한 선물을 받겠습
니까?"
　　이에 설재(設齋)[4]하여 팔선을 대접하고, 그 돌아갈 때에 공경히 사
례하는 뜻을 갖추어 [그들을]보냈다. 팔선녀가 함께 산문을 나와 손
을 잡고 가면서 상의하여 말하기를,
　　"이 남악은 천산(天山)으로 한 언덕 한 골짜기도 우리 집의 경계가
아닌 것이 없다. 그런데 화상이 도장(道場)을 연 뒤로부터 곧 홍구(鴻
溝)의 나뉨이 되어, 연화(蓮華)의 좋은 경치를 지척에 두고도 볼 수가
없었다. [그런데]지금 우리가 낭낭의 명으로 다행히 이 땅에 이르렀
다. 또한 봄빛깔이 아름답고 산 속의 하루가 아직 저물지 않았으니,
이때를 좇아 저 높은 산봉우리에 올라 연화봉에서 옷을 털고 폭포 흐
르는 냇가에서 갓끈을 씻고 시를 지어 읊으며 흥을 타고 돌아가서는
궁중의 여러 자매에게 자랑함이 또한 즐겁지 않겠는가?"
　　모두 말하기를,
　　"좋다."

---

4 불공을 위하여 승려에게 공양하는 일.

遂に相與に緩步して上り、俯しては瀑布の源を見、崖に緣つ水き遵
つて下り、暫し石橋の上に憩ふ、此時正に春三月なり、林花各の綻
び、紫霞葱籠、之を望めは錦繡を展べる色の如く、谷鳥爭ひ鳴き、嬌
音宛轉、之を聞けば管絃を奏する曲の如く、春風人を怡蕩たらしめ、
物色人を換て留連せしむ、八仙女油然として感じ、怡然として樂み、
橋上に踞□し溪流を□□すれば、百道の流泉滙して澄潭と爲り、淸冽
瑩徹、廣陵新磨の鏡を母るが如く、□蛾紅耕、水底に照耀し、依佈然
として一幅の美人圖新に李龍眠の下手に出づるが如し、自ら其影を愛
して卽ち起つに忍ひず、殊に夕照嶺を度り瞑靄林に生ずるを覺ロず、
是日性眞洞庭に至り、琉璃の波を□き、水品の宮に入る、龍王大に悅
び、宮門の外に出で迎ひ、延きて殿上に入り、席を分つて坐せしむ、
性眞□伏して、大師遙謝の言を奏す、龍王己を恭うして之を聽き、

마침내 함께 길을 따라 천천히 걸어 올라가 폭포의 근원을 보고,
언덕 가장자리의 물줄기를 따라가다가 [다시]도로 내려와 잠시 석
교(石橋) 위에서 쉬는데, 이때는 바로 춘삼월이었다. 숲의 꽃은 일제
히 터지고 보랏빛 안개가 짙은 것이 바라보면 마치 비단을 펼쳐 놓은
듯 한 경치였다. 골짜기의 새들이 교태로운 소리로 다투어 우는 모
습은 관현(管絃)의 곡(曲)의 연주를 듣는 듯하고, 봄바람은 사람의 마
음을 기쁘고 설레게 하였으며, 물색(物色)이 사람들의 발길을 멈추게
하였다. 팔선녀도 피어오르는 기분에 기쁘고 좋아서 다리위에 걸터
앉아 산골짜기 시냇물을 굽어보니[5], 백 줄기 흐르는 샘물이 빙빙 돌

---

5 굽어보니: 원문 판독불가. 전후 문맥을 고려하여 '시냇물을 굽어보다'로 해석하
  였다.

아 맑은 못이 되고 맑고 차고 투명하니 마치 광릉(廣陵)의 새로 닦은
보배로운 거울을 걸어 놓은 듯 하고, 푸른 눈썹과 붉은 화장을 물 아
래에 비치어 보니 한 폭의 미인도가 이용면(李龍眠)[6]의 손아래에서
나온 것 같았다. 스스로 그 그림자를 사랑하여 차마 일어나지 못했
다. 특히 석양이 고개를 넘고 땅거미가 숲속에 깃든 줄조차 몰랐다.
이 날 성진이 동정호에 이르러 잔잔한 물결을 가르고 수정궁(水晶宮)
에 들어가니, 용왕이 크게 기뻐하며 궁문 밖으로 나와 맞이하고, 전
상(殿上)에 들게 하여 각각 자리에 앉았다. 성진이 엎드려 대사의 사
례의 말을 아뢰니 용왕이 공손히 그 말을 듣고,

　遂に命して大宴を設けて之に接す、珍果仙菜、豊潔口に可し、龍王
親く自ら酌を執り、以て性眞に勸む、性眞固く讓つて曰く、酒は性を
伐るの狂藥、卽ち佛家の大戒、賤僧敢て飮まざる也と、龍王曰く、釋
氏五戒中の禁酒、予豈知らざらん、寡人の酒は人間の狂藥と大に異
り、且つ能く人の氣を制す、未だ嘗て人の心を蕩かさず、上人獨り寡
人勤懇の意を念はずやと、性眞其の厚眷に感じ、強て拒むを敢てせ
ず、乃ち三巵を連倒し、龍王に拜辭して水府を出で、冷風に御蓮花峯
に向つて來り、山底に至る頗る酒量の面に上るを覺口、昏花眼頡、自
ら訟へて曰く、師父若し滿煩の紅潮を見ば、則ち豈に驚き怪んで切責
せざらんやと、卽ち溪に臨んで坐し、其の上服を脱し、風を晴沙の上
に攝り、手に淸波を掬して其醉面に沃ぐ、忽ち異香鼻を捩ひて通る有
り、既に蘭麝の薫りに非ず、亦た花卉の馥ばしきに非ず、而も精神自

_____

6 미인도의 대가.

然に震蕩し、鄙吝條品に消□し、悠揚荏弱、形喩す可らず、乃ち語つ
て日く、此溪の上流に何樣の奇花郁烈の氣有り水に泛んで來る耶、吾
れ當に往きて之を尋ぬ可しと、更に衣服を整へ、流に沿ふて上る。

　　마침내 대연(大宴)을 베풀도록 명하여 대접했는데, 진기한 과일과
신선세계의 나물이 [모두]풍성하고 깨끗하여 입에 맞았다. 용왕 손
수 잔을 잡아 성진에게 권하니, 성진 굳이 사양하며 말하기를,
　　"술은[사람의]성품을 해하는 광약(狂藥)이니, 곧 불가의 대계(大戒)
가 되는 것입니다. [이에]천승(賤僧)은 감히 마시지 못하겠습니다."
　　용왕이 말하기를,
　　"부처의 오계(五戒) 중에 술을 금하는 것을 내 어찌 알지 못하겠소.
[하지만]과인의 술은 인간의 광약과 크게 달라 다만 인간의 기운을
제어할 수 있을 뿐입니다. 아직 일찍이 사람의 마음을 방탕하게 한
적이 없으니, 상인은 홀로 과인의 간절한 뜻을 사양하지 마시오."
　　성진은 그 깊은 뜻에 감동하여 감히 거절하지 못하고 이에 세 잔
을 기울였다. [그런 후]용왕에게 정중히 하직인사를 한 후 수부를 나
와 찬바람을 타고 연화봉을 향해 돌아왔다. 산 아래에 이르러 자못
취기가 얼굴에 올라 정신이 아득해지고 가물가물 꽃이 눈앞에 어른
거림에 어지러움을 느껴 스스로 중얼거리기를,
　　"사부께서 만일 뺨에 홍조(紅潮)를 보시면 어찌 깜짝 놀라 책망하
시지 않겠는가?"
　　곧 시냇가에 앉아 그 웃옷을 맑은 모래 위에 벗어두고 두 손으로
깨끗한 물을 움켜지어 그 취한 얼굴을 씻는데 문득 이상한 향기가 코
를 찔렀다. 이는 난초나 사향의 향기도 아니고 또한 꽃의 향기도 아

니었다. 그런데 정신이 자연스레 흔들리고 속된 기운이 재빨리 사라
지고 그윽하게 풍겨오는 기운이 가히 형언할 수 없는 지경이었다.
이에 말하기를,

"이 시내의 상류에 어떠한 기이한 꽃이 있기에 이처럼 짙은 향기
가 물을 따라 오는가? 내 마땅히 가서 그것을 찾아 볼 것이다."

다시 의복을 정제하고 시내를 따라 올라갔다.

此時八仙女尚ほ石橋の上に在り、正に性眞と相遇ふ、性眞其の杖錫
を捨て、手を上げ禮して曰く、僉女菩薩俯して貧僧の言を聽け、貧僧
は則ち蓮花道場六觀大師の弟子也、師の命を奉じ山を下つて去り、方
に寺中に還歸せんとす、石橋其れ狹し、菩薩各の坐せば男女路を分つ
を得ず、惟だ願くは僉菩薩、暫く蓮步を移して特に歸路を借せと、八
仙女答拜して曰く、妾等は卽ち衛夫人娘々の侍女也、命を夫人に受け
て大師を問候し、歸路適ま此に留るなり、妾等之を聞く、禮に云ふ、行
路に於て、男子は左に由つて行き、婦女は右に由つて行くと、此橋木來
偏窄なり、妾等且つ已に先つて坐せり、今道人橋に從つて去らば、禮に
於て不可なり、請ふ別に他路を尋ねて行けと、性眞曰く、溪水旣に深く
且つ他逕無し、貧僧として何處より行かしめんと欲する乎、

이때 팔선녀 여전히 석교 위에 있다가, 바로 성진과 만났다. 성진
이 그 지팡이를 놓고 손을 들어 예를 갖추어 말하기를,

"여러 보살님들 빈승의 말을 들어 주십시오. 빈승은 연화도장 육관
대사의 제자입니다. 스승의 명을 받들어 산을 내려갔다가 마침 절로
귀환하는 중입니다. 석교가 좁고 보살님들이 각각 앉아 계시니 남녀

가 [서로]길을 분별할 수 없음이 걱정됩니다. 오직 바라기를 여러 보살님들 잠시 연보(蓮步)를 옮겨 다만 돌아가는 길을 빌려주십시오."

팔선녀 답배(答拜)하여 말하기를,

"첩 등은 바로 위부인 낭낭의 시녀입니다. 부인으로부터 명을 받아 대사를 문후(問候)하고 돌아가는 길에 마침 여기에 머무르고 있었습니다. 첩 등이 듣기로 예에 이르기를, '행로(行路)에서 남자는 왼쪽으로 가고 부녀자는 오른쪽으로 간다.' 했습니다. 이 다리는 본래 심히 비좁고, 또한 첩 등이 이미 앞서 앉아 있습니다. 지금 도인께서 다리를 지나가고자 하는 것은 예에 어긋나는 것입니다. 바라건대 달리 다른 길을 찾아 가십시오."

성진 말하기를,

"시냇물이 이미 깊고 또한 다른 길이 없습니다. 빈승이 어디로 가기를 바라십니까?"

仙女等曰く、昔は達磨尊者、蘆葉に乘すて大海を涉れり、和尚若し道を六觀大師に學ばゞ、則ち必ず神通の術あらん、此小用を涉るに何の難きことか之れ有らん、而も乃ち兒女子と道を爭ふ乎、性眞笑つて答て曰く、試に諸娘の意を觀るに、必ず行人路を買ふの錢を索めんと欲する也、貧寒の僧本と令錢無し、適ま八顆の明珠あり、請ふ諸娘子に奉獻し、以て一綿の路を買はんと說き罷んで手に桃花一枝を特ち、以て仙女の前に擲つ、四雙の絳□卽ち化して明珠と爲り、祚光地に滿ち、瑞彩天に燭き、海蚱の懷胎より出づるが如し、八仙女各の一介拾ひ取り、顧みて性眞に向ひ、□然として一笑し、身を竦し風に乘じ空に騰つて去る、性眞橋頭に佇立し首を掞げ遠望する良や久し、雲影始

めて滅し、香風盡く散じ、怳然として失ふが如く、怊愴して歸り龍王
の言を以て大師に復す、大使其の晩く歸るを詰る、對て曰く、龍王之を
待つこと甚だ款く、之を挽くこと甚だ懇にして、情禮在る所衣を拂つて
卽ち出づるを敢てせざりきと、大師答へず、之をして退き休ましむ、

　　선녀 등이 말하기를,

　"옛날에 달마존자는 갈대 잎을 타고 큰 바다를 건넜습니다. 화상
이 만약 육관도사에게 도를 배웠다면 반드시 신통의 법술이 있을 것
입니다. 이런 자그마한 시내를 건너는데 무슨 어려움이 있겠습니
까? 더구나 [이것으로]아녀자와 길을 다투시겠습니까?"

　　성진 웃으며 답하기를,

　"시험 삼아 여러 낭자의 뜻을 살펴보니 반드시 행인에게 길 값을
받고자 하는 것입니다. 가난한 승에게는 본래 금전은 없으나 마침
여덟 개의 명주가 있습니다. 바라건대 여러 낭자들에게 [이를]바치
고 길의 한 쪽을 사고자 합니다."

　　말을 마치고 손에 든 도화(桃花) 한 가지를 들어서 선녀의 앞에 던
졌더니, 네 쌍의 짙은 꽃봉오리는 곧 명주가 되고, 상서로운 빛이 땅
에 가득하고 상서로운 채색이 하늘을 밝히는데, 마치 바닷조개가 태
를 품은 데서 나오는 것 같았다. 팔선녀 각각 한 개를 주워 취하고 성
진을 돌아보며 찬연히 웃더니, 몸을 솟구쳐 바람을 타고 공중으로
높이 올라가 버렸다. 성진은 석교에 우두커니 서서 머리를 든 채 멀
리 바라보았지만 오래지 않아 구름 그림자가 서서히 사라지고 향기
로운 바람도 모두 흩어져 사라졌다. 어안이 벙벙한 듯 섭섭한 심정
으로 돌아가 용왕의 말을 대사에게 말씀드렸다. 대사(大使)[7]가 늦게

53

돌아옴을 문책하자 대답하여 말하기를,

　"용왕이 대접하는 것이 심히 정성스럽고, 만류하는 것이 심히 간절하여 정과 예가 있는 것을 차마 못 뿌리치고 감히 나오지 못했습니다."

　대사가 답하지 않고 성진으로 하여금 물러나 쉬게 했다.

　性眞來つて禪房に到る、日已に曛黑なり、仙女を見てより後、嫩語嬌聲尙ほ耳邊に留り、艶態姸姿猶ほ眼前に在り、忘れんと欲して忘れ難く、思はずして自ら思ひ、神魂恍惚、悠々蕩々たり、兀然と端坐し心に默念して曰く、男兒世に在り、幼にしては孔孟の書を讀み壯にして堯舜の君に逢ひ、出でヽは則ち三軍の帥と作り、入つては則ち百揆の長と爲り、錦袍を身に着け、紫綬を腰に結び、人主に揖讓し百姓に澤利し、目に嬌艶の色を見、耳に幻妙の音を聽き、榮輝を當代に極め、功名を後世に垂る此れ固に大丈夫の事也、哀かな我か佛家の道たる、一盂の飯瓶の水、三卷の經文百八顆の念珠に過ぎざる而已、其德高しと雖、其道玄なりと雖、寂寥太甚しく枯淡にして止む、假令上乘の法を悟り、祖師の統を傳ふるも、直に蓮花臺上に坐し、三魂九魄一たび煙焰の中に散せば、則ち夫れ孰れか一介の性眞天地間に生ぜるを知らんや、之を思へば此の如く、之を念へば彼の如く、眠らんと欲し眠られず夜已に深し、□然眼を合すれは、則ち八仙女忽ち前に難列す、驚き悟めて睫を開けば、已に見る可らす遂に大に悔ひて曰く、釋教の工夫は、心志を正すを斯れ上行と爲す、我れ出家せしより十年、

---

　7 한문 텍스트는 '대사(大師)'로 되어 있다.

曾て半點も苟且の心無し、邪心忽ち發し今乃ち此の如くんば、豈我の
前程に妨げ有らざらんやと、

　성진이 선방에 와서 이르니 날은 이미 어두웠다. 선녀를 보고난
뒤 고운 말과 아양 떠는 소리가 여전히 귓가에 머무르고 곱고 예쁜
자태가 여전히 눈앞에 있어 잊으려 해도 잊기 어렵고 생각하지 않아
도 저절로 생각이 나 정신과 혼백이 황홀하고 근심스러워 마음이 편
치 못했다. 움직이지 않고 단정히 앉아 마음에 묵념하여 말하기를,
'남아가 세상에 태어나서 어려서는 공맹의 서를 읽고 자라서는 요순
의 인금을 만나며, 나가서는 삼군(三軍)의 원수가 되고 들어와서는
백관의 우두머리가 되어, 몸에 비단도포를 입고 허리에는 자줏빛 인
끈을 메고는, 임금에게 읍양(揖讓)하고 백성에게 은택을 이롭게 하
며, 눈으로는 교태롭고 아름다운 여자를 보고 귀로는 환상적이고 묘
한 노래를 들으며, 당대에 영화의 찬란함이 극에 달하고 공명을 후
세에 드리우는 것이 참으로 대장부의 일인 것이다. 슬프구나, 우리
불가의 길은 한 발우의 밥 한 병의 물, 세 권의 경문 108개의 염주뿐
이니, 그 덕이 높다 하더라도 그 도가 깊다 하더라도, 적막함이 매우
심하고 메마르고 담박할 뿐이다. 가령 상승(上乘)의 법을 깨쳐 조사
의 법통을 전해 받아 곧 연화대 위에 앉을지라도 삼혼구백(三魂九魄)
이 한 번 연기에 흩어지고 말면, 대저 누가 한 사람 성진이 천지간에
살았음을 알 것인가?' 이렇게 생각하고 저렇게 생각하며 자려고 해
도 잠들지 못하고 밤이 이미 깊었다. 잠깐 눈을 감으면 팔선녀가 홀
연히 앞에 늘어서 있었다. 놀라 깨우쳐 [다시]눈을 떠 보면 이미 볼
수 없는지라 마침내 크게 뉘우치며 말하기를,

"불교의 공부는 심지를 바로잡는 것을 으뜸으로 삼는다. 내 출가
한 지 10년 일찍이 반점(半點)도 구차한 마음이 없었다. [그런데]사
특한 마음이 홀연히 발하여 지금 이와 같으니, 어찌 내 앞길에 방해
가 있지 않겠는가?"

遂に自ら梅檀を□き□團に趺坐し、精神を振勵し項珠を輪□して、
方に千佛を靜念す、忽然として一童子あり窓外に立ち之を呼んで曰
く、師兄寢に者けるや否や、師父之を召すを命ぜりと、性眞大に愕て
曰く、深夜促し召す、必ず故有らんと、仍て童子と與に忙ぎ方丈に詣
る、大師衆弟子を集め、嚴然と正坐し威儀肅々、燭影煌々たり、乃ち
聲を勵まし之を責のて曰く、性眞汝が罪を知れる乎と、性眞顚倒して
階を下り、跪て對て曰く、小子師傳に服事せる十閱せる春秋、而も未
だ嘗て毫髮も不恭不順の事有らず、誠に愚且つ昏、實に自ら作せるの
罪を知らずと、大師曰く、修行の功に其目三つ有り、曰く身、曰く意
曰く心也、汝龍宮に往き酒を飮んて醉ひ、歸つて石橋に到り女子に邂
逅し、言語を以て酬酌し花枝を折つて贈り、之と與に相戲る、其還り
來るに及ひ、尙ほ且つ纏綣たり、初め旣に美色に蠱心し、旋つて且つ
富貴に留意し、世俗の擊華を慕ひ佛家の寂滅を厭ひ、此三行の工夫一
時に壞れ了れり、其罪固より此地に仍は留し可らざる也と、

마침내 스스로 매단(梅檀)을 불사르고 포단(蒲團)에 앉아 정신을
가다듬어 염주를 극진히 고르며 바야흐로 천불(千佛)을 조용히 염했
다. 홀연 한 동자가 창 밖에 서서 그를 부르며 말하기를,
"사형은 잠들었습니까? 사부께서 불러오시라 명하셨습니다."

성진이 크게 놀라 말하기를,

"심야에 급히 부르시니 반드시 까닭이 있을 것이다."

이에 동자와 함께 서둘러 방장에 이르렀다. 대사는 여러 제자를 모아 엄연히 정좌하였는데, 위의(威儀)가 엄숙하고 촛불이 빛났다. 이에 소리를 질러 성진을 책하여 말하기를,

"성진 네 죄를 아느냐?"

성진 섬돌 아래로 엎어졌다가 무릎을 꿇어 대답하여 말하기를,

"소자 사부를 섬긴지 10여 춘추, 그러나 아직 일찍이 털끌만한 불공불순한 일도 없었습니다. 참으로 어리석고 또한 어지러워 실로 스스로 지은 죄를 알지 못하겠습니다."

대사 말하기를,

"수행의 공덕은 그 항목이 셋 있는데, 몸이요, 마음이요, 뜻이다. 네가 용궁에 가서 술을 마셔 취하고는 돌아와 석교에 이르러 여자와 해후하여 언어로 수작하고 꽃가지를 꺾어 주며 그들과 함께 서로 희롱했다. [또한]돌아와서는 아직까지도 여전히 그리움을 떨치지 못하고 있다. 처음에 이미 미색에 마음이 벌레 먹고, 곧 이어 부귀에 마음을 두어 세속의 번화(繁華)를 사모하고 불가의 적멸(寂滅)을 싫증내었으니, 이는 삼행(三行)의 공부가 일시에 무너진 것이다. 그 죄 이러하니 이 땅에 더 이상 머무르게 할 수 없다."

性眞叩頭し泣て訴へて曰く、師よ々々、性眞誠に罪あり、然ども自ら酒戒を破りしは、主人の强て勸めしに因り、已むを得ざれば也、仙女と言語を酬酌せしは、只だ路を借らんが爲めのみ、本と意有る非ず、何の不正の事か有らんや、禪房に歸るに及び、惡念を萠せりと

57

雖、一刹那の問自ら其非を覺り、狂心の走作を惕れ、善端の自發を謁
し、指を咋んて追悔し、方寸正に復せり、此れ儒家の所謂る、遠から
ずして復る者也、苟も弟子に罪有らば、則ち師父撻楚徹戒するは、亦
敎誨の一道たり、何□必ずしも迫つて之を黜け、自ら新にするの路を
絶たん乎、性眞十二歳にして、父母を棄て親戚に離れて、師父に依歸
し、卽ち頭髮を剃れり、其議を謂へば、則ち我を生み我を育てるに異る
無く、其情を語れば、則ち所謂る子無くして子有り、父子の恩深く師弟
の分重し、蓮華道場は卽ち性眞の家たり、此を捨てゝ何く之かんと、

　　성진 머리를 숙이고 울며 호소하여 말하기를,
　　"스승님, 스승님, 성진이 참으로 죄가 있습니다. 그렇지만 스스로
주계(酒戒)를 파한 것은 주인이 강하게 권했기 때문에 부득이했습니
다. [또한]선녀와 언어를 수작한 것은 다만 길을 빌리기 위해서였을
뿐 다른 뜻은 없었습니다. 무슨 부정한 일이 있겠습니까? 선방으로
돌아와 나쁜 생각이 있었으나 [그 또한]찰나였을 뿐 스스로 그 죄를
깨닫고, 나쁜 마음으로 [인해] 본래의 규범에서 벗어나는 것을 삼가
고 착한 마음이 자발적으로 움직여 [그]마음 속의 생각을 뉘우치고
좁은 방에서 [초심으로]돌아가고자 했습니다. 이는 유가에서 말하
는 '불원이복(不遠而復, 멀리 가지 않아 다시 돌아온다)'한 것입니다. 만
약 제자에게 죄가 있다면 사부께서 회초리로 종아리를 쳐서 경계하
심이 또한 교회(敎誨)하는 한 방도이거늘, 어이 내쳐서 스스로 새롭
게 할 길을 끊게 하십니까? 성진이 12세에 부모를 버리고 친척을 떠
나 사부에게 귀의하여 곧 두발을 잘랐으니 그 의리로 말하자면 나를
낳고 나를 기른 것과 다름이 없습니다. 그 정으로 말하자면 이른바

자식이 없는 데서 자식을 가지신 것과 마찬가지입니다. 부자의 은혜가 깊고 사제(師弟)의 친분이 중한 것입니다. 연화도장은 곧 성진의 집입니다. 이를 버리고 어디를 가겠습니까?"

大師曰く、汝之を去らんと欲し、誰れ之を去らしむのみ、苟も留らんと欲せば、誰か汝を去らしめん乎、且つ汝自ら謂つて曰く、吾れ何くにか去らんやと、汝の往かんと欲ずる處卽ち汝歸る可きの所也と、仍て復た聲を大にして曰く、黄巾力士安く在るかと、忽ち神將あり空中より來り、俯伏して命を聽く、大師分付して曰く、汝此の罪人を領して、豊都に往き閻維王に交付して回れと、性眞之を聞き、肝胆墮落、涕涙出し、無數叩頭して曰く、師傳よ々々、此の性眞の言を聽け、昔し阿蘭尊者、娼女の家に入り與に寢席を同うし、其操守を失へり、而も釋伽大佛以て罪と爲さず、但た法を設けて之に敎ゆ、弟子謹まざるの罪有りと雖之を阿蘭に比せば、猶は且つ輕し、何ぞ必ずしも豊都に送らんと欲するやと、大師曰く、阿蘭尊者は未だ妖術を制せず、娼物と親近すと雖、其心は則ち未だ嘗て變ぜず、今汝は則ち妖色を一見して全く素心を失ひ、情に嬰りて冕□し、富貴に流涎す、其の阿蘭に視ぶるに何如ぞや、汝が罪此の如し、一番輪廻の苦み烏んぞ免るゝを得んやと、性眞惟だ涕泣するのみ、頓に行く意無し、大師復た之を慰めて曰く、心苟も不潔ならず、山中に處ると雖、道成ず可らず、其根本を忘れずんば、十丈狂塵の間に落つと雖、畢竟自ら稅駕の處有り、汝必ず此に復歸せんと欲せば、則ち吾れ當に躬自ら率ゐ來る可し汝其れ疑ふ勿くして行けと、

대사 말하기를,

"네가 떠나기를 바라니 누가(誰)[8] 떠나게 했을 따름이다. 만약 머물기를 바란다면 누가 너를 떠나게 하겠느냐? 또한 너 스스로 일러 말했다. '내 어디 가겠습니까?' 네가 가고자 하는 곳이 곧 네가 돌아갈 곳이다."

이에 다시 소리를 크게 하여 말하기를,

"황건역사(黃巾力士)는 어디에 있느냐?"

홀연 신장(神將)이 공중에서 내려와 엎드려 명을 들었다. 대사가 분부하여 말하기를,

"너는 이 죄인을 데리고 풍도(酆都)로 가서 염라왕에게 교부(交付)하고 돌아오너라."

성진 그 말을 듣자 간담(肝膽)이 떨어지고 눈물이 쏟아져 머리를 수없이 조아리며 말하기를,

"사부님, 사부님, 이 성진의 말을 들어주십시오. 옛날 아난존자(阿蘭尊者)는 창녀의 집에 들어가 더불어 잠자리를 같이 하고 그 정조를 잃었습니다. 그러나 석가대불은 죄로 여기지 않으시고, 다만 설법하여 그를 가르쳤습니다. 제자 삼가지 못한 죄가 있다 하지만 아난에 비하면 오히려 또한 가벼운데, 어찌 반드시 풍도로 보내려 하십니까?"

대사 말하기를,

"아난존자는 아직 요술을 제어하지 못하여 창녀 무리와 친근했다 하더라도 그 마음은 아직 일찍이 변치 않았다. 지금 너는 요색(妖色)을 한 번 보고 본래의 마음을 완전히 잃고, 순정이 서서히 사라지며

---

8 한문 텍스트에는 '오(吾)'로 되어 있다.

부귀에 침을 흘렸으니, 어찌 아난존자와 같다고 볼 수 있겠느냐? 네 죄가 이와 같으니 한 번 윤회의 고통을 어찌 면할 수 있겠느냐?"

성진은 그저 눈물만 흘릴 뿐[전혀]갈 뜻이 없어하기에, 대사 다시 그를 위로하여 말하기를,

"마음이 만약 불결하다면 산중에 처한다 하더라도 도를 이룰 수 없다. 그 근본을 잊지 않으면 열 길 광진(狂塵) 사이에 떨어진다 하더라도 반듯이 스스로 쉴 곳이 있을 것이다. 네가 반드시 여기에 다시 돌아오고자 한다면 내 마땅히 몸소 스스로 데리고 올 것이다. 너는 의심하지 말고 가거라."

性眞奈何ともす可らざるを知り、佛像及び師父に拜辭し、師の兄弟と相別れ、力士に隨つて歸り、陰魂の關に入り望鄕の臺を過き、豐都の城外に至る、門を守る鬼卒其の從來する所を問ふ、力士曰く、六觀大師の法旨を承け、罪人を領して來れりと、鬼卒城門を開て之を納る、力士直に森羅殿に抵り、押へ來れる性眞の意を以て之に告ぐ、閻王之を召し入れしめ、性眞を指し言つて曰く、上人の身は南岳山蓮華の中に在りと雖、上人の名は已に地藏王が香案の上に載れり、寡人以爲らく、上人は大道を得成せり、一たび蓮座に陞らば、則ち天下の衆生將に必ず普く陰德を被らんとす、今何事に仍り辱められて此に至るやと、性眞大に慚ぢ、良や久うして乃ち告げて曰く、性眞無狀、曾て南岳の仙女に橋上に遇ひ、一時の心を制する能はず、故に仍て以て罪を師父に得、命を大王に待てりと、

성진이 [이미]어찌할 수 없음을 알고 부처님과 사부에게 정중히

사직하고 사형제들과 서로 이별하고 역사를 따라 돌아갔다. 음혼관(陰魂關)에 들어가 망향대(望鄕臺)를 지나 풍도의 성 밖에 이르렀다. 문을 지키는 귀졸(鬼卒)이 어디서 왔는지를 묻자 역사가 말하기를,

"육관대사의 법지(法旨)를 받아 죄인을 데리고 왔다."

[그러자]귀졸이 성문을 열어 그를 들여보냈다. 역사는 즉각 삼라전(森羅殿)에 나아가 성진을 압송해 온 뜻을 전했다. 염왕이 그를 불러 들어오게 하고 성진을 가리켜 말하기를,

"상인(上人)의 몸은 남악사 연화 중에 있다 하더라도 상인의 이름은 이미 지장왕(地藏王)의 향안(香案) 위에 기재되어 있다. 과인이 생각하기를 상인이 큰 불도의 깨달음을 얻어 연좌(蓮座)에 한 번 오르면 곧 천하 중생이 장차 음덕을 입게 될 것이라고 생각했는데 지금 무슨 일로 욕되이 이 땅에 이르렀느냐?"

성진이 크게 부끄러워하며 잠시 후 고하여 말하기를,

"성진 못나게도 일찍이 남악의 선녀를 다리 위에서 만나, 한 때의 마음을 제어하지 못했습니다. 까닭에 [그로]인하여 사부에게 죄를 얻어 대왕의 명을 기다리고 있습니다."

閻王左右をして地藏王に上言せしめて曰く、南岳六觀大師、黃巾力士をして其弟子性眞を押送せしめ、冥司をして罪を論ぜしむ、而も此れ他の罪人と自ら別なり、敢て仰で稟すと、菩薩答て曰く、修行の人、一往一來當に其願ふ所に依る可し、何ぞ必ずしも更に問はんと、閻王方さに按決せんと欲す、兩鬼卒又告げて曰く、黃巾力士、六觀大師の法命を以て、八罪人を領して來り、門外に到れりと、性眞此言を聞き大に驚けり、閻王命じて、罪人を召す、南岳の八仙女匍匐して入

り、庭下に跪く、閻王問ふて曰く、南岳の女仙我が言を聽け、仙家は
自ら無窮の勝槪あり、自ら不盡の快樂あり、何爲れぞ此地に到るや
と、八人羞を含みて對へて曰く、妾等衛夫人娘々の命を奉じて、六觀
大師に起居を修し、路に性眞小和尙に逢ひ、問答の事有り、大師妾等
を以て、叢林の靜界を玷汚せりと爲し、衛娘々の府中に移牒し、妾等
を大王に拉し送れり、妾等の升沈苦樂は、皆大王の手に懸れり、伏し
て乞ふ大王大慈大悲之をして樂地に再生せしめんことをと、閻王使者
九人を定め之を前に招き、密々に分付して曰く、此九人を率ゐ速に人
間に往けと、言ひ訖るや、大風俄ち殿前に起り、九人を空中に吹き上
げ、之を四方八方に散ず。

　　염왕 좌우로 하여금 지장왕에게 상언(上言)하게 하며 말하기를,
　　"남악 육관대사가 황건역사로 하여금 그 제자 성진을 압송하게
하여 명사(冥司)로 죄를 논하게 하였습니다. 그러나 이는 다른 죄인
과 저절로 구별되기에 감히 우러러 품계합니다."
　　보살이 대답하여 말하기를,
　　"수행하는 사람의 왕래는 마땅히 그 바라는 바에 의할 것인데 어
찌 반드시 다시 묻겠습니까?"
　　염왕이 바야흐로 조사하고 죄를 물어 결단하려고 하는데, 두 귀졸
이 또한 고하여 말하기를,
　　"황건역사가 육관대사의 법명으로 여덟 죄인을 데리고 와서 문밖
에 이르렀습니다."
　　성진이 이 말을 듣고 깜짝 놀랐는데, 염왕은 명하여 죄인을 불렀
다. 남악의 팔선녀 포복하여 들어와 뜰아래 무릎을 꿇자 염왕이 묻

기를,

"남악의 여선(女仙)은 내 말을 들어라. 선가(仙家)는 본래 무궁한 경계가 있고 끝없는 쾌락이 있거늘, 어찌하여 이 땅에 이르렀느냐?"

팔인 부끄러움을 머금고 대답하여 말하기를,

"첩 등은 위부인 낭낭의 명을 받들어 육관대사에게 문안하러 갔다가 길에서 성진 젊은 스님을 만나 문답한 일이 있습니다. 대사께서는 첩 등이 스님들이 사는 조용한 세계를 더럽혔다 여기시어 위낭낭의 관청에 이첩(移牒)하여 첩 등을 대왕에게 납송(拉送)했습니다. 첩 등의 승침(昇沈)하는 고락(苦樂)은 모두 대왕의 손에 달렸습니다. 엎드려 바라건대 대왕께서 대자대비로써 [저희들을] 좋은 세상에서 다시 살게 하옵소서."

염왕 사자 9명을 시켜 [그들을] 불러 은밀히 분부하여 말하기를,

"이 9명을 이끌고 속히 인간세로 가거라."

말을 마치자 갑자기 전각 앞에 큰 바람이 일더니 9명을 공중으로 휘몰아 올려 사방팔방으로 흩어버렸다.

性眞使者に隨ひ、風力の驅る所と爲り、飄々搖々として終る所無し、薄つて一處に至る、風聲始めて息み、兩足已に地上に在り、性眞驚魂を收拾し、目を擧けて之を見れば、則ち蒼山盎々として四風し清溪曲々として分流し、竹籬茅屋、草間に隱映する者僅に十餘家、數人相對して立ち、私に相語つて曰く、楊處士夫人、五十の後に胎候あり、誠に人間稀有の事なり、臨産已に久しきに尙ほ兒の聲無し、怪む可し々々と、性眞默想して曰く、今は我れ當に人世に輪生す可し、而も此形身を顧るに只だ箇の精神のみ、骨肉は正に蓮華峯上に在りて已

に火に燒けぬ、我れ年少の故を以て、未だ弟子を蓄へず、更に何人か
有りて我が舍利を收めんかと、思量反覆、心切悽愴たり、俄にして使
者出で手を揮ひ之を招き言つて曰く、此地は卽ち大唐國淮南道の秀州
縣なり、此家は卽ち楊處士の家なり、處士は乃ち汝か父親、其妻は柳
氏、乃ち汝か慈母也、汝前生の緣を以て此家の子と爲る、汝須く速に
毋失吉の時に入る可しと、性眞卽ち入り見れば、則ち處士は葛巾を載
き野服を穿ち、中堂に坐し、爐に對して藥を煎る、香臭靄々然として
衣を襲ふ、房內に隱々として婦人呻吟の聲あり、使者性眞を促して房
中に入らしむ、性眞疑慮逡巡す、使者後ゐより推□す、性眞蹶然とし
て地に仆れ、神昏し氣窒し、天地飜覆の中に在る者の若し、然して性
眞大呼して曰く、我を救へ々々と、聲口喉間に在りて語を成す能は
ず、只だ小兒啼哭の聲を作す、侍婢走つて處士に告げて曰く、夫人小
郎君を誕生せりと、

성진이 사자를 따라 가다가 바람의 힘에 밀리어 흔들거리며 지향
없이 한 곳에 이르자 바람 소리 비로소 멈추면서 두 발이 이미 땅에 닿
았다. 성진이 놀란 혼을 수습하고 눈을 들어 보니, 푸른 산이 울창하게
사면에 둘러 있고 맑은 시내가 굽이굽이 여러 갈래로 흘러가는데 대
울타리 띠지붕의 초가가 수풀 사이로 보일 듯 말 듯 하는 것이 겨우 10
여 채였다. 몇 사람이 마주 보고 서서 [서로]은밀하게 말하기를,

"양처사(楊處士) 부인이 50이 넘었는데 태후(胎候)가 있으니, 참으
로 인간세의 희유한 일이다. 해산에 임한지 이미 오래되었는데 아직
아이의 소리가 없다. 이상한 일이로다. 이상한 일이로다."

성진 조용히 생각하며 말하기를,

65

"지금 내 마땅히 인간 세상에 윤생(輪生)하게 되었다. 그러나 이 몸의 형체를 되돌아보면 다만 한 개의 정신일 뿐으로 골육은 참으로 연화봉 위에 있어 이미 불에 태워져 버렸을 것이다. 내 나이 어린 까닭에 아직 제자를 기르지 못했으니, 다시 누가 있어 내 사리를 거둘 것인가?"

생각을 거듭할수록 마음은 처창(悽愴)할 따름이었다. 이윽고 사자가 나와 손을 휘둘러 그를 부르며 말하기를,

"이곳은 곧 대당국(大唐國) 회남도(淮南道) 수주현(秀州縣)이다. 이 집은 양처사의 집이다. 처사는 곧 네 부친, 그 처는 유씨(柳氏) 곧 네 자모(慈母)이다. 너는 전생의 연으로 이 집의 아들이 되었다. 너는 모름지기 속히 좋은 때를 잃지 말고 들어가야 할 것이다."

성진이 곧 들어가 보니, 처사는 갈건을 쓰고 야복(野服)을 꿰매어 입고 중당(中堂)에 앉아 화로에 약을 달이고 있었다. 향내가 자욱하니 사람에게 끼쳐 왔다. 방안에서는 은은하게 부인의 신음 소리가 있었다. 사자가 성진을 재촉하여 방중에 들어가게 했는데 성진은 의심하여 머뭇거렸다. 사자가 뒤에서 몸소 밀치니 성진이 놀라서 땅에 엎드렸다. 정신이 아득하고 숨이 막혀 천지가 번복하는 가운데 있는 것 같았다. 성진 크게 부르짖으며 말하기를,

"날 살려라 날 살려라."

소리는 목구멍 사이에 있으나 말을 이룰 수 없었고, 다만 어린애 울음소리만 들렸다. 시비가 달려와 처사에게 고하여 말하기를,

"부인이 사내 아기를 낳으셨습니다."

處士藥垸を奉じて入る、夫妻相對して滿面に歡喜す、性眞飢つれば

則ち飲み、飽けば則ち哭を止む、其始めに當つてや、心頭尚ほ蓮華道
場を記せり、其漸く長じて父母の恩情を知るに及び、然る後前生の事
已に茫然として知る能はず、處士其の兒子の骨格淸秀なるを見、頂を
撫で言つて曰く、此兒は必ず天人の謫降せる也と、之を名げて少遊と
曰ひ、之に字して千里と曰ふ、流光水の如く駛く、犀角日に長じ、於
焉の已に十歲に至れり、容ち溫玉の如く、眼は辰星の苦く、氣質擢
秀、知慮深遠、魁然として大君子の若し、處士柳氏に謂つて曰く、我
は本と世俗の人に非ず、而も君と下界の因緣有る故を以て、久く煙火
の中に留まりしも、蓬萊の仙侶書を寄せて招き邀ふること已に久し、
而も君が孤子たらんを念ひて決し去る能はざりき、今や天英子を黙祐
して斯に疎達超倫、穎容拔萃の子を得たり、眞に吾家千里の駒也、君
旣に依倚の所を得たり、晚年必ず將に榮華を覩富貴を享けん、此身の
去留は須く念に介せざる可しと、一日衆道人來つて堂上に集まり、處
士と與に或は白鹿に騎り、或は靑鶴に驂り、深山に向つて去れり、此
後惟だ往々空中より書札を寄する而已、蹤跡未だ嘗て家に到らず。

　처사는 약사발을 받들고 들어갔다. 부부는 서로 마주 보며 만면에
즐거움이 가득했다. 성진은 배고프면 마시고 배부르면 곡을 그쳤다.
그 처음에는 마음에 아직 연화도장을 기억했으나, 점차 자라며 부모
의 은정(恩情)을 알기에 이른 뒤로는 전생의 일은 이미 망연하여 알
지 못했다. 처사는 그 아이의 골격이 맑고 수려함을 보고 이마를 쓰
다듬으며 말하기를,

　"이 아이는 반드시 천인(天人)이 적강(謫降)한 것이다."

　이름을 소유라 붙였다. 자(字)를 천리라 했다. 세월이 물같이 빨리

흐르고, 무소뿔이 나날이 자라듯이 어언 10세에 이르렀다. 용모는 고은 옥과 같고 눈은 샛별 같으며, 기질이 남달리 빼어나고 지혜와 생각이 깊고 원대하여 빼어남이 대인군자와 같았다. 처사가 부인 유 씨에게 일러 말하기를,

"나는 본래 세속의 사람이 아닌데 그대와 하계의 인연이 있는 까 닭에 오랫동안 연화(煙火) 가운데 머물렀소. [그런데]봉래(蓬萊)의 선 려(仙侶)가 서(書)를 보내어 부른지 이미 오래되었소. [하지만]그대 의 외로움을 걱정하여 떠나갈 결정을 할 수 없었소. 이제 황천(皇天) 이 조용히 도우셔서 영민한 아들을 얻었는데, 총명하고 맑고 슬기로 움이 예사 아이들보다 특별히 뛰어나오. 참으로 우리집안이 천리로 뻗을 것이요. 그대가 이미 의지할 바를 얻었으니, 만년에는 반드시 장차 영화를 보고 부귀를 누릴 것이오. 이 몸의 떠나가는 것을 부디 괘념치 마시오."

하루는 여러 도인(道人)이 와서 당상에 모여 처사와 함께 혹은 백 록(白鹿)을 타고 혹은 청학(靑鶴)을 타고 깊은 산으로 떠났다. 그 후 다 만 간간히 공중에서 서찰을 보낼 뿐, 그 종적이 일찍이 집에 이른 적 이 없었다.

華陰縣の閨女信を通じ、藍田山の道人琴を傳ふ,
화음현의 규녀 신을 통하고, 남전산의 도인 금을 전하다

白楊處士登仙の後、母子相依りて日月を經過す、少游僅に數年を過 ぐるや、才名藹蔚し、卒に郡太守神童を以て朝に薦む、而も少游親老 ひたるを以て辭と爲し、肯て之に就かず、年十四五に至り、秀美の色

は潘岳に似、發越の氣は靑蓮に似、文章は燕許の如く、詩才は鮑謝の
如く、筆法は鏡王を僕命し智略は孫吳を弟畜し、諸子百家九流三敎、
天文地理六韜韜三略、舞槍の法、用劍の術、神授け鬼敎口精通せざる
無し、盖し前世條行の人なるを以て、心實洞澈、腦海炊廓、觸るゝ處
融解し、竹の刃を迎ふるが如く、風流俗士の比び非ざる也、一日母親
に告げて曰く、父親天に昇るの日、門戶の貴きを以て、之を小子に付
せらる、而も今や家計貧寠に、老母勤勞し給ふ、兒子若し甘んじて、
守家の狗、曳尾の龜と爲りて、世上の功名を求めずんば、則ち家聲以
て繼ぐ無く、母心以て慰むる無し、甚だ父親が斯待せるの意に非ざる
也、聞く國家方に科擧を設け、天下の群才を選ばんとすと、兒子暫く
母親の膝下を離ると雖、鹿鳴を歌つて西遊せんと、

　　양처사가 등선(登仙)[9]한 뒤 모자 서로 의지하며 세월을 보냈다. 불
과 수년이 지나 소유의 재명(才名)이 크게 일어나 마침내 군(郡)의 태
수가 신동으로 조정에 천거했다. 그러나 소유는 나이 드신 어머니를
[이유로]들어 사양하며 나아가기를 거절했다. 나이 14-5에 이르러,
뛰어나게 아름다운 용모는 반악(潘岳)을 닮았고, 준수한 기상은 이태
백을 닮았으며, 문장은 당나라 때의 연허(燕許)[10]와도 같았으며, 시
재(詩才)는 진나라 때의 포사(鮑謝)[11]와 같았다. 필법(筆法)은 종왕(鐘
王)을 따르고, 지략(智略)은 손오(孫吳)[12]를 따랐다. 제자백가(諸子百

---

9 하늘로 올라가 신선이 됨.
10 당 현종(玄宗) 때의 이름 난 신하인 연국공(燕國公)의 장설(張說)과 허국공(許國
公) 소정(蘇頲)을 가리키는 말로 두 사람 모두 문장이 뛰어났기 때문에 '연허대
수필(燕許大手筆)'로 일컬어 졌다.
11 남조 송나라 포조(鮑照)와 사영운(謝靈運)을 가리킨다.

家)와 구류삼교(九流三敎), 천문 지리(天文地理), 육도삼략(六韜三略), 무창(舞槍)의 법, 용검(用劍)의 술은 신으로부터 전수받고 귀신으로부터 가르침을 받아 정통치 아니한 것이 없었다. 대체로 전세(前世)에 수행한 사람으로, 마음의 틀이 깊고 넓고 맑으며, 가슴이 바다같이 넓고 크며, 이르는 곳이 깊은 것도 다 해결이 되었으니, 대나무가 칼을 맞이하듯 하여 평범한 세속의 선비에 비할 바가 아니었다. 하루는 모친에게 말하기를,

"부친이 하늘로 오르신 날 문호(門戶)의 일을 소자에게 맡기셨습니다. 그런데 지금 가계가 빈구(貧窶)하여 노모를 근로(勤勞)하게 하였습니다. 소자가 만약 집을 지키는 개가 되고 꼬리 끄는 거북이 되어 세상의 공명을 구하지 않는다면, 가문의 이름을 빛내지 못하고 어머님의 마음을 위로할 길이 없으니 [이는]부친이 기대하신 뜻에 어긋나는 것입니다. 들은 바에 의하면 국가에서 과거를 설치하여 천하의 군재(群才)를 뽑는다고 합니다. 소자 잠시 모친의 슬하를 떠나는 한이 있더라도 녹명(鹿鳴)을 노래하고 서유(西遊)하고자 합니다."

柳氏其志氣の卒に磈々ならざるを見るも、少年の行役慮り無き能はず、遠路の離別亦た且つ關心す、而かも已に其沛然の氣以て沮む可らざるを知り、乃ち黽勉して之を許し、盡く釵釧を賣りて盤纏を備給す、少游母親に拜辭し、三尺の書童と一匹の塞驢とを以て、道を取つて行く、行くこと累日にして、華州の華陰縣に至る、長安を距る已に遠からず、山川風物一倍明麗なり、科期尚ほ遠きを以て、日に數十里

---

12 중국 춘추 전국 시대의 병법가인 손무와 오기를 아울러 이른다.

を行き、或は名山を訪ひ或は古跡を尋ね、客路殊に寂寥ならず、忽ち
見る一區の幽莊、近く芳林を隔て、嫩柳影を交へ、綠烟織るか如し、
中に小樓あり丹碧照耀し、瀟洒遼夐、幽致想ふ可し、遂に鞭を垂れて
徐ろに行き、迫つて以て之を視れば、則ち長條細枝地を拂つて嫋娜た
り、美女の新たに浴し、綠髮風に臨んで自ら梳るか若く、愛す可く賞
す可き也、少游手に柳絲を攀ぢ、躊蜘去る能はず、歎賞して曰く、吾
か郷蜀中珍樹多しと雖、未だ曾て裊々たる千枝、毵々たる萬縷、此柳
の若き者を見ずと、

　　유씨는 [아들의] 그 의지와 기개가 녹록하지 않음을 보았기에, 소
년의 여행과 고생이 염려되고 먼 길의 이별 또한 걱정됐으나, 이미
그 활달한 기상을 막을 수 없음을 알고 부득이 허락하고, 비녀와 팔
찌를 모두 팔아 노자를 마련해 주었다. [하지만]소유는 모친에게 정
중히 사양하고 3척 서동(書童)과 한 필의 새려(塞驢)를 데리고 길을 떠
나갔다. 길을 떠난 지 며칠이 되어 화주(華州) 화음현(華陰縣)에 이르
렀는데 장안과의 거리 이미 멀지 않았다. 산천 풍물이 한결 맑고 고
우며 과거 날도 여전히 멀어, 하루에 수십 리를 가며 혹은 명산을 찾
아보고 혹은 고적을 찾으니, 여행길이 특히 적막하지는 않았다. 문
득 보니 한 곳에 그윽한 별장이 있는데, 가까이에 향기로운 수풀이
닿아 있고 연약한 버들 그림자가 서로 엉키어 푸른 연기는 비단을 짠
듯했다. 그 가운데에 작은 누각이 있는데, 붉으락푸르락 맑게 비쳐
빛남이 아득히 멀어 그 그윽함이 가히 짐작할 만하였다. 마침내 말
채찍을 드리우고 천천히 다가가서 보니, 긴 가지 짧은 가지가 땅에
얽혀 하늘거리는 것이 [마치]미녀가 새로 목욕하고 검은 머리가 바

람에 휘날리어 저절로 빗질되어지는 것 같아 가히 아름답고 구경할 만하였다. 소유가 버들가지를 손에 쥐고 머뭇거리며 떠나지 못하고 탄상(歎賞)하며 말하기를,

"내 고향 촉(蜀)에도 진귀한 나무가 많았지만, 천 가지가 나긋나긋하고 만 가지 실8들이 너울거리는 이런 버들은 일찍이 본 적이 없다."

乃ち楊柳詞を作る、其詩に曰く。
楊柳靑如織。長條拂畵樓。
願君勤種意。此樹最風流。
楊柳垂靑々。長條拂綺楹。
願君莫攀折。此樹最多情。

이에 양류사(楊柳詞)를 지었다. 그 시에 이르기를,

수양버들이 푸르러 베 짜는 듯하니, 긴 가지 그림 그린 누각에 떨쳤구나.
이 나무가 가장 풍류 있으니, 그대는 부지런히 심기 바란다.
수양버들이 자못 이리 푸르고 푸르니, 긴 가지가 비단 기둥에 떨쳤구나.
이 나무가 가장 정이 많으니, 그대는 휘어잡아 꺾지 말기 바란다.

詩成つて朗詠すること一遍。其聲淸亮榮爽。宛も金を扣ち石を擊つが如く、一陣の春風其の餘響を吹き樓上に飄□す、其中に適ま玉人あり、午睡方に濃かなり、忽然として驚き覺め、枕を推して起坐し、繡

戸を拓開して雕欄に徒り倚り、流眄凝□、四顧聲を尋ぬ、忽ち楊生の
兩眸と相値ふ、鬢影たる雲髮亂れて雙鬟に垂れ、玉釵歌斜、眼波朦朧
として、芳魂痴なるか如く、弱質力無く、睡痕猶ほ眉端に在り、鉛紅
半は瞼上に消ロ、天然の色嫣然の態、言語を以て形容す可らず、宛然
たる丹青描畵なり、兩人脉々として相看、未だ、辭を措かず、楊生先
づ書童を林前の客店に送り、夕炊を備へしむ、是に至り還り報じて曰
く、夕飯已に具はれりと、

　　시를 완성하고 낭랑하게 한 번 읊조리니, 그 소리가 맑고 깨끗하
며 호탕하고 시원스러워서, 흡사 쇠를 두드리고 돌을 치는 것 같았
는데, 한 줄기 봄바람이 그 소리의 울림을 불어내니 누각 위에서 흩
어졌다. 그 가운데 마침 옥인(玉人)이 있어 낮잠을 취했다가 깜짝 놀
라 깨어나 베개를 밀치고 자리에서 일어나 수놓은 창을 밀어젖히고
는, 아로새긴 난간에 의지하여 눈을 흘기며 사방을 돌아보고 소리
나는 곳을 찾다가 문득 양생과 서로 눈이 맞았다. 풀어 헤친 구름 같
은 머리털은 양쪽 귀밑에 드리웠고, 옥비녀는 아름답게 비스듬히 걸
려 있으며, 눈빛은 몽롱하여 꽃다운 정신은 넋을 잃은 듯하고, 약한
기질은 힘이 없어 졸음 흔적이 여전히 눈썹 끝에 맺혔으며, 뺨 위의
연지는 반이나 지워져 있어 본래의 자색과 예쁜 몸가짐은 말로 형용
할 수없는 단청(丹青)의 묘화(描畵)였다. 두 사람은 물끄러미 바라보
며 아직 말을 건네지도 못했다. 양생은 먼저 서동을 임전(林前)의 객
점(客店)에 보내어 저녁식사를 준비하게 했다. 이에 이르러 돌아와
보고하여 말하기를,

　　"저녁 식사[준비]를 이미 갖추었습니다."

美人情を凝らして熟視し、戸を閉ちて入る、惟だ陣々たる暗香有
り、風に泛んで來る而已、楊生大に書童を恨むと雖、一垂の珠箔、弱
水を隔つるか如く、遂に書童と與に來る、一步一顧、紗面已に緊く閉
ぢて開かずなりぬ、來つて客室に坐し、悵然として魂消ゆ、元來此女
子、姓は奉氏名は彩鳳、卽ち秦御史の女也、早く慈母を失ひ、且つ兄
弟無く、年讒に笄に及び、未だ人に適かず、時に御史は京師に上り、
小姐獨り家に在り、夢寐の外忽ち楊生に逢ひ其貌を見て其風彩を悅
び、其詩を開き其才華を慕ひ、乃ち思惟すらく、女子人に從ふ終身の
大事なり、一生の榮辱、百年の苦樂皆な丈夫に係る、故に卓文君は、
寡婦を以てして相如に從へり、今我は卽ち處子の身也、自ら媒するの
嫌ありと雖、臣も亦た君を擇ぶと、古に云はずや、今若し其姓名を問
はず、其居住を知らずんば、他日父親に禀告して、媒妁を送らんと欲
すと雖、東西南北何れの處にか尋ぬ可きと、是に於て一幅の牋を展
べ、數句の詩を寫し、封じて乳媼に授けて曰く、此の封書を持て彼客
店に往き、曩きに身小驢に乘りて此樓下に到り、楊柳の詞を詠せるの
相公を尋ね得て之を傳へ、我か芳緣を結び永く一身を託せんと欲する
の意を知らしめよ、此れ吾が重大の事なり、愼んで虛徐する勿れ、此
相公や、其容顏玉の如く、眉宇畵の如し、衆人の中に在りと雖、昂々
として鳳凰の雜群を出づるが如し、媼必ず親ら見ロて此情書を傳へよ
と、乳媼曰く、謹んで敎の如くす可し、而も異時老爺若し問あらば、
則ち將た何を以て之に對せんか、小姐曰く、此れ則ち我れ自ら之に當
らん、汝慮る勿れと、

　미인이 정다운 눈길로 그윽히 바라보다가 문을 닫고 들어갔다. 다만 은은히 풍기는 그윽한 향기가 바람에 날려 와 떠돌 뿐이었다. 양생은 서동을 크게 원망하였지만 한 번 구슬주렴을 드리우니 약수(弱水)와 같이 격한 듯하였다. 마침내 서동과 함께 돌아오면서 내딛는 걸음마다 한 번씩 뒤돌아보았으나, 사창(紗窓)은 이미 굳게 닫힌 채 열리지 않았다. 돌아와서 객실에 앉으니 섭섭하여 넋이 빠졌다. 원래 이 여자 성은 진씨(秦氏)이고 이름은 채봉이었다. 바로 진어사(秦御史)의 딸이다. 일찍 자모(慈母)를 잃고 또한 형제가 없으며, 나이 겨우 비녀 꽂을 때에 이르렀는데 아직 시집은 가지 않았다. 이때 어사는 서울에 올라가고 소저 홀로 집에 있었는데, 뜻밖에 문득 양생을 만나게 되어 그 용모를 보고 그 풍채를 기뻐하며 그 시를 듣게 되었다. 그 뛰어난 재능을 사모하여 마음속으로 말하기를, '여자가 남자를 따르는 것은 일생의 큰일이다. 일생의 영욕(榮辱)과 백년의 고락(苦樂)이 모두 장부(丈夫)에게 달려 있다. 그러므로 탁문군(卓文君)은 과부의 신분으로 상여(相如)를 따랐다. 지금 나는 처자의 몸이다. 스스로 중매하는 것은 싫다 하더라도, 신하도 또한 임금을 가린다는 옛말이 있지 않는가? 지금 만약 그 성명을 묻지 않고 그 거주를 모른다면, 다른 날 부친에게 품고(稟告)하여 매작(媒妁)을 보내고 싶다 해도, 동서남북 어느 곳에서 찾을 것인가?' 이에 한 폭의 전(牋)을 펼쳐서 여러 구의 시를 베끼고 봉하여 유모할멈에게 주며 말하기를,

"이 봉서(封書)를 가지고 저 객점에 가서, 아까 작은 나귀를 타고 와 이 누각 아래에 이르러, 양류사를 읊은 상공을 찾아 그것을 전하고, 내가 꽃다운 인연을 맺어 오래도록 한 몸을 의탁하고 싶은 뜻을 전하여라. 이것은 나의 [일생의]중대사이다. 삼가 허술하게 하지 말라. 이 상공은 그 용모가 옥과 같고 눈썹은 그린 듯 하여 중인 가운데

있다 하더라도 닭 무리 중에서 특출한 봉황과 같은 것이다. 유모할멈이 몸소 만나보고 이 정(情)이 담긴 글을 전하여라."

유모할멈이 말하기를,

"삼가 가르침대로 하겠습니다. 그러나 다른 때 어르신께서 만약 물으시면 장차 무어라 대답하실 것입니까?"

소저가 말하기를,

"이것은 내 스스로 감당할 것이다. 너는 염려하지 말라."

乳娘門を出でゝ去り、旋つて又還り問ふて曰く、相公或は己に室を娶り、或は旣に婚を定めば、則ち何を以て之を爲さんか、小姐沈吟時を移し、乃ち言つて曰く、不幸已に娶らば、則ち我れ固り副と爲るを嫌はず、而かも我れ此人の年を觀るに、是れ靑陽なり、恐らくは未だ室家あるに及ばじと、乳娘乃ち客店に往き、楊柳詞を吟咏せるの客を訪問す、此時楊生出でゝ店門の外に立ち、老婆の來訪を見るや、忙ぎ迎へて問ふて曰く、楊柳詞を賦する者は卽ち小生也、老娘の問ひ何の意有つてか、乳娘は楊生の美なるを見て復た疑を致さず、但だ云ふ、此れ對話の地に非ずと、楊生乳娘を引て客榻に坐し、其の來り尋ぬるの意を問ふ、乳娘問ふて曰く、郎君楊柳の詞を何れの處に詠ぜりや、答へて曰く、生は遠方の人を以て、始めて帝折に入り、其佳麗を愛し、選勝を歷覽し、今日の午適ま一處に過ぎれり、卽ち大路の北小樓の下、綠楊林を成し、春色玩ぶ可し、感興の餘一詩を賦し得て之を詠ぜり老娘何を以て之を問ふやと、

유모할멈이 문을 나서다가 다시 돌아와 물어 말하기를,

"상공이 혹[결혼하여]이미 아내를 취하였거나, 혹은 이미 정혼을 정했다면 어찌 하시겠습니까?"

소저가 잠시 깊이 생각하다가 이에 말하기를,

"불행히 이미 [부인을]취했다면 내 군이 첩이 되는 것을 싫어하지 않을 것이다. 그러나 내가 이 사람의 나이를 보건대 청양(靑陽)으로 곧 봄(春)이다. 아마도 아직 아내가 있지 않을 것이다."

유모할멈이 이에 객점에 가서 청류사[13]를 읊조리던 객을 방문했다. 이때 양생이 나와 가게 문밖에 서서 노파가 내방함을 보자 서둘러 맞이하여 묻기를,

"양류사를 지은 이는 곧 소생이오 할멈의 물음 무슨 뜻이 있습니까?"

유모할멈은 양생의 아름다움을 보고 다시 의심하지 않고 말하기를,

"여기는 대화할 곳이 아닙니다."

양생이 유모할멈을 이끌어 객탑(客榻)에 앉히고 그 와서 찾는 뜻을 물었다. 유모할멈이 묻기를,

"낭군은 양류사를 어디에서 읊었습니까?"

대답하기를,

"소생은 먼 곳 사람으로 처음 제절(帝折)에 들어와 그 아름답고 고움을 사랑하고 경치가 좋은 곳을 골라 두루 다니면서 오늘 오후 우연히 한 곳을 지났습니다. 큰 길의 북쪽[에 있는]] 작은 누각 아래 에 푸르게 우거진 버들이 수풀을 이루고 있어 봄의 경치를 구경할 만했습니다. [그리하여]흥겨운 나머지 시 한 편을 지어 그것을 읊었습니다만 할멈은 어찌하여 물으십니까?"

---

13 양류사를 이른다.

媼曰く、郎君其の時何人と相面せしや、楊生曰く、小生幸に天仙の
樓上に降臨せるの時に値ひ、艷色尙ほ眼に在り、異香猶ほ衣を洒ふ
と、媼曰く、老身富に實を以て之に告ぐ可し、其家な蓋し吾か主人秦
御史の宅、其女は卽ち吾家の小姐也、小姐幼時より、心明性慧、大に
人を知る、鑑あり、相公を一見し、便ち身□託せんと欲せり、而も御
史方さに京華に在り、往復稟定の間に、相公必ず轉して他處に向
はゞ、大海の浮萍、秋風の落葉、將に何を以て其蹤跡を訪はんや、絲
□之に託せんと□ふの心切に、今は實に其れ自ら躍るを之れ恥づと
雖、而かも三生の緣は重く一時の嫌は小也、是を以て經を捨てゝ權に
從ひ、羞を包み漸を冒し、老妾をして郎君の姓氏及び、鄕貫を問はし
め、仍ほ婚娶せしや否やを探らしむやと、生之を聞さ喜色面に溢れ、
謝して曰く、小生は楊少游、家は本と楚に在り、年幼にして未だ娶ら
ず、惟だ老母堂に在り、花燭の禮は、當に兩家の父母に告げて後に之
を行ふ可し、結親の約は今一言を以て之を定めん、華山長へに靑く、
渭水絶へずと乳娘と亦た大に喜び、袖中より一封の書を出だし、以て
生に贈る、生之を拆き見れば、卽ち楊柳詞一絶なり、

　　　　유모할멈이 말하기를,
　　　　"낭군은 그 때 누구를 만났습니까?"
　　　　양생이 말하기를,
　　　　"소생은 다행히 천선(天仙)이 누각 위에 강림한 때에 만났는데 고
　　운 빛이 여전히 눈에 어리고 기이한 향기는 여전히 옷에 풍깁니다."
　　　　유모할멈이 말하기를,
　　　　"늙은 이 몸이 마땅히 사실을 고하겠습니다. 그 집은 우리 주인 진

어사의 댁이고, 그 여인은 곧 우리 집의 소저입니다. 소저는 어릴 때부터 마음이 밝고 성품이 총명해서, 크게 사람을 알아보는 직감이 있습니다. 상공을 한 번 보고 곧 몸을 의탁(託)하고자 하였으나 어사께서 마침 서울에 계시고, 왕복하여 품정(稟定)하는 사이에 상공께서 [다른 곳으로]발길을 돌리신다면 대해(大海)의 부평(浮萍)과 같고 추풍의 낙엽과 같은지라, 장차 어떻게 그 종적을 찾을 수 있겠습니까? 그것에 의탁하고자 하는 간절한 마음과 스스로 일어나는 부끄러운 마음이 있으나, 삼생(三生)의 인연이 중하고 한 때의 내키지 않는 마음은 적습니다. 그러므로 이에 도리를 버리고 권세를 따라 수치스러움을 간직하며, 부끄러움을 무릅쓰고 노첩(老妾)으로 하여 낭군의 성씨 및 향관(鄕貫)을 알아보고 또한 혼취(婚娶)하였는지 여부를 알아오게 했습니다."

소생이 그것을 듣고 기쁨이 얼굴에 가득하여 사례하며 말하기를, "소생은 양소유로 집은 본래 초(楚)나라에 있으며, 아직 나이가 어려 [부인을]취하지 않고 있습니다. 다만 노모께서 집에 계시니 화촉(華燭)의 예는 마땅히 양가의 부모에게 고한 뒤에 행하여야 할 것입니다. 결친(結親)의 약속은 지금의 일언(一言)으로 정하겠습니다. 화산(華山)은 오래도록 푸르고 위수(渭水)는 끊어지지 않을 것입니다."

유모할멈도 또한 크게 기뻐하며 소매에서 봉서 하나를 꺼내어 양생에게 주었다. 양생이 그것을 보니 곧 양류사의 일절이다.

其詩に曰く。

樓頭種楊柳 擬繫郎馬住。

如何拆作鞭 催向章臺路。

그 시에 이르기를,

　누각 옆에 심어 놓은 버드나무에, 낭군은 말을 매어 머무는 듯
하더니
　어찌하여 꺾어 채찍을 만들어, 장대 (서울) 가는 길 달려가기를
재촉하는가.

　生其の淸新を艶とし、亟に歎服を加へ、之を稱して曰く、古への王
石丞李學士と雖以て加ふる蔑しと遂に牋を披きて一詩を寫し、以て嫗
に授く、其に曰く。
　楊柳千萬絲 絲々結心曲。
　願作月下繩 好結春消食。

　양생이 그 [시의] 청신(淸新)함이 아름답다 여겨 지극히 탄복하여
칭찬하며 말하기를,
　"옛날 왕석승(王石丞)[14], 이학사(李學士)라 하더라도 [이보다]더할
것이 없을 것입니다."
　마침내 전(牋)을 펴서 시 한 편을 베끼어 유모할멈에게 주었다. 그
시에 이르기를,

　버들이 천 만실이나 하니, 실마다 마음 굽이에 맺혔구나.
　원컨대 달 아래 노를 만들어, 봄소식을 맺었으면 좋겠네.

---

14 한문 텍스트는 '우승(右丞)'으로 되어 있다.

　乳娘受けて懷中に置き、店門を出で去る、楊生呼んで之に語つて曰く、小姐は秦の人、小生は楚の人なり、一だび散後は、萬里相阻て、山用脩夐、消息通じ難し、況んや今日の此事、既に良媒無く、小生の心憑信す可きの處無し、今夜の月色に乘じ、小姐の容光を望み見んと欲す、知らず老娘以て如何と爲す、小姐の詩中にも亦た此意あり、望むらくは老娘更に小姐に稟せよと、乳娘去つて卽ち還り來つて曰く、小姐、郎君の和詩を奉じて大に感激せり、且つ備さに郎君の意を傳へしに、小姐曰ふ、男女未だ禮を行ふに及ばずして、私に相見ゆるは、極めて其禮に非ざるを知るも、方に身を其人に託せんと欲す、何ぞ其言に違ふこと有る可けんや。只だ中夜相會せば。人言畏る可く、異日父親若し之を知らは、則ち必ず大に責むること有らん、明日を待つて中堂に相會し、相與に約定せんと欲すと云へり、楊生嗟歎して曰く、小姐明敏の見、正大の言、小生の及ぶ所に非ずと、乳娘に對し、再三勤囑し、期を失はしむる毋れと、乳娘唯々として去る。

　유모할멈이 받아서 품속에 넣고 가게 문을 나서 떠났다. 양생이 불러 그에게 말하기를,

　"소저는 진나라 사람 소생은 초나라 사람이니, 한 번 이별한 뒤에는 만 리 길이 서로 떨어져 있고 산천이 멀고머니 소식을 통하기 어렵습니다. 더구나 오늘의 이 일은 좋은 중매가 없어 소생의 마음에 증거를 삼아 믿을만한 곳이 없습니다. 오늘밤 달빛을 타서 소저의 용모를 멀리서[나마] 바라보고 싶습니다. 노낭은 어떻게 여기실지 모르겠습니다. 소저의 시에도 또한 이러한 뜻이 있습니다. 바라건대 노낭이 다시 소저에게 말씀드려 주십시오."

유모할멈이 갔다가 곧 돌아와서 말하기를,

"소저, 낭군의 화시(和詩)를 받고 크게 감격했습니다. 또한 자세히 낭군의 뜻을 전하니 소저가 '남녀가 아직 예식을 행하지 않고 사사로이 만나는 것은 지극히 예가 아님을 알지만, 바야흐로 [이]몸을 그 사람에게 의탁하려고 하니, 어찌 그 말에 어김이 있을 수 있겠는가? 다만 한밤중에 서로 만나면 가히 남의 말이 두렵고, 다른 날 부친께서 만약 아시게 되면 반드시 크게 책함이 있을 것이다. 내일을 기다려 중당(中堂)에서 서로 만나 언약을 정하고자 한다고 말했습니다."

양생이 탄식하며 말하기를,

"소저의 명민한 견해와 바르고 큰 뜻은 소생이 미칠 바가 아닙니다."

유모할멈에게 재삼 때를 놓치지 말라고 삼가 부탁하니, 유모할멈이 예예하며 떠났다.

是の夜楊生は店中に留宿し、輾展して寢ねず、坐して晨雞を待ち、苦に春宵の長きを恨めり、俄にして斗杓初めて轉し、村鷄催鳴し、方に童を呼んで馬に□はんと欲す、忽ち聞く千萬人喧□の聲、潮湧湯沸、西方よりして來る楊生大に驚き、衣を攝して出で、街に立つて之を見れば、則ち劒を執るの亂卒、亂を避るの衆人、山を籠め野を絡り、紛駢雜還、軍聲地を勤かし、哭音天に響く、之を人に問へば則ち曰く、神策將軍仇士良、自ら皇帝と稱し、兵を發して反す、天子楊州に出巡し、關中大に亂れ、賊兵四散して人家を却掠すと、且つ傳へ言ふ、函關を閉ぢ、往來の人を通ぜず、良賤を論ぜず皆な軍丁に住むと、生聞て慌忙驚懼し、直に書童を率ゐ、驢に鞭つて行を促ぎ、藍田山を望んで去り、岩穴の間に竄伏せんと欲す。

이날 밤 양생은 가게 안에서 유숙하며 이리 뒤척 저리 뒤척하며 잠들지 못하고 앉아서 새벽닭이 울기만을 기다리고 있었는데 기나긴 괴로운 봄밤을 한했다. 이윽고 북두칠성이 비로소 [자리를]옮기고 닭 울음소리가 울렸다. 막 동자를 불러 말에게 꼴을 먹이려 했다. 홀연 천만인이 시끌벅적거리는 소리가 밀물이 밀려들어 오듯이 물이 끓듯이 서쪽으로부터 [들려]왔다. 양생이 크게 놀라 옷을 고쳐 입고 나가 길에 서서 보니, 검을 쥔 난졸(亂卒)과 피난하는 여러 사람들이 산과 들을 휩쓸어 혼란스럽게 들어오니, 군사들의 소리가 땅을 진동하고 곡성이 하늘을 향했다. 사람에게 물으니 대답하기를,

"신책장군(神策將軍) 구사량(仇士良)이 스스로 황제라 칭하고 군사를 일으켜 반역을 하였소. 천자는 양주(楊州)로 출경(出迡)하시는데 관중(關中)이 크게 어지러워 적병(賊兵)이 사방으로 흩어져 인가를 약탈하고 있소."

또한 전하여 말하기를,

"함관(函關)을 닫아 왕래하는 사람을 통하지 못하게 하여 양민과 천민을 막론하고 모두 군정(軍丁)으로 살게 하고 있소."

양생이 듣고 어리둥절 두려워 하며 즉각 서동을 이끌고 나귀를 채찍질하여 길을 재촉했다. 남전산(藍田山)을 바라보며 떠나 암혈(巖穴) 사이로 도망가 숨으려 했다.

仰で絶頂の上を見れば、數間の草屋有り、雲影掩翳、鶴聲淸亮なり、楊生其の人家あるを知り、岩間石徑に從つて上る、道人有り、几に凭つて臥し、生の至るを見、坐を起つて問ふて曰く、君は是れ亂を避るの人、必ず淮南楊處士の令郎ひらんと、楊生趨り進んで再拜し、

83

涙を舍んで對へて曰く、小生は果して是れ楊處士の子也、嚴父に別れ
しより、只だ慈母に依り、氣質甚だ魯、才學俱に蔑く、而も妄に徽□
の計を生じ、死を冒し國の賓を觀んとし、行て華陰に到り、猝に變亂
に値へり、圖らずも今日大人を拜するを獲るは、此れ必ず上帝の微誠
を俯鑑し給ひ、叩りに大仙の几杖に陪し、嚴父の消息を聞くことを得
せしむる也、伏して乞ふ、仙君一言を□む無く、以て人子の心を慰め
よ、家嚴今ま何れの山に在る、而して體履亦た如何と、

절정의 위를 우러러 보니 여러 채의 초가집이 있었다. 구름 그림
자에 가려 있고 학 소리가 맑고 시원했다. 양생이 인가가 있음을 알
고, 바위틈의 돌길을 따라 올라가니, 한 도인이 책상에 기대어 누워
있었다. 양생이 오는 것을 보고 일어나 앉아 묻기를,

"자네는 난을 피하는 사람으로 반드시 회남 양처사의 영랑(令郎)
일 것이다."

양생이 재빨리 나아가 두 번 절하고 눈물을 머금고 대답하여 말하
기를,

"소생은 과연 양처사의 아들입니다. 엄부(嚴父)와 이별하고부터
오직 자모에 의지하여, 기질이 심히 노둔하고 재주와 학식이 모두
변변치 않습니다. 그런데도 망령되게 요행(徼倖)의 생각으로, 죽음
을 무릅쓰고 국빈(國賓)을 보고자 화음(華陰)에 왔다가 갑자기 변란
을 만났습니다. 생각지도 못하게 오늘 대인(大人)을 만나 뵙게 된 것
은 [이는]반드시 상제의 조그만 정성으로 대선(大仙)의 제자가 되어
따르도록 하여 엄부의 소식을 듣게 하신 것입니다. 엎드려 비건대
선군께서는 일언을 아끼지 마시고 사람의 아들의 마음을 위로하여

주십시오. 가엄(家嚴)은 지금 어느 산에 계시고 체리(體履)는 또한 어
떠하신지요?"

道人笑つて曰く、尊君我れと碁を紫閣峯上に圍み、別れ去りしは屬
ろのみ、未だ其の何れの處に向へるを知らず、而も童顏改めず綠髮長
春なり、惟れ君懷を傷むを要さずと、楊生泣き訴へて曰く、或は先生
に因り一たび家嚴を拜するを得可きや、道人又笑つて曰く、父子の情
は深しと雖、仙凡の分は逈かに異れり、君の爲めに之を圖らんと欲す
るも未だ由あらざる也、況や三山渺邈、十洲空濶なり、尊公の去就何
を以て知るを得ん、君旣に此に到れり、姑く且つ留宿し、徐ろに道路
の通ずるを待つて、歸り去るも亦た未だ晩からざる也と、楊生父親が
安寧の報を聞くと雖、道人落々として更に顧念の意無く、會合の望み
已に絶へ、心緖悽愴、泪流れて面に被る、道人之を慰めて曰く、合し
ては離れ、離れては合す、亦た理の常也、何爲れぞ無益の悲を爲すぞ
と、楊生泪を拭ふて謝し、隅に倚つて坐す、道人壁上の玄琴を指ざし
問ふて曰く、君能く之を解する乎、生對へて曰く、素癖ありと雖未だ
眞師に遇はず、其妙處を得ずと、道人童子をして琴を生に授けしめ、
之を彈ぜしむ、生遂に之を膝上に置き、風入松の一曲を奏す、

　　도인이 웃으며 말하기를,
　　"존군(尊君)은 나와 자각봉(紫閣峯) 위에서 바둑을 두다 헤어졌는
데 [그때까지의 일을]보았을 뿐, 아직 어느 곳으로 향하는 것은 알지
못한다. 그러나 동안(童顏)도 변함없고 녹발(綠髮)도 봄과 같다. [그러
니]자네는 마음을 상할 필요는 없다."

양생이 울며 호소하여 말하기를,

"혹은 선생을 통하여 한 번 아버님을 배할 수 있겠습니까?"

도인이 또 웃으며 말하기를,

"부자의 정은 깊은 것이라 하더라도 선인과 속인의 구별은 매우 다르다. 자네를 위해 주선하고 싶어도 할 수가 없다. 또한 삼산(三山)이 아득히 멀고 십주(十州)가 넓으니, 존공의 거취를 어찌하여 알 수 있겠는가? 자네가 이미 여기에 이르러 잠시 또한 유숙하니 천천히 길이 통하기를 기다려 돌아가는 것도 또한 아직 늦지 않을 것이다."

양생은 부친이 안녕하다는 소식을 들었다 하더라도 도인이 [자신의]사정을 돌아봐 줄 뜻이 없어 보였기에 [부친을]만나는 희망이 이미 끊어졌다. [그리하여]마음이 처참해져 흐르는 눈물로 얼굴을 적셨다. 도인이 위로하여 말하기를,

"만나고 헤어짐과, 헤어지고 만나는 것 또한 [역시]이치이다. 어찌 무익한 슬픔을 위한 것이겠는가?"

양생이 눈물을 훔치며 사례하고, 모퉁이에 기대어 앉았다. 도인이 벽 위의 금(琴)을 가리키며 묻기를,

"자네 능히 그것을 탈 줄 아는가?"

양생이 대답하여 말하기를,

"조금 탈 줄 압니다만 아직 진사(眞師)를 만나지 못하여 그 묘처(妙處)를 얻지 못했습니다."

도인이 동자로 하여금 금을 생에게 주게 하고 그것을 연주하게 하였다. 양생이 마침내 무릎 위에 금을 두고 풍입송(風入松) 한 곡을 연주했다.

道人笑ふて曰く、用手の法活動敎ふ可しと乃ち自ら其琴を移し、千古不傳の四曲を以て、次第に之を敎ゆ、淸にして幽、雅にして亮、寔に人間未だ聞かざる也、生本來音律に精通し、且つ神悟多く、一たび學べば能く盡く其妙を傳ふ、道人大に喜び、又た白玉の洞簫を出だし、自ら一曲を吹き以て生に敎へ、仍て之に謂うて曰く、知音相遇ふは古人も難しとする所、今此の一琴一簫を以て君に贈る、日後必ず用處あらん、君其れ之を識るせと、生受けて拜謝して曰く、小生の先生を拜するを得しは、必ず是れ家親の指導なり、先生は卽ち家親の故人なり、小生の先生に敬事する、何ぞ家親に異ならんや、先生の杖屨に侍べり、以て弟子の列に備らんこと、小生の願ひ也と、道人笑ふて曰く、人間の富貴自ら來つて君に偪れり、君將さに免る可らざらんとす、何ぞ能く老夫に從遊し岩穴に栖在せんや、況や君か畢竟歸するの處は、我と各の異り、我の徒に非ざる也、但だ殷勤の意に負くに忍びず、此の彭祖方書一卷を贈らん、老夫の情此れ領す可し、之を習へば則ち久しく延年する能ずとも、亦以て病を消し老を却くるに足らんと、

　　도인이 웃으며 말하기를,
　　"손을 쓰는 법이 활발하니 가르칠 만하다."
　　이에 스스로 그 금을 옮겨 천고(千古)에 전하지 못했던 네 곡조를 차례로 가르쳤다. [그 소리가]맑고 그윽하며 우아하고 밝아, 실로 인간이 아직 듣지 못한 것이었다. 양생은 본래 음률에 정통하고 또한 신비할 정도로 깨우침이 많아서 한 번 배우면 능히 남김없이 그 오묘함을 전할 수 있었다. 도인이 크게 기뻐하며 또한 백옥(白玉)의 통소를 꺼내어 스스로 한 곡을 불어 양생에게 가르치며 이에 일러 말하기를,

"지음(知音)을 서로 만나기는 고인도 어렵게 여기던 바, 지금 이 거문고 하나와 통소 하나를 자네에 주겠다. 후일 반드시 쓸 곳이 있을 것이다. 자네는 그것을 기억하라."

양생이 받고 공손하게 사례하며 말하기를,

"소생이 선생께 절할 수 있었던 것은 반드시 가친의 지도입니다. 선생은 곧 가친의 고인이니, 소생이 선생을 공경하여 섬기는 것이 어찌 가친과 다르겠습니까? 선생의 지팡이와 짚신을 모시며, 제자의 열(列)을 갖추고자 하는 것이 소생의 원입니다."

도인이 웃으며 말하기를,

"인간의 부귀가 스스로 와서 자네에게 다가올 것이니, 자네는 장차 면할 수 없을 것이다. 어찌 능히 노부를 좇아 암혈에서 살 수 있겠는가? 더구나 자네가 필경 돌아갈 곳은 나와 각각 다르니 나의 제자가 [될 사람이]아니다. 다만 은근한 정을 차마 저버리지 못하여, 이 『팽조방서(彭祖方書)』한 권을 주겠다. 노부의 정으로 이것을 받아 그것을 익히면 오랫동안 수명을 연장할 수 없다 하더라도, 또한 병을 없애고 늙음을 물리치기에 족할 것이다."

生復た起つて拜し之を愛く、仍て問ふて曰く、先生小子を以て之を期するに人間の富貴を以てす、敢て前程の事を問はん、小子曩きに華陰縣に於て、秦家の女子と方に婚を約せしも、亂兵の逐ふ所と爲り、奔竄して此に至れり、未だ知らす此婚成るを得可きや否や、道人大に笑つて曰く、婚姻の事は昏黑夜に似たり、天機輕しく泄す可らず、然ども君の佳緣は累處に在り、秦女必ずしも偏に自ら縫戀せざらんと、生跪て命を受け、道人に陪して客堂に同宿す、天未だ明けざるに、道

人楊生を喚び覺まし、之に謂つて曰く、道路既に通ぜり、科擧の期は
明春に延び定まれり、想ふに大夫人方さに倚閭の望み切ならん、須く
早く故鄕に歸る可し、北堂の憂を貽す毋れと、仍て路費を計り給す、
生床下に百拜して厚眷を稱謝し、琴書を收拾し行て洞門を出づ、依黯
に勝へず、矯首して茅茨を回顧す、道人已に去つて處無く、惟た曙色
蒼凉、彩□葱籠たる而已、楊生の山に入るの初め、楊花未だ落ちざり
しも、一夜の間に菊花滿發せり、生大に以て怪と爲し、之を人に問へ
ば、已に秋八月なり、來つて舊日の客店を訪へば、既に兵火を經て村
落蕭條し、前日經過の時と大に異り、擧に赴ける士紛々として下り來
る、生都下の消息を問へば、則ち答へて曰く、國家諸道の兵馬を召し
五ケ月を過ぎ始めて潛亂を平げ、大駕都に還れり、科擧は明春を以て
するに退定せりと、

양생이 다시 일어나 절하고 그것을 받았다. 이에 묻기를,

"선생께서 소자에게 인간의 부귀를 기약하셨습니다. 감히 앞날
의 일을 묻겠습니다. 소자는 이전에 화음현에서 진가의 여자와 바야
흐로 약혼했으나 난병에게 쫓기는바 되어 바삐 도망쳐 여기에 이르
렀습니다. 아직 이 혼인이 이루어질 수 있을지 모르겠습니다."

도인이 크게 웃으며 말하기를,

"혼인의 길은 어둡기가 밤과 같으니 천기를 가벼이 누설할 수는
없다. 그렇지만 자네의 아름다운 인연은 여러 곳에 있으니, 반드시
진녀에게 치우쳐 스스로 그리워하지는 말라."

양생이 무릎을 꿇고 명을 받아 도인을 모시고서 객당에서 동숙했
다. 날이 아직 밝기 전에 도인이 양생을 불러 깨우고 일러 말하기를,

"도로는 이미 통했고, 과거의 시기가 내년 봄으로 미뤄졌다. 생각
건대 대부인 바야흐로 자녀가 오기만을 애타게 기다리고 있을 것이
다. 모름지기 빨리 고향으로 돌아가야 할 것이다. 어머니께 근심을
끼치지 말라."

이에 노비(路費)를 마련해 주었다. 양생이 상 아래에서 백배하고
후히 돌봐줌을 사례하고 거문고와 퉁소와 책을 수습하여 가서 동네
[입구]문을 나섬에 슬픔을 이기지 못하고 머리를 들어 초가집을 돌
아봤다. 도인은 이미 사라지고 거처도 없으며, 오직 새벽 하늘빛만
처량하고 빛이 아름다운 아지랑이가 영롱할 뿐이었다. 양생이 처음
산에 들어갔을 때 버들 꽃이 아직 떨어지지 않았는데, 하룻밤 사이
에 국화가 만발했다. 양생이 크게 괴이하게 여겨 사람에게 물으니
이미 가을 8월이었다. 지난날의 객점을 내방하니 이미 병화(兵火)가
지나가서 촌락은 쓸쓸하고 지난 번 갔을 때와는 크게 달랐다. 과거
를 보러 가는 선비들은 분분히 [고향으로]내려갔다. 양생이 서울지
방의 소식을 물으니 곧 답하여 말하기를,

"국가에서 여러 도(道)의 병마를 불러서 5개월이 지난 다음에야
비로소 참란(潛亂)을 평정하고 천자의 수레는 서울로 돌아왔으며 과
거는 내년 봄에 하기로 정하였소."

楊生往て秦御史の家を訪へば、則ち溪を繞れる衰柳、風霜に搖落
し、既に舊日の景に非ず、朱樓粉墻已に灰燼と成り、陳礎破瓦の遺墟
に推積せる而已、四陰荒凉亦た雞犬の聲を聞かず、生人事の變じ易き
を愴み、佳期の已に曠しかを恨み、柳條に攀援し斜陽に佇立し、徒に
秦小姐楊柳の詞を吟じ、一字一淚衣裾盡く濕ふ、往事を問はんと欲す

るも、人跡を見ず、乃ち茫然として歸り、店主に問ふて曰く、彼の秦
御史の家屬今ま何處に在りや、店主□悗して曰く相公聞かずや、前き
に御史仕宦して京に在り、惟だ小姐婢僕を率ゐて家を守れり、官軍京
師を恢復せるの後、朝廷秦御史を以て、逆賊の□爵を受けたりと爲
し、極刑を以て之を斬り、小姐は京師に押し去られたり、其後或は言
ふ、終に慘禍を免れずと、或は言ふ、掖庭に沒入されたりと、今朝官
人、罪人等の數多の家屬を押領し、此店の前を過ぎたり、之を問へば
則ち曰く、此の屬皆沒入して英南縣の奴婢と爲す者也と、或は云ふ、
秦小姐も亦其中に入れりと、楊生之を聽き、泪汪然として自ら下り、
曰く、藍田山道人云へり、秦氏の婚事黑夜に似たりと、小姐必ず已に
死せり、更に問ふの要無しと、乃ち行其を治め下つて秀州に去る。

　　양생이 진어사의 집을 찾아가니 시내를 둘러싼 시든 버드나무는
풍상(風霜)을 겪은 후에 떨어져 이미 지난날의 모습이 아니었다. 화
려한 누각과 하얀 담장은 이미 불에 타고 남은 재가 되었으며, 늘어
선 주춧돌과 깨어진 기와만이 오랜 세월에 쓸쓸하게 남아 있는 빈터
에 추적(推積)[15]되었을 뿐이었다. 사방이 황량하고 또한 닭과 개의 소
리도 들리지 않았다. 양생은 사람의 일이 변하기 쉬움을 슬퍼하고,
아름답고 좋은 계절이 이미 공허하게 되었음을 슬퍼했다. 버드나무
가지를 휘어잡고 석양을 등지고 우두커니 서서 헛되이 진소서 양류
사를 읊으며 한 자[를 읽고] 눈물을 흘리니 옷자락이 모두 젖었다. 지
난 일을 물으려 해도 인적을 보지 못했다. 이에 망연히 돌아와 점주

---

15 한문 텍스트도 '추적(推積)'으로 되어 있지만 '퇴적(堆積)'의 오기로 보인다.

에게 묻기를,

"저 진어사 가속(家屬)은 지금 어디에 있을까요?"

점주가 한숨지고 탄식하며 말하기를,

"상공은 듣지 못했습니까? 지난번에 어사가 서울에서 벼슬을 하고 오직 소저가 비복(婢僕)을 이끌고 집을 지켰는데, 관군이 서울을 회복한 뒤 조정에서는 진어사가 역적의 위작(僞爵)을 받았다 여겨 극형으로 그를 참(斬)하고, 소저는 서울로 잡혀갔습니다. 그 뒤 혹은 마침내 참화를 면치 못했다 말하는 이도 있고, 혹은 대궐 안에 들어갔다고 하는 이도 있소. 오늘 아침 관인(官人)들이 죄인 등 수많은 가속(家屬)들을 압령(押領)하여 이 가게 앞을 지났는데 물으니 말하더이다. '이 무리는 모두 영남현(英南縣)의 노복이 될 자이다.' 혹은 진소저도 또한 그 중에 들어갔다 말하더이다."

양생이 그 말을 듣고 눈을 저절로 뚝뚝 흘리며 말하기를,

"남전산 도인이 '진씨의 혼사 어둡기가 밤과 같다' 했으니, 소저는 반드시 이미 죽었을 것이다. 다시 물을 필요 없다."

이에 행장을 차려 수주(秀州)로 내려갔다.

此時柳氏は、京都禍亂の報を聞き、恐らくは兒子兵火に死せんと、日夜天に呼び幾んど自ら保つ能はず、今ま少游を見るに及び、相持して痛哭し、泉下の人に遇へるが若し、未だ幾くならずして、舊歲已に盡き新春忽ち屆れり、生又將に擧に赴くの行を作ざんとす、柳氏生に謂つて曰く、去年汝ち皇都に往き、幾んど危境に陷れり、今に至つて思惟するに、惟だ凜々として怕る可し、汝ち年尙ほ穉く、功名急かしからず、然ども吾れ汝か行くを挽かざる所以の者は、吾も亦た主意あ

るが故也、顧ふに此秀州、既に狹く且つ僻なり、門戸才貌寔に汝か配と爲すに堪ゆる者無し、而るに汝已に十六歳也、今若し定めんば、如何しぞ其時を失はざらんや、京師の紫淸觀杜鍊師は、卽ち吾が表兄なり、出家して久しと雖、其年歳を計れば、則ち尙ほ或は生存せん、此の兄氣宇凡ならず、知慮裕あり、名門貴族出入せざる無し、我が情書を寄せば、則ち必ず汝を親み子の如くして、力を出だし周旋して、賢匹を求むるをことを爲さん、汝須く此に留意す可しと、

이때 유씨는 서울에서 화란(禍亂)이 일어났다는 소식을 듣고 아마도 [자신의]아들이 병화(兵火)로 죽었다 여겨 밤낮으로 하늘을 우러러 슬피 울다가 스스로 몸을 보전치 못할 지경에 이르렀다. 지금 소유를 봄에 이르러 서로 붙잡고 통곡하니 저승의 사람을 만난 듯했다. 얼마 지나지 않아 묵은 해 이미 다하고 새봄이 문득 찾아왔다. 양생이 또한 장차 과거를 보러 가려고 하자 유씨가 양생에게 일러 말하기를,

"지난해에 네가 서울에 가서 몇 번이나 위태로운 처지에 빠졌다. 지금에 이르러 생각해 보니 오직 두려울 따름이다. 네 나이 아직 어리고 공명은 급하지 않다. 그렇지만 내가 너의 가고자함을 만류하지 않는 까닭은 나도 또한 주의함이 있기 때문이다. 돌아보면 이 수주(秀州)는 이미 좁고 또한 궁벽하여 문호(門戸)와 재주, 용모가 실로 너의 배필이 될 만한 이가 없다. 그런데 너도 이미 16세이다. 지금 만약 정하지 않으면 어찌 그 때를 잃지 않겠느냐? 서울의 자청관 두연사(杜鍊師)는 곧 내 표형(表兄)이다. 출가한 지 오래되었다 하더라도 그 연세를 헤아리면 여전히 혹은 생존하실 것이다. 이 형은 기개와 도량이 범상치 않고 지식과 생각이 넉넉하여 명문귀족이 출입하지 않

음이 없다. 내 정서(情書)를 보내면 반드시 너를 친자처럼 [생각]하여 힘을 내어 주선해서 현명한 배필을 구해 주실 것이다. 너는 부디 이 것에 유의해야 할 것이다.”

仍て書を作つて之に付す、生、命を受け、始めて華陰の事を以て之に告ぐ、輒ち□感の色あり、柳氏嗟咄して曰く、秦氏美と雖既に天緣無し、禍家の餘生必ず生を全うし難からん、設令死せざるも逢着せんこと亦難し、汝須く永く浮念を斷ち、更に他姻を求め、以て老母か企望の懷を慰む可き也と、生拜敬して程に登り、洛陽に到るに及び、猝に驟雨に値ひ避けて南門外の酒店に入り、酒を沽ふて飮み、店主に謂つて曰く、此酒美なりと雖亦た上品に非ずと、主人曰く、小店の酒は此に勝る者無し、相公若し上品を要さば、天津橋頭の酒肆に賣る所の酒、名けて洛陽春と曰ふ、一斗の酒價ひ千錢、味好しと雖價は則ち高しと、生思へらく、洛陽は古へより帝王の都、繁華壯麗天下に甲たり、我れ去年他路を取つて去り、未だ其勝概を見ず、今行當さに落莫ならざる可しと。

이에 편지를 써 그에게 주었다. 양생이 명을 받고 비로소 화음의 일을 고하다가 문득 슬픈 표정을 지었다. 유씨가 꾸짖으며 말하기를, “진씨가 아름답다 하더라도 이미 하늘의 인연이 없다. 화(禍)를 입은 집안에서의 여생은 반드시 살아가기 어려울 것이며, 설령 죽지 않았더라도 서로 마주하여 맞닥뜨리기 어려울 것이다. 너는 모름지기 덧없는 생각을 끊고 다시 다른 혼처를 구하여 노모의 기다리는 마음을 위로하여야 할 것이다.”

양생이 삼가 경의를 표하고 길을 떠나 낙양에 이름에 미쳐 갑자기 취우(驟雨)를 만나 남문 바깥의 주점으로 피하여 들어갔다. 술을 사 마시고 점주에게 일러 말하기를,

"이 술 좋다 하더라도 또한 상품이 아니군요."

주인이 말하기를,

"소점(小店)의 술은 이보다 나은 것이 없소. 상공이 만약 상품을 필요로 한다면 천진교(天津橋) 머리에 있는 주사(酒肆)에서 파는 술[이 있소.] 이름을 낙양춘(洛陽春)이라 하는데, 한 말의 술값은 천 전(錢)이니 맛이 좋다 하더라도 값이 비싸오."

양생은 생각했다. '낙양은 예부터 제왕의 도읍으로 번화(繁華)하고 장려(壯麗)함이 천하의 으뜸이다. 내 지난해에는 다른 길을 취하여 가서 아직 그 뛰어난 경치를 보지 못했으니 이번 길에는 마땅히 빠뜨리지 않아야 할 것이다.'

卷之二
권지이

楊千里、酒樓に桂を擢しで、桂蟾月、鴻に賢を薦めらる
양천리 주루에 주를 탁하고, 계섬월 홍에 현을 피천하다

楊生乃ち書童をして、酒價を算し給さしめ、仍て驢を駈つて天津に向ふて行く、城中に抵るに及び、山水の勝、人物の盛、果して聞く所に叶ふ、洛水都城を横貫して、白練を鋪けるか如く、天津橋迥に澄波に跨つて、大路に直通し、隱々として彩虹の水を飲むか如く、婉々と

して蒼龍の腰を展べるが如し、朱甍空に聳口、碧瓦日に耀き、色は淸
□に映じ、影は香街を抱む、謂つ可し第一の名區也と、生其の店主は
所謂る酒樓なるを知り、乃ち行を催して其樓前に至る、金鞍駿馬通衢
に塡塞し、僕夫林立し、譁聲雷聒す、樓上を仰き視れば、則ち絲竹轟
き鳴り、鳴聲半空に在り、羅綺繽紛、香十里に聞こゆ、生以爲らく、
河南の府尹此に客を讌すらんと、書童をして之を問はしむれば、爭つ
て言ふ、城裡の少年諸公子一時の名妓を聚集し、宴を設け景を玩ぶな
りと、生之を聞き、已に醉興翩々、豪氣騰々たるを覺ゆ、是に於て、
樓に當り驢を下り、直に樓中に入る、年少の書生十餘人、美人數十と
與に錦筵の上に雜り坐し、高談を騁せ大白を浮べ、衣冠鮮明、意氣軒
輕なり、諸生楊生を見るに、容頭秀美、符彩酒落なり、齊く起つて、
迎揖し、席を分つて列坐し、各の姓名を通ず、後ち上座に盧生なる者
有り、先づ問ふて曰く、吾れ楊兄の行色を見るに、所謂る槐花黃み擧
子忙しき者也、

　　양생이 이에 서동으로 하여금 술값을 지불하게 하고, 이에 당나귀
를 구하여 천진(天津)으로 갔다. 성 안에 이르니 산수가 빼어나고 인
물의 성함이 과연 듣던 바와 같았다. 낙수(洛水)가 도성을 가로질러
뚫는 것은 흰 비단을 펼쳐 놓은 듯했다. 천진교(天津橋)는 맑은 물결
을 아득히 걸치고서 큰 길로 직통하니 무지개의 물을 마시는 듯 은은
하고, 창룡(蒼龍)이 비스듬히 허리를 편 듯했다. 붉은 용마루는 하늘
에 [높이] 솟고 푸른 기와는 햇살에 빛나 맑은 물결을 비추며 그림자
는 향기 나는 거리를 둘러싸니 제일의 명승지라 이를 만했다. 양생
은 점주가 일러 준 술집임을 알고, 이에 가기를 재촉하여 그 술집 앞

에 이르렀다. 금으로 장식한 안장을 얹은 준마(駿馬)가 통행로를 메
어 막고 사내종들이 죽 늘어서서 소란한 소리가 천둥을 치는 듯했다.
누각 위를 바라보니 사죽(絲竹)[16]이 요란스럽게 울리는 소리가 반공
(半空)에 있고, 아름답고 고운 비단이 찬란하며, [그]향은 십리에 퍼
졌다. 양생은 하남(河南)의 부윤(府尹)이 여기에서 손님을 접대하는
것이리라 생각했다. 서동을 시켜 물어 보니 다투어 말했다. '성 안의
소년들과 여러 공자가 한 때의 명기(名妓)를 모아서 잔치를 베풀고
경치를 즐기고 있습니다.' 양생이 그 말을 듣고 이미 취흥(醉興)이 돋
고 호기(豪氣)가 등등하였다. 이에 누각에 이르러 [타고 있던]당나귀
에서 내려 곧장 누각 안으로 들어갔다. 연소한 서생 10여 명이 미인
수십과 함께 [화려한]비단으로 만든 자리 위에 함께 앉아 고담(高談)
을 펴고 큰 술잔을 기울이는데 의관(衣冠)은 선명하고 의기(意氣)는
의젓했다. 여러 서생이 양생을 봄에 용모가 수려하고 광채가 나며
기질이 시원스러우니 모두 일어나 맞이하여 읍하며 자리를 나누어
죽 벌여서 앉았다. 각각 통성명한 후에 윗 자리에 있는 여생(盧生)[17]
이라는 이가 먼저 묻기를,

　"내 양형의 행색을 보니 이른바 과거를 보러 바쁘게 가시는 듯합
니다."

　生日く、誠に兄の言の如し、又た杜生なる者有り、日く、楊兄苟も
是れ擧に赴くの儒ならば、則ち招かざるの賓と謂ふと雖、今日の會に
參ずるも亦た妨げざる也と、生日く、兩兄の言を以て之を觀れば、則

---

16 현악기와 관악기를 아울러 이르는 말.
17 원문에는 노생(盧生)이라고 표기되어 있다.

ち今日の會は、但だ酒盃を以て留連するのみに非ず、必ず詩社を結び文章を較す也、小弟の若きは、楚國寒賤の人を以て、年齡已に少智識甚だ狹し、薄劣を以て猥に鄕貫に充つと雖、忝く諸公盛會の末に與かるは、亦た僭ならず乎と、諸人楊生の語遜にして年幼なるを見、頗る之を輕易し、答へて曰く、吾輩の會は詩社を結ぶが爲めに非ざるも、楊兄の所謂る文章を較するは盖し彷彿たり、然ど兄は是れ後來の客、詩を作ると雖可なり作らざるも亦可なり、吾輩と與に酒を飮まば、洽好なりと、

> 양생이 말하기를,
> "진실로 형의 말과 같습니다."
> 또한 두생(杜生)[18]이라는 이가 있어 말하기를,
> "양형이 만약 과거를 보러 가는 유생이라면 부르지 않은 손님이라 하더라도, 오늘의 연회에 참여하는 것도 또한 무방할 것이오."
> 양생이 말하기를,
> "양형(兩兄)의 말을 들어 보니 오늘의 연회는 다만 술잔 놀이에 빠지는 것뿐만 아니라 반드시 시를 짓는 모임을 만들어 문장을 겨뤄 보는 것이군요. 소제 따위는 초나라의 신분이 천한 사람으로 연령도 어리고 지식 [또한]심히 좁습니다. [더구나]엷고 뒤떨어져 외람되이 향관(鄕貫)을 채운다 하더라도 욕되게도 여러 공들의 성대한 모임의 말석에 참여함은 또한 어긋난 일이 되지 않겠습니까?"
> 여러 사람이 양생의 말이 겸손하고 [또한]나이 어림을 보고 자못

---

18 원문에는 왕생(王生)이라고 되어 있다.

그에게 가볍고 쉽게 대답하여 말하기를,

"우리들의 연회는 시를 짓는 모임을 결성하기 위함이 아니나, 양형이 말하는 문장을 비교하는 것과 대개 비슷한 것입니다. 그렇지만 형은 뒤에 오신 손님이니 시를 지어도 좋고 짓지 않아도 또한 좋습니다. 우리들과 함께 술을 마시면 더욱 좋겠습니다."

仍て促かして巡盃を傳へ滿坐の諸妓をして、迭に衆樂を奏せしむ、楊生乍ち撑醉眸獵し、群娼二十餘人各の其藝を執る、而も惟だ一人超然として端坐し、樂を奏せず語を接せず、淑美の容、冶艶の態、眞に國色なり、之を望めば南海の觀音の如く、婷々として會素の中に獨立す、楊生神魂撩亂し、自ら巡盃を忘る、其美人も亦頗る楊生を顧み、暗に秋波を以て情を送る、生又た□視すれば、則ち累幅詩箋、美人の前に堆積す、遂に諸生に向ひ言つて曰く、彼の詩箋は必ず諸兄の佳製なちん、一賞を得可きや否やと、諸人未だ對ふるに及ばざるに、美人輒ち起ち、其の華箋を攝り之を楊生の坐前に置く、生一々披き閱るに、則ち大約十餘丈の詩、其中優劣生熟無きにあらずと雖、盖に平々にして驚語佳句無し、生心に語つて曰く、我れ曾て聞く、洛陽才子多しと、此を以て之を見れば則ち虛言なりと、乃ち其詩箋を美人に還へし、諸生に對し拱手して言つて曰く、下士の賤生未だ曾て上國の文章を見ず、今は幸に諸兄の珠玉を玩び、快樂の心喩ふるに勝ふ可らずと、

이에 잔 돌리기를 재촉하고 자리에 가득 앉아 있는 여러 기생들로 하여금 번갈아 음악을 연주하게 했다. 양생이 곧 거나하게 취한 눈으로 여러 기생을 보니 20여 명이 각각 그 재주를 지니고 있었다. 그러나 오직 한 사람 초연히 단좌하여 음악을 연주하지 않고 말을 나누지 않는 이가 있었다. 맑고 아름다운 용모와 요염한 자태는 참으로 경국지색이었다. 그녀를 바라보니 남해의 관음과 같고 아름다움이 회소(會素) 가운데서 홀로 뛰어났다. 양생은 정신과 혼백이 교란되어서 절로 잔을 돌리는 것을 잊었다. 그 미인도 또한 자주 양생을 돌아보며 은밀히 추파(秋波)의 정을 보냈다. 양생 또한 자세히 보니 여러 폭의 시전(詩箋)이 미인 앞에 쌓여 있었다. 마침내 여러 서생에게 말하기를,

"저 시전은 반드시 여러 형의 아름다운 글일 것이니 한 번 감상할 수 있겠습니까?"

여러 사람이 아직 대답하지 못했는데 미인이 문득 일어나 그 화전(華箋)을 거두어 양생의 좌리 앞에 두었다. 양생이 하나하나 펴서 살펴보니 대략 십여 장의 시가 그 중에 뛰어나고 떨어지는 것이 없지는 않으나 대체로 평범하고 경어(驚語)나 아름다운 글귀는 없었다. 양생이 마음에 일러 말했다. '내 일찍이 낙양에 재주 있는 자가 많다고 들었다. 이것을 가지고 보니 허언이구나.' 이에 그 시전을 미인에게 돌려보내고, 여러 서생에게 공손히 말하기를,

"척박한 땅의 천한 선비가 아직 일찍이 상국(上國)의 문장을 보지 못했는데, 지금 다행히 여러 형의 주옥같은 글을 완상하니 쾌락의 마음이 이루 다 이를 데 없습니다."

此時諸生巳に大醉し、恰々と笑つて曰く、楊兄は但だ詩句の妙を知る而已、其間に最も妙有るの事を知らざる也と、生曰く、少弟過つて諸兄の眷愛を蒙り、酒召の間巳に忘形の友と作れり、所謂る妙事何ぞ

小弟に向つて說き來るを惜むやど、王生大に笑つて曰く、兄に道を說
くも何の害か之れ有らん、吾が洛陽素と人才の府庫と稱せらる、是を
以て近日科擧に於て天下の甲たり、洛陽の人壯元と爲らずんば、則ち
必ず探花と爲る、吾輩諸人皆な文字上の虛名を得たるも、而も自ら其
優劣高下を定むる能はず、彼の娘子姓は桂、名は蟾月、但に姿色歌舞
の東京に獨步するのみたらず、古今の詩文通ぜざる所無く、且つ其の
詩眼最も妙に、靈鬼神の如し、洛陽の諸士卷を納れて來れば、則ち其
文を一閱して其の立落を斷ず、言符の如く合し、未だ嘗て一たびも失
はず、其神鑑此の如き也、是を以て吾輩各の製する所の文を以て桂娘
に送り、其の品題を得、其の眼に入る者を取り、之を歌曲に載せ、之
を管絃に被らし、之を以て其高下を定め、其聲價を長ず、旗亭の故事
の如し、況や桂娘の姓名は、盖し月中の桂に應ず、新榜魁元の吉兆寔
に此に在り、楊生試に之を聞け、此れ妙事に非ずやと、

　　이때 여러 서생이 이미 흥건히 취하여 껄껄 웃으며 말하기를,

　　"양형은 다만 시구의 묘(妙)를 알 뿐, 그 사이에 더욱 묘 있음을 알
지 못하는군."

　　양생이 말하기를,

　　"소제 여러 형의 과분한 보살핌을 받으면서 술잔을 주고받아 이
미 막역한 친구가 되었는데, 이른바 묘한 일을 어찌 소제에게 가르
쳐 주심을 아까워하십니까?"

　　왕생이 크게 웃으며 말하기를,

　　"형에게 도를 말하는 것이 무슨 해가 있겠는가? 우리 낙양은 본래
인재가 많은 곳으로 불린다. 이에 근래에는 과거에서 천하의 갑이

되어, 낙양의 사람이 장원이 되지 않으면 반드시 삼등 이내로 합격을 한다. 우리 모두는 문자의 허명(虛名)을 얻었으나, 스스로 그 우열과 고하를 정할 수 없다. 저 낭자의 성은 계(桂)이고 이름은 섬월(蟾月)이다. 다만 자색(姿色)과 가무가 동경(東京)에서 독보적일 뿐만 아니라, 고금의 시문을 통하지 않은 바가 없다. 또한 그 시를 보는 눈이 더욱 묘하여 귀신과 같이 영묘하다. 낙양의 여러 선비들이 과거를 보러 오면 그 문장을 한 번 보고 그 합격과 낙제를 결정한다. [그]말이 들어맞아 아직 일찍이 한 번도 틀린 적이 없었다. 그 신통한 감별력이 이와 같다. 이로써 우리들은 각각 지은 글을 계낭(桂娘)에게 보내어 그 품제(品題)를 살피고 그중 [계낭의]눈에 들어가는 것을 취하여 그것을 가곡에 실어 관현(管絃)으로 연주하여 그것으로 고하를 정하였다. 그 성가(聲價)의 오래됨은 기정(旗亭)의 고사(故事)와 같다. 더구나 계낭의 이름은 대개 달 가운데의 계(桂)에 응하니, 신방(新榜)에서 과거시험의 장원급제가 되는 길조는 진실로 여기에 있다[고 할 수 있다]. 양생이 시험 삼아 그것을 들으면, 이것은 훌륭한 일이 아니겠는가?"

杜生なる者有り曰く、此外別に妙の又妙なる者有り、諸詩の中、桂卿その一首を擇んで之を歌はば、則ち其詩を作る者は、今夜當さに桂卿と芳緣を結畀を得可く、而して吾輩皆な賀容と爲る而已、斯れ豈妙の又妙なる者に非ずや、楊兄も亦男子也、苟も一段の豪興有らは、亦た一詩を賦し吾輩と衡を爭ふこと好き似たりと、生曰く、諸兄の詩成つて已に久し、知ら桂卿何人の詩を歌へる乎、王生曰く、桂卿尙ほ一關の淸音を斬み、櫻唇久く鎖ざし玉齒未だ啓かず、陽春の絶調猶ほ吾

僑の耳に入らず、桂卿若し故らに嬌態を作るに非ずんば、則ち必ず羞
澁の心有つて然る也と、生曰く、小弟曾て楚中に在り、或は樣に依つ
て盧を畫くに似たりと雖一兩首を作れり、而かも卽ち局外の人也、諸
兄と藝を較せんは、恐らくは未だ安からずと、

　　두생이라는 자가 있어 말하기를,

　　"이 외에 따로 묘하고 또 묘한 것이 있다. 여러 시 가운데 계경(桂
卿)이 그 중 일수를 택하여 그것을 노래하면 그 시를 지은 자는 오늘
밤 마땅히 계경과 꽃다운 인연을 맺을 수 있다. 그리고 우리들 모두
는 하객이 될 따름이다. 이 어찌 묘하고 또 묘한 것이 아니겠는가? 양
형도 또한 남자이다. 만약 일단의 호방한 흥취가 있다면, 또한 시 한
편을 지어 우리들과 우열을 다투는 게 좋을 듯하오."

　　양생이 말하기를,

　　"여러 형들이 시를 이룬 지 이미 오랩니다. 계경이 누구의 시를 부
를지 알 수 있겠습니까?"

　　왕생이 말하기를,

　　"계경이 아직 맑은 소리를 아껴, 앵두 같은 입술을 오랫동안 다문
채 옥 같은 이를 아직 열지 아니하였다. 따뜻한 봄의 뛰어난 곡조가
아직 우리들의 귀에 들어오지 않았다. 계경이 만약 일부러 교태를
짓지 않았다면 반드시 수줍어서 부끄러워하는 마음이 있어서 그러
할 것이오."

　　양생이 말하기를,

　　"소제 일찍이 초나라에 있을 때 모방하여 갈대를 그리는 것과 비
슷하기는 하였지만 한 두수의 시를 지었습니다. 그러나 곧 나라 밖

의 사람입니다. 여러 형의 재주를 비교함은 아마도 미안한 것이 될 것입니다."

王生大言して曰く、楊生容貌女子よりも美なり、又何んぞ丈夫の意なからんや、聖人言へる有り、仁に當つては師に讓らずと、又曰く、其爭や君子なりと、第だ楊兄の詩才なきを惜む、苟も才有らば、豈徒らに僞謙を執らず可けんや、楊生外と虛讓を飾ると雖、桂娘を一見し、豪情已に制す可らず、諸生の坐の傍ら尙ほ空箋あるを見、生其の一幅を抽き、縱橫筆を走らし、三章の詩を題す、比するに風檣の海を走り渴馬の川を走るか如し、諸生其の詩思の敏捷、筆勢の飛動せるを見、驚訝色を失はざるは莫し、楊生筆を席上に擲ち、諸生謂つて曰く、宜く先づ敎を諸兄に請ふ可きも、今日の座中桂卿は卽ち考官なり、卷を納むる時刻に及ばざるを恐ると、

　　왕생이 큰 소리로 말하기를,
　　"양생의 용모는 여자보다 아름답소. 또한 어찌 장부의 뜻이 없겠는가? 성인의 말씀이 있소. '어진 일을 당하여서는 스승에게도 사양치 아니한다.'[19]하였고, 또한 '그 다툼이 군자'[20]라 하였다. 만일 양형이 시재(詩才)가 없다면 아쉬운 일이나, 만약 재(才) 있다면 어찌 헛되이 겸양해 합니까?"
　　양생이 형식적으로 사양하는 체했으나, 계낭[21]을 한 번 봄에 호상

---

19 『논어』「위령공」편에 보인다.
20 『논어』「팔일」편에 나온다.
21 계섬랑을 일컫는다.

한 정을 억제할 수 없어, 여러 서생의 자리 곁에 빈 시전이 있음을 보고, 양생이 그중 한 폭을 뽑아 종횡으로 붓을 날려 삼장(三章)의 시를 지었다. 비유하자면 이는 바람 만난 배가 바다를 달려가고, 목마른 말이 시내를 달리는 듯했다. 여러 서생은 그 시정의 민첩함과 붓 힘의 날아 움직임을 보고 놀라 의아해 하며 얼굴빛을 변하지 않을 수 없었다. 양생이 붓을 자리 위에 던지고 여러 서생에게 일러 말하기를,

"마땅히 먼저 가르침을 여러 형에게 청해야 하나, 오늘 자리하고 있는 계경이 곧 시험관입니다. 글을 바칠 시각에 미치지 못할까 두렵습니다."

即ち其詩箋を桂卿に送る、其詩に曰く

楚客西遊路入秦. 酒樓來醉洛陽春.
月中丹桂誰先折. 今代文章自有人.

天津橋上柳花飛. 珠箔重々映夕暉.
側耳要聽歌一曲. 錦筵休復舞羅衣.

花枝着殺玉人粧. 未吐纖歌口已香.
待得樔花飛盡後. 洞房花燭賀新郎.

곧 그 시전을 계경에게 보냈다. 그 시에 이르기를,

초나라 손님이 서쪽에 놀러 가는 길에 진나라에 들려, 주루에

105

와 낙양 봄에 취하였구나.

달 가운데 붉은 계수나무 누가 먼저 꺾을까? 당대의 문장이 스스로 다 모였구나.

천진교 위에 버들 꽃 날고, 구슬발 주렁주렁 저녁 빛에 비치는구나.

귀 기울여 듣고자 노래 한 곡조, 그대 비단 자리에서 다시 춤추는 것을 쉬라.

꽃가지가 옥인의 단장을 부끄러워하니, 가녀린 노래 미처 나오기도 전에 입이 이미 향기로우네.

대들보 먼지 날기 다한 뒤를 기다려, 동방에 화촉 밝혀 신랑을 하례하리라

蟾月乍ち星眸を轉じ、靄然檀板を看過するや、一聲の淸歌自ら發し、嫋々として縷の如く咽々として訴ふるが如く、鶴靑田に淚き鳳丹丘に鳴き、秦箏其の聲を奪ひ、趙瑟その曲を失ひ、滿坐皆な酒然として容を易ゆ、初め諸人楊生を傲視し、許して詩を作らしむ、其三詩皆な蟾月の歌喉に入るに及び、憮然として敗興相對せり、楊生の喜びや知る可し、蟾月玉盃に滿酌し、金縷衣一曲を以て之を侑む、芳姿嫩聲能く人の腸を割き、人の魂を迷はしむ、楊生情抑ゆる能はず、相携へて寢に就けり、巫山の夢洛浦の遇と雖、未だ以て其樂みを喩ふるに足らず。

섬월이 잠깐 별 같은 눈을 굴리다가 갑자기 단판(檀板)을 살펴보더니, 맑은 노래 한 소리를 스스로 내는데, 하늘 하늘거리는 것은 실과 같고 슬퍼서 목이 메어 우는 듯했다. 학이 청전(靑田)에서 눈물을 흘리고 봉황이 단구(丹丘)에서 우는 듯, 진필(秦筆)[22]은 그 소리를 빼앗고 조슬(趙瑟)[23]은 그 곡조를 잃었으니 자리하고 있는 모두는 넋을 잃고 낯빛을 고쳤다. 처음에 여러 사람들이 양생을 업신여기다가 시 짓기를 허락했는데 그 삼시(三詩) 모두 섬월의 노래에 들어감에 이르러 망연자실하여 흥은 깨지고 서로 마주 보는데 양생의 기쁨 알만 했다. 섬월이 옥배(玉杯)에 술을 가득 따르고 금루의(金縷衣)라는 한 곡으로 그것을 권했다. 아름다운 자태와 소리가 능히 사람의 간장을 끊을 듯 사람의 혼을 혼미하게 했다. 양생은 정을 억누를 수 없어 서로 이끌어 잠자리에 드니 무산(巫山)의 꿈과 낙포(洛浦)의 만남이 아직 그 즐거움을 깨우치기에 부족했다.

夜半に至り蟾月、枕上に於て生に謂つて曰く、妾の一身今日より已に郎君に託せり、妾請ふ略ぼ情事を暴さん、惟だ郎君俯察して怜憫せよ、妾は本と韶州の人也、父曾て此州の驛丞と爲り、不幸にして他郷に病死し、家事零替せり、故山迢遞、力殫き勢蹙り、返り葬るに路無し、繼母妾を娼家に賣り、百金を受けて去れり、妾、辱を忍ひ痛みを含み、身を屈して人に事へ、只だ天の或は怜みを垂れんことを祈れり、

今や幸に君子に逢ひ、復た日月の明を見るを得たり、而して妾か家の樓前は、卽ち長安に去るの道、車馬の聲書夜絶ロず、來人過客孰れ

---

22 한문 텍스트는 '진쟁(秦箏)'으로 되어 있다.
23 조 나라 여인들이 잘 타는 비파 또는 거문고 곡조

か鞭を妾の門前に落さゞらんや、從來四五年の間、眼に千萬人を閱る
も、尚ほ未だ以て郎君に近づく者を見ず、今何の幸ぞ我郎君に遇ふ、
至願已に畢れり、郎君若し妾が鄙きを以て之を退けずんば、則ち妾願
くは樵□の婢と爲らん、敢て問ふ郎君の意如何と、生乃ち歎ゑ答へて
日く、我の深情豈に桂娘と少しも間あらんや、第だ我は本と貧秀才な
り、且つ堂に老親あり、桂卿と偕老せば、恐らくは老親の意に適は
ず、若し妻妾を具さば、則ち亦た桂娘の樂しからずるを恐る、桂娘以
て嫌と爲さずと雖、天下必ず桂娘は女君の淑女と爲す可き無けん、是
れ慮ふ可き也と、

한밤중에 이르러 섬월은 침상(枕上)에서 양생에게 말하기를,

"첩의 한 몸을 오늘부터 이미 낭군에게 의탁합니다. 청컨대 첩의
정사(情事)를 대략 말씀드리겠습니다. 오직 낭군이 굽어 살피셔서 불
쌍히 여겨 주십시오. 첩은 본래 소주(韶州) 사람입니다. 아버지는 일
찍이 이 고을의 역승(驛丞)이 되었으나 불행히 타향에서 병사하였습
니다. [그리하여] 가사가 기울게 되고 고향의 산은 멀고 힘과 기세는
움츠려 들어 이장을 하려해도 길이 없어 계모가 첩을 창가(娼家)에
팔아 백금(百金)을 받고 떠났습니다. 첩은 치욕을 참고 아픔을 머금
으며 몸을 굽혀 사람을 섬기면서 다만 하늘이 가엽게 여기시기를 빌
었습니다. 지금은 다행히 군자를 만나 다시 세월의 밝음을 보게 되
었습니다. 첩의 집 누각 앞은 곧 장안으로 가는 길입니다. 거마(車馬)
소리가 밤에도 끊이질 않습니다. 오가는 과객 그 누군들 채찍을 첩
의 집 앞에서 내리지 않겠습니까? 지난 4-5년간 눈여겨보기를 천만
에 이르렀으나 여전히 아직 낭군에 가까운 이를 보지 못했습니다.

지금 무슨 행운이 있어 우리 낭군을 만났으니 바라는 바는 이미 다했
습니다. 낭군이 만약 첩이 더럽다고 물리치시지 않는다면 첩은 비복
이 되길 바랍니다. 감히 낭군의 뜻이 어떠한지 묻습니다."

양생이 이에 정답게 답하여 말하기를,

"내 심정 어찌 계낭과 조금이라도 다르겠습니까? 다만 나는 본래
가난한 수재이고 또한 집에는 노친이 계십니다. 계경과 해로하면 아
마도 노친의 뜻에 맞지 않을 것입니다. 만약 처와 첩을 [다]구한다면,
또한 계낭이 즐거워하지 않을까 두렵습니다. 계낭이 싫다 여기지 않
는다 하더라도 하늘 아래 반드시 계낭이 [다른 집안의 여인 중에서]
숙녀라 여길 만한 이 없을 것입니다. 이는 생각해야 할 것입니다."

蟾月日く、郎君是れ何の言ぞや、當今天下の才は、郎君の右た出づ
る者無し、新榜の壯元は固り論ずるに足らず、丞相の印綬、大將の節
鉞、久しからずして當に郎君の手中に歸す可し、天下の美女孰れか郎
君に從ふを願はざらんや、將さに紅拂は李靖の匹馬に隨ひ、綠珠は石
崇の香塵を步むを見んとす、蟾月何人ぞ、敢て一毫も寵を專らにする
の心有らんや、惟だ顧くは郎君の賢婦□高門に娶り、以て大夫人を奉
ずるの後も、亦た賤妾を乘つる勿からんことを、妾謂ふ、自今以後身
を潔ふして命を待たんと、生日く、去年我れ曾て華州に過きり、偶ま
秦家の女子を見たり、其容貌才華、桂娘と伯仲を較す可し、而かも不
幸今や亡し、桂卿我をして更に淑女を何處に求めしめんとする乎、

섬월이 말하기를,

"낭군, 이 무슨 말입니까? 이제 천하의 재주가 낭군의 오른쪽에

나올 자가 없습니다. 신방(新榜)의 장원은 본래 논하기에 부족합니다. 승상(丞相)의 인수(印綬)와 대장의 절월(節鉞)이 오래지 않아 마땅히 낭군의 수중에 돌아올 것입니다. 천하의 미녀 누가 낭군을 따르기를 바라지 않겠습니까? 장차 홍불(紅拂)이 이정(李靖)의 필마를 따르고, 녹주(綠珠)가 석숭(石崇)의 향기 나는 티끌을 밟는 것을 볼 것입니다. 섬월이 누구라고 감히 [낭군의]총애를 독차지하려는 마음을 털끝만치라도 가지겠습니까? 오직 낭군이 현명한 부인을 높은 가문에서에서 취하여 대부인으로 봉한 뒤, 또한 천첩을 버리지 마시기를 바랍니다. 첩은 오늘부터 몸을 깨끗이 하고 명을 기다리겠습니다."

양생이 말하기를,

"작년 내 일찍이 화주를 지나다 우연히 진가의 여자를 보았소. 그 용모와 재화(才華)가 계낭과 겨루어 우위를 말할 수 없을 듯하오. 그러나 불행이 지금은 없으니 계경에게 묻겠소. 내가 다시 숙녀를 어디에서 구할 수 있겠소."

蟾月曰く、郎君言ふ所の者は、必ず是れ秦御史の女彩鳳なり、御史曾て此府に吏と爲り、秦娘子は賤妾と情誼頗る綢密なりき、其娘子寔に卓文君の才貌あり、郎君豈に長卿の情無からんや、而かも今之を思ふと雖亦た益無けん、請ふ郎君更に他門に求めよ、楊生曰く、古より絶色本と世に出でず、今ま桂卿秦娘の兩入竝に一代に生る、吾れ天地精明の氣殆ど已に盡きたるを恐る、蟾月大に笑つて曰く、郎君の言は誠に井底の蛙の如し、妾姑く吾が娼妓中の公論を以て郎君に告けん、天下に靑樓三絶の語あり、江南の萬玉燕、河北の狄驚鴻、洛陽の桂蟾月と、蟾月は卽ち妾なり、妾は則ち獨り虛名を得るも、玉燕、驚鴻は

眞に當代の絶艶なり、豈天下更に絶色無しと言ふ可けん、生曰く、吾
が意は則ち彼の兩人猥に桂卿と名を齊うするのみと、

섬월이 말하기를,

"낭군이 말한 이는 반드시 진어사의 딸 채봉일 것입니다. 어사 일
찍이 이 고을에서 관리가 되었고, 진낭자는 천첩과 정의(情誼)가 두
터웠습니다. 그 낭자 참으로 탁문군의 재주와 용모가 있었으니, 낭
군 어찌 장경(長卿)의 정이 없었겠습니까? 그러나 지금 그이를 생각
한다 하더라도 무익합니다. 낭군은 다시 다른 가문에서 구하기를 청
합니다."

양생이 말하기를,

"예부터 절색(絶色)은 본래 세상에 나오지 않는다 했소. 지금 계경
과 진낭 양인 아울러 한 대에 태어났으니 천지에 정명(精明)한 기운
이 이미 다했을까 두렵소."

섬월이 크게 웃으며 말하기를,

"낭군의 말은 진실로 우물 안의 개구리와 같습니다. 첩이 잠시 우
리 창기들의 공론(公論)을 낭군에게 고하겠습니다. 천하에 청루삼절
(靑樓三絶)이라는 말이 있습니다. 강남의 만옥연(萬玉燕), 하북의 적경
홍(狄驚鴻), 낙양의 계섬월이라, 섬월은 곧 첩입니다. 첩은 다만 허명
을 얻었으나, 옥연과 경홍은 참으로 당대의 절염(絶艶)이니, 어찌 천
하에 다시 절색이 없다 말할 수 있겠습니까?"

양생이 말하기를,

"내 뜻은 저 두 사람이 외람되이 계경과 [더불어]이름을 같이 한
다는 것입니다."

蟾月曰く、玉燕は地の遠き以て未だ見ゆるを得ずと雖、南來の人盡く稱讃せざるは無し、其の決して虛名に非ざるや知る可し、驚鴻は妾と情兄弟の如し、驚鴻一生の本末略ほ之を陳べん、驚鴻は本と播州良家の女也、早く怙恃を失ひ其姑母に依れり、十歳より美麗の色河北に名あり、近地の人千金を以て買ひ妾と爲さんと欲し、媒婆門に塡ち鬨として群蜂の如し、而も驚鴻姑母に言ひて皆な斥け遣る、衆媒婆、姑母に問ふて曰く、姑娘東推西却して肯て人に許さず、必ず何許の佳郎を得ば乃ち意に合する乎、以て大丞相の妾たらんと欲する乎、以て節度使の副室たらんと欲する乎、名士に許さんと欲する乎、秀才に送らんと欲する乎と、驚鴻替つて對へて曰く、若し晉の時東山に妓を携へて謝安石の如くんば、則ち以て大宰相の妾たる可し、若し三國の時人をして曲を誤らせしめし周公瑾の如くんば、則ち以て節度使の妾たる可し、若し玄宗の朝に淸平詞を献ぜし翰林學士あらば、則ち名士に隨ふ可し、若し武帝の時鳳凰曲を奏せる司馬長卿あらば、則ち秀才に從ふ可し、惟だ意是れ適す、何ぞ逆め科る可けんやと、衆婆大に笑つて散ず、驚鴻私かに以爲らく、窮鄕の女子耳目廣からず、將た何を以て天下の奇才を擇び、閨中の良匹を揀ばんや、惟だ娼女は則ち、英雄豪傑も席に接して酬酌せざるは無く、公子王孫も亦た皆な門を開て逢迎し、賢愚辨じ易く優劣分つ可し、之を比せば則ち、竹を楚岸に求め、玉を藍田に採るが如く、奇才美品何ぞ得ざるを患ひんやと、遂に自ら娼家に賣られんことを願ひ、必ず身を奇男に託せんと欲せり、未だ數年ならずして、名聲大に噪がし、去年秋、山東河北十二州の文人才士、鄴都に會し宴を設け以て娛むや、驚鴻乃ち霓裳の一曲を以て席上に舞ふ、翩として驚鴻の如く、矯として翔鳳の如く、百隊の羅綺盡く

顔色を失へり、其才其貌以て知る可し、宴罷むや、獨り銅崔臺に上り、月を帶びて徘徊し、古に感じて悲傷し、斷腸の遺句を詠じ、分香の往跡を吊ひ、仍て窃に曹孟德の二喬を樓に藏くす能はざるを笑ふ、之を見者其才を愛し其志を奇とせざるは無し、顧ふに今閨閣の中豈に獨り其人無からんや、驚鴻妾と與に上國寺に同遊し、之と懷を論じ、驚鴻妾に謂つて曰く、爾我の兩人、苟も意中の君子を得、互に相ひ薦引して一人に同事せば、則ち庶くは百年の身を誤らざらんと、妾も亦た之を諾せり、妾今や郎君に遇ふに逮び、輒ち驚鴻を思ふも、而も驚鴻方さに山東諸候の宮中に入れり、此れ所謂る好事魔多き者耶、候王を姬妾富貴極まれりと雖、亦た驚鴻の願に非ざる也と、

섬월이 말하기를,

"옥연은 땅이 멀어 아직 보지 못했으나 남에서 오는 사람 모두 칭찬하지 않는 자가 없으니 결코 허명이 아님을 알 만합니다. 경홍은 첩과 정이 형제와 같습니다. 경홍의 일생 본말을 대략 말씀드리겠습니다. 경홍은 본래 파주(播州)의 좋은 집안의 여자입니다. 일찍이 부모를 잃고 고모에게 의탁했습니다. 10세부터 아름다운 용모 하북(河北)에 이름이 났으니 근처 사람들이 천금으로 사서 첩으로 삼고자 했습니다. 매파들이 문을 메우고 시끄러운 것이 벌떼와 같았습니다. 그러나 경홍은 고모에게 말하여 모두 물리쳐 보냈습니다. 매파 무리가 고모에게 물었습니다. '고모님은 동으로 뿌리치고 서로 물리쳐서 사람을 허락하지 않으십니다. 어떤 좋은 신랑을 얻으면 뜻에 합하겠습니까? 대승상(大丞相)의 첩이 되고자 합니까? 절도사(節度使)의 부실(副室)이 되고자 합니까? 명사(名士)에게 허락하고자 합니까?

113

수재(秀才)에게 보내고자 합니까?' 경홍이 잠시 있다가 대답하여 말했습니다. '만약 진나라 때에 동산(東山)에서 기생을 이끌었던 사안석(謝安石)과 같다면 대재상의 첩이 될 수 있습니다. 만약 삼국시대에 사람들에게 곡을 미혹하게 하였던 주공근(周公瑾) 같다면 절도사의 첩이 될 수 있습니다. 만약 현종의 조정에 청평사(淸平詞)를 바친 한림학사(翰林學士)가 있다면 명사를 따를 수 있습니다. 만약 무제(武帝) 때 봉황곡(鳳凰曲)을 연주한 사마장경(司馬長卿)이 있다면 수재를 따를 수 있습니다. 다만 뜻대로 행할진대 어찌 예측할 수 있겠습니까?' 매파 무리가 크게 웃으며 흩어졌습니다. 홍경이 은밀히 생각했습니다. '구석진 시골의 여자로서 이목이 넓지 못하다. 장차 무엇을 가지고 천하의 기재(奇才)를 택하고 규중의 좋은 배필을 택하겠는가? 다만 창녀는 영웅호걸과 자리를 가까이 하여 수작(酬酌)하지 않음이 없고, 공자 왕손도 또한 모두 문을 열어 받들어 맞이하니 현명함과 어리석음을 구별하기 쉽고 우열을 나누기 쉬울 것이다. 비유하건대 죽(竹)을 초안(楚岸)에서 구하고 옥(玉)을 남전(藍田)에서 채(採)하는 것과 같으니, 기재(奇才)와 미품(美品) 얻지 못함을 어찌 근심할까?'[라고 생각하고] 마침내 스스로 창가에 팔리기를 원하여 반드시 몸을 기남(奇男)에게 의탁하고자 하였습니다. 아직 몇 년이 지나지 않아 명성이 크게 일어났습니다. 지난해 가을 산동(山東) 하북 12주의 문인 재사들이 업도(鄴都)에 모여 잔치를 베풀고 즐겼는데, 경홍은 이에 예상곡(霓裳曲)으로 자리에서 춤을 추었습니다. [그 모습이]놀란 기러기와 같고 봉황과 같아 여러 가지 모습의 곱고 아름다운 비단(아름다운 미녀)이 모두 안색을 잃었습니다. 그 재주와 용모를 이로써 알 수 있습니다. 연회가 파하자 홀로 동최

대(銅崔臺)[24]에 올라 달빛을 띤 채 배회하며 옛 일을 생각하고 슬픔에 잠겨 단장(斷腸)의 심중을 남긴 시를 읊으니, 분향(分香)의 지나간 자취를 조(弔)하고 이에 몰래 조맹덕(曹孟德)이 두 여자를 누각에 감출 수 없음을 웃었습니다. 그것을 본 자[모두]그 재주를 아끼고 그 뜻을 기이하게 여기지 않는 이가 없었습니다. 돌아봄에 지금 여염집 규수 중에 어찌 다만 그 사람이 없겠습니까? 경홍이 첩과 함께 상국사(上國寺)에서 함께 놀 때 [그]마음을 논했는데 경홍이 첩에게 일러 말했습니다. '너와 나 두 사람 만약 마음속의 군자를 얻으면 서로 천거하여 한 사람을 함께 섬긴다면 백년의 신세를 그르치지 않을 것이다.' [라고 말하기에]첩도 또한 승낙했습니다. 첩이 지금 낭군을 만남에 이르러 문득 경홍을 생각합니다만, 경홍은 바야흐로 산동 제후의 궁중으로 들어갔으니, 이것은 이른바 호사다마이겠지요. 제후나 왕의 희첩[이 되면] 부귀 지극하다 하겠지만 또한 경홍의 바람이 아니었습니다."

仍て晞嘘して曰く、惜ひ哉、安んぞ一たび驚鴻に見口て此情を說くを得んことをと、楊生曰く、靑樓の中固り許多の才女有る可しと雖、安んぞ知らん士大夫家の閨秀娟□に讓らざる一頭地の者あることを、蟾月曰く、妾が目を以て之を見るに、秦娘子に如く者無し苟も秦娘を下る一等の者は、妾敢て郎君に薦めず、然ども妾飽くまでも聞く、長安の人爭ふて相稱道して曰ふ、鄭司徒の女子は、窈窕の色、幽閑の德、當今女子中の第一と爲すと、妾未だ親く之を見ずと雖、大名の下

木と虚事無し、郎君歸つて京師に到らば、意を留めて訪問せんこと是れ望む所也と、問答の間紗窓已に□かに明かなり、兩人同じく起きて梳洗し畢り、蟾月日く、此の處は郎君久く留る可きの地に非ず、況や眸日の諸公子尙ほ快々の心無きにあらず、恐らくは相公に不利なり、須く早く程に登らる可し、前頭切[25]に之を待つの日尙ほ多し、何ぞ必ずしも兒女子が屑々の悲を爲さんや、生日く、娘の言誠に金石の如し、當に心肝に銘鏤す可しと、遂に相對し涙を揮ひ袂を分つて去る。

　　이에 슬피 울며 말하기를,

　　"안타깝구나. 어찌 한 번 경홍을 보고 이 정을 말함을 얻을까요?"

　　양생이 말하기를,

　　"청루(靑樓) 가운데 본래 허다한 재녀가 있을 수 있다 하더라도, 사대부가의 규수가 창비(娼婢)에 못지않으리라는 것을 어찌 알 수 있겠습니까?"

　　섬월이 말하기를,

　　"첩의 눈으로 살펴보건대 진낭자와 같은 이가 없으니, 만약 진낭자보다 아래라면 첩이 감히 낭군에게 천거하지 못하겠습니다. 그렇지만 첩이 물리도록 들었습니다. 장안사람 다투어 칭찬하여 말합니다. '정사도(鄭司徒)의 여자는 얌전하고 아름다운 용모와 그윽하고 한가한 덕이 지금의 여자 중에서 제일이라' 합니다. 첩이 아직 친히 보지는 못했으나, 큰 이름 아래에 본래 무의미한 일이 없습니다. 낭군 돌아가 서울에 이르시면, 유의하여 방문하시길 바라는 바입니다."

---

25 한문 텍스트는 '고(叩)하게'로 되어 있다.

문답하는 사이에 사창(紗窓)이 이미 희미하게 밝아졌다. 두 사람이 함께 일어나 머리를 빗고 세수를 마쳤다. 섬월이 말하기를,

"이곳은 오래 머무를 만한 땅이 아닙니다. 더구나 어제 여러 공자들 여전히 불만스러운 마음 없지 않을 것이니 아마도 상공에게 불리할 것입니다. 부디 빨리 길을 떠나야 합니다. 앞으로 모실 날이 여전히 많습니다. 어찌 아녀자의 사소한 슬픔을 말하겠습니까."

양생이 말하기를,

"낭의 말 진실로 금석과 같소. 마땅히 가슴에 깊이 새기겠습니다."

마침내 서로 마주하고 눈물을 흘리며 인사하고 떠났다.

女冠を倩ふて鄭府知音に遇ひ、老司徒、金榜に快壻を得。
여자 도사를 청하여 정부 지음을 만나고, 노사도 금방에 쾌서를 얻다

楊生洛陽より長安に抵り、其旅舍を定め、其行裝を頓む、而も科日尙ほ遠し、店人を招きて紫淸觀の遠近を問ふ、云ふ春明門外に在りと、卽ち禮段を備へ、往て杜錬師を其ぬ、杜錬師年六十餘歲許、戒行甚だ高く、觀中女冠の首たり、生進んで禮を以て謁し、其母親の書簡を傳ふ、錬師其の安否を問ひ涕を垂れて言つて曰く、我れ令堂姐々と相別れて已に二十年。

後生の人軒仰此の如し、人世流光、信に白駒の忙しきか如し、吾れ老ひたり、京師煩□の中に處るを厭ひ、方に遠く崆峒に向ひ、仙を尋ね道を訪ひ、魂を錬り眞を守り、心を物外に棲はんと欲す、姐どの書中に託する所の言有り、吾れ當に已むを得ず君の爲めに少く留らん、楊生風彩明秀にして仙の如く、當世閨艶の中、恐らくは相敵するの良

117

配を得難からん、然ども從つて商量す可し、若し間日あらば、更に一
來を加へよと、楊生曰く、小侄親老ひ家貧しく、年二十に近くして、
而も身僻郷に處り、未だ配を擇ぶ能はず、喜懼の日に當つて、反つて
衣食の憂を貽す、誠孝展ふる莫く、欺愧寔し切たり、今ま叔母を拜
し、眷念斯に至り、感荷良に深しと、

　　양생이 낙양에서 장안에 이르러 머물 곳을 정하고 행장(行裝)을 정
리했다. 그러나 과거 날짜는 여전히 많이 남아 있었다. 가게 사람을
불러 자청관(紫淸觀)의 거리를 물었더니 춘명문(春明門) 밖에 있다고
했다. 곧 예단을 갖추어 두련사(杜鍊師)를 찾았다. 두련사 나이 60여
세 가량으로 계행(戒行)이 심히 높아 관중(觀中) 여자 도사의 우두머
리가 되었다. 양생이 예로써 나아가 뵙고 모친의 서간을 전했다. 연
사가 그 안부를 묻고 눈물을 흘리며 말하기를,
　　"내 그대의 어머니와 서로 이별한지 이미 20년이다. 그 후에 태어
난 사람의 헌앙(軒仰)함이 이와 같구나. 인간세상은 흐르는 빛과 같
고 참으로 흰 망아지가 바삐 달리는 것과 같구나. 내 늙어서 서울의
번잡하고 시끄러운 곳에 있는 것이 싫어 바야흐로 멀리 공동(崆峒)을
향하여 신선의 도를 찾아 혼을 가다듬고 참을 지켜 세상 물정의 바깥
에서 쉬고자 했다. [그대의]어머니의 글 중에 부탁한 바의 말이 있으
니, 내 마땅히 부득이 자네를 위해 조금 [더]머물겠네. 양생의 풍채
가 맑고 빼어나기가 신선과 같으니, 당대의 아름다운 규수 가운데
서 상적(相適)할만한 좋은 배필을 얻는 것이 어렵지 않을까 염려일
세. 이에 헤아려 생각해 볼 것이니 만약 시간이 있다면 다시 한 번 오
게나."

양생이 말하기를,

"[이]조카의 어머니 늙으시고 집이 빈곤하여 나이 20에 가깝도록 몸이 궁벽한 시골에 있어 아직 배필을 택할 수 없었습니다. 희구(喜懼)의 날을 당하여 도리어 의식(衣食)의 근심을 끼치고 참으로 효를 펴지 못하니 부끄러운 마음이 참으로 간절합니다. 지금 숙모를 뵙자니 [조카를]돌아보며 생각하기가 이에 이르니 감격스러운 마음이 진실로 깊습니다."

即ち拜辭して退く、時に科日將に迫らんとするも、而も指婚の諾を聞きしより、稍や求名の心弛み、數日の後復た觀中に往く、欽師迎へ笑つて曰く、一處に處女あり、其才と貌とを言へば則ち眞に楊郎の配にして、而も其家は門楣太だ高く、六代公侯、三代相國なり、楊郎若し今回の科擧に於て魁元と爲らば、則ち此婚事庶く望む可し、其前に於て口に發するは無益也、楊郎必すしも煩く老か身を訪はず、科業を勉修し大捷を期して可也と、楊生曰く、第は誰が家ぞや、鍊師曰く、春明門外鄭司徒の家也、朱門道に臨み門上に棨戟を設ける者、即ち其第なり、司徒に一女あり、而して其處子は仙なり人に非ざる也と、楊生忽ち蟾月の言を思ひ、潛に念へらく、此女子果して如何にして大に聲響を兩京の間に得たるかと、鍊師に問ふて曰く、鄭氏の女子師傳曾て之を見しや、鍊師曰く、我れ豈に見ざらんや、鄭小姐は即ち天人、口舌を以て其美を形容す可らざる也と、生曰く、小侄敢て誇大の言を爲すに非ざるも、今春の科第は當に囊中の物を探るか如し、此事固り掛念するに足らず、而も平生癡□の願あり、處子を見ざれば則ち求婚を欲せず、願くは師傳特に慈悲の心を出だし、小子をして其顏色を一

119

見せしめんことと、錬師大に笑つて曰く、宰相家の女子豈に之を見得
るの路有らんや、楊郎或は老身が言未だ信ず可らざるを慮るか、生曰
く、小子何ぞ敢て尊言に疑あらんや、但だ凡ぞ人の見る所各の同じか
らず、安んぞ師傳の眼必ずしも小子の目の如き保たんや、錬師曰く、
萬此の理無し、鳳凰麒麟は婦孺も皆祥瑞と稱し、青天白日は奴隷も亦
た高明を知る、苟も目無きの人に非ざれば、則ち豈に子都の美を知ら
ざらんや、

　　　곧 정중하게 사양하며 물러났다. 이때 과거 날짜가 장차 다가오나
혼처를 구해 보겠다는 대답을 듣고는 점점 명성을 구하는 마음이 느
슨해졌다. 며칠 뒤 다시 관중(觀中)에 가니 연사가 맞이하여 웃으며
말하기를,
　　“한 곳에 처녀가 있는데 그 재주와 용모를 말하자면 참으로 양낭
의 배필이다. 그러나 그 가문이 매우 높아 6대의 공후(公侯)요 3대 상
국(上國)이니, 양낭이 만약 이번에 과거에서 장원을 하게 되면 이 혼
사는 가망이 있지만, 그 전에 입으로 발설한다면 무익할 것이다. 양
낭은 번거롭게 노신(老身)을 방문하지 말고 과업에 힘써서 크게 이길
것을 기약토록 하여라.”
　　양생이 말하기를,
　　“[그]집은 [대체]어느 집안입니까?”
　　연사가 말하기를,
　　“춘명문(春明門) 밖 정사도(鄭司徒)의 집으로 붉은 문이 길에 임하
고 문 위에 계극(棨戟)을 설치한 곳이 곧 그 집일세. 사도에게 딸이 하
나 있는데, 그 처자는 신선이지 사람이 아닐세.”

양생이 문득 섬월의 말을 생각하고 가만히 생각에 잠겼다. '이 여자 과연 어떻게 두 서울 사이에서 크게 성예(聲譽)를 얻었을까?' 연사에게 묻기를,

"정씨의 여자를 사부는 일찍이 보셨습니까."

연사가 말하기를,

"내 어찌 보지 못했겠는가. 정소저는 곧 천인(天人)으로 말로는 그 아름다움을 형용할 수 없네."

양생이 말하기를,

"조카가 감히 지나치게 [자랑하는]말을 함이 아니나, 이번 봄의 과제(科第)는 마땅히 [제]주머니 속의 물건을 찾는 것과 같습니다. 이것은 본래 괘념(掛念)할 것이 아닙니다. 그러나 평생 어리석고 못난 소원이 있습니다. 처자를 보지 못하면 구혼을 바라지 않습니다. 사부께서 특히 자비의 마음을 내시어 소자로 하여금 그 안색을 한 번 보게 해 주시기를 바랍니다."

연사 크게 웃으며 말하기를,

"재상가의 여자 어찌 볼 수 있는 길이 있겠는가? 양낭은 혹시 노신의 말을 아직 믿을 수 없다고 생각하는가?"

양생이 말하기를,

"소자 어찌 감히 존언(尊言)을 의심하겠습니까? 다만 대저 사람이 보는 바 각각 같지 않으니, 어찌 사부의 눈이 반드시 소자의 눈과 같다고 하겠습니까?"

연사가 말하기를,

"결코 그럴 리가 없다. 봉황과 기린은 부인과 처녀도 모두 상서롭다 하였고, 청천백일(靑天白日)은 노예도 또한 고명(高明)함을 분별한

121

다. 만약 눈 없는 사람이 아니라면 어찌 자도(子都)의 아름다움을 알
지 못하겠는가?"

楊生猶ほ快からずして歸り、心ず諾を錬師に受けんと欲す、翌日淸
晨に又た道觀に往く、錬師笑つて謂ふて曰く、楊郎必ず此事有りと、
生曰く、小子鄭小姐を見ざれば、則ち終に心に疑無きこと能はず、更
に乞ふ師傅我か母親付託の意を念ひ、小子委曲の情を察し、密連冲
襟、別に妙計を出だし、小子をして一たび遭ふて望み見るを得せしめ
ば、則ち當に草を結んで報を圖る可しと、錬師頭を掉つて曰く、至難
なる哉と沈吟半餉、乃ち謂つて曰く、吾れ楊郎が聰容明透なるを見
る、學問の暇或は音律を知る乎、生曰く、小子曾て異人に遇ひて妙曲
を學び得、五音六律皆な精通せり、錬師曰く、宰相の家、甲第峩々、
中門五重、花園深々、繚垣數丈、身羽翼を具する者に非ざれば越ゆ可
らざる也、且つ鄭小姐詩を讀み禮を學び、身を律する範あり、一動一
靜度に合し儀に合す、旣に香を道觀に焚かず、又た齋を尼院に□め
ず、正月上元に燈市の戱を觀ず、三月三日に曲江の遊び作さず、外人
何に由つて窺ひ見るを得んや、但だ一事あり或は萬幸を冀ふ可きも、恐
らくは楊郎從ふを肯んぜざらん、生曰く、鄭小姐見る得可くんば、天に
升り地に入り火を握り水を蹈ましむと雖、何ぞ敢て從はざらんや、

　　양생이 여전히 불쾌해 하면서 돌아갔지만 반드시 연사에게 답을
　　받고자 했다. 다음날 맑은 새벽에 다시 도관(道觀)에 갔다. 연사 웃으
　　며 일러 말하기를,
　　　"양낭 반드시 일이 있구나."

양생이 말하기를,

"소자 정소저를 보지 못하면 끝내 마음에 의심이 없을 수 없습니다. 다시 빕니다. 사부께서 제 모친이 부탁한 뜻을 생각하여 소자의 간절한 정을 살피시어, 몰래 흉금을 열고 따로 묘계(妙計)를 내시어 소자에게 한 번 만나 멀리서 볼 수 있게 해 주시면 마땅히 결초하여 은혜를 갚을 것입니다."

연사 머리를 흔들면서 말하기를,

"쉽지가 않구나."

속으로 깊이 생각하다가 이내 말하기를,

"내 양낭의 총명한 예지가 밝게 비춤을 보았다. 학문하는 여가에 혹 음률을 배웠느냐?"

양생이 말하기를,

"소자 일찍이 기이한 사람을 만나 묘곡을 배울 수 있어, 오음육률(五音六律)에 모두 정통합니다."

연사가 말하기를,

"재상가의 집이라 크고 넓게 잘 지어서 엄숙하고 중문(中門)이 다섯 겹이다. 화원(花園)이 매우 깊으며 낮은 담이 여러 겹으로 둘러싸여 있어 몸에 날개를 갖춘 자가 아니라면 넘을 수가 없다. 또한 정소저가 시를 읽고 예를 배워 몸가짐에 법도가 있어 하나 하나의 움직임이 절도에 합당하고 예의에 합당하다. 도관(道觀)에 분향하지 않고 또한 이원(尼院)에 재를 올리지도 않았으며, 정월 상원(上元)의 관등(觀燈)놀이에 가지도 않고 3월 3일의 곡강(曲江)의 놀이에도 가지 않으니, 어찌 외부 사람이 엿볼 수 있겠는가? 다만 한 가지 일이 있는데 혹 만행(萬幸)을 바라서 양낭이 기꺼이 따르지 않으려고 할지 않을까 염려스럽네."

양생이 말하기를,

"정소저를 볼 수 있다면 하늘에 오르고 땅에 들어가며 불을 쥐고 물을 움직이게 한다 하더라도 어찌 감히 따르지 않겠습니까?"

錬師曰く、鄭司徒近ごろ老病に因り仕宦を樂まず、惟だ興を園林鐘跋に寄せ、夫人崔氏も性音樂を好めり、而も小姐聰慧□悟、百事明めざる無く、音律の淸濁、節奏の繁促に至るまで、一聞輒ち解き、毫分縷析、妙、師襄の如く神、子期の如く、而も蔡文姬の能く斷絃を知るは、盖し餘事耳、崔夫人、新翻の曲あるを聞けば、則ち必ず其人を招致して、座前に奏せしめ、小姐をして其高下を論じ其工拙を評せしめ、凡に憑りて之を聽き、此を以て暮景の樂みとせり、吾れ意ふに楊郎苟も彈琴を解さば、預め一曲を習ふて之を待て、三月晦日な乃ち靈符道君の誕日にして、鄭府每年必事ず解するの婢子を送り、香燈を觀中に賚らし來る、楊郎當に此時を以て女服を換着し、手に三尺の綠綺を弄し、彼をして之を聞かしめば、則ち彼れ必ず歸つて夫人に告けん、夫人之を聽かば則ち必ず請ひ來らん、鄭府に入るの後小姐を見る得るや否やは、皆天緣に係る、老身か知る所に非ず、此の外他計無し、況や君が貌美人の如く、且つ鬚を生ぜず、出家の人或は髮を裹まず、耳を掩はざる者あり、變服するも亦難からずと、生喜んで拜謝して退き、指を屈して日を待てり。

연사가 말하기를,

"정사도가 근래에는 늙고 병이 들어 벼슬살이를 즐기지 않고, 다만 원림(園林)과 종고(鐘鼓)에 흥을 붙였고, 부인 최씨도 본성이 음악을 좋아한다. 그리고 소저는 총명하고 슬기로우며 뛰어나게 영리하여 온갖 일에 밝지 않음이 없으니 음률(音律)의 청탁(淸濁)과 절주(節奏)의 빠르고 급함에 이르기까지 한 번 들으면 미세한 부분까지 곧 풀이한다. 사양(師襄)의 기묘함이 이와 같고 자기(子期)의 신통함이 이와 같을 것이다.[26] 채문희(蔡文姬)[27]의 끊어진 가락도 능히 아는데 어찌 나머지 일에 있어서야[말해 무엇 하겠는가]? 최부인은 새로운 곡이 있음을 들으면 반드시 그 사람을 불러드려 연주하게 하고 소저에게 그 고하(高下)를 논하고 그 공졸(工拙)을 평하게 하며, 책상에 기대어 [이것을]듣고는 이것으로 노년의 즐거움으로 삼고 있다. 내가 생각건대 양낭이 만약 금(琴)을 탈 줄 안다면 미리 한 곡을 익혀 기다리게. 3월 그믐날은 곧 영부(靈符) 도군(道君)의 생일이기에 정부(鄭府)에서 매년 시중드는 시비를 보내어 관중에 향촉을 가져온다. 양낭은 마땅히 이때에 여복(女服)으로 갈아입고 손으로는 3척의 악기를 연주하여 그로 하여금 그것을 듣게 한다면, 그가 반드시 돌아가 부인에게 고할 것이고 부인이 그것을 들으면 반드시 청하여 데려갈 것이다. [하지만] 정부에 들어간 뒤 소저를 볼 수 있을지 여부는 모두 하늘의 인연에 달려 있으니 노신(老身)이 알 바 아니네. 이 외 다른 방법이 없다. 더구나 자네의 용모는 미인과 같고 또한 수염도 자라지 않았다. 출가한 사람이 혹은 머리를 싸매지 않고 혹은 귀를 가리지 않는 이도 있기에 변복(變服)하기 또한 어렵지 않을 것이다."

양생이 기뻐하며 정중하게 사양하고 물러나 손가락을 꼽으며 날

---

26 한문 텍스트에 있는 '미필과차(未必過此)' 부분 번역이 빠져 있다.
27 후한 말기 진류(陳留) 어현(圉縣) 사람으로 음률에 능통한 여류시인이다.

을 기다렸다.

　元來鄭司徒に他の子女無く、惟だ一女小姐ある而已、崔夫人解娩の日、昏困中に於て之を見れば、則ち仙女あり、一顆の明珠を把りて房櫳に入る、俄にして小姐生る、之を名けて瓊貝と曰ひ、長ずるに及び、嬌姿雅儀、奇才徽範、盖千古一人也、父母鍾愛甚だ篤く、佳郎を得んと欲して意とす可き者無し、年二八に至り尚ほ未だ筓せず、一日崔夫人小姐の乳母錢嫗を招き、之に謂つて曰く、今日は道君の誕日なり、汝づ香燭を持し紫淸觀に往き、杜鍊師に傳へ與へ、兼ねて衣段茶果を以て、吾が戀々忘れざるの意を致せと、錢嫗命を領し、小轎に乘りて道觀に至る、鍊師その香燭を受け、三淸殿に供享し、且つ三種の盛饌を奉じて百拜し、□供の錢嫗に謝して之を送る、此時楊生已に別堂に到り、方に琴を横へて曲を奏す、錢嫗鍊師に留別して正に轎に上らんとし、忽ち琴韵の三淸殿よ出で、西小廊の上に迤ぶを聽く、其聲甚だ妙、宛轉淸□、雲霄の外に在るが如し、錢嫗轎を停めて立ち、側聽頗る久し、顧みて鍊師に問ふて曰く、我れ夫人の左右に在りて多く名琴を聽けり、而も此琴の聲は全く初聞也、知らず何人の彈ずる所ぞ、鍊師曰く、前日年少の女冠楚の地より來り、皇都を壯觀せんと欲し、姑く此に淹留し、時々琴を弄す、其聲愛す可し、貧道音律に聾なる者、其工と拙とを知らず、今嫣々此の嘉獎あり、必ず善手ならんと、錢嫗曰く、吾か夫人若し之を聞かば、則ち必ず召命あらん、鍊師須く此人を挽き留め、他に之かしむる勿れと、鍊師曰く、當に教の如くす可しと、錢嫗を送り、洞門を出づるの後、入つて此言を以て楊生に傳ふ、楊生大に悅び夫人の召を切に待てり、錢嫗歸つて夫人に告げ

て曰く、紫淸觀に何許かの女冠あり、能く奇絶の響を做す、誠に異事
なりと、夫人曰く、吾れ一たび之を聽かんと欲す、明日小轎一乘侍婢
一人と觀中に送り、鍊師に語を傳へて曰く、小女冠辱く臨むを欲せず
と雖、道人須く之か爲め勤め送る可しと、鍊師其の侍婢に對して楊生
に謂つて曰く、尊人命あり、君須く勉め往く可し、生曰く、遐方の賤
蹤、尊前に進謁するに合はずと雖、大師の敎何ぞ敢て違ふ可けんと、

원래 정사도에게 다른 자녀가 없고 오직 한 명의 딸 소저가 있을
뿐이었다. 최부인이 해산하던 날 정신이 흐릿하고 기운이 빠져 나른
한 상태에서 보니, 한 선녀가 명주(明珠) 하나를 쥐고 방안으로 들어
왔는데 갑자기 소저가 태어났다. 이름을 경패(瓊貝)라 했고, 성장함
에 따라 아름다운 자태가 우아하고 기이한 재주가 [또한]뛰어나서,
아마도 오랜 세월 가운데서 제일일 것이다. 부모의 특별한 사랑이
매우 돈독하여 좋은 신랑을 얻고자 하였으나 뜻에 맞는 이가 없었다.
나이 16에 이르러 여전히 아직 비녀를 꽂지 못했다. 하루는 최부인
이 소저의 유모 전구(錢嫗)를 불러 일러 말하기를,

"오늘은 도군[28]의 탄일이다. 너는 향촉을 가지고 자청관(紫淸觀)
에 가서 두연사(杜鍊師)에게 전하라. 겸하여 의단(衣段) 다과(茶果)로
나의 그립고 애틋하여 잊지 못하는 뜻을 다하라."

전구가 명을 받들어 작은 가마를 타고 도관에 이르렀다. 연사 그
향촉을 받고 삼청전(三淸殿)에 공향(供享)하고 또한 세 종류의 성대한
선물을 받았음을 백배 사례하고 전구를 공손히 대접하여 보냈다. 이

---

28 원문에 따르면 원부도군을 이른다.

때 양생 이미 별당에 이르러 바야흐로 금(琴)을 옆에 끼고 곡을 연주했다. 전구가 연사에게 작별을 고하고 바로 가마에 오르려 하였는데 문득 금[타는] 소리가 삼청전 서쪽 작은 복도에서 흘러나왔다. 그 소리 매우 묘하고 무척 청신(淸新)하여 운소(雲霄) 바깥에 있는 것 같았다. 전구가 가마를 세우고 서서 자못 오랫동안 듣다가 돌아보며 연사에게 묻기를,

"제가 부인의 좌우에 있으면서 유명한 금을 많이 들었으나 이 금의 소리는 전혀 처음 듣습니다. 어떠한 사람이 타는 것인지 모르겠습니다."

연사가 말하기를,

"어제 나이 어린 여자 도사가 초나라 땅에서 왔소. 서울의 장관을 구경하고 싶다기에 잠시 여기에 머무르며 때때로 금을 타며 즐기는데 그 소리가 가히 사랑할 만하오. [하지만]빈도(貧道)는 음률에 성(聲)한[29] 자라, 그 공졸(工拙)을 모릅니다. 지금 아름답다고 칭찬을 하니 필시 좋은 솜씨일 것이오."

전구가 말하기를,

"우리 부인이 만약 들으신다면 반드시 부르라는 명이 있을 것입니다. 연사께서는 부디 이 사람을 만류하시어 다른 곳에 가지 못하게 하소서."

연사가 말하기를,

"마땅히 가르침대로 하겠습니다."

전구를 보내고 동문(洞門)을 나선 뒤, 들어와 이 말을 양생에게 전

---

29 한문 텍스트는 '농(聾)한'으로 되어 있다.

했다. 양생이 크게 기뻐하여 부인의 부름을 간절히 기다렸다. 전구가 돌아가 부인에게 고하여 말하기를,

"자청관에 어떤 여자 도사가 있어 능히 기묘한 소리를 타는데 실로 이상합니다."

부인이 말하기를,

"내 한 번 듣고 싶구나."

담음 날 작은 가마 한 채에 계집종 한 명을 관중(觀中)에 보내어 연사에게 말을 전하여 말했다.

"젊은 여관(女冠)이 비록 오기를 바라지 않더라도 도인이 부디 그에게 권하여 보내 주십시오."

연사가 시비를 앞에 두고 양생에게 일러 말하기를,

"존인(尊人)의 명이 있네. 자네는 부디 사양치 말고 가시게."

是に於て女道士の巾服を具し。琴を抱て出づ、隱然として魏仙君の道骨あり、飄然として謝自然の仙風あり、鄭府又□欽歎して已まぎらん、楊生小轎に乘りて鄭府に至るや、侍婢引て內庭に入れ、夫人は中堂に坐し、威儀端嚴たり、楊生堂下に叩頭再拜す、夫人命じて坐を賜ひ、之に謂つて曰く、睟日婢子道觀に往き、幸に仙樂を聽て來る、老人方に一見せんことを願ひ、道人の淸儀に接する得て、俗慮自ら消するを覺ゆと、楊生席を避けて對へて曰く、貧道本と是れ楚間孤賤の人也、浪迹雲の如く朝暮東西す、兹に賤技に因りて夫人座下に近づくを獲、是れ豈に始望の及ぶ所ならんやと、夫人侍婢をして楊生手中の琴を取らしめ、膝に置き摩挲し、乃ち稱賞して曰く、眞箇妙材なり、生答へて曰く、此れ龍門山上百年自ら枯れたるの桐、木性已に霹靂に盡

き、至强金石に下らず、千萬を以て之を賭するも易ゆ可らざる也と、酬答の頃砌陰巳に改まるも、漠然として小姐の形影無し、楊生心甚だ疑慮に急に、自ら起ち夫人に告けて曰く、貧道古調を傳へ得ると雖、今の彈かざる者多く、貧道も亦た自ら其聲の今に非ずして古なるを知る能はず、頃ろ紫淸觀の衆女觀に仍て之を聞けば、則ち小姐の音を知らるゝや、寔に今世の師曠なりと、願くは賤藝を效し以て小姐の下敎を聽かんと、

이에 여도사 건복(巾服)을 갖추어서 금을 안고 나서는데, 은연(隱然)하여 위선군(魏仙君)의 도골(道骨)이 있고, 표연(飄然)하여 사자연(謝自然)의 선풍(仙風)이 있어 정부(鄭府)의 차환(叉鬟)이 흠모하여 찬탄하여 마지않았다. 양생이 작은 가마를 타고 정부에 이르자, 시비가 인도하여 뜰 안으로 들어갔다. 부인은 중당에 앉았는데 [그]차림새 단정하고 엄숙했다. 양생은 당하(堂下)에서 머리를 조아려 두 번 절했다. 부인은 명하여 자리를 내리고 그에게 일러 말했다.

"어제 도관에 간 시비가 다행히 선악(仙樂)을 듣고 와서 노인에게 한 번 보여주고 싶다고 청하였소. 도인의 맑은 거동을 접하게 되어 속세의 근심이 저절로 사라짐을 깨닫겠습니다."

양생이 자리를 피하며 대답하여 말하기를,

"빈도(貧道)는 본래 초나라의 외롭고 천한 사람으로, 아침에는 동쪽에 있고 저녁에는 서쪽에 있는 떠돌아다니는 구름과 같습니다. 이에 천한 재주로 인해 부인 좌리 아래에 가까이함을 얻으니, 이 어찌 처음에 [이루어지리라고]바라던 바이겠습니까?"

부인이 시비로 하여금 양생 수중의 금을 취하게 하여 무릎에 두어

손으로 어루만지다가, 이에 칭찬하여 말하기를,

"참으로 묘한 재목이로다."

양생이 답하여 말하기를,

"이것은 용문산 위에서 백 년 동안 홀로 마른 오동나무이니, 벼락에 이미 나무의 성질이 다하여 강하기가 금석(金石)에 뒤지지 않습니다. 천만(千萬)을 내놓더라도 바꿀 수는 없을 것입니다."

이야기를 주고받는 사이에 섬돌의 그늘이 이미 옮겨졌으나 소저의 형체와 그림자는 막연하였다. 양생의 마음 몹시 급해지고 의심스러워 스스로 일어나 부인에게 고하여 말하기를,

"빈도가 옛 곡조를 배웠으나 요즘 연주하지 못하는 이가 많고, 빈도도 또한 스스로 그 소리가 맞고 틀린지를 알 수 없음은 지금이나 예나 마찬가지입니다. 근래에 자청관의 여러 여관(女觀)에게서 들으니, 소저가 소리를 아는 것이 진실로 금세의 사광(師曠)이라 했습니다. 천한 재주를 시험하여 소저의 가르침을 듣기 바랍니다."

夫人侍兒をして小姐を招かしむ、俄にして繡幕乍ち□き、香澤微かに生じ、小姐來つて夫人の座側に坐す、楊生起つて拜し畢り、目を縱まにして之を望めば、太陽初めて彤霞に湧き、芳蓮政さに綠水に映ず、神搖き眸眩し正視する能はず、楊生其の坐席稍や遠く、眼力碍り有るを嫌ひ、乃ち告げて曰く、貧道小姐の明敎を受けんと欲す、而も華堂廣濶にして聲韵散じ泄る、或は恐る細聽に專らならざるをと、夫人侍兒に謂つて曰く、女冠の座を前に移す可しと、侍婢席を移して坐を請ふ、已に夫人の座に偪ると雖、而も適ま小姐座席の右に當り、反つて直視相望の時に如かず、生大に以て恨と爲す、而も敢て再び請は

ず、侍婢香案を前に設け、金爐を開き名香を爇く、生乃ち坐を改め琴
を援り、先づ霓裳羽衣の曲を奏す、小姐曰く、美なる哉、此れ宛然大
寶太平の氣象の如し、此の曲人必ず之を解するも、曲其妙に臻る未だ
道人の手段の如さ者有らざる也、此れ所謂る漁陽鼙鼓動地來、驚罷霓裳
羽衣曲なる者乎、階亂の音樂聽く足らざる也、願く他の曲を聽かん、

부인이 시비로 하여금 소저를 부르게 했다. 이윽고 수를 놓은 막
이 열리며 향기가 조금 일어났다. 소저가 와서 부인의 옆에 앉았다.
양생이 일어나 절하고 눈을 들어 바라보니, 태양이 처음 붉은 놀에
솟아올라, 아름다운 연꽃이 정말 푸른 물에 비친 듯했다. 정신이 요
란하고 눈이 현란하여모(眸) 바로 볼 수가 없었다. 양생은 그 자리가
조금 멀어 안력(眼力)에 장애됨을 꺼려 이에 고하여 말하기를,

"빈도 소저의 현명한 가르침을 받고자 합니다만, 화당(華堂)이 광
활(廣闊)하여 소리가 흩어져 혹 자세히 듣기에 전념하지 못할까 염려
됩니다."

부인이 시비에게 일러 말하기를,

"여자 도사의 자리를 앞으로 옮기는 게 좋겠다."

시비가 자리를 옮겨 앉기를 청했다. 이미 부인의 자리에 다가왔지
만 마침 소저의 자리 오른쪽에 이르게 되어 도리어 곧바로 서로 바라
볼 때만 못했다. 양생이 크게 한스럽게 여겼으나 감히 재차 청하지
못했다. 시비가 향안(香案)을 앞에다 설치하고, 금로(金爐)를 열어 명
향(名香)을 피웠다. 양생이 이에 자리를 고쳐 앉자 금을 당겨 먼저 예
상우의(霓裳羽衣) 곡을 연주했다. 소저가 말하기를,

"아름답구나. 이는 완연하여 천보(天寶)시절의 태평스런 기상과

같습니다. 이 곡을 사람이 반드시 이해하기는 하지만 그 곡의 묘함
에 이르러서는 아직 도인의 수단과 같은 것이 있지 않습니다. 이는
소위 '어양비고동지래(漁陽鼙鼓動地來)' 하니 '경파예상우의곡(驚罷霓
裳羽衣曲)'이 아닙니까?[30] 난잡한 음란한 노래이기에 듣기에 족하지
않습니다. 다른 곡을 들어보기를 원합니다."

楊生更に一曲を奏す、小姐曰く、樂んて淫し、哀んで促る、卽ち陳
後主が玉樹後庭の花也、此れ所謂る地下若逢陳後主。

豈宜重問後庭花。たる者か、亡國の繁音尚ぶに足らざる也、更に他
の曲を奏せよと、楊生又た一闋を奏す、小姐曰く、此の曲悲むが如
く、喜ふが如く、感激する者の如く、思念する者の〻如し、昔は蔡文
姬亂に遭ひ拘へられ、二子を胡の中に生めり、曹操贖ひ還るに及び、
文姬將に故國に歸らんとし、兩兒に留別するの時、胡笳十八拍を作
り、以て悲憐の意を寓せり、所謂る胡人落淚添邊草。漢使斷腸對歸
客。

もの也、其聲聽く可しと雖、節を失ふの人曷んぞ道ふに足らんや、
其曲を清新にせよと、楊生又た一腔を奏す、小姐曰く、王昭君か塞を
出づる曲也、昭君舊君に眷係し、故鄕を瞻望して、此身の死する所を
失ひ畵師の公たらざるを悲み、限り無き不平の心を以て、之を一曲の
中に付す、所謂る誰憐一曲傳樂府。能使千秋傷綺羅もの也、然ども胡
姬の曲、邊方の聲、本と正音に非ざる也、抑も他の曲ありやと、楊生
又た一轉を奏す、小姐容を改め言つて曰く、吾れ此聲を聞かざること

---

30 백거이(白居易)의 장한가(長恨歌)에서 인용

久し、道人は實に凡人に非ざる也、此れ則ち英雄其時に遇はず、心を
塵世の外に宅し、而も忠義の氣板蕩の中に壹鬱す、嵇叔夜の廣陵取に
非ざるを得んや、其の東市に□せらるゝに及び、日影を顧みて一曲を
彈じて曰く、怨む哉、人廣陵散を學はんと欲する者有らんや、吾れ之
を惜んで傳へず、嗟呼廣陵散此れより絶ロんと、所謂る獨鳥下東南。

　廣陵何處在もの也、後の人之を傳ふる者無し、道人必ず嵇康の精靈
に遇ひて學べる也と、生膝席して答へて曰く、小姐の英慧人上に出づ
る萬々なり、貧道嘗て之を師に聞けり、其の言亦た小姐と一なりと、
又た一飜を奏す、小姐曰く、優々なる哉、颯々なる哉、青山峨々、綠
水洋々、神仙の跡塵臼の中を超脱す、此れ伯牙の水仙操に非ずや、所
謂の鐘期旣遇奏流水而何慚もの也、道人は乃ち千百歲後の知音なり、
伯牙の靈若し知る所あらば、必ずしも鐘子期の死を恨みざらんと、

　　　　양생이 다시 한 곡을 연주했다. 소저가 말하기를,

　　　　"즐겁지만 음란하고, 슬프지만 촉급하니, 곧 진후주(陳後主)의 옥
　　수후정화(玉樹後庭花)이다. 이것은 이른바 '지하약봉진후주(地下若逢
　　陳後主)면 기의중문후정화(豈宜重問後庭花)'라는 것이 아닙니까? 망
　　국의 번음(繁音)이니, 듣기에 족하지 않습니다. 다시 다른 곡을 연주
　　해 보십시오."

　　　　양생이 또 한 곡조를 연주했다. 소저가 말하기를,

　　　　"이 곡은 슬픈 듯 기쁜 듯하고, 감격하는 것 같고 사념(思念)하는
　　것 같습니다. 옛날 채문희(蔡文姬)가 난을 만나 잡힌 몸이 되어 오랑
　　캐에게서 두 아이를 낳았는데 조조(曹操)가 몸값을 치르고 데려왔습
　　니다. 문희가 장차 고국으로 돌아올 때 두 아이와 작별하며 호가십

팔박(胡笳十八拍)을 지어 그 슬프고도 가련한 뜻을 붙였습니다. 이른바 '호인락루첨변초(胡人落淚添邊草)요, 한사단장대귀객(漢使斷腸對歸客)'이라는 것입니다. 그 소리 들을 만하다 하더라도 절개를 잃은 사람이니 어찌 말하기에 족하겠습니까? 그 곡을 맑고 새롭게 하십시오."

양생이 또 한 곡저를 연주했다. 소저가 말하기를,

"왕소군(王昭君)의 출새곡(出塞曲)입니다. 소군이 옛 임금을 생각하고 고향을 바라보며 그 몸 죽을 곳을 잃고 화사(畵師)가 공평하지 않음을 슬퍼하여 끝없이 불평한 마음을 [이]한 곡에 부쳤으니, '수련일곡전악부(誰憐一曲傳樂府)하여 능사천추상기라(能使千秋傷綺羅)라고 하는 것입니다.' 그렇지만 오랑캐 여인의 노래이며 변방의 소리이니 본래 바른 소리는 아닙니다. 아니면 다른 곡이 있습니까?"

양생이 또 한 곡을 연주했다. 소저가 낯빛을 고치며 말하기를,

"내 이 소리를 듣지 못한 지 오랩니다. 도인은 실로 범인이 아닙니다. 이는 영웅이 그 때를 만나지 못해 마음을 속세의 밖에 붙여, 방탕한 가운데 충의(忠義)의 기운이 가득하니, 혜숙야(嵇叔夜)의 광릉산(廣陵散)이 아닙니까? 그 동시(東市)에서 죽임을 당함에 이르러 햇빛을 돌아보며 한 곡을 연주하며 말하기를, '원망스럽구나, 사람 중에 광릉산을 배우고자 하는 이가 있을 터인데, 내 그것을 아끼어 전하지 않았다. 슬프구나, 광릉산이 이로부터 끊어졌구나' 했다 하니, 이른바 '독조하동남(獨鳥下東南)하니 광릉하처재(廣陵何處在)라' 하는 것입니다. 후인들이 그것을 전한 이가 없었는데, 도인은 마침내 혜강(嵇康)의 정령(精靈)을 만나 배운 것이겠지요."

양생이 꿇어앉아서 대답하여 말하기를,

"소저의 영혜(英慧)하심은 사람들 중에 출중함이 더욱 뛰어나니

135

다. 빈도 일찍이 스승에게 들었습니다. 그 말이 또한 소저와 일치합
니다."

또 한 곡을 연주했다. 소저가 말하기를,

"느긋하고 어지럽습니다. 청산은 높고 녹수는 넓은데, 신선의 자
취는 티끌 가운데서 뛰어납니다. 이는 백아(伯牙)의 수선조(水仙操)가
아닙니까? 이른바 종자기(鍾子期)를 이미 만났으니 유수(流水)를 아
룀에 있어 무엇이 부끄럽겠습니까? 도인은 이에 천백세 후의 지음
(知音)인 것입니다. 백아(伯牙)의 영혼이 만약 안다면 반드시 종자기
의 죽음을 한하지 않았을 것이다."

楊生又一關を彈ず、小姐輒ち襟を正だし蜷坐して曰く、至れり盡せ
り、聖人亂世に遭遇し四海に遑々し、萬姓を極濟するの意あり、孔宣
父に非ずんば誰か能く此曲を作らんや、必ず猗蘭操也、所謂る逍遙九
州無有定處もの其意に非ずやと、楊生跪坐して香を添へ、復た一聲を
彈ず、小姐曰く、高ひ哉美なる哉、猗蘭の操は、大聖人時を憂ひ世を
救ふの心に出づと雖、而かも猶ほ時に遇はざるの歎あり、此の曲天地
萬物と與に、灑々春を同うし、嵬々蕩々以て名づくること得る無き者
也、是れ必ず大舜南薰の曲也、所謂る、南風之薰分、可以解吾民之慍
もの其詩に非ずや、善を盡くし美を盡くせるもの此れに過ぐるば無
し、他の曲ありと雖聞くことを願はざる也と、楊生敬んで對て曰く、
貧道聞く、樂律九變して天神下降すと、貧道奏する所の者は只だ八曲
也、尚ほ一曲あり、請ふ之を玉振せんと、柱を拂ひ絃を綯で、手を閃
して彈ず、其の聲悠揚□悅、能く人をして魂佚し心蕩せしめ、庭前の
百花一時に齊く綻び、乳燕雙び飛び流鶯互に歌ふ、小姐蛾眉暫く低

く、眼波收まらず、泯黙して坐す、鳳兮々々歸故鄕、遨遊四海求其凰
の句に至り、乃ち眸を開て再び望み、俯して其帶を視、紅暈轉だ雙頰
に上り、黃氣忽ち八字に消へ、正さに春酒に惱さるゝか如し、卽ち雍容
として起立し、身を轉じて內に入る、生愕然として語無く、琴を推して
起ち、惟だ小姐の皆を瞪視し、魂飛び神飄ひ、立つて泥塑の如し、

　　양생이 또 한 곡을 연주했다. 소저 문득 옷깃을 바로하고 무릎을
꿇어 앉아 말하기를,
　"지극하고 극진합니다. 성인이 난세를 만나 사해에 허둥거리는 모
든 백성을 구제하려는 뜻이 있습니다. 공선부(孔宣父)가 아니면 누가
능히 이 곡을 지었겠습니까? 반드시 의란조(猗蘭操)입니다. 이른바
'소요구주(逍遙九州) 무유정처(無有定處)'라는 것이 그 뜻이 아닙니까?"
　　양생이 무릎을 꿇고 앉아 향을 더 피우고, 다시 한 곡을 연주했다.
소저가 말하기를,
　"높고 아름답습니다. 의란조는 대성인이 시대를 근심하고 세상
을 구하려는 마음에서 나왔다 하더라도 여전히 때를 만나지 못한 것
을 탄식합니다. 이 곡은 천지만물과 더불어 봄기운이 감돌고 높고
큰 모양이 높고도 넓어 이름붙일 수 없는 것입니다. 이는 반드시 대
순(大舜)의 남훈곡(南薰曲)입니다. 이른바 '남풍지훈혜(南風之薰兮)여,
해오민지온(解吾民之慍)'은 [바로]그 시가 아닙니까? 지극히 선하고
지극히 아름다운 것이 이보다 과한 것이 없습니다. 다른 곡이 있다
하더라도 듣기를 원치 않습니다."
　　양생이 공경히 대답하여 말하기를,
　"빈도는 들었습니다. 악률이 아홉 번 변하면 천신이 하강한다 했

습니다. 빈도가 연주한 것은 다만 여덟 곡이니, 여전히 한 곡이 [남아]있습니다. 청컨대 그것을 연주하게 해 주십시오."

[거문고]기둥을 바로잡고 줄을 고르며 손을 번쩍이며 연주했다. 그 소리가 유유히 울리고 개열(闓悅)하여 능히 사람으로 하여금 혼을 잃고 마음을 방탕케 하여, 뜰 앞의 온갖 꽃이 일시에 가지런히 터지고 어린 제비가 쌍으로 날며 꾀꼬리가 서로 우는 듯했다. 소저는 아름다운 눈썹을 잠시 내리고 안파(眼波)를 거두지 아니한 채 잠잠히 앉아 있더니, '봉혜봉혜귀고향(鳳兮鳳兮歸故鄉)하여, 오유사해구기황(敖遊四海求其凰)'이란 구에 이르러서는, 바로 눈을 뜨고 다시 보며 그 의대를 내려다보는데 붉은 빛이 두 뺨에 나타나며 누른 기운이 홀연 팔자 눈썹으로 사라지며 마치 봄 술에 취한 듯싶었다. 곧 온화하고 점잖게 일어나서 몸을 움직여 안으로 들어갔다. 양생은 깜짝 놀라 말없이 금을 밀치고 서서 다만 소저의 등 쪽을 눈을 크게 뜨고 바라보니, 혼이 날아가 버리고 정신이 나가[그대로]서 있는데 진흙은로 만든 인형과 같았다.

夫人命じて之を坐せしめ、問ふて曰く、師傅今ま彈ずる所の者は何の曲ぞや、生乍ち對へて曰く、貧道師より傳はり得たるも、而も其の曲名を知らず、故に正に小姐の命を待たんと、小姐久うして出でず、夫人侍婢をして其故を問はしむ、侍婢還り報じて曰く、小姐半日風に觸り氣候安きを缺きて出で來る能はずと、楊生大に小姐の覺悟せるを疑ひ、蹙々として安んぜず、敢て久く留らず、起つて夫人を拜して曰く、伏して聞く、小姐玉體平かならずと、貧道實に憂慮切なり、伏して想ふ、夫人必ず親く自ら諮視せられんことを欲す可し、貧道請ふ退

去せんと夫人、金帛を出たして之を賞す、生辭して受けず、曰く、出家の人粗ぼ聲律を解すと雖、自ら適するに過ぎざる而已、敢て伶人の纏頭を受けんやと、因て頓首して謝し階を下つて去る、夫人小姐の病を憂ひ、卽ち召して之を問へば、已に快愉せり、小姐寢室に至り、侍女に問ふて曰く、春娘の病今日如何ぞや、侍女曰く、今日は則ち已に差ロ、小姐の琴を聽かるゝ聞き、新たに起きて梳洗せりと。

부인이 명하여 앉게 하고 묻기를,

"사부 지금 연주한 것은 무슨 곡이오."

양생이 문득 대답하여 말하기를,

"빈도 스승에게서 전수받았으나 그 곡명을 알지 못합니다. 그러므로 정말이지 소저의 명을 기다리겠습니다."

소저가 오래도록 나오지 않자 부인은 시비로 하여금 그 까닭을 묻게 하였다. 시비가 돌아와 보고하여 말하기를,

"소저 반나절 바람을 쐬어 기후가 편안하지 못하여 나올 수 없답니다."

양생이 크게 소저의 각오를 의심하여 조심스럽고 불안하여 감히 오래 머무르지 못하고 일어나 부인에게 절하며 말하기를,

"엎드려 듣자오니 소저 옥체 불평하시다 하니, 빈도 실로 우려됩니다. 엎드려 생각건대, 부인께서 친히 살펴보실 것을 바랄 것입니다. [이에] 빈도는 물러나기를 청합니다."

부인이 금과 비단을 상으로 내주었는데 양생은 사양하며 받지 않고 말하기를,

"출가지인이 어설프게 성률(聲律)을 이해한다고 하더라도 스스로

즐기는 데에 불과할 따름입니다. 감히 영인(伶人)의 전두(纏頭)를 받
겠습니까?"

인하여 머리를 조아리고 사례하며 섬돌 아래로 떠났다. 부인이 소
저의 병을 염려하여, 곧 불러 물으니 이미 쾌유되어 있었다. 소저 침
실에 이르러 시녀에게 묻기를,

"춘낭(春娘)의 병은 오늘 어떠하냐?"

시녀가 말하기를,

"오늘은 이미 나으셨습니다. 소저께서 금을 들으신다는 것을 듣
고 친히 일어나 머리를 빗고 세수를 했습니다."

元來春娘姓は賈氏、其父は西蜀の人也、京に上りて承相府の胥吏と
爲り、多く鄭司徒の家に功勞あり、未だ久しからずして病死す、時に
春娘年僅に十勢、司徒の夫妻其の依る所無きを憐み、收めて府中に置
き、小姐と與に同じく遊ばしむ、其齡ひ小姐より後るゝこと一ケ月な
り、容貌粹麗、百態倶に備はり、端正尊貴の氣象小姐に及ばと雖、亦
た絶代の佳人也、詩才の奇筆法の妙、女紅の巧みなる、小姐と相上下
す、小姐視て同氣の如くし、暫くも離るゝに忍びず、奴主の分ありと
雖、寔に朋友の誼を同くす、本名は卽ち楚雲、小姐其の態度の愛す可
きを以て、韓吏部が多態度春空雲の句を採り、其名を改めて春雲と曰
ふ、家內の人皆た春雲を以て之を呼ぶ、春雲來つて小姐を問ふて曰
く、朝來諸侍女爭ひ言ふ、中堂に琴を彈ぜるの女冠、容ち天仙の如
く、手稀音を彈じ、小姐大に稱贊を加へりと、小婢病を忘却し方に玩
實せんと欲せり、其女冠何ぞ其れ速に去れることよと、小姐紅ひを面
に發し、徐ろに言つて曰く、吾れ身を動かす玉の如く、心を持する盤

の如く、足跡重門を出でず、言語親戚にすら交へざるは、乃ち春娘の
知る所也、一朝人の爲めに詐はられ、忽ち洗ひ難きの羞辱を受く、此
れより何ぞ面を擧げ人に對するに忍びんやと、春雲驚て曰く、怪ひ哉
此れ何の言ひぞや、小姐曰く、曩きに來れる女冠は卽ち然り、其の容
貌は秀でたり、琴曲は妙なりと、忽ち口驛囁其の說を畢ふる能はず、
春雲曰く、其の人如何にせしや、小姐曰く、其女冠始めは霓裳羽衣を
奏し、次ぎに諸曲を奏し、其終りや帝舜南薰の曲を奏す、我れ一々評
論し季札の言に遵へり、仍て之を止めんことを請ひけるに、其女冠言
ふ尚ほ一曲有りと、更に新聲を奏す、乃ち司馬相如が卓文君を挑むの
鳳來凰なり、我れ始めて疑ひ之を見るに、其の容貌擧止女子と大に異
れり、是れ心詐僞の人、春色を賞せんと欲し、幾服して來れるなり、
恨む所は、春娘若し病まずして一見せば、其詐を辨ず可かりしならん
ことを、我れ閨中處女の身を以て、知らざる所の男子と半日對坐し、
而を露はし語を接せり、天下寧んぞ是事あらんや、母子の間と雖我れ
此言を以て之を告ぐるに忍びず、春娘に非ざれば、誰と與にか此懷を
說かんと、

　　원래 춘낭의 성은 가씨(賈氏)이고 그 아버지는 서촉(西蜀) 사람이
다. 서울로 올라가 승상부의 서리가 되어 정사도 집안에 공로가 많
았는데 오래지 않아 병사했다. 이때에 춘낭의 나이 겨우 10세로 사
도 부처(夫妻)는 그 의지할 곳 없음을 불쌍히 여겨 [춘낭을]거두어 부
중에 두고 소저와 함께 어울리게 했다. 그 나이 소저와 한 달이 달랐
다. 용모는 수려하고 온갖 모습과 행태를 구비했다. 단정하며 존귀
한 기상이 소저에 미치지 않는다 하더라도 [이]또한 절대 가인이다.

141

시재(詩才)의 기이함과 필법(筆法)의 묘함, 여인이 하는 일의 공교함이 소저와 서로 위아래를 나눌 만했다. 소저 보기를 동기(同氣)와 같이 하고 잠시도 떨어지는 것을 참지 못했다. [비록]주인과 종의 구분이 있다 하더라도 진실로 붕우의 우의는 같이 했다. 본명은 곧 초운(楚雲)으로 소저 그 태도를 사랑하여 한리부(韓吏部)의 '다태도춘공운(多態度春空雲)'이라는 구를 취해 그 이름을 고쳐 춘운(春雲)이라 했다. 집안 사람 모두가 그를 춘운이라 불렀다. 춘운이 와서 소저에게 묻기를,

"아침에 온 여러 시녀들이 다투어 말하기를, 중당에서 금을 연주하는 여자도사는 용모가 하늘의 선녀와 같고 손으로는 드문 소리를 연주하니 소저가 크게 칭찬했다고 했습니다. 소비(小婢) 병을 망각하고 바야흐로 완상하고자 했는데, 그 여자도사는 어찌 그리 빨리 떠났습니까?"

소저의 낯빛을 붉히며 천천히 말하기를,

"내 몸을 움직이기를 옥과 같이 하고, 마음가짐을 편안히 하여 발자취가 중문을 나서지 아니하고, 친척들과 말을 나누지 아니함은 곧 춘낭이 아는 바이다. 하루아침에 사람에게 속임을 당해 홀연 씻기 어려운 수치와 모욕을 받았으니 이제부터 무슨 낯을 들어 사람을 대할까?"

춘운이 놀라 묻기를,

"괴이하게 이 무슨 말입니까?"

소저가 말하기를,

"아까 온 여자도사는 곧 그러하다. 그 용모 빼어나고 금[을 타는] 곡은 묘했다."

문득 머뭇거리며 그 말을 다 마치지 못했다. 춘운이 말하기를,

"그 사람 어떠하였습니까?"

소저가 말하기를,

"그 여자도사 처음에는 예상우의를 연주하고, 다음에 여러 곡을 연주했으며, 그 마지막은 제순(帝舜)의 남훈곡(南薰曲)을 연주했다. 내가 하나하나 평론하고 계찰(季札)의 말을 따라 이에 멈추기를 청했는데, 그 여자도사는 아직 한 곡이 [남아]있다고 말하더니, 다시 새로운 소리를 연주했는데, 곧 사마상여가 탁문군을 [마음을]돋우던 봉구황(鳳求凰)이었다. 내 비로소 의심하여 그를 살펴봄에, 그 용모와 행동거지가 여자와 크게 달랐다. 이는 반드시 거짓으로 위장한 사람, 춘색(春色)을 엿보고자 하여 변복하고 온 것이다. 한스러운 것은 춘낭이 만약 병들지 않아 한 번 봤다면, 그 거짓을 분별할 수 있었다는 점이다. 나는 규중처녀의 몸으로 알지 못하는 남자와 반나절을 마주 앉아서 얼굴을 드러내고 말을 접했으니, 천하에 어찌 이런 일이 있겠느냐? 모자(모녀)간이라 하더라도 내 이 말을 차마 고하지 못했다. 춘낭이 아니면 누구와 더불어 이 마음을 이야기할까?"

春娘笑つて曰く、相如の鳳求凰は處子獨り聞かざりしや、小姐必ず杯中の弓影を見しならんと、小姐曰く、然らず、此人の奏曲皆な次第あり、若し無心ならしめば、求凰の曲何ぞ必ずしも之を諸曲の末た奏せんや、況や女子の中、容貌或は淸弱なる者あり、或は壯大なる者あり、氣象の豪爽なる未だ此人の如き者を見ざる也、予意ふに、則ち國試已に迫り、四方の儒生皆な京師に集まれり、其中恐らくは我名を誤り聞ける者あり、妄に探芳の計を生せる也と、春雲曰く、其女冠果し

て是れ男女ならば、則ち其容顔の秀美此の如く、其氣象の豪爽此の如
く、其音律は精通せる又た此の如くんば、其才品の高さや知る可く、
眞の相如に非さるを知らんや、小姐曰く、彼れ相如と雖我は則ち決し
て卓文君と作らさる也と、春雲曰く、小姐笑ふ可きの説を爲す勿れ、
文君は寡婦なり、小姐は處女なり、文君意有つて之に從ひ、小姐心無
くして之を聽けり、小姐何を以て自ら文君に比せんやと、兩人嬉々と
して談笑し、終日自ら樂む、一日小姐夫人に侍して坐す、司徒外より
入り來り、新たに出でし榜表を持し以て夫人に授けて曰く、女兒の婚
事今に至るも未だ定まらず、故に佳郎を新榜の中より擇はんと欲す、
聞く壯元の楊少游は淮南の人、時に年十六歲、且つ其科製は人皆な稱
贊せり、此れ必一代の才子なり、且つ聞く、其の風儀俊秀、標致高
爽、將成の大器なり、而も未だ妻を娶らず、若し此人を得て東床の客
と爲さば、則ち我心足れりと、夫人曰く、耳聞は本と目見に如かず、
人遇稱すとも我れ何ぞ薛く信ず可せん、親く見て後方さに之を定む可
し、司徒曰く、是れ亦難からずと。

　　　춘낭이 웃으며 말하기를,
　　　"상여(相如)의 봉구황(鳳求凰)을 처자 홀로 들은 것은 아니지요? 소
저 반드시 잔 가운데 활 그림자를 보신 것입니다."
　　　소저가 말하기를,
　　　"그렇지 않다. 이 사람이 연주한 곡 모두 차례가 있다. 만약 무심
했다면 구봉(求鳳)의 곡 하필 여러 곡의 끝에 연주했겠느냐? 더구나
여자 가운데 용모가 청약(淸弱)한 이도 있고 혹 장대한 이도 있으나,
기상의 호상(豪爽)함이 아직 이 사람 같은 이를 본 적이 없다. 내 생각

건대, 과거가 이미 임박하여 사방의 유생 모두 서울로 모였다. 그 중 아마도 내 명성을 잘못 들은 자가 있어 망령되게 방문의 계획을 만든 것이다."

춘운이 말하기를,

"그 여자도사가 과연 남녀(男女)[31]라면 그 용안이 뛰어나게 아름다움이 이와 같고, 그 기상의 호상(豪爽)이 이와 같으며, 그 음률의 정통함 또한 이와 같을진대, 그 재주의 높음을 가히 알 수 있습니다. 어찌 진정 사마상여가 아님을 알겠습니까?"

소저가 말하기를,

"그가 상여라 하더라도 나는 결코 탁문군(卓文君)이 될 수 없다."

춘운이 말하기를,

"소저는 우스운 말을 하지 마십시오. 문군은 과부였고 소저는 처녀입니다. 문군 뜻이 있어 그를 좇았고, 소저 마음 없이 그것을 들었습니다. 소저 무엇으로써 스스로 문군에 비유합니까?"

두 사람 즐겁게 담소하며 하루를 보냈다. 하루는 소저 부인을 모시고 앉았다. 사도가 바깥에서 돌아와 가지고 온 새로 나온 방표(榜標)를 부인에게 주며 말하기를,

"딸아이의 혼사 지금에 이르러도 아직 정해지지 않았소. 그래서 좋은 신랑을 신방(新榜)[에 뽑힌 사람]중에서 택하고자 하오. 들으니 장원을 한 양소유는 회남(淮南) 사람으로 현재 나이 16세이며 또한 그 과제(科製)는 사람들 모두 칭찬한다 하니, 이는 반드시 한 시대의 재주 있는 자이다. 또 들으니 그 풍의(風儀)가 준수하고 표치(標致)는 고

---

31 한문 텍스트는 '남자(男子)'로 되어 있다.

상하여 장차 대성하리라 하오. 더구나 아직 부인을 들이지 않았다고
하니 만약 이 사람을 얻어 사위로 삼으면 내 마음에 흡족할 듯하오.”

　부인이 말하기를,

　“귀로 들음이 눈으로 보는 것만 못합니다. 사람들이 과하게 칭찬
했다 해도 제가 어찌 모두 믿을 수 있겠습니까? 몸소 본 후 바야흐로
정할 수 있을 것입니다.”

　사도가 말하기를,

　“이 또한 어렵지 않소.”

花鞋を詠じて懷春の心を透露し、幻仙の莊に小星の緣を成就す。

화혜(花鞋)를 영(詠)하여 회춘(懷春)의 마음을 투로(透露)하고, 환선(幻
仙)의 장(莊)에 소성(小星)의 연을 성취(成就)하다.

　小姐其父親の言を聞き、還つて寢室に入り、春雲に謂つて曰く、向
きの日琴を彈ぜる女冠は、自ら楚人と稱し年十六七歲許りたりき、淮
南は卽ち楚の地、且つ其年紀相近し、吾が心實に疑無きこと能はず、
此人若し其女冠ならば、則ち必ず來つて父親に謁せん、汝須く其來到
を待ち、意を留めて之を見よ、春雲曰く、其人は妾未だ曾て之を見
ず、與に相對すとも其れ何ぞ之を知らん、春雲の意は則ち、小姐が靑
鎖の內より親く自ら窺ひ見るに如かじと、兩人相對して笑ふ、此時楊
少遊連りに會試及び殿試に魁し、卽ち翰苑に揀ばれ、聲名一世に聳
ふ、公候貴戚の女子有る者、皆爭つて媒酌を送る、而も生盡く之を却
け、往て禮部權侍郞に見ロ、婚を鄭家に求るの意を以て縷々之に告
げ、仍て紹介を要む、侍郞乃ち一札を裁して之に付す、生卽ち袖にし

て鄭司徒の家に往き、其姓名を通ず、司徒は楊壯元の至るを知り、夫
人に謂うて曰く、新榜の壯元來れり、卽ち外軒に迎へ見んと、楊壯元
桂花を載き仙藥を擁し、進んで司徒を拜す、文彩の美、禮貌の恭、已
に司徒をして、口呿し齒露はれしむ、一府の人惟だ小姐一人の外奔走
して聳觀せざるは無し、春雲、夫人の侍婢に問ふて曰く、吾れ聞く、
老爺夫人と唱酬の言に、前日彈琴の女冠は、卽ち楊壯元の表妹なり
と、彷彿たる處有りや、爭つて言つて曰く、果して是れ也、其の擧止
容貌を觀るに少しも參差無し、中表兄弟何ぞ其れ酷だ相似たるやと、
春雲卽ち入り小姐に謂つて曰く、小姐が明鑑果して差はずと、小姐曰
く、汝須す更に往きて、其の何の語を爲すやを聞き來れ、

소저 부친의 말을 듣고 침실에 돌아왔다. 춘운에게 일러 말하기를,
"지난날 금을 탄 여자 도사는 스스로 초인(楚人)이라 말했고 나이
는 16-7세가량이었다. 호남은 곧 초나라 땅, 또한 그 연기(年紀)가 비
슷하니 내 마음에 실로 의심이 없을 수 없다. 이 사람이 만약 그 여자
도사라면 반드시 와서 부친을 뵐 것이다. 너는 부디 그가 오는 것을
기다려 유의하여 그를 보라."
춘운이 말하기를,
"그 사람은 첩이 아직 일찍이 본 적이 없습니다. 더불어 상대한다
해도 어찌 알겠습니까? 춘운의 뜻은 곧 소저가 청쇄(靑鎖) 안에서 몸
소 엿보는 것만 못할 것 같습니다."
두 사람 서로 마주하며 웃었다. 이때 양소유 잇달아 회시(會試) 및
전시(殿試)에 장원했다. 곧 한원(翰苑)[32]에 뽑혀 [그]이름이 한때를 우
뚝 높이 솟았다. 존귀한 집안에서 딸이 있는 이는 모두 다투어 매작

(媒酌)을 보냈다. 그러나 양생이 모두 그것을 물리치고 예부권시랑(禮部權侍郎)을 만나 정가(鄭家)에 구혼할 뜻을 누누이 고하며 소개를 부탁했다. 시랑이 이에 한 통의 편지를 써서 그에게 주었다. 양생이 곧 소매에 넣고 정사도의 집에 가서 성명을 통했다. 사도는 양장원의 이름을 알고 부인에게 일러 말하기를,

"신방(新榜)의 장원이 왔소. 곧 외헌(外軒)에서 영견할 것이오."

양장원이 계화(桂花)를 꽂고 선약(仙藥)을 거느리고 사도에게 나아가 절했다. 문장이 아름답고 예절이 공손하여 이미 사도는 입을 벌리고 이를 드러내 보였다. 한 부의 사람들 오직 소저 한 사람을 제외하고는 분주히 삼가며 구경하지 않는 이가 없었다. 춘운이 부인의 시비에게 묻기를,

"내 노야(老爺)와 부인이 주고받는 말을 들으니 지난날 금을 연주한 여자도사는 곧 양장원의 외종사촌누이라 하던데 [그]닮은 곳이 있는가?"

다투어 말하기를,

"과연 그렇다. 그 행동거지와 용모를 봄에 조금도 다른 곳이 없었다. 사촌형제가 어찌 그리 비슷한가요?"

춘운이 곧 들어가 소저에게 일러 말하기를,

"소저의 밝게 살피는 안목이 과연 다르지 않습니다."

소저가 말하기를,

"너는 부디 다시 가서 무슨 말을 하는지 듣고 오라."

---

32 한림원을 이른다.

　春雲卽ち出で去り、久うして還つて曰く、吾か老爺小姐の爲め婚を
楊壯元に求む、壯元拜して對へて曰く、晚生京師に入りしより、令小
姐の窈窕幽閑なるを聞き、妄に非分の望を出だしき、今朝往きて座師
權侍郎に議る、則ち侍郎許すに一書を大人に通ずるを以てせり、而か
も顧みて念ふに、門戸の敵せざる、靑雲濁水の相懸けるが如く、人品
の同じからざる、鳳凰鳥雀の各の異るが如し、侍郎の書方さに晚生の
袖中に在りと、而も慚愧趑趄して敢て進まず、仍て擊げて之を獻ず、
老爺見て大に悅び、方さ促かして酒饌を進めりと、小姐驚て曰く、婚
姻は大事なり草率なる可らず、而も父親何如んぞ是れ輕諾する耶と、
語未だ了へず、侍婢夫人の命を以て之を招く、小姐命を承けて往く、
夫人曰く、壯元楊少游は、一榜の推す所萬人の稱する所也、汝の父親
已に婚を許せり、吾か老夫妻已に身を託するの人を得たり、更に憂ふ
可き者無しと、小姐曰く、小女侍婢の言を聞くに、楊壯元の容儀、一
に前日彈琴の女冠の如しと、果して其れ然るや、夫人曰く、婢輩の言
是なり、我は其女冠の仙風道骨世に拔出せるを愛し、久うして猶ほ忘
れず、方に更に邀へんと欲し、而も家間多事にして之を遂げざりき、
今ま楊壯元を見るに、宛として女冠と相對せるが如し、此を以て一楊
壯元の美なるを知るに足る、小姐曰く、楊壯元美なりと雖、小女は彼
と嫌あり、之と親を結ぶは恐らくは不可也、夫人曰く、是れ甚だ怪事
なり々々々、吾が女兒は深閨に處り、楊壯元は淮南に處れり、本と干
涉の事無し、何の嫌疑の端あらんや、小姐曰く、小女の事之を言ふも
慚づ可し、故に尙ほ未だ母親に告知するを得ざりき、前日の女冠は卽
ち今日の楊壯元也、服を變じ琴を彈じ、小女の妍媸を知らんと欲せし
也、小女奸計に陷りて終日打話せり、豈に嫌無しと曰ふ可けんやと、

夫人驚懼して語無し、司徒楊壯元を送り、忙で內寢に入るや、喜色已
に津々たり、小姐に謂つて曰く、瓊貝よ、汝今日龍に乘るの慶を得た
り、甚だ是れ快事なりと、

춘운이 곧 나갔다. 한참 뒤에 돌아와 말하기를,

"우리 노야께서 소저를 위해 양장원에게 구혼하니 장원이 절하며
대답하여 말했습니다. '만생(晚生)이 서울에 들어오고 나서 소저가
얌전하고 고우며 그 태도가 그윽하다는 것을 듣고, 망령되이 분수에
도 맞지 않은 바람을 내어 오늘 아침 좌사(座師) 권시랑에게 가서 의
논하니, 시랑이 허락하고 한 통의 편지를 대인을 통해 주셨습니다.
그러나 되돌아 생각하건데 가문의 어울리지 않음이 푸른 구름과 흐
린 물이 서로 어울린 듯하고, 인품의 다름이 봉황과 조작(鳥雀)이 각
기 다름과 같아, 시랑의 문장이 바야흐로 만생의 수중에 있으나 부
끄러워 망설여져 감히 나아가질 못했습니다.' 이에 공손히 받들어
그것을 드리니, 노야께서 보고 크게 기뻐하며 바야흐로 서둘러 술상
을 재촉했습니다."

소저가 놀라 말하기를,

"혼인은 [인륜지]대사이니 경솔히 할 수 없다. 그런데 부친이 어
찌하여 가볍게 승낙하셨을까?"

말이 아직 끝나지 않았는데, 시비가 부인의 명으로 불렀다. 소저
가 명을 받아 갔다. 부인이 말하기를,

"장원 양소유는 단 한 번의 시험에 이름을 떨쳐 만인이 칭찬하는
바이다. 네 부친 이미 혼인을 허락했다. 우리 늙은 부처는 이미 몸을
의탁할 사람을 얻었다. 다시 근심할 만한 것이 없다."

소저가 말하기를,

"소녀, 시비의 말을 들으니, 양장원의 몸가짐이 일전에 금을 연주한 여자도사와 같다고 하는데, 과연 그러합니까?"

부인이 말하기를,

"시비들의 말이 옳다. 나는 그 여자도사의 선풍도골(仙風道骨)이 세상에 특출하게 뛰어나, 오래도록 여전히 잊지 못했다. 바야흐로 다시 만나고자 했으나, 집에 일이 많아서 이를 수가 없었다. 지금 양장원을 살펴봄에, 완연히 [그]여자도사를 마주하는 것 같았다. 이로써 양장원의 아름다움을 알기에 족하다."

소저가 말하기를,

"양장원 아름답다 하더라도 소녀는 그와 꺼리는 바가 있습니다. 그와 혼인을 맺는 것은 아마도 불가할까 합니다."

부인이 말하기를,

"이는 심히 괴이한 일이로다. 이는 심히 괴이한 일이로다. 우리 딸아이는 깊은 규중에 있었고, 양장원은 회남에 있었으니 본래 간섭할 일이 없다. 무슨 꺼릴만한 단서가 있겠느냐?"

소저가 말하기를,

"소녀의 일을 말하기가 참으로 부끄럽습니다. 그러므로 아직 모친에게 고하여 아뢸 수 없었습니다. 지난날의 여자도사는 곧 오늘의 양장원입니다. 변복을 하고 금을 연주하여 소녀가 아름다운지 추한지를 알려 했습니다. 소녀 [그]간계에 빠져 하루 종일 말을 나누었으니, 어찌 꺼리는 마음이 없다 말할 수 있겠습니까?"

부인이 깜짝 놀라 말이 없었다. 사도가 양장원을 보내고 내실로 바삐 들어왔는데, 희색(喜色)이 가득하여 소저에게 일러 말하기를,

　　"경패(瓊貝)야, 네가 오늘 용을 타는 기쁨을 얻었다. 이는 심히 상
쾌하고 시원스러운 일이다."

　　夫人小姐の言を以て之を司徒に傳ふ、更に小姐に問ひて、楊生が求
鳳曲を彈ぜるの顚末を知り、大に笑ふて曰く、楊壯元は眞に風流の才
子也、昔は王維學士、樂工の衣服を着け、琵琶を太平公主の第に彈
じ、仍て壯元を占せり、今に至るも流傳の美談と爲れり、楊郞は淑女
を求むる爲べに女服を換着す、實に多才の人、一時遊戲の事何の嫌ひ
か之れ有らん、況や女兒は只だ女道士を見る而已、楊壯元を見ざる
也、楊壯元の女道士に換る、汝に於て何ぞ關せん也、卓文君の簾を隔
てゝ窺ひ見ると、同日に道ふ可らざる也、何ぞ自ら嫌ふの心有らん乎
と、小姐曰く、小女の心實に愧づる所無し、人に欺かれて一に此に至
る、是を以て憤悲して死せんと欲するのみと、司徒又笑つて曰く、此
れ則ち老父の知る所に非ざる也、他日汝ぢ之を楊生に問ふ可き也と、
夫人司徒に問ふて曰く、楊郞禮を何れの間に行はんと欲するか、司徒
曰く、幣を納るゝの禮は、俗に從つて之を行はん、親迎は則ち秋間を
侍つと稱し、大夫人を陪來せる後ち方に日を定めんと、夫人曰く、禮
は則ち然らん、遲速何ぞ論ぜんと、

　　부인 소저의 말을 사도에게 전했다. 다시 소저에게 물어 양생이
구봉곡(求鳳曲)을 연주한 전말을 알고 크게 웃으며 말하기를,
　　"양장원은 참으로 풍류가 있고 재주가 있는 자이다. 옛날에 왕유
(王維)학사가 악공(樂工)의 의복을 입고 비파를 태평공주의 집에서
연주하고 이에 장원급제한 것이 지금에 이르러서도 전해오는 미담

이 되었다. 양랑은 숙녀를 구하기 위해 여복을 갈아입었으니 실로 재주가 많은 사람이다. 한때 유희(遊戲)한 일에 무슨 꺼림이 있겠느냐? 더구나 딸아이는 다만 여자도사를 보았을 따름이지, 양장원을 본 것이 아니다. 양장원이 여자도사로 변한 것이 너에게 무슨 상관이냐? 탁문군이 주렴 틈으로 엿본 것을 동일하다고 말할 만하지 않다. 어찌 스스로 꺼리는 마음이 있겠느냐?"

소저가 말하기를,

"소녀의 마음 실로 부끄러운 바 없으나, 사람에게 속아 오로지 여기에 이르렀습니다. 그러므로 몹시 분하여 죽고 싶을 따름입니다."

사도 또 웃으며 말하기를,

"이는 곧 노부(老父)의 알 바가 아니다. 다른 날 네가 양생에게 물어야 할 것이다."

부인이 사도에게 묻기를,

"양랑이 혼례를 어느 때 행하고자 합니까?"

사도가 말하기를,

"납폐(納幣)하는 예는 풍속에 따라 행할 것이고, 친영(親迎)은 가을 되기를 기다려 대부인을 모시고 온 다음에 날을 정할 것이라 하오."

부인이 말하기를,

"예가 그러하니 어찌 더딤과 빠름을 논하겠습니까?"

遂に吉日を擇びて、楊翰林の幣を捧け、仍て翰林に請ふて花院の別堂に處らしむ、翰林は子婿の禮を以て司徒夫妻に驚事し、司徒夫妻は翰林を愛すること親子の如し、一日小姐偶ま春雲の寢房に過ぎる、春雲方に錦鞋を刺繡し、春陽の□む所と爲り獨り繡機を枕にして眠る、

小姐因つて房中に入り、細に繡線の妙を見、其の才品の妙を歎ず、機下に小紙あり、數行の書を寫せり、展き見れば則ち鞋を詠ぜるの詩也、其詩に曰。

憐渠最得玉人親。步々相隨不暫捨。

燭滅羅維解帶時。使爾抛却象床下。

　　마침내 길일을 택하여 양한림의 폐(弊)를 받고, 이에 한림에게 청하여 화원(花院)의 별당에 기거하게 하였다. 한림은 사위의 예로써 사도부처를 공경하고 사도부처 또한 한림을 아끼는 것이 친자(親子)와 같았다. 하루는 소저 우연히 춘운의 침방(寢房)을 지났는데, 춘운 바야흐로 비단신에 자수를 놓다가 봄볕에 괴로워 하다가, 홀로 수틀을 베개 삼아 잠들었다. 그리하여 소저 방 안으로 들어가 수를 놓은 솜씨를 자세히 보고 그 재주의 신묘함에 탄식했다. 틀 아래에 작은 종이가 있고, 몇 줄의 글이 적혀 있었다. 펼쳐 보니 신을 읊은 시였다. 그 시에 이르기를,

　　　　으뜸가는 옥인을 얻어 사귐을 어여삐 여기니, 걸음마다 서로 좇아 잠시도 버리지 못하는데
　　　　촛불 끄고 비단 휘장에서 띠를 벗을 때에는, 너는 코끼리 침상 아래 던져 버리겠지

　　小姐見了つて、自ら語つて曰く、春娘の詩才最も將進せり、繡鞋を以て之を身に比し、玉人を以て之を告に擬し、當時我と曾て相離れず、彼れ人に從つて必ず我と相疎せんと言ふ也、春娘誠に我を愛せる

也と、又微吟して笑つて曰く、春雲吾が寢る所の象床の上に登り、我
と與に同じく一人に事へんと欲す也、此兒の心已に動けりと、春娘を
驚かさんことを恐れ、身を回へし潜に出で、轉じて內堂に入りて夫人
に見ゆ、夫人方に侍婢を率ゐて翰林の夕饌を備へんとす、小姐曰く、
楊翰林來つて吾家に住せしより、老親其の衣服飮食を以て憂と爲し、
婢僕を指揮し精神を損傷し給ふ、小女當に自ら其苦に當る可きも、而
も但だ人事に於て嫌ひ有るのみならず、禮に在つても亦た據る無し、
春娘年旣に長成し、能く百事に當れり、小女意ふに、春雲を花園に送
り、楊翰林の內事に奉ぜしめば、則ち老親の憂ひ其一分を除く可し
と、夫人曰く、春雲は妙奇質なり、何事か當る可らざらんや、但だ春
雲の父曾て家に功あり、且つ其人物は等夷に出づ、相公每に春雲の爲
めに良匹を求めんと欲せり、女兒に事ふるに終るは、春雲の願に非ざ
る也と、小姐曰く、小女春雲の意を觀るに、小女と分離するを欲せざ
る也、夫人曰く、嫁に從ふの婢妾、古に於て亦た有り、然々も春雲の
才貌等閑に非ず、侍兒に比して汝と與に同じく歸するは、恐らくは、
遠き慮り非ずと、小姐曰く、楊翰林、遠地十六歳の書生を以てし、三
尺の琴調を媒にして、宰相の家深閨の處子に戲る、其氣象豈に獨り一
女子を守りて老に終へんや、他日承相の府に據り、宰相の家深閨の處
子に戲る、其氣象豈に獨り一女子を守りて老に終へんや、他日丞相の
府に據り、萬鍾の祿を享けば、則ち堂中將さに幾春雲を有せんと、

　　소저 보기를 마치고 스스로 말하였다. '춘낭의 시 짓는 재주 더욱
늘었구나. 수놓은 신을 자신의 몸에 비하고 옥인(玉人)으로 고(告)[33]
에 견주니, 항상 나와 더불어 일찍이 떨어지지 않았다. 저 사람을 좇

아 [시집을]가면 반드시 나와 더불어 소원하게 되리라고 말한 것이다. 춘낭이 진실로 나를 아끼는구나.' 또한 조용히 읊조리고 웃으면서 말했다. '춘운은 내가 잠을 자는 침상 위에 올라서 나와 함께 한 사람을 섬기고자 하는 것이다. 이 아이의 마음 이미 움직였구나.' 춘낭을 놀라게 할까 두려워 몸을 돌려 가만히 나와서 내실로 들어가 부인을 뵈었다. 부인 바야흐로 시비를 이끌고 한림의 저녁을 준비하려 했다. 소저가 말하기를,

"양한림이 우리 집에 오고부터 노친께서 그 의복과 음식을 걱정하시고 비복을 지휘하여 정신을 손상하셨습니다. 소녀 마땅히 스스로 그 수고를 해야 하나, 다만 [그]사람의 일에 꺼림이 있을 뿐만 아니라, 예에 있어서도 또한 의거할 바가 없습니다. 춘낭은 나이 이미 장성하여 능히 모든 일을 감당할 수 있습니다. 소녀 생각하건대, 춘운을 화원에 보내 양한림의 집안일을 받들게 하면 노친의 근심 그 일부분을 덜 수 있을 것입니다."

부인이 말하기를,

"춘운은 기묘한 재주와 기이한 기질로 무슨 일인들 감당하지 못하겠느냐? 다만 춘운의 아비 일찍이 집에 공이 있고, 또한 그 인물은 남보다 빼어나서, 상공이 매양 춘운을 위해 좋은 배필을 구하고자 하신다. 끝까지 딸아이를 돌보는 것이 춘운의 바람이 아닐까 생각한다."

소저가 말하기를,

"소녀 춘운의 뜻을 봄에 소녀와 떨어지기를 바라지 않습니다."

부인이 말하기를,

---

33 한문 텍스트는 '오(吾)'로 되어 있다.

"시집을 가면서 비첩을 데려가는 것은 옛날에 또한 있었다. 그렇지만 춘운의 재주와 용모는 예사로운 사람이 아니다. 너와 함께 시집간다는 것은 아마도 깊은 생각이 아닌가 한다."

소저가 말하기를,

"양한림은 먼 곳에서 온 16세의 서생으로, 3척의 금을 매개로 하여 재상가의 깊은 규중의 처자를 희롱하니, 그 기상 어찌 다만 한 여자를 지켜 나이 들고 마치겠습니까? 다른 날 승상부에 기거하여 만종(萬鍾)의 녹을 누리면 곧 당 안에 장차 몇 명의 춘운을 두겠습니까?"

適ま司徒入り來る、夫人小姐の言を以て司徒に言うて曰く、女兒は春雲をして往て楊郎に侍らしめんと欲せり、而も吾か意は則ち然らず、禮て行ふの前に先づ媵妾を送るは、決して其の不可なるを知ると、司徒曰く春雲は女兒と才相似さり貌ち相若けり、情愛の篤きも亦た相同じ、相從はしむ可く、相離れしむ可らず、畢竟同じく歸かしめん、先つて送ること何ぞ妨けん、少年の男子、風情無しと雖、亦た獨り孤房に栖ひ、一柄の殘燈と伴を爲さしむ可らず、況や楊翰林をや、急春娘を送り以て寂寞の懷を慰むこと、恐らくは不可無し、而も但だ禮を備へざれば、則ち太だ草々に渉り、禮を具へんと欲すれば、則ち亦た使ならざる所あり、何を以てせば則ち以て中を得可きか、小姐曰く、小女に一計あり、春雲の身を借り、以て小女の耻を雪かんと欲す、司徒曰く、汝何の計か有る、試に之を言へ、小姐曰く、十三兄をして此の如くせしめば、則ち小女が凌かれし耻以て除く可しと、司徒大に笑つて曰く、此の計甚た妙なりと、盖し司徒が諸姪の子中に十三郎なる者あり、賢にして機警、志氣浩蕩、平生喜んで諧謔の事を作

し、且つ楊翰林と氣味相合し、眞に莫逆の交也、小姐その寝所に歸り
春雲に謂つて曰く、春娘に吾と汝とは、頭髮覆額心肝已に通じ共に花
校を爭ひ、終日啼呼す、今ま我れ人の聘禮を受けたり、春娘の年も亦
た稚ならざるを知る可し、百年の身事汝ぢ自ら量れ、未だ知らず、如
何樣の人に託せんと欲するか、

마침 사도가 들어오니, 부인이 소저의 말로써 사도에게 말하기를,

"딸아이는 춘운으로 하여금 양랑을 모시게 하기를 바랍니다. 그
러나 제 뜻은 그렇지 않습니다. 혼례를 올리기 전에 먼저 잉첩(媵妾)
을 보내는 것은 결코 불가합니다."

사도가 말하기를,

"춘운은 딸아이와 재주가 서로 닮았고 용모는 서로 비슷하며 [그]
정애(情愛)의 돈독함 또한 서로 같으니, 서로 따르게 하는 것이 마땅
하며 서로 떨어지게 하는 것은 마땅하지 않소. 필경 함께 시집보낼
것이니 [춘운을]앞서 보내는 것 어찌 해가 되겠소. 소년인 남자 풍정
(風情)이 없다 하더라도 또한 홀로 외로운 방에서 지내며 한 자루의
희미한 등불과 짝을 삼게 할 수는 없소. 하물며 양한림에 있어서랴?
서둘러 춘낭을 보내어 적막한 마음을 위로하는 것이 아마도 옳지 않
은 것은 아닐 것이오. 그러나 다만 예를 갖추지 않으면 너무 보잘 것
없이 초라하고, 예를 갖추고자 하면 또한 불편한 바가 있으니, 어찌
하면 가운데를 얻을 수 있을 것인가?"

소저가 말하기를,

"소녀에게 한 가지 계책이 있습니다. 춘운의 몸을 빌려 소녀의 수
치심을 설욕하고자 합니다."

사도가 말하기를,

"네게 무슨 계책이 있는지, 시험 삼아 말해보아라."

소저가 말하기를,

"십삼형(十三兄)에게 이와 같이 하게 하면 소녀가 입은 수치를 없앨 수가 있을 것입니다."

사도가 크게 웃으며 말하기를,

"이 계책 심히 묘하다."

사도의 여러 조카 중에 십삼랑이라는 이가 있었다. 어질고 기민하며 지기(志氣) 또한 호탕하며 평생 해학하기를 즐겨했다. 또한 양한림과는 심기와 취미가 서로 맞아 참으로 막역지우였다. 소저가 그 침소로 돌아가 춘운에게 일러 말하기를,

"춘낭아, 나와 너는 머리털이 이마를 덮었을 때부터 심간(心肝)이 이미 통하고 함께 꽃가지를 다투며 하루 종일 울기도 했다. 이제 내가 사람으로부터 빙례(聘禮)를 받았다. 춘낭의 나이 또한 어리지 않음을 알 만하다. 백년의 신사(身事)를 네 스스로 헤아리고 있을 것이다. 어떠한 사람에게 의탁하려 하는지 아직 모르겠다."

春雲對して曰く、賤妾偏へに娘子が撫愛の恩を荷ふ、涓埃の報未だ自ら效ずに由無し、惟だ長く巾□に娘子に奉じて、以て此身を終へんことを願ふ也と、小姐曰く、我れ素と春雲の情我れと同じきを知る、我れ春雲と與に一事を議せんと欲するのみ、楊郎、枯桐一聲を以て此閨裡の處女を弄し、辱を貽すや深し、侮を受くるや深し、吾が春雲に非すんば誰が能く我が爲めに恥を雪がんや、吾家の山莊は、卽ち終南山の最も僻處なり、京城を距る僅に牛鳴の地、而し景致瀟洒、人境に

159

非ざる也、此の別區を賃し、春娘の花燈を設け、且つ鄭兄をして楊郎
の迷心を導かしめ、此の如く此の如き計を行はゞ、則ち琴を横へるの
詐謀と彼れ更に售るを得ず、曲を聽けるの深羞も以て快く湔ふ可し、
惟だ望む春娘一時の勞を憚る勿れ、春雲曰く、小姐の命賤妾何ぞ敢て
違はんや、但だ異日何を以て面を楊翰林の前に擧けんやと、小姐曰
く、人を欺くの羞は欺かるゝの羞に猶ほ愈らすや、春雲微笑して曰
く、死すとも且つ避けず惟だ命に從はんと。

　　춘운이 대답하여 말하기를,

　"천한 첩이 두루 낭자의 무한한 사랑의 은혜를 입어 털끝만큼이
라도 은혜를 갚고자 했습니다. 이 몸이 다하도록 오래도록 한 낭군
을 함께 모시기를 바랍니다."

　　소저가 말하기를,

　"내 본래 춘운의 정 나와 같음을 알았다. 내 춘운과 더불어 한 가지
일을 의논하고자 한다. 양랑이 고동(枯桐) 한 소리로 이 규중 안의 처
녀를 희롱하여, 욕을 보이고 업신여김을 많이 주었다. 우리 춘운이
아니라면 누가 능히 나를 위해 수치를 씻어 줄 것인가? 우리 집의 산
장은, 곧 종남산(終南山)의 가장 외진 곳이다. 서울과의 거리는 불과
소 울음소리가 들리는 땅으로 경치가 소쇄(瀟洒)하여 인경(人境)이
아니다. 이 기이한 곳을 빌어 춘낭의 화촉을 꾸미고 또한 정형(鄭兄)
에게 양랑의 마음을 미혹하게 하여 여차여차한 계책을 행하면, 곧
금을 연주하던 거짓 계략을 그가 다시는 행할 수 없을 것이고, 그 곡
을 들은 수치심을 유쾌하게 씻을 수 있을 것이다. 다만 춘낭이 한때
의 노고를 꺼리지 말기를 바랄 뿐이다."

춘운이 말하기를,

"소저의 명 천한 첩이 어찌 감히 어기겠습니까? 다만 훗날 어찌
양한림 앞에 얼굴을 들 수 있겠습니까?"

소저가 말하기를,

"사람을 속이는 수치는 속임을 당하는 수치보다 오히려 낫다."

춘운이 미소 지으며 말하기를,

"죽어도 또한 피하지 않고 오직 명에 따르겠습니다."

　盖し翰林の職事は、瀑直の外に奔忙の苦無く、持被の餘閑日尚ほ多
く、或は朋友を尋ね、或は酒樓に醉ひ、時有つては驢に跨り郊に出
で、柳を訪ひ花を尋ね、一日鄭十三、翰林に謂うて曰く、城南遠から
ざるの地に、一靜界あり、山川絶勝也、吾れ與に一遊し此幽悄を瀉さ
んと欲す、翰林曰く、正に吾が意ふ所也と、遂に壺榼を挈へ騶隷を屏
け、行くこと十餘里、芳草堤を被ひ、靑林溪を繞ひ、剩に山樊の興あ
り、翰林鄭生と與に水に臨んで坐し、酒を把つて吟ず、此時正に春夏
の交、百卉猶ほ存し萬樹相映ず、忽ち落英あり、溪に泛んで來る、翰
林、春來逼是桃花水の句を詠じて曰く、此間必ず武陵桃源あらん、鄭
生曰く、此水は紫閣峰より發源し來る、曾て聞く、花開き月明かなる
の時は、則ち往々仙樂の聲有つて、雲煙縹緲の間より出づ、人或は之
を聞く者有りと、弟は則ち仙分甚だ淺く、尚ほ未だ其の洞天に入るを
得ず、今日常に大兄と與に靈境を踏み、仙蹤を尋ね、江崖の肩を拍ち
玉女の窓を窺ふ可しと、

　대개 한림이 맡은 일을 한꺼번에 처리하고 나면 분망(奔忙)의 괴로

움은 없어 명받기를 기다리는 틈에 한가한 날이 오히려 많았다. 혹은 친구를 찾기도 하고 혹은 주루(酒樓)에서 취하기도 하며, 때로는 당나귀를 타고 교외로 나가서 버들을 찾고 꽃을 찾기도 하였다. 하루는 정십삽이 한림에게 일러 말하기를,

"성남(城南)이 멀지 않은 땅에 한 고요한 경계가 있는데 산천이 빼어난 경치입니다. 저와 함께 한 번 노닐며 이 그윽한 정을 쏟고자 합니다."

한림이 말하기를,

"정히 내 뜻하는 바이네."

마침내 호합(壺榼)을 들고 시종을 물리치고 병(屛)하여 나아가기를 10여리, 아름다운 풀들이 언덕을 덮고 푸른 숲이 시내를 두르며 산울타리에 흥취를 더했다. 한림이 정생과 더불어 물 가까이에 자리를 하고 술을 마시며 노래를 읊조렸다. 이때가 바로 봄과 여름이 바뀌는 때인지라 온갖 꽃이 아직도 피어 있고 모든 나무가 서로 비추는 듯했다. 문득 떨어진 꽃이 있어 시내에 떠올라 왔다. 한림이 '춘내편시도화수(春來遍是桃花水)'라는 구를 읊으며 말하기를,

"이 사이에 반드시 무릉도원(武陵桃源)이 있을 것이다."[34]

정생이 말하기를,

"이 물은 자각봉(紫閣峯)에서 발월하여 옵니다. 일찍이 들었는데, 꽃이 피고 달이 밝으면 이따금 신선의 풍악소리가 있어 아득히 먼 구름 사이에서 울려 퍼져 간혹 혹은 그것을 들은 자가 있다고 합니다. 소제는 신선과의 연분이 심히 얕아 아직 그 동천(洞天)으로는 들어

---

34 원문에는 양소유가 '춘내편시도화수(春來遍是桃花水)'의 구를 읊는 내용이 생략되어 있다.

가질 못했습니다. 오늘 마땅히 큰 형과 함께 영경(靈境)을 밟고 신선
의 자취를 찾아 강애(江崖)의 어깨를 두드리고 옥녀(玉女)의 창을 엿
보고자 합니다."

翰林性本と奇を好む、之を聞て欣喜して曰く、天下神仙無くんば則
ち已む、若し之れ有らば、則ち只だ此山中に在らんと、方に衣を振つ
て賞せんとす、忽ち見る鄭生の家僮汗を流して來り、喘促して言つて
曰く、娘子候を患ふ、猝に□走して郎君に請へと、鄭生忙ぎ起ちて曰
く、本と兄と與に神仙の洞府に壯遊せんと欲せり、家憂此れ迫り仙賞
已に違へり、向きに所謂る仙分甚だ淺き者尤も驗す可しと、鞭を促か
して歸る、翰林甚だ無聊なりと雖、而も賞興猶ほ盡きず、步して流水
に隨ひ、轉じて洞口に入る、幽□冷々、群峰懸々、一點の飛塵無く、
朗襟自から蕭爽を覺ロ、獨り溪上に立つて徘徊吟哦す、忽ち丹桂一
葉、水に漂ふて下る、葉上に數行の書あり、書童をして拾ひ取らしめ
之を見るに、一句有り、詩に曰く。

仙龍吠雲外。知是楊郎來。

한림의 성질은 본래 기이한 것을 좋아하여 그것을 듣고 기쁘고 즐
거워 하며 말하기를,

"천하에 신선이 없으면 그 뿐이겠지만 만약 있다면 오직 이 산중
에 있을 것이네."

바야흐로 옷[자락]을 떨치며 구경하려 하였다. 홀연 보니 정생
[집]의 가동(家僮)이 땀을 흘리며 와서 숨을 가쁘게 쉬며 헐떡이며 말
하기를,

163

"낭자의 환후가 위급합니다. [이에] 급히 □주(□³⁵走)하여 낭군을 부르십니다."³⁶

정생이 서둘러 일어나며 말하기를,

"본래 형과 더불어 신선의 동부(洞府)에서 마음껏 놀려 했으나, 집의 근심이[있어] 이렇게 닥치니 선계를 구경하기는 이미 틀렸소. 아까 이른바 신선의 인연이 심히 얕다는 것을 더욱 증험할 만합니다."

채찍을 재촉하며 돌아갔다. 한림이 심히 무료했으나 구경할 흥취가 여전히 다하지 않았다. 흐르는 물줄기를 따라 걸어서 동구(洞口)에 들어가니 그윽한 시냇물이 냉랭하고 여러 봉우리들이 높이 우뚝 솟아 있어서 날아다니는 티끌 한 점도 없으니 맑은 가슴이 쓸쓸하고 시원함을 느낄 수 있다. 홀로 시내 위에 서서 배회하며 읊조리는데 문득 붉은 계수나무 이파리 하나가 물에 떠내려 왔다. 이파리 위에 여러 행의 글이 있어 서동에게 건져오게 하여 보니, 하나의 구가 있었다. 그 시에 이르기를,

신선 삽살개 구름 밖으로 짖으니, 양랑이 옴을 알겠구나.

翰林心窃に之を怪んで曰く、此山の上豈に人居有らんや、此詩亦た豈に人の作る所ならんやと、蘿を攀ぢ壁に縁り、步を忙ぎ連りに進む、書童曰く、日暮れ路險はし、進むも託する所無けん、請ふ老□城裡に還歸せんと翰林聽かず、又行くこと七八里、東嶺の初月已に山腰

---

35 무슨 글자인지 판독 불가.
36 이 부분은 국내본에서 대체로 '낭자의 환후(患候) 갑자기 계셔 달려와 낭군을 청합니다.'라고 번역한다.

164 애정소설 1 |구운몽[일역본]|

に在り、影を逐ひ光を歩み、林を穿ち澗を揩ひ、惟だ驚禽□き悲猿嘯
く聞くのみ、已にして星峯頭に搖き露松稍に鎖ざす、知る可し夜將に
深からんとするを、四方に人家無く投宿する處無し、禪庵佛寺を覓め
んと欲するも、亦得可らず、蒼黃の際に方つて、十餘歲靑衣の女童、
衣を溪に浣ひ、旋つて其來るを見るや、忽ち驚起して且つ去り且つ呼
はつて曰く、娘子よ々々、郎君來れりと、生之を聞き尤も以て怪と爲
す、又進むこと數十步、山回り路窮し、小亭あり、翼然として、溪に
臨む、窈にして深、幽にして闃、眞に仙居也、一女子あり、霞光を被
むり月影を帶び、子然として碧桃の下に獨立す、翰林に向ひ禮を施し
て曰く、楊郎來る何ぞ晚さやと、

한림이 마음에 심히 그것을 괴이하게 여겨 말하기를,

"이 산 위에 어찌 사람이 사는 곳이 있겠는가? 이 시 또한 어찌 사
람이 지은 바이겠는가?"

그물을 의지하여 벽을 따라 걸음을 재촉하였다. 서동이 말하기를,

"날은 저물고 길이 험하니, 나아가도 의탁할 바가 없습니다. 청컨
대 노야께서는 성 안으로 귀환하십시오."

한림은 듣지 않고 또 가기를 7-8리, 동쪽의 봉우리에는 이미 초승
달이 산허리에 있었다. 그림자를 좇고 달빛을 [따라]걸으며, 숲을
뚫고 산골 물을 건너니 오직 놀란 짐승이 울고 슬픈 원숭이가 울부짖
는 것이 들릴 뿐이었다. 이윽고 별은 봉우리 위에서 흔들리고 이슬
이 소나무에 내리니, 밤이 장차 깊어지리라는 것을 알 수 있었다. 사
방에 인가가 없어 투숙할 곳이 없었다. 선암불사(禪庵佛寺)를 찾고자
하였으나 또한 얻을 수 없었다. 급작스러워 하던 차에 10여세 푸른

옷을 입은 여동(女童)이 시내에서 옷을 빨다가 그가 옴을 보더니[37] 문
득 놀라 일어나서 달려가 부르며 말하기를,

　"낭자, 낭자, 낭군이 오셨습니다."

　양생이 듣고 더욱 괴이하게 여기며, 또 나아가기를 수십 보, 산을
둘러 작은 길이 있고 작은 정자가 있었다. 새가 양쪽 날개를 활짝 피
고 있는 듯 시내에 이르렀는데, 깊고 그윽하며 고요하여 참으로 신
선이 사는 곳이었다. 한 여자가 노을빛을 보고 달그림자를 대하며
외로이 벽도(碧桃) 아래에 홀로 서 있었다. 한림에게 예를 다하여 말
하기를,

　"양랑 오심이 어찌 늦었습니까."

　翰林驚て其女子を見れば、身に紅錦の袍を着け、頭に翡翠の簪を挿
み、腰に白玉の珮を横たへ、手に鳳尾の扇を把り、嬋姸淸高、世界の
人に非ざる認む也、乃ち慌忙答禮して曰く、學生は乃ち塵間の俗子、
本と月下の期無きに、而も此の晩來の敎あるは何ぞやと、女子亭上に
往きて其に穩話を做さんと請ふ、仍て引かれて亭中に入り、賓主を分
つて坐す、女童を招て曰く、郎君遠くより來れり飢色あるを慮ゐ、略
ほ薄饌を以て之を進めよと、女童命を受けて退き、暫間して瑤床を排
べ綺饌を設け、碧玉の鍾を擎げ紫霞の酒を進む、味ひ洌に香ひ濃か
に、一酌にして便ち醺ふ、翰林曰く、此山僻なりと雖、亦た天の下に
在り、仙娘何を以て瑤池の樂みを厭ひ、玉京の侶に謝して、此に辱居
するやと、

한림이 놀라 그 여자를 보니, 몸에는 비단 옷을 입고 머리에는 비취 비녀를 꽂았으며 허리에는 백옥의 패를 옆에 차고 손에는 봉미(鳳尾)의 부채를 잡고 있었다. 아름답고 예쁘고 맑고 높아서 세상 사람이 아님을 알 수 있다. 이에 황망히 답례하며 말하기를,

"학생은 곧 티끌세상의 속된 사람으로, 본래 월하(月下)에 기약이 없었으나, 이렇게 늦게 옴의 가르침 있음은 무엇입니까?"

여자가 정자 위에 가서 온화하게 이야기를 나누기를 청했다. 이에 이끌려 정자 안으로 들어가 주인과 객으로 갈라 앉고 여동을 불러 말하기를,

"낭군 멀리에서 오셔서 시장기가 있으리라 생각하니 대략 변변찮은 찬으로라도 올리도록 하라."

여동이 명을 받아 잠시 물러났다가 아름다운 상을 밀치고 아름다운 반찬을 차려와 벽옥(碧玉)의 술잔을 받들어 자하주(紫霞酒)를 권했다. 맛이 맑고 향이 짙어 한 잔하고 곧 취했다. 한림이 말하기를,

"이 산이 높다 하더라도 또한 하늘 아래 있소. 선낭이 어찌하여 요지(瑤池)의 즐거움을 싫다 하시고 옥경(玉京)의 짝을 사양하고 여기에서 기거하십니까?"

美人長吁短歎して曰く、舊事を說かんと欲すれば徒らに悲懷を增す、妾は是れ王母の侍女、郎は是れ紫府の仙吏、玉帝宴を王母に賜ひ、衆仙皆な會す、郎適ま小妾を見、仙果を擲つて之に戲る、則ち誤つて重譴せられ、人世に幻生せり、妾は則ち幸に薄罰を受け、謫されて此に在るも、郎は□火の蔽ふ所と爲り、前身の事記す能はざる也、妾の謫限已に滿ち、將に瑤池に向はんとし、而も必ず一たび郎君に見

ロて、乍ち舊情を展べ仙官に懇囑せんと欲す、退却一日の期已に至り、郎君將に此に到らんするを以て、方に企侍せる耳、郎君辱臨せられ宿縁續ぐ可しと、時に桂影將に斜ならんとし、銀河已に傾き、翰林は美人を携へて同寢す、劉玩の天臺に入りて仙娥と緣を結べるが如く、夢に似て夢に非ず、眞に似て眞に非す纔に繾綣の意を盡くすや、山鳥已に花梢に啼き、牕紗已に微かに明らむ、美人先づ起きて翰林に謂つて曰く、今日は卽ち妾か天に上るの期なり、仙官は帝勅を奉じ幢節を備へ、來つて小妾を迎ふるの時たり、若し郎君此に在るを知らば、則ち彼此俱に譴罰せられん、郎君行を促せ、若舊情を忘れずんば、又た重ねて逢ふの日有らんと、遂に別詩を羅巾に題し、以て翰林に贈る、其詩に曰く。

相逢花滿天。相別花在地。

春色如夢中。弱水杳千里。

楊生之を覽て、離懷斗起し、悽黯に勝ロず、自あ汗衫を裂き、一首を和題きて之に贈る、其詩に曰く

天風吹玉珮。白雲何離披。

巫山他夜雨。願濕裹々衣。

美人奉覽して曰く、瓊樹月隱桂殿霜。飛作九萬里外面目なる者、惟だ此の一詩のみと、

　　　미인이 긴 한숨과 짧은 탄식 후 말하기를,

　　　"지난 일을 얘기하고자 하면 헛되이 슬픈 마음만 더합니다. 첩은 왕모(王母)의 시녀이고 낭(郎)은 자부(紫府)의 선리입니다. 옥제(玉帝)께서 왕모에게 잔치를 베풀어 무리의 신선이 모두 모였습니다. 낭이 마침 소첩을 보시고 선과(仙果)를 던져 희롱했는데, [낭군은]중벌을 받아 인간 세상에 환생하셨고 첩은 다행히 가벼운 벌을 받아 귀양살이로 여기에 있습니다. 낭군은 이미 고화(膏火)로 가린 바 되어 전생의 일을 기억하지 못합니다. 첩은 귀양살이의 한이 이미 차서, 장차 요지(瑤池)로 가려 하였으나, 이미 닥친 그 하루의 때를 물리고 낭군을 한 번 뵙고 잠시 옛 정을 펴고자 선관(仙官)에게 간청 드렸습니다. 낭군 장차 여기에 오시기를 바야흐로 기다리고 있었을[38] 따름입니다. 낭군이 이제 욕되이 오시니 오랜 인연을 이을 수 있겠습니다."

이때에 계수나무 그림자는 장차 비끼려 하고 은하수는 이미 기울어 한림은 미인을 거느리고 동침했다. [옛날에]유신(劉晨)과 완조(阮肇)가 천대(天臺)에 들어가 선아(仙娥)와 인연을 맺은 것과 흡사하니 꿈같으나 꿈이 아니고 참인 것 같으나 참이 아니었다. 겨우 헤어지기 어려운 정을 다하자, 산새는 벌써부터 꽃자기에서 울고 창이 이미 어렴풋이 밝았다. 미인은 먼저 일어나 한림에게 일러 말하기를,

"오늘은 곧 첩이 하늘로 올라가는 때입니다. 선관(仙官)이 상제의 칙교를 받아 당절(幢節)을 갖추어 소첩을 맞이할 적에 만약 낭군이 여기에 있음을 알면 피차 모두 처벌을 당할 것입니다. 낭군은 걸음을 재촉하소서. 만약 옛정을 잊지 않으시면 또한 거듭 만날 날 있을 것입니다."

마침내 별시(別詩)를 나건(羅巾)에 적어서 한림에게 주었다. 그 시에 이르기를,

---

38 한문 텍스트는 '지대(止待, 다만 기다림)'로 되어 있다.

서로 만나니 꽃이 하늘에 가득하고, 서로 이별하니 꽃이 땅에 있구나.
봄빛은 꿈 가운데 있고, 약수는 천리에 아득하구나.

양생이 그것을 보고 이별하는 마음이 문득 일어 처량한 마음을 이기지 못하고 스스로 한삼(汗衫)을 찢어 한 수를 적어 그녀에게 주었다. 그 시에 이르기를,

하늘 바람이 옥패를 부니, 흰 구름이 어찌해 흩어지나.
무산의 다른 밤비가, 양왕의 옷깃 적시길 바라네.

미인이 받들어 [그것을]보고 말했다.
"경수월은계전상(瓊樹月隱桂殿霜), 비작구만리외면목(飛作九萬里外面目)인 것은 오직 이 한 수 뿐입니다."[39]

遂に香囊に藏し、仍て再三催促して曰く、時已に至れり、郎行く可しと、翰林手を搓り淚を拭ひ、各の保重を稱して別る、纔に林外に出で亭榭を回瞻すれば、碧樹重々、瑞靄朧々、覺瑤臺の一夢の如し、家に歸るに及び、精爽倏ち飛び忽々として樂まず、獨坐して之を思ふて曰く、其仙女は自ら已に天赦を蒙り、歸期在り云ふと雖、安んぞ知らん其行の必ず今日に在ることを、暫く山中に留まり、身を密處に藏く

---

39 한문 텍스트 끊어 읽기에 따른 번역이다. '비(飛)'를 '상(霜)'자에 붙여 끊어, "경수(瓊樹)에 월은(月隱)하고 계전(桂殿)에 상비(霜飛)하여 작구만리외면목(作九萬里外面目)인 것은 오직 이 일시(一詩) 뿐입니다."로 보는 게 좋을 듯하다.

して、群仙の幡幢を以て來り迎ふを目睹せるの後に、下來さるも亦た
未だ晩からず、我れ何ぞ之を思ふの審かならざる、之を行ふの太だ躁
なりしぞやと、悔心憧々、霄に達するも寢むられず、惟だ手書を以
て、空に咄どの字を作る而已、翌曉早く起き、書童を率ゐて復た昨日
留宿の處に往けば、則ち桃花笑を帶び流水咽ぶが如く、虛亭獨り留
り、香室已に闃なり、翰林悄として虛檻に凭り、悵として靑霄を望
み、彩雲を指ざして歎じて曰く、想ふに山娘彼の雲に乘じて上帝に朝
せん、仙影已に斷たり、何の嗟か及ばんと、

　　마침내 향주머니에 감추고, 이에 재삼 재촉하여 말하기를,
　　"때가 이미 이르렀으니 낭군은 가야 합니다."
　　한림이 손을 잡고 눈물을 훔치며 건강에 주의하라며 각별히 말하
며 헤어졌다. 겨우 수풀 밖으로 나와 정자를 돌아보니, 푸른 나무는
빽빽하고 상서로운 무지개는 어렴풋이[있어] 마치 요대(瑤臺)의 한
꿈을 깬듯하였다. 귀가함에 이르러 정신이 시원스럽고 불꽃이 타올
라 훌연히 즐겁지 않았다. 홀로 앉아서 생각하여 말했다. '그 선녀는
스스로 이미 하늘의 용서를 입어 돌아가는 때가 되었다고 말했으나,
그 가는 것이 반드시 오늘이라는 것을 어찌 알겠는가? 잠시 산중에
머물러 몸을 은밀한 곳에 숨기고 여러 신선들이 [불교용]깃발을 들
고 맞이하여 온 것을 본 후에 내려와도 또한 아직 늦지 않았을 것이
다. 내 어찌 생각함이 깊지 못했을까? 행동에 옮기는 것을 왜 조급히
했을까?' 후회스러운 마음을 진정치 못하여 밤이 되어도 잠들지 못
했다. 다만 손으로 글을 쓰며 헛되이 놀라서 소리를 지를 뿐이었다.
다음 날 새벽 일찍 일어나 서동을 거느리고 다시 전날 머무른 곳에

가니, 복사꽃 웃음을 띤 흐르는 물은 목이 메이는듯했다. 빈 정자만
남아 있고 향실(香室)은 이미 고요다. 한림이 근심하며 빈 난간에 기
대어 푸른 하늘을 물끄러미 바라보며 색구름을 가리키며 탄식하여
말하기를,

　"생각건대 산낭(山娘)⁴⁰ 저 구름을 타고 상제를 뵐 텐데 선낭의 모
습이 이미 끊어졌으니 탄식한들 무슨 소용이 있겠는가?"

　乃ち亭を下り桃樹に倚りて、涕を洒で曰く、此花應さに崔護南の恨
を識る可しと、夕に至り乃ち撫然として廻れり、數日に至り、鄭生來
つて翰林に謂つて曰く、頃日室人の疾有るに因りて兄と與に同遊する
を得ず、尙ほ恨みあり、卽今桃李盡くと雖、城外の長郊、柳陰正に好
し、兄と與に當に半日の閑を偸み得て、更に一場の遊びを辨じ、蝶舞
を玩び驚歌を聽く可しと、翰林曰く、綠陰芳草は亦た花時に勝れり、
兩人轡を共にして同行せんと、催して城門を出で、遠野に渉り茂林を
擇び、草を藉て坐し、對酌數籌す、傍に一抔の荒墳在り、斷岸の上に
寄在す、逢蒿四もに沒し、莎草盡く剝げ、惟だ雜卉叢を成し、綠影相
交へ、數點の幽花、荒阡亂樹の間に隱映する有る而已、翰林醉興に因
り、指點して歎じて曰く、賢愚貴賤、百年の後は盡く一丘土に歸す、
此れ孟嘗君の雍門琴に泪を下す所以也、吾れ何を以て生前に醉はざらん
やと、鄭生曰く、兄必ず彼の墳を知らじ、此れ卽ち張女娘の墳也、女娘
は美色を以て一世に鳴り、人は張麗華を以て之を稱せり、二十にして夭
し、此に瘞まる、後人之を哀れみ、花柳を以て墓前に雜植し、以て其處

を誌す、吾輩一盃の酒を以て其墳に澆ぎ、以て女娘の芳魂を慰むること如何、翰林は自ら是れ多情の者、乃ち曰く、兄の言可なりと、

이에 정자를 내려와 복숭아나무에 의지하여 눈물을 흘리면서 말하기를,

"이 꽃이 응당 최호남(崔護南)[41]의 한을 알 것이다."

저녁에 이르러 무연(撫然)[42]히 돌아갔다. 며칠 지나서 정생이 와서 한림에게 일러 말했다.

"지난날 집안사람이 병이 있어서 형과 함께 놀지 못했기에 여전히 한이 있습니다. 곧 이제 복숭아나무와 자두나무가 비록 다했다 하더라도 성 밖의 긴 버들의 그늘이 정말 좋습니다. 형과 함께 마땅히 반나절의 한가로움을 가볍게 얻어, 한 바탕 놀이를 다시 벌이고 갖추어 나비가 춤추는 것을 구경하고 앵무새의 노래를 듣고 싶습니다."

한림이 말하기를,

"녹음방초(綠陰芳草)가 또한 꽃 피는 때보다 낫네. 두 사람이 고삐를 함께 하고 동행하세."

서둘러 성문을 나서서 먼 들을 건너 무성한 숲을 택하여 풀을 깔고 앉아 술잔을 주고받으며 꽃을 헤아렸다. 옆에 황폐한 무덤이 가파른 절벽 위에 있었다. 봉호(蓬蒿)[43]가 모두 빠져 잠겨있고 사초(莎草)는 모두 벗겨지고 오직 잡초와 어지러운 꽃이 무리를 이루어 푸른 그림자가 서로 비치어 몇 가지 숨은 꽃이 황폐한 무덤과 어지러이

---

41 한문 텍스트는 '최호성남(崔顥城南)'으로 되어 있다. 당나라 시인 최호의 시 '제도성남장(題都城南莊)'에 얽힌 고사를 언급한 것으로 보인다.

42 한문 텍스트는 '무연(憮然)'으로 되어 있다.

43 국화과에 속하는 여러해살이풀.

선 나무 사이로 은은히 비치고 있을 따름이었다. 한림이 취흥(醉興)으로 인해 [무덤을]가리키며 탄식하여 말하기를,

"현우(賢愚)와 귀천(貴賤)은 백년이 지나면 모두 한 언덕의 흙으로 돌아가니, 이것이 맹상군(孟嘗君)이 옹문금(雍門琴)에 눈물을 떨군 까닭이다. 내 어찌 생전에 취하지 않겠는가?"

정생이 말하기를,

"형은 반드시 이 무덤을 모를 것입니다. 이는 곧 장여낭(張女娘)의 무덤입니다. 여낭은 아름다운 색을 한 세대에 떨치니 사람들은 장화려(張華麗)라 그이를 칭했습니다. 스물에 요절하여 여기에 묻혔는데 후인이 그를 슬퍼하며 꽃과 버들가지를 무덤 앞에 어지러이 심어 그것을 기록하였습니다. 우리가 술 한 잔을 그 무덤에 따라 여낭의 꽃다운 넋을 위로하는 것이 어떻겠습니까?"

한림은 본래 다정한 사람이라 이에 말하기를,

"형의 말이 가하다."

遂に鄭生と與に其墳前に至り、酒を舉げ之に澆ぎ、各の四韻一首を製し以て孤魂を吊せり、翰林の詩に曰、

美色曾傾國。芳魂已上天。管絃山鳥學。羅綺野花傳。

古墓空春草。虛樓自墓烟。秦川舊聲價。今日屬誰邊。

鄭生の詩に曰。

問昔繁華地。誰家窈窕娘。荒凉蘇小宅。寂寞薛濤莊。

草帶維裙色。花留實□香。芳魂招不得。惟有暮鴉翔。

마침내 정생과 함께 그 무덤 앞에 이르러 술을 들어 따르고 각각

사운(四韻)으로 한 수의 글을 지어 외로운 혼을 조상했다. 한림의 시에 이르기를,

미색이 일찍이 나라를 기울게 하더니,
꽃다운 혼이 이미 하늘에 올라갔구나.
거문고 줄은 산새가 배우고,
깁과 비단은 들꽃이 전하는구나.
옛 무덤에는 부질없는 봄풀과
빈 누각에는 스스로 저무는 연기만 보일 뿐
진천의 옛 성가는,
오늘 어디에서 찾겠는가.

정생의 시에 이르기를,

옛적 번화한 곳의
뉘 집의 요조한 낭자였는지 묻고 싶구나.
소소의 집이 황량하고
설도의 별장도 적막한데
풀은 깁치마 빛을 띠었고
꽃은 보배 사마귀의 향기를 풍기는구나.
꽃다운 넋을 불러 얻지 못하는데
오직 저녁 까마귀만 날고 있구나.[44]

---

[44] 원문에는 정생과 양소유가 무덤에 나아가 술을 뿌리고 옛일을 슬퍼하며 시를 지어 읊었다는 내용만 서술되어 있으나, 번역문에는 그 시의 내용이 수록되어 있다.

　兩人傳へて看、浪吟して更に一盃を進む、鄭生墓を繞つて徘徊し、崩頹せる處に至り、白羅に書せる所の絶句一首を得て之を咏じつ日く、何づ處の多事の人ぞ此詩を作つて、女娘の墓に納めたる乎と、翰林索めて之を見れば、則ち卽ち自ら衫を裂き詩を製し、以て仙娘子に贈れる者也、乃ち大に心に驚て曰く、向きの日逢ふ所の美人は、果して是れ張女娘の靈也と、駭汗自から頭髮より上り、竦心自ら定むる能はず、已にして自ら解して曰く、其色の美なる此の如く、其情の厚き此の如く、仙も亦た天緣なり、鬼も亦た天緣なり、仙と鬼と心ずしも辨ぜずと、鄭生起て旋るの時に乘じ、更に一盃を酌んで潛に墳上に澆ぎ、黙禱して曰く、幽明殊にすと雖情義隔てず、惟だ祈る芳魂の此至誠を鑑せんことを、更に今夜を趂ふて舊緣を重續せんと、禱り畢つて鄭生を拉して還歸す、是の夜獨り花園に在り、枕に倚り坐を欲て、其美人を想ひ、耿々として眼を成さず、時に月光簾を窺ひ、樹影面に滿ち、群動已に息み、人語正さに闋、而かも跫音の暗中より至る有るに似たり、翰林戸を開て之を視れば、則ち乃ち紫閣峰の仙女也、翰林滿心に驚喜し、跳つて門限を出で、玉手を携へて房中に入らんと欲す、美人辭して曰く、妾の根本は郎已に之れを知れり、嫌猜の心無きを得んや、妾の初めて郎君に遇へるや、直ちに吐くを欲せざりしに非ず、而も或は假託の神仙に驚動されんことを恐れ、叨に一夜の枕席に侍り、榮已に極まれり、情已に密なり、斷魂再び續ぎ、□骨肉を更めるに庶幾し、而も今日郎君又に賤妾の幽宅を訪ひ、之に澆ぐに酒を以てし、之を吊ふに詩を以てして、此の無主の孤魂を慰めらる、妾此に於て感激に勝ロず、恩を懷ひ德を戀ひ、厚眷を謝し面あたり微悃を布かんと欲して來れり、敢て幽陰の質を以て、復た君子の身に近づくを欲

せんやと、

　　두 사람이 전하여 보고 소리 내어 읊조리고는 다시 한 잔을 올렸다. 정생이 무덤을 에워싸고 배회하다가 허물어져 무너진 곳에 이르렀는데, 절구 한 수가 적힌 흰 비단을 주워 그것을 읊조리며 말하기를,

　　"어느 곳의 쓸데없는 [일을 하는]사람이 이 시를 지어, 여낭의 묘에 넣었을까?"

　　한림이 그것을 받아 살펴보니 곧 자기가 삼(衫)을 찢어 시를 지어서 선낭자(仙娘子)에게 준 것이었다. 이에 크게 마음에 놀라 말했다. '지난날에 만났던 미인이 과연 이 장여낭의 신령이었구나.' 놀라 식은땀을 흘리고 머리털이 위로 솟구쳤다. 두려운 마음이 진정할 수 없었지만 이윽고 스스로 깨달아 말하기를,

　　"그 색의 아름다움이 이와 같고, 그 정의 두터움이 이와 같으니, 선녀도 또한 하늘의 인연이고, 귀신도 또한 하늘의 인연이다. 선녀와 귀신을 굳이 분변할 필요는 없을 것이다."

　　정생이 일어나 돌아선 때를 틈타 다시 한 잔을 따라 무덤 위에 몰래 따르고 묵도하여 말했다. '유명(幽明) 다르다 하더라도 정의(情義)에는 간격이 없으니, 오직 아름다운 넋이 이 지성에 감동하여 다시 오늘 밤을 좇아 옛날의 인연을 거듭 이어주기를 바란다.' 빌기를 마치고 정생을 데리고 돌아왔다. 그날 밤 홀로 화원에 머물면서 베개에 기대어 비스듬히 자리를 하고 그 미인을 생각하는 것이 한결같아 잠을 이루지 못했다. 이때에 달빛은 주렴을 엿보고 나무 그림자는 창에 가득하며 군중의 움직임이 이미 그쳐 사람소리가 고요했다. 사람의 발자국 소리가 어둠 속에서 이르러 한림이 문을 열어 그것을 보

니 곧 자각봉의 선녀였다. 한림이 마음에 놀라움과 기쁨이 가득하여 문지방을 뛰어나가 가냘프고 예쁜 여인의 손을 잡고 방 안으로 들이려 하였다. 미인이 사양하며 말하기를,

"첩의 근본을 낭이 이미 아십니다. 꺼리는 마음이 없을 수 있겠습니까? 첩이 처음 낭군을 만나 실제 사정을 사실대로 말하고 싶지 않은 것은 아니지만, [이는]신선에 의탁한 것에 놀라는 것이 아닐까 염려되었기 때문입니다. 외람되게 하룻밤의 잠자리를 모시며 영화가 이미 극에 달하고 정이 이미 친밀해져 끊어진 혼이 다시 이어지고 썩은 뼈에 다시 살이 붙은 듯하였습니다. 더구나 오늘 낭군 또 천한 첩의 유택(幽宅)을 찾아 술을 따르고 시로써 조상하여 이 주인 없고 외로운 혼을 위로하셨습니다. 첩이 이에 감격을 이기지 못하여 은혜를 마음에 품고 덕을 사모하여 후히 돌봐주심을 사례하고자 하였습니다. [이에 직접]얼굴을 뵙고 미미한 정성을 펴고자 하여 왔습니다. 감히 어둡고 음험한 몸으로 다시 군자의 몸에 가까이 할 수 있겠습니까?"

翰林更に其袖を挽き言つて曰く、世の鬼神を惡む者は、愚迷怯懦の人也、人死して鬼と爲り、鬼幻して人と爲る、人を以て鬼を畏るは、人の駭なる者也、鬼を以て人を避るは、鬼の癡なる者也、其本は則ち一也、其理は則ち同じき也、何ぞ人鬼を之れ辨じ、幽明を之れ分たんや、我が見斯くの如く、我が情斯の如し、娘何を以て我に背くや、美人曰く、妾何ぞ敢て郎君の恩に背き、郎君の情を忽にせんや、郎君見よ、妾か眉ひ蛾の如く翠に、臉は猩の如く紅にして、眷戀の情有り、此れ皆な假也、眞に非さる也、謀を作し巧に飾りて、生人と相接せんと欲するに過ぎざる也、郎君妾の眞面目を知らんと欲せんか、卽ち白

骨數片、綠苔相縈ふ而已、郎君何ぞ此の如きの陋質を以て、貴體に近づかんと欲す可けんやと、翰林曰く、佛語に之れ有り、人の身體は、水漚風花を以て假成せる者也と、孰れか其眞を知らん、孰れか其假を知らんと、携へ抱きて寝に入り、穩かに其夜を度る、情の縝密は前に一倍せり、翰林美人に謂つて曰く、自今夜々に相會はん、或は自ら沮む勿れと、美人曰く、惟だ人と鬼と其道異りと雖、至情の格る所は自ら相感應す、郎君の妾を眷る誠に至情に出でば、則ち妾の郎君に託せんと欲するも豈に淺からんやと、俄にして晨鍾の聲を聞き、起つて百花深き處に向つて去れり、翰林檻に憑りて之を送り、夜を以て期とせんと、美人答へず、倏然と逝す

한림 다시 그 소매를 당기며 말하기를,

"세상의 귀신을 미워하는 자는 우매하고 겁이 많은 사람이오. 사람이 죽어 귀신이 되고, 귀신이 환생하여 사람이 되니, 사람으로서 귀신을 두려워하는 것은 사람 중의 놀란 자요, 귀신으로서 사람을 피하는 것은 귀신 중의 어리석은 것이오. 그 근본은 한 가지이고, 그 이치가 같은 것이오. 어찌 사람과 귀신을 분별하고 밝고 어둠을 나누겠소. 내가 봄이 이와 같고 내 정이 이와 같은데, 낭자는 어찌하여 나를 배반하시오?"

미인이 말하기를,

"첩이 어찌 감히 낭군의 은혜를 배신하고 낭군의 정을 소홀히 하겠습니까? 낭군 보십시오. 첩의 눈썹이 나비처럼 비취색을 띠고 뺨이 성성이처럼 붉은 것을 보시고 간절히 생각하며 그리워하는 정이 있으나 이 모두는 가짜입니다. 참이 아닙니다. 계략을 꾸며서 교묘하게 장식하여 살아 있는 사람과 서로 사귀려 함에 불과합니다. 낭군이 첩의 진면목을 알고자 하신다면 곧 백골 여러 조각에 푸른 이끼가 서로 끼었을 따름입니다. 낭군은 어찌 이와 같은 천한 태생을 귀하신 몸에 가까이 하려 바라십니까?"

한림이 말하기를,

"불어(佛語)에도 있소. 사람의 몸은 물거품과 바람과 꽃을 빌려 이루어진 것이라 했으니, 누가 그 참을 알며 누가 그 거짓을 알겠소."

[미인을]끌어안고 침소에 들어가 그 밤을 편안하게 지내니 정의 진밀(縝密)함은 전의 갑절이었다. 한림이 미인에게 일러 말하기를,

"이제부터 밤마다 서로 만나서 뜻이 약해지지 맙시다."

미인이 말하기를,

"오직 인간과 귀신의 그 도가 다르다 하더라도 지극한 정에 이르는 바는 저절로 서로 감응하는 것입니다. 낭군이 첩을 돌보는 것이 지극한 정에서 나오는 것인데 첩이 낭군에게 의탁하고자 바라는 것도 어찌 얕겠습니까?"

갑자기 새벽에 치는 종소리를 듣고 [미인은]일어나 온갖 꽃이 깊은 곳으로 떠났다. 한림이 난간에 기대어 그녀를 보내고 밤으로써 기약하였으나 미인 답하지 않고 홀연히 떠나갔다.

卷之三
권지삼

賈春雲仙と爲り鬼と爲る、狄驚鴻乍ちに陰乍ちに陽,
가춘운 선이 되고 귀가 되다, 적경홍 사음 사양하다

翰林仙女に遇ひしより以來、朋友を尋ねず、賓客に接せず、花園に
靜處し、專心一慮、夜至れば則ち來るを待ち、日出づれば則ち夜を待
ち、惟た彼をして、感激せしめんことを望めり、而も美人肯て數ば
〈來らず、翰林念ふこと轉だ篤く、望むこと益ど切なり、之を久うし
て、兩人あり、花園より門を挾んで來る、前者は卽ち鄭十三、後に在
る者は生面也、鄭生後ろに在る者を引き、翰林に見ロて曰く、此師傳
は卽ち太極宮の杜眞人なり、相法卜術、李淳風、袁天綱と相頡頑す、
楊兄を相せしめんことを欲して邀へ來れりと、翰林眞人に向つて揖し
て曰く、尊名を慕仰すること宿せり、尙ほ未だ顔を承けず、一たひ奉
ずるも亦た數あるか、先生、鄭生の相を審見し、以て如何と爲すや、

한림은 선녀를 만난이래, 붕우도 찾지 않고 손님을 맞이하지도 않
으며 화원에 조용히 머물며 오로지 한 가지 생각에 전념하여, 밤이
되면 [선녀가]오기를 기다리고, 해가 나오면 밤을 기다리며 오직 그
이로 하여금 감격하게 하기를 바랐다. 그러나 미인은 자주 오지 않
았다. 한림이 생각하는 것이 더욱 도탑고 바라는 것 더욱 절실했다.
오랜만에 두 사람이화원의 좁은 문으로 들어오는데, 앞선 사람은 곧
정십삼이고 뒤에 있는 이는 처음 보는 얼굴이었다. 정생이 뒤에 있
는 이를 끌어당겨서 한림에게 보이며 말하기를,

"이 사부는 곧 태극궁(太極宮)의 두진인(杜眞人)입니다. 관상 보는
법과 점치는 술법이 이순풍(李淳風) 원천강(袁天綱)과 서로 힐완(頡
頑)[45]합니다. 양형을 관상하고자 하여 모시고 왔습니다."

---

45 한문 텍스트도 '힐완(頡頑)'으로 되어 있는데, 문맥상 '힐항(頡頏)'의 오기로 보
인다.

한림이 진인에게 읍하며 말하기를,

"높은 이름을 우러러 사모한 지 오랩니다. 또한 아직 얼굴을 한 번
도 뵙지 못한 것이 여러 해 되었습니다. 선생께서 정생의 상을 살펴
보시고 어떻다고 여기십니까?"

鄭生先つて答て曰く、先生小弟を相し、稱して曰く、三年の内必ず
高第を得て、八州の刺史たらんとすと、弟に於て足れり、先生の言必
ず中たる、兄試に之を問へ、翰林曰く、君子は福を問はず、只だ灾殃
を聞くと、惟だ先生直言して可也と、眞人熟視して言つて曰く、楊翰
林は兩眉皆な秀で、鳳眼鬢位に向へり、三臺に躋る可し、耳根白くし
て塗粉の如く、圓くして垂珠の如し、名必ず天に下に聞ロん權骨は面
に滿てり、必ず手に兵權を執り、威四海に震ひ、萬里の外に封候され
ん、百に一も缺くる所無しと謂ふ可し、而も但だ今日目前に横たはる
の厄有り、若し我に遇はざれば、殆うし々々と、翰林曰く、人の吉凶
禍福は、自己之を求むる非ざるは無し、惟だ疾病の來るは人免れ難き
所也、乃ち重病の兆ある無からんやと、眞人曰く、此れ尋常の灾殃に
非ず、青色天庭に貫き、邪氣明堂を侵せり、相公の家中或は來歷不分
明の奴婢ありやと、翰林心旣に張娘の祟りを知るも、而も恩情に蔽は
れ、略ば驚恐せずして答へて曰く、是の事無し、眞人曰く、然らば則
ち或は古墓に過ぎて腦中に感傷せるか、或は鬼神と夢裡に相接する
か、翰林曰く、亦た是事無し、

정생이 먼저 답하여 말하기를,

"선생 소제의 관상을 보시고 이르시기를 '3년 안에 반드시 급제

하여 팔주(八州)의 자사(刺史)가 될 것이라' 하셨습니다. 소제에게 있어서는 충분합니다. 선생의 말이 반드시 적중할 것입니다. 형도 시험 삼아 물어보십시오."

한림이 말하기를,

"군자는 복을 묻지 않고 다만 재앙을 묻는다고 했습니다. 그저 선생께서는 바른대로 말씀하십시오."

진인이 자세히 눈여겨 보고 말하기를,

"양한림의 양쪽 눈썹 모두 빼어나고 봉(鳳)의 눈이 귀밑털을 향하니, 삼정승에 오를 수 있습니다. 귓불이 하얘서 분을 바른 것과 같고 수주(垂珠)와 같이 둥그니 이름이 반드시 천하에 들릴 것입니다. 광대뼈가 얼굴에 가득하니 반드시 손에 병권(兵權)을 쥐고 위엄을 사해(四海)에 떨치며 만리 밖까지 에 공후(公侯)를 봉하게 될 것입니다. 백에 하나도 흠이 없다고 이를 만합니다. 그러나 다만 오늘 눈앞에 횡액(橫厄)이 있으니 만약 저를 만나지 않았다면 위태로울 뻔 했습니다."

한림이 말하기를,

"사람의 길흉화복은 자기가 그것을 구함이 아닌 것이 없습니다. 다만 질병이 옴은 사람이 면하기 어려운 바입니다. 중병의 조짐이 있는 것입니까?"

진인이 말하기를,

"이는 보통의 재앙이 아닙니다. 푸른빛이 천정(天庭)을 뚫었고 간사한 기운이 명당(明堂)을 침범했습니다. 상공의 집 안에 혹 내력이 불분명한 노비가 있습니까?"

한림의 마음에 이미 장낭의 빌미임을 알았지만 은정(恩情)에 가리어 조금도 놀라거나 두려워하지 않고 답하여 말하기를,

"그런 일이 없습니다."

진인이 말하기를,

"그렇다면 혹 오래된 무덤을 지나다 마음에 감동을 했습니까? 혹은 꿈속에서 귀신을 서로 가까이 했습니까?"

한림이 말하기를,

"또한 그런 일이 없습니다."

鄭生曰く、杜先生は曾て一言の差ふこと無し、楊兄更に商念を加へよと、翰林答へず、眞人曰く、人生は陽明を以て其身を保ち、鬼神は幽陰を以て其氣を成す、晝夜の相反し水火の相容れざるが若し、今ま見る、女鬼邪穢の氣已に相公の身に單るを、數日の後必ず骨髓に入り、相公の命恐らくは救ふ可らざらん、其時貧道曾て說き來らずと曰ふこと毋れと、翰林之を念ふて曰く、眞人の言據る所有りと雖、女娘と永好の盟固く、相愛の情至れり、夫れ豈に我を害するの理有らんや、楚襄は神女に遇ふて同席し、柳春は鬼妻を落へて子を生めり、古より亦た然り、我れ何ぞ獨り憂ひんと、乃ち眞人に謂つて曰く、人の死生壽夭は、皆な有生の初めに定まる、我れ苟も將相富貴の相有り、鬼神其れ我に於て何ぞと、眞人曰く、夭も亦相公なり、壽も亦相公なり、我に與かること無しと、乃ち袖を拂つて去る、翰林も亦た強て留めず、鄭生之を慰めて曰く、楊兄は自ら是れ吉人、神明必ず助くる所あらん、何の鬼か之れ憂ひんや、此の流往々誕術を以て人を動かす、惡む可き也と、乃ち酒を勸め、終夕大醉して散ず、是の日翰林夜分に至りて乃ち醒め、香を焚き靜坐し、苦ろに女娘の來るを待つ、已に深更に至るも、更に杳として形迹無し、翰林案を拍つて曰く、天曙けな

んとす、娘來らすと、

　　정생이 말하기를,

　　"두선생은 일찍이 한 마디도 틀린 적이 없었습니다. 양형 다시 깊이 생각해 보십시오."

　　한림은 대답하지 않았다. 진인이 말하기를,

　　"사람이 삶을 살아가는데 양명(陽明)으로 그 몸을 보전하고, 귀신은 유음(幽陰)으로 그 기운을 이루니, 밤과 낮이 상반되고 물과 불이 서로 용납되지 않는 것과 같습니다. 지금 보니 여자 귀신의 사악한 더러운 기운이 이미 상공의 몸에 위치하고 있습니다. 며칠 후면 반드시 골수로 들어가 상공의 목숨도 아마도 구하지 못할 것입니다. 그 때 빈도(貧道)가 일찍이 말해 주지 않았다고 말하지 마십시오."

　　한림이 그것을 생각하여 말하기를,

　　"진인의 말이 비록 근거가 있다 하더라도, 여낭과 함께 오래도록 사이좋게 지낼 것을 굳게 맹세하고 서로 사랑하는 정이 지극한데, 대저 어찌 나를 해할 이치 있겠습니까? 초나라의 양왕(襄王)이 신녀(神女)를 만나 자리를 함께 하고, 유춘(柳春)은 귀신의 처에게서 [살아 있는]아들을 낳았습니다. 예부터 또한 그러합니다. 내 어찌 홀로 근심하겠습니까?"

　　이에 진인에게 일러 말하기를,

　　"사람의 사생(死生)과 수요(壽天)는 모두 처음 태어날 때부터 정해집니다. 제가 만약 장상(將相)이 될 관상과 부귀가 될 관상이 있다면 귀신이 나에게 어찌하겠습니까?"

　　진인이 말하기를,

"요절하는 것 또한 상공에게 달려 있고, 장수하는 것 또한 상공에게 달려 있습니다. 내 관여할 바가 아닙니다."

이에 소매를 떨치고 떠났다. 한림도 또한 굳이 붙들지는 않았다. 정생이 그를 위로하여 말하기를,

"양형은 본래 길한 사람이니 신명(神明)이 반드시 돕는 바가 있을 것입니다. 무슨 귀신인들 근심하겠습니까? 이렇듯 간혹 바르지 않을 술책으로써 사람을 움직이게 합니다. 미워할 만합니다."

이에 술을 권하여 날이 저물도록 크게 취하여 헤어졌다. 이 날 한림은 한 밤중에 이르러 술이 깨어 향을 사르고 조용히 앉아 괴로이 여낭이 오기를 기다렸다. 이미 깊은 밤에 이르러서 술이 깨어 다시 향을 피우고 조용히 앉아서 여낭이 오기를 기다렸으나 [여낭의]형적(形迹)은 없었다. 한림은 책상을 치며 말하기를,

"하늘은 밝아오는데 낭자가 오지 않는구나."

燈を滅して寝ねんとす、忽ち窓外に且つ啼き且つ語るの聲あり、之を細聽すれば則ち乃ち女娘なり、曰く、郎君妖道子の符を以て頭上に莊れり、妾敢て近き前まず、妾は郎君の意に非ざるを知るも、是れ亦た天緣盡きて妖魔戲る也、惟だ望むくは、郎君自愛せよ、妾此より永訣せんと、翰林大に驚き、起つて戸を拓き之を視れば、已に人形無し、一封の書階上に在り、乃ち拆きて之を見れば、卽ち女娘の製する所也、其詩に曰く

昔訪佳期躡彩雲。更將清酌□荒墳。深誠未效恩先絶。不怨郎君怨鄭君。

翰林一吟一唏、且つ恨み且つ怪み、手を以て頭を撫すれば一物あ

り、總髮の間に挾まる、出して之を見れは、乃ち逐鬼符なり、大に怒
叱して曰く、妖人我が事を誤れりと、直に其符を裂き破り、痛憤益益
切なり、更に女娘の詩を把りて微吟すること一たび、大に悟つて曰
く、張女の鄭君を怨むや深し、此れ乃ち鄭十三の事なり、惡意に非ず
と雖好事を沮敗せり、是れ道士の妖に非ず、乃ち鄭生なり、吾れ必ず
之を辱めんと、遂に女娘の詩に次し、囊に入れ之を莊つて曰ふ、詩成
ろと雖誰れにか贈る可きと、詩に曰く。

冷然風馭上神雲。莫道芳魂寄孤墳。園裡百花々底月。故人何處不思
君。

등을 끄고 자려 하는데, 문득 창밖에서 우는 듯 말하는 듯 하는 소
리가 있어 자세히 들어보니 곧 여낭이었다.

"낭군께서 요사한 도사의 부적을 머리 위에 감추시어 첩이 감히
가까이 나아가지 못합니다. 첩은 낭군의 뜻이 아님을 알지만 이 또한
하늘의 인연이 다하여 요사한 마귀가 희롱함입니다. 오직 낭군이 스
스로를 사랑하시기 바랍니다. 첩은 이에 영원한 이별을 고합닌다."

한림이 크게 놀라 일어나 문을 밀치고 보니 이미 사람의 모습은
없고 한 통의 글이 계단 위에 놓여 있어 이에 열어 보니 곧 여낭이 지
은 바이다. 그 시에 이르기를,

옛적 아름다운 기약을 찾아 채색 구름을 밟고, 다시 맑은 술잔
가져와 황량한 무덤에 뿌렸는데
깊은 정성 보답지 못하고 은혜 먼저 끊겼네, 낭군을 원망함이
아니라 정군을 원망할 뿐.

한림이 한 번 읊조리고 한 번 슬퍼하고 한편으로 한스럽고 한편으로 이상하여, 손으로 머리를 만져 보니 총발(總髮) 사이에 하나의 물건이 있었다. 빼내어 보니 곧 귀신을 쫓는 부적이었다. 크게 노하여 큰 소리로 말하기를,

"요사한 사람이 내 일을 그르쳤다."

곧 그 부적을 찢어 버리니 몹시 성이 나고 더더욱 간절했다. 다시 여낭의 시를 잡고 작은 소리로 읊조렸다. 한 번 크게 깨달아 말하기를,

"장녀(張女)가 정군을 원망함이 심하니 이는 곧 정십삼일 것이다. 악의가 아니라 하더라도 좋은 일을 방해하였으니 이는 도사의 요사함이 아니고 곧 정생이다. 내 반드시 그를 욕되게 하리라."

마침내 여낭의 시에 차운하여[글을짓고] 주머니에 넣고 그것을 감추며 말하기를,

"시를 지었다 하더라도 누구에게 보낼 것인가." 시에 이르기를,

차갑게 바람 몰아 신선한 구름에 올라가서, 꽃다운 넋이 외로운 무덤에 묻혔다고 말하지 마라.

동산 속은 꽃 가득, 꽃 밑에는 달인데, 고인은 어느 곳에서 낭군을 생각하진 않는지?

天明くるや鄭十三の家に往く、鄭生出で去つて在らず、三日尋ね往き一たびも遇はず、女娘の影響益益緲邈たり、紫閣の亭を訪はんと欲するも、則ち精靈已に歸せり、南郊の墓を尋ねんと欲するも、則ち音容接し難し、問ふ可き處無く、施す可き計無く、抑墓紆軫、寢食頓に減ず、一日鄭司徒夫妻、酒饌を置き翰林を邀へて觴を飛ばす、司徒曰

く、楊郎の神觀近ごゐ何ぞ憔悴せるや、翰林曰く、十三兄と連日過飮せり、恐らくは此に因りて然らんと、鄭生忍ち到る、翰林怒目睥視して與に語らず、鄭生先づ問ふて曰く、兄近來職倥□なりや、心緒佳ならざるや、陟屺の情苦しきや、濫酒の疾作りしや、貌ち何ぞ憔悴せる、神何ぞ蕭索たるやと、翰林微く答て曰く、旅遊の人安んぞ然らざるを得ん、司徒曰く、家中の婢僕等傳へ言ふ、楊郎一美姝と與に花園に相話せりと、此語眞なりや、翰林答へて曰く、花園は僻なり、人誰れか往來せん、必ず之を傳ふる者の妄なり、鄭生曰く、楊兄豁達の量を以てして兒女羞愧の態を爲すか、兄大言を以て杜眞人を斥けるも、兄の氣色を觀るに掩ふ可らざるものあり、弟恐る、兄迷ふて悟らず、禍將に測られざらんとす、故に潛に杜眞人か逐鬼符を以て、兄か東髮の間に置けり、而も兄醉倒して省せず、其夜身を園林叢密の中に潛めて窺ひ來れば、則ち鬼女あり、兄が寢室の外に哭辭し、墻を踰ロて去れり、此れ眞人の言驗あり、小弟の誠至れり、兄我れに謝せずして、乃ち反つて怒を銜むゝ何ぞやと、

날이 밝아 정십삼의 집에 갔으나, 정생은 집을 나가 부재중이었다. 3일을 찾아갔으나 한 번도 만나지 못했다. 여낭의 그림자와 소리가 더더욱 아득하고 막막하여 자각정을 찾아가려 해도 정령(精靈)은 이미 돌아가고, 남쪽의 무덤에서 찾고자 해도 [여낭의]소리와 얼굴을 접하기 어려우니 물을 만한 곳이 없고 행할 만한 계략이 없었다. 억눌려 답답하고 우울한 심정으로 침식(寢食) 점차 줄어들었다. 하루는 정사도 부처가 술상을 마련하고 한림을 맞이하여[46] 어울렸다. 사도가 말하기를,

"양낭의 안색이 요즘 어찌 초췌한가?"

한림이 말하기를,

"십삼형과 연일 과음하니 아마도 이로 인하여 그럴 것입니다."

정생이 도착하니 한림이 화난 눈으로 흘겨보며 더불어 말하지 않았다. 정생이 먼저 물어 말하기를,

"형이 근래 벼슬이 분주합니까? 심사가 불편하셨습니까? [혹은] 고향에 계신 어머님 생각으로 괴로우셨습니까? 지나친 술로 병이 났습니까? 모습이 어찌 초췌하고 정신이 어찌 삭막하십니까?"

한림이 작은 소리로 대답하여 말하기를,

"여행하며 노는 사람이 어찌 그렇지 않을 수 있겠나?"

사도가 말하기를,

"집 안의 계집종과 사내종 등이 말을 전하기를, 양낭이 한 아름다운 여자와 함께 화원에서 서로 이야기했다던데, 이 말이 진짜인가?"

한림이 답하여 말하기를,

"화원이 외진 곳에 있는데 어느 누가 왕래하겠습니까? 반드시 전한 자가 허망된 것을 말한 것입니다."

정생이 말하기를,

"양형 활달(豁達)한 도량을 가지고 아녀자의 부끄러워하는 모습을 지으려고 합니까? 형이 큰 소리로 두진인을 물리쳤으나 형의 기색은 숨길 수 없는 것으로 보였습니다. 아우는 형이 미혹되어 깨닫지 못하고 장차 미칠 화를 헤아리지 못할까 두려웠습니다. 그래서 몰래 두진인의 귀신을 쫓는 부적을 형의 속발(束髮) 사이에 두었습니

---

46 한문 텍스트에 있는 '토온(討穩)' 두 자 번역이 빠져 있다.

다. 그러나 형이 취해서 알지 못했습니다. 그날 밤 [저는]몸을 화원
의 우거진 수풀 속에 숨기고 몰래 엿보니, 곧 여자귀신이 형의 침실
바깥에서 울면서 사직하고 담을 넘어 떠나갔습니다. 이는 진인의 말
이 영험이 있다는 것입니다. 소제의 정성이 지극한데 형은 제게 사
례하지 않고 이에 도리어 노여움을 품는 것은 어째서입니까?"

翰林其の牢く諱む可らざるを知り、司徒に向ひ言つて曰く、小婿の
事頗る怪駭に渉る、當に備さに岳丈に告ぐ可しと、其の首尾を具して
盡く陳べ、仍て曰く、小婿固り十三兄の我を□するを知る、而も女娘
は鬼神と曰ふと雖、莊にして誕ならず、正にして邪ならず決して禍を
人に貽さず、小婿疲劣なりと雖亦た丈夫也、必ず鬼物の爲めに迷はさ
られず、而るに鄭兄乃ち不經の符を以て、其の自ら來るの路を斷て
り、實に心に介する無き能はずと、司徒掌を□つて大に笑つて曰く、
楊郎の文彩風流なる、宋玉と同じ、必ず已に神女賦を作らん、老夫楊
郎に戲言を爲すに非ず、少時適ま異人に値ひて少翁が致鬼の術を學べ
り、今ま當に賢婿の爲め張女娘の神を致し、以て姪兒の罪を謝し以て
賢婿の心を慰む可し、知らず以て如何と爲す、翰林曰く、此れ岳丈小
婿を弄する也、少翁能く李夫人の魂を致せりと雖、而も此術の傳はら
ざるや久し、岳丈の言敢て信ず可らずと、鄭生曰く、張女娘の魂は司
徒則ち一言を費さずして之を致さん、小弟は則ち能く一符を以て之を
逐へり、鬼も之に中たれは使ふき可き也、兄何ぞ疑ふやと、司徒乃ち
□尾を以て屏風を打ち曰く、張女娘安くに在るかと、一女子忽ち屏風
後より出で、笑を含み嬌を含み夫人の後ゐに立つ、翰林一擧目して已
に其の張女娘なるを知り、怳々惚々端倪を知る莫し、司徒及び鄭生を

直視し問ふて曰く、此れ人か鬼か、鬼何を以て能く白晝に出づるや
と、司徒及び夫人齒を啓て笑ふ、鄭生捧腹大□、顛仆して起つ能は
ず、左右の侍婢等已に腰を折れり、司徒曰く、老夫方に賢婿の爲め其
實を吐かん、此兒は鬼に非ず仙に非ず、卽ち吾家育てし所の賈氏の女
子、其の名は春雲なり、近ごろ楊郎花園に蟄居して苦況を喫盡す、老
夫此の美女を送り以て賢郎に侍らし、以て客中の無聊を慰めんと欲せ
り、蓋し吾が老夫妻の好意に出づ、而も年少の輩間に居りて計を用
ゐ、戲謔太だ過ぎ、遂に賢郎をして端無く苦惱せしむ、亦た笑しから
す乎と、鄭生方さに笑を止め言つて曰く、前後再度の會逢、皆な我が
媒する所也、而も媒妁の恩も感ぜず、反つて仇讐を以て之を視るは、
楊兄また功を負ひ德を忌む者と謂ふ可しと、

　　　한림이 굳게 숨길 수 없음을 알고 사도에게 말하기를,
　　　"소서(小壻)의 일이 자못 해괴해서 마땅히 장인어른에게 자세히
　　고하고자 합니다."
　　　그 전후 사실을 갖추어 모두 아뢰고 이에 말하기를,
　　　"소서 본래 십삼형이 나를 위함을 압니다. 그러나 여낭은 귀신이
　　라 하더라도 엄숙하고 속이지 않으며 바르고 간사하지 않으니, 결코
　　사람에게 화를 끼치지 않을 것입니다. 소서가 힘이 없고 용렬하나
　　또한 장부입니다. 반드시 귀물(鬼物)에게 미혹되지 않을 것인데 정형
　　이 불경한 부적으로써 여낭의 오는 길을 끊으니, 실로 마음에 걸리
　　는 바 없지 않습니다."[47]

----

　47 이 뒤에 이어지는 한문 텍스트에 나오는 '이정형내이불경지부, 단기자래지로,
　　실불능무개어중야(而鄭兄乃以不經之符, 斷其自來之路, 實不能无介於中也)' 부

사도가 손뼉을 치며 크게 웃으며 말하기를,

"양낭의 문채(文彩)와 풍류가 송옥(宋玉)과 같다. 반드시 이미 신녀부(神女賦)를 지었을 것이다. 노부가 양낭에게 희언(戲言)을 하는 것이 아니다. 소싯적에 우연히 이인(異人)을 만나 소옹(少雍)의 귀신을 부르는 기술을 배웠네. 지금 마땅히 사위를 위해 장여낭의 신(神)을 불러들여 조카의 죄를 사죄하게 하고 어린 사위의 마음을 위로할 것이네. 어떻게 생각할지 모르겠네."

한림이 말하기를,

"이는 장인어른께서 소서를 놀리는 것입니다. 소옹이 능히 이부인(李夫人)의 혼을 불렀다 하더라도 이 술법이 전하지 않은지 오래되었습니다. 장인어른의 말 감히 믿지 못하겠습니다."

정생이 말하기를,

"장여낭의 혼을 사도께서 곧 한 마디도 허비하지 않고 불렀으며, 소제는 능히 하나의 부적으로 그를 쫓을 수 있었으니, [이는]귀신을 부릴 수 있다는 것인데 형이 어찌 의심하십니까?"

사도가 곧 병풍을 치며 말하기를,

"장여낭은 어디에 있는가?"

한 여자가 문득 병풍 뒤에서 나와 웃음을 머금고 교태를 띠며 부인 뒤에 섰다. 한림이 한 번 눈을 들어 보고는 이미 그 장여낭임을 알았으나 얼떨떨하여 일의 처음과 끝을 알지 못했다. 사도와 정생을 똑바로 보며 묻기를,

"이는 사람입니까? 귀신입니까? 귀신이 어찌하여 능히 백주 대낮

─────────────

분이 일본어 번역에서는 빠져 있다.

에 나올 수 있습니까?"

사도와 부인 이를 드러내며 웃었다. 정생이 배를 끌어안고 크게 웃으며 엎어져서 넘어져 일어나질 못했고 좌우의 시비 등은 이미 요절했다. 사도가 말하기를,

"노부 바야흐로 어진 사위를 위해 그것을 실토하리라. 이 아이는 귀신도 아니고 선녀도 아니네. 곧 우리 집에서 자란 가(賈)씨의 여자로 그 이름은 춘운일세. 요사이 양낭이 화원에 칩거하며 고난을 겪은 상황을 보고 노부 이 미녀를 보내어서 현랑(賢郞)을 모시게 하고 객지의 무료함을 위로하려 하였다. 대개 우리 노부처의 호의에서 나왔으나 나이 어린 무리가 사이에 있어 계략을 썼는데, 장난이 너무 지나쳐 마침내 현랑을 끝없이 고뇌하게 만들었네. 또한 우습지 않은가?"

정생이 바야흐로 웃음을 그치고 말하기를,

"전후 다시 만남은 모두 제가 소개한 것입니다. 그런데 매작(媒妁)의 은혜에 감사하지 않고 도리어 원수로 보는 것은 양형 또한 공을 저버리고 기덕(忌德)[48]하는 사람이라 할 만합니다."

翰林亦た大に笑つて曰く、岳丈既に此女を以て小弟に送らる、鄭兄中よりして操つり弄べる而已、何の功か之れ賞す可けんと、鄭生日く、操弄の責は弟實に甘心す可し、發蹤指示は自から其人あり、此れ豈獨り小弟の罪と爲さんや、翰林司徒に向ひ笑つて曰く、苟も是れ有るか、或は岳丈少婿の爲め、遊戲の事を作せる也司徒曰く、否々、老

---

48 한문 텍스트는 '망덕(忘德)'으로 되어 있다.

夫の髮已に黃ばめり、豈兒戲を作さんや、楊郎誤り思ふ也と、翰林鄭
生を顧みて曰く、兄俑を作すに非ずんば誰か復た此戲を爲さんや、鄭
生曰く、聖人言へる有り、爾に出づる者は爾に反ると、楊兄更に之を
思へ、曾て何の計を以て何許の人を欺けるか、男子尙ほ化して女子と
爲れり、俗人を以て仙と爲り、仙子を以て鬼と爲る、何ぞ怪むに足ら
んやと、翰林乃ち大に覺り、笑つて司徒に向つて曰く、是ある哉
々々、小婿曾て罪を小姐に得たるの事あり、小姐必ず睚眦の怨を忘れ
ざる也と、司徒夫人と與に皆笑つて答へず、翰林顧みて春雲に謂つて
曰く、春娘汝ぢ固に慧黠なり、其人に事へんと欲して先づ之を欺く、
其れ婦女の道に於て何如ぞや、春雲跪て對て曰く、賤妾但だ將軍の令
を聞く、天子の詔を聞かざる也、

　　한림 또한 크게 웃으며 말하기를,
　　"장인어른이 이미 이 여인을 소제에게 보내신 것이고 정형은 중
간에서 조롱했을 뿐일세. 무슨 공을 상할 만하겠나?"
　　정생이 말하기를,
　　"조롱의 책임은 아우가 실로 달갑게 여기겠지만 지시를 한 것은
원래 [다른]사람이 있습니다. 이는 어찌 홀로 소제의 죄가 되겠습
니까?"
　　한림이 사도를 향해 웃으며 말하기를,
　　"참으로 [그 사람이]있습니까? 혹은 장인어른께서 소서를 위해
장난을 꾸미셨습니까?"
　　사도가 말하기를,
　　"아닐세 아닐세. 노부의 머리 이미 노래졌는데 어찌 어린애 장난

을 하겠는가? 양랑이 잘못 생각한 걸세."

한림이 정생을 돌아보며 말하기를,

"형이 꾸민 것이 아니라면 누가 다시 이 장난을 하였는가?"

정생이 말하기를,

"성인의 말이 있소. 너에게 나온 것이 너에게 돌아간다고. 양형이 다시 그것을 생각해 보시오. 일찍이 무슨 계략으로써 어떤 사람을 속이셨습니까? 남자가 또한 변하여 여자가 되었으니, 속인이면서 선인이 되고 선인이면서 귀신이 되는 것이 어찌 괴이하다 하겠습니까?"

한림이 이에 크게 깨달아 웃으며 사도[49]를 향해 말하기를,

"옳습니다. 옳습니다. 소서 일찍이 소저에게 죄를 지은 적이 있습니다. 소저가 반드시 사소한 원한을 잊지 않으셨습니다."

사도 부인과 함께 모두 웃으며 답하지 않았다. 한림이 돌아보며 춘운에게 일러 말하기를,

"춘낭 너는 참으로 교활하구나. 그 사람을 섬기고자 하면서 먼저 그를 속였다. 어찌 그것이 부녀자의 도리라 하겠느냐?"

춘운이 무릎을 꿇고 대답하기를,

"천첩 다만 장군의 명을 듣고 천자의 조서를 듣지 못했습니다."

翰林嗟嘆して曰く、昔は神女朝たに雲と爲り暮に雨と爲れり、今春娘は、朝に仙と爲り暮に鬼と爲る、雲と雨と異ると雖一神女也、仙と鬼と變ずと雖一春娘也、襄王惟だ一神女を知る而已、何ぞ雲雨の數化に與からん、今ま我も亦た一春娘を知る而已、何ぞ其の仙鬼の互に變

---

49 원문에서는 정사도의 부인, 즉 최씨 부인을 향해 이야기 하였다고 기록되어 있다.

ずるを論ぜんや、然ども襄土、雲を見れば則ち、雲と曰はずして神女
と曰ひ、雨を見れば則ち、雨と曰はずして神女と曰ふ、今ま我れ仙に
遇へば、則ち春娘と曰はずして仙と曰ひ、鬼に遇へば、則ち春娘と曰
はずして鬼と曰はん、是れ我が襄王に及ばざるや遠し、春娘の變化は
神女の及ふ所に非ざる也、吾れ聞く強將に弱卒無しと、其の神將此の
若くば、其の大將は親く見ゆるを待たずして知る可き也と、座中皆大
に笑ふ、更に酒を進め終夕大醉す、春雲も亦た新入を以て席末に與か
る、夜に至り春雲燭を執つて翰林に陪して花園に至る、翰林醉ふこと
甚し、春雲の手を把つて之に戲れて曰く、汝は眞仙か眞鬼かと、仍て
就て之を視て曰く、仙に非ざる也鬼に非ざる也、乃ち人也、吾れ仙も
亦た之を愛し鬼も亦た之を愛す、況や人をやと、又曰く、仙も亦た汝
に非ざる也、鬼も亦汝に非ざる也、或は汝をして仙たらしめ、或は汝
をして鬼たらしむる者、亦た眞に仙たり鬼たるの術有り、而して楊翰
林を以て俗客と爲し相從ふを欲せざるか、花園を以て陽界と爲し相訪
ふを欲せざるが、人能く汝をして仙たらしめ鬼たらしむるも、而も我
れ獨り汝をして變化せしむる能はざるか、汝をして仙たるを欲せん
か、其れ將た月殿の姮娥たらんか、汝をして鬼たるを欲せんか、抑も
將た南岳の眞々たらんかと、春雲對へて曰く、賤妾淊越し實に欺罔の
罪多し、惟だ相公之を寬假せよ、翰林曰く、汝の變化して鬼と爲れる
も以て忌と爲さず、今に到り豈に追咎の心ある可きと、

　한림이 탄식하며 말하기를,
　"옛날에 신녀가 아침에 구름이 되고 저녁에 비가 되었는데, 지금
춘낭은 아침에 선녀가 되고 저녁에 귀신이 되었다. 구름과 비가 다

르다 하더라도 한 신녀이고, 선녀와 귀신으로 변했다 하더라도 한 춘낭이다. 양왕(襄王)은 다만 한 신녀를 알았을 뿐 구름과 비가 자주 변화함에 어찌 의심하였겠는가? 지금 나도 또한 한 춘낭을 알 뿐이다. 어찌 그 선녀와 귀신으로 서로 변함을 논하겠는가? 그렇지만 양왕이 구름을 보면 곧 구름이라 하지 않고 신녀라 했고, 비를 보면 곧 비라 하지 않고 신녀라 했다. 지금 내가 선녀를 만나면서 곧 춘낭이라 하지 않고 선녀라 하고, 귀신을 만나면서 곧 춘낭이라 하지 않고 귀신이라 했으니, 이것은 내가 양왕에게 크게 미치지 못함이고, 춘낭의 변화는 신녀가 미칠 바가 아닌 것이다. 내 듣기에 강한 장수에게 약한 병졸이 없다고 했습니다. 그 비장(裨將)이 이와 같다면 그 대장은 가까이에서 보지 않아도 지략이 있음을 알겠구나."

좌중이 모두 크게 웃고 다시 술을 내와 밤새도록 크게 취했는데, 춘운도 또한 신입으로 말석에 참여했다. 밤에 이르러 춘운이 촛불을 들고 한림을 모셔 화원에 이르렀다. 한림이 매우 취하여 춘운의 손을 잡고 그를 장난하여 말하기를,

"너는 참으로 선녀이냐? 참으로 귀신이냐?"

이에 나아가 그를 보며 말하기를,

"선녀도 아니고 귀신도 아니다. 곧 사람이다. 내 선녀도 또한 사랑했고 귀신도 또한 사랑했다. 하물며 사람에 있어서랴?"

또 말하기를,

"선녀도 또한 네가 아니고 귀신도 또한 네가 아닌데, 혹은 너에게 선녀가 되게 하고 혹은 너에게 귀신이 되게 한 자는 또한 참으로 선녀가 되고 귀신이 되는 방법이 있는 것이니, 양한림으로서는 속객이 되어 서로 좇지 않으려 할 것이고, 화원은 양계(陽界)가 되어 서로 찾

지 않으려 할 것이다. 사람이 능히 너를 선녀가 되게 하고 귀신도 되
게 했는데, 나만 홀로 너를 변화하게 할 수 없는 것이냐? 네가 선녀가
된다면 그 장차 월전(月殿)의 항아(姮娥)가 되겠느냐? [아니면]네가
귀신이 된다면 장차 남악(南嶽)의 진진(眞眞)[50]이 되겠느냐?"

춘운이 대답하여 말하기를,

"천첩이 외람된 일을 저질러 실로 [상공을]속인 죄가 큽니다. 오
직 상공의 관용을 바랍니다."

한림이 말하기를,

"네가 변화하여 귀신이 되었어도 꺼리지 않았는데, 지금에 이르
러 어찌 지난날의 허물을 나무라는 마음이 있겠느냐?"[51]

春雲起つて之を謝す、楊翰林既に及第の後、卽ち翰苑に入り、自か
ら職事□きも、尙ほ未だ歸り覲せず、方に暇を請ひて鄕に歸り母親を
省拜し、仍て京邸に陪し來りて卽ち婚禮を過ごさんと欲す、而も時に
國家多事、吐蕃數ば々々邊境を侵掠し、河北の三節度或は自ら燕王と
稱し、或は自ら趙王と稱し、或は自ら魏王と稱し、强隣と連結し、兵
を稱口亂を交ふ、天子之を憂ひ、博く群臣に謀り廣く廟堂に詢ひ、將
に師を出だし討を致さんと欲す、大小の臣□言議矛盾し、皆な姑息苟
且の計を懷く、翰林學楊少游班を出で奏して曰く、宜く漢の武帝が南
越王を招諭せる故事の如くし、亟に詔書を下だし、詰るに禍福を以て
す可し、終に命に歸せずんば、武を用ゐて勝を取るを萬全の策と爲す
と、

---

50 당(唐)나라 진사(進士) 조안(趙顔)이 그림 속에서 얻은 미녀의 이름.
51 원문에는 양소유와 가춘운의 대화가 생략되어 있다.

춘운이 일어나 사례했다. 양한림이 이미 급제한 뒤, 곧 한원(翰苑)에 들어가 벼슬에 매인 몸이 되어 또한 아직 모친을 뵙지 못했다. 바야흐로 휴가를 청하여 고향으로 내려가 모친을 찾아뵙고, 이에 서울로 돌아와서 곧 혼례를 치르고자 하였는데 이때에 나라에 일이 많았다. 토번(吐蕃)이 자주 변경(邊境)에 침략하였고, 하북(河北)의 세 절도(節度)는 혹은 연왕(燕王)이라 자칭하고 혹은 조왕(趙王)이라 자칭하고 혹은 위왕(魏王)이라 자칭하며 강한 이웃과 연결하여 군사를 일으켜 어지럽게 했습니다. [이에] 천자께서 그것을 근심하여 널리 군신과 묘당에서 정사를 도모하고 장차 군사를 내어 치고자 하였다. 모든 신하들의 의견이 같지가 않고 모두 임시방편의 구차한 계획만이 있었다. 한림학(翰林學)[52] 양소유 출반(出班)하여 아뢰어 말하기를,

"마땅히 한무제가 남월왕을 불러 타이른 고사와 같이 하여 빨리 조서를 내리고 화와 복으로 깨닫도록 해야 할 것입니다. 끝내 명을 좇지 않으면 무력으로써 승리를 취함을 만전의 계책으로 삼아야 할 것입니다."

上之に從ひ、少游をして卽ち詔を御前に草せしむ、少游俯伏して命を受け、筆を走らして製進す、上大に悅んで曰く、此の文典重嚴截、恩威竝び施し、大に誥諭の體を得、狂寇必ず自ら戢らんと、卽ち三鎭に下だす、趙魏兩國は則ち王號を去り朝命に服し、表を上つり罪を請ひ、使を遣はし貢馬一萬匹絹一千匹を進む、惟だ燕王其の地遠く兵强き恃み、肯て歸順せず、上、兩鎭の服せるは皆な少游の功なるを以

---

52 한문 텍스트는 '한림학사(翰林學士)'로 되어 있다.

て、旨を降し褒崇して日く、河北三鎮、専ら一隅に據り、强を屈し亂
を造たす殆ど百年、德宗皇帝十萬の衆を起こし、將に命じ征伐せしめ
しも、終に未だ其强を挫き其心を服する能はず、今ま楊少游盈尺の書
を以て兩鎮の賊を服し、一師を勞せず、一人を戮せずして、皇威遠く
萬里の外に暢ぶ、朕實に之を嘉すと、賜ふに絹三千匹馬五千匹を以て
し、予が優奬の意を表せよと、

상(上)이 그것에 따라 소유에게 곧 조(詔)를 어전에서 초(草)하게
하였다. 소유 엎드려 명을 받들고 붓을 날려 [글을]지어 올렸다. 상
이 크게 기뻐하며 말하기를,

"이 글은 전중(典重) 엄절(嚴截)한 은덕과 위엄을 두루 갖추어, 깨
우치도록 일러주는 예를 크게 얻었으니, 미친 도적들이 반드시 스스
로 [군사를]거둘 것이다."

곧 삼진(三鎮)에 [조서를]내렸다. 조(趙)와 위(魏) 양국은 곧 왕호(王
號)를 거두고 조정의 명에 복종하여 표(表)를 올리고 죄를 청하였다.
사신을 보내어 말 만 필과 비단 천 필을 조공하였으나, 연왕은 그 땅
이 멀고 군사가 강함을 믿고 귀순하지 않았다. 상은 양 진이 복종하
는 것은 모두 소유의 공이라 여겨 교지를 내리고 포숭(襃崇)하여 말
하기를,

"하북의 삼진(三鎮) 오직 한 모퉁이에 기거하고 순종하지 않으며
난을 일으킨 지 거의 백년이다. 덕종(德宗) 황제께서 10만 대군을 일
으켜 장수에게 명하여 정벌하게 하셨으나, 끝내 그 강함을 꺾고 그
마음을 항복받을 수 없었다. 이제 양소유의 한 자정도의 글로써 양
진의 도적으로부터 항복을 받았으니, 군사 한 명도 고생하지 않고

201

또한 한 사람도 죽이지 않으면서, 황위(皇威)를 멀리 만 리 밖에까지 떨쳤다. 짐이 실로 그것을 가상하게 여겨, 비단 3천 필과 말 5천 필을 내리어 칭찬하는 뜻을 표하리라."

仍て秩を進めんとす、少游前に進み拜謝して曰く、代つて王言を草するは卽ち臣が職分のみ、兩鎭の歸化せる、天威に非ざるは無し、臣何の功を以て此の重賞を叨にせんや、況や一鎭猶は聖化に梗し、敢て跳梁を肆にす、恨むらくは鈹を提げ殳を執り、以て國家の恥を雪く能はざるを、陞擢の命何ぞ心に安んぜん、人臣忠を願ふ、固り職階の崇卑に關する無く、兵家の勝敗は專ら士卒の多き在らす、小臣願くは一枝の兵を得、大朝の威に倚り、進んで燕寇と死を決し力戰以て聖恩の萬一に報ぜんことをと、上その意を壯とし大臣に問ふ、皆な曰く、三鎭互に唇齒の形を爲す、而して兩鎭既に屈服せり、小燕の狂賊は特に鼎魚穴蟻なり、兵を以て之に臨まば、則ち必ず枯を摧き□を拉するか若けん、而かも王者の兵は謀を先にし伐を後にす、請ふ少游を遣はし喩すに利害を以てし、服せずんば則ち卽ち兵を加へて可也と、上之を然りとし、楊少游をして節を持し往きて喩さしむ、翰林詔旨を奉じ鉄鉞を受け、將に行を發せんとし、司徒に拜辭す、司徒曰く、□鎭□逆朝命を用ゐざる一日に非ざる也、楊郎一介の書生を以て不測の危地に入り、若し不虞の變あり不備の處に發せば、豈但だ老人の不幸のみならんや、吾れ老且つ病み、朝廷と未だ議せずと雖、一書を上りて之を爭はんと欲せりと、

이에 품계를 높이려 하니, 소유 앞으로 나아가 공손하게 사례하며

말하기를,

"임금의 말씀을 대신하여 초(草)하는 것은 신하의 직분일 뿐이고, 양진이 귀화하는 것은 곧 천자의 위엄이 아님이 없으니, 신이 무슨 공으로 이 중한 상을 탐내겠습니까? 더구나 한 진은 오히려 성화(聖化)를 막고 감히 함부로 날뛰고 있습니다. 검을 들고 몽둥이를 잡아 국가의 치욕을 설욕하지 못함이 한스럽습니다. 승탁(陞擢)의 명 어찌 마음에 편하겠습니까? 신하된 자로서 충성을 다하는 것은 본래 계급의 높고 낮음에 차이가 없고, 병가(兵家)의 승패는 오로지 사졸의 많음에 있지 않습니다. 소신은 한 무리의 병사를 얻어 대조(大朝)의 위엄에 의지하여 나아가 연나라의 도적들에게 죽기를 결심하고 힘써 싸워 성은에 만분의 일이라도 보답하기를 바랍니다."

상이 그 뜻을 장하게 여겨 대신에게 물었다. 모두 말하기를,

"삼진이 서로 순치(脣齒)의 형세를 이루는데, 양 진이 이미 굴복했습니다. 조그만 연(燕)나라의 미친 도적은 다만 가마솥에 든 물고기나 구멍에 든 개미와 같습니다. 군사로써 그것에 임하면 곧 반드시 마른 나무와 썩은 나무를 꺾는 것과 같습니다. [또한]왕이 된 자의 군사는 먼저 꾀를 쓰고 치기를 나중에 합니다. 청컨대 소유를 보내어 이해(利害)로써 깨우치게 하고, 불복하면 곧 군사를 보탬이 좋지 않을까 합니다."

상이 그렇다고 여겨 양소유로 하여금 절(節)을 가지고 가서 깨우치게 했다. 한림이 명령을 받들어 절부(節符)와 부월(斧鉞)을 받고 장차 떠나려 할 즈음에 사도에게 정중하게 사양했다. 사도가 말하기를,

"변진(邊鎭)이 오히려 공격하여 조정의 명을 따르지 않은 것이 하루 이틀이 아니다. 양낭이 일개 서생으로 헤아릴 수 없는 위험한 곳

에 들어가니, 만약 생각지도 못한 변(變)이 생각지도 못한 곳에서 생겨나면 [이는] 어찌 다만 노인의 불행뿐이겠는가? 나는 늙고 또한 병들어 조정과 의논에는 참석하지 않았다 하더라도 한 글을 올려 그것을 간쟁하도록 하겠네."

翰林之を止めて曰く、岳丈過慮を用ふる毋れ、單弱小鎭偏少の一燕何ぞ能く爲さんや、司徒曰く、王命旣に下り君意已に定まる、老夫更に他言無し、惟だ願くは加飡せよと、夫人涕を垂れ別を惜んで曰く、賢郎を得てより、頗る老懷を慰せり、郎今ま遠く行かば、我か懷如何ぞや、王程限り有り、只だ歸來の疾からんことを祈ると、翰林退て花園に至り、行を治し卽ち發せんとす、春雲衣を執つて泣て曰く、相公の朝たに玉堂に直せらるゝや、妾必ず早き起き、寝具を整包し朝袍を奉着す、相公必ず流眄して妾を顧み、常に眷々離るゝに忍びざるの情ありき、今や萬里の別に當り何ぞ一言相贈る無きやと、翰林大に笑つて曰く、大丈夫國事に當り重任を受くるや、死生且つ顧る可らず、區々の私情安んぞ論ずるに足らんや、春娘浪りに悲みて花色を傷くる無かれ、謹んで小姐を奉じて時日を穩度し、吾か事を竣へ功を成して、腰に斗の如き大金印を懸け、得意歸り來るを待てと、卽ち門を出で車に乗りて行けり、

한림이 그것을 말리며 말하기를,

"장인어른께서는 너무 심려하시지 마십시오.[53] 외롭고 약한 조그

---

53 이어지는 한문 텍스트의 '번진불과승조정지부정, 왜오어일시야, 금천자신무, 조정청명, 조위양국차이속수(藩鎭不過乘朝庭之不靖, 哇誤於一時也, 今天子神

만 진으로 한 쪽으로 치우친 조그만 연(燕)나라가 무엇을 할 수 있겠습니까?"

사도가 말하기를,

"왕명이 이미 내렸고 그대의 뜻[또한] 이미 정해졌으니 노부 다시 다른 말이 없네. 다만 공적을 쌓기를 바라네."

부인이 눈물을 떨구고 이별을 아쉬워하며 말하기를,

"어진 낭(郎)을 얻고부터 자못 늙은 마음을 위로했는데, 낭이 지금 먼 길을 떠나니 나의 마음 어떠하겠는가? 임금의 명을 받는 관리의 여정에는 한도가 있으니 다만 돌아오는 것이 빠르기를 빌겠네."

한림이 물러나 화원에 이르러 길 떠날 차비를 하고 곧 떠나려 했다. 춘운 옷을 잡고 울며 말하기를,

"상공이 아침에 옥당(玉堂)에서 잠자리 드시면 첩은 반드시 일찍 일어나 침구를 가지런히 하고 조포(朝袍)를 받들어 입혀드렸습니다. 상공은 반드시 곁눈으로 첩을 돌아보며 늘 가엽게 여기셔 차마 떠나지 못하는 정이 있었습니다. 지금 만 리의 이별을 당하여 어찌 한 마디 말씀이 없으십니까?"

한림이 크게 웃으며 말하기를,

"대장부가 나라에 일이 생겨 중임을 받았으니 생사를 또한 돌아볼 수 없다. 구구한 사정 어찌 논하기에 족하겠느냐? 춘낭은 어리석게 슬퍼하여 얼굴빛을 상하지 말라. 삼가 소저를 받들어 편안한 마음으로 얼마동안 나를 기다리면, 일을 마치고 공을 이루어 허리에 말과 같은 큰 금인(金印)을 차고 득의양양하게 돌아오겠다."

武, 朝政淸明, 趙魏兩國且已束手)' 부분의 번역이 번역본에는 빠져 있다.

곧 문을 나서 수레를 타고 갔다.

行て洛陽に至る、舊日經過の跡尙ほ改まらず、當時十六歲藐然たる
一書生を以て、布衣を着け蹇驢に跨り、猾々栖々、行色艱關、啻に蘇
秦が當時の勞のみに非ず、僅に數年を過ぐるや、玉節を建て駟馬を駈
り、洛陽の縣令奔走して道を除き、河南の府尹匍匐して行を導き、光
彩一路に照耀し、先聲諸州に震慴し、閭里聳觀し行路咨嗟す、豈に誠
に偉ならずや、翰林先づ書童をして、往て桂蟾月の消息を探らしむ、
書童蟾月の家に往けば、重門深く鎖ざし畵樓開かず、惟だ櫻桃の花墻
外に爛開する有る而已、隣人に訪へば則ち曰く、蟾月去年の春遠方の
相公と一夜の緣を結ぶや、其の後疾病有りと稱し、遊客を謝絕し、官
府宴を設くるも故に託して進まず、幾くならずして佯狂し、盡く珠翠
の飾を去り、道士の服に改め着て、遍く山水に遊び、尙ほ未だ歸ら
ず、其の何れの山に在るやを知らずと、書童此を以て來り報ず、翰林
歡意頓に沮み、深坑に墮つるが若し、其の門墻を過ぎ迹を撫し潛然た
り、夜る客館に入るも睫を交ゆる能はず、府尹娼女十餘人を進めて之
を娛ましむ、皆な一時の名艷也、明粧麗服、三匝して坐を圍む、前き
に天津橋上の諸妓も亦た其中に在り、妍を爭ひ嬌に誇り、一晒を睹せ
んと欲す、而も翰林自ら佳緖無く一人も近づけず、翌曉行に臨み、遂
に一詩を壁上に題す、其詩に曰く、

雨過天津柳色新。風光宛似去年春。

可憐玉節歸來地。不見當壚勸酒人。

[길을]나서 낙양에 이르렀다. 지난날 지나갔던 자취들은 여전히

달라진 것이 없었다. 당시 16세의 막연한 한 서생으로 베옷을 걸치고 절름발이 당나귀에 걸터앉아 근심하여 생각하는 듯 불안정한 모양이 험악한 여정의 행색이었다. 소진(蘇秦)의 당시의 노고와는 같지 않다 하더라도, 불과 수년을 지나자 옥절(玉節)을 세우고 사마(駟馬)를 몰고 가며, 낙양의 현령이 분주히 길을 고치고 하남의 부윤(府尹)이 길을 안내하니, 광채가 한 길에 밝게 비치고 앞선 명성이 여러 주를 두려워 떨게 하여, 마을[사람들] 공경히 행로(行路)를 바라보며 부러워하는데, 어찌 참으로 뛰어나지 않겠는가? 한림이 먼저 서동(書童)에게 가서 계섬월의 소식을 살펴보게 하였다. 서동이 섬월의 집에 가니, 중문(重門)은 굳게 잠기고 화루(畫樓)도 열지 않은 채, 앵두꽃만이 담장 밖에 흐드러지게 피어 있을 뿐이었다. 이웃사람들을 찾아 [물었더니] 곧 말하기를,

"섬월은 작년 봄 먼 고장의 상공과 하룻밤의 연을 맺은 후로는 질병이 있다하여 손님을 사절하고 관부에서 연회를 열어도 이유를 들어 나아가지 않았소. 얼마 지나지 않아 거짓으로 미친체하며 구슬과 비취의 장식을 모두 떼어버리고 도사(道士)의 옷으로 갈아입고 두루 산수에 노닐며 여전히 아직 돌아오지 않았소. 그 어느 산에 있는지를 알지 못하오."

서동이 돌아와 연유를 전하니, 한림의 기쁘고 즐거운 마음이 갑자기 깊은 갱(坑)에 떨어지는 것과 같이 막혔다. 그 문과 담을 지나면서 그 자취를 남몰래 어루만졌다. 밤에 객관에 들어가도 잠을 이룰 수 없었다. 부윤이 창녀 10여 명을 보내어 그를 즐겁게 하려 했는데, 모두 한 때에 이름난 미인들이었다. 아름다운 단장과 화려한 의복을 차려 입고 삼면으로 둘러 앉아 있었는데 지난번에 천진교 위에[있

던] 여러 기생들도 또한 그 중에 있었다. 아름다움을 다투고 교태를
자랑하며 한 번 눈여겨보기를 바랐지만, 한림은 흥취가 없어 한 사
람도 가까이 하지 않았다. 이튿날 새벽 떠날 즈음에 임하여 마침내
한 수의 시를 벽 위에 지어 놓았다. 그 시에 이르기를,

비 내린 천진 지나니 버들 빛 새로워, 풍광은 완연히 지난봄과
같건만.
가련타 옥절(玉節)은 다시 찾아 왔는데, 술자리에 술 권하던 이
보이지 않네.

寫し訖り筆を投じ、軺に乘り其の前路を取つて去る、諸妓立つて行
塵を望み、只だ懄根するのみ、爭つて其詩を謄して府尹に納む、府尹
衆妓を責めて曰く、汝が輩若に楊翰林の一顧を得ば、則ち三陪の價を
增す可けんに、而も一隊の新粧皆な翰林の眼に入らずとは、洛陽此よ
り顏色無しと、衆妓に問ひて翰林意を屬せるの人を知り、榜を四門に
揭げて蟾月の去處を尋ね、以て翰林が歸路の日を待つ、翰林燕國に至
るや、絶徼の人未だ曾て皇華の威儀を睹ず、翰林を見ること地上の祥
麟雲間の瑞鳳の如く、到る處事を擁し路を寒き、一覯を以て快とせざ
るは無し、而して翰林の威疾雷の如く、恩時雨の如く邊民も亦た皆
欣々として鼓舞噴舌相稱して曰く、聖天子將さに我を活かさんと、

시 쓰기를 마치자 붓을 던져 수레에 올라타 그 앞길을 취해 나아
갔다. 여러 창기들이 서서 가는 길에[이는] 먼지만을 바라보고 다만
부끄러워할 따름이었다. 다투어 그 시를 베껴서 부윤에게 올렸다.

부윤이 무리의 기생을 꾸짖으며 말하기를,

"너희들이 만약 양한림의 한 번 돌아봄을 얻었다면 3배의 값을 더할 수 있었을 터인데, 한 무리가 새롭게 단장하고서도 모두 한림의 눈에 들지 않다니 낙양은 이제부터 안색이 없다[고 하겠다]."

여러 기생에게 한림의 마음에 있는 사람을 알아내도록 하여, 사문(四門)에 방을 붙여 섬월의 거처를 찾아, 한림이 돌아오는 날을 기다렸다. 한림이 연(燕)나라에 이르자, 아득한 변방의 사람 아직 일찍이 황화(皇華)의 차림새를 보지 못하다가 한림을 보니, 지상의 상서로운 기린과 같고 구름 사이의 봉황과 같았다. 도처에서 수레를 둘러싸고 길을 막아 한 번 보고 좋아하지 않는 사람이 없었다. 한림의 위엄은 빠른 우레와 같고, 은혜는 때에 맞춰 내리는 비와 같아서 변방의 백성들 또한 모두 기뻐하며 북을 치고 춤을 추면서 떠들썩하게 서로 일러 말하기를,

"성천자(聖天子)가 장차 우리를 살릴 것이리라."

翰林燕王と相見、盛んに天子の威德朝廷の處分を稱し、分かつに向背の執、順逆の機を以てし、縱橫闔闢、言皆な理あり滔々として海波の瀉くか如く、凜々として霜□の烈げしきか如し、燕王瞿然として驚き、惕然として悟り、乃ち膝を以て地を蔽ひ謝して曰く、樊藩僻陋、自ら聖化に外づれ、迷ふて返るを知らず、此こに明教を承け大に前非を覺れり、此より當に永く狂圖を戢め、臣職を恪守す可し、惟だ皇使朝廷に歸り奏して、小邦をして危に因りて安を獲、禍を轉じて福と爲さば、是れ小鎭の幸也と、因て宴を辟鑢宮に設け以て饌す、翰林將に行かんとするや、黃金百鎰名馬十匹を以て之に贐す、翰林却けて受け

ず、燕土を離れて西に歸る、行くこと十餘日、邯鄲の地に至る、美少
年あり、匹馬に乘りて前路に在り、仍て前導僻易し下つて路傍に立て
り、翰林望み見て曰く、彼の書生騎る所の者は必ず駿馬なりと、

　　한림이 연왕과 서로 만나서 천자의 위덕(威德)과 조정의 처분을 자
주 일컬으며, 향배(向背)의 세력과 순역(順逆)의 도리를 역설함으로
써 이치를 알아듣도록 말하였는데, 도도함이 바다 물결을 쏟는 듯하
고 늠름함이 서리와 같이 격렬하여, 연왕이 깜짝 놀라며 두려워하더
니 깨달았다. 이에 땅에 무릎꿇고 사죄하며 말하기를,
　　"변방이 벽루(僻陋)하고 성화(聖化)가 미치지 못하였기에 헤매어
돌아갈 줄을 몰랐습니다. 이에 명교(明敎)를 받아 지난날의 잘못을
크게 깨달았습니다. 이로부터 마땅히 경솔한 계획을 거두고, 신하의
직분을 정성껏 지킬 것입니다. 오직 황사(皇使)는 조정에 돌아가 아
뢰어, 작은 나라가 위태로움으로 인하여 편안함을 얻고 전화위복하
게 하시면 이 소진(小鎭)에게는 다행한 일이 아닐 수 없습니다."
　　인하여 벽루궁(僻鏤宮)에서 연회를 열었다. 한림이 장차 떠나가려
하자 황금 100일(鎰)과 명마 10필을 그에게 노자로 주었으나, 한림
은 도리어 받지 않고 연토(燕)나라 땅을 떠나서 서쪽으로 돌아갔다.
가기를 10여 일, 한단(邯鄲) 땅에 이르렀는데, 미소년이 한 필의 말을
탄 채 앞길에 있었다. 이에 앞서서 인도하는 벽제(僻除) 소리를 듣고
내려서 길가에 섰다. 한림이 멀리 바라보고 말하기를,
　　"저 서생이 타고 있는 것은 반드시 준마이다."

　漸く近づけば則ち其少年の美なる衛玠の如く、嬌たること潘岳の如

し、翰林曰く、吾れ甞て兩京の間を周行せるも、而も男子の美なる者
彼の少年の如きを見ず、其の貌ちや此の如し其才知る可しと、從者に
謂つて曰く、汝ち其少年を請じ、後ゐに隨つて來れと、翰林驛館に午
憩するや、少年巳に至る、翰林人をして之を邀へしめ、少年入り謁
す、翰林愛して謂つて曰く、路上偶ま潘衛の風彩を見、忽ち愛慕の心
を生じ、乃ち敢て人をして邀へしめ、惟だ我を顧みぎらんを恐れき、
今ま不遺を蒙り幸に席を合す、此れ所謂る傾盖舊者の若き者也、願く
は賢兄の姓名を聞かんと、少年答へて曰く、小生は北方の人也、姓は
狄名は白□、窮鄉に生長し磧師良友に遇はず、學術粗識、書釼成る無
し、尙ほ一片の心あり、己を知る者の爲めに死せんと欲す也、今ま相
公使ひして河北を過ぎり、威德竝び行はれ雷厲風飛、人其の榮名を慕
ふ、小生鄙拙を揆らず、門下に托し一たび鷄鳴狗盜の賤技に效はんと
欲す、相公至願を俯察し此の辱召あり、豈に但だ小生の榮のみならん
や、實に大人の身を屈し士を待つの盛德に光有りと

　점점 다가가니 그 소년의 아름다움은 위개(衛玠)와 같고, 교태로
움은 반악(潘岳)과 같았다. 한림이 말하기를,
　"내 일찍이 두 서울 사이를 두루 돌아다녔지만 남자의 아름다움
이 저 소년과 같음을 보지 못했다. 그 용모가 이와 같으니 그 재주를
알 만하다."
　종자에게 일러 말하기를,
　"너는 그 소년에게 청하여, 뒤따라오게 하라."
　한림이 낮에 역관(驛館)에서 쉬는데, 소년이 이미 이르렀다. 한림
이 사람에게 그를 맞이하게 하였다. 소년이 들어와 배알하니, 한림

이 사랑스럽게 말하기를,

"노상에서 우연히 [그대의]반위(潘衛)의 풍채를 보고 문득 애모의 마음이 생겨나, 이에 감히 사람으로 하여금 맞이하게 했으나, 다만 나를 돌아보지 않을까 염려했소. 지금 나를 버리지 않고 다행히 합석하게 되니, 이는 이른바 '경개구자(傾蓋舊者)'와 같은 것이오. 현형(賢兄)의 성명을 들려주길 바라오."

소년이 대답하여 말하기를,

"소생은 북방인입니다. 성은 적(狄)이고 이름은 백난(白鸞)으로, 궁벽한 시골에서 성장하여 훌륭한 스승과 좋은 친구를 만나지 못했습니다. 학술이 조잡하고 얕으며 글이나 무술을 다 이루지는 못했습니다. 아직 일편(一片)의 마음이 있어 지기(知己)를 위해 죽고자 합니다. 지금 상공이 사신으로 하북을 지나시는데, 위덕(威德)이 병행하시어 우레가 치고 바람이 휘몰아치는 듯합니다.[54] [이에]사람들이 그 영명(榮名)을 사모합니다.[55] 소생이 비천하고 졸렬함도 헤아리지 않고, [상공의]문하에 의탁하여 계명구도(鷄鳴狗盜)의 천한 재주를 본받고자 합니다. 상공께서 지극한 바람을 굽어 살피시어 이렇게 불러주시니, 어찌 다만 소생의 영광뿐이겠습니까? 실로 대인(大人)의 몸을 굽혀 선비를 기다리는 성덕에 영광이 있습니다."

翰林尤も喜んで曰く、語に云ふ、同聲相應じ同氣相求むと、兩情相投ず甚た是れ快事と、此の後狄生と鏞を竝べて行き床に對して食し、

---

54 이어지는 한문 텍스트에는 '육습수율(陸慴水慄)' 부분의 번역이 있는데, 번역서에는 빠져 있다.

55 '기유기호(其有旣乎)' 부분도 번역서에는 빠져 있다.

勝地を過ぐれば共に山水を談じ、良宵に値へば同じく風月を賞し、鞍馬の勞、行役の苦を知らず、還つて洛陽に到り天津橋を過ぎり、乃ち舊に感ずるの意深く、謂つて曰く、桂娘の自ら女冠と稱して山間に浮遊する者は、想ふに初盟を守りて以て吾行を待たんと欲す也、而も吾れ已に杖節して歸來せるに、桂娘獨り在らず、人事の乖張、佳期の婉晩なる、烏んぞ惻愴の心無き得んや、桂娘若し吾が頃日虛しく過ぐるを知らば、則ち必ず來つて此に待たんものを、想ふに其の蹤跡道觀に在らずんは、則ち必ず尼院に在らん、道路の消息何を以て聞くを得ん、噫此の行又た相見ゆるを得ずんば、則ち何れの日か夫れ團會の期あるを知らずと、忽ち遉囑を送れば、則ち一佳人樓上に獨立し、高く絲簾を捲き斜めに綵欄に倚り、車塵馬蹄の間に目を注げり、卽ち桂蟾月なり、翰林思念の餘り忽ち舊而を見る、傾岊の色掬す可し、集轡風の如く樓前を瞥過し、兩人相視て情を凝らす而已、旣にして客館に至れば、蟾月先づ捷徑より已に來り館中に候す、翰林の車を下るを見、進んで前に拜し陪して帡幪に入り、裾を接して坐す、悲喜交も切に淚言前に下る、乃ち身を偁め賀して曰く、原濕を驅馳され、貴體萬福、戀慕の賤悰を慰するに足ると、

　한림이 더욱 기뻐하여 말하기를,
　"[옛]말에 전하기를, '동성(同聲) 상응하고 동기(同氣) 상구(相求)한다' 했소. 두 [사람의]정이 서로 투합하였으므로 심히 기쁜 일일세."
　이후로는 적생(狄生)과 함께 말고삐를 나란히 하여 길을 가고, 밥상을 마주하여 식사를 하며, 경치 좋은 곳을 지나면 함께 산수(山水)를 이야기하고, 좋은 밤을 만나면 같이 풍월을 즐기며, 말을 타고 가

는 피로와 행역(行役)의 괴로움을 몰랐다. 다시 낙양에 이르러 천진
교를 지나니 곧 옛 생각이 떠올라 한림은 일러 말하기를,

"계낭(桂娘)이 여자도사를 자칭하고 산간에 떠돌아다니는 것은
생각건대 처음의 맹세를 지키며 내가 가는 것을 기다리고자 함이다.
그런데 내 이미 장절(杖節)하고 돌아왔는데 계낭은 홀로 부재하다.
사람의 일이 서로 어긋나고 아름답고 좋은 계절의 완만함이 어찌 가
엽고 슬픈 마음이 없을 수 있겠는가? 계낭이 만약 내가 지난날 헛되
이 지나갔음을 안다면 반드시 와서 여기서 기다리고 있을 것이다.
그 종적을 생각해 보건대 도관(道觀)에 있지 않으면 반드시 이원(尼
院)에 있을 것이다. 도로의 소식 어찌하여 들을 수 있겠는가? 슬프구
나, 이번 길에 또한 서로 보지 못한다면 언제 또 만날 기회가 있을지
알지 못하겠구나."[56]

홀연히 멀리 바라보니 한 가인(佳人)이 누각 위에 홀로 서서, 누르
스름한 빛의 발을 높이 걸고 비스듬히 채색 비단으로 장식된 난간에
기대어, 수레가 먼지를 일으키며 오는 것을 주목하고 있으니 곧 계
섬월이었다. 한림이 골똘히 생각하던 차에 문득 낯익은 얼굴을 보게
되니, 그 아리따운 모습을 움켜쥘 수 있었다. 수레를 바람과 같이 몰
아 눈 깜짝할 사이에 누각 앞을 지날 때 두 사람이 서로 보고 엉기는
정이 있을 뿐이었다. 이윽고 객관(客館)에 이르니, 섬월이 먼저 지름
길로 와서 객관 안에서 기다렸다. 한림이 수레에서 내리는 것을 보
고 나아와 앞에서 절하고 장막 안으로 모시고 들어가 소매를 접하고
앉았다. 슬픔과 기쁨이 아울러 간절하여 눈물이 말보다 앞섰다. 이

---

56 원문에는 계섬월에 대해 생각하며 한탄하는 양소유의 혼잣말이 생략되어 있다.

에 몸을 굽혀 하례하며 말하기를,

　"마른 땅과 습한 땅을 지나 말을 타고 빨리 오셨는데 귀체(貴體)가
만복하시니 연모하는 천첩[또한] 족히 위로가 됩니다."

　仍て別後の事を歷陳して曰く、相公に別れしより、公子王孫の會太
守縣令の宴、左右に招邀され東西に侵逼され、逆境に遭ふ者一二に非
ず、而も自ら頭髮を剪り、惡疾ありと稱し、僅に脅迫の辱めを免れ、
盡く華粧を謝し、山衣を幻着し城中の□塵を避け、谷裡の靜室に栖
み、遊山の客訪道の人、或は城府より至り或は京師より來る者に逢ふ
每に、輒ち相公の消息を問へり、今春忽ち聞く、相公口に天綸を含ん
で路此の地を經たり、車徒行色遠しと、遙に燕雲を望み惟だ血涙を灑
げり、縣令相公の□め道觀に至りて、相公が館壁に題せる所の一首の
詩を以て、賤妾に示して曰く、曩きに楊翰林の命を奉じて此を過ぎる
や、金橘車に滿てるも、而も蟾娘を見ざるを以て恨と爲し、終日花を
看るも一枝を折らず、惟だ此詩を題して歸れり、娘何ぞ獨り山林に栖
みて故人を念はず、我が接待の禮をして太だ埋沒せしむるやと、仍て
自ら前日の事を謝し、懇ゐに還らんことを請ひ、舊居に歸へり以て相
公の廻へるを待てり、賤妾女子の身も亦た尊重なるを知るものゝ如
し、賤妾の天津樓上に獨立して相公の行を望むに當つてや、滿城の群
妓欄□の行人、孰れか小妾の榮光を欽羡ざらんや、相公の已に壯元を
占め方に翰林と爲れるの報は、妾已に之を聞けり、第だ未だ知らず、
已に主饋の夫人を得られたるや否を、

　이에 헤어지고 난 후의 일을 상세히 진술하여 말하기를,

"상공과 헤어지고 나서 공자(公子) 왕손(王孫)의 모임과 태수(太守) 현령(縣令)의 연회 좌우에서 부르고 동서에서 핍박받아 역경을 만난 것 한 두 번이 아닙니다. 그래서 스스로 두발을 자르고 나쁜 질병이 있다 하여 겨우 협박의 욕을 면하였으며, 아름답게 꾸미는 것을 모두 거절하고 산의(山衣)로 바꿔 입고 성 안의 어지럽고 소란스러운 곳을 피하여 골짜기 사이의 조용한 곳에 살며, 산에 놀러 온 사람들과 도를 구하여 나선 사람들을 만났는데, 혹은 성부(城府)에서 이르거나 혹은 서울에서 온 이를 만날 때마다, 곧 상공의 소식을 물었습니다. 올 봄에 문득 상공께서 천륜(天綸)을 받들고 이곳을 지나신다는 것을 듣고, 수레를 달려 가보니 행색(行色)은 멀리 계셨습니다. [이에]연(燕)나라의 구름을 바라보며 그저 피눈물을 흘렸습니다만, 현령이 상공을 위해 도관에 이르러 상공이 벽에 써 놓으신 시 한 수를 천첩에게 보이며 말했습니다. '지난번에 양한림께서 명을 받들어 여기를 지났는데, 금귤(金橘)이 수레에 가득하나 계낭을 보지 못한 것을 한으로 여기며, 종일 꽃을 보기는 했으나 한 가지도 꺾지 않으시고 다만 이 시를 짓고 돌아가셨다. 낭(娘)은 어찌 홀로 산림에서 살며 옛 사람을 생각지 않으시고 내가 접대의 예를 다하게 하는 것은 매우 매몰찬 일이 아니신지요?' 이에 스스로 전날의 일을 사과하고 돌아오기를 간청하기에 옛 집에 돌아와 상공이 돌아오시기를 기다렸습니다. [이에]천첩은 여자의 몸도 또한 중함을 알았습니다. 천첩 천진루 위에 홀로 서서 상공이 오는 것을 바라보니, 성 안의 모든 기생들과 난가(欄街)의 행인들 누구라도 소첩의 영광을 부러워하지 않겠습니까? 상공이 이미 장원급제를 하고서 바야흐로 한림이 되셨다는 소식을 첩은 이미 들었습니다. 다만 이미 주궤(主饋)의 부인을 얻으셨는지를 아직 모르겠습니다."

翰林曰く、曾て已に鄭司徒の女子と婚を定め、花燭の禮未だ之を行
ふに至らずと雖、賢淑の行ひ已に之を聞て熟せり、桂卿の言に些の逕
庭無し、良媒の厚恩、太山も亦た輕しと、更に舊情を展べ、卽ち離る
に忍びず、仍て留ること、一兩日而も桂娘寝に在るを以て、久く狄生
を訪はざりき、忽ち書童來つて密告して曰く、小僕、狄生の秀才を見
るに善人に非ざる也、蟾娘子と乘稠の中に相戲る、蟾娘子既に相公に
從ふや、則ち前日と大に異れり、何ぞ敢て是の如く其れ無禮なるや
と、翰林曰く、狄生に必ず是の理無し、蟾娘尤も疑ふ可き無し、汝必
ず誤り見る也と、書童快々として退けり、俄にして復た進んで曰く、
相公小僕を以て誕妄と爲すも、兩人方に相與に歡戲せり、相公若し親
く之を見ば、則ち小僕の虚か實かを知る可しと、翰林乍ち西廊に出
でゝ望見すれば、則ち兩人小墻を隔てゝ立ち、或は笑ひ或は語り、手
を携へて戲る、其の密語を聽かんと欲して近づき往くや、狄生履を曳
くの聲を聞きて驚き走れり、蟾月顧みて翰林を見、頗る羞澀の態あ
り、翰林問ふて曰く、桂娘曾て狄生と相親めりや、

　한림이 말하기를,
　"일찍이 이미 정사도의 여자와 정혼하였소. 화촉의 예는 아직 행
하지 않았으나, 현숙(賢淑)한 품행은 이미 익히 들어왔으며, 계경(桂
卿)의 말에 조금도 다르지 않으니, 좋은 중매의 두터운 은혜[에 비하
면] 태산도 또한 가볍다."
　다시 옛 정을 중히 여겨 곧 차마 이별하지 못해 이에 머무르기를

하루 이틀 계낭의 침실에 있으니 오랫동안 적생을 찾지 못했다. 문득 서동이 와서 조용히 고하여 말하기를,

"소복(小僕)이 적생의 빼어난 재주를 봄에 좋은 사람이 아닌듯합니다. 섬낭자와 함께 서로 장난을 치는데, 섬낭자께서는 이미 상공을 따르고 있기에 전일과 크게 다릅니다. 어찌 감히 이와 같이 무례할 수 있습니까?"

한림이 말하기를,

"적생에게는 반드시 그럴만한 이유가 없고, 섬낭은 더욱 의심할 만한 것이 없다. 네가 반드시 잘못 본 것일 것이다."

서동이 만족스럽지 않은 모양으로 물러났다가 갑자기 다시 와서 말하기를,

"상공께서 소복이[하는 말이] 거짓이라 여기시나, 두 사람이 바야흐로 서로 더불어 즐기고 있습니다. 상공께서 만약 친히 보시면, 곧 소복이[하는 말이] 옳고 그른지를 아실 것입니다."

한림이 곧 서쪽 행랑으로 나가서 바라보니, 두 사람이 낮은 담장을 사이에 두고 서서, 혹은 웃고 혹은 이야기하며 손을 잡고 장난치고 있었다. 그 비밀스런 이야기를 듣고자 하여 가까이 갔는데, 적생은 신발을 끄는 소리를 듣고 놀라 달아났으며, 섬월은 한림을 돌아보고 자못 수삽(羞澁)의 모습을 보여 한림이 묻기를,

"계낭 일찍이 적생과 서로 친했는가?"

蟾月曰く、妾狄生と宿昔の雅無しと雖、其の妹子と舊誼あり、故に其の安否を問へり、妾本と娼樓の賤女、自然に耳目に濡染して、男子を遠ざけ嫌ふことを知らず、手を執つて娛戲し耳に附て密語し、以て

相公の疑を招けり、賤妾の罪實に萬殞に當れりと、翰林曰く、吾れ汝
の心を疑ふ無し、汝須く心に介する勿れと、仍て商量して曰く、狄生
は少年也、必ず我を見るを以て嫌と爲さん、我れ當に召して之を慰む
可しと、書童をして之を請ぜしむれば、已に去れり、翰林大に悔んで
曰く、昔は楚の莊王、纓を絶つて其の群臣を安んぜり、我は則ち曖昧
の事を察せんと欲して、仍て才美の士を失へり、今ま自ら責むも何ぞ
及ばんと、卽ち從者をして城の內外を遍く訪はしむ、是の夜蟾月と輿
に、舊を話し心を論じ、酒に對して樂みを取り、夜半に至り燭を滅し
て寢ぬ、微く天明くるに至り始めて覺むれば、則ち蟾月方に粧鏡に對
して鉛紅を調ふ、情を瀉ぎ目を留め、忽ち驚き悟り、更に之を見れ
ば、則ち翠眉盟眸、雲鬢花臉、柳腰の勺約、雪膚の皎潔、皆な蟾月、
而も細審すれば、則ち非也、翰林驚愕疑惑に絶せり、而も亦た敢て詰
らず。

　섬월이 말하기를,

　"첩이 적생과 옛날에 좋지는 않았다 하더라도, 그 여동생과 오랜
교분이 있어 그리하여 그 안부를 물었습니다. 첩은 본래 창루(娼樓)
의 천한 여자로, 자연히 이목에 익숙해져서 남자를 멀리하고 꺼리는
것을 모릅니다. 손을 잡고 희롱도 하며 귀에 대고 조용히 이야기도
하여, 상공의 의심을 불렀으니 천첩의 죄 실로 만 번 죽어도 마땅합
니다."

　한림이 말하기를,

　"내 너의 마음을 의심함이 없으니, 너는 부디 마음에 꺼려하지 말라."

　이에 상량(商量)하며 말했다. '적생은 소년이다. 반드시 나를 보기

를 꺼려할 것이다. 내 마땅히 불러 그를 위로해야 할 것이다.' 서동에게 그를 청하게 하였으나 이미 떠났다. 한림이 크게 후회하며 말하기를,

"옛날 초나라 장왕(莊王)은 갓끈을 끊어 그 모든 신하를 편안하게 했는데, 나는 애매한 일을 살피고자 하다가 이에 재주 있고 아름다운 선비를 잃었다. 지금 스스로 책한들 어찌 이에 이를까?"

곧 종자에게 성의 안팎을 두로 찾아보게 했다. 이날 밤 섬월과 더불어 옛날을 이야기하고 마음을 나누며 술자리를 벌여 즐거움을 취하다가 촛불을 끄고 잠자리에 들었다. 날이 희미하게 밝음에 이르러 비로소 깨니, 섬월이 바야흐로 화장대를 대하고 화장을 했다. 정감 있게 바라보다가 문득 깜짝 놀라 다시 보았다. 푸른 눈썹과 맑고 아름다운 눈동자, 구름 같은 머리와 꽃 같은 뺨, 버들 같이 가는 허리와 눈과 같은 깨끗한 살결, 모두 섬월과 비교되어 자세히 보니 곧[섬월이] 아니었다. 한림이 놀라서 충격을 받고 의혹에 극에 이르렀으나, 또한 감히 힐문하지 못했다.

金鑾に眞學士玉簫を吹き、蓬萊殿に宮娥佳句を乞ふ
금난에 진학사 옥소를 불고, 봉래전에 궁아 가구를 걸하다

翰林、細繹深摧して蟾月に非ざることを知り、而る後乃ち問ふて曰く、美人は何如なる人ぞや、對て曰く妾は本と播州の人、姓名は狄驚鴻なり、幼時より蟾娘と結んで兄弟と爲る、昨夜蟾娘妾に謂つて曰く、吾れ適ま病有り、相公に侍るを得す、汝須く我の身に代り、相公の責を免れしめよと、此を以て妾敢て桂娘に替りて猥に相公に陪せり

と、言未だ畢らざるに、蟾月戸を開て入つて曰く、相公又つ新人を
得、妾敢て賀を献ず、賤妾曾て河北の狄驚鴻を以て相公に薦めり、賤
妾の言果して何如、翰林曰く、面を見れば大に名を聞くに勝れり、更
に驚鴻の儀形を察するに、則ち狄生と毫髪も異る無し、乃ち言つて曰
く、元來狄生は是れ鴻娘の同氣なり、男女容貌を異にすと雖卽ち同じ、
狄娘は狄生の妹なるか、狄生は狄娘の兄なるか、我れ昨日罪を狄兄に得
たり、狄兄今ま何くに在りや、驚鴻曰く、賤妾本と兄弟無しと、

한림이 자세히 헤아리고 깊이 생각하여 섬월이 아님을 안 뒤 묻기를,

"미인은 어떠한 사람인가?"

대답하여 말하기를,

"첩은 본래 파주(播州) 사람으로 성명은 적경홍입니다. 어릴 때부
터 섬낭과 [인연을]맺어 형제가 되었습니다. 지난 밤 섬낭이 첩에게
일러 말했습니다. '내 마침 병이 있어, 상공을 모실 수 없으니, 네가
부디 나를 대신하여 상공의 꾸짖음을 면하게 하라.' 하기에 첩이 감
히 계낭을 대신하여 외람되이 상공을 모셨습니다."

말이 아직 끝나지 않았는데, 섬월 문을 열고 들어와 말하기를,

"상공이 또 새로운 사람을 얻었으니, 첩이 감히 축하드립니다. 천
첩 일찍이 하북의 적경홍을 상공에게 천거했습니다만, 천첩의 말 과
연 어떠합니까?"

한림이 말하기를,

"얼굴을 보니 들은 명성보다 크게 낫다."

다시 경홍의 거동과 모습을 살펴봄에, 곧 적생과 털끝만치도 다름
이 없었다. 이에 말하기를,

221

"원래 적생은 홍낭의 동기(同氣)인듯하오. 남녀 용모를 달리한다 하더라도 곧 같으니, 적낭은 적생의 누이인가? 적생은 적낭의 형인가? 내가 어제 적형에게 죄를 지었소. 적형은 지금 어디에 있소."

경홍이 말하기를,

"천첩 본래 형제가 없습니다."

翰林又た細かに見て、大に悟り笑つて曰く、邯鄲道上我れに從つて來る者は、本と狄娘也、昨日墻隅に桂娘と語る者も亦た鴻娘也、未た知らず、鴻娘男服を以て我を瞞するは何ぞやと、驚鴻對へて曰く、賤妾何そ敢て相公を欺罔せんや、賤妾貌ち人に逾才人に如かずと雖、平生君子人に從はんことを願へり、燕王過つて妾が名を聞き、睹するに、明珠一斛を以てし、之を宮中に貯ふ、口は珍味に飫き身は錦繡を厭ふと雖、妾の願に非ず、苑々として鸚鵡の深く雕籠に鎖さるか如く、心奮飛せんと欲して得る能はざるを恨めり、頃日燕王の相公を邀へて大宴を開くや、妾窓紗に穴して之を見れば、則ち是れ賤妾從はことを願ふ所の者也、然ども宮門九重、何を以て能く越ん、長程萬里、何を以て自ら致さん、百爾思度して僅に一計を得たり、而も相公燕を離れ給ふの日、妾若し身を抽きて之に從はば、則ち燕王必ず人をして追躡せしめん、故に相公が程を啓けるを待ち、後ち十日、燕王千里の馬に偸み騎り、第二日に邯鄲に追及せり、相公を拜するに及び、宜く實狀を告ぐ可かりしも、耳目を煩はさんことを恐れ敢て口を開かざりし、欺隱の責實に逃れ難し、前日男子の巾服を着けしは、追者の物色を避けんと欲して也、昨夜の唐姫の古事に倣へるは、盖し桂娘の情懇に循へる也、前後の罪恕す可きありと雖、而も惶恐の心益々切なり、

相公若し其過らを錄せず、其陋を嫌はずして、喬木の蔭を假し一枝の
巢を借さば、則ち妾當さに蟾娘と與に其の去就を同うし、相公有室の
後を待つて、蟾娘と與に門下に進み賀せんと、

한림이 또한 자세히 보고 크게 깨달아 웃으며 말하기를,

"한단의 길 위에서 나를 따라 온 이는 본래 적낭이다. 어제 장우(牆
隅)에서 계낭과 말한 이는 홍낭이다. 홍낭이 남자 복장을 하고 속인
것은 어째서인지 아직 모르겠소."

경홍이 대답하여 말하기를,

"천첩이 어찌 감히 상공을 기망하겠습니까? 천첩의 용모 남보다
뛰어나지 않고, 재주도 남만 못하다 하더라도 평생 군자를 따를 것
을 바랐습니다. 연왕이 첩의 이름을 잘못 듣고, 명주(明珠) 한 섬으로
첩을 사서 궁중에 두었습니다. 입으로는 진미(珍味)를 싫도록 먹고
몸은 금수(錦繡)를 싫도록 걸쳤으나, 첩의 바람이 아니었습니다. 앵
무새가 사는 우거지고 깊은 조롱(雕籠)이 쇄(鎖)함과 같아, 마음으로
날개를 치며 날아오르고자 해도 얻을 수 없음을 한했습니다. 지난날
연왕이 상공을 맞이하여 대연회를 열었는데, 첩이 창틈으로 [상공
을]보니 곧 천첩이 따르기를 바라던 바의 사람이었습니다. 그러나
궁문(宮門)이 아홉 겹이니, 어찌하여 넘을 수 있겠습니까? 장정(長程)
이 만 리(萬里)이니, 어찌하여 스스로 다다를 수 있겠습니까? 곰곰이
생각하여 겨우 하나의 계략을 얻었습니다. 그러나 상공이 연(燕)을
떠나시던 날, 첩이 만약 몸을 빼 [상공을]따른다면 연왕이 반드시 사
람을 시켜 뒤를 밟아 쫓을 터입니다. 그래서 상공이 떠나는 길에 오
른 지 10일 뒤에, 연왕의 천리마를 훔쳐 타고 이틀 만에 한단에 이르

223

러 상공을 만남에 이르러 마땅히 실상(實狀)을 고해야 했으나, 번잡한 이목이 두려워서 감히 입을 열지 못했습니다. [상공을]속이고 감추는 책임은 실로 벗어나기 어렵습니다. 전날 남자의 건복(巾服)을 입은 것은 뒤좇는 자를 피하고자 해서이고, 간밤에 당희(唐姬)의 옛날 일을 본받은 것은 대개 계낭의 정어린 간청에 따른 것입니다. 전후의 죄를 용서할 수 있다 해도, 황공한 마음 더더욱 간절합니다. 상공이 만약 그 잘못을 살피지 않고, 그 조악함을 꺼려하지 않으시어, 교목(喬木)에 그늘을 빌려주시고 한 가지에 보금자리를 빌려 주신다면, 곧 첩은 마땅히 섬낭과 더불어 그 거취를 같이 하여 상공이 부인을 맞이하신 후에 기다려 섬낭과 더불어 문하에 나아가 하례하겠습니다."

翰林曰く、鴻娘の高義は、楊家執拂の妓と雖敢て跂せざる也、我れ李衛公將相の才無きを愧づるのみ、相好まんと欲すること豈に量あらんやと、鴻娘も亦た之を謝す、蟾月曰く、鴻娘既に妾が身に代つて相公に侍せり、妾も亦當さに鴻娘に代り相公に謝せんと、仍て起ちて拜す、是の日翰林兩人と與に夜を經、明朝將さに行かんとし、兩人に謂つて曰く、道路煩ひ多くして同車するを得ず、將さに家に歸るを待つて、卽ち相迎へんと。

한림이 말하기를,
"홍낭의 높은 뜻은 양가(楊家) 집불기생(執拂妓生)이라 하더라도 감히 힘쓰지 못할 것이오. 내 이위공(李衛公)과 같은 장수나 재상이 될 만한 재주가 없음을 괴로워 할뿐, 서로 좋게 지내고자 바라는 것을 어찌 헤아리겠소."

　홍낭도 또한 사례했다. 섬월이 말하기를,

　"홍낭 이미 첩을 대신하여 상공을 모시었으니, 첩도 또한 마땅히 홍낭을 대신하여 상공에게 사례 드립니다."

　이에 일어나 절했다. 이날 한림이 두 사람과 더불어 밤을 지내고, 아침이 밝아와 장차 가려고 두 사람에게 일러 말하기를,

　"길거리에 번거로움이 많아서 동거(同車)함을 얻지 못하니, 장차 집에 돌아옴을 기다려 곧 서로 맞이하도록 하겠소."

　京師に至りて闕下に復命す、時に燕潘の表文、及び貢獻せる金銀綵段も亦た適ま至る、上大に悅び、其の勤勞を慰め其の勳庸を褒し、將さに封侯を議し以て其功に答へんとす、翰林の力めて辭するに因り、其議を寢め、擢でゝ禮部尙書に拜し、翰林學士を兼ね帶び、賞賚便ち蕃く寵遇隆く至り、人皆な之を榮とせり、翰林家に還るや、司徒夫妻は中堂に迎へ見、其の危地に成功せるを賀し、其の卿月に超秋せるを喜び、歡聲一家を動かせり、尙書花園に歸り、春娘と輿に離抱を說き新歡を結び、鄭重の情想ふ可し、上、楊少游の文學を重んじ、頻に便殿に召して經史を討論せしめ、翰林の直宿最も頻りなり、一日夜對を罷めて直盧に歸る、宮壺漏滴し禁苑に月上かり、翰林蒙興に堪へず、獨り高樓に上り欄に憑つて坐し、月に對して詩を吟ず、忽ち風便に因つて之を聞けば、則ち洞簫一曲、雲霄蔥籠の間より漸々として來る、地密に聲遠くして、其の調響を辨ずる能はずと雖、而かも俗耳聞かざる所の者也、乃ち院吏を招き問ふて曰く、此の聲宮墻の外より出づるや、或は宮中の人能く此曲を吹く者ありや、院吏曰く知らずと、

서울에 이르러 궐하(闕下)에서 복명(復命)했다. 이때에 연번(燕蕃)
의 표문(表文) 및 공헌한 금은 채단(綵段)도 또한 마침 이르렀다. 상
(上)이 크게 기뻐하여 그 근로를 위로하고 그 공훈을 표창하여, 장차
그 공에 보답하고자 후(侯)를 봉하려는 의논을 했다. 한림이 힘써 사
양함으로 그 의논을 그치고, 예부상서로 발탁하여 한림학사를 겸대
(兼帶)했다. 상을 많이 내리고 총애하고 특별히 대우하는 것이 두터
우니 사람들 모두 이것을 영화롭게 생각했다. 한림이 집에 돌아오
자, 사도 부처는 중당에서 맞이하고 그 위험한 땅에서 성공함을 축
하하고 그 [벼슬이]경월(卿月)에 오른 것을 기뻐하니 [그]환성(歡聲)
이 일가를 떠들썩하게 했다. 상서(尙書)는 화원에 돌아가 춘낭과 더
불어 이별의 회포를 풀며 새로운 기쁨을 맺으니 정중한 정은 상상할
만 했다. 상이 양소유의 문학을 중히 여겨 자주 편전에 불러 경서(經
書)와 사기(史記)를 토론하게 하시니 한림이 숙직하는 날이 매우 잦
았다. 하루는 저녁 강론을 마치고 숙직하는 처소로 돌아와서, 궁호
(宮壺)의[술을 마시며] 시간을 보내다가 궁궐 안의 동산에 달이 떠오
르니, 한림은 호걸의 흥취를 이기지 못하고 홀로 높은 누각에 올라
난간에 기대어 앉아 달을 바라보며 시를 읊었다. 문득 바람결에 들
으니, 곧 퉁소 노래 한 곡조가 구름 낀 밤 초목이 푸르고 무성한 사이
에서 점점 들려왔다. 땅은 조용하고 소리는 멀어서 그 조향(調響)을
분별할 수 없었으나, 그 소리가 일반 사람이 듣지 못한 바였기에, 이
에 원리(院吏)를 불러 묻기를,

"이 소리가 궁의 담 바깥에서 나는 것이냐? 혹은 궁중의 사람[중
에서] 능히 이 곡을 부는 자가 있는 것이냐?"

원리가 말하기를,

　"모르겠습니다."

　仍て普酒を命じ連飲する數觥、乃ち藏する所の玉簫を出だし、自ら數曲を吹く、其の聲直上するや、紫霄彩雲四もに起り、之を聽けば鸞鳳の和鳴せるが如し、忽ち靑鶴一雙禁中より飛び來り、其の節奏に應じ、翩々として自ら舞ふ、院中の諸吏大に之を奇とし、以爲らく王子晋、吾か翰苑中に在りと、時に皇太后に二男一女あり、皇上及び越王、蘭陽公主なり、蘭陽の誕るゝや、太后夢に神女明珠を奉じて懷中に置くを見る、公主既に長じ、蘭姿蕙質、銀□玉葉の中に超出し、一動一靜一語一黙、皆な法度あり更に俗態無し、文章女工亦た皆な眞に逼る、太后此を以て鍾愛甚だ篤し、時に西域の太眞國白玉の洞簫を進む、其の制度極めて妙、工人を之を吹かしむも、聲出でず公主一夜夢に仙女に遇ふ、敎ふるに一曲を以てせらる、公主盡く其妙を得、覺むるに及び、試に太眞の玉簫を吹くに、聲韻甚だ淸く律呂自ら叶ふ、太后及び皇上皆な之を異とす、而かも外人之を知る莫し、公主一曲を吹く每に、群鶴自ら殿前に集まり、蹦躍として對し舞ふ、太后皇上に謂つて日く、昔は秦の穆公の女弄玉、善く玉簫を吹けりと、今ま蘭陽の妙曲は弄玉に下らず、必ず簫史の者有り、然る後方に蘭陽を下嫁せしめんと、

　이에 술을 내오라고 명하여 연이어 여러 잔을 마신 뒤 감춰둔 옥소(玉簫)를 꺼내어 스스로 여러 곡을 불었다. 그 소리가 바로 자줏빛 하늘로 올라가 채색 구름을 사방에 일으키는데, 들으면 난봉(鸞鳳)이 조화를 이루어 우는 것 같았다. 문득 청학(靑鶴) 한 쌍이 대궐 안에서 날라 와 그 절주(節奏)에 맞추어 가볍게 훨훨 날면서 스스로 춤을 췄다. 한림원 안의 모든 관리들이 그것을 크게 기이하게 여겨, 왕자 진(晉)이 우리 한원(翰苑) 안에 있다고 여겼다. 이때에 황태후에게 2남 1녀가 있었으니 황상(皇上)과 월왕(越王), [그리고]난양(蘭陽) 공주이다. 난양이 태어날 때 태후[의] 꿈에 신녀가 명주(明珠)를 받들고 [태후의]품속에 넣어주는 것을 보았다. 공주는 이미 성장하여 난초와 같은 자질과 아름다운 자태가 황실 안에서 뛰어났다. 한 번의 움직임과 한 번의 멈춤, 한 마디의 말과 한 번 입을 다무는 것이, 모두 법도가 있어서 속된 것이 없었다. 문장(文章)이나 여공(女工) 또한 모두 뛰어났다. 태후 이로써 특별히 사랑하며 매우 든든히 여기셨다. 이때에 서역 태진국(太眞國)에서 백옥(白玉) 통소를 바쳤는데, 그 제도(制度)가 극히 묘하여서 공인(工人)으로 하여금 불게 했으나 소리가 나지 않았다. 공주가 어느 날 밤 꿈에 선녀를 만나 한 곡을 배워 그 신묘함을 모두 얻었다. 잠에서 깨어 시험 삼아 태진의 옥통소를 불어보니, 성운(聲韻) 매우 맑고 음율과 악률에 저절로 맞아서, 태후 및 황상 모두 그것을 기이하게 여겼으나, 다른 사람은 그것을 아는 이가 없었다. 공주가 한 곡을 불 때마다, 군학(群鶴)이 스스로 전각 앞에 모여들어 빙빙 돌면서 마주 보고 춤을 췄다. 태후가 황상에게 일러 말하기를,

"옛날 진(秦)나라 목공(穆公)의 딸 농옥(弄玉)은 옥통소를 잘 불었습니다. 지금 난양의 묘한 곡조는 농옥에게 뒤떨어지지 않습니다. 반드시 소사(簫史)같은 사람이 있은 연후에 바야흐로 난양을 하가(下嫁)시켜야 할 것입니다."

此を以て蘭陽已に長成し尚ほ未だ聘を許さず、是の夜蘭適ま簫を月
下に吹き、以て鶴舞を調せり、曲罷むや靑鶴飛んで玉堂に向ひ、去つ
て翰苑に舞ふ、是の後宮人盛んに傳ふらく、楊尚書玉簫を吹き仙鶴を
舞はしむと、其の言通じて宮中に入る、天子聞て之を奇とし以爲ら
く、公主の緣必ず少游に屬すと、太后に入朝し之を告げて曰く、楊少
游の年歳御妹と相當す、其の標致才學群臣中に二無し、之を天下に求
むるも得可らざる也と、太后大に笑つて曰く、簫和の婚事は諷として
定處無し、我が心常に自ら紏結す、今ま是の語を聞くに、楊少游は卽
ち蘭陽が天定の配なり、但だ其の人と爲りを見て而して之を定めんと
欲す、上曰く此れ難からず、後日當に楊少游を別殿に召し、文章を講
論せしむ可し、娘は簾內より一たび窺はゞ則ち知るを得可しと、

이리하여 난양은 이미 장성하였지만 여전히 아직 빙(聘)을 불허했
다. 이날 밤 난양 우연히 퉁소를 달 아래에서 불어 학무(鶴舞)를 연주
했다. 곡이 끝나자 청학이 날아 옥당(玉堂)을 향해 떠나 한원(翰苑)에
서 춤추었다. 이후 궁인들이 양상서(楊尚書)가 옥소(玉簫)를 불어 선
학(仙鶴)을 춤추게 했다고 널리 알렸다. 그 말은 궁중으로 들어갔고,
[마침내]천자가 듣고 기이하게 여기며, 공주의 인연은 반드시 소유
라고 생각하고, 태후에게 입조(入朝)하여 고하여 말하기를,
　　"양소유의 나이가 막내와 비슷합니다. 그 풍채와 재주, 학식이 여
러 신하 중에서 둘도 없으니, 이를 천하에 구한다 해도 얻을 수 없을
것입니다."
　태후 크게 웃으며 말하기를,
　　"소화(簫和)의 혼사는 알려진 바대로 정해진 곳이 없어 내 마음에

늘 스스로 꼬이고 맺힌 것이 있었습니다. 지금 이 말을 들으니 양소
유는 곧 하늘이 정한 난양의 배필인 것 같습니다. 다만 그 사람됨을
보고 그것을 정하고자 합니다."

　상이 말하기를,

　"이것은 어렵지 않습니다. 후일 마땅히 양소유를 별전(別殿)에 불
러 문장을 강론하게 할 것입니다. 태후께서 주렴 안에서 한 번 엿보
면 알 수 있을 것입니다."

　太后益々喜び、皇上と與に計を定む、蘭陽公主名は簫和、其の玉簫
に簫和の二字を刻せり、故に此を以て之に名づく、一日天子蓬萊殿に
燕坐し、小黃門をして楊少游を召さしむ、黃門翰林に往けば、院吏曰
く、翰林已に出で去れりと、往て鄭司徒の家に往けば、則ち曰く、翰
林未だ還らずと、黃門奔馳□忙して去向を知る莫し、時に楊尙書鄭十
三と與に長安の酒樓に大醉し、名娼朱娘玉露をして唱歌せしめ、軒々
笑傲、意氣自若たり、黃門鞭を飛ばして來り、命牌を以て之を召す、
鄭十三大に驚て跳り出づ、翰林醉目朦瀧鬢髮崩醫、黃門の已に樓上に
在るを省みず、黃門立つて之を促かす、翰林二娼をして扶け起こさし
め朝袍を着け中使に隨つて入朝す、天子座を賜ひ、仍て歷代帝王の治
亂興亡を論ぜしむ、尙書□今に出入し、敷奏明愷、天顏色を動かす、
又問ふて曰く、詩句組繪するは、帝王の要務に非ずと雖、我が祖宗も
亦た嘗て此に留めり、詩文或は天下に傳播し、今に至るも稱誦せり、
卿試みに我が爲めに聖帝明王の文章を論じ、文人墨客の詩篇を評し、
憚る勿く諒む勿く其の優劣を定めよ、上にしては帝王の作誰れを雄と
爲し、下にして臣隣の詩誰を最も爲すや、

태후는 더더욱 기뻐하고 황상과 더불어 계획을 정했다. 난양 공주의 이름은 소화(簫和)로 그 옥소(玉簫)에는 소화[라는] 두 자를 새긴 까닭에 이것으로 이름을 붙였다. 하루는 천자께서 봉래전에 편안히 앉아 어린 황문(黃門)에게 소유를 불러 오게 했다. 황문이 한림에게 가니, 원리(院吏)가 말하기를,

"한림은 이미 나갔습니다."

정사도의 집에 가니 곧 말하기를,

"한림이 아직 돌아오지 않았습니다."

황문이 황망하게 [찾아]뛰어다녔지만 [그]간 곳을 알지 못했다. 이때에 양상서는 정십삼과 더불어 장안의 주점에서 크게 취하여 명창 주낭(朱娘)과 옥로(玉露)에게 노래를 부르게 했다. 우쭐해 하며 거만하게 웃으며 의기가 태연자약했다. 황문이 날듯이 빨리 달려와서 명패(命牌)를 가지고 그를 불렀다. 정십삼은 크게 놀라 뛰어나갔다. 한림은 취하여 눈이 몽롱하고 빈발(鬢髮)이 흐트러져 황문이 이미 누각 위에 있음을 알지 못했다. 황문이 서서 그를 재촉했다. 한림은 두 창기의 부축을 받아 일어나 조포(朝袍)를 입고 중사(中使)를 따라 대궐에 들어갔다. 천자는 자리를 내리고 이에 역대 제왕의 치란 흥망을 논하게 했다. 상서가 고금의 일을 거론하며 명확하게 아뢰었다. 천자의 안색이 변하며 또 묻기를,

"시구를 지어서 읊는 것은 제왕의 긴요한 용무가 아니라 하더라도, 우리 조종(祖宗)도 또한 일찍이 여기에 유의하여 시문이 천하에 전파되어 지금에 이르러 칭송되니, 경은 시험 삼아 나를 위해 성제(聖帝) 명왕(明王)의 문장을 논하고 문인 묵객의 시편을 평하되, 꺼리거나 숨기는 것 없이 그 우열을 정하라. 위로는 제왕의 작품 중에서

누구를 우수하다 하고, 아래로 신하의 시 가운데 누구를 최고로 삼
는가?"

尙書伏して對ひて曰く、君臣の唱和、大堯帝舜より始まり、已に議
を容るゝ無きを漢の高祖大風の歌、魏の大祖月明星稀の句と爲し、帝
王詩詞の宗と爲す、西京の李陵、鄴都の曹子建、南朝の陶淵明、謝靈
運の二人、最も其の表著なる者也、古より文章の盛なる、國朝に如く
者毋し、國朝人才の蔚興なる、開元天寶の間に過ぐるは無く、帝王の
文章は玄宗皇帝を千古の首と爲し、詩人の才は李太白天下に敵無し
と、上曰く、卿が言實に朕が意に合せり朕常に太白學士の淸平詞、行
樂の詞を見る每に、則ち與に時を同うせざるを恨めり、朕今ま卿を得
たり、何ぞ太白を羨まんや、朕國制に遵ひ、宮女十餘人をして翰墨を
掌らしむ、所謂る女中書なり、頗る彫豪の才能あり、月露の形を摸せ
り、其中亦た觀る可き者あり、卿、李白か醉に倚り詩を題せるの舊事
に倣ひ、試に彩毫を揮ひ、珠玉を一吐し、宮娥景仰の誠に負く勿れ、
朕も亦た卿か倚馬の作、吐鳳の才を觀んと欲すと、

상서 엎드려 대답하기를,
"군신의 창화(唱和)는 대요(大堯)와 제순(帝舜)에서 시작되어 이미
의(議)를 용(容)함이 없음을,[57] 한(漢)나라 고조(高祖)의 대풍가(大風
歌)[58]와, 위(魏)나라 태조(太祖)의 '월명성희(月明星稀)'의 구(句)는 제

---

57 '이미 의(議)를 용(容)함이 없음을'은 한문 텍스트의 '불가상, 이무용의(不可尙,
已無容議)' 부분의 번역이다. '不可尙'의 번역이 누락되었고 그 뒤 네 자를 붙여
'已無容議'로 묶어서 번역하여 문맥이 잘 통하지 않는다.
58 원문에서는 <추풍사(秋風詞)>를 일컫는다.

왕의 시사(詩詞) 중에서 으뜸이 됩니다. 서경(西京)의 이릉(李陵), 업도(鄴都)의 조자건(曹子建), 남조(南朝)의 도연명(陶淵明), 사령운(謝靈運)의 두 사람이 가장 드러난 자입니다. 예부터 문장의 성(盛)함은, 국조(國朝)와 같은 것이 없습니다. 국조와 인재가 울흥(蔚興)함이 개원(開元) 천보(天寶) 사이보다 두루 미친 때도 없습니다. 제왕의 문장은 현종 황제를 천고의 수(首)로 삼고, 시인의 재(才)는 이태백이 천하무적입니다."

상이 말하기를,

"경의 말 실로 짐의 뜻에 합한다. 짐이 늘 태백 학사의 청평사(淸平詞)와 행락사(行樂詞)를 볼 때마다 더불어 때를 같이 하지 못함을 한했다. 짐이 지금 경을 얻으니, 어찌 태백을 부러워하겠는가? 짐이 국제(國制)에 준(遵)하여 궁녀 10여 명에게 한묵(翰墨)을 맡게 했다. 이른바 여중서(女中書)이다. 자못 전(篆)을 새길 수 있는 재(才)도 있고 월로(月露)의 형태를 모방하여 그 중 또한 볼 만한 것이 있다. 경(卿)은 이백이 취중에 시를 짓던 옛 일을 모방해서, 시험 삼아 채호(彩毫)를 휘둘러 주옥같은 글을 토해내어 궁아(宮娥)가 바라는 정성을 저버리지 말 것이며, 짐도 또한 경의 의마(倚馬)의 작(作)과 토봉(吐鳳)의 재(才)를 보고 싶도다."

卽ち宮女をして御前の琉璃硯、白玉の筆床、玉の蟾蜍硯滴を以て、尚書の席前に移し置かしむ、諸宮人已に詩を乞ふの命を承け、各の華牋維巾畵扇を以て擎げて尚書に進む、尚書醉興方に高く、詩思自ら湧き、遂に形管を拈じ、次第に揮灑す、風雲倏ち起り雲煙爭て吐き、或は絕句を製し或は四韻を作り、或は一首にして止め或は兩首にして罷

み、月影未だ移らざるに賤帛已に盡く、宮女次を以て跪きて上に進
む、上一々鑑別し箇々に稱揚し、宮娥等に謂つて曰く、學士も亦た既
に勞せりと、特に御□を宜す、諸宮女或は黄金の盤を擎げ、或は琉璃
の鍾を把り、或は鸚鵡の杯を執り、或は白玉の床を擎げ、清醴を滿酌
し佳肴を備て列し、乍ち跪き乍ち立ち、迭に歡め迭に進む、翰林左に
受け右に接し、隨つて獻ずれは輙ち倒し、十餘觥に至り、韶顔已に酡
し玉山頽れんと欲す、上命じて之を止め、又敎へて曰く、學士の一句
は千金に直っ可し、所謂る無價の寶也、詩に曰く、之に木果を投じて、
報ゆるに瓊□を以てすと、爾が輩何物を以て潤筆の資と爲すやと、

　　곧 궁녀로 하여금 어전(御前)의 유리연(琉璃硯)과 백옥(白玉)의 필
상(筆床), 옥섬서(玉蟾蜍)의 연적(硯滴)을 상서의 자리 앞에 옮겨놓게
했다. 여러 궁인은 이미 [상서의] 시를 받으라는 명을 받들어 각각 예
쁜 종이와 비단 수건과 그림 부채를 공경히 상서에게 바쳤다. 상서
가 바야흐로 취흥이 돌자 시사(詩思)가 저절로 솟아나 마침내 동관
(彤管)을 집어 들어 차례로 휘둘렀다. 풍운(風雲)이 별안간 일어나고
운연(雲煙)이 다투어 일어났다. 혹은 절구(絶句)를 짓고, 혹은 사운(四
韻)을 지으며, 혹은 한 수(首)로 그치고, 혹은 두 수(首)로 파하여, 달그
림자 아직 이동하지 않았는데 종이와 비단이 이미 다하여, 궁녀는
차례로 무릎을 꿇고 상(上)에게 바쳤다. 상이 하나하나 감별하시고
개별적으로 칭양(稱揚)하시어 궁아(宮娥) 등에게 일러 말하기를,
　　"학사도 또한 이미 수고했으니, 특별히 어온(御醞)을 베풀 것이다."
　　여러 궁녀가 혹은 황금 쟁반에 받들어 올리기도 하고, 혹은 유리
로 만든 술을 올리기도 하며, 혹은 앵무 잔을 잡고, 혹은 백옥 상(床)

을 내오는데, 좋은 술이 가득하고, 맛이 좋은 안주가 차려져 있었다. 잠깐 꿇어앉았다가 잠깐 일어서기를 하며 번갈아 기뻐하고 번갈아 나아갔다. 한림이 왼손으로 받고 오른 손으로 접했는데, 술을 받아 든 것이 10여 잔에 이르렀다. 빛을 발하듯 화사한 얼굴이 이미 술로 인해 홍조를 띠고 아름다운 자태가 무너지려 하였다. 상이 명하여 그치게 하고, 또 가르쳐 말하기를,

"학사의 [시]한 구절은 천금에 맞먹을 만하나, 이는 이른바 가치를 헤아릴 수 없는 보석이다. 시[59]에 이르기를 '그에게 목과(木果)를 던져 경거(瓊琚)로 갚는다.' 했다. 너희들이 무엇으로 윤필(潤筆)의 자(資)로 삼겠느냐?"

群娥或は金釵を抽き、或は玉佩を解き、或は指環を卸し或は金釧を脱し、爭つて投じ亂れて擲ち、頃刻にして堆を成す、上、小黃門を召し謂つて曰く、爾ぢ尚書が用ゐし所の筆硯及び硯滴、宮娥潤筆の物を收め取り、尚書に隨つて去り、其家に傳へ給せよと、尚書叩頭謝恩し、起たんと欲して還た仆る、黃門に命じ扶掖して出で宮門に至り、騶從齊く擁して馬に上ほせ、歸つて花園に到る、春雲扶けて高軒に上げ、其の朝服を解き問ふて曰く、相公誰が家の酒に醉ひ過ごされしや、翰林醉ひ甚しく答ふる能はず、已にして蒼頭は賞賜の筆硯及び跋釧首飾等の物を奉じて、軒上に積み置けり、尚書戲れに春雲に謂つて曰く、此の物皆な天子より春娘に賞賜されし者也、我の得る所は東方朔と何れが優るやと、

---

59 원문에 따르면『모시(毛詩)』를 일컫는다.

궁녀들 중에는 혹은 금비녀를 빼거나, 혹은 옥패(玉佩)도 떼어 내
고, 혹은 가락지를 빼고 혹은 금팔찌를 빼기도 하여 다투듯이 어지
러이 던지니, 눈 깜짝할 사이에 쌓였다. 상이 어린 황문을 불러 이르
기를,

"너는 상서가 쓰던 바의 필연(筆硯)과 연적(硯滴)을 그리고 궁아(宮
娥)들의 윤필(潤筆)한 물건을 수취(收取)하여 상서를 따라가서 그 집
에 전하여 주어라."[60]

상서는 머리를 조아려 은혜에 감하사고 일어나고자 했으나 다시
쓰러졌다. 황문에게 명하여 부축하여 나가게 하니, 궁문(宮門)에 이
르러 추종(騶從)하는 자들이 일제히 옹위하여 말에 태웠다. [양상서
가]돌아와 화원에 이르니, 춘운이 붙들어 높은 난간으로 올리고 그
의 조복(朝服)을 벗기고 묻기를,

"상공은 뉘 집의 술에 과하게 취하셨습니까?"

한림이 많이 취하여 답할 수 없었다. 이윽고 창두(蒼頭)는 상으로
주신 필연(筆硯)과 비녀, 팔찌, [그 밖의]장식품 등의 물건을 받들어
처마 위에 쌓아 두었다. 상서가 장난으로 춘운에게 일러 말하기를,

"이 물건은 모두 천자께서 춘낭에게 상으로 주신 것이네. 내 얻은
바 동방삭과[견주어] 무엇이 더 낫소?"

春雲更に之を問はんと欲れば、翰林已に昏倒して鼻息雷の如し、翌
日高く春きて尙書始めて起き盥洗す、闇者走り告げて曰く、越王殿下
來れりと、尙書驚て曰く、越王の來る必ず故ある也と、顚踏して出で

---

60 원문에는 황제의 이와 같은 언급이 생략되어 있다.

迎ふ、王座に上ぼりて禮を施す、年二十餘歳許り、眉宇炯然眞に天人
也、尙書跪て問て曰く、大王陋地に枉屈せらる抑も何の敎か有るや、
王曰く、玆に上命を奉じ、來つて聖旨を宣す、蘭陽公主正に芳年に當
り、朝家方さに駙馬を揀べり、皇上尙書の才德を愛し、巳に釐降の儀
を定め、先づ寡人をして之を諭さしむ、詔命將さに繼で至らんと、

춘운이 다시 물으려 했지만, 한림 이미 정신을 잃고 쓰러져 [그]코
고는 소리가 우레와 같았다. 다음 날 무척 늦게 상서가 비로소 일어
나 손과 얼굴을 씻었다. 문 지키는 자가 달려와 고하기를,

"월왕 전하께서 오셨습니다."

상서가 놀라 말하기를,

"월왕이 오심은 반드시 까닭이 있을 것이다."

엎어지고 넘어질 듯 급히 나아가 왕을 맞이하고, 왕좌에 앉히고
예를 베풀었다. 나이 20여세 가량으로 미우(眉宇)의 밝게 빛나는 모
습이 참으로 천인(天人)이었다. 상서가 무릎 꿇고 묻기를,

"대왕께서 누추한 곳에 왕굴(枉屈)하시니 대저 무슨 가르침이 있
으십니까?"

왕이 말하기를,

"이에 황상의 명령을 받들어 성지(聖旨)를 전한다. 난양공주가 참
으로 꽃다운 나이가 되어 조가(朝家)에서 바야흐로 부마를 간택하려
고 하는데, 황상께서 상서의 재주와 덕을 아껴 이미 이강(釐降)[61]의
의논을 정하시어 먼저 과인으로 하여금 알리게 하셨다. 장차 [그대

---

61 임금의 딸을 신하에게 시집보내는 일.

는]황상의 명을 받게 될 것이다."

尚書大に駭て曰く、皇恩此に至り臣が首地に至る、福に過ぐるの災
は論ずるに暇あらず、而も臣鄭司徒の女子と婚を約し、聘を納れ已に
歳を經たり、伏して望むらくは大王此意を以て皇上に奏達せんこと
を、王曰く、吾れ當に歸つて天階に奏す可し、惜ひ哉皇上才を愛する
の意已に虛しきに歸せり、尚書曰く、此れ人倫に關係せる大事、忽
にす可らざる也、臣當さに罪を闕に請ふ可しと、王卽ち辭して歸る、
尚書乃ち司徒に見て、越王の言を以て之に告ぐ、春雲巳に內閣に告
げ、擧家遑々爲す所を知る莫く、司徒慘沮して一言を出だす能はず、
尚書曰く、岳丈憂ふる勿れ、天子聖明、法度を守り禮義を重んず、必
ず臣等の倫紀を壞り了せず、小婿不肖と雖、誓つて宋弘の罪人と爲ら
ずと、

　　　상서가 크게 놀라 말하기를,
　　　"황상의 은혜가 여기에 이르니 신의 머리 땅에 이릅니다. 복이 지
나치면 재앙이 생긴다 함은 말할 나위가 없습니다. 그러나 신은 정
사도의 여자와 약혼하여 예물을 보낸 지 이미 여러 해가 지났습니다.
엎드려 바라건대 대왕께서 이 뜻을 황상에게 아뢰어 주시옵소서."
　　　왕이 말하기를,
　　　"내 마땅히 돌아가 황상에게 아뢸 것이나, 아깝구나, 황상께서
[그대의]재(才)를 아끼는 뜻 이미 허(虛)로 돌아갔도다."
　　　상서가 말하기를,
　　　"이는 인륜에 관계된 대사로 소홀히 할 수 없습니다. 신이 마땅히

죄를 궐(闕)에 청해야 할 것입니다."

왕은 곧 작별하고 돌아갔다. 상서는 곧 사도를 뵙고, 월왕의 말을
그에게 고했다. [또한]춘운 이미 내각(內閣)에 고하였다. 온 집안이
황황(遑遑)하여 [어찌]할 바를 알지 못했다. 사도 비참하고 마음이 상
하여 한 마디도 낼 수 없었다. 상서가 말하기를,

"장인어른께서는 근심하지 마십시오. 천자 어질고 밝은 지혜를
가지고 계셔서 법도를 지키고 예의를 중시합니다. 반드시 신 등의
윤리와 기강을 무너뜨리지 않을 것입니다. 소서 불초(不肖)하나 맹세
코 송홍(宋弘)의 죄인이 되지 않을 것입니다."

先きの時太后蓬萊殿に出で、楊少游を窺ひ見て心甚だ悦び、皇上に
謂つて曰く、此れ眞に蘭陽の匹なり、吾れ既に親く見たり、更に何を
議せんと、卽ち越王をして先づ楊少游に諭さしめ、天子方さに召して
面諭せんと欲せり、時に上、別殿に在り、昨日少游の詩才筆法倶に精
妙を極めるを思ひ、更に親く覽んと欲し、太監をして女中等受くる所
の詩箋を盡く收めしむ、諸宮人皆な深く篋笥に藏す、而も惟だ一宮
人、題詩の畵扇を持し、獨り寢所に歸り之を懷中に置き、終夕悲泣寢
食を忘る、此の宮人は他に非ず、姓は秦名は彩鳳、華州秦御史の女子
なり、御史非命に死して宮掖に沒入さる、宮人皆な秦女の美を稱す、
上召して之を見、婕紆に封ぜんと欲す、時に皇后寵あり、秦女の美な
るを嫌ひ、上に白して曰く、秦家の女至尊に脆侍するに合す可きも、
而も陛下其の父を殺して其女を近づくるは、恐らくは古先哲王の刑を
立て色を遠ざくるの道に非ずと、上之に從ひ、秦氏に問ふて曰く、汝
文字を知る乎、秦女曰く、僅に魚魯を辯ぜりと、

239

지난번에 태후께서 봉래전에 나와 양소유를 엿보고 마음에 심히 기뻐하며 황상에게 일러 말하기를,

"이는 참으로 난양의 배필입니다. 제가 이미 친히 봤으니, 다시 무엇을 의논하겠습니까?"

곧 월왕으로 하여 먼저 양소유에게 알리게 하고, 천자 바야흐로 [소유를]불러 얼굴을 맞대고 알리고자 하였다. 이때에 상(上)이 별전(別殿)에 있었는데, 전날 지은 소유의 시재(詩才)와 필법이 모두 정묘(精妙)했음을 생각하고 다시 친히 보고자 하였다. [그래서]태감(太監)에게 여중(女中) 등이 받아 온 시전(詩箋)을 모두 거두게 하였다. 여러 궁인이 모두 협사(篋笥)⁶²에 깊이 넣어두었는데, 오직 한 궁인이 시를 쓴 부채의 그림을 가지고 홀로 침소에 돌아가 그것을 가슴에 품고 저녁 내내 슬피 울며 먹는 것도 잠자는 것도 잊었다. 이 궁인은 다름 아니라 성은 진(秦)이고 이름은 채봉으로 화주 진어사의 딸이었다. 어사가 비명에 죽자 궁액(宮掖)⁶³으로 들어와 있었다. 궁인이 모두 진녀의 아름다움을 일컬었다. 상이 불러 그이를 보고 첩여(婕妤)⁶⁴에 봉하고자 하였다. 이때에 황후는 [그녀를]아끼셨지만 진녀의 아름다움을 꺼리었다. 상에게 간하여 말하기를,

"진가의 여인은 지존(至尊)을 가까이 모시는 데에는 합당하다 하더라도, 폐하께서 그 아비를 죽이고 그 딸을 가까이하는 것은, 아마도 옛날 현명하고 어진 임금이 형(刑)을 세우고 색을 멀리하였던 도리에 어긋나는 것이 아닐까 염려됩니다."

---

62 버들가지나 대나무 따위를 엮어 상자처럼 만든 작은 직사각형의 손 그릇.
63 궁에 딸려 있는 하인을 이르던 말.
64 중국 한나라 때에 두었던 여관(女官)의 한 계급.

상(上)이 그것에 따라 진씨에게 묻기를,

"너는 문자를 아느냐?"

진녀가 말하기를,

"겨우 어로(魚魯)를 구별합니다."

上命じて女中書と爲し、宮中の文書を掌らしめ、仍て進めて皇太后
の宮中に往かしめ、蘭陽公主に陪して書を讀み字を習ふ、公主大に秦
氏の妙色奇才を愛し、視ること宗戚の如く、跬步相隨へて一時も離す
に忍びず、秦氏是の日太后に侍して蓬萊殿に往き、仍て上命を承けて
女中書等と與に、詩を楊尙書に乞へり、尙書の七竅白骸曾て已に秦氏
の心肝に銘鏤せり、豈に之を知らざるの理あらんや、秦女生存せるも
尙書な旣に知る能はず、況や天威咫尺、亦た目を擧ぐるを敢てせず、
秦女尙書を一見して心は火の熾るか如く、莊悲匿哀、人に知られんこ
とを恐れ、情義の通ぜざるを痛み、舊緣の續ぎ難きを悲み、手に圓扇
を把り口に淸詩を詠じ、一展一吟、暫くも釋くに忍びず、其詩に曰く。

執扇團々似明月。佳人玉手爭皎潔。五絃琴裡薰風多。出入懷裡無時歇。

執扇團々月一團。佳人玉手正相隨。無路遮却如花面。春色人間摠不知。

상이 명하여 여중서(女中書)로 삼아 궁중의 문서를 맡게 하셨다.
이에 나아가 황태후의 궁중으로 가게 하여 난양공주를 모시고 글을
읽고 익히게 했다. 공주가 진씨의 묘색(妙色)과 기재(奇才)를 크게 아
껴 보기를 종친과 외척과 같이 하고 잠시 걸음을 옮길 때도 같이 다
니며 한 때도 차마 떨어지려 하지 않았다. 진씨가 이날 태후를 모시
고 봉래전으로 나아가, 이에 상의 명을 받들어 여중서 등과 더불어

양상서에게 시를 얻었다. 상서의 칠규(七竅)[65]와 백해(百骸)[66] 모두가 일찍이 이미 진씨의 심간(心肝)에 잊지 않도록 깊이 새겨 두었는데, 어찌 그를 알지 못할 이치가 있겠는가? 진녀가 생존하고 있음을 상서는 이미 알 수 없었고, 더구나 천위(天威)가 지척(咫尺)에 있으니 또한 눈을 감히 들 수 없었다. 진녀는 상서를 한 번 보고 마음이 불타오르는 것 같고, 숨어있던 슬픔이 남에게 알려질 것을 두려워하였다. 인정과 의리가 통하지 않음을 아파하고, 옛 인연이 이어지기 어려움을 슬퍼하였다. 손으로 둥근 부채를 잡고, 입으로 맑은 시를 읊으니, 한 번 펴고 한 번 읊는 것을 차마 잠시도 놓지 못했다. 그 시에 이르기를,

> 깁부채가 둥글둥글 밝은 달 같은데, 가인의 옥수로 희고 맑음 겨루더라.
> 오현금 속에 훈풍 많으니, 마음속으로 드나들어 쉴 때 없구나.
> 깁부채가 둥글둥글 달 한 바퀴 돌아, 가인 옥수가 정히 서로 따르네.
> 꽃같은 얼굴 가리는 길 없는데, 봄 빛 사람 내내 알지 못하네.

秦氏前きの一首を詠じ歎じて曰く、楊郎我が心を知らず、我れ宮中に在りと雖、豈に恩を承るの念あらんやと、又た後の一首を詠じ歎じて曰く、我の容顔は他人之を見るを得ずと雖、楊郎必ず心に忘れじ、而も詩意斯の如し、咫尺も誠に千里の如しと、仍て家に在りけるの時、楊郎と楊柳詞を唱和せる事を憶ひ、悲んで自ら抑ゆる能はず、涙

---

65 사람의 얼굴에 있는 일곱 개의 구멍.
66 온몸을 이루는 모든 뼈.

に和し筆を濡ほして、一詩を扇頭に續ぎ題して、方に吟哦す、忽ち聞く、太監上の命を以て來つて畫扇を索むと、秦氏骨驚き膽落ち、肥肉自ら顫ひ呌苦の聲自ら口より出で曰く、我れ其れ死せん々々と。

진씨가 앞의 한 수를 읊고 탄식하여 말하기를,

"양랑은 내 마음을 알지 못한다. 내가 궁중에 있다 하더라도, 어찌 승은(承恩)을 받을 생각을 하겠는가?"

또한 뒤의 한 수를 읊고 탄식하여 말하기를,

"내 얼굴을 남이 그것을 볼 수 없다 하더라도, 양랑은 반드시 마음에 잊지 못할 것일 텐데, 시의 뜻이 이와 같으니 지척도 참으로 천리와 같다."

이에 집에 있을 때, 양랑과 양류사를 서로 읊던 일을 추억하며 슬퍼서 스스로 억누를 수 없었다. 눈물로 붓을 적셔 부채 머리에 한 시를 적고 바야흐로 읊조리는데, 문득 '태감(太監)이 상의 명령으로 와서 그림 부채를 찾는다.'는 말을 들었다. 진씨는 뼈가 놀라고 간이 떨어지는 듯 하며, 살이 절로 떨리고 괴로워서 울부짖는 소리가 입에서 절로 나와 말하기를,

"내가 아마도 죽겠구나, 죽겠구나."

宮女淚を掩ふて黃門に隨ひ、侍妾悲を含んで主人に辭す，
궁녀 눈물을 엄하고 황문에 수하고, 시첩 비를 머금고 주인에 사하다

太監秦氏に謂つて曰く、皇上復た楊尙書の詩を見んと欲す、故に小宦命を承けて來り收むなりと、秦氏泣て謂つて曰く、薄命の人死期巳

243

に迫り、偶ま其詩に和して其尾に題し、自ら必死の罪を犯せり、皇上
若し之を見ば必ず誅戮の禍を免れじ、其の法に伏して死せんよりは、
寧ろ自ら決するに如かず、方に此の殘命を以て三尺の下に付せんと
す、而も身死するの後士を掩ふの一事專ら太監に恃むのみ、伏して乞
ふ太監之を哀れみ、殘骸を收瘞し烏鳶の食と爲らしむる無くんは幸甚
と、太監曰く、女中書何爲れぞ此言を爲すや、聖上仁慈寬厚逈に百王
に出づ、或は終に罪を加へざらん、設ひ震疊の威あるも、我れ當に力
を出だし之を救ふ可し、中書我に隨つて來れと、秦氏且つ哭し且つ行
き、太監に隨つて去る、太監秦氏をして殿門の外に立たしめて入り、
諸詩を以て上に進む、上眼を留めて披閱し秦氏の扇に至る、尙書題す
る所の下に、又他の詩あり、上之を訝り太監に問ふ、太監告けて曰
く、秦氏臣に謂つて云ふ、皇爺哀取の命あるを知らず、猥に荒蕪の語
を以て其下に續ぎ題せり、此れ死罪必ず貸かざらん、仍て自ら死せん
と欲すと、臣開諭して止め、領率して來れりと、上又其詩を詠ず、其
詩に曰く、

　　執扇團如秋月團。憶曾樓上對羞顏。

　　初知咫尺不相識。却悔敎君仔細看。

　　태감이 진씨에게 일러 말하기를,
　　"황상이 다시 양상서의 시를 보고자 하신다. 그래서 소환(小宦)이
명을 받들어 와서 거두어 갈 것이다."
　　진씨가 울며 일러 말하기를,
　　"박명한 사람 죽음이 이미 임박했습니다. 우연히 그 시의 끝 부분
에 시를 지어 답하였으니, 반드시 죽음에 이르는 죄를 스스로 범했

습니다. 황상께서 만약 그것을 보시면 반드시 주륙(誅戮)[67]의 화를 면치 못할 것입니다. 그 법에 엎드려 죽기보다는 차라리 자결하고자 합니다. 바야흐로 남은 이 목숨이 삼척(三尺) 아래에서 끝나면, 이 몸이 죽은 뒤 흙을 덮는 일은 오로지 태감만을 믿을 뿐입니다. 엎드려 빌건대, 태감께서는 불쌍히 여기시어 잔해(殘骸)를 거두어 무덤을 만들어 까마귀나 솔개의 먹이가 되게 하지 말아주시면 천만다행이겠습니다."

태감이 말하기를,

"여중서는 어찌하여 그런 말을 하는가? 성상(聖上)은 인자(仁慈)하고 관후(寬厚)함이 여러 왕들 중에 뛰어나시니, 아마도 끝내 죄를 주시지 않으실 것이다. 설령 진첩(震疊)[68]의 위엄이 있어도 내 마땅히 힘을 다하여 구할 것이다. 중서(中書)는 나를 따라 오라."

진씨가 울면서 걸음을 나서 태감을 따라 떠났다. 태감이 진씨로 하여금 전문(殿門) 밖에 서게 하고 들어가 여러 시를 상(上)에게 올렸다. 상이 눈을 머물고 펴서 살펴보다가 진씨의 부채에 이르렀다. 상서가 지은 시 아래에 또 다른 시가 있었다. 상이 그것을 의아하게 여겨 태감에게 물었다. 태감이 고하여 말하기를,

"진씨가 신에게 일러 말하기를, '황야(皇爺)께서 [그것을] 거두어 들이는 명이 있음을 모르고 함부로 허황된 말로 그 아래에 이어서 시를 지었습니다. 이는 죽어도 죄 반드시 대신할 수 없을 것입니다. 이에 스스로 죽으려고 합니다.' 신이 사유를 알아듣도록 잘 타일러 말리고 [그녀를] 거느리고 왔습니다."

---

67 지은 죄에 대한 형벌로 죄인을 죽임.
68 지위가 높고 귀한 사람이 몹시 성을 내어 그치지 않음.

상이 또한 그 시를 읊조리니, 그 시에 이르기를,

　　집부채 둥근 것이 가을 달처럼 둥근데, 지난번 누각위에서
수줍은 얼굴 마주한 것 기억하노라.
　　처음에 지척에서 서로 알아보지 못할 줄 알았다면, 오히려
후회하노라. 그대 자세히 보라 할 것을.

　上見畢つて曰く、秦氏必ず私情あり、知らず何れの處に於て何人と
相見て、其の詩意此の如きか、然ども其才惜むに足り亦た奬す可き也
と、太監をして之を召さしむ、秦氏陛下に伏し叩頭死を請ふ、上敎を
下して曰く、直に告げば當に死罪を赦す可し、汝何人と私情ある乎、
秦氏又叩頭して曰く、臣妾何ぞ敢て嚴問の下に抵諒せん、臣妾が家敗
亡の前、楊尙書擧に赴かんとするの路に、適ま妾が家の樓門を過ぎ、
臣妾偶ま輿に相見て其の楊柳詞に和し、人を送り意を通じて結婚の約
を結べり、頃ろ蓬萊殿引見の日に當り、妾は能く舊面を解するも而も楊
尙書獨り知らず、故に妾舊を戀ひ感を興し、躬を撫して自ら悼み　偶ま
胡亂の說を題し、終に聖□を煩はすに至れり、臣妾の罪萬死猶ほ輕し、

　　상이 다 보시고 말하기를,
　　"진씨 반드시 사정이 있다. 어느 곳에서 어떤 사람을 만나서 그 시
의 뜻이 이와 같은지 모르겠구나? 그러나 그 재주는 애석하고 또한
권장할 만하다."
　　태감으로 하여금 그녀를 부르게 했다. 진씨 계단 아래에 엎드려서
머리를 조아리고 죽음을 청했다. 상이 하교하여 말하기를,

"바르게 말하면 마땅히 죽을 죄를 용서할 것이다. 너는 어떠한 사람과 사정이 있느냐?"

진씨가 또 머리를 조아리며 말하기를,

"신첩 어찌 감히 엄문(嚴問)하신 사실을 속이겠습니까? 신첩의 집안이 패망하기 전, 양상서가 과거를 보러 가는 길에 우연히 첩의 누각 앞을 지나다가, 우연히 신첩을 만나고 더불어 양류사를 화답했습니다. 사람을 보내어 뜻이 통하여 결혼할 약속을 맺었습니다. 얼마전 [황상께서]봉래전으로 불러서 보시는 날에 첩은 능히 구면인 것을 알았으나 양상서 홀로 알지 못했습니다. 그래서 첩이 옛날을 그리워하는 감정이 일어나 몸소 어루만지다가, 우연히 호란(胡亂)의 설(說)이라는 글을 지어 마침내 성감(聖鑑)을 번거롭게 하기에 이르렀습니다. 신첩의 죄 만 번 죽어도 여전히 가볍습니다."

上其意を悲憐し、乃ち曰く、汝云ふ楊柳詞を以て婚媾の約を結べりと、汝能く記得するや否や、秦氏卽ち繕寫して上に奉ず、上曰く、汝が罪重しと雖汝が才惜む可し、且つ御妹汝を愛すること殊に甚し、故に朕特に寛典を用ゐ汝が重罪を赦さん、汝其れ國恩に感篆し心誠を竭くし、以て御妹に事ふること宜しと、卽ち其執扇を下す、秦氏拜受し惶恐頓謝して退けり、是の日上太后に陪して坐す、越王楊尚書の家より返り入朝し、楊尚書曾て已に納聘せるの意を以て之を奏す、皇太后悅ばずして曰く、楊少游爵は尚書に至る、宜く朝廷の事體を知る可し、而も何ぞ其れ固滯是の若きや、上曰く、少游已に聘を納れ與に親を成すと雖、朕而諭せば則ち從はざる可らざるに似たりと、

상이 그 뜻이 슬프고 불쌍하여 이에 말하기를,

"너는 '양류사로 혼구(婚媾)의 약속을 맺었다'고 했다. 너는 능히 기억할 수 있느냐?"

진씨가 곧 [그것을]베껴 써서 상에게 올렸다. 상이 말하기를,

"네 죄가 무거우나 네 재(才)는 가히 아깝다. 또한 어매(御妹)가 너를 아끼는 것이 특별하시다. 이에 짐이 특별히 관대하고 너그럽게 은혜를 베풀어서 너의 중죄를 용서할 것이다. 너는 나라의 은혜에 감사히 여기고 마음과 정성을 다하여 어매(御妹)를 섬기는 것이 마땅하다."

곧 그 얇은 비단으로 만든 부채를 내렸다. 진씨가 절하여 받고 황공하여 머리를 조아리고 감사하며 물러났다. 이날 상이 태후를 모시고 앉아 있었는데, 월왕이 양상서의 집에서 돌아와 입조(入朝)하여 양상서가 일찍이 이미 납빙(納聘)[69]한 사실을 아뢰었다. 황태후 기뻐하지 않으며 말하기를,

"양소유의 벼슬이 상서에 이르러 마땅히 조정의 사체(事體)를 알 것이다. 그런데 어찌 그 성질이 편협해서 관대하지 못함이 이와 같은가?"

상이 말하기를,

"소유가 이미 예물을 보내고 더불어 결혼했다 하더라도 짐이 만나 타이르면 [짐의 말을]따르지 않을 수 없으리라."

翌日命じて楊少游を召す、少游命を承けて入朝す、上曰く、朕に一

---

69 혼인 때 신랑 집에서 신부 집으로 예물을 보내는 것을 뜻함.

妹あり、資質常を超ゆ、卿に非ずんば與に配と爲す可き者無し、朕越王をして朕か意を以て之を論さしめり、聞く卿託するに聘を納れたるを以てすと云ふ、此れ卿の思はざるや甚し、前代帝王の駙馬を選擇するや、或は其の正妻を出ださせるあり、故に王獻之の若き終身之を悔ゆ、惟だ宋弘は君命を受けざりき、朕か意は則ち古先帝王と同じからず、旣に天下萬民の父母たれば、則ち豈に非禮を以て人に加へんや、今ま卿鄭家の婚を斥くと雖、鄭女は自ら歸ぐ可きの處有る可し、卿に糟糠堂を下すの嫌ひ無し、豈に偸紀に害ある可けんやと、尚書頓首して奏して曰く、聖上惟だ罪せざるのみならず、又從つて諒ど而命され、家人父子の親の如し、臣天恩を感祝するの外更に奏す可き者無し、然ども臣の情勢他人と絶だ異り、臣遠方の書生入京せるの日、託す可き處無く、厚く鄭家眷遇の恩を蒙り、迎へて以て之に舍し禮以て之を待ち、但に□皮の禮已に門に入れるの日に行はれしのみならず、已に司徒と翁婿の分を定め翁婿の情あり、且つ男女旣に己に相見て恰も夫婦の恩義あり、而も未だ親迎の禮を行はざる者は、盖し國家多事なるを以て母を將る遑あらざれば也、今ま幸に潘鎭歸化し天憂已に紓ぶ、臣方に急に請ひて鄕に還り老母を迎へ來り、日を卜して禮を成さんと欲せり、意外に皇命此の無狀に及び、小臣驚惶震懼、自ら處する所以を知らざる也。

臣若し威に伏し罪を畏れて皇命に將順せば、則ち鄭女は死を以て自ら守り、必ず他に適かず、此れ豈に匹婦の失ふも王政の□ある所に非ざらんやと、

다음날 명하여 양소유를 불렀다. 소유가 명을 받들어 입조(入朝)

했다. 상이 말하기를,

"짐에게 누이가 하나 있는데, 자질(資質)이 뛰어나 경이 아니면 더불어 배필이 될 만한 자가 없다. 짐이 월왕으로 하여금 짐의 뜻을 알리게 하였는데, 경은 [이미]납빙을 했다고 들었다. 이는 경의 생각 없음이 심하다. 전대(前代)의 제왕(帝王)은 부마(駙馬)를 선택할 때에, 혹은 그 정부인을 내쫓는 경우도 있었다. 이에 왕헌지(王獻之) 같은 이는 종신토록 그것을 후회했는데, 오직 송홍(宋弘)은 임금의 명을 받지 않았다. 짐의 뜻은 옛날 제왕(帝王)과는 같지 않다. 이미 천하 만민의 부모가 되었거늘, 어찌 예에 어긋난 일을 다른 사람에게 가하겠는가? 지금 경이 정가(鄭家)와의 결혼을 물리친다 하더라도 정녀(鄭女)는 스스로 돌아갈 만한 곳이 있을 것이다. 경이 조강(糟糠)[70]을 당에서 내리는 혐의가 없다면 어찌 윤리와 기강에 해가 있을 것인가?"

상서 머리를 조아리고 아뢰어 말하기를,

"성상이 다만 죄를 주지 않으실 뿐만 아니라, 또한 거듭 따르도록 명령을 내리심이 집안의 부자(父子)의 친함과 같으시니, 신은 천은(天恩)을 감축(感祝)하는 것 외에는 달리 아뢸 말씀이 없습니다. 그렇지만 신의 정세(情勢)는 다른 사람과 두드러지게 다릅니다. 신이 원방(遠方)의 서생으로 서울에 들어온 날 의지할 만한 곳이 없었는데, 정가(鄭家) 극진한 대접의 은혜를 후하게 입었습니다. 저를 맞아 머물게 해 주시고 예로써 대해 주었습니다. 다만 짝을 맺는 예만 행하지 않았을 뿐 이미 문에 들어간 날에 사도와 옹서(翁壻)의 정을 나누었습니다. 또한 남녀 이미 서로 만나 흡사 부부의 은의(恩義)가 있습

---

70 지게미와 쌀겨로 끼니를 이을 때의 아내라는 뜻으로, 몹시 가난하고 천할 때에 고생을 함께 겪어 온 아내를 이르는 말이다.

니다. 그리고 아직 친영(親迎)의 예를 행하지 않은 것은 대개 나라에
일이 많아 어머니를 모시고 올 겨를이 없어서입니다. 지금 다행히
번진(潘鎭)이 평정되고 천우(天憂)가 이미 풀어지셨기에, 신은 바야
흐로 급히 청하여 고향으로 내려가 노모를 모셔 온 후 날을 택하여
예를 이루고자 하였습니다. [그런데]뜻밖에도 황명이 이 보잘 것 없
는 소신에 이르러 깜짝 놀라고 두려워 스스로 처할 바를 알지 못하겠
습니다. 신이 만약 죄를 두려워하여 황명(皇命)을 따른다면 정녀는
죽음으로써 스스로를 지키고 반드시 다른 이에게 출가하지 않을 것
입니다. 이는 필부(匹婦)를 잃는 것만이 아니라 왕정(王政)에도 거리
끼는 것이 있지 않겠습니까?"

上曰く、卿の情理は悶迫すと云ふと雖、若し大義を以て之を言は
ば、則ち卿と鄭女と本と夫婦の義無し、鄭女豈に他人の門に入らざる
可けんや、今ま朕の卿と婚を結ばんと欲する者は、獨り朕柱□を以て
卿を待つに非ざる也、手足を以て卿を視る也、太后卿の威容德器を慕
ひ、親く自ら主張せり、恐らくは朕も亦た自由を得ずと、尙書猶ほ且
つ固く讓る、上曰く、婚は姻大事なり、一言を以て決定す可らず、朕
姑く卿と碁を着し以て長日を消せんと、小黃門に命じて局を進めし
め、君臣相對して勝を賭す、日昏れて乃ち罷む、鄭司徒楊尙書の歸り
來るを見、悲慘の色滿面に溢れ、淚を拭ひ言つて曰く、今日皇太后詔
を下し、楊郎の禮綵を退けしめり、故に老夫已に出だして春雲に付
し、花園に置けり、而かも小女が身世を顧念し、吾が老夫妻の心事如
何の狀と作す、吾は則ち僅に能く身を撑ゆるも、老妻は沈慮疾を成
し、昏に方り昏として人事を省せずと、尙書色を失し言無し少頃して

乃ち告けて曰く、是の事但にして已む可らず、小婿當さに表を上り力爭す可し、朝廷の上亦た豈に公論無からんやと、

상이 말하기를,

"경의 정리(情理)는 딱하다 하겠으나 만약 대의를 가지고 말한다면, 경과 정녀는 본래 부부의 의(義)가 없으니 정녀가 어찌 다른 사람의 가문에 들어가지 말아야 하겠는가? 지금 짐이 경과 혼(婚)을 맺으려 하는 것은 다만 짐이 나라의 중임을 맡을 사람으로서 뿐만 아니라 경을 수족으로 삼고자 하는 것이다. 태후가 경의 위용(威容)과 덕기(德器)를 사모하여 친히 스스로 주장했으니 아마도 짐도 또한 자유를 얻을 수 없을 것이다."

상서가 여전히 또한 굳게 사양했다. 상이 말하기를,

"혼인은 대사이니 일언으로 결정할 수 없다. 짐은 잠시 경과 바둑을 두며 시간을 보내겠노라."

어린 황문에게 명하여 바둑판을 내오게 하시어 임금과 신하가 서로 상대하여 승부를 겨루다가 날이 저물어 파했다. 정사도는 양상서가 돌아온 것을 보고 비참한 모습을 만면에 띤 채 눈물을 훔치며 말하기를,

"오늘 황태후가 조(詔)를 내리시어 양랑의 예채(禮綵)를 물리치게 하셨다. 그러므로 노부(老父)는 이미 나가서 춘운에게 주어 화원에 두었네. 소녀의 신세를 곰곰이 생각건대, 우리 노부처(老夫妻)의 심사(心事)가 어떠하겠는가? 나는 겨우 몸을 지탱할 수 있으나, 노처(老妻)는 근심하여 병이 들어 바야흐로 정신이 아득하게 되어 인사불성이네."

상서가 얼굴빛을 잃고 말을 않고 잠시 있다가 이에 고하여 말하기를, "이 일 부질없이 그만둘 수 없습니다. 소서(小婿) 마땅히 표(表)를 올려 힘껏 싸울 것입니다. 조정에 또한 어찌 공론이 없겠습니까?"

司徒之を止めて曰く、楊郎の上命に違拒すること已に再びせり、今ま若し上疏せば、豈に批鱗の懼れ無からんや、必ず重譴あらん順受するに如かざる而已、且つ一事あり、楊郎の仍ほ花園に處るは、大に事體に安からざる者有り、倉卒相離るゝは甚だ缺然たりと雖、他所に移り寓すること實に事宜に合せんと、楊尚書答へず、屨して花園に到る、春雲鳴々咽々、泪痕染瀾し、乃ち幣物を奉納して曰く、賤妾小姐の命を以て、來つて相公に侍べること已に年あり、偏へに盛眷を荷ひ恒に感愧切なり、神妬み鬼猜むか乃ち大に謬り、小姐の婚事復た餘望無し、賤妾亦た當に相公に永訣し、小姐に歸し侍らん、天乎地乎。

鬼乎人乎と、仍て飲泣して聲縷の如し、尚書曰く、吾れ方に上疏して力辭せんと欲す、皇上庶幾くは聽を回さん、設ひ聽を得る能はざるも、女子身を人に許せば、則ち夫に從ふは禮也、春娘夫れ豈に我に背くの人ならんや、春娘曰く、賤妾不明と雖亦た嘗て古人の緒論を聞けり、豈に女子三從の義を知らざらんや、春雲の情事は人と異り、妾曾て吹蔥の日より小姐と遊戲し、毀齒の歲に至るに及び、小姐と輿に居處し、貴賤の分を忘れ死生の盟を結び、吉凶榮辱異同す可らず、春雲の小姐に從ふは影の形に隨ふが如し、形身旣に去らば則ち影豈に獨り留らんや、尚書曰く春娘主の爲めにするの誠至れりと謂ふ可し、但だ春娘の身は小姐と異る、小姐は東西南北唯だ意を以て路を擇ぶも、春郎は小姐に從ひ他人に事ふるは、女子の節に妨げ有る無きを得んやと、

사도가 그것을 말리며 말하기를,

"양랑이 상의 명을 어긴 것이 이미 두 번일세. 지금 만약 상소하면 어찌 비늘을 찌르는 것 같은 두려움이 없겠는가? 반드시 엄중한 꾸지람이 있을 것이니 순순히 따르는 것만 못할 것이네. 또한 한 가지 일이 있네. 양랑이 여전히 화원에 거처함은 일의 형편상 불안함이 있네. 창졸지간에 서로 헤어짐은 심히 결연하겠지만 다른 곳으로 옮기는 것이 실로 합당할 것이네."

양상서 답하지 않고 신을 끌면서 화원으로 갔다. 춘운이 몹시 목이 메어 울어 눈물의 흔적이 선명했다. 이에 폐물을 봉납하며 말하기를,

"천첩 소저의 명으로 와서 상공을 모신 것 이미 여러 해 되었습니다. 특별히 후한 은혜를 입어 항상 감격해 있었는데, 신이 투기하고 귀신이 시기하였는지 이에 크게 잘못되었습니다. 소저의 혼사 다시 여망(餘望)이 없으니 천첩 또한 마땅히 상공과 영원히 이별하고 소저에게 돌아가 모시겠습니다. 하늘이여, 땅이여. 귀신이여, 사람이여."

이에 계속해서 흐느껴 울었다. 상서가 말하기를,

"내 바야흐로 상소하여 힘껏 사양하면 황상이 마음을 돌리고 들으실 지도 모르며, 설령 듣지 않으신다 하더라도 여자가 사람에게 몸을 허락하였으면 부(夫)를 따르는 것은 예이다. 춘낭이 대저 어찌 나를 배신하는 사람이 되겠는가?"

춘낭이 말하기를,

"천첩 불명하지만 또한 일찍이 고인의 서론(緖論)을 들었습니다. 어찌 여자 삼종(三從)의 의(義)를 모르겠습니까? 춘운의 정사(情事)는 다른 사람과 다릅니다. 첩이 일찍이 어릴 적부터 소저와 함께 노닐

고 또한 훼치(毀齒)[71]의 나이에 이르러서는 소저와 더불어 거처하고 귀천의 신분을 잊고 죽고 살기를 같이 할 맹세를 맺어 길흉과 영욕을 달리 할 수 없었습니다. 춘운이 소저를 따르는 것은 그림자가 형체를 따르는 것과 같습니다. 형체가 이미 떠났다면 어찌 그림자가 홀로 머물겠습니까?"

상서가 말하기를,

"춘낭이 주인을 위하는 정성은 지극하다 이를 만 하오. 다만 춘낭의 몸은 소저와 다르오. 소저는 동서남북 다만 뜻대로 길을 택할 수 있으나, 춘낭이 소저를 따르고 다른 사람을 섬기는 것은 어찌 여자의 절개에 거리끼는 것이 없을 수 있겠소."

春雲曰く、相公の言此に到るは、吾か小姐を知ると謂ふ可らず、小姐已に定計あり、長く吾か老爺及び夫人の膝下に在り、百年を過ぐるの後を待ち、身を潔くし髮を斷ち、去つて空門に託し佛前に發願し、世々生々誓つて女子の身と爲らずと、春雲の踪跡と亦た將に斯くの如くせん而已、相公若し復たび春雲を見んと欲せば、相公の禮幣復た小姐の房中に入り然る後當に之を議す可し、然らざれば則ち、今日は卽ち生離死別の日也、妾相公の使令に任ずる者專らなり、相公の恩愛を荷ふ者久し、報效の道惟だ枕席を拂ひ巾櫛を奉ずるに在り、而も事心と違ひ此の地頭に到れり、只だ願くは後世相公の犬馬と爲り、以て主に報ずるの忱を效さんのみ、惟だ相公保攝せられよ々々と、隅に向つて呼咷する者半日、乃ち身を□へて階を下り再拜して入る、尚書五情

憒亂、萬慮膠擾、天を仰で長吁し掌撫して頻に唏する而已、乃ち一疏
を上る、言甚だ激切なり、其疏に曰く、

　　춘운이 말하기를,

　　"상공의 말씀이 여기에 이르는 것은 저와 소저를 안다고 이를 수
없습니다. 소저 이미 정해진 계획이 있습니다. 우리 노야(老爺)와 부
인의 슬하에 오래 계시다가, 백년이 지난 후를 기다리시어 몸을 깨
끗이 하고 머리 깎아, 공문(空門)에 의탁하고 불전에 발원(發願)하여,
세세(世世) 생생(生生)에 여자의 몸이 되지 않으려 하시니, 춘운의 종
적도 또한 장차 이와 같을 따름입니다. 상공이 만약 다시 춘운을 보
고자 하시면, 상공의 예폐(禮幣) 다시 소저의 방 안에 들여 놓으신 연
후에 마땅히 그것을 논의해야 할 것입니다. 그렇지 않다면, 오늘은
곧 살아서 이별 죽어서 이별하는 날입니다. 첩은 상공께 모든 것을
맡기고 영을 듣는데 전념하였으며, 상공의 은애(恩愛)를 입은 것이
오래 되었습니다. 은혜에 보답하려고 정성을 다하여 오직 침석(枕席)
을 깨끗이 하고 건즐(巾櫛)을 받들었습니다. 그러나 일이 마음과 달
라 이 지경에 이르렀습니다. 다만 후세에 상공의 개와 말이 되어, 주
인에게 보답하는 정성을 드리기를 바랄 뿐입니다. 그저 상공께서는
몸을 보전하십시오. 몸을 보전하십시오."

　　모퉁이를 향하여 앉아서 반나절 울다가, 이에 몸을 일으켜 계단을
내려가 두 번 절하고 들어갔다. 상서는 오정(五情)이 심란하고 어수
선하였다. 만 가지 생각에 어지러워 하늘을 우러러 길게 한 숨 쉬고
손바닥을 어루만지며 자주 탄식할 뿐이었다. 이에 상소문 하나를 올
렸는데, 말이 심히 직설적이고 격렬했다. 그 소에 이르기를,

　禮部尙書臣楊少游、謹で頓首百拜して、皇帝陛下に上言す、伏して
惟るに、倫紀は王政の本也、婚姻は人倫の始也、一たひ其本を失へ
ば、則ち風化大に壞れて其國亂れ、其始に謹まざれば、則ち家道成ら
ずして其家亡ぶ、家國の興衰に關する者ある其れ較著ならずや、是を
以て聖王哲□辟未だ嘗て意を此に留めずんばあらず、其國を治めんと
欲すれば、必ず倫紀を愼むを以て重しと爲し、其家を齊へんと欲すれ
ば、必ず婚姻を定むるを以て先と爲す者は何ぞや、本を端だし治を出
だすの道は、嫌を別ち微を明かにするの意に非ざるは無し、臣既に已
に幣を鄭女に納れ、且つ已に跡を鄭家に託すれば、則ち臣固り妻有る
也固り室有る也、意はざりき今は妹を歸ぐの盛禮遽に無似の賤臣に及
ばんとは、臣始めに疑ひ終に惑ひ、震駭悚惕、實に聖上の擧措、朝家
の處分果して能く其禮を盡くし其當を得るやを知らざる也、設ひ臣未
だ□皮の幣を行はず、甥舘の客と作らざるも、族賤くして地微に、才
□くして學蔑し、則ち寔に錦□の抄揀に合せず、而も況や鄭女と已に
伉儷の義あり、婦翁と已に舅甥の分を定む、六禮未だ行はずと謂ふ可
らず、豈に貴价の尊を以てして匹夫の微に下嫁し、禮の可否を問はず
事の輕重を分たず、苟且の譏を冒し非禮の禮を行ふ可けんや、密かに
內旨を下して、已に行ふの禮儀を廢せしめ、已に捧けるの聘弊を退け
しむるに至つては、臣の聞く所に非ざる也、臣恐る、陛下未だ光武が
宋弘を待つの寬に效ふ能はず、賤臣危迫の忱已に聖明の聽に關し、鄭
女窮蹙の情亦た私家の事に係る、臣固り更に絓纊の下を□る敢てせ
ず、而も臣の恐る所は、王政臣に由つて亂れ、人倫臣に因つて廢れ、
以て上は聖治を累はし下は家道を壞り、終に亂亡の禍を救はざるに至
らんことを、伏し乞ふ聖上禮義の本を重んじ、風化の本を正だし、亟

に詔命を收め、以て賤分を安うせば幸甚に勝へず。

예부상서 신 양소유 삼가 돈수(頓首) 백배(百拜)하여 황제 폐하께 상언(上言)합니다. 엎드려 생각건대, 윤기(倫紀)는 왕정의 근본이고 혼인은 인륜의 시작입니다. 한 번 그 근본을 잃으면 풍화가 크게 무너져 그 나라가 어지럽고, 그 시작을 삼가지 않으면 가도(家道)가 이루어지지 못하여 그 집이 망합니다. 국가의 흥망성쇠에 관련됨이 어찌 현저치 않겠습니까? 그러므로 성왕 철벽(哲辟)께서는 아직 일찍이 뜻을 여기에 머물지 않음이 없었습니다. 그 나라를 다스리고자 하면 반드시 윤기(倫紀)를 삼감으로써 그 중함을 삼고 그 나라를 가지런히 하고자 하면 반드시 혼인을 올바르게 함으로 우선을 삼았습니다. 근본을 바르게 하고 어지러운 세태를 바로잡는 도는 꺼리는 것과 이별하고 숨겨진 것을 밝히는 뜻이 아닌 것이 없습니다. 신이 이미 정녀(鄭女)에게 납폐(納幣)하고 또한 이미 정가(鄭家)에 자취를 의탁하였으니, 신은 본래부터 처가 있고 본래부터 가정이 있는 것입니다. 생각지도 않게 지금 황상의 누이를 시집보내려는 성례(盛禮)가 갑자기 무사(無似)의 천신에게 미치려 하니, 신은 처음에는 의아하고 마침내 혹하여 깜짝 놀라고 두렵습니다. 실로 성상(聖上)이 취하신 조치와 조가(朝家)의 처분이 과연 그 예를 다하고 또한 그 타당한 것이었는지 실로 알지 못하겠습니다. 설령 신이 아직 약혼을 행하지 아니하여 [정사도의]사위가 되지 않았다 하더라도, 족속이 천하고 재주가 얕으며 배움이 짧은 즉 실로 부마로 간택되기에 합당치 아니합니다. 더구나 정녀와 이미 짝이 되고자 하는 의를 맺었고, 부옹(婦翁)과 더불어 이미 사위와 장인이 되기로 정했으니, 육례(六禮) 아직 행하지 않았다 이를 수 없습니다. 어찌 귀한 몸이신 공주를 필부의 미미한 자에게 시집보내려 하시어, 예의 가부를 묻지 않으시고 일의 경중도 구분하지 않고 구차한 기(譏)를 무릅쓰고 비례(非禮)의 예를 행하려고 하십니까? 은밀히 내지(內旨)를 내려 이미 행한 예의를 폐하게 하시며, 이미 봉(捧)한 빙폐(聘幣)를 물리치게 하심에 이르러서는 신이 [고금에] 들은 바가 없습니다. 신은 폐하께서 광무(光武)가 송홍(宋弘)을 관대히 대하신 것을 본받지 못하실까 두렵습니다. 천신(賤臣)의 간절한 정성은 이미 성상이 명철히 들으심에 달려 있습니다. 정녀(鄭女)와 궁축(窮蹙)의 정 또한 사가(私家)의 일과 관계함입니다. 신은 굳이 죽어가는 데에서까지 감히 다시 욕을 보이고 싶지 않습니다. 그러나 신이 두려운 바는 왕정(王政)이 신으로 인하여 어지럽고 인륜이 신으로 인하여 무너져서, 위로는 성상의 성치(聖治)에 누를 끼치고 아래로는 가도(家道)를 무너뜨려, 마침내는 어지럽고 망하게 되는 화에서 헤어나지 못함에 이르는 것입니다. 엎드려 바라건대 성상께서는 예의의 근본을 중히 여기시고 풍화의 근본을 바로잡아 빨리 조명(詔命)을 거두시어 천한 신분을 편안하게 해 주신다면 이보다 다행한 일이 없을까 합니다.[72]

上、疏を覽、轉じて太后に奏す、太后大に怒り楊少游を獄に下す、朝廷大臣一時齊く諫む、上曰く、朕其の罪罰の太だ過ぐるを知るも、而も太后娘々方に震怒し、朕救ふを敢てせずと、太后楊少游を困めん

---

72 원문에는 양소유가 상소했을 때, 그 말이 매우 격절하여 태후가 매우 노하여 그를 옥에 가두었다고 서술되어 있다. 번역문에는 양소유의 상소 내용에 매우 상세히 수록되어 있다.

と欲し、公事に下さざる者數日に至る、鄭司徒も亦た惶恐して門を杜
ち客を謝す、此の時吐蕃强盛にして中國を輕易し、十萬の大兵を起し
連りに邊郡を陷れ、先鋒渭橋に至り、京師震驚す、上群臣を會して論
議す、皆な曰く、京城の卒未だ數萬に滿たず、外方の援兵勢ひ及ぶ可
らず、暫く京城を避け出でゝ關東を巡し、諸道の兵馬を召し以て恢復
を圖ること可也と、上猶豫未だ決せずして曰く諸臣中惟だ楊少游、善
く謀り能く斷ず、朕甚だ之を器とす、前日三鎭の服せる皆な少游の功
也と、朝を罷めて入つて太后に告げ、太后使者をして節を持し少游を
放たしめ、召し見て計を問ふ、少游奏して曰く、京城は宗廟の在る
所、宮闕の寄る處、今ま若し之を棄きば、則ち天下の人心必ず從つて
動搖せん、且つ强賊の據る所と爲らば、則ち亦た日を指して恢拓す可
らず、代宗の朝、吐蕃回訖と興に力を合せ、百萬の兵を驅り來つて京
師を犯せり、其の時王師の單弱なる此時より甚し、汾陽王の臣郭子
儀、匹馬を以て之を却けり、臣の才略字儀に比すれば、萬々相及ばず
と雖、願くは數千の軍を得て、此賊を掃蕩し以て再生の恩に報ぜんこ
とをと、

　　상이 [그]소(疏)를 보시고 태후에게 아뢰었다. 태후 크게 노하여 양
　　소유를 하옥했다. 조정 대신이 일시에 함께 간했다. 상이 말하기를,
　　　"짐이 그 죄와 벌이 너무 지나침을 아나 태후 낭낭(娘娘) 바야흐로
　　진노하여 짐이 감히 구하지 못한다."
　　　태후가 양소유를 곤란하게 하려고 공사(公事)를 내리지 않는 것이
　　수일에 이르렀다. 정사도도 또한 황공하여 두문불출하고 손님을 사
　　절했다. 이때에 토번이 강성하여 중국을 업신여기고 10만 대병을 일

으켜 변방의 고을을 잇 따라 함락시키고 [그]선봉이 위교(渭橋)에 다
다랐으니 서울이 소란스러웠다. 상이 여러 신하들을 모아 논의했다.
모두 말하기를,

"서울에 있는 군사는 아직 수만에 이르지 않고 외방의 구원병의
세력도 미치지 못합니다. 잠시 서울을 떠나시어 관동을 순행하시고,
여러 도의 병마를 불러 회복을 꾀함이 가합니다."

상이 머뭇거리며 아직 결정하지 못하고 말하기를,

"여러 신하 중에 다만 양소유만이 꾀를 잘 쓰고 결단을 잘 한다. 짐
이 그를 그릇으로 여기는데, 지난날 삼진(三鎭)으로부터 항복받은 것
[또한]모두 소유의 공이다."

조회를 파하고 태후에게 들어가 고하니, 태후 사자(使者)로 하여
금 절(節)[73]을 가지고 가서 소유를 풀어주게 하였다. [황상이]소를 불
러 계략을 물으시니, 소유 아뢰어 말하기를,

"서울은 종묘가 있는 곳이고 궁궐이 있는 곳입니다. 지금 만약 그
것을 버리면 천하의 인심이 반드시 따라서 동요할 것입니다. 또한
강한 도적이 기거하게 되면, 또한 그것을 회복하는 날을 기약하기가
어려울 것입니다. [옛날]대종조(代宗朝) 때 토번(吐蕃)이 회흘(回紇)과
더불어 힘을 합하여 백만의 병사를 몰고 와서 서울을 침범하였습니
다. 그 때 임금의 군사의 단약(單弱)함이 이때보다 심하였으나, 분양
왕(汾陽王)의 신하 곽자의(郭子儀)가 한 필의 말로써 그것을 물리쳤습
니다. 신의 재략(才略)은 곽자의에 비하면 만분의 일에도 미치지 못
하지만, 수천의 군사를 얻는다면 이 도적을 소탕하여 살려 주신 은

---

73 황제의 신분을 대표하는 것으로 절(節)을 가진 사신(使臣)은 황제와 국가를 상
징하고 권리를 행사할 수 있다.

혜에 보답하기를 바랍니다."

　上素より少游が將師の才あるを知る、卽ち拜して大將と爲し、京營
の軍三萬を發して之を討ぜしむ、尙書拜辭して出で、三軍を指揮して
渭橋に陣し、賊の先鋒を討つて左賢王を擒にす、賊勢大に挫き、師を
潛めて遁げ去れり、尙書追擊して三戰三捷し、斬首三萬、戰馬を獲る
八千匹、捷書を以て之を報ず、天子大に喜び、卽ち師を班へさしめ、
諸將の功を論じ次を以て賞賚す、少游軍中に在り疏して(譯者云ふ上疏
之を略す)一時の小捷に狃る可らず、兵を驅つて直に巢穴を搗き、以て
聖上西顧の憂を除かんことを希ふと、疏到るや上其の意を壯とし其忠
を嘉みし、卽ち秩を進めて御史大夫兼兵部尙書、征西大元帥と爲し、
尙方斬馬釰、彤弓赤□、通天の御帶、白□黃鉞を賜ひ、朔方、河東、
隴西諸道の兵を發し、以て其の軍勢を助けしむ、楊少游詔を奉じ闕に
向つて拜謝し、吉日を擇びて旗纛を祭り、仍て行を發す、軍容竝々號
令肅々、建瓴の勢に因り破竹の功を成し、數月の間に失ふ所の五十餘
城を復し、大軍を驅つて積雪山下に至る、一陣の回風忽ち馬前に起
り、鳴鵲あり橫に陣中を穿つて去る、尙書馬上に之を卜して一封を得
て曰く、賊兵必ず吾が陣を襲はん、而も終に吉有る也と、

　　상은 본래부터 소유가 장사(將師)[74]의 재(才)가 있음을 알았기에
　　곧 대장을 배수하여 경영(京營)의 군 3만으로 [그들을]토벌하게 하
　　였다. 상서 정중하게 하직인사를 하고 나와서, 삼군(三軍)을 지휘하

---

74 한문 텍스트는 '장수(將帥)'로 되어 있다.

여 위교(渭橋)에 진을 치며, 적의 선봉을 쳐서 좌현왕(左賢王)을 사로
잡았다. 도적의 힘이 크게 꺾이어 사기가 꺾인 도적들이 도망을 가
니, 상서가 추격하여 세 번 싸워 세 번 [모두]이겼다. 참수 3만에 전마
(戰馬)를 획득한 것은 8천 필로 승전보고서에 그것을 알렸다. 천자는
크게 기뻐하며 곧 군사를 돌아오도록 하고 여러 장수의 공을 논하여
이로써 상을 내렸다. 소유가 군중에 있으면서 소를 올렸는데(역자
는 말한다. 상소[의 내용]는 약(略)한다)[75], [그 소에는]한 때의 작은
승리로 바로잡을 수 없기에 즉시 병사를 몰고 와서 소혈(巢穴)을 소
탕하여 성상(聖上)의 사고(四顧)의 근심을 없애시기를 바란다고 했
다. 소(疏)가 이르자 상이 그 뜻을 장(壯)히 여기고 그 충을 가(嘉)히 여
겨 곧 벼슬을 내리어 어사대부 겸 병부상서 정서대원수로 삼았다.
[또한]상방참마검(尙方斬馬劍)과 동궁적전(彤弓赤箭), 통천어대(通天
御帶), 백모황월(白旄黃鉞)을 내리시고, 삭방(朔方)과 하동(河東), 농서
(隴西) 등 각도의 군사를 발하여 그 군세를 돕게 하셨다. 양소유는 조
(詔)를 받들고 궐을 향하여 고마움을 표하고, 길일을 택하여 기독(旗
纛)을 제사하고 이에 떠났다. 군대의 장비가 질서 정연하고 호령(號
令)이 소소(蕭蕭)[76]하니, [이는 마치]기와를 세우는 기세로 대나무를
깨치듯 공을 이루어, 몇 개월 사이에 잃은 곳 50여 성을 회복(復)하였
다. 대군을 몰고 와서 적설산(積雪山) 아래에 이르렀을 때, 일진(一陣)
의 회풍(回風)이 문득 말 앞에 일어나고, 까치가 울며 진중을 뚫고 지
나가기에 상서가 말 위에서 점을 쳐 보고, 일봉(一封)[77]을 얻고 말하

---

75 원문에는 상소에 대한 양소유의 언급이 수록되어 있으나, 번역문에는 역자의
   의도에 의해 생략됐다.
76 한문 텍스트는 '숙숙(肅肅)'으로 되어 있다.
77 한문 텍스트도 '일봉(一封)'으로 되어 있으나 문맥상 '일괘(一卦)'의 오기로 보인다.

기를,

"적병 반드시 우리 진을 습격할 것이나, [이는 나중에] 길(吉)이 있
으리라."

陣を山底に留め、鹿角蒺藜を四面に鋪き、三軍を整齊し、備を設け
て待つ、尚書帳中に坐し、橡燭を燒き兵書を閲みし、巡軍已に三更を
報ず、忽ち寒飆燭を滅し冷氣人を襲ふ、一女子空中より下つて帳裡に
立ち手に尺八の匕首を把る、色霜雪の如し、尚書其の刺客なるを知
り、而も神色變ぜず威稜益々冽し、徐に問ふて曰く、汝何人ぞ夜る軍
中に入り何の意かある、女子答へて曰く、妾は吐蕃國贊普の命を承
け、尚書の首級を取らんと欲して來れり、尚書笑つて曰く、大丈夫何
ぞ死を畏れん、須く速に手を下す可しと、女子劍を擲つて前み叩頭し
て曰く、貴人慮る勿れ、妾何ぞ敢て貴人を驚動せんやと、尚書就て扶
け起して曰く、君既に利刃を挾みて軍營に入り、反つて我を害せざる
は何ぞや、女子曰く、妾の本末自ら陳へんと欲するも、恐らくは立談
の間能く盡す所に非ざる也、尚書坐を賜ふて問ふて曰く、娘子の險を
冒し危を渉り、來つて少游を見る必ず好意あらん、將た何をか之に敎
へんとするか、其女子曰く、妾刺客の名ありと雖、實に刺客の心無
し、妾の心肝當さに貴人に吐露す可しと、

산 아래에 진(陣)을 치고 녹각(鹿角)과 질려(蒺藜)를 사면에 깔고,
삼군을 정제(整齊)하고 설비(設備)하고 기다렸다. 상서가 장막 가운
데에 앉아, 연촉(橡燭)을 태우며 병서를 자세히 보고 있는데, 순군(巡
軍)이 이미 삼경(三更)이 되었음을 알렸다. 홀연 음산한 바람이 일어

나 촛불을 꺼뜨리고 찬 기운이 사람을 엄습했다. 한 여자가 공중에서 내려와 장막 속에 서 있었다. 8척 비수를 들고 있었는데 상설(霜雪)과 같은 빛이었다. 상서는 그가 자객임을 알았으나, [조금도] 신색(神色)을 변하지 않았고 위릉(威稜)을 더더욱 늠름히 하였다. 천천히 묻기를,

"너는 누구이기에 밤에 군중(軍中)에 들어와 있느냐? 무슨 뜻이 있는 것이냐?"

여자가 답하여 말하기를,

"첩은 토번국 찬보(贊普)의 명을 받들어, 상서의 수급을 취하고자 왔습니다."

상서가 웃으며 말하기를,

"대장부 어찌 죽음을 두려워하겠느냐? 부디 속히 하수(下手)해야 할 것이다."

여자가 검을 던지고 앞에서 머리를 조아리며 말하기를,

"귀인께서는 염려하지 마십시오. 첩이 어찌 감히 귀인을 깜짝 놀라게 하겠습니까?"

상서 나아가 부축하여 일으키며 말하기를,

"자네가 이미 이인(利刃)을 끼고 군영(軍營)에 들어와서, 도리어 나를 해하지 않음은 어째서인가?"

여자가 말하기를,

"첩이 스스로 이야기하고자 하나 아마도 [이렇게] 서서 하는 말로는 능히 다할 수가 없을 듯합니다."

상서가 자리를 내리고 묻기를,

"낭자가 위험을 무릅쓰고 와서 소유를 만나는 것은 반드시 좋은

뜻이 있을 것이다. 장차 무엇으로 가르치려는가?"[78]

그 여자가 말하기를,

"첩이 자객이라는 이름은 있으나 실로 자객의 마음이 없습니다. 첩의 마음을 마땅히 귀인에게 토로할 것입니다."

自ら起つて燭を燃き前に當つて坐す、其の人雲髮を椎結し高く金簪を挿み、身に挾袖の戰袍を着け、袍上に石竹花を畵き、足に鳳尾の靴を着け腰に龍泉劍を懸け、天然の艶色は露に泡ふの海棠花の如く、從軍の木蘭に非ざれば必ず盒を偸むの紅綿也、繼で言つて曰く、妾は本と楊州の人也、世々大唐の民と爲る、幼にして父母を失ひ、一女子に從ひ其弟子と爲れり、其の女子劍術神妙、弟子三人に敎ゆ、卽ち秦海月、金綵虹、沈裊煙、沈裊煙は卽ち妾也、劍術を學ぶこと三年、能く變化の術は傳て、長風に乘して還り、飛電瞬息の頃に行くこと千餘里、三人の劍術別に高下無し、而して師の或は仇を報ぜんとし或は惡人を殺さんとするや、則ち必ず綵虹海月を遣はして、獨り妾を使はず、妾問ふ、吾か三人共に師傳に事へ同じく明敎を受くるに、而かも弟子は則ち獨り師傳の恩を報ぜず、敢て問ふ、妾の才拙にして師傳の使令に任ずるに足らざるか、師曰く、爾は我か流に非ざる也、他日當に正道を得て終に成就する有らん、今若し此兩人と與に人命を殺害せば、則ち豈に汝の心行に損する無らんや、是を以て遣ばざる也と、妾又問ふて曰く、妾劍術を學び得て將た何の用にかせん、師の曰く、汝前世の緣は大唐國に在り、而も其人は大貴人也、汝外國に在らば、邂

逅に便無し、吾か汝に劍術を教ふる所以の者は、汝をして此小技に因
りて貴人に逢ふことを得せしめんと欲して也、汝他日當さに百萬の軍
中に入りて、好縁を戎馬の間に成すことを得んと、今春師又た妾に謂
つて曰く、大唐の天子大將軍をして、吐蕃を征伐せしめ、贊普榜して
刺客を募り唐將を害せんと欲す、汝須く此に赴き、山を下り吐蕃國に
往き、諸劍客と與に長短の術を較し、一は以て唐將の禍を救ひ、一は
以て前身の縁を結べと、妾師命を奉じて蕃國に之き、自ら城門に掛る
所の榜を摘む、贊普妾を召して入れ、先きに到れる衆刺客と與に才を
較せしむ、妾片時にして能く十餘人の椎髻を割けり、贊普大に喜び妾
に言つて曰く、汝か唐將の首を獻ずるを待つて、汝を封じて貴妃と爲
さんと、今ま尙書に逢ひ、師傳の言驗あり、願くは此れより永く履綦
を奉じ忝く左右に侍せん、相公其れ果して肯諾するやと、

　스스로 일어나 촛불을 켜고 [상서] 앞에 나와 앉았다. 그 사람 구름
같은 머리를 추결(椎結)하고 금비녀를 높이 꽂았으며, 몸에는 소매가
좁은 전포(戰袍)를 두르고 포상(袍) 위에 석죽화(石竹花)를 수놓았으
며, 발에는 봉미화(鳳尾靴)를 신고 허리에는 용천검(龍泉劍)을 비스듬
히 찼다. 천연의 염색(艶色)은 이슬에 젖은 해당화 같아 종군의 수란
(水蘭)이 아니라면 반드시 금합(金盒)을 도둑질하던 홍면(紅綿)과 같
았다. 이어서 말하기를,
　"첩은 본래 양주(楊州) 사람입니다. 여러 대에 걸쳐 당(唐)나라 백
성인데, 어려서 부모를 잃고 한 여자를 따라 그 제자가 되었습니다.
그 여자는 검술이 신묘하여 제자 3명을 가르쳤는데, 곧 진해월(秦海
月)과 금채홍(金綵紅), 심요연(沈裊煙)으로, 심요연은 곧 첩입니다. 검

술 배우기를 3년, 능히 변화의 술(術)을 전하였습니다. 바람을 타고
번개를 따라 순식간에 가기를 천여 리, 3명의 검술은 별로 높고 낮음
이 없었습니다. 그리하여 스승이 원수를 갚으라 하거나 혹은 악인을
없애라 하면 반드시 채홍과 해월을 보내고 유독 첩을 쓰지 않았습니
다. [이에] 첩이 물었습니다. '우리 세 사람이 함께 사부를 모시고 같
이 가르침을 받았는데, 제자는 유독 사부의 은혜를 갚지 못했습니
다. 감히 묻습니다. 첩의 재주가 서툴러서 사부의 사령(使令)에 임하
기에 족하지 않습니까?' 사부가 말했습니다. '너는 우리 무리와는
다르니라. 후일 마땅히 바른 도를 얻어 마침내 성취함이 있을 것이
다. 지금 만약 이 두 사람과 더불어 인명을 살해하면, 어찌 너의 마음
과 행동에 손해가 없겠는가? 이에 보내지 않는 것이다.' 첩이 또 물
었습니다. '첩이 검술을 배워 장차 무슨 쓸 데가 있습니까?' 사부가
말했습니다. '네 전생의 인연은 대당국(大唐國)에 있고 더구나 그 사람은
대귀인(大貴人)이다. 네가 외국에 있으면 해후할 방법이 없다. 내가
너에게 검술을 가르치는 까닭은 너에게 이 조그만 재주로 인하여 귀
인을 만날 수 있게 하고자 함이다. 너는 후일 마땅히 백만의 군중(軍
中)에 들어가 전쟁터에서 좋은 인연을 이루어라.' 하시고 올 봄 사부
가 또 첩에게 일러 말했습니다. '대당(大唐)의 천자께서 대장군으로
하여금 토번을 정벌하게 하시고 찬보(贊普)가 자객을 모집하는 방을
붙여 당나라 장군을 해하고자 할 것이다. 너는 모름지기 여기에서
나아가 하산(下山)하여 토번국으로 가서 검객들과 더불어 장단(長短)
의 검술을 겨루어, 한편으로는 당나라 장수의 화(禍)를 구하고, 한편
으로는 전생의 연을 맺어라.' 하시기에, 첩이 사명(師命)을 받들어 번
국으로 가서 스스로 성문에 걸린 방을 떼어냈습니다. 찬보가 첩을

불러 들여 앞서 도착한 무리의 자객(衆刺客)과 더불어 재주를 겨루게 했습니다. 첩이 짧은 시간에 능히 10여 명의 추계(椎髻)를 베어 버리니, 찬보는 크게 기뻐하며 첩에게 말했습니다. '네가 당나라 장수의 머리를 올리기를 기다려, 내 너를 귀비(貴妃)로 삼을 것이다.'하였는데, 지금 상서를 만났으니 사부의 말과 같습니다. 이제부터 오래도록 [상공의] 신발을 받들어 좌우에서 모시기를 바랍니다. 상공 과연 승낙하시겠습니까?"

尚書大に喜んで曰く、娘子既に瀕死の命を救ひ、且つ身を以て之に事へんと欲す、此恩何ぞ盡く報ず可けん、白首偕老是れ我が志なりと、因て輿に同寢し、槍劒の色を以て花燭の光に代へ、刀斗の響を以て琴瑟の聲に替ふ、伏波營中月影正に流れ、王門關外春色已に回る、戎幕中一片の豪興、未だ必ずしも維帷綵屛の中に愈らずんばあらず、是の後尚書晨昏に沈溺し、將士を見ざること三日に至る、裊煙曰く、軍中は婦女居る可きの處に非ず、兵氣恐らくは揚らざらん、乃ち辭し歸らんと欲すと、尚書曰く、仙娘は世上紅粉兒の比す可き所に非ず、方さに奇計を畫し妙策を運らし我を敎へて賊を破らんことを祈れり、娘何ぞ棄て歸るや、裊煙曰く、相公の神武を以てせば、賊の巢窟を蕩殘せんこと唾手の間に在る耳、何ぞ以て相公の慮を煩はすに足らんや、妾の此に來る師命に仍ると雖、未だ永く辭せるにあらず、師傅に歸り見て姑く山中に居り、徐に相公の回軍を待ち、當に京城に拜す可しと、尚書曰く、然も娘子去るの後贊普更に他の刺客を遣さば、將た何を以て之に備へん、裊烟曰く、刺客多しと雖皆な裊煙の敵手に非ず、若し妾か相公に歸順せることを知らば、則ち他人安んぞ敢て來ら

んやと、

상서 크게 기뻐하며 말하기를,

"낭자는 이미 거의 죽을 지경에 이른 목숨을 구하고 또한 몸으로 섬기고자 하니, 이 은혜 어찌 다 보답할 수 있겠는가? 백수(白首) 해로(偕老)하는 것이 내 뜻이오."

인하여 더불어 동침하니, 창검(槍劍)의 색(色)으로써 화촉의 빛을 대신하고, 도두(刀斗)의 향(響)으로써 금슬(琴瑟)의 소리를 대신했다. 복파(伏波) 장군의 진영 가운데 달빛이 정히 흐르고 왕문관(王門[79]關) 밖에 춘색(春色)이 이미 가득했다. 융막(戎幕) 속의 한 조각 호방한 홍취가 비단 천막의 병풍 속보다 반드시 낮지 않다고 할 수 없었다. 이 후로 상서는 새벽과 황혼녘에 심요연에게 빠져들어 장수와 사졸을 보지 않기를 3일에 이르렀다. 요연이 말하기를,

"군중(軍中)은 부녀가 거처할 만한 곳이 아닙니다. [또한]군병의 사기가 아마도 오르지 않을 것입니다. 이에 하직인사를 하고 돌아가고자 합니다."

상서가 말하기를,

"선낭(仙娘)은 세상의 여자에 비할 바가 아니오. 바야흐로 기묘한 계획을 알리고 묘책을 사용하도록 나에게 가르쳐 주어 적을 깨뜨리기를 바라는데, 낭은 어찌 [나를]버리고 돌아가려 하시오."

요연이 말하기를,

"상공의 신무(神武)로 적의 소굴을 탕진하는 것은 손바닥에 침을

---

79 한문 텍스트는 '옥문(玉文)'으로 되어 있다.

뱉는 것처럼 쉬운 일입니다. 어찌 상공께서 근심하여 번거롭게 하기
에 족하겠습니까? 첩이 여기에 온 것은 사부의 명 때문이기는 하더
라도 아직 하직을 하지 않았으니, 돌아가서 사부를 뵙고 잠시 산중
에 기거하며 천천히 상공께서 군사를 돌이키시는 것을 기다려 마땅
히 서울에 절할 것입니다."

상서가 말하기를,

"그러나 낭자 떠난 뒤 찬보가 다시 다른 자객을 보내면 장차 어찌
준비해야 되겠느냐?"

요연이 말하기를,

"자객이 많다 하더라도 모두 요연의 적수가 아닙니다. 만약 첩이
상공에게 귀순했음을 알면 다른 사람이 어찌 감히 오겠습니까?"

手腰間を探りて一顆珠を出だして曰く、此珠は妙兒玩と名づく、卽
ち贊普が椎髻上に繫ぐ所の者也、相公使者に命じて此珠を送り、贊普
をして妾が復歸の意無きを知らしめよと、尙書又た問ふ、此の外更に
敎ゆ可き者無きか、裊煙曰く、前路必ず盤蛇谷を過ぎん、此の谷飮む
可きの水無し、相公須く井を鑿ち三軍に飮ましむるを愼まば則ち好し
と、尙書又た計を問はんと欲す、裊煙一躍して空に騰り復た見る可ら
ず、尙書將士を會して裊煙の事を語る、皆曰く、元帥の洪福天の如
し、神武敵を愴らせり、想ふに神人の來り助くる有らんと。

손으로 허리춤을 더듬어서 구슬 한 개를 꺼내며 말하기를,

"이 구슬은 묘아완(妙兒玩)[80]이라 하는데, 곧 찬보가 추계(椎髻) 위
에 매는 것입니다. 상공이 사자에게 명하여 이 구슬을 보내어, 찬보

271

에게 첩이 다시 돌아갈 뜻이 없음을 알게 하십시오."

상서가 또 묻기를,

"이 밖에 다시 가르칠 만한 것이 없소."

요연이 말하기를,

"가는 길에 반드시 반사곡(盤蛇谷)을 지날 것입니다. 이 골짜기는 마실 만한 물이 없으니, 상공은 부디 삼가 우물을 파서 삼군에 마시게 하시면 좋을 것입니다."

상서 또 계책을 묻고자 하였으나, 요연이 한 번 뛰어 공중으로 오르니 다시 볼 수 없었다. 상서가 장수와 병사들을 모아 요연의 일을 말했다. 모두 말하기를,

"원수의 홍복(洪福)이 하늘과 같아서 신무(神武)로 적(敵)을 떨게 하니, 생각건대 신인(神人)이 와서 도운 것일 것입니다."

卷之四
권지사

白龍潭に楊郎陰兵を破り、洞庭湖に龍君嬌容を宴す,
백룡담에 양랑 음병을 파하고, 동정호에 용군 교용을 연하다

尚書卽ち使を發して、妙兒玩を吐蕃に遣り、遂に行て大山の下に到る、峽路甚だ窄く纔に一馬を容る壁を攀ぢ測に緣り、魚貫して進み數百里を過ぎ、始めて稍や廣きの處を得たり、寨を設け營を立て、馬を

---

80 원문에는 묘아환이라고 표기되어 있다.

歇め軍を休む、軍卒頓に渇すること甚し、水を求むれども得ず山下に
大澤有り、爭つて其水を飮む、飮み畢れば遍身皆靑く、語言通ぜず、
戰掉死せんと欲す、尙書親く自ら往き其の水色を見る、沈碧深さ測る
可らず、寒氣凜慄、秋霜を挾むに似たり、始めて悟つて曰く、是れ必
ず蟲煙が所謂る盤蛇谷也と、

　　상서가 곧 사자(使者)를 출발시켜 묘아완을 토번에 보내고 마침내
행군하여 큰 산 밑에 이르렀다. 산길이 매우 좁아 겨우 말 한 필이 지
나갈 정도였다. 벽에 의지해서 시내를 따라 고기를 잡으며 나아가는
데, 수백 리를 지나자 비로소 조금 넓은 곳을 얻었다. 영채(營寨)를 만
들어 세우고 말을 쉬게 하고 군을 쉬게 했다. 갑자기 군졸들이 갈증
이 심해져 물을 찾았으나 얻지 못했다. 산 아래에 큰 연못이 있어 다
투어 그 물을 마셨다. 마시기를 마치자 모두 온몸이 파래지고 말을
잇지 못하며 두려워하며 죽고자 하였다. 상서가 친히 가서 그 물빛
을 보았다. 구름에 잠긴 듯 깊이를 잴 수 없었고 찬 기운에 몸을 떨며
가을서리가 낀 듯했다. 비로소 깨닫고 말하기를,
　　"이는 반드시 요연이 이른바 반사곡이다."

　餘軍を督し井を堀らしむ、衆軍鑿つこと數百餘井、高さ十丈許り、
而も一として水湧くの處無し尙書大に憫れみ、方に營を撤し陣を他處
に移さんと欲す、脾鼓の聲忽ち山後より來り、雷聲地に殷し岩谷皆應
ず、賊兵其の險阻に據り、以て歸路絶つ、官軍進退俱に碍り飢渴且つ
甚し、尙書方に營中に在り、敵を退る計を思ふ、而も終に良策無く、
悶惱これ久く神氣頻る困み、卓に倚りて少く眠る、忽に異香あり遍く

營中に滿つ、女童兩人進んで尙書の前に立つ、容狀奇異、仙に非ざれ
ば則ち鬼なり、尙書に告げて曰く、吾娘子一言を貴人に告げんと欲
す、願く貴人一たび陋穢の地に步を枉ぐるを惜む勿れ、尙書問ふて曰
く、娘子は是れ何人ぞ何處に在るや、答て曰く、吾娘子は卽ち洞庭龍
君の小女也、近日暫く官中を離れ來つて此に寓せり、尙書曰く、龍神
の在る所は卽ち水府なり、我は人世の人也、將に何の術を以て身を致
さんや、女童曰く、神馬已に門外に繫げり、貴人之れに騎らは自ら當
に至る可し、水府遠からず何の難きことか之れ有らんやと、

　　남은 군사들을 독려하여 우물을 파게 했다. 무리의 군인들이 수백
여 개의 우물을 팠으나, 깊이가 10장 가량이어도 [어느]한 곳에서도
물이 솟아나는 곳이 없어서 상서는 무척 근심했다. 바야흐로 군영을
철거하고 진(陣)을 다른 곳으로 옮기고자 하였다. 비고(鼙鼓)[81] 소리
홀연 산 뒤에서 들려오는데 그 뇌성(雷聲)이 땅을 어지럽히고 암곡
(巖谷)이 모두 응했다. 적병(賊兵)들이 험준하여 다니기 어려운 곳에
기거하며 돌아가는 길을 끊으니, 관군들의 진퇴가 모두 어려워지고
굶주림과 목마름이 또한 심하여, 상서 바야흐로 영중(營中)에서 적을
물리칠 계략을 생각했다. 그러나 끝내 좋은 계책이 없어 오래도록
근심하고 괴로워하다가, 신기(神氣)가 자못 곤(困)하여 탁자에 기대
어 잠시 잠이 들었다. 문득 기이한 향이 두루 영중에 가득했다. 여동
(女童) 두 사람이 나와서 상서의 앞에 섰다. 그 얼굴모습이 기이하여
신선이 아니면 귀신이었다. 상서에게 고하여 말하기를,

---

81 옛날에 군대에서 사용하던 작은 북.

"저희 낭자 귀인에게 한 마디를 고하고자 하십니다. 귀인께서 누추한 땅에 한 번 왕림하시기를 아끼지 마시기 바랍니다."

상서가 묻기를,

"낭자는 누구이고 어디에 있는가?"

답하여 말하기를,

"저희 낭자는 곧 동정(洞庭) 용군(龍君)의 소녀입니다. 근래에 잠시 궁중을 떠나와서 여기에 거처하십니다."

상서가 말하기를,

"용신(龍神)이 있는 곳은 곧 수부(水府)이고, 나는 인간세상의 사람이오. 장차 무슨 술법으로 내 몸을 이르게 하겠는가?"

여동이 말하기를,

"신마(神馬) 이미 문밖에 매어 놓았으니, 귀인께서는 그것을 타시면 저절로 마땅히 이를 것입니다. 수부 멀지 않으니 무슨 어려움이 있겠습니까?"

尙書女童に隨つて轅門を出づ、從者數十人、衣服制を異にし儀形常ならず、尙書を扶けて馬に上す、馬行くこと流るが如く、飛塵蹄下に起らず、俄頃にして水中の宮闕に臻る、宏鹿王者の居の如し、門を守るの卒皆な魚頭蝦鬚なり、女童數人內より門を開て出で、尙書を導き堂上に昇る、殿中に白玉の交倚あり、南向して設く、侍女尙書を請じて其上に坐せしめ、錦鋪を繡き階砌の下を步障し、卽ち內殿に入る、幾くならずして侍女十餘人、一箇の女子を引き左邊の月廊より殿前に抵る、姿態の媚び服飾の華かなる、俱に形言す可らず、侍女一人前に至り請じて曰く、洞庭龍王の女謁を楊元帥に請ふと、

상서가 여동을 따라 원문(轅門)을 나섰다. 종자(從者) 수십 명의 의복 기이하게 지어졌으며 의형(儀形) [또한]평범하지 않았다. 상서를 부축하여 말에 올리니 말이 가는 것이 흐르는 듯 했고, 날리는 먼지가 말굽 아래에서 일지 않았다. 삽시간에 수중의 궁궐에 다다르니 [궁궐은]굉장히 장려하여 왕자가 기거하는 곳 같았는데, 문을 지키는 군사들은 모두 물고기머리에 새우수염차림이었다. 여동 수명이 안에서 문을 열고 나와 상서를 이끌어 당상에 올랐다. 전각 가운데 백옥으로 된 교의(交倚)가 있어 남향으로 놓여 있었는데 시녀가 상서를 청하여 그 위에 앉게 했다. 비단을 펼쳐 놓은 계단 아래를 이동식 가리개를 하고 [걸어]곧 내전에 들어갔다. 얼마 되지 않아 시녀 10여명이 낭자 한 명을 일개(一箇) 인도하여 왼쪽의 월랑(月廊)을 따라 전각 앞에 이르렀다. 자태의 아름다움과 복식의 화려함은 모두 말로 표현할 수 없었다. 시녀 한 명이 앞에 이르러 청하여 말하기를,

"동정 용왕의 딸 양원수에게 뵙기를 청합니다."

尚書驚て之を避けんと欲す、兩侍女挾み持して床を下らしめず、龍女前に向つて四拜す、琳瑯□としを饗き芬馥人を射る、尚書請じて殿に上らしむ、龍女辭遜して敢てせず、小席を設けて坐す、尚書曰く、楊少游は塵世の賤品、娘子は水府の靈神なり、禮貌何ぞ太だ恭しきや、龍女答して曰く、妾は卽ち洞庭龍王の末女淩波なり、妾の初めて生るゝや、父王上界に朝して張眞人に逢ひ、妾の命を卜す、眞人著を撲つて曰く、此娘子の前身は卽ち仙女也、罪に因つて謫降され王の女と爲れり、而も畢竟復た人形を得、人間貴人の姬妾と爲り富貴榮華の樂を享け、耳目心志の娛を悉くし、終に佛家に歸して永く大禪と爲ら

んと、吾が龍神は水族の宗たり、而して幻人の形を以て大榮と爲し、仙佛に至つては尤も敬まひ戴く所也、妾の伯兄初め涇水龍宮の婿と爲る、夫妻反日し兩家和を失し、再び柳眞君に適けり、九族之を尊び一家之を敬へり而も妾は則ち將さに正果を得んとし、一の榮貴必ず伯兄の上に在らんと、父王眞人の言を聞きしより妾を愛するの情一倍降篤と爲り、宮中大小の倚妾は天上の眞仙に待つか如く、稍や長ずるに及び、南海龍王の子五賢、妾が略ぼ姿色あるを聞き、婚を父王に求む、吾が洞庭は卽ち南海の管下なり、故に父王敢て峻斥せず、親ら南海に往き、諭すに張眞人の言を以てす、強拒して從はず、卽ち南海の王其の驕悍の子の爲めに、反つて父王を以て誕說に惑ふと爲し、肆然として喝責し、婚を求むること益益急なり、妾目ら知る、若し父母の膝下に在らは、則ち辱必す身に及ばんと、遠く父母を離れ、身を抽んで遁逃し、荊棘を拔き窟宅を開き、自ら胡地に蟄し苟も歲月を送れり、而も南海の逼ること益々甚し、父母は但だ曰ふ、女子身を斂むるを願はす遠く走れりと、終に之を棄てゝ問はざらしめんと欲せり、惟だ彼の狂童妾の孤弱を期し、自ら軍兵を率ゐ賤妾に逼らんと欲す、妾の至冤苦節天地に感極し、瀦澤の水居然として變化し、冷きこと寒氷の如く昏きこと地獄の如く、他國の兵輕しく入ること能はず、故に妾此に賴つて全完して尙ほ危命を保てり、今日幸に貴人を邀へ此の陋處に臨まるゝは惟に衷情を訴へんと欲するのみならず、目今王師暴露する既に久しく、水路通ずる莫く井泉出でず、土を堀り地を鑿つも亦た勞に止まり、一山を遍くし萬丈を穿つと雖、水得可らず力支ゆ可らず、此の水本を淸水潭と名づけ、水性甚だ美なりしも、妾來居してより其味苦惡と爲り、之を飲む者病を生ず、故に改め稱して白龍潭と曰ふ也、今

ま貴人此に來る、賤妾得る所何をか羨まんや。

妾既に命を貴人に託し、身を貴人に許せば、則ち貴人の憂は卽ち妾の憂也、豈に敢て愚智を效して軍功を助けざらんや、此より後水味の甘きこと當に舊日の如くなる可く、士卒皆な牛飮するも自ら害無なけん、水に病むの卒も亦た當に自ら瘳ゆ可しと

　　상서가 깜짝 놀라 피하려 하였으나, 두 명의 시녀가 붙잡고 그로 하여금 자리에서 내려가지 못하게 하였다. 용녀가 앞을 향하여 네 번 절하는데 임랑(琳瑯) [그]소리 울리고 향기로운 냄새가 사람을 사로잡았다. 상서 [또한 용녀가]전각에 오르기를 청했다. 용녀는 사양하며 감히 오르지 않으며 작은 자리를 잡고 앉았다. 상서가 말하기를,

　　"양소유는 진세(塵世)의 천한 몸이고 낭자는 수부의 영신(靈神)입니다. 예모(禮貌)가 어찌 그리 공손하십니까?"

　　용녀가 답하여 말하기를,

　　"첩은 곧 동정 용왕의 막내딸 능파(凌波)입니다. 첩이 처음에 태어났을 때 부왕(父王)이 상계(上界)에서 조회하시고 장진인(張眞人)을 만나 첩의 명(命)을 점쳤습니다. 진인이 점대를 짚으며 말하기를, '이 낭자의 전생은 곧 선녀입니다. 죄를 지어 인간세상으로 내려오게 되어 왕의 딸이 되었으나, 필경 다시 사람의 모습을 얻어 인간[세계의] 귀인의 총애 받는 첩이 되어 부귀영화의 낙을 누리고 이목심지(耳目心志)의 즐거움을 다하다 마침내 불가에 귀의하여 길이 대선(大禪)이 될 것입니다.' 우리 용신(龍神)은 수족(水族)의 조종으로서 사람의 모습으로 환생하는 것을 크게 영광으로 여기며 신선과 부처님께 이르는 것은 더욱 공경하는 바입니다. 첩의 맏형은 처음에는 경수(涇水)

용궁의 아내가 되었는데 부처(夫妻)가 반목하여 양가의 화합이 깨졌습니다. [이에]다시 유진군(柳眞君)에게 시집을 가서 모든 친척들이 그를 높이고 집안사람 모두가 그를 공경했습니다. 그러나 첩은 장차 정과(正果)를 얻어 상당한[82] 영귀(榮貴)함이 반드시 맏형보다 위에 있을 것입니다. 부왕 진인의 말을 듣고부터 첩을 아끼는 정이 한층 더 두터웠는데 궁중의 크고 작은 의첩(倚妾)[83]은 [저를]하늘 위의 진짜 선녀를 대하는 것 같았습니다. 점점 성장함에 이르러 남해 용왕의 아들 오현(五賢)이 첩이 자색(姿色)이 있음을 대략 듣고 부왕(父王)에게 구혼했습니다. 저희 동정은 곧 남해의 관하(管下)입니다. 그러므로 부왕이 감히 거절하지 못하고 남해에 친히 가서 장진인의 말을 들어 설득함에 강경히 거절하여 따르지 않았습니다. 곧 남해의 왕은 그 거만하고 거들먹거리는 아들을 위해 도리어 부왕이 탄설(誕說)에 미혹되었다 하며 거리낌 없이 꾸짖어 구혼이 더더욱 급해졌습니다. 첩은 스스로 알았습니다. 만약 부모의 슬하에 있다면 욕(辱)이 반드시 몸에 미치리라는 것을. [그리하여]멀리 부모를 떠나 도피하여 갖은 고난을 피하고 굴택(屈宅)을 열어, 홀로 오랑캐 땅에 칩거하며 구차하게 세월을 보냈습니다. 그러나 남해의 핍박이 더더욱 심해지자 부모께서 다만 말씀하시기를, '딸은 몸을 숨기기를 바라 멀리 도망갔습니다. 끝내 그것을 포기하시고 묻지 않으시기를 바랍니다.' [라고 했습니다]다만 저 광동(狂童)이 스스로 군병을 이끌고 와서 외롭고 약한 첩을 핍박하고자 하였습니다. [그런데]첩의 지극한 원통함과 괴로운 절개에 천지가 감동하였는지 큰 못의 물이 슬며시 변화하

---

82 한문 텍스트는 '일신(一身)'으로 되어 있다.
83 한문 텍스트는 '시첩(侍妾)'으로 되어 있다.

여 쌀쌀하기가 차가운 물과 같았고 어둡기가 지옥 같아 타국의 군사
가 가벼이 들어올 수 없었습니다. 그리하여 첩이 이에 힘입어 온전
히 위험한 목숨을 보전했습니다. 오늘 다행히 귀인을 만나 이 누추
한 곳에 임하시게 한 것은 오직 [첩의]충정을 알리고자 해서일 뿐만
은 아닙니다. 바로 지금 왕사(王師)의 폭로함이 이미 오래되어 수로
(水路)에서는 물이 통하지 않으며 우물에서는 물이 나오지 않아 흙을
파고 땅을 뚫는 일이 수고롭습니다. 비록 산 하나를 두루 미쳐 만장
(萬丈)을 판다 해도 물을 얻을 수 없고 군력을 지탱할 수 없습니다. 이
물은 본래 청수담(淸水潭)이라 했는데 수성(水性)이 심히 아름다웠으
나 첩이 와서 기거하고부터는 그 맛이 고악(苦惡)하게 되어 그것을
마시는 자는 병을 얻는 까닭에 이름을 바꾸어 백룡담(白龍潭)이라 합
니다. 지금 귀인께서 여기에 오시어 천첩이 [귀인을]얻은바 무엇을
부러워하겠습니까. 첩이 이미 목숨을 귀인께 의탁하고 몸을 귀인에
게 허락했으니 귀인의 근심은 곧 첩의 근심입니다. 어찌 감히 어리
석은 지혜를 다하여 군공(軍功)을 돕지 아니하겠습니까? 이후로 물
맛의 달기가 마땅히 옛날과 같아질 것입니다. 군사들과 소들이 모두
마셔도 마땅히 해가 없을 것입니다. 물로 병이 난 군사들도 또한 마
땅히 저절로 나을 것입니다."

尚書曰く、今ま娘子の言を聞き、兩人の縁は天已に之を定め、神も
亦た之を知れり、月老の約肆まに卜す可し、娘子の意亦た我の如きや
否、龍女曰く、妾の陋質已に之を許すと雖、徑に郎君に侍するは不可
なる者三つあり、一は則ち父母に告げざる也、二は則ち幻形變質して
而る後方さに以て貴人に侍す可き也、今ま麟甲の腥、鬐□の陋を以て

して貴人の床席を累す可らざる也、三は則ち南海の龍子毎に邏卒を此
に送り、暗々に探偵せり、其怒を激し其禍を挑み、以て一場の風波を
起す可らざる也、貴人須く早く陣中に歸り、軍を整へ賊を殲奇し大勳
を遂げ得て、凱を奏し京に還らば、則ち妾當さに裳を褰げ涉湊して、
貴人に甲第の中に從ふ可き也と、尚書曰く、娘子の言美なりと雖、我
れ之を思ひ娘の此に來る、但に志を守るのみならず、而も亦た父王も
少游の來るを待つて卽ち之に從はしめんと欲する也、今日の相會せる
は豈に父王の命に非ずや、且つ娘子は神明の後、靈異の性也、人神の
間に出入し、往く所として可たらざるは無し、則ち豈に麟□を以て嫌
と爲さんや、少游不才と雖、天子の明命を奉じ百萬の雄兵を將ゐ、飛
廉之れが導先を爲し、海若之れが殿後を爲せり、其の南海の小兒を視
るは、**蚊虻螻蟻の如き而已**、渠れ若し自ら量らず妾に相逼らんと欲せ
ば、則ち我が寶劍を汚すに過ぎざる而已、今夜何の幸ぞ邂逅相逢ふ、
則ち良辰豈に虛く度る可けんや、佳期何ぞ孤負す可けんやと、

　　상서가 말하기를,
　　"지금 낭자의 말을 들으니 두 사람의 인연은 하늘이 이미 그것을
정한 것이고 신도 또한 그것을 알고 있습니다. 월하노인(月下老人)의
언약을 참으로 점칠 수 있을 듯 한데 낭자의 뜻 또한 나와 같습니까?"
　　용녀가 말하기를,
　　"첩의 누추한 재질을 이미 낭군에게 허락한다 하였더라도 낭군을
모시는 것이 불가한 이유가 셋 있습니다. 첫째는 부모에게 고하지
않은 것입니다. 둘째는 인간으로 변한 연후에 바야흐로 귀인을 모실
수 있을 것입니다. 지금[과 같이] 비린 비늘 껍질에 조악한 갈기를 가

지고서 귀인의 자리를 더럽힐 수 없습니다. 셋째는 남해의 용왕의 아들이 매양 군사를 여기에 보내어 암암리에 정탐하여 그 노여움을 격하게 하고 그 화를 도발하여 한 바탕 풍파를 일으킬 것이니 귀인은 부디 서둘러 진중(陣中)으로 돌아가시어 군사를 바로잡고 도적을 섬멸하여 큰 공을 완수함을 얻어 승리의 함성을 아뢰며 서울로 돌아오시면 첩은 마땅히 치마를 걷고서 물을 건너 갑제(甲第) 가운데로 귀인을 따라 갈 것입니다."

상서가 말하기를,

"낭자의 말은 아름답지만, 내 그것을 생각함에 낭자가 여기에 온 것은 다만 뜻을 지켰을 뿐만 아닙니다. 또한 부왕께서도 소유가 오는 것을 기다려 [첩이]따르게 하시기를 바라셨다고 생각합니다. 오늘 [이렇게]만난 것은 어찌 부왕의 명이 아니겠습니까? 또한 낭자는 신명(神明)의 후손이고 영이(靈異)한 성품이라 사람과 귀신 사이에 출입하여 가는 곳마다 불가한 곳이 없으니, 어찌 비늘과 지느러미로 [그대를]꺼리겠습니까? 소유가 재주는 없지만 천자의 명령을 받들어 백만의 웅병(雄兵)을 거느리고, 바람을 일으키는 상상의 새로 하여금 길의 앞을 안내하게 하고 바다의 신이 전각의 뒤를 맡게 한다면, 그 남해의 어린아이를 보는 것이 모기나 하루살이와 같이 할 따름입니다. 지금 만약 스스로 헤아리지 못하고 함부로 서로 핍박하고자 한다면, 제 보검을 더럽힘에 불과할 따름입니다. 오늘밤 이렇게 만난 것이 얼마나 다행스러운 일인데 [이렇게]좋은 날을 어찌 헛되이 보낼 수가 있겠습니까? 아름다운 기약을 어찌 홀로 저버릴 수 있겠습니까?"

遂に龍女を携へて枕に就く、交會の歡、夢に非ざれば則ち眞なり、日未だ明けざるに、一聲の疾雷鉤々□々として、水品宮殿を□却す、龍女忽ち驚き覺めて起つ、宮女急を報じて曰く、大禍出づ、南海の太子無數の軍兵を驅り、來つて山下に陣し、請ふ楊元帥と與に雌雄を決せんと、尙書大に怒つて曰く、狂童何ぞ敢て乃ち爾ると、袂を拂つて起ち、水邊を跳り出づ、南海の兵已に白龍潭を圍み、喊聲大に震ひ陣雲四もに起り、所謂る太子なる者馬を躍らして陣に出で、大に叱して曰く、爾ぢ何人の爲めに人の妻を掠むるか、誓つて與に其に天地間に立たざる也と、尙書馬を立て大に笑つて曰く、洞庭の龍女は少游と三生の宿縁あり、卽ち天宮の簿する所、眞人の知る所也、我は天命に順ふに過ぎざる也、天の敎を奉ずる也、么麼の鱗虫ぞ何ぞ無禮是の若きやと、

마침내 용녀를 이끌고 잠자리에 드니, 정을 주고받는 즐거움이 꿈인지 생시인지 몰랐다. 날이 아직 밝지 않았는데 엄청난 우레 소리와 쇠북소리가 들리며 수정(水晶) 궁전이 뒤흔들렸다. 용녀는 문득 놀라 눈이 깨서 일어났다. 궁녀가 급히 보고하여 말하기를,

"큰 화가 일어났습니다. 남해의 태자가 무수한 군병을 몰아 산 아래에 진을 치고 양원수와 더불어 자웅(雌雄)을 결하기를 청합니다."[84]

상서가 크게 노하여 말하기를,

"미친 아이가 어찌 감히 이럴 수 있느냐?"

소매를 떨치고 일어나 물가로 걸어 나갔다. 남해의 군사는 이미

---

84 원문에는 이후 용녀가 양소유를 깨우며 양소유를 만류했던 까닭이 이 일을 걱정해서였기 때문이라고 언급하는 내용이 부연되어 있다.

백룡담(白龍潭)을 둘러쌌다. 함성이 크게 진동하고 진운(陣雲)이 사방
에서 일어나는데, 이른바 태자라는 자가 말을 달려 진을 나와 크게
꾸짖으며 말하기를,

　"너는 누구이기에 남의 처를 빼앗는 것인가? 맹세컨대 천지간(天
地間)에 더불어 [너와 내가] 서지 못할 것이다."

　상서가 말을 [멈춰] 세우고 크게 웃으며 말하기를,

　"동정의 용녀는 소유와 삼생(三生)의 숙연(宿緣)이 있으니 곧 천궁
(天宮)의 명부에 있는 바로 진인(眞人)께서도 아시는 바이다. 나는 하
늘의 명에 따르고 하늘의 가르침을 받드는 것에 불과하다. 어떤 인
충(鱗蟲)이길래 어찌 무례함이 이와 같은가?"

　仍て兵を麾て督戰す、太子大に怒り千萬種の水族に命じ、鯉提督、
鼈參軍、氣を皷し勇を買ひ、騰跳して出づ、尚書一麾して之を斬り、
白玉の鞭を擧げ一たび之を揮へば、百萬の勇卒齊く發して蹴蹈し、時
を移さすして敗鱗殘甲已に地に滿てり、太子身に數鎗を被むり變化す
る能はず、終に唐軍の獲る所と爲り、麾下に縛致さる、尚書大に悅び
金を鑿つて軍を收む、門卒報じて曰く、白龍潭の娘子親ら軍前に詣
り、元帥を進賀し仍て軍卒を犒はんと、尚書人をして邀へ入らしむ、
龍女進んで尚書の全勝を賀し、千石の酒萬頭の手を以て大に饗す、三
軍の士卒皷腹して歌ひ、翹足して舞ひ輕銳の氣百倍せり、楊元帥龍女
と與に同く坐し、南海太子を捽し入れ、厲聲之を責めて曰く、我れ天
命を奉行し四夷を征伐す、百鬼千神も命に從はざる莫し、汝小兒天命
を知らず、敢て大軍に抗す、是れ自ら鱗鯢の誅を促す也、我に一斤の
寶劍あり、卽ち魏微丞相が涇河龍王を斬れるの利器也、當に汝が頭を

斬り以て軍威を壯にす可し、而かも汝ち南海を鎭定し博く兩澤を施
し、萬民に功あり、是を以て之を赦さん、自今舊惡を俊め、幸に罪を
娘子に得ること勿れと、

이에 군사를 지휘하여 전투를 감독하고 격려했다. 태자가 크게 노
하여 천만 종의 수족(水族)에게 명하니, 잉어 제독(提督)과 자라 참군
(參軍)이 기운을 돋우고 용기를 내어 뛰어 나왔다. 상서가 한 번 지휘
하여 목을 베고 백옥편(白玉鞭)을 들어 한 번 휘두르니, 백만의 용감
한 군사들이 일제히 일어나서 그들을 차고 짓밟았다. 순식간에 부스
러진 비늘과 깨어진 껍질이 이미 땅에 가득했고, 태자는 몸에 여러
개의 화총을 맞아 변화할 수 없게 되어 마침내 당군(唐軍)에게 사로
잡혀 휘하에 묶이게 되었다. 상서는 크게 기뻐하며 금(金)을 쳐서 군
사를 거두었다. 문을 지키는 군사가 보고하여 말하기를,

"백룡담의 낭자께서 친히 군대 앞에 이르러 원수께 치하를 드리
고 군사들에게 음식을 보내어 위로하고자 합니다."

상서가 사람에게 맞아들이게 하였다. 용녀가 나아가 상서의 전승
(全勝)을 축하하고, 술 천 석(石)과 수(手)[85] 만 필로써 크게 대접했다.
삼군의 군사들이 잔뜩 배불리 먹고 노래하며 발을 흔들고 춤을 추니
가볍고 예리한 사기는 [전보다]백배나 더했다. 양원수가 용녀와 더
불어 앉아서 남해 태자를 잡아 들여 화가 나서 큰 소리로 꾸짖으며
말하기를,

"내가 천자의 명을 받들어서 사방의 오랑캐를 정벌함에 백귀(百

---

85 한문 텍스트는 '우(牛)'로 되어 있다.

鬼) 천신(千神)도 명을 따르지 않는 것이 없는데, 너[와 같은] 작은 아이가 천자의 명을 알지 못하고 감히 대군에 항거했다. 이는 스스로 인예(鱗鯢)의 목숨을 재촉한 것이다. 내게 한 개의 보검이 있으니, 이는 곧 위징(魏徵) 승상이 경하(涇河) 용왕을 벤 [것으로] 잘 드는 칼이다. 마땅히 네 목을 베어 장한 군사들의 위엄을 떨칠 것이니, 네가 남해를 진정(鎭定)하고 널리 양택(兩澤)[86]을 베풀어 만민에게 공이 있다. 그러므로 [네 죄를] 용서할 것이니 지금부터 이전의 악을 고쳐 다행히 낭자에게 죄를 짓지 말라."

仍て命じて曳き出さしむ、太子屏息身を戰め□して走る、忽ち祥光瑞氣あり、東南よりして至る、紫霞葱杳、彤雲明滅し旌旗節鉞大空より繽紛として下る、紫衣の使者趨り進んで曰く、洞庭龍王、楊元帥の南海の兵を破り○、公主の急を救へるを聞き、躬ら壁門の前に謝せんと欲す、而も職業に守り有り敢て擅に離れず、故に方に大宴を凝碧殿に設け、元帥を奉邀す、元帥暫く屈せよ、大王も亦た小臣をして貴主に陪せしめて同じく歸らんと、尚書曰く、敵軍退くと雖壁壘猶ほ存す、且つ洞庭は萬里の外に在り、往返の間日月累なる、兵に將たるの人何ぞ敢て遠く出でんと、使者曰く、已に一車駕を具し八龍を以てせば、半日の内當に去來す可しと。

이에 명하여 끌어내게 했다. 태자가 겁이 나서 크게 숨을 죽이고 몸을 움츠려 달아났다. 홀연 서광(瑞光)과 서기(瑞氣)가 동남으로부

---

86 한문 텍스트는 '우택(雨澤)'으로 되어 있다.

터 이르렀는데, 붉은 노을이 푸르게 어두워지고, 붉은 빛을 띤 구름
이 켜졌다 꺼졌다 하며, 정기(旌旗)와 절월(節鉞)이 공중에서 어지러
이 내려왔다. 붉은 옷을 입은 사자가 급히 와서 말하기를,

"동정 용왕은 양원수가 남해의 군사를 격파하고 공주가 위급한
것을 구하였다는 것을 듣고 몸소 벽 문 앞에서 사례하고자 했으나,
맡은 바 일이 지키는 일인지라 감히 함부로 떠나지 못하는 까닭에 바
야흐로 응벽전(凝璧殿)에서 큰 연회를 열어 원수를 받들고 맞이하니
원수께서 잠시 뜻을 굽히시기를 바랍니다. 대왕이 또한 소신으로 하
여금 귀주(貴主)와 함께 돌아오라고 하셨습니다."

상서가 말하기를,

"적군이 물러났다 하더라도 벽루(壁壘)가 여전히 남아 있고 또한
동정은 만 리 밖에 있으니 오고 가는 사이에 날짜가 많이 걸릴 것입니
다. 군사를 거느리는 사람이 어찌 감히 멀리까지 나갈 수 있겠는가?"

사자가 말하기를,

"이미 수레 하나를 구하여 여덟 마리 용으로 매어 놓았으니, 반나
절 안에 갔다 올 수 있습니다."

楊元帥閑を偸んで禪扉を叩き。公主微服して閨秀を訪ふ
양원수 한을 투하여 선비를 두드리고, 공주 미복하여 규수를 방하다

楊尚書龍女と輿に車に登る、靈風輪を吹き轉じて層空に上る、知ら
ず天を去る幾尺を餘し、地を距る幾里を隔つるかを、而し但だ見る白
雲盖の如く、世界を平覆する而已、漸々に低下して洞庭に至る、龍王
遠く出でゝ之を迎へ、賓主の禮を執り、翁婿の情を展べ、揖して層殿

に上り、宴を設けて之を饗し酌を執つて謝して曰く、寡人德薄く勢孤
にして、一女をして其所に安んぜしむる能はず、今ま元帥神威を奮つ
て驕童を擒にし、厚誼を垂れて小女を救はる、之れか德に報ひんと欲
すれば天高く地厚し、尙書曰く、大王威令の及ぼす所に非ざるは莫
し、何の謝か之れ有らんと、

　　　양상서가 용녀와 더불어 수레에 올라타니 기이한 바람이 주위에
날아와서 매우 높은 하늘로 올랐다. 하늘로 가는데 몇 척이나 남았
는지 거리가 땅으로부터 몇 리가 떨어졌는지를 알지 못하는데, 다만
흰 구름만이 덮개와 같이 평범하게 세계를 덮었을 따름이었다. 점점
아래로 내려가 동정(洞庭)에 이르니, 용왕이 멀리까지 나와서 그를
맞이하며 빈주(賓主)의 예를 차리고 장인과 사위의 정을 나타내면서
절하고 상층의 전각에 오른 다음 연회를 베풀고 그를 대접하였다.
술을 잡은 채 사례하며 말하기를,

　　"과인의 덕이 박하고 고립되어서 딸아이 하나에게도 그 있을 곳
을 편안하게 할 수 없었습니다. 지금 원수(元帥)께서 신위(神威)를 떨
쳐 교만한 아이를 사로잡고 후의(厚誼)를 베풀어 소녀를 구하셨습니
다. 그 덕에 보답하고자 하면 하늘[보다] 높고 땅보다 두텁습니다."

　　상서가 말하기를,

　　"대왕의 위령(威令) 미치는 바가 아님이 없습니다. 무슨 사례할 것
이 있겠습니까?"[87]

---

[87] 원문에는 양소유를 맞이하여 용왕이 잔치를 벌였다는 내용이 바로 수록되어 있
을 뿐, 이와 같은 대화의 내용은 생략되어 있다.

酒闌なるに至り龍王命じて衆樂を奏せしむ、樂律融々として聞くに
條節有り、俗樂と異れり、壯士千人殿の左右に列し、手に劒戟を持ち
大鼓を揮擊して進む、美女六脩、芙蓉の衣服を着け明月の珮を振ひ、
藕衫を飄拂し雙ど對舞す、眞に壯觀也、尙書問ふて曰く、此の舞未だ
何の曲なるを知らず、龍王曰く、水府に舊と此曲無し寡人の長女嫁し
て涇河王太子の妻と爲り、柳生の傳書に因り、其の牧羊の困に遭ふこ
とを知り、寡人の弟錢塘君、涇河王と與に大に戰つて其軍を破り、女
子を率ゐて來る、宮中の人此の舞を作爲し、號して錢塘破軍樂と曰
ひ、或は貴主行宮樂と稱し、時有つて此を宮中の宴に奏せり、今ま元
帥南海の太子を破り、我が父女をして相會せしむ、錢塘の故事と頗る
相似たり、故に其名を改めて、元帥破軍樂と曰はん、

술이 다하니 용왕이 명하여 여러 음악을 연주하게 했다. 그 음률
이 융융(融融)하고 듣기에 절조가 있어서 세속의 음악과는 달랐다.
장사 천 명이 전각 좌우에 열을 지어 각기 손에 칼을 들고 큰 북을 울
리면서 나왔다. 미녀 육수(六脩)[88] 부용(芙蓉)의 의복을 입고 명월의
패(珮)를 차고 표연히 한삼 소매를 떨치며 쌍쌍으로 마주보며 춤을
췄다. 참으로 장관이었다. 상서가 물어 말하기를,

"이 춤 아직 무슨 곡인지를 모르겠습니다."

용왕이 말하기를,

"옛날에 수부(水府)에 이 곡은 없었습니다. 과인의 장녀가 시집을
가서 경하왕(涇河王)[89] 태자의 처가 되었는데, 유생(柳生)이 전하는

---

88 한문 텍스트는 '육유(六侑)'로 되어 있다. 의미상 '육일(六佾)'로 보아야 할 듯
하다.

글로 인하여 [내 딸이]목양(牧羊)의 곤함을 만난 것을 알고, 과인의 동생 전당군(錢塘君)이 경하왕과 더불어 크게 싸워 그 군사를 크게 무찌르고 딸아이를 데리고 왔습니다. 궁중의 사람들이 이 춤에 이름을 지어 말하기를, '전당파군악(錢塘破君樂)' 혹은 '귀주행궁악(貴主行宮樂)'이라 칭하였습니다. 이때에 이르러 이 궁중의 연회에서 연주하게 되었습니다. 지금 원수께서 남해의 태자를 무찌르고 우리 부녀를 서로 만나게 했으니 지난날의 고사와 자못 비슷합니다. 그러하니 그 이름을 고쳐 '원수파군악(元帥破君樂)'이라 하겠습니다."

尚書又に問ふて曰く、柳先生今ま何れに在りや、相見ゆ可らざるや、王曰く、柳郎は今ま□洲の仙官と爲り、方に職府に在り、何ぞ來る可けんや、酒九巡を過ぎ尚書告辭して曰く、軍中多事、久く留る可らず是れ恨む可き也、惟だ願くは娘子をして後期を失はしむる勿れ、龍王曰く、當に約の如くす可しと、出でゝ殿門の外に送る、山有り究兀として秀出し、五峯高く雲煙に入る、尚書便ち游覽の興起こり、龍王に問ふて曰く、此山何と名づくるや、少游天下を歷遍せるも、惟だ此山及び華山を見ざる也、龍王曰く、元帥未だ此山の名を聞かざるか、卽ち南岳の衡山、奇且つ異なり、尚書曰く今日此山に登る可き乎、龍王曰く、日勢猶ほ晩からず、暫く玩ひて歸るも未だ暮れじと、尚書卽ち車に上る、已に衡山の下に在り、竹杖を携へ石逕を訪ひ、一丘を經一壑を度り、山益々高く境轉だ幽に景物森羅して應接す可らず、所謂る千岩競ひ秀で、萬岳爭ひ流る者、眞に善く形容せり、尚書

---

89 한문 텍스트는 '음하왕(淫河王)'으로 되어 있다.

節を駐めて瞑矚し、幽思自ら集る、乃ち歎息して曰く、苦を兵間に積
み、情斃れ神勞せり、此身塵緣何ぞ太だ重きや、安んぞ功成り身退て
物外に超然たるの人たるを得んと、

상서가 또 물어 말하기를,

"유선생은 지금 어디에 있습니까? 서로 만날 수 없겠습니까?"

왕이 말하기를,

"유랑(柳郞)은 지금 영주(瀛州)의 선관(仙官)이 되어 바야흐로 일을
맡고 있으니, 어찌 올 수 있겠습니까?"

술이 아홉 번의 순서가 지나가자 상서가 하직을 고하며 말하기를,

"군중(軍中)에 일이 많아서 오래 머무를 수 없으니 한스럽습니다.
오직 낭자로 하여금 훗날의 기약을 잊지 않도록 해 주기를 바랍니다."

용왕이 말하기를,

"마땅히 언약대로 할 것입니다."

[용왕이]나가서 전문(殿門) 밖에서 전송했다. 구름 사이에 산이 우
뚝 솟아있고 다섯 봉우리가 빼어났다. 상서는 곧 유람(遊覽)하고 싶
은 흥이 일어나 용왕에게 물어 말하기를,

"이 산은 무엇이라 이릅니까? 소유가 천하를 두루 다녔으나 다만
이 산과 화산(華山)을 보지 못했습니다."

용왕이 말하기를,

"원수께서는 아직 이 산의 이름을 듣지 못했습니까? 곧 남악의 형
산이니 기이하고 또한 이상합니다."

상서가 말하기를,

"오늘 이 산에 오를 수 있겠습니까?"

용왕이 말하기를,

"해의 형편이 여전히 늦지 않았습니다. 잠시 감상하고 돌아가도 아직 날이 저물지 않을 것입니다."

상서가 곧 수레에 올랐다. 형산 아래에 이르러 죽장(竹杖)을 짚고 돌길을 찾아가는데 한 언덕을 지나고 한 도랑을 건너니 산은 더더욱 높고 지경이 그윽하였다. 경물(景物)이 삼라(森羅)하여 응접할 수 없었다. 이른바 천 개의 바위가 빼어남을 다투고 만 개의 골짜기가 다투어 흐르는 곳이라는 것이 참으로 잘 형용한 것이다. 상서 지팡이를 짚고 둘러보니 그윽한 생각이 모였다. 이에 탄식하여 말하기를,

"괴로움이 군대에 쌓여 정(情)이 피폐하고 정신이 노(勞)했다. 이 몸의 속세의 인연이 어찌 이리 무거운가? 어찌 공을 이루고 몸을 물러나 초연한 물외(物外)의 사람이 됨을 얻을까?"

俄に聞く石磬の聲林端より出づること、尚書曰く、蘭若必ず遠からじ、絶巘を渉るに及び、高頂に一寺あり、殿閣深邃、法侶坌集す、老僧蒲團に趺坐し、方に經を誦じ法を說く、眉長くして綠に、骨淸くして癯す、知る可し年紀の高きこと、尚書の至るを見、闍利を率ゐて堂を下り之を迎へて曰く、山野の人聾聵にして大元帥の來らるゝを知らず、山門に迎候する能はざりき、請ふ相公之を恕せ、今番は元帥永く來るの日に非ず、頂上の殿に禮佛して去れと、尚書卽ち佛前に詣り。香を焚き展拜し方に殿を下らんとし、忽ち足を趺し驚き覺むれば、身は營中に在り、卓に倚つて坐し、東方將に明けなんとす、尚書之れ異とし、諸將に問ふて曰く、公等も亦た夢有りや、齊く答へて曰く、小的等皆な夢に元帥に陪し、神兵鬼卒と大に戰ひて之を破り、其大將を

擒にして歸れり、此れ實に胡を擒にするの吉兆也と、尙書備に夢中の
事を說き、諸將と與に往て白龍潭を見れば、碎鱗地に鋪き、流血川を
成す、尙書盃を持ち水を酌みて先づ嘗め、因て病卒に飮ましむるに卽
ち快癒す、衆軍及び戰馬を驅り、水に臨んで快吸せしむ、歡び天地を
動かす、賊之を聞て大に懼れ、櫬を興して降らんと欲す。

갑자기 돌 소리가 숲 속에서 나오는 것을 들었다. 상서가 말하기를,
"난약(蘭若)이 반드시 멀지 않다."

높은 산꼭대기를 걸어가니 절이 하나 있었다. 전각(殿閣)이 깊숙
하고 그윽하며 법려(法侶)가 모여 있었다. 노승이 포단(蒲團)에 털썩
주저앉아[90] 바야흐로 경문을 외우고 설법했다. 눈썹이 길고 푸르며
골격이 맑고 여위었다. 그 나이가 많음을 알 수 있었다. 상서가 도착
하는 것을 보고 [노승은]승려들을 이끌고 당을 내려와 그를 맞이하
며 말하기를,

"산야의 사람이 귀가 밝지 못하여 대원수가 오심을 몰라 산문(山
門)으로 맞이하러 갈 수 없었습니다. 상공께서 용서해 주시길 바랍
니다. [그러나]이번은 원수께서 영원히 오신 날이 아니니 정상의 전
각에 예불하고 떠나십시오."

상서가 곧 불전에 나아가 향을 사르고 전배(展拜)한 후 바야흐로
전각을 내려오고자 하였는데, 문득 넘어져서 깜짝 놀라 깨달으니 몸
은 영중(營中)에 있었다. 탁자에 기대어 앉으니 동방 장차 밝으려 했
다. 상서가 그것을 이상하게 여겨 여러 장수에게 물어 말하기를,

---

90 한문 텍스트는 '부좌(趺坐)'로 되어 있다.

"공들도 또한 꿈을 꾸었느냐?"

일제히 대답하여 말하기를,

"소인 들 모두 꿈에 원수를 따라서 신병(神兵) 귀졸(鬼卒)과 크게 싸워 무찌르고 그 대장을 사로잡아 돌아왔습니다. 이는 실로 오랑캐를 사로잡을 길조입니다."

상서가 꿈속의 일을 갖추어 설명하고 여러 장수와 더불어 백룡담 (白龍潭)에 가보니, 부스러진 비늘이 땅에 널려 있고 흐르는 피가 시내를 이루었다. 상서가 잔을 가지고 물을 떠서 먼저 맛보고 이에 병든 군사들에게 마시게 하니 곧 쾌유했다. 무리의 군사들과 전마(戰馬)를 몰아 물에 다다라서 흡족하게 마시게 하니 기쁨이 천지를 진동했다. 적이 그것을 듣고 크게 두려워하여 무리를 지어 항복하고자 했다.

尙書師を出せるの後、捷書相續ぎ、上之を嘉みす、一日太后に朝して楊少游の功を稱して曰く、少游は郭汾陽後の一人なり其の還り來るを待つて卽ち承相に拜せしめ、以て不世の勳に酬ひん、但だ御妹の婚事尙ほ未だ牢定せず、彼れ若し心を回へして命に從はゞ則ち大に善し、若し又た堅く執らば、則ち功臣罪す可らず其志奪ふ可らず、處治の道實に當を得難し、是れ憫む可き也と、太后曰く、我れ聞く鄭家の女子誠に美、且つ少游と曾て已に相見ゆと、少游豈に之を棄つるを肯んぜんや、吾が意は則ち、少游外に出でたるの日に乘じ、詔を鄭家に下して他人と結婚せしめば、則ち少游の望み絶ロん、君命何ぞ從はざる可けんやと、

상서가 출사(出師)한 뒤, 승전을 알리는 글이 이어서 올라오니 상이 그것을 기쁘게 여겼다. 하루는 태후를 조회하고 양소유의 공을 칭찬하며 말하기를,

"소유는 곽분양(郭汾陽) 이후의 [유일한]한 사람이니 그가 돌아옴을 기다려 승상에게 벼슬을 내려 세상에 드문 공을 갚을까 합니다. 다만 어매(御妹)의 혼사 여전히 아직 정해지지 않았습니다. 그가 만약 마음을 돌려 명을 따르면 매우 다행이나 만약 또한 굳건히 고집한다면 공신에게 죄를 줄 수는 없고 그 뜻을 빼앗을 수도 없으니 처치(處治)할 도리가 실로 마땅함을 얻기 힘듭니다. 이것이 민망할 따름입니다."

태후가 말하기를,

"내 들으니 정가의 여자 참으로 아름답고 또한 소유와 일찍이 이미 서로 만났다 합니다. 소유가 어찌 기꺼이 그를 버리겠습니까? 내 뜻인즉, 소유가 바깥에 나가있는 날을 틈타 정가에 조(詔)를 내려 다른 사람과 결혼하게 하면 소유의 바람도 끊어질 것이니 임금의 명을 어찌 따르지 않을 수 있겠습니까?"

上久く仰ぎ答へず、黙然として出づ、時に蘭陽公主太后の側に在り、乃ち太后に告げて曰く、娘々の教へ大に事體に違へり、鄭女の婚すると婚せざとは、自ら是れ其家の事、豈に朝廷の指揮す可き所ならんや、太后曰く、此れ卽ち汝重事、國の大禮、我れ汝と相議せんと欲する爾尚書楊少游は、風彩文章獨り朝紳の列に卓出せるのみに非ず、曾て洞簫を以て汝が秦樓の緣を卜せり、決して楊家を棄て他人に求む可らず、少游本と鄭家と情分泛からず、彼此背く可らず、是の事極め

295

て是れ處し難し、少游軍を還すの後、先づ汝の婚禮を行ひ、少游をして次で鄭女を娶つて妾と爲さしめば、則ち少游以て辭無かる可し、第だ汝か意を知らず、是を以て趑趄する耳、公主對へて曰く、小女の一生、妬忌の何事たるを職らず、鄭女何ぞ忌む可けんや、但だ楊尙書初め旣に聘を納れ、後ら以て妾と爲すは、禮に非ざる也、鄭司徒は累代の宰相、國朝の大族なり、其の女子を以て人の姬妾と爲す、亦た寃ならずや、此れ亦た不可也と、太后曰く、然らば則ち汝の意何を以て之に處せんと欲するか、公主曰く、國法に諸侯は三夫人也、楊尙書成功して朝に還らば、則ち大は王と爲す可く小は候たるを失はず、兩夫人を聘するも實に僭に非ざる也、此時に當り、亦た鄭女を娶るを許さば則ち何如と、

상(上)이 오래도록 대답하지 않다가 아무 말 없이 나갔다. 이때에 난양공주가 태후의 곁에 있었다. 이에 태후에게 고하여 말하기를,

"낭낭의 가르침은 크게 일의 형평에 어긋납니다. 정녀가 결혼하고 하지 않는 것은 그 집안의 일인데 어찌 조정이 지휘할 만한 바이겠습니까?"

태후가 말하기를,

"이는 곧 너의 중대한 일이며 나라의 대례(大禮)이기에 나는 너와 상의하고자 할 따름이다. 상서 양소유는 풍채와 문장이 다만 조신(朝紳) 중 홀로 뛰어날 뿐만 아니라, 일찍이 통소[한 곡조]로써 너와 부부의 인연을 점쳤다. 결코 양가(楊家)를 버리고 다른 사람에게 구할 수 없다. 소유 본래 정가와의 정분(情分)이 범연하지 않아 피차 배신할 수 없을 것이니 이 일 참으로 난처하다. 소유가 군사를 거느리

고 돌아온 후에 먼저 너의 혼례를 치르고, 소유로 하여금 다음으로 정녀를 취하여 첩으로 삼게 하면 소유가 이로써 거절함이 없을 것이다. 다만 네 뜻을 알지 못하여서 선뜻 정하지 못하고 머뭇거리고 있을 따름이다."

공주가 대답하여 말하기를,

"소녀가 일생에 투기(妬忌)가 어떤 것인 줄 알지 못하니, 정녀를 어찌 꺼리겠습니까? 다만 양상서가 이미 납빙(納聘)한 뒤에 첩으로 삼는 것은 예가 아닙니다. 정사도는 여러 대의 재상으로 국조(國朝)의 대족(大族)입니다. 그[런 집안의] 여자를 남의 희첩으로 삼는다면 또한 원통하지 않겠습니까? 이 또한 불가합니다."

태후가 말하기를,

"그렇다면 네 뜻은 어떻게 조처하고자 하느냐?"

공주가 말하기를,

"국법[91]에 제후는 삼부인(三夫人)입니다. 양상서 성공하여 조정에 돌아오면 크게는 왕이 될 만하고 작게는 반드시 제후가 될 만합니다. 두 부인을 취하는 것이 실로 참람하지 않을 것입니다. 이때에 이르러 또한 정녀를 취하는 것을 허락한다면 어떻겠습니까?"

太后曰く、是れ則ち不可なり、女子勢ひ均しく體敵せば、則ち同じく夫人と爲るも、固より妨ぐる所無し、女兒は先帝の愛女、今上の寵妹、身固り重し位も亦た尊し、豈に閭閻の小女子と與に、肩を齊うして人に事ふ可けんや、公主曰く、小女も亦た身地の尊重なるを知る、

---

[91] 원문에 따르면 『예기』에 나온 말을 이른다.

而も古の聖帝明王、賢を尊び士を敬し、身を忘れ德を愛し、萬乘を以てして匹夫を友とせり、小女聞く、鄭氏の女子が容貌節行は、古今の烈女と雖及ばざる也と、誠に是の言の如くんば、彼と肩を竝べるも亦た小女の幸也、小女の辱に非ざる也、但だ傳聞は爽ひ易く、虛實定め難し、小女某條に因りて親く鄭女を見んと欲す、其の容貌才德果して小女の右に出でば、則ち小女身を屈し仰ぎ事へん、若し見る所聞く所の如くならずんば、則ち妾と爲し僕と爲す惟だ娘々の意のみと、太后歎嗟して曰く、才を妬み色を忌むは女子の常情也、吾か女兒人の才を愛すること己れの有の如く、人の德を敬すること渴して飮を求むるが如し、其の母たる者豈に嘉悅の心無からんや、吾れ鄭女を一見せんと欲す、明日當に詔を鄭家に下す可しと、公主曰く、娘々の命有りと雖、鄭女必ず病と稱して來らじ、然らば則ち宰相家の女兒、脅して致す可らず、若し道觀尼院に分付し、預め鄭女が焚香の日を知らば、則ち或は逢着すること必ずしも難からじと、太后之を是とし、卽ち小黃門を近處の寺觀正奬院に問はしむ、尼姑曰く、鄭司徒の家本と佛事を吾が寺に行ふ、而も其の小姐元と寺觀に往來せず三日前に小姐の侍婢、楊尙書の小室賈孺人、小姐の命を奉じ、發願文を以て佛前に納めて去れり、願くは黃門此の文を賫し去り、太后娘々に復命すること何如と黃門還り來り此を以て奏進す、太后曰く、苟も是の如くんば、則ち鄭女の而を見んこと難しと、

　　　태후가 말하기를,
　　　"이는 불가하다. 여자 힘이 균등하고 몸이 대등하다면 같이 부인이 되는 것도 본래 무방하나 딸아이(그대)는 선제(先帝)께서 사랑하셨던 딸이고 금상(今上)의 총애를 받는 여동생이다. 몸이 본래 중하고 지위도 또한 존엄한데 어찌 여염(閭閻)의 [지위가 낮은]여자와 더불어 어깨를 나란히 하여 한 사람을 섬길 수 있겠느냐?"

공주가 말하기를,

"소녀도 또한 [소녀의]몸과 지위가 존중함을 압니다. 그러나 옛날에 성제(聖帝) 명왕(明王)도 어진 사람을 높이고 선비를 공경하며 몸의 존중함을 잊고 그 덕을 사랑하여 만승(萬乘)을 가지고서 필부와 벗이 되었습니다. 소녀가 듣기로는 정씨의 여자 용모와 절행(節行)은 고금의 열녀라 하더라도 이에 미치지 못한다 합니다. 참으로 이 말대로라면 저와 어깨를 나란히 함도 또한 소녀에게 다행이지 소녀에게 욕(辱)이 되는 것은 아닙니다. 다만 전하는 말과 다를 수도 있으니 [그]허와 실을 정하기가 어렵습니다. 소녀 누구라고 밝히지 않고 친히 정녀를 보고자 합니다. 그 용모와 재덕(才德)이 과연 소녀보다 낫다면 소녀는 몸을 굽혀 우러러 섬기겠습니다. 만약 보는 바가 들은 바와 같지 않다면 첩으로 삼거나 혹은 하인으로 삼거나 혹은 낭낭의 뜻을 따르겠습니다."

태후 탄식하며 말하기를,

"재(才)를 투기하고 색(色)을 꺼리는 것은 여자의 상정(常情)이거늘, 우리 딸아이가 인재를 아끼는 것을 자기에게 있는 것과 같이 하고, 남의 덕을 공경하는 것을 목마른 사람이 물을 구하는 것과 같이 하는구나. 그 어미 된 자로써 어찌 희열의 마음이 없겠는가. 내 정녀를 한 번 보고자 한다. 다음날 마땅히 조(詔)를 정가에 내릴 것이다."

공주 말하기를,

"낭낭의 명이 있다 하더라도 정녀 반드시 병이라 하여 오지 않을 것입니다. 그렇다고 재상가의 딸을 위협하여 오게 할 수는 없습니다. 만약 도관(道觀)과 이원(尼院)에 분부하여 미리 정녀가 분향하는 날을 안다면 한 번 만나는 것이 반드시 어렵지는 않을 것입니다."

태후가 그것을 옳다고 여겨 곧 어린 황문으로 하여금 근처의 사관(寺觀) 정폐원(正弊院)[92]에 묻게 하였다. 니고(尼姑)가 말하기를,

"정사도의 집은 본래 불사(佛事)를 저희 절에서 행합니다만, 그 소저는 원래 사관에 왕래하지 않습니다. [다만]3일 전에 소저의 계집 종이며 양상서의 소실(小室)인 가유인(賈孺人)이 소저의 명을 받들어 발원문을 불전에 바치고 떠났습니다. 바라건대 어린 황문(黃門)은 이 글을 가지고 가서 태후 낭낭에게 복명하십시오."

황문이 돌아와서 이대로 아뢰었다. 태후가 말하기를,

"참으로 이와 같다면, 정녀의 얼굴을 보기는 어렵겠구나."

公主と輿に其の祝文を覺る、曰く、

弟子鄭氏瓊貝、謹んで婢子春雲をして、齋沐頓首して諸佛の前に警告せしむ、弟子瓊貝、罪惡甚だ重く業障未だ除かず、生れて女子の身と爲り、且つ兄弟の樂み無し、頃ろ既に幣を楊家に納れ、將に身を楊家に終らんと欲せり、楊郎錦鬱に揀ばれ君命至つて嚴也、弟子已に楊家と絶てり、但だ恨むらくは天意人事自ら相乖戻し、薄命の人更に望む所無し、身未だ許きずと雖心既に屬する有れば、則ち今に至り其德を二三にするは義の敢て出づる所に非ざる也、姑く怙恃の膝下に依存し、以て未盡の日月を送らんと欲せり、此に因て命途の崎嶇幸に一身

---

[92] 원문에 따르면 정혜원(定惠院)을 이른다.

の清閑を得、乃ち敢て誠を佛前に□め、以て弟子の心を告ぐ、伏して
願くば佛聖の靈、祈懇の忱を燭らし、悲慈の念を□れ、弟子の老父母
をして、倶に遐等を享け、壽ひ天と齊しからしめんことを、今弟子身
に疾病災殃無く、以て衣彩弄雀の歡を盡くさば、則ち父母の身後は誓
つて空門に歸し、俗緣を斷ち戒行に服し、心を齋み經を誦し、躬を潔
くし佛に禮し、以て諸佛の厚恩に報ひん、侍婢賈春雲本と瓊貝と大に
因果あり、名は奴主と雖實は則ち朋友なり、曾て主人の命を以て、楊
家の妾と爲れり、事心と違ひ佳緣保ち難く、永く楊家を辭し、復た主
人に歸せり、死生苦樂誓つて異同せず、伏して乞ふ、諸佛吾が兩人の
心事を□憐し世々生々女子の身たる免れしめ、前生の罪過を消し、後
世の福祿を贈り、之をして善地に還生し、長く逍遙快活し樂を享けし
めんことを。

公主見畢つて慘然として曰く、一人の婚事に因りて兩人の身世を誤
らしむるは、恐らくは陰德に大害ありと、

공주와 더불어 그 축문(祝文)을 살펴보았는데, 이르기를,

제자 정씨 경패(瓊貝)는 삼가 비자(婢子) 춘운을 시켜 목욕재계하
고 머리를 조아리면서 여러 부처님 앞에서 삼가 고합니다. 제자 경
패의 죄악이 심히 중하고 업장(業障) 아직 없어지지 않아서 태어나
여자의 몸이 되고 또한 형제의 즐거움이 없습니다. 얼마 전 이미 양
가에 납폐(納幣)하여 장차 몸을 양가에 마치고자 하였습니다만, 양랑
이 부마에 간택되어 군명(君命)이 지엄(至嚴)하시니 제자는 이미 양
가와 인연을 끊었습니다. 다만 하늘의 뜻과 사람의 일이 서로 어긋
남을 한합니다. 박명한 사람 다시 바랄 바 없고 몸은 아직 허락하지

않았다 하더라도 마음이 이미 속함 있었으니 지금에 이르러 두세 가지의 그 덕은 의(義)에서 나오는바가 아닐 것입니다. 아직은 부모님의 슬하에 의존하여 미진한 세월을 보내고자 합니다. 이 몹시 기구한 신세로 말미암아 다행히 일신에 청한(淸閑)함을 얻었으므로, 이에 감히 정성을 바쳐 부처님 앞에 제자의 마음을 고합니다. 엎드려 바라건대, 여러 불성(佛聖)의 영(靈)들께서 [이런]정성을 통촉하시고 자비의 염(念)을 드리우셔서 제자의 노부모로 하여금 함께 장수를 누리시어 수(壽)를 하늘과 함께 하게 하여 주십시오. 지금 제자에게는 몸에 질병과 재앙이 없게 하여 채색 옷을 입고 참새를 가지고 노는 즐거움을 다한다면, 부모님께서 돌아가신 후는 맹세코 공문(空門)으로 돌아가 속세의 인연을 끊고 계행(戒行)에 복종하여, 마음을 재계하고 경문을 외우며 몸을 깨끗이 하고 예불하여 여러 부처님의 두터운 은혜에 보답할 것입니다. 시비 가춘운은 경패와 더불어 크게 인연이 있습니다. 명색은 종과 주인이라 하더라도 실제로는 붕우입니다. 일찍이 주인의 명(命)으로 양가의 첩이 되었습니다. 일이 마음과 어긋나 아름다운 인연을 보전하기 어려워 양가를 거절하고 다시 주인에게 돌아왔습니다. 맹세코 사생(死生)과 고락(苦樂)을 달리 하지 않을 것입니다. 엎드려 바라건대, 여러 부처님 우리 두 사람의 심사를 굽이 살피시어 세세생생(世世生生) 여자의 몸이 되기를 면하여, 전생의 죄과를 없애고 후세의 복록(福祿)을 주시어 좋은 땅에 환생하여 길이 쾌활하게 낙을 누리게 하옵소서.

공주가 보기를 마치고 참연(慘然)히 말하기를,

"한 사람의 혼사로 인하여 두 사람의 신세를 그르치게 하였으니, 아마도 음덕(陰德)에 큰 해가 있겠구나."

太后之を聽て默然たり、此の時鄭小姐其の父母に侍し、婉容婾色一
毫も慨恨の色無し、而かも崔夫人小姐を見る每に、輒ち恭傷の念あ
り、春雲小姐に侍し、翰墨雜技を以て、强て排遣の地と爲すも、而も
潛消暗削、日に漸く憔悴し、將に瞽盲の疾を成さんとす、小姐上は父
母を念ひ下は春雲を憐み、心緒搖々自ら安んする能はず、而も人知る
能はざる也、小姐母親の意を慰めんと欲し、婢僕等をして、伎樂の
人、玩好の物を求めしめ、時々奉進して以て耳目を娛ましむ、一日女
童一人來り、繡簇二軸を賣る、春雲取つて之を見るに、一は則ち花間
の孔雀、一は則ち竹林の鷦鴣なり、手品絶妙、巧み七□の如し春雲敬
歎し其人を留めて、其簇子を以て夫人及び小姐に進めて曰く、小姐每
に春雲の刺繡を贊せらるも、試に此簇を觀ば、其の才品如何そや、仙
女の機上より出でずんば、必ず鬼神の手中に成れる也と、小姐、夫人
の座前に展看し驚て謂うて曰く、今の人必ず此巧み無し、而も染線尙
ほ新にして舊物に非ず、怪ひ哉、何人か此才有るやと、

　　태후 그것을 듣고 아무 말도 하지 않았다. 이때 정소저는 그의 부
모를 모시는데 여인의 정숙한 자태와 즐거운 기색으로 조금도 원망
하거나 슬퍼하는 기색이 없었다. 그러나 최부인은 소저를 볼 때마다
번번이 비상(悲傷)의 생각이 들었다. 춘운이 소저를 모시는데 한묵
(翰墨)과 잡기(雜技)로 억지로 기분전환을 하려고 하나 [몸이]날로 줄
어들고 약해져서 점점 초췌하여 장차 손을 쓸 수 없을 만큼 악화되었
다. 소저가 위로는 부모를 생각하고 아래로는 춘운을 불쌍히 여겨
심서(心緒) 흔들려 스스로 편안할 수 없었으나 남이 알 수 없었다. 소
저 모친의 뜻을 위로하고자 하여 비복 등에게 재주가 있고 악기를 다

룰 줄 아는 사람과 진기한 노리갯감을 구하게 하여 때때로 [노모에
게]받들어 올림으로 이목을 즐겁게 했다. 하루는 여동(女童) 하나가
와서 수놓은 족자 2축(軸)을 팔았다. 춘운이 취하여 그것을 살펴보니
하나는 화간(花間)의 공작(孔雀)이고 하나는 죽림의 자고(鷓鴣)였다.
그 수놓은 품(品)이 절묘했다. 춘운이 경탄하며 그 사람을 머무르게
하여 그 족자(簇子)를 부인과 소저에게 올리며 말하기를,

"소저는 늘 춘운의 자수를 칭찬했으나 시험 삼아 이 족자를 보십
시오. 그 재품(才品)이 어떠합니까? 선녀의 틀 위에서 나오지 않았다
면 반드시 귀신의 수중에서 이루어진 것일 겁니다."

소저가 부인의 좌리 앞에서 펼쳐 보며 놀라 일러 말하기를,

"오늘날의 사람에게는 반드시 이러한 기교가 없는데, 실에 물들
인 것이 여전히 새로운 것이 구물(舊物)이 아닙니다. 괴이하구나. 누
구에게 이런 재(才)가 있을까?"

春雲をして其出處を女童に問はしむ、女童答へて曰く、此繡は卽ち
吾家の小姐自ら爲す所也、小姐方に寓居に在り、急に用處あり、金銀
錢弊を擇ばずして之を捧げんと欲す也と、春雲問ふて曰く、汝の小姐
は誰か家の娘子ぞ、且つ何事に因て獨り客中に留まるやと、答へて曰
く、小姐は李通判の妹氏也、通判は夫人を陪して淅東の任所に往き、
小姐病ありて從はず、姑く內舅張別駕の宅に留まれり、別駕の宅中近
ごろ些故あり、此の路左の臙脂店なる謝三娘が家に借寓し、以て淅東
車馬の來るを待てり、春雲其の言を以て入つて小姐に告げ、釵釧首飾
等の物を以て、其價を優にして之を買ひ、高く中堂に掛け、盡日愛玩
嗟美して已まず、此の後女童因緣して鄭府に出入し、府中の婢僕と相

交る、鄭小姐春雲に謂つて曰く、李家の女子が手才此の如し、必ず非
常の人也、吾れ侍婢として女童に隨ひ往かしめ求めて李小姐の容貌を
見せしめんと欲すと、仍て伶俐の婢子を送る、閭家狹窄にして本と內
外無し、李小姐は鄭府の婢子なるを知り、酒食を饋して之を送る、婢
子還り告げて曰く、李小姐は懿麗娉婷、我が小姐と二にして一なる者
なりと、春雲信ぜずして曰く、其の手線を以て之を見れば、則ち李小
姐は決して魯鈍の質に非ず、而も如何ぞ實に過ぐるの言を爲すや、此
世界上に我が小姐の如き者有りと謂ふは、吾れ實に之を疑ふと、婢子
曰く、賈孺人吾が言を疑ふか、更に他人を遣して之を見ば、則ち吾が
言の妄ならざるを知る可しと、

춘운으로 하여금 그 출처를 여동에게 묻게 했다. 여동이 답하여
말하기를,

"이 수(繡)는 곧 우리 집의 소저께서 스스로 하신 바입니다. 소저
바야흐로 객지에 계신데 급히 쓸 곳이 있어 금은(金銀) 전폐(錢幣)를
가리지 않고 그것을 받들고자 합니다."

춘운이 물어 말하기를,

"너희 소저는 어느 집의 낭자인가? 또한 무슨 일로 홀로 객지에
머물고 있느냐?"

답하여 말하기를,

"소저는 이통판(李通判)의 매씨(妹氏)입니다. 통판은 부인을 모시
고 석동(淛東)의 임지(任地)로 가시고 소저는 병이 있어 따르지 못했
습니다. 잠시 외삼촌 장별가(張別駕) 댁에 머물렀는데, 근래에 사소
한 연고가 있어 이 길의 왼쪽에 있는 연지(臙脂)를 파는 가게 사삼낭

(謝三娘) 집을 빌려 잠시 머무르시며 절동(浙東) 마을에서 거마(車馬)
가 오기를 기다렸습니다."

춘운이 들어가 그 말을 소저에게 고하니 비녀와 팔찌, 머리장신구
등의 물건으로 등 그 값을 넉넉히 치러 그것을 사서 중당에 높이 걸
고 날이 다하도록 사랑스럽게 바라보며 탄식하며 부러워 마지않았
다. 이후에 여동이 [그]인연(因緣)으로 정부(鄭府)에 출입하게 되고
부중의 비복(婢僕)과 서로 교류하게 되었다. 정소서가 춘운에게 일러
말하기를,

"이가의 여자 수재(手才)가 이와 같으니 반드시 비상한 사람이다.
내 계집종에게 여동을 따라가게 하여 이소저의 용모를 보게 하고자
한다."

이에 영리한 비자(婢子)를 보냈다. 여염집이 매우 좁아서 본래 안
과 밖의 구별이 없었다. 이소저는 정부(鄭府)의 비자(婢子)임을 알고
술과 음식을 먹여 그를 보냈다. 비자가 돌아와 고하여 말하기를,

"이소저의 요염하고 아름다운 모습이 우리 소저와 둘이면서 하나
인 사람입니다."

춘운이 믿지 않고 말하기를,

"그 수놓은 솜씨를 가지고 보면 이소저는 결코 노둔(魯鈍)한 자질
은 아니나 너는 어찌 실로 지나친 말을 하느냐? 이 세상에 우리 소저
같은 이가 있다고 하는 것이 나는 실로 의심스럽다."

비자가 말하기를,

"가유인 내 말을 의심하십니까? 다시 다른 사람을 보내어 그를 보
게 하면 내 말이 거짓이 아님을 아실 것입니다."

春雲又た私に一人を送る、還つて曰く、怪ひ哉々々、此の小姐は卽ち玉京の仙娥たり、昨日の言果して眞なり、賈孺人又に吾言を以て疑ふ可しとせば、此の後一たび親見すること如何と、春雲曰く、前後の言皆な誕なり、何ぞ兩目無きやと、相與に大笑して罷む、過ぐること數日、臙脂店の謝三娘鄭府に來り、夫人に謁して曰く、近者李通判宅の娘子、小人の家に賃居せり、其娘子才あり貌あり、老嫗實に初めて見る所也、窃に小姐の芳名を仰ぎ、每に一見して敎を請はんと欲し、而も敢てせず、老嫗を以て私に夫人に謁して旨を仰がしむと、

　　춘운이 또 은밀히 한 사람을 보냈다. 돌아와 말하기를,
　　"괴이하구나, 괴이하구나. 이 소저는 곧 옥경(玉京)의 선아(仙娥)이다. 어제의 말 과연 진짜구나. 가유인 또한 내 말이 의심스러우면 이후 한 번 친히 보는 것이 어떠합니까?"
　　춘운이 말하기를,
　　"전후(前後)의 말이 모두 거짓이다. 어찌 두 눈이 없느냐?"
　　서로 더불어 크게 웃으며 헤어졌다. 며칠 지나 연지를 파는 사삼낭이 정부(鄭府)에 와서 부인을 배알하고 말하기를,
　　"근래에 이통판 댁의 낭자가 소인의 집을 빌려 기거하고 있는데, 그 낭자의 재(才)와 용모는 노구(老嫗)가 실로 처음 보는 바입니다. [그런데]몰래 소저의 아름다운 이름을 우러러 매양 한 번 보고 가르침을 청하고자 하였으나 감히 하지 못했습니다. [그리하여]노구로 하여금 부인을 배알하고 [그]뜻을 우러르게 했습니다."

夫人小姐を招き此意を以て之を言ふ、小姐曰く、小女の身他人と異

307

る有り、此の面目を擧げて人と相對するを欲せず、而も但だ聞く、李
小姐の人と爲り一に其錦繡の妙の如しと、小女も亦た一たび昏眸を洗
はんと欲せりと、謝三娘喜んで歸る、翌日李小姐其の婢子を送り、先
づ門に踵るの意を通じ、日暮に李小姐垂帳小玉の轎に乘り、又鬟數人
を率ゐて鄭府に至る、鄭小姐寢房に邀へ見、賓主東西に分れて坐す、
織女月宮の賓と爲り、上元に瑤池の宴を輿にするか如く、光彩相射、
滿堂照耀し、彼此皆な大に驚く、鄭小姐曰く、頃ろ婢輩に緣り、玉趾
の近地に在るを聞けり、而も命奇の人、人事を廢絶し問候の禮尙ほ闕
如す、姐姐惠然として辱臨され、感佩敬謝の意何ぞ口舌を以て盡さん
やと、李小姐答へて曰く、小妹は僻陋の人也、嚴親早く逝き慈母に偏
愛され、平生學ぶ所無く取る可きの才無し、常に自ら嗟惋して曰く、
男子は迹四海に遍く良朋に交りて、切磋の益あり規驚の道あるも、女
子は惟だ家內婢僕の外、相接するの人無く、過ちを何れの處にか救は
ん、疑を何人に質さんや、閨闈中の兒女子たるを自ら恨めり、恭く聞
く、姐々班昭の文章を以て孟光の德行を兼ね、身は中門を出でずして
名已に九重に徹す、妾是れを以て陋劣を忘れて、聖德の光輝に接せん
ことを願へり、今ま姐々の棄てらるゝ無きを得、小妾の至願足れり
と、鄭小姐曰く、姐々敎ゆる所の言は、卽ち小妹も胸中素と蓄積する
所也、閨中の身は蹤跡碍り有り、耳目多く蔽はれ、滄海の水巫山の雲
を知らず、志氣の隘き見識の偏なる何ぞ怪むに足らんや、況や小妹の
如きは、自ら視て欿然たり、何ぞ敢て盛奬に當らんやと、

부인이 소저를 불러 이 뜻을 말했다. 소저가 말하기를,
　　"소녀의 몸 다른 사람과 다름이 있습니다. 이 얼굴을 들어 다른 사

람과 상대함을 바라지 않습니다. 그러나 다만 이소저의 사람됨이 그 수놓은 솜씨와 같다고 들었습니다. 소녀도 또한 한 번 만나 보고자 합니다."

사삼낭 기뻐하며 돌아갔다. 다음날 이소저는 그 비자(婢子)를 보내어 먼저 집에 방문할 뜻을 알리고, 날이 저물자 이소저가 장(帳)을 드리운 소옥교(小玉轎)를 타고 차환(叉鬟) 몇 명을 이끌고 정부(鄭府)에 이르렀다. 정소저는 침방(寢房)으로 맞아들여 손님과 주인은 동서로 갈라 앉았다. 직녀가 월궁(月宮)의 손님이 되고 상원(上元)이 요지(瑤池)에서 연회를 함께 하는 듯했다. 광채 서로 비추니 온 방안이 밝게 비치어 피차 모두 깜짝 놀랐다. 정소저가 말하기를,

"지난번에 시비들로 인연하여 이 근처의 땅에 귀한 발걸음이 있음을 들었습니다. 그러나 명(命)이 기구한 사람이 인사를 폐절(廢絶)하여 문후(問候)의 예가 여전히 궐여(闕如)했습니다. 이제 저저(姐姐)께서 홀연히 왕림하시니 감격스럽고 죄송하며 공경스럽고 감사하는 뜻 어찌 구설(口舌)로 다하겠습니까?"

이소저 답하여 말하기를,

"소말(小妹)[93]은 외지고 누추한 변두리에 사는 사람입니다. 아버지를 일찍 여의고 어머니의 편애를 받아 평생 배운바 없고 취할 만한 재(才)도 없습니다. 늘 스스로 탄식하여 말했습니다. '남자는 사해에 발자취를 두고 두루 좋은 벗을 사귀어 학문이나 덕행 등을 닦아 배우는 이익이 있고 서로 경계하여 깨우치는 도가 있으나, 여자는 다만 집안에서 비복(婢僕) 외에는 서로 접할 사람 없으니 잘못을 어디에서

---

93 한문 텍스트는 '소매(小妹)'로 되어 있다.

구하고 의심나는 것을 누구에게 물을까? 규중의 아녀자 됨을 스스로 한했습니다. 공손히 듣기로, 저저(姐姐)는 반소(班昭)의 문장과 맹광(孟光)의 덕행을 겸하고, 몸은 중문(中門)을 나서지 못하나 이름은 이미 구중궁궐에까지 이르렀습니다. 첩이 이로써 [자신의] 천하고 더러움을 잊고, 성덕의 광휘(光輝)를 접하기를 바랐습니다. 지금 저저(姐姐)가 [첩을] 버리지 않으시기에 소첩은 바람을 이루었습니다."

정소저가 말하기를,

"저저(姐姐)가 가르치시려는 바의 말은 본래 소매(小妹)도 마음에 품고 있던 바입니다. 규중에 매인 몸이기에 종적(蹤迹)에 거리낄 것이 있고, 이목을 많이 가려 창해(滄海)의 물과 무산(巫山)의 구름을 알지 못합니다. 지기(志氣)에 막힘이 있고 견식이 치우친 것은 어찌 족히 이를 이상하다 하겠습니까? 더구나 소매(小妹)와 같은 이는 스스로 보아도 스스로 만족하지 못하니, 어찌 감히 과분하신 칭찬을 받겠습니까?"

因て茶果を進め閑談穩吐す、李小姐曰く、聞く府中に賈孺人なる者有りと、見ゆるを得可きや、鄭小姐曰く、渠も亦た一たび姐々を拜せんと欲す也と、春雲を招き謁せしむ、李小姐身を起して之を迎ふ、春雲驚き歎じて曰く、前日兩人の言果して信あり、天既に我か小姐を生じ又た李小姐を出だせり、意はざりき飛燕王環世に竝んで出でんとは、李小姐も亦た自ら度つて曰く、夙に賈女の名を聞けり、其人は其名に過く、楊尚書の眷愛する亦宜べなる哉、當に秦中書と竝び馳す可し、若し春娘をして秦氏を親せしめば、豈に尹夫の泣に效はざらんや、奴主兩人此の如き色あり此の如き才あり、楊尚書豈に相捨つるを

肯んぜんやと、

이어서 다과를 내오고 평온하게 한담(閑談)을 나누었다. 이소저가
말하기를,

"듣기에 부중(府中)에 가유인(賈孺人)이라는 이가 있다 하는데, 볼
수 있겠습니까?"

정소저가 말하기를,

"그도 또한 한 번 저저(姐姐)를 뵙고자 했습니다."

춘운을 불러 뵙게 했다. 이소저 몸을 일으켜 그를 맞이했다. 춘운
경탄하여 말하기를,

"지난날 두 사람의 말이 과연 믿을만하구나. 하늘이 이미 우리 소
저를 낳고 또한 이소저를 낳으셨다. 비연(飛燕)과 옥환(玉環) 세상에
아울러 날 줄은 생각지 못했습니다."[94]

이소저도 또한 스스로 헤아려 말하기를,[95]

"일찍이 가녀의 이름을 들었는데, 그 사람은 그 이름보다 뛰어납
니다. 양상서가 보살피고 사랑함이 또한 마땅하구나. 마땅히 진중서
(秦中書)와 더불어 어깨를 나란히 할 만합니다. 만약 춘랑에게 진씨
를 보게 하면, 어찌 윤부(尹夫)의 울음을 본받지 않을 수 있겠는가?
주인과 종 두 사람이 이와 같이 색이 있고 이와 같이 재(才)가 있으니,
양상서가 어찌 서로 버릴 수 있겠는가?"

李小姐春雲と與に心を吐て相語り、款曲の情鄭小姐に對せるが如

---

94 원문에는 이 같은 언급이 가춘운 마음 속의 생각으로 표현되어 있다.
95 원문에는 이 같은 언급이 이소저 마음 속의 생각으로 되어 있다.

し、李小姐告辭して曰く、日已に三竿なり、穩に淸談に陪する得ざる
を恨む、小妹の寓舍は、只だ一路を隔つのみ、閑を偸み更に進んで餘
敎を請ふ可しと、鄭小姐曰く、猥に榮臨を荷ひ盛誨を受けぬ、小妹當
に堂下に進謝す可きも、而も小妹の身を處する他人と異り、敢て戶庭
一步の地を出でず、惟だ姐々其の罪を恕せよと、兩人別れに臨み惟た
黯然たる而已、鄭小姐春雲に謂つて曰く、寶劍は獄中に埋まるも而も
光り斗牛を射、老感は海底に潛むも而も氣樓臺を成す、李小姐同じく
一城に在りて、吾輩未だ聞く有らざるは怪む可き也と、春雲曰く、賤
妾の心惟だ一事の疑ふ可き有り、楊尙書每に言へり、華州秦御史の女
子、而を樓上に見、詩を店中に得て、與に秦晉の約を結べり、而も秦
家禍に遭へるに因り、終に乖張を致せりと、仍て秦女が絶世の色だる
を稱し、輒ち愀然として歎を發せり、妾も亦た楊柳詞を見たるに、則
ち誠に才女也此女子乃ち其姓名を藏くし、小姐と締結し前日の緣を成
さんと欲する無からんやと、小姐曰く、秦氏の美は、吾も亦た他路に
因り之を聞けり、此女子と相近きに似たるも、而も彼披庭に沒入さ
る、何ぞ能く此に至るを得んやと、入つて夫人に見口、李小姐を稱し
て已まず、夫人曰く、吾も亦た一たび請して之を見んことを欲すと、

　　이소저 춘운과 더불어 마음을 나누고 서로 이야기하니 허물없는 마
음은 정소저를 대함과 같았다. 이소저 작별인사를 고하고 말하기를,
　　"날이 이미 밝아 해가 벌써 높이 떴으니, 평안히 청담(淸談)을 나눌
수 없음을 한합니다. 소매가 잠시 기거하고 있는 곳은 다만 한 길을
사이에 두었을 뿐입니다. 시간을 내어 다시 나와 남은 가르침을 청
할 것입니다."

정소저가 말하기를,

"외람되이 영광스러운 방문을 받고 많은 가르침을 받았습니다. 소매가 마땅히 당(堂) 아래에 나아가 사례해야 하나 소매의 몸이 처한바 다른 사람과 달라 감히 집안의 정원에서 한 발자국도 나가지 못합니다. 다만 저저 그 죄를 용서하소서."

두 사람이 헤어짐에 이르러 다만 슬프고 침울할 따름이었다. 정소저는 춘운에게 일러 말하기를,

"보검은 옥중(獄中)에 묻혀 있어도 빛이 두우(斗牛)를 비추고, 늙은 조개가 해저(海底)에 잠겼어도 기운이 누대(樓臺)를 이룬다. 이소저 마찬가지로 한 성에 있으면서도 아직 듣지 못했다니 이상하게 여길 만하다."

춘운이 말하기를,

"천첩의 마음 오직 한 가지 의심할 만한 것이 있습니다. 양상서는 매양 말하기를, 화주 진어사의 여자의 얼굴을 누각 위에서 한 번 보고, 가게에서 시를 얻어 더불어 혼인의 언약을 맺었는데, 진가가 화를 당함으로 끝내 일이 어긋났다고 했습니다. 이에 진녀가 절세의 미인임을 칭찬하시고, 번번이 초연하게 한숨을 쉬셨습니다. 첩도 또한 양류사를 보았는데, 진실로 재녀(才女)였습니다. 이 여자 혹 그 성명을 숨기고 소저와 체결하여 전일의 인연을 이루고자 함이 아니었을까요?"

소저가 말하기를,

"진씨의 미색을 나도 또한 다른 경로를 통해서 들었다. 이 여자와 서로 비슷하게 닮았으나 그녀는 집안에 재앙이 닥쳐 궁궐 안에 갇혀 있다고 하니, 어찌 여기에 이를 수 있겠느냐?"

들어가 부인을 뵙고 이소저를 칭찬하여 마지않았다. 부인이 말하기를,

"나도 또한 한 번 청하여 보고 싶구나."

數日の後侍婢を使はして小姐を請ず、李小姐欣然として命を承け又た鄭府に至る、夫人出でゝ堂中に迎ふ、李小姐は子姪の禮を以て夫人に見ゆ、夫人大に愛し款接して曰く、頃ろ小姐吾か女を訪はれ、過つて厚春を垂る、老身誠に感謝す、其時病んで相接する能はず、今に至る慚歎すと、李小姐伏して對へて曰く、小姪の姐々を景慕する天仙の如し、惟だ賤棄されんことを恐れり、尊姑一たび小姪に逢ひ、便ち兄弟の誼を以て之を待たれ、夫人特に顔色を賜ひ、子姪の例を以て之を蓄ふ、小姪此に至つて實に身を措く處を知らず、小姪身を終るまで門下に出入し、夫人に事ふる慈母に事ふるか如くせんと欲すと、夫人敢て當らずと稱する再三、鄭小姐李小姐と輿に夫人に侍坐して半日に至る、仍て李小姐を請じて寢房に歸り、春雲と輿に鼎足して坐し、嬌聲嫩語呢々として相酬ひ、氣已に合し情尤も密に、文章を評隲し婦德を講論し、日影已に窓西に在るを覺ロず。

며칠 뒤 계집종을 시켜 소저를 청했다. 이소저 흔연히 명을 받들어 또 정부(鄭府)에 이르렀다. 부인이 나와서 당(堂) 안에서 맞이했다. 이소저는 자녀와 조카의 예로써 부인을 뵈었다. 부인이 친절하고 정성껏 대접하며 말하기를,

"근래에 소저 내 딸을 방문하여, 매우 두터운 정을 드리우니 [이] 늙은 몸 진실로 감사하오. 그 때 병이 들어 서로 접할 수 없었던 것을

지금에 이르도록 부끄럽고 한탄하는 바입니다."

이소저 엎드려 대답하여 말하기를,

"소질(小姪)가 저저(姐姐)를 하늘의 선녀와 같이 우러르고 사모하였습니다. 다만 천하다 하여 버리실까 두려웠습니다. 존고(尊姑)가 한 번 소질(小姪)을 만나 곧 형제의 의(誼)로써 대하시고, 부인은 특히 안색을 부드러이 하시어 자질(子姪)의 예로써 대하셨습니다. 소질은 이에 이르러 실로 몸 둘 곳을 모르겠습니다. 소질 이 몸이 다하도록 문하(門下)에 출입하며 부인을 섬기기를 어머니를 섬기듯 하고 싶습니다."

부인은 감히 할 수 없는 일이라고 재삼 일컬었다. 정소저와 이소저는 더불어 반나절에 이르도록 부인을 모시고 앉아 있었다. 이에 이소저에게 청하여 침방으로 돌아가서, 춘운과 더불어 세 발 달린 솥의 발과 같이 앉아서 교태롭고 연약한 음성으로 정답게 서로 속삭였다. 기운이 이미 합하고 정이 더욱 은밀해지는데 문장을 평하고 정하며 부덕(婦德)을 강론하느라 해 그림자가 이미 창문 서쪽에 있음을 깨닫지 못했다.

兩美人手を携へて車を同うし、長信宮に七步にして詩を成す
두 미인의 손을 이끌고 함께 수레를 타, 장신궁에 칠보하고 성시하다

李小姐去つて後、夫人、小姐及び春雲に謂つて曰く、鄭崔の兩門宗族甚だ多く、幾んど百千人に至る、吾れ少時より美色を見ること多し、皆な李小姐に及ばざること遠し、誠に女兒を相上下せり、兩美相從ひ結んで兄弟と爲きば則ち好しと、小姐春雲が傳へし所の秦氏の事

を以て告げて曰く、春雲終に疑無きこと能はず、而も小女が見る所は
春雲と異る、李小姐は姿色の外に、氣像の飄逸、威儀の端重なる、閭
閻士太夫家の女子と絶だ異る、秦氏氣有りと雖何ぞ敢て之に比せん、
此に於てか妾が聞く所を以て之を言はゞ、蘭陽公主貌ちは其心の如
く、才は其德の如しと、或は恐る李小姐の氣像は蘭陽と遠からざる
を、夫人曰く、公主は吾も亦た見ず、懸度す可らざるも、而も尊位に
居り盛名を得と雖、安んぞ其の必ず李娘と同符するを知らんや、小姐
曰く、李小姐の蹤跡實に疑ふ可き者有り、後日當に春雲をして往て之
を審にせしむ可し、

　　이소저가 돌아간 후 부인은 소저 및 춘운에게 일러 말하기를,
　　"정(鄭)과 최(崔) 두 가문은 종족이 심히 많아 거의 백 내지는 천 명
에 이른다. 내 어릴 때부터 미색을 본 일 많으나 모두 이소저에 미치
지 못했다. 진실로 우리 딸아이와 서로 비등하다. 두 미인이 서로 따
르고 형제를 맺으면 좋을 것이다."
　　소저가 춘운이 전하는 진씨의 일을 고하여 말하기를,
　　"춘운은 끝내 의심이 없을 수는 없다고 했으나, 소녀가 본 바로는
춘운과 다릅니다. 이소저는 자색(姿色) 외에 기상(氣像)의 표일(飄逸)
함과 차림새의 단중함이 여염집이나 사대부가의 여자와 판이하게
다릅니다. 진씨가 [비록]재기(才氣)가 있다 하더라도 어찌 감히 그에
비하겠습니까? 이에 첩이 들은 바로 그것을 말한다면, 난양공주의
외모는 그 마음과 같고, 재(才)는 그 덕과 같다 합니다. 혹은 아마도
이소저의 기상과 난양공주의 기상이 멀지 않은 듯합니다."
　　부인이 말하기를,

"공주는 나도 또한 보지 못하였기에 헛되이 헤아릴 수는 없으나,
높은 위치에 있어 명성을 얻었다 하더라도, 어찌 반드시 이낭(李娘)
과 [서로]같음을 알겠느냐?"

소저가 말하기를,

"이소저의 종적(蹤迹) 실로 의심스러울 만한 것이 있습니다. 후일
마땅히 춘운으로 하여금 가서 살펴보게 할 만합니다."

明日鄭小姐春雲と輿に方に是事を議す、李小姐の婢子鄭府に到り語
を傳へて曰く吾か小姐適ま淅東順歸の舶を得、將に明日を以て行を發
せんとす、故に今日當に府中に到り、別れを夫人及び小姐に告ぐ可し
と、小姐方に軒を掃つて之を待つ、小頃くして李小姐至り、入つて夫
人及び鄭小姐に見ゆ、兩小姐別意忽々、離緒依々たり、仁兄の愛弟に
別るか如く、蕩子の美人を送るか如し、李小姐起つて再拜し、乃ち敬
て告けて曰く、小姪母に別れ兄に離れて已に周一期、歸意矢の如くし
て復た沮む可らず、而も但だ夫人の恩德と姐々の情とを以て、心は素
絲の如く、解けんとして復た結べり、小姪茲に一言姐々に懇はんと欲
する有り、而も恐らくは姐々許さじ、先づ夫人に告げんと、仍て趑趄
して發せず、夫人曰く、娘子請はんと欲する所の者は何事ぞと、李小
姐曰く、小姪先親の爲めに方に南海大師の畫像を□せり、已に工を訖
はれるも而も家兄方に任所に在り、小姪身は是れ女子、尚ほ未だ文人
の賛を求めず、將に前工を虛うせんとし、甚だ惜む可し、姐々が數句
語と數行の筆を得んと欲するも、而も繍幅頗る廣く、卷舒に妨げ有
り、且つ褻慢を恐れて敢て持ち來らず、已むを得ず暫く姐々を邀へ
て、筆製を乞ひ得ば、一は以て小女が親の爲めにするの孝を完ふし、

317

一は以て遠路相別るの情を慰めん、未だ姐々の意を知らず、(敢て直に
請はず敢て我が懇願を以て夫人に仰ぐ)と、夫人小姐を顧みて曰く、汝
ぢ至親の家と雖本と來往せず、而も顧念するに、此娘子が請ふ所は、
盖し親の爲めにするの至誠に出づ、況や娘子の僑居は此を距る遠から
ず、一霎にして來去する難からざるに似たりと、小姐初めは則ち難を
持するの色あり、翻然内に悟つて曰く、李小姐が行色甚だ忙し、春雲
送る可らず、吾れ此機會に乗じ往て其迹を探らば、則ち亦妙ならむや
と、乃ち夫人に告げて曰く、李小姐請ふ所若し等閑の事に係らば、則
ち實に奉副し難きも、而も親に孝するの誠は人皆な之れ有り、小姐の
言何ぞ從はざる可けんや、但だ日暮れて行かんと欲すと、李小姐大に
喜び起つて謝して曰く、日若し曛黑せば則ち筆を執る難さに似たり、
若し通路に煩ひ有うを以て嫌とせば、小妹乗る所の轎甚た朴陋なりと
雖、兩人の身を容るゝに足る、我と同乗して行き、夕べに乗じて還る
こと亦た何如と、小姐答へて曰く、姐々の敎へ甚だ合ふと、

　　다음날 정소저는 춘운과 더불어 바야흐로 이 일을 의논했다. 이소
저의 비자(婢子)가 정부(鄭府)에 이르러 말을 전하며 말하기를,
　　"우리 소저는 마침 석동(浙東)[96]으로 돌아가는 배편을 얻어 장차
내일 출발하고자 합니다. 그러므로 오늘 마땅히 부중에 이르러 부인
및 소저에게 이별을 고하고자 합니다."
　　소저가 바야흐로 난간을 청소하고 기다렸다. 얼마 안 있어 이소저
가 당도하여 들어와 부인과 정소저를 뵈었다. 두 소저의 이별하는

---

96 한문 텍스트는 '절동(浙東)'으로 되어 있다.

뜻이 총총(悤悤)하고 하직인사를 하는 뜻이 의의(依依)하여, 어진 형이
사랑하는 동생과 이별하는 듯, 방탕한 남자가 미인을 보내는 듯했다.
이소저 일어나 두 번 절하고, 이에 공경스럽게 고하여 말하기를,

"소질(小姪)이 어머니와 이별하고 형을 떠난 지 이미 한 돌이 되었
습니다. 돌아가고 싶은 마음이 화살과 같아서 다시 머무를 수 없습
니다. 그러나 다만 부인의 은덕과 저저(姐姐)의 정으로 인하여 실과
같은 마음을 풀어서 다시 [인연을] 맺고자 합니다. 소질 이에 저저에
게 한 마디 간하고자 합니다. 그러나 저저가 허락하지 않을까 염려
되어 먼저 부인에게 고하겠습니다."

이에 망설이며 선뜻 말하지 않았다. 부인이 말하기를,

"낭자가 청하고자 하는 바는 무엇입니까?"

이소저가 말하기를,

"소질 선친을 위해 바야흐로 남해대사의 화상(畫像)을 수놓았는
데 이미 그 일을 마쳤습니다. 오라버니가 바야흐로 임소(任所)에 있
고, 소질은 여자의 몸으로 여전히 아직 문인의 찬(贊)을 구하지 못하
였습니다. 장차 이전에 수놓은 것이 허사가 될까 싶어 심히 애석합
니다. 저저의 두어 구의 글과 두어 행의 글씨를 얻고자 합니다. 그러
나 수를 놓은 폭이 자못 넓어 펼치고 접기에 어려움이 있고 또한 더
럽혀지는 것을 염려하여 감히 가져오지 못했습니다. 부득이 잠시 저
저를 만나 필제(筆製)를 얻는다면 하나는 그것으로 소녀가 부모를 위
한 효를 완전하게 하고, [또]하나는 그것으로 멀리 떨어져서 서로 이
별하는 정을 위로하고자 합니다. [그러나]아직 저저의 뜻을 모르겠
습니다.(감히 직접 청하지 못하고 감히 사사로이 간청하여 부인에
게 의지하고자 합니다.)"

부인 소저를 돌아보며 말하기를,

"너는 가까운 친척의 집이라도 본래 왕래하지 않았는데, 이 낭자가 청하는 바 대체로 부모를 위하는 지성(至誠)에서 나온 것임을 생각하면, 더구나 낭자가 임시로 머무는 이곳에서 그리 멀지 않은 곳이기에 잠깐 동안 다녀오는 것은 어렵지 않을 듯하다."

소저 처음에는 어려워하는 기색이었으나 불현듯 마음속으로 깨닫고 말하기를, '이소자의 행색이 심히 바쁘니 춘운을 보낼 수 없다. 내가 이 기회를 타 가서 그 종적을 살핀다면 또한 역시 묘책이 아니겠느냐?' 이에 부인에게 고하여 말하기를,

"이소저가 청하는 바 만약 대수롭지 않은 일이라면 실로 받들어 맞이하기 어려우나, 부모에게 효도하고자 하는 정성은 사람에게 모두 그것이 있으니, 소저의 말 어찌 따르지 않을 수 있겠습니까? 다만 날이 저물어 가고자 합니다."

이소저 크게 기뻐하며 일어나 사례하여 말하기를,

"날이 만약 어두워지면 집필하기 어려울 듯합니다. 만약 지나가는 길에 번거로움이 싫지 않으신다면 소매가 타는 가마가 심히 소박하고 꾸밈이 없기는 하지만, 두 사람의 몸이 타기에 족할 것입니다. 저와 동승(同乘)하여 가서 저녁을 틈타 돌아오는 것 또한 어떻겠습니까?"

소저 답하여 말하기를,

"저저의 가르침 매우 합당합니다."

李小姐夫人に拜辭し、退て春雲と手を執つて別れ、鄭小姐と一轎に同乘す、鄭府の侍婢數人小姐の後に從ふ、鄭小姐來つて李小姐の寢室を見るに、排する所の什物甚だ繁多ならざるも、而も品皆な精妙な

り、進むる所の飲食甚だ簡略なるも、而も珍味に非ざるは無し、鄭小姐眼を留めて之を見るに、皆な疑ふ可き也、李小姐久うして文を乞ふの言を出ださず、而も日色看る日暮れんとす、鄭小姐問ふて曰く、觀音の畵像何處に奉置せるや、小姐亟に禮拜せんと欲すと、李小姐曰く、當に姐々をして奉玩せしむ可しと、語畢るや車馬の聲門外に喧聒し、旗幟の色道上に掩映す、鄭家の侍婢驚惶し入つて告げて曰く、一陣の軍馬急に此家を圍めり、娘子々々何を以て之を爲さんと、鄭小姐既に機を知り、自若として坐す、李小姐曰く、姐々安心せよ、小妹は別人に非ず、蘭陽公主簫和は卽ち小妹の職號身名なり、姐々邀へ致すは太后娘々の命也と、鄭小姐席を避け對へて曰く、閭巷間微末の小女、知識無しと雖、亦た天人の骨格常人と自ら殊なるを知れり、而も貴主の降臨は實に千萬夢寐の外也、既に跼蹐の禮を失し、又た逋慢の罪多し、伏して願くば貴主之を生死せよと、公主未だ對ふるに至らざるに、侍女告けて曰く、三殿より薛尙宮、王尙宮、和尙を遣して貴主を問安すと、公主鄭小姐に謂つて曰く、姐々少らく此に留れと、

이소저 부인에게 정중히 사양하고 물러나 춘운과 손을 잡고 헤어져 정소저와 하나의 가마에 동승했다. 정부(鄭府)의 계집종 여러 명이 소저의 뒤를 따랐다. 정소저가 와서 이소저의 침실을 살펴보니, 놓여 있는 세간살이가 그리 많지는 않았으나 기품은 모두 정묘(精妙)했다. 나오는 음식도 매우 간략했으나 진미(珍味)가 아닌 것이 없었다. 정소저가 그것을 유의하여 보니 모두 의심할 만한 것이었다. 이소저 오래도록 글을 부탁하는 말을 하지 않았는데 햇빛이 점점 저물어 갔다. 정소저 물어 말하기를,

"관음화상은 어디에 받들어 두셨습니까? 소저 서둘러 예배하고 자 합니다."

이소저 말하기를,

"마땅히 저저로 하여금 받들어 감상하게 할 것입니다."

말이 끝나자 거마(車馬) 소리가 문밖에서 요란하고 기치(旗幟)의 빛이 길 위에 막아 가리고 있었다. 정가의 시비는 놀라고 당황해 하며 들어와 고하여 말하기를,

"일진(一陣)의 거마(車馬) 급히 이 집을 에워쌌습니다. 낭자, 낭자, 어찌합니까?"

정소저 이미 기미를 알아차리고 태연자약하게 앉아 있었다. 이소저가 말하기를,

"저저 안심하십시오. 소매는 다른 사람이 아닙니다. 난양공주 소화는 곧 소매의 직호(職號)이며 신명(身名)입니다. 저저를 맞이한 것은 태후 낭낭의 명령입니다."

정소저가 자리를 피하며 대답하여 말하기를,

"여항(閭巷)의 미천한 소녀가 지식이 없다 하더라도 또한 천인(天人)의 골격이 보통 사람과 다름을 알았습니다. 그러나 귀주(貴主)의 강림은 실로 천만 몽매(夢寐)의 밖 일입니다. 이미 갈궐(竭蹶)의 예를 잃었고 또한 포만(逋慢)의 죄가 많습니다. 엎드려 바라건대, 귀주께 생사(生死)를 맡기겠습니다."

공주는 미처 대답하지 못했다. 시녀가 고하여 말하기를,

"삼전(三殿)에서 설상궁, 왕상궁, 화상(和尙)[97]을 보내어 귀주를 문

---

97 한문 텍스트는 '화상궁(和尙宮)'으로 되어 있다.

안(問安)하십니다."

공주가 정소저에게 일러 말하기를,

"저저 잠시 여기에 머무시오."

乃ち出でゝ堂上に坐す、三人次を以て入り、禮謁畢り伏し奏して曰
く、玉主大内を離ること已に累日　太后娘々思念正に切に、萬歳爺々、
皇后娘々婢子等をして問候せしむ、且つ今日は卽ち玉主が宮に還ら
るゝの期也、車馬儀杖已に盡く來り待てり、而も皇上趙大監に命じて
行を護せしめりと、三尚宮又た告げて曰く、太后娘々詔あり曰く、玉
主鄭女子と輩を同うして來れと、公主三人を外に留めて入り、鄭小姐
に謂つて曰く、多少の說話は當に從容として穩展す可し、太后娘々
姐々を見んと欲して、軒に臨んで之を待たん、姐々苦辭すること勿
れ、小妹と輿に同じく入り今日の朝見に趨かんと、鄭小姐免る可らざ
るを知り對へて曰く、妾已に玉主を眷するを知るも、而も閭家の女兒
未だ嘗て至尊に現謁せず、惟だ禮貌の愆あらんことを恐れ、是を以て
惶怯すと、公主曰く、太后娘々の娘子を見んと欲するの心は、何ぞ小
妹の姐々を愛するに異ならんや、姐々疑ふこと勿れ、鄭小姐曰く、惟
だ貴主先づ行かれよ、妾當に家に歸り、此意を以て老母に言ひ、後を
躡んで進む可しと、公主曰く、娘々已に詔命あり、小姐をして姐々と
同車せしめんと、辭意其の懇を極む、姐々固辭する勿れ、小姐曰く、
賤妾は微なり陋なり、貴主と輩を同うす可けんや、公主曰く、呂尚は
渭川の漁父なり、文玉車を共にせり、侯嬴は夷の門監者なり、信陵君
轡を執れり、苟も賢を尊ばんと欲す、何ぞ貴賤を挾む可き、侯伯の盛
門大臣の女子何ぞ嫌はんや、小妹と同じく乘れ、謙を執る何ぞ太だ過

ぐるやと、

이에 나가서 당상에 앉았다. 삼인(三人) 차례로 들어와 예로써 뵙기를 마치고 엎드려 아뢰어 말하기를,

"옥주(玉主)께서 궁전을 떠나신지 이미 여러 날로 태후 낭낭의 생각이 매우 간절하셔서, 황제폐하와 황후 낭낭께서 비자(婢子) 등에게 문후(問候)드리게 하셨습니다. 또한 오늘은 곧 옥주가 환궁하실 날입니다. 거마(車馬)의 의장(儀杖) 이미 다 와서 기다리고 있습니다. 황상께서 조대감에게 명하여 행차를 호위하게 하셨습니다."

세 상궁 또한 고하여 말하기를,

"태후 낭낭의 조(詔)가 있었습니다. '옥주는 정여자와 배(輩)[98]를 같이하여 오라.'"

공주가 삼인을 밖에 머물게 하고 들어와, 정소저에게 일러 말하기를,

"다소의 설명은 마땅히 조용한 때에 편안히 해야 할 것입니다. 태후 낭낭 저저를 보고자 하여 난간에이르러 기다리십니다. 저저 사양하지 마십시오. 소매와 더불어 같이 들어가 오늘의 조견(朝見)을 따르십시오."

정소저 면할 수 없음을 알고 대답하여 말하기를,

"첩은 이미 옥주가 [저를]아끼고 사랑함을 알지만, 여염집의 여아가 아직 일찍이 지존(至尊)을 찾아 뵌 적이 없습니다. 오직 예모(禮貌)에 허물이 있을까 두렵습니다. 이에 당황하고 겁에 질렸습니다."

공주가 말하기를,

---

98 한문 텍스트는 '련(輦)'으로 되어 있다.

"태후 낭낭이 낭자를 보고자 하는 마음은 어찌 소매가 저저를 아끼는 것과 다르겠습니까? 저저 의심하지 마십시오."

정소저 말했다.

"다만 귀주 먼저 가십시오. 첩 마땅히 귀가하여 이 뜻을 노모에게 말하고 뒤를 따라 나아가도록 하겠습니다."

공주가 말하기를,

"낭낭 이미 조명(詔命) 있어 소저에게 저저와 동거(同車)하게 했습니다. 그 사양하는 뜻이 지극하기는 하나 저저 고사하지 마십시오."

소저가 말하기를,

"미천한 천첩이 [어찌]귀주와 같은 연(輦)을 탈 수 있겠습니까?"

공주가 말하기를,

"여상(呂尙)은 위천(渭川)의 어부였으나 문왕(文王)과 거(車)를 함께 했고, 후영(候嬴)은 이문(夷門)을 감시하는 자였으나 신릉군(信陵君)이 고삐를 잡았습니다. 만약 존현(尊賢)하고자 한다면 어찌 귀천을 내세울 수 있었겠습니까? [저저는]후백(侯伯)의 명문가이고 대신(大臣)의 딸인데 어찌 꺼리겠습니까? 소매와 같이 타십시오. 겸손함이 어찌 몹시 지나치지 않겠습니까?"

遂に手を携へ輦を同うす、小姐侍婢一人をして、歸つて夫人に告げしめ、一人は隨つて宮中に入る、公主小姐と同じく行き東華門に入り、重々の九門を歷て狹門外に至つて車を下る、公主王尙宮に謂つて曰く、尙宮鄭小姐に陪し少らく此に待て、王尙宮曰く、太后娘々の命を以て、已に鄭小姐の幕次を設けりと、公主喜び之に留めて、入つて太后に謁す。

마침내 손을 이끌고 같은 연(輦)을 탔다. 소저는 시비 한 사람에게 [집으로]돌아가 부인에게 고하게 하고, 한 사람은 따라서 궁중에 들어왔다. 공주는 소저와 같이 행차하여 동화문(東華門)으로 들어가 겹겹이 이어진 구문(九門)을 지나 협문(狹門) 밖에 이르러 가마에서 내렸다. 공주가 왕상궁에게 일러 말하기를,

"상궁은 정소저를 모시고 잠시 여기에서 기다려라."

왕상궁이 말하기를,

"태후 낭낭 명으로, 이미 정소저의 막차(幕次)를 이미 마련했습니다."

공주가 기뻐하며 머무르게 하고 들어가 태후를 뵈었다.

元來太后初めは則ち、本と鄭氏に好意無し、公主徹服を以て鄭家の近處に寓し、一幅の繡を媒して鄭氏の交を結ひ、心旣に敬服し情も亦た綢繆せり、且つ楊尙書の終に疎棄するを肯んぜざるを知り、相愛し相約し結んで兄弟と爲り、將に一室を共にし一人に事へんと欲し、數々書を以て太后に苦諫し、以て其意を回へせり、太后是に於て大に悟り、許すに公主及び鄭氏を以て、少游の兩夫人と爲すを以てし、必ず親く其容貌を見んと欲し、公主をして計を設けて率ゐ來らしめたり、鄭小姐少く幕中に憩ふや、宮女兩人內殿より衣冠を奉じて出で、太后の命を傳へて曰く、鄭小姐太臣の女を以て宰相の幣を受け、而がも猶ほ處子の服を着く、平服を以て我に朝す可らざる也と、特に一品命婦の章服を賜へり、故に妾等詔を奉じて來れり、惟だ小姐之を着けよと、鄭氏再拜して曰く、臣妾處子の身を以て、何ぞ敢て命婦の服色を具せんや、臣妾着くる所は簡褻なりと雖、亦た當に之を父母の前に着く可き也、太后娘々は卽ち萬民の父母なり、請ふ父母に見ゆるの衣

服を以て娘々に入朝せんと、宮女入つて告ぐ、太后大に之を嘉みし、即ち引て見ゆ、鄭氏官女に隨つて前殿に入る、左右の宮嬪聳ち見、嘖舌して日く、吾れ以爲らく嬌艷は惟だ吾が貴主のみと、豈に料らん復た鄭小姐有らんとは、

　　원래 태후 처음에는 본래 정씨에게 호의가 없었다. [그러나]공주는 미복(微服)으로 [갈아입고]정가의 [집]근처에 기거하며 한 폭의 수(繡)를 매개로 하여 정씨와 교류를 맺어 마음으로 이미 경복(敬服)하고 정 또한 친밀해졌다. 또한 양상서도 끝내 [정씨를]버리지 않는다는 것을 알기에 서로 사랑하여 형제가 되기를 약속하고 장차 한 집에서 한 사람을 섬기고자 하여 자주 글로써 태후에게 고간(苦諫)함으로써 그 뜻을 돌리려 했다. 태후 이에 크게 깨달아 공주와 정씨가 소유의 두 부인이 되는 것을 허락했고 반드시 친히 그 용모를 보고자 하여 공주에게 계책을 세우게 하여 데리고 오게 한 곳이다. 정소저가 막(幕) 안에서 잠시 쉬고 있으니 궁녀 두 사람이 내전에서 의관을 받들고 나왔다. 태후의 명을 전하여 말하기를

　　"'정소저는 대신(大臣)의 딸로 재상의 예폐를 받았는데 여전히 처자의 옷을 입고 있으니 평복으로 나에게 조(朝)할 수는 없다' 하셨습니다. 특별히 일품(一品) 명부(命婦)의 장복(章服)을 내리신 까닭에 첩 등은 조(詔)를 받들어 왔습니다. 오직 소저 그것을 입으십시오."

　　정씨 두 번 절하며 말하기를,

　　"신첩(臣妾)이 처자의 몸으로 어찌 감히 명부(命婦)의 복색(服色)을 갖추겠습니까? 신첩이 입은 옷은 비록 간략한 평복이라 하더라도 또한 마땅히 그것은 부모 앞에서 입을 만한 것입니다. 태후 낭낭은

곧 만민의 부모입니다. 바라건대 부모를 뵙는 의복으로 낭낭에게 입
조(入朝)하겠습니다.”

　궁녀 들어가 고했다. 태후 크게 기뻐하고 곧 들어오도록 했다. 정
씨가 관녀(官女)를 따라 전각 앞으로 들어갔다. 좌우에 있던 궁빈들
이 다투어 보려하고 탄식하며 말하기를,

　“내 교태가 있고 아름다운 이는 오직 우리 귀주뿐이라 여겼으나
어찌 다시 정소저가 있을 줄을 알았겠는가?”

　小姐禮畢るや宮人之を引て殿に上らしむ、太后坐を賜ひ敎を下して
曰く、頃ごろ女兒の婚事に因り、詔して楊家の禮幣を收めしむ、此れ
國法に遵ひ公私を別つ所以也、寡人□めて開くに非ざる也、女兒予を
諫めて曰く、人をして新婚を爲ざしめて舊約に背かしむるは、王者人
倫を正だす所以の道に非ざる也、且つ願くは汝と與に體を齊うし共に
少游に事へんことを願ふと、予已に帝と相議し、快く女兒の美意に從
ひ、將に楊少游の朝に還るを待つて、之をして復た禮幣を送らしめ、
爾を以て一體の夫人と爲さんとす、此恩眷や古も亦無く今も亦無く、
前に見ず後に見ざる所也、特に今も爾をして之を知らしむと、鄭氏起
て答へて曰く、聖恩隆重寔に望外に出づ、臣妾粉靡するも能く上報す
る所に非ざる也、但だ臣妾は是れ人臣の女、奚ぞ敢て貴主と其列を同
うし其位を齊うせんや、臣妾假ひ命に從はんと欲するも、父母死を以
て固く爭ひ、必ず詔を奉ぜざる也と、太后曰く、爾の避け遜るは嘉み
す可しと雖、鄭門は累世の侯伯、司徒は先朝の老臣、朝家の禮待は本
來自ら別なり、人臣の分義必ず膠守せざる也と、小姐對へて曰く、臣
子の君命に順受するは、萬物の自ら其時に隨ふが如し、陞して以て侍

女と爲し、降して以て婢僕と爲すも、又敢て天命に違忤せんや、而も
楊少游も亦た何ぞ心に安んぜんや、必ず從はざる也、臣妾本と兄弟無
く、父母亦た已に衰朽せり、臣妾の至願は、惟だ誠を竭して供養し、
以て餘生を畢るに在る而已、太后曰く、惟だ爾が親に孝なるの□、處
子の道至れりと謂ふ可し、而も何ぞ一物をして其所を得ざらしむ可け
んや、況や爾ぢ百美其全し、一疵も求め難し、楊少游豈に甘心して汝
を棄つるを肯んぜんや、且つ女兒と楊少游とは、洞簫の一曲を以て、
百年の宿緣を驗せり、天の定むる所人廢す可らず、而して楊少游は一
代の豪傑萬古の才子なり、兩箇の夫人を娶るも、何の不可か之れ有ら
ん寡人本と兩女子あり、而も蘭陽の兄、十歳にして夭し、予毎に蘭陽
の孤子を念へり、予今ま汝を見るに、其の貌其の才蘭陽に讓らず、予
亦た亡女を見るか如し、予汝を以て養女と爲し、之を帝に言ひ、汝が
位號を定めんと欲す、一は則ち予が愛女の情を表する所以也、二は則
ち蘭陽が汝を視るの志を成す所以也、三は則ち汝と蘭陽と同じく楊少
游に歸がしめば、則ち許多便じ難きの事無ければ也、汝が意今は則如
何と、小姐稽首して曰く、聖教又た此に至り、臣妾福を損じて死せん
ことを恐る、惟だ望むらくは成命を收め以て臣妾を安んせことを、太
后曰く、予帝と與に相議し卽ち勘定せり、汝多く執ずる勿れと、公主
を召し出でヽ鄭小姐に見口しむ、公主章服を具し威儀を備へ、鄭小姐
と對坐す、太后笑つて曰く、女兒鄭小姐と兄弟たらんことを願へり、
今は眞の兄弟と爲れり、兄たり難く弟たり難しと謂ふ可し、汝が意更
に憾み無きかと、

소저 예를 마치자 궁인이 그를 인도하여 전(殿)에 오르게 했다. 태

후는 자리를 내리고 하교(下敎)하여 말하기를,

"지난번에 여아의 혼사로[인해] 조(詔)를 내려 양가(楊家)로부터 받은 예폐(禮幣)를 거두게 했다. 이는 국법에 따라 공사를 분별한 까닭이고 과인이 처음 시작한 것은 아니다. 여아가 나에게 간(諫)하여 말하기를, '사람이 새로운 혼사를 이루기 위해 옛 언약을 저버리게 하는 것은 왕이 된 자로서 인륜을 바로잡는 도리가 아니다'고 하였다. 또한 너와 더불어 몸을 다하여 함께 소유를 섬기기를 바란다고 했다. 내 이미 황제와 상의하여 쾌히 여아의 아름다운 뜻에 따라 장차 양소유가 조정으로 돌아오는 것을 기다려 그로 하여금 다시 예폐를 보내게 하고 너에게 일체(一體)의 부인으로 삼게 할 것이다. 이러한 은권(恩眷)은 고(古)에도 없고 금(今)에도 없으며, 전에도 보지 못하고 앞으로도 보지 못할 바이다. 특별히 너로 하여금 그것을 알게 하리라."

정씨가 일어나 답하여 말하기를,

"성은(聖恩)이 융중(隆重)합니다만 [이는]진실로 바라지도 못한 일입니다. 신첩의 몸을 빻아 가루를 만들어도 능히 윗분의 은혜에 보답할 수 없을 것입니다. 다만 신첩은 신하의 딸로 어찌 감히 귀주와 그 열(列)을 같이 하고 그 위(位)를 가지런히 할 수 있겠습니까? 신첩 가령 [그]명을 따르고자 하더라도 부모가 죽음으로써 굳게 다투어 반드시 조(詔)를 받들지 않을 것입니다."

태후가 말하기를,

"너의 사양하고 겸손함이 가상하다 여길 만하나 정씨 가문은 여러 대에 걸친 후백(侯伯)이고 사도(司徒)는 선조(先朝)의 노신(老臣)이니 조정에서 예로 대함이 본디 남과 다르다. 신하의 도리를 반드시 지킬 것은 없다."

소저가 대답하여 말하기를,

"신하가 임금의 명령을 순순히 받는 것은 만물이 저절로 그 때를 따름과 같습니다. 섬돌 곁에서 윗사람을 모시는 시녀(侍女)로 삼고 낮은 곳으로 내려서 비복(婢僕)으로 삼더라도, 어찌 감히 천명을 거스를 수 있겠습니까? 그러나 양소유도 또한 어찌 마음이 편안하겠습니까? 반드시 따르지 않을 것입니다. 신첩은 본래 형제가 없고 부모 또한 이미 노쇠하였습니다. 신첩의 간절한 바람은 오직 정성을 다하여 [부모를]공양하면서 여생을 마치는 것입니다."

태후가 말하기를,

"오직 너의 부모에게 효도하고자 하는 정성과 처자의 도(道) 지극하다고 이를 만하다. 그러나 어찌 한 물건으로 하여 그것을 얻지 못하게 할 수 있겠느냐? 하물며 너는 백가지가 아름답고 모두 갖추었기에 한 가지 흠도 구하기 어렵다. 양소유가 어찌 기꺼이 너를 버리려 하겠느냐? 또한 여아와 양소유는 퉁소 한 곡으로 백년의 숙연(宿緣)을 증험했다. 하늘이 정하 바 사람이 폐할 수 없다. 그리고 양소유는 일대의 호걸이고 만고의 재자(才子)이니 두 부인을 취하는 것도 어찌 불가하겠는가? 과인 본래 두 딸이 있었는데 난양의 언니가 10세에 요절하니 내가 매양 난양이 혼자되어 쓸쓸함을 걱정했다. 내 지금 너를 봄에 그 모습과 그 재(才)가 난양보다 못하지 않구나. 내 또한 죽은 딸을 보는 듯하니 내 너를 양녀로 삼고 황제에게 말하여 너의 위호(位號)를 정하게 하려 한다. 하나는 내 사랑하는 딸의 정을 나타내는 까닭이고, 둘은 난양이 너를 보는 뜻을 이루는 까닭이며, 셋은 너와 난양이 같이 양소유에게 돌아가더라도 어렵고도 불편한 일이 많지 않도록 하기 위함이다. 너의 생각은 지금은 어떠하냐?"

소저가 머리를 조아리며 말하기를,

"성교(聖敎)가 또한 여기에 이르니 신첩 복에 겨워 죽을까 두렵습니다. 오직 바라기는 내리신 명을 거두어서 신첩을 편안케 하십시오."

태후가 말하기를,

"내가 황제와 더불어 상의하여 헤아려 정할 것이다. 너는 그리 고집하지 말라."

공주를 불러내어 정소저를 보게 했다. 공주가 장복(章服)을 갖추고 위의(威儀)를 갖추어서 정소저와 마주하고 앉았다. 태후 웃으며 말하기를,

"여아가 정소저와 형제되기를 바라더니 지금은 진짜 형제가 되었으니 난형난제라 이를 만하구나. 네 마음에 다시 여한이 없겠느냐?"

仍て鄭氏を取り養女と爲すの意を以て之を論す、公主大に悅び起て謝して曰く、娘々の處分盡せり至れり、小女痼瘼の願を成ずること得、此心の快樂何ぞ言に盡すを得んやと、太后鄭氏を待つこと尤も款く、與に古の文章を論ず、太后曰く、曾て蘭陽に依て聞く、汝ぢ咏絮の才ありと、今ま宮中無事、春日閑多し、一吟以て予が歡を助くることを惜む勿れ、古人七步にして章を成す者あり、汝能くす可き乎、小姐對へ曰く、旣に命を聞けり、敢て鴉を畫き以て一笑を博さん乎と、太后宮中の步み捷かなる者を擇びて殿前に立たしめ、題を出だして之を試みんと欲す、公主奏して曰く、鄭氏をして獨り賦せしむ可らず、小女も亦た鄭氏と與に之を試みんことを欲すと、太后尤も喜んで曰く、女兒の意亦た妙なり、但だ必ず淸新の題を得、然る後詩思自ら出

でん、方さに古詩を涉獵せんと、時に暮春に當り碧桃花盛んに欄外に
開く、忽ち喜鵲あり來つて枝上に鳴く、太后彩鵲を指し言つて曰く、
予方さに汝か輩の婚を定め、而も彼の鵲喜びを枝頭に報ぜり、此れ吉
兆也、「碧桃花上聞喜鵲」を以て題と爲し、各の七言絶句一首を賦し、
而も詩中に必ず定婚の意を挿入せよと、宮女をして各の文房四友を排
せしむ、兩人筆を執り、宮女已に步を移せり、而も意に或は詩を成す
に至らざらんを恐れて睨視す、兩人筆を揮ふ而も擧趾稍や緩かなり、
兩人筆勢風飄南驟し、一時に寫し進む、宮女僅に五步を轉ぜるのみ、
太后先づ鄭氏の詩を覽る、曰。

紫禁春光醉碧桃。下來好鳥語□々。樓頭御妓傳新曲。南國天華奧鵲
巢。公主詩曰。

春深宮披百花繁。靈鵲飛來報喜言。銀漢作橋須努力。一時齊渡兩天
孫。

이에 정씨를 취하여 양녀로 삼을 뜻을 공주에게 설명했다. 공주가
크게 기뻐하여 일어나 사례하며 말하기를,

"낭낭의 처분 지극하십니다.[99] 소녀가 오매불망의 바람을 이루었
으니 이 마음의 쾌락 어찌 말로 다할 수 있겠습니까?"

태후 정씨 대하기를 더욱 정성스럽게 하며 더불어 옛 문장을 논했
다. 태후가 말하기를,

"일찍이 난양을 통해 네게 영서(詠絮)의 재(才) 있다고 들었다.[100]

---

99 한문 텍스트는 '명(明)합니다'로 되어 있다.
100 영설지재(詠雪之才) 혹은 영서지재(詠絮之才)는 여자(女子)의 뛰어난 글재주를
나타내는 표현으로 중국 진(晉)나라 사혁(謝奕)의 딸이 눈을 버들가지에 비유하
여 멋진 시를 썼다는 이야기에서 나온 말이다.

지금 궁중에 아무런 일이 없고 봄날이 몹시 한가하니, 한 번 읊음으로 내가 기뻐하는 것을 아끼지 말라. 옛 사람 중에 칠보(七步)에 문장을 이룬 이가 있다. 너는 능히 할 수 있겠느냐?"

소저 대답하여 말하기를,

"이미 명을 들었습니다. 감히 까마귀를 그려서 한바탕 웃음을 전하겠습니까?"

태후가 궁중에서 걸음이 빠른 자를 골라 전각 앞에 서게 하고 글제를 내어서 그를 시험하고자 하였다. 공주 아뢰어 말하기를,

"정씨에게 홀로 [글을]짓게 할 수 없습니다. 소녀도 또한 정씨와 더불어 그것을 시험하고자 합니다."

태후가 더욱 기뻐하며 말하기를,

"여아의 뜻 또한 묘하다. 다만 반드시 청신(淸新)한 글제를 얻은 연후에야 시사(詩思)가 저절로 나올 것이다."

바야흐로 옛 시를 [두루]섭렵했다. [이때가]늦은 봄이라 벽도화(碧桃花)가 난간 밖에 한창 피었는데 홀연 까치가 와서 가지 위에서 울었다. 태후가 까치를 가리키며 말하기를,

"내 바야흐로 너희의 혼인을 정하였는데, 저 까치가 나뭇가지 위에서 기쁨을 알리니 이는 길조이다. '벽도화상문희작(碧桃花上聞喜鵲)'을 가지고 글제로 삼아 각 칠언절구의 한 수를 지어라. 그리고 시중에 반드시 정혼의 뜻을 삽입하라."

궁녀에게 각각 문방사우(文房四友)를 벌려놓게 했다. 두 사람이 붓을 잡으니 궁녀들이 이미 걸음을 옮겼다. 그리고 생각함에 혹은 시를 이룸에 이르지 못할까 염려하며 흘겨보았다. 두 사람이 붓을 휘두르는 것을 보고 발걸음이 점점 느려졌다. 두 사람의 붓의 힘은 바

람에 휘날리고 비가 몰아치는 것 같아 일시에 글을 써 바쳤다. 궁녀
가 겨우 다섯 발걸음을 옮겼을 뿐이었다. 태후는 먼저 정씨의 시를
보았다. 이르기를,

궁궐의 봄빛이 벽도에 취했는데, 어디서 좋은 새 날아와 교교히
재잘되는가?

다락머리의 어기들은 새 곡조를 전하고, 남국의 천화는 까치와 더
불어 깃드는구나.

공주의 시에 이르기를,

봄이 깊어 궁궐에 백화가 번창한데, 신령스런 까치 날아와 기쁜
소식 알려주네.

은하수에 다리 놓도록 모름지기 노력하여, 두 천손이 일시에 가
지런히 함께 건너세.

太后咏歎して曰く、予の兩女兒は卽ち女中の靑蓮子建なり、朝廷若
し女進士を取らば、當さに壯元探花を分れ占む可しと、兩詩を以て迭
に公主及び小姐に示す、兩人各の自ら敬服す、公主太后に告げて曰
く、小女幸に篇を成すと雖、其の詩意孰れか之を思はざらん、姐々の
詩は、精妙を曲盡し、小女の及ぶ所に非ざる也、太后曰く、然も女兒
の詩頴鋭殊に愛す可き也と。

태후 영탄하여 말하기를,

"내 두 여아는 바로 여자 가운데 청련(靑蓮)과 자건(子建)이다. 조

335

정에서 만약 여자 진사(進士)를 취한다면 마땅히 장원(壯元)과 탐화 (探花)를 나누어 점할 것이다."

두 개의 시(詩)로서 번갈아 공주와 소저에게 보였다. 두 사람 각자 존경하고 감복했다. 공주 태후에게 고하여 말하기를,

"소녀 다행히 시문의 완성을 이루었다 하더라도 그 시의(詩意) 누 가 그것을 생각하지 못하겠습니까? 저저의 시가 정교하고 아름답고 자세하고 간곡하여 소녀가 미칠 바가 아닙니다."

태후가 말하기를,

"그러나 여아의 시도 빼어나고 날카로워 특히 아낄 만하다."[101]

卷之五
권지오

楊少游夢に天門に遊び、賈春雲巧みに玉語を傳ふ
양소유 꿈에 천문에서 노닐고, 가춘운 능숙하게 옥어를 전하다

此の時天子太后に進候す、太后、蘭陽と鄭氏と挾室に避けしめ、帝 を迎へ謂つて曰く、予、蘭陽の婚事の爲め、楊家の幣を收めしむ、而 も終に風化を傷くる有り、鄭氏と與に竝びて夫人と爲さば、則ち鄭家 敢て當らず、鄭氏をして妾と爲さば、則ち強脅に近し、今日予、鄭女 を召し見るに、鄭女は美にして且つ才あり、蘭陽と兄弟たるに足る 也、此を以て予既に鄭女を以て養女と爲し、與に楊家に同じく歸つが

---

101 원문에는 태후가 곁의 소상궁에게 시의 뜻을 풀이해 주는 내용이 서술되어 있 으나 번역문에는 생략되어 있다.

しめんと欲す、此事果して如何と、上大に悦び賀して曰く、此れ盛徳
の事なり、天地と同じく大なりと謂ふ可し、古より深仁厚徳なる娘々
に及ぶ者有らざる也と、

　　　이 때 천자가 태후에게 나아가 문후를 드렸다. 태후는 난양과 정
　씨를 [다른]방으로 피하게 하고 황제를 맞이하여 일러 말하기를,
　　　"내가 난양의 혼사를 위해 양가(楊家)의 폐(幣)를 거두게 했으나 마
　침내 풍습을 상하게 함이 있습니다. 정씨와 더불어 아울러 부인으로
　삼으면 정가(鄭家) 감히 따르지 못한다 할 것이고, 정씨를 첩으로 삼
　는다면 [또한]강제로 위협하는 것에 가깝습니다. 오늘 내가 정녀를
　불러서 보니 정녀는 아름답고 또한 재(才)가 있어 난양과 형제 되기
　에 족합니다. 이로써 내 이미 정녀를 양녀로 삼고 더불어 양가(楊家)
　에 같이 돌아가게 하려 합니다. 이 일 과연 어떠합니까?"
　　　상(上) 크게 기뻐하며 하례하여 말하기를,
　　　"이는 성덕의 일입니다. 천지와 같이 크다고 이를 만합니다. 예부
　터 깊고 두터운 은덕은 낭낭에 미치는 자가 있지 않았습니다."

　太后卽ち鄭氏を召し、帝に進謁せしむ、帝之れに上殿を命じ、太后
に告げて曰く、鄭氏の女子已に御妹と爲り、尙ほ平服を着くるは何ぞ
や、太后曰く、詔命未だ下らざるを以て、章服を固辭せりと、上、女
中書に謂つて曰く、鸞鳳紋紅錦紙一軸を取り來れと、秦彩鳳擎げ進
む、上、筆を擧げ書せんと欲し、太后に稟して曰く、鄭氏既に公主に
封せらる、當に國姓を賜ふ可しと、太后曰く、吾も亦た此意あり。而
も但だ聞く、鄭司徒夫妻年既に衰老し、他の子女無し、予、老臣姓を

得るの人無きに忍びず、其本姓に仍らしむるも、亦た曲軫の意也と、

태후가 곧 정씨를 불러 황제에게 나아가 보게 했다. 황제는 상에 오르도록 명하여 태후에게 고하여 말하기를,

"정씨의 여자 이미 어매가 되었는데, 여전히 평복(平服)을 입은 것은 어째서입니까?"

태후가 말하기를,

"조명(詔命)이 아직 내리지 않았기에 장복(章服)을 굳이 사양했습니다."

상이 여중서에게 일러 말하기를,

"난봉문(鸞鳳紋)의 홍금지(紅錦紙) 한 축(軸)을 가져 오라."

진채봉이 받들어 드렸다. 상이 붓을 들어 쓰려 하다 태후에게 말씀 올리기를,

"정씨를 이미 공주에 봉하셨으니 마땅히 나라의 성(姓)을 내려야 할 것입니다."

태후가 말하기를,

"나도 또한 이 뜻이 있었습니다. 그러나 다만 정사도의 부처 나이 이미 쇠로하고 다른 자녀가 없다고 들었습니다. 내가 노신(老臣)의 성을 얻은 사람을 없애기 어려우니 그 본래의 성(姓)을 그대로 따르게 하는 것도 또한 곡진(曲軫)한 뜻입니다."

上御筆を以て大書して曰く、太后の聖旨を奉じ、養女鄭氏を以て、封じて英陽公主と爲し、兩宮の實を踏ましめ、以て鄭氏を賜ふ、宮女をして公主の冠服を擊げ、鄭氏に着せしむ、鄭氏殿を下りて恩を謝

す、上、蘭陽公主と其坐を定めしむ、鄭氏公主より長ずること一歳な
り、而も敢て其上に坐せず、太后曰く、英陽は今卽ち我か女なり、兄
は上に在り弟は下に在る禮也、兄弟の間何ぞ飾讓す可けん、小姐稽□
して曰く、今日の坐次に既ち他日の行列なり、何ぞ其始めに謹まざる
可けんやと、蘭陽曰く、春秋の時趙襄の妻は、既ち晋文公の女なり、
位を先娶の正室に讓れり、況や姐姐は小妹の兄なり、又何をか疑はん
やと、鄭氏之を讓ること頗る久し、太后之に命じ年齡を以て之を定
む、此の後宮中皆な英陽公主を以て之を稱せり、太后兩人の詩を以て
之を上に示す、上亦た嗟賞して曰く、兩詩皆た妙、而も英陽の詩は周
詩の意を引き、德を后妃に歸す、大に體を得たりと、太后曰く、帝の
言是なり、上又曰く、娘々の英陽を愛して此に至る、實に國朝未だ有
らざる所也、臣も亦た仰請することありと、

　　　상이 어필(御筆)로써 크게 써 말하기를,

　　"태후의 성지(聖旨)를 받들어 양녀 정씨를 영양(英陽) 공주로 봉하
고, 양궁(兩宮)의 보물을 정씨에게 내린다."

　　궁녀에게 공주의 관복을 받들어 정씨에게 입히게 하였다. 정씨 전
각 위에서 내려와 사은했다. 상이 난양공주와 그 자리를 정하게 했
다. 정씨는 공주보다 한 살 나이가 많았으나, 감히 그 윗 자리에 앉지
못했다. 태후가 말하기를,

　　"영양은 지금 곧 내 딸이니, 형은 위에 있고 아우는 아래에 있는 것
이 예이다. 형제 간 어찌 겸양한 것이냐?"

　　소저가 이마를 조아리며 말하기를,

　　"오늘의 좌석 차례는 곧 다른 날의 행렬(行列)입니다. 어찌 그 처음

에 삼가지 않을 수 있겠습니까?"

난양이 말하기를,

"춘추 때 조양(趙襄)의 처는 곧 진문공의 딸이나 먼저 얻은 정실에게 [자리를]사양했습니다. 더구나 저저는 소매의 형입니다. 또 무엇을 의심하겠습니까?"

정씨 그것을 사양하기를 자못 오래하니, 태후가 명하여 연령으로 정했다. 이후 궁중에서 모두 영양공주라 그를 불렀다. 태후가 두 사람의 시를 상(上)에게 보였다. 상도 또한 칭찬하시며 말하기를,

"두 개의 시(詩) 모두 묘한데, 영양의 시는 주시(周詩)의 뜻을 끌어내어 덕을 후비(后妃)에게 돌렸으니, 크게 체(體)를 얻었다."

태후가 말하기를,

"황제의 말이 옳습니다."

상이 또 말하기를,

"낭낭께서 영양을 사랑하심이 여기에 이르렀으니 실로 국조(國朝)에 아직 있지 않았던 바입니다. 신도 또한 우러러 청할 것이 있습니다."

乃ち秦中書か前後の事を以てし、敷奏して曰く、彼の情勢殊に甚だ惻隱なり、其父罪を以て死すと雖、其祖先は皆な木朝の臣子なり、曲げて其情を收め、以て御妹が從嫁の媵と爲さんと欲す、娘々幸に矜んで之を頷けと、太后、雨公主を顧みる、蘭陽曰く、秦氏曾て此事を以て小女に言へり、小女も秦氏と情分旣に切にして、相離るゝを欲せず、聖敎微しと雖、小臣も亦た是心ありと、太后、秦彩鳳を召し敎を下して曰く、兒女汝と死生相ひ隨ふの意あり、故に特に汝をして楊尙

書が媵と爲し侍らしむ、汝の至願畢れり、此後須く更に誠□を竭くし、以て公主の恩に報ゆ可しと、秦氏感泣し涙漱々として下る、恩を謝せるの後、太后又敎を下して曰く、兩女の婚事予旣に決定せるや、忽ち喜鵲あり、來つて吉兆を報ず、予兩女をして已に喜鵲の詩を作らしめり、汝も亦た依歸の所を得、與に其慶を同うし、其詩を作る可し也と、秦氏命を承け卽ち製進す、其詩に曰く。

喜鵲查々繞紫宮。鳳仙花上起春風。安巢不待南飛去。三五星稀正在東。

곧 진중서(秦中書)가 전후(前後) 일을 설명하고 아뢰어 말하기를,

"저 아이의 정세가 유달리 측은하고, 그의 아비가 비록 죄로 인해 죽었으나 그 선조는 모두 본 조정의 신하입니다. 그 정을 굽어 살피시어 이로써 어매(御妹)가 출가하는데 모시고 따르며 시중을 드는 시첩으로 삼고자 합니다. 낭낭께서 불쌍히 여기시어 그것을 허락하여 주십시오."

태후가 두 공주를 돌아보았다. 난양이 말하기를,

"진씨가 일찍이 이 일을 소녀에게 말했습니다. 소녀도 이미 진씨와 정분이 친밀하여 서로 헤어지기를 바라지 않습니다. 성교(聖敎)가 없다 하더라도 소신도 또한 이 마음이 있습니다."

태후가 진채봉을 불러 하교하여 말하기를,

"여아 너와 더불어 사생(死生)을 서로 따를 뜻이 있다. 그러므로 특히 너에게 양상서의 몸종이 되게 하여 모시게 했다. 너의 지극한 바람을 이루었으니 이후 모름지기 다시 정성을 다하여서 공주의 은혜에 보답해야 할 것이다."

341

진씨 감읍하여 눈물 줄줄 흘렸다. 사은을 하니 태후가 또 하교하여 말하기를,

"두 여아의 혼사를 내 이미 결정했는데, 문득 까치가 와서 길조를 전했다. 내 양녀에게 이미 희작의 시를 짓게 하였는데, 너도 또한 귀의할 곳을 얻어 더불어 그 경사를 같이 하였으니 그 시를 지어야 할 것이다."

진씨 명을 받들어 곧 지어 올렸다 그 시에 이르기를,

반가운 까치 소리 자궁에 감돌고, 봉선화 위에 봄바람 이는구나.

어찌 깃들어 남으로 날아가길 기다리지 않는가. 세다섯 별이 드믈게 정히 동녘에 있구나.

太后帝と輿に同じく看、喜んで曰く、雪を咏ぜるの蔡女と雖下に瞠若す、詩中亦た周詩を引き、能く嫡妾の分を守る、此れ尤も美たる所以也と、蘭陽公主曰く、喜鵲の詩は詩料本來多からず、且つ小女兩人已に作れり、後來の者手を下す可き處無き也、曹孟德か所謂る、繞三匝無枝可栖もの、本と吉語に非ず、取り用ること甚だ難し、此の詩孟德子美の詩、及び周詩の句を雜へ引くと雖、合して一句を成して天然なり、渾然として斧鑿の痕を見ず、三家の文字、秦氏今日の事の爲めにして作るが若き有りと、太后曰く、古來女子の中詩を能くする者は、惟だ班姫、蔡女、卓文君、謝通溫の四人のみ、今ま才女三人同じく一席に會す、盛なりと謂つ可しと、蘭陽曰く、英陽姐々が侍婢の賈春雲、詩才亦だ奇なりと、時に日將さに暮れんとし、上、外殿に歸る、兩公主同しく退て寢房に宿す、翌曉鷄鳴、初めて鄭氏太后に入朝し、歸を請ふて曰く、小女宮に入るの時、父母驚懼せり、今日父母に

歸り見て、娘々の恩澤、小女の榮寵を以て、門欄家族に誇詡せんと欲
す、伏して願くは娘々之れを許さんことを、太后曰く、女兒何ぞ輕し
く大内を離る可き、予司徒の夫人と亦た相議するの事ありと、卽ち鄭
府使崔夫人をして入朝せしむ、鄭司徒夫妻、小姐が婢子をして密かに
通ぜしめしに因り、驚慮初めて弛み、感意方さに深し、忽ち詔旨を承
け忙ぎ内殿に入る、太后引接して曰く、予令愛を率ゐ來れるは、但た
其貌を見んと欲するにあらず、盖し蘭陽が婚事の爲めなり、一たび丰
容に接し、心より之を愛し遂に養女と爲し蘭陽の兄とせるの意は、寡
人前生の女子、今世に夫人の家に誕生せるなり、英陽旣に公主と爲れ
ば、則ち當さに之に加ふるに國姓を以てす可きも、而も予夫人が子無
きを念ひ、其姓を改めず、惟だ夫人我が至情を領せよと、

　　태후가 황제와 더불어 같이 보고 기뻐하며 말하기를,
　　"설(雪)을 읊은 채녀(蔡女)라 하더라도 [이 시를 보고]놀라 어리둥
절해할 것이다. 또한 시중(詩中)에 주시(周詩)를 이끌어 능히 적실과
첩의 신분을 지켰으니 이는 더욱 아름다운 바이다."
　　난양공주가 말하기를,
　　"희작(喜鵲)의 시는 시의 재료가 본래 많지 않고 또한 소녀 두 사람
이 이미 지었습니다. 나중에 시를 짓는 자는 손을 댈만한 곳이 없을
것입니다. 조맹덕(曹孟德)이 이른바 '요삼잡무지가서(繞三匝無枝可
栖)'라 한 것은 본래 길어(吉語)가 아닌지라 다루기가 심히 어렵습니
다. 이 시 맹덕과 자미(子美)의 시에 주시(周詩)의 구(句)를 섞어 지었
으나 합하여 한 구를 이룬 것이 자연스럽고 혼연하여 시문에 기교를
부린 흔적이 보이지 않습니다. 세 사람의 문자가 진씨의 오늘 일을

위하여 지은 것과 다름이 없습니다."

태후가 말하기를,

"예로부터 여자 중 능히 시를 지은 자는 오직 반희(班姬), 채녀(蔡女), 탁문군(卓文君), 사통온(謝通溫)의 네 명뿐이다. 지금 재녀(才女) 세 사람이 한 자리에 함께 모였으니 성(盛)하다 이를 만하다."

난양이 말하기를,

"영양 저저의 시비 가춘운의 시재(詩才) 또한 기이합니다."

이때에 날이 장차 저물려 하여 상(上)은 외전(外殿)으로 돌아갔다. 두 공주 같이 물러나 침방(寢房)에서 잠을 잤다. 다음 날 새벽닭이 처음 울자 정씨가 태후[가 있는 곳]에 입조(入朝)하여 돌아가기를 청하여 말하기를,

"소녀 궁에 들어올 때 부모께서 놀라고 두려워했을 것입니다. 오늘 부모님께 돌아가 뵙고, 낭낭의 은택(恩澤)과 소녀의 영총(榮寵)을 일가친척에게 자랑하고자 합니다. 엎드려 바라건대, 낭낭은 그것을 허락해 주십시오."

태후가 말하기를,

"여아 어찌 가벼이 대내(大內)를 떠날 수 있겠느냐? 내가 사도 부인과 또한 상의할 일이 있다."

곧 정부사(鄭府使)와 최부인에게 입조(入朝)하게 했다. 장사도 부처는 소저가 비자를 통하여 은밀히 [일의 사정을] 알렸기에 깜짝 놀란 마음과 생각을 비로소 쉴 수 있었다. 감격하는 마음이 바야흐로 깊어가고 있는데 문득 조지(詔旨)를 받들어 바삐 내전으로 들어갔다. 태후 인접하여 말하기를,

"내가 영애(令愛)를 데리고 온 것은 다만 그 용모를 보고자 함이 아

니다. 대개 난양의 혼사를 위해서였다. 아름다운 용모를 한 번 접하
고 그를 아끼는 마음이 생겨서 마침내 양녀로 삼고 난양의 형으로 삼
은 뜻은 과인의 전생의 딸이 이번 생에 부인의 집에 탄생한 듯하다.
영양이 이미 공주가 되었으니 마땅히 그에게 나라의 성(姓)을 주어
야 하나 내가 부인에게 자식이 없음을 생각하여 그 성을 바꾸지 않았
다. 그저 부인은 내 지극한 정을 받아들여주시오.”

崔夫人恩を受けて感激し、叩頭して曰く、臣妾晩に一女を得、之を
愛する玉の如し、其の婚事一たび誤り、禮幣送らざるに及び、老臣魂
骨倶に碎け、惟だ速に死して、其の憐可きの形を見ざらんことを願へ
り、貴主累りに蓬輂の下に枉げられ、其尊體を屈して、交を賤息に下
され、仍て輿に携へて宮禁に入り、廣世の恩章を被らしむ、此れ朽木
に葉し涸魚に水するか如く惟だ當に髓を竭くし力を殫くし、以て報答
の慣を效す可きも、而も臣妾が夫、年老ひ病深く、心長く髮短く、既
に職事に奔走し以て微勞を貢する能はず、妾も亦た凋謝□虺、鬼と隣
し、宮娥に追逐し、自ら披庭掃洒の役に服するに由無し、丘山の恩將
に何を以て佇報せんや、惟だ千行の感涙、河傾雨瀉する有る而已と、

최부인 은혜를 받아 감격하여, 머리를 조아리며 말하기를,
“신첩 늦게 딸 하나를 얻어 그를 아낌이 옥(玉)과 같았습니다. 그
혼사 한 번 그르쳐 예폐(禮幣)를 보내지 않으면 안 되게 되어 노신(老
臣)의 혼골(魂骨)이 함께 깨지는 듯 하여 다만 일찍 죽어서 그[딸아이
의]불쌍한 모습을 보지 않기를 바랐습니다. 귀주가 여러 차례 누추
한[신의]집에 왕림하시어 그 존귀하신 몸을 굽히어 천한 여식과 교

345

류를 하셨는데, 이에 더불어 궁금(宮禁)에 데리고 들어가 광세(廣世)의 은장(恩章)을 입게 하셨습니다. 이는 썩은 나무에 잎이 나고 물마른 물고기에 물을 주는 것과 같습니다. 오직 마땅히 마음을 다하고 힘을 다하여서 [그 은혜에]보답하고자 하는 정성을 드리고 싶습니다. 그러나 신첩의 지아비 힘을 다하였으나 [이미]연로하고 병이 깊어 일을 할 수가 없습니다. 첩도 또한 몸이 늙고 병이 들어 죽음에 가까워 졌으니 궁아(宮娥)에 쫓아 스스로 궁중 안을 닦고 씻는 역할을 따를 방도가 없습니다. 구산(丘山)과 같은 은혜를 장차 무엇으로 우러러 보답하겠습니까? 오직 천 줄기 감격의 눈물만이 시내를 이루고 비가 됨이 있을 뿐입니다."[102]

乃ち起つて拜し、伏して泣き、雙袖已に龍鐘たり、太后之か爲めに嗟嘆し、又曰く、英陽已に吾か女夫人と爲り、更に挈へ去る可らずど、崔氏俯伏して奏して曰く、臣妾何ぞ敢て家中に率ゐ歸らんや、但だ母女團聚して、天の如きの德を稱々するを得ず、是れ缺く可き也と、太后笑つて曰く、行禮の前に越口ざらんや、惟だ夫人憂ふる勿れ、婚を成せるの後は、蘭陽も亦た夫人に託せん、夫人の蘭陽を見る、亦た寡人が英陽を視るが如くせよと、仍て蘭陽を召して夫人と相見口しむ、夫人重ねて前日の□慢を謝す、太后曰く、聞く夫人の左右に才女賈春雲ありと、見ゆるを得可きやと、夫人卽ち春雲を召し、殿下に入朝せしむ、太后曰く、美人也と更に之を前に進めて曰く、蘭陽の言を聞く、汝曾て江淹の錦を夢むと、能く寡人の爲めに賦す可き

---

102 원문에는 최씨 부인의 이 같은 언급이 생략되어 있다.

や、春雲奏して曰く、臣妾何ぞ敢て天威の前に唐突せんや、然ども試みに題を聞かんことを欲すと、太后乃ち三人の詩を以て之に下して曰く、汝能く此語を爲すやと、春雲筆硯を求め、一揮して製進す、其詩に曰く。

報喜微誠祇自知。虞庭幸逐鳳凰儀。秦樓春色花千樹。三繞寧無借一枝。

　　이에 일어나 절하고 엎드려 우니 양 소매가 이미 [눈물로] 얼룩졌다. 태후가 그를 위하여 탄식하고 또 말하기를,

　　"영양 이미 내 딸이 되었으니 다시 데려 갈 수 없소."[103]

　　최씨 엎드려 아뢰어 말하기를,

　　"신첩 어찌 감히 집으로 데리고 가겠습니까. 다만 모녀 한 자리에 단란하게 모여 하늘과 같은 은덕을 칭송하지 못하니 이는 흠이 될 뿐입니다."

　　태후가 웃으며 말하기를,

　　"예를 행하기 전을 넘기지 않을 것이다. 오직 부인은 근심하지 말라. 성혼(成婚)한 뒤에는 난양도 또한 부인에게 부탁할 것이다. 부인 난양을 보기를 또한 과인이 영양을 보듯이 하라."

　　이에 난양을 불러 부인과 서로 만나게 했다. 부인 거듭 지난날의 무례한 허물을 사죄했다. 태후가 말하기를,

　　"부인 곁에 재녀(才女) 가춘운이 있다고 들었다. 볼 수 있겠는가?"

　　부인이 곧 춘운을 불러 전각 아래에 입조(入朝)하게 했다. 태후가

103　한문 텍스트 끊어 읽기에 따른 번역이다. 문맥상 '영양 이미 내 딸이 되었으니 부인 다시 데러갈 수 없소.'라고 번역하는 게 좋을 듯하다.

말하기를,

　"미인이구나."

　다시 그를 앞으로 나오게 하여 말하기를,

　"난양의 말을 들으니 너는 일찍이 강엄(江淹)을 꿈꾸었다 했다.[104] 능히 과인을 위해 [시를]지을 수 있겠느냐?"

　춘운이 아뢰어 말하기를,

　"신첩 어찌 감히 천위(天威) 앞에서 당돌한 글을 짓겠습니까? 그렇지만 시험 삼아 글제를 듣기를 바랍니다."

　태후가 이에 세 사람의 시를 내리며 말하기를,

　"네가 능히 이 글[을 보고 시를] 지을 수 있겠느냐?"

　춘운 붓과 벼루를 구하여 단번에 글을 지어 올렸다. 그 시에 이르기를,

　　기꺼움을 알리는 작은 정성 다만 스스로 알지니,

　　궁정의 행운이 봉황의를 좇을세라.

　　진루의 봄빛은 천 그루의 꽃에 담아있는데,

　　세 겹으로 싸여 있으니 어찌 한 가지를 빌릴 수 있을까.

　太后之を覽、轉じて雨公主に示して曰く、吾れ賈女の雄才を聞けり、而かも豈其の品の斯に至るを科らんやと、蘭陽曰く、此の詩鵲を以て自ら其身に比し、鳳凰を以て姐々に比す、頗る體を得たり、下句疑ふらくは、小女相容るを許さず、一枝を借りて捿まんことを欲し、

―――――――――――

104 고사성어 강엄몽필(江淹夢筆)에서 유래하는 표현으로 문장이 크게 진보하거나 문장 쓰는 재능이 탁월함을 나타낸다.

古人の詩を集め詩人の意を採り、一絶を鎔成せり、思妙意精、眞に善
く狐□裘を窃むの手也、古語に曰く、飛鳥人に依れば人自ら之を憐む
と、買女の謂ひ也、仍て春雲をして、退て秦氏と接顔せしむ、公主曰
く、此の女中書は、卽ち華陰秦家の女子、春娘と與に同居偕老の人
也、春雲答へて曰く、此れ乃ち楊柳詞を作れる秦娘子なる無からん
や、秦氏驚き問て曰く、娘子何人に仍て楊柳詞を聞けりや、春雲曰
く、楊尚書毎に娘子を思ひ、輒ち此詩を誦す、妾亦た之を聞く獲た
り、秦氏感愴して曰く、楊尚書妾を忘れずと、春娘曰く、娘子何爲れ
ぞ此言を爲すや、尚書は、楊柳詞を以て之を身に藏し、之を見ては流
涕し、之を咏じては則ち歎を發せり、娘子獨り尚書の情を知らざるは
何ぞや、秦氏曰く、尚書若し舊情有らば、則ち妾尚書に見ロずと雖、
而も死すとも恨む所無しと、仍て紈扇詩の首末を言ふ、春娘曰く、妾
が身上の釧叉指環皆な其日得し所なりと、宮人忽ち來り報じて曰く、
鄭司徒夫人將さに還歸せんとすと、

태후가 보고 두 공주에게 전하여 보이며 말하기를,

"내 [비록]가녀의 웅재(雌才)를 들었지만, 어찌 그 품(品)이 여기에
이름을 헤아렸겠느냐?"

난양이 말하기를,

"이 시(詩)는 스스로 그 몸을 까치에 견주고 봉황을 저저에 비유했
으니 자못 문체를 얻었습니다. 아래 구에 소녀가 서로 용납함을 허
락하지 않을까 의심하여 한 가지에 깃들기를 빌리고자 하고 있습니
다. 옛 사람의 글을 모아 시인의 뜻을 캐고 다음에 한 구절을 이루었
습니다. 생각이 묘하고 뜻이 그윽하니 참으로 호백구(狐白裘)를 훔

친 좋은 솜씨입니다. 옛말에 이르기를 '나는 새가 사람을 의지하니 사람이 저절로 불쌍히 여긴다.' 하니, [이는]가녀를 이르는 것입니다."

이에 춘운에게 물러나 진씨와 [서로]얼굴을 접하게 했다. 공주가 [소개하여]말하기를,

"이 여중서는 곧 화음(華陰) 진가의 여자로 춘낭과 더불어 동거하면서 해로할 사람입니다."

춘운이 대답하여 말하기를,

"이는 곧 양류사를 지으신 진낭자가 아니십니까?"

진씨 놀라 물어 말하기를,

"낭자 누구에게서 양류사를 들었습니까?"

춘운이 말하기를,

"양상서 항상 낭자를 생각하고 번번이 이 시를 읊으시기에 첩이 또한 그것을 들을 수 있었습니다."

진씨 감동하고 슬퍼하며 말하기를,

"양상서 첩을 잊지 않았습니다."

춘낭이 말하기를,

"낭자 어찌 그런 말을 하십니까? 상서는 양류사를 몸에 감추시고 그것을 보면 눈물을 흘리시고 그것을 읊으면 탄식을 하였습니다. 낭자 홀로 상서의 정을 모름은 어째서입니까?"

진씨가 말하기를,

"상서가 만약 옛 정이 있다면 첩은 상서를 뵙지 못하더라도 죽어도 한이 없습니다."

이에 환선시(紈扇詩)에 [얽힌 일의]전말을 말했다. 춘낭이 말하기를,

"첩이 몸에 있는 비녀와 팔찌 그리고 반지는 모두 그날 얻은 것입
니다."

궁인이 갑자기 와서 일러 말하기를,

"정사도 부인이 장차 돌아가시려 합니다."

兩公主復た入つて侍坐す、太后崔夫人に謂つて曰く、楊少游幾くな
らずして當に還る可し、前日の禮幣自ら當に復た夫人の門に入る可
し、既に退けるの幣を復た受くること、頗る苟且に渉る、況や英陽は
是れ吾が女なり、兩女の婚禮は一日に竝せ行はんと欲す、夫人許すや
否や、崔氏地に伏して曰く、臣妾何ぞ敢て自ら專らにせん、惟だ娘々
の命のみと、太后笑つて曰く、楊尚書は英陽の爲め三たび朝命に抗せ
り、予も亦た一たび之を瞞せんと欲す、諺に曰ふ、凶言は吉に反る
と、尚書の來るを待ち瞞言せん、鄭小姐は病に依て不幸死せり、曾て
尚書の疏を見るに、中に曰へる有り、鄭女と相見ロンと、合巹の日尚
書能く舊而を解するや否を見んと欲す也と、崔氏命を承け辭して歸
る、小姐殿門の外に拜送し、春雲を召して、密かに尚書を瞞了するの
謀を授く、春雲曰く、仙と爲り鬼と爲り尚書を欺ける者多し、再に至
り三に至る亦た大に褻ならずやと、小姐曰く、我に非ざる也、太后の
詔有れば也と、春雲笑を含んで去る、

두 공주 다시 들어가 모시고 앉았다. 태후가 최부인에게 일러 말
하기를,

"양소유 얼마 지나지 않아 마땅히 돌아올 것이다. 지난날의 예폐
(禮幣) 마땅히 다시 부인집 문에 들어가야 할 것이나 이미 물리친 폐

(幣)를 다시 받는 것도 자못 구차한 것이다. 더구나 영양은 내 딸이다. 두 여아의 혼례는 한 날에 함께 행하고자 하고자 한다. 부인은 허락하시겠는가?"

최씨 땅에 엎드려 말하기를,

"신첩 어찌 감히 스스로 전하겠습니까? 다만 낭낭의 명을 따를 뿐입니다."

태후 웃으며 말하기를,

"양상서는 영양을 위해 세 번 조정의 명령에 항거했소. 나도 또한 한 번 그를 속여 보고자 하오. 속담에 이르기를 '흉언(凶言)은 길(吉)에 반(反)한다'고 했소. 상서가 오기를 기다려 '정소저는 병에 의해 불행히 죽었다'고 거짓을 말하리다. 일찍이 상서의 소(疏)를 살펴봄에, 그 중에 '정녀와 서로 만났다.'고 이른 말이 있소. 합근(合巹)[105]의 날 상서가 능히 옛 얼굴을 알아낼 수 있을지 보고자 하오."

최씨 명을 받들어 하직하고 돌아갔다. 소저는 전문(殿門) 밖에까지[나와] 절하고 보낸 다음 춘운을 불러 은밀히 상서를 속일 계략을 들려주었다. 춘운이 말하기를,

"첩, 선녀가 되고 귀신이 되어 상서를 속인 일이 많습니다. 두 번에 이르고 세 번에 이르는 것은 또한 크게 무례하지 않겠습니까?"

소저가 말하기를,

"내가 아니다. 태후의 조(詔)가 있으셨다."

춘운 웃음을 머금고 떠났다.

---

105 전통 혼례에서, 신랑과 신부가 잔을 주고받는 것을 일컬음.

此の時楊尙書、白龍潭の水を以て將士に飲ませ、士氣前無く皆な一
戰を願ふ、尙書方略を指授し、一鼓して直進す、贊普僅かに梟煙が送
る所の珠を受け、唐兵已に盤蛇谷を過ぐるを知り、大に懼れ、方さに
壘に詣りて吐蕃に降らんと議す、諸將贊普を生縛し、唐營に至つて降
る、楊元帥更に軍容を整へて其都城に入り、侵掠を禁止し百姓を撫安
し、崑崙山に登り、石を立て大唐の威德を頌す、振旅して凱を奏し、
將に京師に向はんとし、眞洲に至るや、正當仲秋也、山川蕭瑟、天地
搖落、寒花感を釀し、斷雁哀を流し、人をして覊旅の悲有らしむ、元
帥夜る客舘に入り、懷抱甚だ惡しく、遙夜漫々、殷寐する能はず、心
下自ら想ふて曰く、一別してより桑楡三たび春秋を閱みし、堂中鶴髮
想ふに舊日に非らじ、而も疾患を扶護する何人に託す可き、晨昏に定
省する何れの時をか期す可きぞ、劒を鳴らすの志今日に展ぶと雖、鼎
に列するの眷は親闈に及ばず、予たるの職虛なしく人道廢たれり、此
れ古人も風樹の停まざるを悲み、太行を望んで感興せる所以也、況や
數年奔走し、內事主無く、鄭家の親禮他無きを保し難し、所謂る意の
如くならざる者十常に八九なる者此也、今我れ五千里の地を復し、百
萬衆の賊を平ぐ、其功亦た小と爲さず、天子必ず封建の典を用ゐ、以
て驅馳の勞に酬ひん、我れ若し其職責を還へし、其誠懇を陳べ、鄭家
の婚を許さんことを請はゞ、則ち或は允兪の望み有らんと、此に念及
して心事少く寬み、乃ち枕に就て眠るや、一夢遽々として天門に飛上
す、九重七實の宮闕、丹碧煌々たり、五彩の雲霞、光影翳々たり、侍
女兩人來つて尙書に謂つて曰く、鄭小姐尙書を奉請すと、

이 때 양상서가 백룡담의 물을 장수와 사졸들에게 마시게 하니 사

기(士氣)가 전에 없이[높아져] 모두 한 번 싸우기를 원했다. 상서가
방략(方略)을 지시하여 가르치고 북소리를 울리며 앞으로 나아갔다.
찬보(贊普)가 겨우 요연(裊煙)이 보낸 바의 구슬을 받았으므로 당병
(唐兵)이 이미 반사곡(盤蛇谷)을 지났음을 알았다. 크게 두려워하며
바야흐로 나아가 토번에 항복하자고 의논했다. 여러 장수 찬보를 사
로잡아 포박하고 당영(唐營)에 이르러 항복했다. 양원수가 다시 군용
(軍容)을 정리하고 그 도성(都城)에 들어가 약탈을 금지하고 백성을
편안하게 하였다. 곤륜산(崑崙山)[106]에 올라가 돌비를 세워 대당(大
唐)의 위엄과 덕망을 기리었다. [마침내]기세를 떨치고 군대를 거두
어 개선의 함성을 울리고 장차 서울로 향하고자 진주(眞洲)에 이르렀
는데 [때는]어느덧 가을에 이르렀다. 산천이 소슬(蕭瑟)하고 천지가
낙엽에 뒤덮여 싸늘한 꽃잎이 [쓸쓸한]감정을 빚어내니 외로운 기
러기가 슬픔을 자아내어 사람으로 하여금 객지에 머무는 슬픔을 느
끼게 했다. 원수가 밤에 객관(客館)에 들어가니 회포(懷抱)가 심히 나
빠 기나긴 밤은 끝이 없어 잠을 잘 수 없었다. 마음속으로 스스로 생
각하여 말하기를, '뽕나무와 느릅나무[가 있는 고향을]떠난 후 세 번
의 봄과 가을을 차례로 거쳤구나. 당(堂)에 계신 어머니의 흰머리를
생각하니 옛날과 같지 않을 듯 한데, 병환을 돕고 보호하는 것을 누
구에게 부탁할 것인가? 아침에 문안드리고 저녁 잠자리를 살피는
정성을 [그]어느 때를 기약할 수 있을 것인가? 검을 울리는 뜻 오늘
에 펼쳤다 하더라도 노모를 봉양하는 마음을 펼치는 데에는 이에 미
치지 못했다. 자식 된 본분을 비우고 사람의 도리를 폐했다. 이는 옛

---

106 중국 전설에 나오는 신선한 산.

사람들이 바람이 나무에 머물지 않는 것을 슬퍼하며 그것이 가는 것을 바라보고 감흥에 젖는 것과 같은 이유이다. 더구나 여러 해 분주하여 집안일을 하는 안주인이 없으나, 정가와의 예식을 보장하는 것도 어렵다. 이른바 '뜻대로 일이 되지 않는 것이 십중팔구라'는 것이 바로 이것이다. 지금 내가 5천 리의 땅을 회복하고 백만의 적병을 평정하니 그 공 또한 작지 않다. 천자께서 반드시 봉건(封建)의 전(典)을 상으로 내리시어 전쟁터에서 달렸던 노고에 보답하고자 할 것이다. 내 만약 그 직책을 도로 바치고 간절히 사정을 아뢰어 정가와의 혼인을 허락 받기를 청한다면 혹시 윤유(允兪)하실 가망 있지 않겠는가?' 생각이 이에 미치자 마음이 조금 온화해져 곧 취침하여 잠들었는데 한 꿈에서 갑자기 몸이 날아 하늘 문으로 비상했다. 구중(九重) 칠보(七寶)의 궁궐은 단청이 황황(煌煌)했다. 오색의 구름과 노을이 영롱하며 빛과 그림자가 어둑해졌다. 시녀 두 사람이 와서 상서에게 일러 말하기를,

"정소저 상서를 받들어 청합니다."

尚書侍女に從つて廣庭弘敞に入れば、仙花爛熳。

仙女三人竝んで白玉樓上に坐せり、其服色后妃の如く、雙眉秀淸に、兩眸彩を流かし、之を望めば碧玉明珠の倚疊交も映ずるか如し、方さに曲檻に倚り、手に瓊□を弄し、尚書の至るを見、座を離れて迎へ、席を分つて坐す、上席の仙女先づ問ふて曰く、尚書別後恙無きや否や、尚書晴を定めて詳に見れば、是れ昔日曲を論ぜし鄭小姐たるを認め、驚愕欣倒。

語らんと欲して未だ語らず、仙女曰く、今は則ち我れ已に人間に別

れて天上に來遊せり、疇曩を緬懷すれば、兩塵を隔つるか如し、君子
妾の父母を見るとも、妾の音耗を聞かんこと難しと、仍て傍に在る兩
仙女を指して曰く、此は卽ち織女仙君、彼は乃ち戴香玉女なり、君子
と前世の緣あり、君子妾が身を念ふ勿れ、此兩人と先づ好約を結
ばゞ、則ち妾も亦た託する所有りと、尙書兩仙女を望み見るに、末席
に坐する者は、面目慣ると雖而も記する能はず、少焉するや鼓角齊く
鳴り、胡蝶忽ち散じ、乃ち一夢也、仍て想ふに、夢中の說話皆な吉兆
に非ず、乃ち心を撫し自ら歎じて曰く、鄭娘子必ず死せり、然らずん
ば我夢何ぞ其れ不吉たるやと、又自ら解いて曰く、思ひ有る者は夢有
り、或は相思の切なるに因りて此夢あるか、桂蟾月の薦め、杜鍊師の
媒ち、未だ必ずしも、月老の指に非ず、雙劍未だ合はざるに、九原遙
かに隔つ、則ち所謂る天なる者も必す可らざる也、理なる者諶る可ら
ざる也、凶反つて吉と爲ると、或は我夢の謂ひかと、

　상서 시녀를 따라 들어가니 넓은 뜰이 드러나고 신선의 꽃이 흐드
러지게 피어 있었다. 세 명의 선녀가 나란히 백옥루(白玉樓) 위에 앉
았는데, 그 복색(服色)이 후비(后妃)와 같고 양 눈썹이 빼어나게 맑으
며 두 눈동자가 눈부시어, 그것을 바라보면 벽옥(碧玉)의 명주(明珠)
와 같이 서로 기대어 비추는 듯 했다. 바야흐로 난간에 기대어 손으
로 경예(瓊蘂)[107]를 희롱하다가 상서가 다다른 것을 보고 자리에서
일어나 맞이하고 [서로]자리를 나누어 앉았다. 상석(上席)의 선녀가
먼저 물어 말하기를,

---

107 상상 속의 나무인 옥나무의 꽃.

"상서 이별 후 무고했습니까?"

상서가 눈을 바로하고 자세히 보니, 이는 지난날 곡조를 의논하던 정소저임을 알고 소스라치게 깜짝 놀라 기쁨의 말을 하려 해도 아직 말하지 못했다. 선녀가 말하기를,

"지금 제가 이미 인간[세상과] 이별하고 천상(天上)에 와서 노닐고 있습니다. 과거의 한 때를 회고하니 두 티끌 사이가 막힌 듯합니다. 군자께서 [비록]첩의 부모를 보시더라도 첩의 소식을 듣기는 어려울 것입니다."

이에 곁에 있는 두 선녀를 가리키며 말하기를,

"이는 곧 직녀 선군(仙君)이고 그는 곧 대향(戴香) 옥녀(玉女)입니다. 군자와 전생의 인연이 있으니 군자는 첩의 몸을 생각지 말고 이 두 사람과 먼저 좋은 인연을 맺으면 첩도 또한 의탁할 바 있을 것입니다."

상서 두 선녀를 바라보니 말석(末席)에 앉은 이는 낯이 익숙했으나 기억할 수 없었다. 얼마 지나지 않아서 고각(鼓角) 일제히 울리더니 호접(胡蝶)이 홀연히 흩어진 즉 곧 꿈이었다. 이에 꿈속의 이야기를 모두 생각해 보니 길조가 아니므로 이에 가슴을 치고 스스로 탄식하여 말하기를,

"정낭자 필시 죽었을 것이다. 그렇지 않다면 내 꿈이 이렇게 불길하지는 않을 것이다."

또한 스스로 해석하여 이르기를,

"생각을 하면 꿈에 나타나고 혹은 간절히 생각하면 이러한 꿈이 있을 수도 있겠는데, 계섬월(桂蟾月)의 천거와 두련사(杜鍊師)의 중매, 월로(月老)의 지시가 있었음에도 아직 반드시 이루어 지지 않고

357

황천으로 갑자기 막혔으니 이른바 하늘에 반드시라는 것은 없는 것
이다. 이(理)란 믿을 만한 것이 못되고 흉(凶)이 오히려 길(吉)이 된다
함이 혹 내 꿈을 이른 것이 아니겠는가?"

之を久うして前軍京師に至る、天子渭橋に親臨して以て之を迎ふ、
楊元帥、鳳係紫金の鎧を着し、黃金鎖子の甲を穿ち、千里の大宛馬に
乗り、御賜の白□黄□、龍鳳の旗□を以て、前衛後排を擁し、贊普を
檻車に鎖ぎ、著れて陣前に在り、西域三十六道の君長、各の琛賣の物
を執つて其後に隨ふ、軍威の盛なる近古無き所、先觀の人百里に亙
り、是の日長安城中虛うして人無し、元帥馬より下り叩頭拜謁ず、上
親く扶け起こし、其の遠役の勞を慰め、其の大功の遂げたるを獎し、
卽ち詔を朝廷に下し、郭汾陽の故事に依りて、土を裂き王に封じ、以
て賞典を侈る、尚書誠を露はし力め辭し、終に命を受けず、上其の懇
意に違ふを重んじ、恩旨を下して、楊少游を以て大丞相と爲し、魏國
公に封じ、食邑三萬戶、其餘の賞賜記するに勝ロず、楊丞相法駕に隨
つて闕に入り、祗んで天恩を謝す、上卽ち命じて太平の宴を設け、以
て禮遇の恩を眡し詔して其像貌を麒麟閣に畫かしむ、

오래 걸려 전군(前軍)이 경사(京師)에 이르니 천자(天子) 위교(渭橋)
에 친히 납시어 이를 맞이하는데, 양원수(楊元帥) 봉계자금(鳳係紫金)
의 개(鎧)를 입고 황금쇄자(黃金鎖子)의 갑(甲)을 입고 천리(千里)의 대
완마(大宛馬)를 타고 백모황월(白旄黃鉞)과 용봉(龍鳳)으로 전위(前衛)
하고 후배(後排)하여 찬보(贊普)를 함거(檻車)에 가두어서 진(陣) 앞에
세웠다. 서역(西域)의 삼십육 도(道)의 군장(君長)은 각각 진공한 보배

로운 물건을 가지고 그 뒤를 따르니, 군위(軍威)의 대단함은 근고(近
古)에 없는 일이었다. 구경하는 사람들이 백리 길에 가득하니 이날
장안(長安)의 성안은 텅텅 비어 사람이 없었다. 원수(元帥) 말에서 내
려 고두(叩頭) 배알(拜謁)하니, 상(上)이 친히 부축하여 일으켜서 그
원역(遠役)의 노(勞)를 위로하고, 그 대공(大功)을 칭찬하셨다. 곧 조
정(朝廷)에 소(詔)를 내리시어 곽부양(郭汾陽)의 고사(故事)에 의거하
여 땅을 나누어 주고 왕(王)으로 봉하여, 상전(賞典)을 후하게 하셨는
데, 상서(尙書)는 성의를 나타내어 힘써 사양하고 끝내 명(命)을 받지
않았다. 이에 상(上)은 그 간의(懇意)를 존중하지 않고 은지(恩旨)를
내려 양소유(楊少游)를 대승상(大丞相)으로 삼았다. 위국공(魏國公)으
로 봉하고 식읍(食邑) 삼만호(三萬戶)[를 내리셨는데] 그 외에 그 나머
지 상(賞)은 다 기록할 수 없었다. 양승상(楊丞相) 법가(法駕)를 따라
궐내로 들어가 천은(天恩)을 공경하니, 곧 상(上)이 명하여 태평(太平)
의 연(宴)을 베풀어 이로 예를 다하여 은(恩)을 보이시고 그 승상의 모
습을 기린각(麒麟閣)에 그리라 하였다.

丞相闕より下り來る、鄭司徒の家鄭家の門族、皆な外堂に會して丞
相を迎へ拜し、各の賀を獻ず、丞相先づ司徒及ひ夫人の安否を問ふ、
鄭十三答へて曰く、叔父叔母の身撑保すと雖、而も妹氏の喪に遭ひて
より、哀傷節に過ぎ、疾病頻に作り、氣力前へに比し歲に頓減し、外
堂に出で迎ふ能はず、望むらくは丞相小弟と與に、同じく內堂に入る
こと如何と、丞相猝に是說を聞き、癡するが如く狂するが如く、遽に
問ふこと能はず、少焉過ぎ□ち問ふて曰く、岳丈何人の喪に遭へり
や、鄭十三曰く、叔父本と男子無し、只だ一女有り、而も天道斯の旨

境を知る無し、傷懷奚ん極り有らんやと、丞相入り見ゆるも、愼んで
悲感の言を出だす勿れ、丞相大に驚き大に感み、言僅に耳に入るや、
流涕已に錦袍を濕す、鄭生之を慰めて曰く、丞相婚媾の約は金石に同
じと雖、私門の不幸、大事已に誤る、望むらくは丞相義理を思惟し、
勉めて、自ら排遣せよと、

승상 궐에서 돌아와 정사도(鄭司徒)의 집에 이르니, 정가의 문족
(門族) 모두 외당(外堂)에 모여서 승상을 맞아 절하며 각각 치하하기
에, 승상 먼저 사도와 부인의 안부를 물었다. 정십삼(鄭十三)이 답하
여 말하기를,

"숙부 숙모 비록 몸은 보존하고 계시나, 누이의 상을 다하고부터
너무 애통해 하여 병이 자주 나시니 기력이 전과 비해 나날이 돈감
(頓減)하여 외당에 나와서 맞이할 수 없게 되었으므로, 바라건대 승
상 소제(小弟)와 내당(內堂)으로 들어가심이 어떠하신지요?"

승상 이 이야기를 듣고 갑자기 술에 취한 듯 미친 듯 바로 묻지를
못하고 잠시 생각에 잠겼다가 묻기를,

"악장(岳丈) 누구의 상(喪)을 당하셨느냐?"

정십상 말하기를,

"숙부 본디 아들 없이 다만 딸이 하나 있었습니다. 그런데 천도(天
道) 그 지경(旨境)을 알지 못하니 상회(傷懷) 얼마나 지극하겠습니까?
승상이 들어가 볼 때 삼가 비척(悲慼)의 말은 내지 말아 주십시오."

승상 크게 놀라게 무척 슬퍼하여 말이 가까스로 귀에 들리는데 흐
르는 눈물 벌써 금포(錦袍)를 적시었다. 정생(鄭生)이 이를 위로하여
말하기를,

"양승상[과의] 혼구(婚媾)의 약속은 금석(金石)과 같다 하더라도 사문(私門)의 불행으로 대사(大事) 이미 그르쳤으니, 바라건대 승상 의리(義理)를 생각하여 힘껏 스스로 배견(排遣)하시길 바랍니다."

丞相淚を拭ひて之を謝し、鄭生と與に入つて司徒夫婦に謁す、惟だ 欣賀する而已、小姐の夭感に及ばず、丞相曰く、小婿幸に國家の威靈 に賴り、猥に封建の濫賞を受く、方に官を納め懇を陳べ、以て天聰を 回へし、疇昔の約を成すを得んと欲せり、朝露先つ晞き春色已に謝 す、烏んぞ存沒の感無き得んやと、司徒曰く、彭殤皆な命、哀樂數あ り、天實に之を爲す也、之を言ふも何ぞ益せん、今日は卽ち一家慶會 の日也、必ず悲楚の言を爲さゞれと、

승상 눈물을 닦으며 이에 사례하고 정생과 함께 들어가 사도 부부 를 뵈니, 오직 흔가(欣賀)할 뿐 소저(小姐) 요척(夭感)한 이야기에는 미 치지 못했다. 승상 말하기를,

"소서(小婿) 다행이 나라의 위령(威靈)에 힘입어 외람되이 공을 봉 하는 남상(濫賞)을 받았습니다. 이에 간곡히 벼슬을 받지 않고 천은 (天聰)을 되돌려 지난날의 언약을 이루고자 하였는데 조로(朝露) 이 미 마르고 춘색(春色) 이미 저물었으니, 어찌 존몰(存沒)에 대한 감회 가 없겠습니까?"

사도 말하기를,

"팽상(彭殤) 모두 명(命), 애락(哀樂) 운수에 달려 있은즉, 하늘이 실 로 이것을 함이니 이것을 말로 한다고 하더라도 무엇 하겠는가? 오 늘 곧 일가(一家) 모여 경사를 치하하는 날이니 반드시 슬픈 말은 하

지 말지어다.”

鄭十三數々丞相に目す、丞相其の言辭を止めて園中に歸る、春雲迎
へて階下に謁す、丞相の春雲を見る小姐を見るが如く、尤も悲懷切
に、餘淚又た汪然として數行下る、春雲跪て之を慰めて曰く、老
爺々々、今日は豈に老爺悲傷の日ならんや、伏して望む、心を寬うし
淚を收めて妾が言を聽かんことを、吾が娘子は本と天仙を以て暫し謫
下せる也、故に天に上るの日賤妾に謂つて曰く、汝自ら楊尙書に絶ち
て復た我に從へり、今ま我れ已に塵界を棄てぬ、汝其れ更に楊尙書に
歸れ、何ぞ其れ左右するや、尙書晚還へり、妾を念ふて悲懷する如く
んば、汝須く妾が意を以て之に傳へて曰く、禮幣已に還るからは、便
ち是れ行路の人也、况や前日琴を聽けるの嫌有るをや、思念度に過ぎ
悲哀制を逾ゆるは、則ち是れ君命を慢して私情に循ひ、累德を已亡の
人に貽さん愼まざる可けんや、且つ或は墳墓に將奠し、或は靈幄に吊
哭するは、則ち是れ我を待つに行無きの女子を以てする也、豈に地下
に□み無からんやと、且つ曰く、皇上必す尙書の還り、復た公主の婚
を議せん、吾れ聞く□睢の威德合して君子の配匹と爲ると、君命を順
受せず罪戾に陷る毋れ、是れ我の望み也と、丞相言を聞て益々切に、
愴然として曰く、小姐の遺命此の如しと雖、我れ何んぞ能く悲懷無か
らんや、况や小姐沒するに臨んで、少游を眷念するや此の如し、我れ
十死すとも小姐の恩德に報ひんこと難しと、

　　정십삼 누차 승상에게 눈짓을 하니, 승상 그 언사(言辭)를 마치고
　　원중(園中)으로 돌아가는데, 춘운(春雲)이 계단 아래로 내려와 맞이

제2장 | 조선연구회의 〈구운몽 일역본〉(1914)

하였다. 승상이 춘운을 보니 소저를 보는 듯 비회(悲懷)가 더욱 간절하여 남은 눈물이 다시 왕연(汪然)히 흘러 내렸다. 춘운 꿇어 앉아 말하기를,

"노인이여, 노인이여, 오늘 어찌 노인이 비상(悲傷)할 수 있는 날입니까? 엎드려 바라건대 마음을 부드럽게 하고 눈물을 거두시어 첩의 말을 들어 주십시오. 우리 낭자(娘子) 본시 천선(天仙)으로 잠시 인간 세계에 내려 오셨으므로, 하늘에 오르시던 날 천첩(賤妾)에게 이르기를,

"너 스스로 양상서와의 연을 끊고 다시 나를 따랐다. 내 이미 진계(塵界)를 버렸으니 너는 다시 양상서에게 돌아가서 아무쪼록 그 좌우(左右)를 모셔라. 상서 조만간 돌아와서 나를 생각하여 비회(悲懷)하는 듯하면, 너는 모름지기 나의 뜻으로 이것을 전하여 말하여라.

"예폐(禮幣) 이미 돌려보냈으니, 곧 이것은 행로(行路)의 사람과 다를 바 없으며 하물며 지난날 거문고[소리를] 들은 혐의가 있다 하여 지나치게 생각하여 비애(悲哀)하신다면, 이는 곧 군명(君命)을 거역하고 사정(私情)에 따르는 것이 되고, 이는 이미 망자의 덕에까지 누를 끼치는 것이니 어찌 민망치 아니 하겠습니까? 혹 내 무덤에 제사를 지내거나 혹 영악(靈幄)에서 조곡(吊哭)을 하시면, 이는 곧 나를 행실이 나쁜 여자로 만드시는 것이니 지하에서나마 어찌 섭섭한 마음이 없겠습니까?

또 이르기를,

"황상(皇上) 반드시 상서가 돌아옴을 기다려 다시 공주와의 혼인을 의논하신다 하는데, 내 들은 바 공주의 관저(關雎)의 위엄과 덕망이 군자(君子)의 베필(配匹)이 되기에 합당하다 하니, 군명을 순순히 따라 죄

려(罪戾)에 빠지지 아니하심이 나의 바람이라고 하셨습니다.”

승상 이 말을 듣고 더욱 간절히 창연(愴然)하여 말하기를,

“소저의 남긴 명령이 이와 같다고 하더라도, 내 어찌 마음속의 비회(悲懷)가 없다고 할 수 있겠는가? 하물며 소저가 죽음에 임하여서까지 소유(少游)를 권념(眷念)하심이 이와 같은데 내 비록 열 번 죽는다 하더라도 소저의 은덕(恩德)에 보답하기 어려울 듯하다.”

仍て眞州の夢事を說く、春雲涙を下して曰く、小姐必ず玉皇の香案前に在らん、丞相千秋萬歳の後豈會合の期無からんや、慎んで哀に過ぐる勿れ、貴體を傷くるに似たりと、丞相曰く、此の外小姐又た何の言か有るや、春雲曰く、自ら言ふことありと雖、春雲の口を以て仰ぎ達す可らず、丞相曰く、言に淺深無し、汝其れ悉く陳へよ、春雲曰く、小姐又た妾に謂つて曰く、我れ春雲と郎ち一身なり、尙書若し我を忘れず、春雲を視る吾れの如くして、終始乗つること勿くば、則ち我れ地に入ると雖、親く尙書の恩を受くるが如き也と、承相尤も悲んで曰く、我れ何ぞ春娘を乗つるに忍びんや、況や小姐付託の命あるをや、我れ織女を以て妻と爲し、宓妃を以て妾と爲すと雖、誓つて春娘に負かざる也と。明日天子楊丞相を召し見、敎を下して曰く、この頃御妹婚事の爲、太后特に嚴旨を下し、朕か心も亦た平かならず、今聞く、鄭女已に死し、而して御妹の婚事卿の歸朝も待つ蓋し久しと、卿鄭女を思念すとも、死せる者は已む無し、卿方さに少年、堂上大夫人有らば、則ち甘毳の供自ら當る可らず、況や且つ大丞相の官府に、女君無かる可らず、魏國公の家廟、亞獻闕く可らず、朕已に丞相府及び公主の宮を作り、以て禮を盛んにするの日を待てり、御妹の婚今ま亦

た許す可らざらんやと、丞相叩頭奏して曰く、臣前後拒ぎ逆ふの罪、實に斧鉞の誅に合す、而も聖教荐りに下り、玉音春溫、臣誠に感殞死する所を知らず、前日嚴教に累抗せるは、人倫に拘る所有り、已むを得ざれば也、今は則ち鄭女已に亡し、臣詎んぞ敢て他意あらんや、但だ門戶寒微、才術空疎、恐くは駙馬の尊位に合はざることをと、上大に悅び卽ち詔を欽天舘に下し、吉日を擇ばしむ、太史、秋九月望日を以て之を奏す、此こ僅かに數十日を隔つるのみ、上、教を丞相に下して曰く、前日は則ち、婚事可否の間に在り、故に卿に言はざりしか、朕に妹兩人有り、皆な眞淑、凡骨に非ざる也、更に卿の好き者を求めんと欲すと雖、何處にか

이에 진주(眞州)에서 꾼 꿈속의 일을 이야기하니, 춘운이 눈물을 흘리며 말하기를,

"소저 반드시 옥황(玉皇)의 향안(香案) 앞에 계실 터이니, 승상 천추만세(千秋萬歲) 후에 어찌 만나실 기약이 없겠습니까? 삼가 서러워하시다 귀체(貴體)를 상하지 마십시오."

승상 말하기를,

"이 밖에 소저의 다른 말씀은 없었느냐?"

춘운이 대답하기를,

"스스로 말한 것이 있다고 하나 춘운의 입으로 말씀드리기는 어렵사옵니다."

승상 말하기를,

"말에는 천심(淺深)이 없으니 너는 그것을 숨기지 말고 다 아뢸지어다."

365

춘운이 말하기를,

"소저는 또한 첩에게 일러 말하시기를, 나와 춘운은 곧 한 몸이니 상서 혹 나를 잊지 못하셔 춘운 보기를 나와 같이 하시고 마침내 버리지 아니하시면, 내 몸은 비록 땅속으로 들어간다 하더라도 친히 상서의 은(恩)을 받는 것과 같으리라 하셨습니다."

승상 더욱 슬퍼하며 말하기를,

"내 어찌 차마 춘낭(春娘)을 버릴 수 있겠는가? 하물며 소저의 부탁하는 명이 있으니 내가 비록 직녀(織女)로 아내를 삼고 복비(宓妃)로 첩을 삼는다고 하더라도 맹세코 춘낭을 버리지 않으리라."

合졸の席に蘭陽相に名を諱み献壽の宴に鴻月雙んで、檀場す、

함근(合졸)의 자리에서 난양 승상에게 이름을 숨기고 헌수(献壽)의 연(宴)에서 홍월(鴻月)과 짝을 이루어 제단에 오르다

明日天子楊丞相を召し見、敎を下して曰く、この頃御妹婚事の爲、太后特に嚴旨を下し、朕か心も亦た平かならず、今聞く、鄭女已に死し、而して御妹の婚事卿の歸朝も待つ盖し久しと、卿鄭女を思念すとも、死せる者は已む無し、卿方さに少年、堂上大夫人有らば、則ち甘霝の供自ら當る可らず、況や且つ大丞相の官府に、女君無かる可らず、魏國公の家廟、亞獻闕く可らず、朕已に丞相府及び公主の宮を作り、以て禮を盛んにするの日を待てり、御妹の婚今ま亦た許す可らざらんやと、丞相叩頭奏して曰く、臣前後拒ぎ逆ふの罪、實に斧鉞の誅に合す、而も聖敎荐りに下り、玉音春溫、臣誠に感殞死する所を知ら

ず、前日嚴敎に累抗せるは、人倫に拘る所有り、已むを得ざれば也、今は則ち鄭女已に亡し、臣詎んぞ敢て他意あらんや、但だ門戸寒微、才術空疎、恐くは駙馬の尊位に合はざることをと、上大に悅び卽ち詔を欽天舘に下し、吉日を擇ばしむ、太史、秋九月望日を以て之を奏す、此こ僅かに數十日を隔つるのみ、上、敎を丞相に下して曰く、前日は則ち、婚事可否の間に在り、故に卿に言はざりしか、朕に妹兩人有り、皆な眞淑、凡骨に非ざる也、更に卿の好き者を求めんと欲すと雖、何處にか得可けんや、是を以て朕恭く太后の詔を承け、兩妹を以て卿に下嫁を欲すと、

　　다음날 천자 양승상 불러 하교하여 이르기를,
　　"근래 누이의 혼사를 위해 태후께서 특별히 엄지(嚴旨)를 내리시어 짐의 마음 또한 편안하지 못하였는데, 지금 들으니 정녀는 이미 죽었다. 누이의 혼사는 경이 조정에 돌아오기만을 오래도록 기다리고 있었는데, 경이 비록 정녀를 생각하더라도 죽은 자는 이미 없고 경은 아직 소년이다. 당상(堂上)에 대부인이 있다고 하더라도 음식을 장만하고 모시는 일을 스스로 담당하지는 못할 것이다. 하물며 대승상의 관부(官府)에 여자가 없어서는 안 될 것이다. 위국공(魏國公)의 가묘(家廟)에 두 번째 잔을 올리는 것을 빠트릴 수는 없는 일인지라 이에 짐이 승상부(丞相府)와 공주의 궁을 짓고 예식을 성대히 할 것을 기다리고 있다. 누이의 혼사를 허락하지 않겠느냐?"
　　승상이 조두(頭奏)하고 아뢰기를,
　　"신이 전후(前後) 거역한 죄 실로 부월(斧鉞)로 죽임을 당하여도 합당하거늘, 거듭 성교(聖敎)를 내리시고 옥음(玉音) 온후하시니, 신은 실로 감운(感殞)하여 죽고자 하여도 죽지를 못할 것입니다. 지난날 누차 엄교(嚴敎)를 거역함은 부득이 인륜에 얽매여 마지못한 일이었습니다. 하지만 이제 정녀가 죽었으니 신에게 어찌 감히 다른 뜻이 있겠습니까? 다만 문호(門戶) 한미(寒微)하고 재술(才術) 공소(空疎)하니 부마(駙馬)의 지위에 합당하지 않음이 두렵습니다."

천자 크게 기뻐하시며 곧 조(詔)를 흠천감(欽天監)에 내리시어 길일(吉日)을 택하게 하시니, 태사(太史) 추구월(秋九月) 망일(望日)이라 아뢰었다. 불과 수십 일 여유가 있을 뿐이었다. 천자 승상에게 하교하여 말하기를,

"지난날 혼사가 정해지지 않았으므로 이에 경에게 말하지 못하였는데, 짐에게 두 명의 누이가 있다. 모두 진숙(眞淑)하고 범골(凡骨)하지 않다. 새삼스럽게 경과 같은 사람을 구하고자 하더라도 어디서 찾을 수가 있겠는가? 이에 짐이 태후의 조(詔)를 공손히 받들어 두 누이를 경에게 하가(下嫁)하게 하고자 한다."

丞相忽ち憶眞州客舘の夢を憶ひ、大に心に異とし、地に伏じ奏して曰く、"臣椒披の揀みを被りしより、避けんと欲して路無く、走らんと欲して地無く、未だ身を置くの所を得ず、第だ致寇の懼れ切也、今は陛下兩公主をして、一人の身に共に事へしめんと浴す、此れ則ち人の國家を有りしより以來、未だ聞かざる所也、臣何ぞ敢て當らんやと、上曰く、卿の勳業は國朝第一と爲すに足る、彝鐘も其功を銘するに足らず、茅土も其勞を償ふに足らざる也、此れ朕が兩妹を以て之に事へしむる所以、且つ御妹兩人友愛の情は皆な天に出で、立てば則ち相依り、坐すれば則ち相隨り、每に老死に至るも相離れざらんことを願へ

り此れ太后娘々の意也、卿辭す可らず也、且つ宮人秦氏は、世家の士族也、姿色あり文章を能くす、御妹視ること手足の好く、待つ腹心を以てす、以て下嫁の日に媵と爲さんと欲せり、故に先つて卿をして之を知らしむと、

　승상 문득 진주(眞州) 객관(客舘)에서의 꿈을 생각하니, 매우 괴이한 마음이 들어 땅에 엎드려서 아뢰어 말하기를,

　"신이 부마 간택을 받은 후로 피하고자 하나 길이 없고 달려가고자 하나 땅이 없습니다. 아직 몸 둘 곳을 얻지 못하니 가장 두려운 것은 지금 폐하의 두 공주에게 한 사람의 몸을 함께 섬기도록 하시는 것입니다. 이는 즉 사람의 국가 있은 이래로 아직 듣지 못한 바입니다. 신이 어찌 감당할 수 있겠습니까?"

　천자 말하기를,

　"경의 훈업(勳業)은 국조(國朝)의 으뜸으로 이종(彝鐘)에 그 공을 다 새길 수 없으며, 모토(茅土)[108]로 그 노고에 상을 주려 해도 부족하므로 짐의 두 누이에게 섬기게 하는 것이다. 또한 두 누이의 우애(友愛)의 정은 모두 천성에서 나온 것으로 서로 의지하고 앉으면 서로 그늘이 되어 늙어 죽음에 이르러서도 서로 떨어지지 않기를 원하는 것은 태후마마의 뜻이니, 경은 결코 사양하지 말지어다. 또한 궁인(宮人) 진씨는 세가(世家)의 사족(士族)으로 얼굴빛이 곱고 문장이 뛰어나 누이가 보기를 수족과 같이 진심으로 대하니 이에 하가하는 날에 시녀로 보내고자 함을 경에게 먼저 알린다."

---

108 모토: 천자가 제후를 봉할 때 흰 띠에 황토를 하사하는 것을 말한다.

丞相又た起つて謝す、時に鄭小姐、公主と爲りて宮中に在り、日月
多し、太后に事ふるに孝を以てし、至誠を以てし、蘭陽及秦氏と情同
氣の好く、敬愛深く至り、太后益々之を愛せり、婚期既に迫るや、從
容として太后に告げて曰く、當初蘭陽と次を定むるの日に於て、冒り
に上座に居り、實に僭越に涉れり、而も一向に固辭せば、娘々の恩眷
を外にするに似たり、故に黽勉之に從へり、而も卒に我意に非ざる
也、今は楊家に歸つぎ、蘭陽若し第一位を辭せば、則ち此れ大に不可
なり、惟だ望むらくは娘々及び聖上、其情禮に叅じ、其位次を正だ
し、私分をして安を獲せしめ、家法紊れざらしめんことをと、蘭陽曰
く、姐々の德性才學 皆な小女の師也、姐々は鄭門に在りと雖、小女は
當に趙襄の讓位の好くす可し、既に兄弟と爲れるの後、豈に尊卑の分
有らんや、小女は第二夫人と爲ると雖、更に帝女の尊貴を失はず、而
も若し恭く上元の位に居るらば、則ち娘々の姐々を養育せるの意果し
て安くに在哉りや、姐々反つて小女に讓らんと欲せば、則ち小女は楊
家の婦たるを願はざる也と、

승상 또한 일어나 감사를 전할 뿐이다. 이때 정소저(鄭小姐) 공주
가 되어 궁중에 있은 지 오래되었으며 태후를 섬김에 있어서 효를 다
하고 지성을 다하였다. 난양공주 그리고 진씨의 그 정은 동기(同氣)
와 같으며 경애함이 깊어서 태후의 사랑은[나날이] 더해 가는데 혼
인이 가까워지자 조용히 태후에게 고하여 아뢰기를,
  "당초 난양과[자리의] 차례를 정하던 날 실로 상좌(上座)에 있기
가 참람(僭越)하였으나 거절하기를 고집하면 낭랑의 은권(恩眷)을 외
면하는 것이 될까 하여, 이에 억지로 따랐을 뿐 이는 저의 뜻이 아니

었습니다. 이제 양가(楊家)에 돌아가 난양이 만일 제일의 자리를 사양한다면 이는 참으로 옳지 않습니다. 마마와 성상(聖上)께서는 그 정례(情禮)를 참작하시어 그 위치를 바르게 하시고 사분(私分)을 편안하게 하시어 가법(家法)이 문란치 않도록 하시기 바랍니다."

난양 이르기를,

"저저(姐姐)의 덕성(德性) 재학(才學)이 모두 소녀의 스승이 되니, 저저가 비록 정씨 문중에 있을지라도 소녀는 마땅히 조양(趙襄)이 직위를 사양함과 같이 할 것이니, 이미 형제가 된 후에 어찌 존비(尊卑)의 분별이 있겠습니까? 소녀는 비록 둘째 부인이 된다 하더라도 더욱이 황제의 딸로서의 존귀함을 잃지 않을 것입니다. 만일 상원(上元)의 직위에 있게 되면 곧 마마의 저저를 기르신 뜻이 어디에 있는 것입니까? 저저가 거꾸로 소녀에게 양보하고자 하신다면 소녀는 양가의 아내가 됨을 바라지 않습니다."

太后乃ち上に問ふ、上曰く、御妹の讓は中懇に出づ、未だ古より帝王家の貴主に此事有るを聞かざる也、願くは娘々、其の謙德を嘉みし其美意を成さしめんことをと、太后曰く、帝の言是也と、乃ち敎を下し、英陽公主を以て魏國公左夫人に封じ、蘭陽公主封を以て右夫人に封し、秦氏本大夫の女を以て封じて淑人と爲す、古より公主の婚禮は、闕門の外官府に行へり、是の日太后特に令して禮を大內に行はしむ、吉日に至るや、丞相、麟袍玉帶を以て、兩公主に輿へて禮を成し、威儀の盛、禮貌の偉なる道ふを煩はざる也、禮畢つて座に入り、秦淑人も亦た禮を以て拜を丞相に納れ、仍て公主に侍す、丞相之れに座を賜ふ、三位上仙、齊しく一席に會す、光り五雲を搖かし影げ千門

に眩し丞相、雙眸亂纐し九魄超忽し、只だ身の黑甛鄕に在るを疑ふ、
是の夜英陽公主と衾を聯ぬ、早く起き太后に問寢し、太后宴を賜ひ皇
上及び皇后も亦た入り侍す、太后終夕歡を罄くす、是のタベ蘭陽公主
と枕を幷べ、第三日に秦淑人の房に往く、淑人丞相を視るや、輙ち潛
然として涕を垂る、丞相驚き問ふて曰く、今日笑ふは則ち可なり、泣く
は則ち不可なり、淑人の淚抑も思ひ有りや、秦氏對へて曰く、小妾を記
せず、知る可し丞相の已に妾を忘れたるを、丞相小頃して乃ち悟り、就
て玉手を執り謂つて曰く、君は華陰の秦氏に非ざるを得んやと、

이에 태후 천자에게 물으니, 천자가 말하기를,

"누이가 사양함은 진심에서 우러나온 것으로 예로부터 제왕가(帝
王家)의 귀주(貴主)에게 이런 일이 있음을 듣지 못했습니다. 마마께서
는 그 겸양의 덕을 아름답게 여기시어 이 아름다운 뜻을 이루시기를
바랍니다."

태후가 말하기를,

"천자의 말이 옳다."

이에 하교를 내리어 영양공주를 위국공의 좌부인(左夫人)으로 봉
하고, 난양공주를 우부인(右夫人)으로 봉하였다. 진씨는 본래 사대부
의 여인이므로 숙인(淑人)으로 봉하였다. 예로부터 공주의 혼례는 궐
문 밖 관부(官府)에서 치러졌는데, 이 날은 태후가 특별히 명하여 예
(禮)를 대내(大內)에서 치르도록 하였다. 길일에 이르러 승상은 인포
(麟袍)와 옥대(玉帶)를 차려 입고 두 공주와 예식을 올리니, 위의(威儀)
의 성대함과 예모(禮貌)의 장함은 말할 것도 없었다. 예식이 끝나 자
리를 잡은 다음에 진숙인도 또한 예로써 승상을 뵙고 이에 공주 곁에

섰더니 승상이 자리를 마련해 주었다. 삼위(三位) 상선(上仙) 일제히 한 자리에 모여 빛이 오운(五雲)에 꿈틀거리듯 그림자가 천문(千門)에 현란하여, 승상의 두 눈 어질어질하고 아홉 혼백이 흔들거리니, 몸이 흑첨향(黑話鄕)에 있는 것이 아닌가 의심되었다. 이 밤에 영양공주와 더불어 이불을 같이 하고, 이튿날에 일찍 일어나 태후의 침소에 문안드리니 태후가 잔치를 베풀어 주셨는데, 황상(皇上)과 황후(皇后)께서 또한 들어와 태후를 모시고 종일 즐겁게 지내셨다. 이 날 저녁에는 난양공주와 베개를 나란히 하고, 세 번째 날에는 진숙인의 방으로 갔다. 숙인이 승상을 보고 눈물을 줄줄 흘리기에 승상이 놀라서 말하기를,

 "오늘 웃는 것은 옳은 일이지만, 우는 것은 옳지 않다. 숙인의 눈물에는 어떠한 생각이 있는가?"

 진씨 답하기를,

 "소첩을 기억하지 못하심은 승상 이미 소첩을 잊어버린 것으로 알겠습니다."

 승상 잠시 후 깨닫고 진씨의 가냘픈 손을 잡고 말하기를,

 "그대는 화음(華陰) 진씨가 아닌가?"

彩鳳語無く轉に咽びて、聲に口に出でず、丞相曰く、吾れ娘子を以て已に泉下の人と作れりとせり、果して宮中に在りしや、華州に相失せしこと、娘家の慘禍の好き、余之を言ふ無からんと欲す、娘豈に聽くを欲せんや、客店より亂を逃れたるの後、何ぞ嘗て一日も吾は娘子を思はざらん、而かも只だ其死を知りて其生を知らず、今日舊約を遂ぐるを得しは、實に是れ吾か慮の及ばざる所、亦た豈に娘子の期する

所ならんやと、即ち囊裡より秦氏の詞を出だして示す、秦氏も亦た懷を探りて、丞相の詩を奉呈し、兩人楊柳詞依俙として相和の日の若、各の彩牋を把り、攉腸叩心する而已、秦氏曰く、丞相惟だ楊柳詞を以て共に舊日の約を結べるを知るも、而かも紈扇詩を以て今日の緣を成すこと得たるを知らじと、遂に小篋を開きて畵扇を出だし丞相に示し仍て備に其事を陳べて曰く、此れ皆な太后娘々、及び萬歲爺々、公主娘々の洪恩盛德なり、丞相曰く其時兵を藍田山に避け、還つて店人に問へば、則ち或は云ふ、娘子は掖庭に沒入せり、或は云ふ遠邑に孥と爲れりと、或は云ふ亦た凶禍を免れずと、未だ的報を知らざも、更に望む可き無く、已むを得ずして、婚を他家に求めり、而も每に華山渭水の間を過ぐるや、身は侶を失へる鴈の如く、心は中鉤の魚を若かりし、皇恩及ぶ所今ま輿に會合すと雖、第だ心に安んぜる者あり、店中の初約豈に小室を以て相期し、終に娘子をして此位に屈せしめんや、慚愧何ぞ言はんと、

　　채봉(彩鳳) 말을 못하고 목이 메어 소리가 입에서 나오지 않으니, 승상 말하기를,

　　"나는 낭자가 이미 천하(泉下)의 사람이 되었다고 생각했는데 궁중에 있었군요. 화주(華州)에서 헤어지게 된 것은 낭자의 집이 참화(慘禍)를 겪었기 때문입니다. 나는 이것을 말하지 않으려고 하였으나, 그대는 어찌 듣기를 바라는 것이오? 객점(客店)에서 피난한 후로 나는 하루라도 낭자를 생각하지 않은 적이 없었소. 다만 죽은 줄로만 알았지 살아있는 줄은 몰랐소. 오늘 구약(舊約)을 이루게 됨은 실로 내가 미처 생각지도 못한 바이며 또한 낭자도 어찌 기약하였겠소?"

승상이 곧 주머니 속에서 진씨의 글을 내어 보이니, 진씨 또한 품속을 뒤져 승상의 시를 받들어 올렸다. 두 사람이 양류사(楊柳詞)로 서로 의연히 화답하던 날과 같은 모습이었다. 서로 채전(彩牋)을 쥐고 솟구쳐 오르는 마음을 억제할 따름이었다. 진씨가 말하기를,

"승상 지난날 오직 양류사로 함께 한 언약을 맺은 줄만 아시지, 긴 부채에 쓴 시로 인하여 오늘의 인연이 이루어 진 것은 알지 못하십니다."

드디어 조그만 상자를 열어 그림 부채를 꺼내 승상에게 보이고, 거듭 그 일을 자세히 설명한 뒤 말하기를,

"이는 모두 태후마마와 천자 그리고 공주의 홍은성덕(洪恩盛德)의 덕택입니다."

승상이 말하기를,

"그때 남전산(藍田山)으로 피난 갔다가 돌아와서 객점 주인에게 물어보니, 어떤 사람들은 낭자가 대궐 안으로 잡혀 들어갔다고 말하기도 하고, 어떤 사람들은 먼 고을의 관비가 되어 갔다 말하기도 하며, 어떤 사람들은 흉화(凶禍)를 피하지 못했다고 하였소. 정확한 정보를 알지 못하기에 가망이 없다고 생각하여, 어쩔 수 없이 다른 집에 혼처를 구하게 되었으나, 화산(華山)과 위수(渭水) 사이를 지날 때마다 몸은 짝 잃은 기러기와 같았고 마음은 낚시에 꿰인 고기와 같았소. 황은(皇恩)이 미치어 지금 함께 모이게 되었으나 마음의 불안함은 가시지 않았소. 객점에서[정한] 처음의 언약 어찌 소실로 약속하였겠는가? [하지만]결국 낭자에게 이 직위에 굽히게 하였으니, 부끄러움 어찌 이루 말로 다할 수 있겠는가?"

秦氏曰く、妾の薄命妾も亦た自ら知れり、故に曾て乳媼を客店に送

るや、郎若し室を取らば、則ち自ら小室たらんことを願へり、今はま貴主の副位に居るは、榮也幸也、妾若し怨みば、則ち天必ず之を厭はんと、是の夜舊誼新情、前きの兩宵に比して尤も親密なり、明日丞相、蘭陽公主と與に、英陽公主の房中に會し、閑坐して盃を傳ふ、英陽低聲に侍女を招き、秦氏請ぜしむ、丞相其聲音を聞き、中心自ら動き、悽黯の色忽ち面に上る、盖し曾て鄭府に入り、小姐に對して琴を彈き、其の評曲の聲音を聞きて、此容貌尤も慣れり此の日英陽の聲を聞くに、鄭小姐の口中より出づるが好し、旣に其聲を聞き又其面を見れば、則ち聲も亦た鄭小姐也、貌も亦た鄭小姐也、丞相暗に想ふて曰く、世上果して、兄弟に非ず親戚に非ずして、酷だ相類する者有りと、吾れ鄭氏と婚を約せるや、意同生同死を欲せり、今ま我れ已に伉侶の樂みを結べり、而も鄭氏の孤魂何れの處にか託せる、我れ遠く嫌びんと欲して、未だ一たび其墳に酹ひず、又其殯に哭するに孤く、吾れ鄭娘に負ふや多しと、中に存する者は外に發す、雙沮汪々滴らんと欲す、鄭氏水鏡の心を以て、豈に其懷抱を知らざんや、乃ち衽を整へて問ふ曰く、妾之を聞く、主辱めらるれば臣死し、主憂ふれば臣辱めらると、女子の君子に事ふるは、臣の君に事ふるが如し、今ま相公觴に臨んで、忽ち惻々として樂まず、敢て其故を問ふと、丞相謝して曰く、小生の心事當さに貴主に諱まず、少游曾て鄭家に往き其女を見たり、貴主の聲音容貌恰も似鄭氏の女に似たり、故に觸目鬼を興し悲み色に形はれ、遂に貴主をして疑あらしめぬ、貴主怪むこと勿れと、

진씨 말하기를,

"첩의 박명(薄命)은 또한 저도 잘 아는 바입니다. 이에 일찍이 유모를 객점으로 보내어 혹 낭군이 결혼하셨다면 스스로 소실이 되기를 바랐습니다. 지금 귀주(貴主)의 부위(副位)에 있는 것은 영광이고 행운입니다. 첩이 만일 원한을 갖는다면 하늘이 반드시 미워하실 것입니다.”

이 밤 구의(舊誼)와 신정(新情)이 앞서 두 밤에 비하여 더욱 친밀하였다. 다음날 승상 난양공주와 더불어 영양공주의 방안에 모여 한가로이 앉아서 잔을 돌리고 있었는데, 영양이 소리를 낮추어 시녀에게 진씨를 불러오게 하였다. 승상은 그 목소리를 듣더니, 마음속이 스스로 움직여 구슬픈 빛이 홀연히 얼굴에 나타났다. 이는 일찍이 정사도 집에 들어가 소저를 대하고 거문고를 탈 적에 그 곡조를 평하던 목소리를 듣고 그 용모가 더욱 눈에 익었는데, 이날 영양공주의 음성을 들으니 정소저의 입속에서 나온 것과 같았다. 이미 그 소리를 듣고 또 그 얼굴을 보니 소리도 정소저이고 모습도 정소저였다. 승상 넌지시 생각하면서 말하기를,

“세상에는 과연 형제도 아니고 친척도 아니면서 서로 아주 비슷한 사람이 있구나. 내가 정씨와 혼인을 약속할 적에 함께 살고 함께 죽고자 하였는데, 지금 나는 짝을 짓는 즐거움을 맺었으나 정씨의 외로운 넋은 어느 곳에 의탁할 것인가? 나의 허물을 멀리 떨치고자 무덤 앞에 한 잔 술과 또 그 빈소에서 외로운 곡(哭) 한 번 아니하였으니, 내 정낭자를 버린 것이 심하였구나.”

마음속에 있던 생각이 밖으로 드러나 두 눈에 눈물이 흘러내려 볼을 적시려 하므로 정씨의 거울 같은 마음으로 승상의 가슴 속에 품은 뜻을 어찌 알지 못하겠는가? 이에 옷깃을 바로하고 묻기를,

“첩 묻습니다. 임금이 욕을 당하면 신하는 죽고, 임금이 근심하면

신하는 욕을 당합니다. 여자가 군자(君子)를 섬김은 신하가 임금을 섬기는 것과 같음, 지금 상공이 잔을 잡으시고 홀연 슬퍼하여 즐기지 못하신 듯하니 감히 그 까닭을 묻고자 합니다."

승상 사례하며 말하기를,

"소생(小生)이 마음속 일을 귀주(貴主)께 숨기지 않겠습니다. 소유일찍이 정가에 가서 그 여자를 보았는데, 귀주의 성음(聲音)과 용모가 정가의 여자와 흡사하므로 이에 눈에 어른거려 슬픈 빛이 나타나마침내 귀주께 의혹을 사게 하였으나, 귀주는 괴이하게 여기지 마십시오."

英陽聽き訖はるや、顔煩微しく赤み、忽ち起つて內殿に入り、久うして出でず、侍女をして之を請ぜしむ、侍女亦た出でず、蘭陽曰く、姐姐は太后娘々の寵愛する所也、性品頗る驕傲にして、妾の賤劣の如くならず、相公鄭女を姐々に此せり、姐々此を以て妾からざるの心有りと、丞相卽ち秦氏をして罪を謝せしめて曰く、少游酒を被むり醉に因て妄に發せり、貴主若し出で來らば、卽ち少游當に晋文公の如く自ら囚はれんことを請ふ可しと、秦氏久うし出で來るも、傳ふる所の言無し、丞相曰く、貴主何の語か有る、秦氏曰く、貴主怒氣方さに峻、言頗る中を過ぐ、賤妾傳ふること敢てせじと、丞相曰く、貴主が中を過ぐるの言は、淑人の愆に非ざる也、須く細に之を傳ふ可し、秦氏曰く、英陽公主敎へ有り曰く、妾賤劣と雖卽り太后娘々の寵女なり、鄭女奇なりとも閭閻間賤微の女子に過ぎず、禮に曰く、路馬式せよと、此れ馬を敬するに非ざる也、君父の乘る所を敬する也、君父の馬すら且つ之を致す、況や君父嬌む所の女をや、相公若し君父を敬し朝廷を

尊ば、固り妾を以て之を鄭女に此す可らず、且つ鄭氏曾て顧念せず、自ら其色に矜れり、相公と言語を接し琴曲を論ぜり、則ち身を持するに禮有りと謂ふ可らず、其の濫なるや知る可し、自ら婚事の蹉跎を傷け、身は幽暝の疾病を致して、遂に靑春に夭折するに至れり、亦た多福の人と謂ふ可らず、其命最も奇なり、相公何そ曾て余を是に此するや、昔は魯の秋胡黃金を以て採桑の女に戲る、其妻卽ち水に赴て死せりと、妾何ぞ羞顏を以て相公に對せんや、行無き人の妻たること願はざる也、且つ公相其の顏面を已に死せるのに後に記し、其聲音を久く別るの餘に辨ず、此れ反つて琴を卓女の堂に挑み、香を賈氏の室に偷むもの、其行の汚れ秋胡に近し、妾古人の水に投ぜる者に效ふ能はすと雖、此より誓つて閨門の外に出でず身を終へて死せん、蘭陽は性質柔順なり、我と同じからず、惟だ願くは相公蘭陽と與に偕老せよと、

영양(英陽) 이 말을 다 듣고 나자, 얼굴의 볼에 붉은 빛을 띠며 홀연 일어나서 내전(內殿)으로 들어가 오래도록 나오지 않았다. 시녀에게 청하였으나 시녀 또한 나오지 않았다. 난양이 말하기를,

"저저는 태후마마의 총애로 성품이 굉장히 교오(驕傲)하여 첩의 잔열(殘劣)함과 같지 않습니다. 상공 정녀를 저저에 견주시니 저저 이로 인해 좋지 않은 마음이 있나 봅니다."

승상 곧 진씨에게 사죄하고 말하기를,

"소유 술에 취하여 망발하였으니, 귀주 혹 나오신다면 소유 마땅히 진문공(晋文公)과 같이 스스로 갇히기를 청합니다."

진씨 오래도록 [머물다]나오기는 하였으나 전하는 말이 없었다. 승상 말하기를,

"귀주 무슨 말을 하셨는가?"

진씨 말하기를,

"귀주 노기(怒氣)가 크시어 말씀이 상당히 과하시니 천첩(賤妾) 감히 전하지 못하겠습니다."

승상 말하기를,

"귀주가 과하게 하신 말씀은 숙인의 허물이 아니니 모름지기 상세히 전함이 옳다."

진씨 말하기를,

"영양공주 가르쳐 말하시기를, 첩이 천열(賤劣)하다 하더라도 태후마마가 총애하십니다. 정녀 기(奇)하다고 하나 여염(閭閻)의 천미(賤微)한 여자에 지나지 않습니다. 예(禮)에 이르기를, 로마(路馬)에 절한다고 하는 것은 말을 공경하는 것이 아니라 군부(君父)가 타고 있는 바를 공경함입니다. 군부의 말조차 이러함을 하물며 군부가 사랑하는 누이에 있어서는? 상공 혹 군부를 공경하고 조정(朝廷)을 존(尊)하신다면 굳이 첩을 정녀와 견주심은 옳지 않으십니다. 또한 정녀 일찍이 고념(顧念)하지 않고 스스로 그 색을 자랑하여 상공과 말을 접하고 거문고 곡조를 논하였다는 것은 몸가짐이 예법을 따랐다고 말할 수 없으며 그 지나침을 알 수 있을 것입니다. 스스로 혼사를 놓치고 마음 상하여 몸에 유명(幽瞑)의 병으로 마침내 청춘에 요절(夭折)하게 된 것은 또한 다복(多福)한 사람이라고 말할 수 없습니다. 그 명이 매우 기하거늘 상공은 어찌 저를 이에 견주시는 것입니까? 옛날에 노(魯)나라 추호(秋胡)가 황금으로 뽕을 따는 여인을 희롱하여 그 아내가 곧 물에 빠져 죽었거늘 첩이 어찌 부끄러운 얼굴로 상공을 대할 수 있겠습니까? 행실이 없는 사람의 부인이 되기를 바라

지 않으며 또한 상공이 죽은 후에도 얼굴을 기억하고 그 목소리를 오
래도록 분별하니 이는 필시 탁녀(卓女)가 당(堂)에서 거문고를 가리
고 가(賈)씨 집에서 향을 훔치는 것이니, 그 행실의 더러움이 추호에
가까운 것입니다. 첩이 옛 사람들처럼 물에 빠져 죽을 수는 없다 하
더라도 지금부터 규문(閨門) 밖을 나가지 않고 몸을 다하여 죽고자
합니다. 난양은 성질이 유순하여 저와 같지 않으므로 바라건대 상공
난양과 더불어 해로(偕老)하십시오.”

丞相大に心に怒つて曰く、天下安んぞ女子を以てして勢を怙む英陽
の如き者あらんや、果して駙馬の苦たるを知ると、蘭陽に謂つて曰
く、我れ鄭女と相遇ひしは、自ら曲折あり、今は英陽反つて淫行を以
て之に加ふ、我に於て損なきも、而かも但だ辱を既骨の人に及ぼす、
是れ歎ず可き也と、蘭陽曰く、妾當に入つて姐々に開諭す可しと、卽
ち身を回へして入る、日暮に至るも亦た肯て出で來らず、灯燭已に房
闈に張れり、蘭陽侍婢をして語を傳へしめて曰く、妾游說百端する
も、姐々終に心を回へさず、妾當初姐々と約を結び、死生相離れず苦
樂互に相同じからんと、矢言を以て之を天地神祇に告げり、姐々若し
深宮に終老せば、則ち妾も亦た深宮に終老せん、姐々若し相公に近づ
かずんば、則ち妾も亦た相公に近づかじ、望むらくは相公淑人の房に
就き、穏に今夜を度れと、丞相怒膽撐膓するも堅忍して泄らさず、而
も虛帷冷屛亦た甚だ無聊なり、斜に寝床に倚り秦氏を直視す、秦氏卽
ち燭を秉りて丞相を導き、寝房に歸らしむ、就香を金爐に燒き、錦衾
を象床に展べ、丞相に謂つて曰く、妾不敏と雖、嘗て君子の風を聞
く、禮に云ふ、妾御は敢て夕に當らずと、今ま兩公主娘々皆な內殿に

入れり、妾何ぞ敢て相公に陪して此夜を經べけん、惟だ相公安寢せよ、當に退去す可しと、

　　승상 마음에 크게 노하여 말하기를,

　　"천하에 어찌 여자로서 세(勢)를 믿는데 영양 같은 여자가 있는가? 과연 부마(駙馬)의 괴로움을 알겠다."

　　난양공주에게 일러 말하기를,

　　"내 정녀와 서로 만난 것은 곡절(曲折)이 있음인데 지금 영양공주가 음행(淫行)으로 이것에 더하는 것은 내게는 손(損)이 아니지만 다만 욕(辱)이 죽은 사람에게 미치는 것은 한탄할 만하다."

　　난양 말하기를,

　　"첩이 마땅히 안으로 들어가 저저가 개유(開諭)하도록 하겠습니다."

　　곧 몸을 돌려 들어가더니 날이 저물도록 또한 나오지 않았다. 이미 방당(房闥)에 등촉(灯燭)을 벌여 놓고 난양 시비로 하여 말을 전하여 이르기를,

　　"첩이 온갖 방법으로 타일러도 저저 끝내 마음을 돌이키지 않습니다. 첩 당초(當初) 저저와 약속하여 사생(死生)간 서로 떨어지지 않고 고락(苦樂)을 함께 하고자 하여 시언(矢言)을 천지신(天地神)에게 삼가 고하였습니다. 혹 저저 심궁(深宮)에서 홀로 늙으면 첩 또한 심궁에서 홀로 늙고, 혹 저저 상공을 가까이 한다면 첩도 또한 상공을 가까이 할 것입니다. 바라건대 상공 숙인의 방으로 가서 오늘밤을 평온히 지내십시오."

　　승상 노기가 치밀어 오르나 굳게 참고 내색을 하지 않으니, 빈 휘장과 찬 병풍이 또한 심히 무료하므로 침상(沈床)에 비스듬히 기대어

진씨를 직시(直視)하니 진씨 곧 촛불을 들고 승상을 안내하여 침방(寢房)으로 들어갔다. 금로(金爐)에 향을 피우고 상상(象床)에 금금(錦衾)을 펼치고서 승상에게 아뢰어 말하기를,

"첩이 비록 불민(不敏)하더라도 일찍이 군자의 풍(風)을 들었습니다. 예에 이르기를, 첩이 시중드는데 감히 저녁을 대하지 못한다 하였습니다. 지금 두 공주 낭랑이 내전에 드셨는데 첩이 어찌 상공을 모시고 이 밤을 지낼 수 있겠습니까? 상공은 편안히 취침하십시오. 마땅히 첩은 물러가겠습니다."

卽ち雍容として步み去れり、丞相挽勢を苦と爲せるを以て、敢て留めずと雖、而も是の夜の景色須る冷淡なり、遂に幌を垂れて枕に就く反側して安からず、自ら語つて曰く、此輩黨を結び謀を挾みて丈夫を侮弄するなり、我れ豈肯て哀を彼に乞はんや、我れ昔し鄭家の花園に在り、晝は則ち鄭十三と大に酒樓に醉ひ、夜は則ち春娘と燭に對して酒を飲み、一事として不快無く一日として不閑無かりき、今ま三日駙馬と爲り已に制を人に受くる乎と、心甚だ煩惱し、手に紗窓を拓けば、河影天に流れ月色庭に滿つ、乃ち履を曳きて出で、簷を巡りて散步し、遠く英陽公主の寢房を望めば、繡戶玲瓏、銀缸煜明なり、丞相暗語して曰く、夜已に深し、宮人何ぞ今に至るまで寢ねざらんや、英陽我を怒ちて入り、我を此に送れり、或は已に寢室に歸んと、跫音を出だすを恐れ、趾を擧げ輕く步み、潛に窓外に進めば、則ち兩公主談笑の響、博陸の聲、外に出づ、暗に櫳隙より之を窺へば、則ち秦淑人兩公主の前に坐し、一女子博局に對、紅を祝し白を呼ぶ、其女子身を轉じて燭を挑ぐ、正に是れ賈春雲也、元來春雲、公主の大禮を觀光せ

383

んと欲し、宮中に入り來り已に累日、而も身を藏くし跡を掩ひて丞相
に身らず、故に　丞相其の來るを知らざりき、丞相驚き訝り、春雲何ぞ
此に至れるや、必ず公主見んと欲して招き來れる也と、

　　곧 얼굴을 감싸고 물러가는데 승상이 만류하고 잡는 것이 괴로웠
다. 비록 못 가게는 하였더라도 이 밤의 풍경이 자못 냉담하였다. 마
침내 휘장을 드리우고 침실로 가긴 하였지만 반측(反側)하여 편안하
지 못하였다. 스스로 말하여 이르기를,

　　"이 무리들이 꾀를 내어 장부를 조롱하니 내 어찌 저들에게 애걸
하겠는가? 내 예전에 정가의 화원에 있을 때 낮이면 정십삼과 주루
(酒樓)에서 크게 취하고, 밤이면 춘낭과 촛불을 대하여 술을 마시니
한 가지 일도 불쾌하지 않고 하루도 한가하지 않았다. 지금 삼일 부
마가 되어 벌써 절제를 사람에게 받는구나."

　　마음이 심히 번뇌(煩惱)하여 손으로 사창(紗窓)을 여니, 은하수 하
늘에 흐르고 달빛 뜰에 가득하였다. 이에 신을 끌고 나아가 이리 저
리 거닐다가 멀리 영양공주의 침방을 바라보니 수호(繡戶)가 영롱(玲
瓏)하고 은항(銀缸)이 휘황하기에, 승상이 마음속으로 이르기를,

　　"밤이 이미 깊었거늘 궁인(宮人)이 어찌 지금까지 자지 않는 것인
가? 영양 나에게 화가나 들어가고 나를 이곳으로 보내더니 벌써 침
실로 돌아갔는가? 발소리가 날까 두려워 발꿈치를 들고 걸으며 가
만히 창밖으로 나아가니, 두 공주 담소하는 소리와 박륙(博陸)[109]치
는 소리 밖으로 들려왔다. 가만히 창틈으로 그것을 엿보니 진숙인이

---

109 박륙: 두 편이 주사위 두 개를 던져서 나오는 사위대로 말을 놀려 먼저 궁에 들여
　　 보내는 쪽이 이기는 놀이

두 공주 앞에 앉아 한 여자와 박국(博局)[110]을 대하고 홍(紅)을 빌고 백
(白)을 불렀다. 그 여자가 몸을 돌려 촛불을 돋우는데 바로 이 [여자]
는 가춘운이었다. 원래 춘운은 공주들의 대례(大禮)를 보고자 궁중에
들어온 지 이미 여러 날이 되었지만 몸을 감추고 발자취를 숨기어 승
상을 보지 않았다. 이에 승상은 그가 온 것을 알지 못했다. 승상 놀라
이상하게 여기며,

"춘운이 어찌 이곳에 있는 것인가? 필시 공주가 보고자 하여 부른
것일 것이다."

秦氏忽ち局を改め馬を設けて言つて曰く、旣に賭物無くんば殊に無
味を覺ゆ、當に春娘と賭を爭ふ可しと、春雲曰く、春雲本と貧女也、
勝つも則ち一器の酒肴亦た幸なり、淑人は長く貴主の側に在り、彩錦
を視ること鷺織の如、珍羞を以て藜藿と爲せり、春雲をして何物を以
て賭と爲さしめんと欲するや、彩鳳曰く、吾れ勝たざれば則ち、吾が
一身佩ぶる所の香粧、首の飾、春雲の求むる所に從つて之を與へん
と、娘子勝たざれば我が請ひに從て、是の事娘子に於て固り費す所無
し、春雲曰く、請はんと欲する所の者は何事ぞ、聞かんと欲する者は
何の語ぞ、彩鳳曰く、我れ頃ろ聞く、兩位貴主私語すらく、春娘は仙
と爲り鬼と爲り以て丞相を欺りと、而も我れ未だ其詳を得ず、娘子負
けば則ち此事を以て、替へて古談と爲して我に說けと、春雲乃ち局を
推し、英陽公主に向かつて言ふて曰く、小姐々々、小姐平日春雲を愛
すること至れりと謂ふ可し、何を以て此の笑ふ可きの說を爲して、悉

---

110 박국: 바둑, 장기를 두거나 마작 따위의 놀음을 할 때 사용하는 판

く公主に陳べんや、淑人も亦既に之を聞かば、宮中耳有るの人孰れか
之を知らざらん、春雲此より何の面目を以て立たんやと、彩鳳曰く、
春娘子よ、吾か公主何を以て春娘子の小姐と爲さんや、英陽公主は卽
ち吾が大丞相夫人、魏國公女君なり、年齡少しと雖爵位已に高し、豈
に復た春娘子の小姐と爲す可きや、春雲曰く、十年の口一朝に變じ難
し、花を爭ひ卉を鬪はせしは、宛として昨日の好し、公主夫人吾れ畏
れざる也と、仍て嬉々として笑ふ、蘭陽公主英陽に問ふて曰く、春雲
の話尾、小妹も亦た未だ之を聞かず、丞相其れ果して春雲に欺かれし
や、英陽曰く、相公の春雲に欺かれし者多し、無きの突に煙生ぜん
や、但だ其の悃怯の狀を見んと欲せる也、冥頑太甚しくして惡鬼たる
を知らず、古に所謂る好色の人、色中の餓鬼なる者、果して誣に非ざ
る也、鬼の餓なる者豈に鬼の惡む可きを知らんと、一座皆な大笑す、

　　　진씨가 갑자기 판을 바꾸고 마(馬)를 차리며 말하기를,
　　"이미 내놓을 것이 없어 특별히 흥미가 없으니, 마땅히 춘난과 내
기를 하겠다."
　　춘운 말하기를,
　　"춘운은 본래 가난한 여자라 이기면 한 그릇의 주효(酒肴)도 다행
한 것이나, 숙인은 오래도록 귀주의 곁에 머물면서 채색의 비단을
보는 것이 추직(麤織)과 같고 진수(珍羞)가 [숙인에게는]여곽(藜藿)이
되니 숙인에게 어떤 물건을 내기하라고 하겠는가?"
　　채봉이 말하기를,
　　"내가 이기지 못하면 내 몸에 찬 향장(香粧)과 머리에 장식, 춘운이
바라는 대로 이것을 줄 것이다. 낭자가 이기지 못하면 내가 청하는

것을 따를 것이니, 이는 낭자에게 허비되는 것이 없을 것이다."

춘운이 말하기를,

"청하고자 하시는 바는 무슨 일이며, 듣고자 하는 것은 무슨 말입니까?"

채봉이 말하기를,

"내 지난번에 들으니 두 귀주께서 사사로이 말씀하시기를 춘낭은 신선도 되고 귀신도 되어 승상을 속였다고 하였다. 내 아직 그 상세함을 알지 못하니, 낭자가 지면 이 일을 고담(古談)으로 들려주기를 바란다."

춘운이 이에 판을 밀어 놓고 영양공주를 향하여 말하기를,

"소저, 소저, 소저는 평일 춘운을 사랑하신다고 하셨는데 어찌 이런 우스운 이야기를 말씀하셨는지요? 숙인도 이 이야기를 들었다고 하니 궁중에 귀가 있는 자라면 누구나 이것을 알지 못하겠습니까? 이제 춘운 무슨 면목으로 [사람들 앞에]설 수가 있겠습니까?

채봉이 말하기를,

"춘낭자여, 우리 공주 어찌하여 춘낭자의 소저가 되겠는가? 영양공주는 곧 대승상의 부인이고 위국공의 여군(女君)이다. 연령은 어리다 하더라도 작위(爵位)는 이미 높으니, 어찌 다시 춘낭자의 소저가 되겠는가?"

춘운이 말하기를,

"10년의 입을 하루아침에 고치기 어렵고, 꽃을 다투고 가지를 싸우던 일이 완연히 어제와 같은데 공주부인이 제게는 외람되지 않습니다."

이에 소리 내어 웃기에 난영공주 영양공주에게 묻기를,

"춘운의 화미(話尾) 소매(小妹) 또한 아직 듣지 못했습니다만 승상은 과연 춘운에게 속으셨습니까?"

영양이 말하기를,

"상공이 춘운에게 속임을 당한 것은 많습니다. 아니 땐 굴뚝에 어찌 연기가 나겠습니까? 다만 그 겁내는 형상을 보고자 하였습니다. 명완(冥頑)하기가 심하여 귀신을 싫어할 줄 모르니, 옛날에 이른바 색을 좋아하는 사람은 색에 빠진 귀신이라 하는 것이 과연 거짓이 아니었습니다. 귀신에 빠진 자가 어찌 귀신을 미워할 수 있겠습니까?"

좌중이 모두 크게 웃었다.

　丞相方に英陽公主の鄭小姐たるを知り、地中の人に逢へるか如く、徒に驚倒の心切に、直に窓を開て突入せんと欲し、而も旋り止まつて曰く、彼れ我を瞞せんと欲せば、吾も亦た彼を瞞せんと、乃ち潜に秦氏の房に歸り、衾を披つて穩宿す、天明に秦氏出で來り、侍女に問ふて曰く、相公已に起きたりや否、侍女對へて曰く、未だし、秦氏久しく帳外に立つ、朝旭窓に滿ち、且饌將さに進めんとするも、而も丞相起きず、時に呻吟の聲あり、秦氏進み問ふて曰く、丞相安からざる節ありや、丞相忽ち目を睜き直視し、人を見ざる者の若く、且つ往々に譫言を作す、秦氏問ふて曰く、丞相何爲れぞ此譫語を為すやと、丞相慌乱錯莫する者久うし、忽ち問ふて曰く、汝は誰そや、秦氏曰く、丞相妾を知らずや、妾は卽ち秦淑人也、丞相曰く、秦淑人とは誰そや、秦氏答へず、手を以て丞相の頂を撫で曰く、頭部頗る溫か也、知る可し相公不平の候あるを、然ども一夜の間に何の疾を疾むやと、丞相曰く、我れ鄭女と夜を徹して夢中に相語れり、我の氣候安んぞ平穩を得

んや、秦氏更に其詳を問ふ、丞相答へず、身を翻へして轉臥す秦氏切
悶し、侍女をして兩公主に告げしめて曰く、丞相疾ひ有り、速に臨ん
で診視せよと、英陽曰く、昨日酒を飮める人今豈に病あらんや、吾輩
をして出頭せしめんと欲するに過ぎざる而已と、秦氏忙ぎ入りて告げ
て曰く、丞相神氣恍惚、人を見るも知らず、猶ほ暗裡に向つて頻に狂
言を吐けり、聖上にし太醫を召して之を治すること如何と、

　　승상 바로 영양공주가 정소저임을 알고 땅 속의 사람을 만난 듯하
여 놀랍고도 즐거운 마음을 이기지 못하여 바로 창을 열고 들어가려
하다가 멈추며 말하기를,
　　"저들이 나를 속이고자 하였으니 나도 또한 저들을 속일 것이다."
　　이에 가만히 진씨의 방으로 돌아와서 이불을 덮고 편안히 잠을 잤
다. 날이 밝을 무렵 진씨가 나와서 시녀에게 묻기를,
　　"상공은 이미 일어나셨는가?"
　　시녀가 대답하기를
　　"아직 입니다."
　　진씨 오래도록 장(帳) 밖에 서 있으니, 아침 햇살이 창문에 가득하
고 아침상이 들어가고자 하나, 승상은 일어나지 않고 때때로 신음하
는 소리가 났다. 진씨 나아가 묻기를,
　　"승상 불편한 곳이 있습니까?"
　　승상이 갑자기 눈을 뜨고 직시하되, 사람을 보지 못 하는 것 같고
이따금 헛소리를 하였다.
　　진씨 묻기를,
　　"승상은 어찌하여 헛소리를 하십니까?"

승상은 어지러운 듯 오랫동안 머뭇거리다가 갑자기 묻기를,

"너는 누구냐?"

진씨 말하기를,

"승상 첩을 알지 못하십니까? 첩은 진숙인입니다."

승상이 말하기를,

"진숙인이란 누구냐"

진씨 대답하지 않고 손으로 승상의 머리를 어루만지고 말하기를,

"머리가 상당히 뜨거우니 승상이 편치 않는 병이 있음을 알 수 있습니다. 하지만 하룻밤 사이에 무슨 병이 [이렇듯] 위중하십니까?"

승상이 말하기를,

"내 정녀와 밤새도록 꿈에서 이야기하였으니, 내 마음이 어찌 평온하겠는가?"

진씨 다시 그 자세한 이야기를 물은 즉, 승상은 대답하지 않고 몸을 옮겨 돌아누웠다. 진씨 매우 걱정되어 시녀로 하여 두 공주에게 아뢰기를,

"승상 병이 있으시니 속히 오셔서 보십시오."

영양 말하기를,

"어제 술을 마시던 사람이 지금 어찌 병이 있는 것이냐? 우리들을 나오게 하려고 하는 것에 지나지 않을 것이다."

진씨 서둘러 들어가서 고하여 아뢰기를,

"승상 신기(神氣)가 황홀하여 사람을 보아도 알지 못하시고, 오히려 어두운 데를 보고 광언(狂言)을 하시니 성상에게 아뢰어 태의(太醫)를 불러 이를 치료하심이 어떻습니까?"

太后之を聞き、公主を召し之を責て曰く、汝が輩の丞相を瞞戲する
も亦已に過ぎたり、其疾の重きを聞き卽ち出で見ざるは何事ぞや、急
に出で病を問へ、病勢若し重くば、促がして太醫中術業の最も妙なる
者を召し之を治せしめよと、英陽已むを得ずして蘭陽と輿に、丞相の
寢所に詣り、堂上に留り先づ蘭陽及び秦氏をして入り見らしむ、丞相
蘭陽を見るや、或は雙手を搖し、或は兩瞳を瞋らし、初めより相識ら
ざる者の好く、始めて喉間の聲を作して曰く、吾が命將に盡んとす、
英陽と相訣せんことを要す、英陽何れに往きて來らざるや、蘭陽曰
く、相公何ぞ此言を爲すや、丞相曰い、去夜夢に似て夢に非ざるの
間、鄭氏我に來り言つて曰く、相公何ぞ約に負くやと、仍て盛怒呵責
し、眞珠一掬を以て我に與ふ、我れ受けて之を呑めり、此れ實に凶徵
也、目を閉づれば則ち鄭女の身を壓し、眸を開けば則ち鄭女我の前に
立てり、此れ鄭女我の信無きを怨み、我の脩期を奪ふ也、我れ何ぞ能
く生きんや、命咀刻の間に在り、英陽を見んと欲するは、盖し此を以
て也と、言未だ訖らざるに、又た昏困斷盡の形を作し、面を囘へし壁
に向ひ、又た胡亂の說を發す、蘭陽此の擧止を見て動かざるを得ず、
憂慮大に起り、出で英陽に言つて曰く、丞相の病ひ憂疑より出づるに
似たり、姐々に非ずんば醫す可らずと、仍て病狀を言ふ、英陽且つ信
じ且つ疑ひ、踟躕して入らず、蘭陽手を携へて同じく入る、丞相猶は
譫語を作し、而かも鄭氏に向ふの說に非ざるは無し、蘭陽高聲に曰
く、相公々々、英陽姐々來れり、目を開て之を見よと、丞相乍ち頭を
擧げ手を揮ひ、起たんと欲するの狀あり、秦氏身に就きて扶け起こ
し、床上に坐せむ、丞相兩公主に向つて言つて曰く、少游偏へに異數
を蒙り、兩主貴主と親を結び、方に同室同穴を欲せしも、我を拉して

去らんとするが若き者あり、將に久しく留るを得ざらんとすと、英陽
曰く、相公は理を識るの人也、何爲れぞ浮誕の言を爲すや、鄭氏設令
殘魂餘魄あるも、九重嚴邃、百神護衛せり、渠れ何ぞ能く入らんや、
丞相曰く、鄭女方さに吾傍に在り、何を以て敢て入らずと言ふ乎、蘭
陽曰く、古人盃中の弓影を見て疑疾を成す者あり、恐くは丞相の病も
亦た弓を以て蛇と爲す者也と、

　　　태후 그 말을 듣고 공주를 불러 꾸짖고 이르시기를,
　　　"너희들은 승상을 속임이 지나치고, 그 병이 중함을 듣고도 바로
나와 보지 않으니 무슨 일이냐, 이 무슨 일이냐, 서둘러 나아가 문병
하고 병세가 혹 위중하다면 태의(太醫) 중에서 가장 신묘한 자를 불
러서 치료하게 할 것이다."
　　　영양 어쩔 수 없이 난양과 함께 승상의 침소로 나아가 당상에 머
물렀다. 먼저 난양과 진씨에게 들어가 보게 하였는데, 승상 난양을
보자 혹은 두 손을 흔들고 혹은 두 눈을 부릅뜨면서, 처음에는 서로
알지 못하는 듯하더니, 비로소 목안에 소리로 말하기를,
　　　"내 명이 장차 다하여 영양과 더불어 서로 이별하고자 하나, 영양
은 어찌 가서 오지를 않는 것인가?"
　　　난양이 말하기를,
　　　"상공은 어찌 그런 말씀을 하십니까?"
　　　승상 말하기를,
　　　"지난밤 비몽사몽간에 정녀가 내게 와서 말하기를, 상공 어찌 약
속을 저버리려고 하십니까? 하고 무척 노하여 꾸짖으며 진주 한 움
큼을 나에게 주었는데, 나는 그것을 받고 삼켰다. 이는 실로 흉한 징

조이다. 눈을 감으면 정녀가 내 몸을 누르고, 눈을 뜨면 정녀가 내 앞에 서 있다. 이는 정녀가 내가 신의 없음을 원망하여, 나의 원천적인 기운을 빼앗은 것이다. 내가 어찌 잘 살 수 있겠는가? 내 명이 후각(煦刻) 사이에 있으니 영양을 보고자 하는 것은 이 때문인 것이다."

말을 아직 마치지 못하고, 또한 혼곤(昏困)한 시늉을 하며 얼굴을 돌려 벽을 향하여 횡설수설하기에 난양이 그 모습을 살펴보니 움직이지도 않았다. 우려(憂慮)가 크게 일어나, 나와서 영양에게 말하기를,

"승상의 병은 격정과 의심에서 나온 것 같은데, 저저가 아니면 고칠 수가 없겠습니다."

이에 병상을 말하였지만 영양은 반신반의하며 주저하여 들어가지 않으니 난양이 손을 잡고 함께 들어갔다. 승상은 아직도 헛소리를 하는데 정씨를 향하지 않은 것이 없었다. 난양이 큰소리로 말하기를,

"상공, 상공, 영양저저가 왔습니다. 눈을 떠서 이를 보십시오."

승상이 잠깐 머리를 들고 손을 저으며 일어나고자 하니, 진씨 나아가 일으켜 세워서 마루 위에 앉게 했다. 승상 두 공주를 향해서 말하기를,

"소유 진심으로 이수(異數)를 받아 두 귀주와 혼인을 맺어 방을 같이 하고 굴을 같이 하고자 하였으나, 나를 잡아가려는 자가 있는 듯해서 장차 오래도록 머무르지 못할 것 같습니다."

영양이 말하기를,

"상공은 이(理)를 아는 사람이거늘 어찌 덧없고 쓸데없는 말을 하십니까? 설령 정씨의 혼이 남아있다고 하더라도 백신(百神)이 호위(護衛)하는 구중 깊은 곳에 어찌 그가 들어올 수 있겠습니까?"

승상이 말하기를,

"정녀가 바로 내 곁에 있거늘 어찌 감히 들어오지 못한다고 하십
니까?"

난양이 말하기를,

"옛 사람이 잔속의 활 그림자를 보고 의질(疑疾)을 얻었다고 하더
니 생각건대 승상의 병 또한 활이 뱀이 된 것 같습니다."

丞相答へず、但だ手を搖かす而已、英陽其の病勢轉だ劇しきを見、
敢て諫むを終る能はず、乃ち進み坐して曰く、丞相只だ死せる鄭氏を
念ふて、生ける鄭氏を見るを欲せざる乎、相公苟も之を見るを欲せ
ば、妾は卽ち鄭氏瓊貝なり、丞相伴つて信せざるものの好くし曰く、
是れ何の言ぞや、鄭司徒は只だ一女有り、而も死して已に久し、死せ
る鄭女旣に吾の身邊に在らば、則ち死せる鄭女の外、豈に生ける鄭女
有らんや、死せざれば則ち生き、生きざれば則ち死するは、人の常
也、一人の身にして或は之を死せりと謂ひ、或は之を生けりと謂は
ば、則ち死せる者眞の鄭氏たる乎、生ける者眞の鄭氏たる乎、生固り
眞ならば、死は則ち妄也、死固り眞ならば、生則ち誕也、貴主の言は
吾れ信ぜざる也と、蘭陽曰く、吾が太后娘々、鄭氏を以て養女を爲
し、封じて英陽公主と爲し、妾と輿に同じく相公に事へしむ、英陽
姐々は卽ち當日琴を聽けるの鄭小姐也、然らずんば姐々何を以て鄭氏
と毫髮も爽ひ無からんやと、丞相答へず、微く呻吟の聲を作し、忽ち
首を昂げ氣を作して言ふ、我れ鄭家に在るの時、鄭小姐の婢子春雲を
我に喚ばしめよ、今ま一言春雲に問はんと欲する者あり、春雲亦た何
れに在りや、吾れ之を見んと欲する耳と、蘭陽曰く、春雲、英陽姐々

に謁せんが為に、宮屬に入る耳、春雲も亦た丞相の疾を憂ひて來り英
陽に候し、外より卽ち入り謁して曰く、相公、貴軆少康なりやと、

　　승상이 대답하지 않고 다만 손만 움직일 따름이기에, 영양 그 병
세가 점차 위중한 줄 알고 감히 끝내 어길 수가 없어서 다가앉아 이
르기를,
　　"승상은 다만 죽은 정씨만 생각하고, 산 정씨는 보고자 아니하십
니까? 상공이 만일 그를 보고자 하신다면 첩이 바로 정씨 경패(瓊貝)
입니다."
　　승상 거짓으로 믿지 못하는 체하며 말하기를,
　　"이 무슨 말입니까? 정사도에게는 다만 딸 하나가 있었는데 죽은
지 이미 오래 되었습니다. 죽은 정녀는 내 몸 곁에 있은 즉 죽은 정녀
외에 어찌 산 정녀가 있을 수 있겠습니까? 죽지 않았다면 살고 살지
않았다면 죽는 것은 사람의 일입니다. 한 사람의 몸이 혹은 죽었다
고 하고 혹은 살았다고 말하는 것은 죽은 자가 정말 정씨인 것입니
까? 산 자가 정말 정씨인 것입니까? 산 것이 참이라면 죽은 것은 망
령이요, 죽은 것이 참이라면 산 것이 거짓이니, 귀주의 말씀을 저는
믿지 못하겠습니다."
　　난양이 말하기를,
　　"저희 태후마마가 정씨를 양녀로 삼으시고 영양공주로 봉하여 첩
과 더불어 상공을 모시게 했습니다. 영양공주는 즉 당일 거문고를
듣던 정소저입니다. 그렇지 않다면 저저 어찌 털끝만큼도 어긋남이
없을 수 있겠습니까?"
　　승상이 대답하지 않고 신음하는 소리를 내더니 갑자기 머리를 들

고 숨을 크게 쉬며 말하기를,

"내 정씨 집에 있을 때에 정소저의 비자(婢子) 춘운이 내게 사환(使喚)노릇을 하였기에, 지금 춘운에게 한 마디 말을 물어보고자 합니다. 춘운 또한 어디에 있습니까? 내 그를 보고 싶습니다."

난양이 말하기를,

"춘운 영양저저를 뵙고자 궁으로 들어 왔습니다."춘운도 또한 승상의 병을 걱정하여 영양에게 물어보고, 밖에서 들어와 알현하여 묻기를 상공은 귀체 어떠하신지요?"

外より卽ち入り謁して曰く、相公、貴體少康なりやと、丞相曰く、春雲獨り留まり、餘は皆出でよと、兩公主及び淑人退きて欄頭に立つ、丞相卽ち起き、梳洗して其衣冠を整へ、春雲をして三人を請ぜしむ、春雲笑を含んで出で、兩公主及び秦淑人に謂つて曰く、相公之を邀ふと、四人同じく入る、丞相、華陽巾を戴き宮錦袍を着し、白玉の如意を執り、案席に倚つて坐す、氣象春風の浩蕩たるか如く、精神秋水の瀅徹なるか如く、文彩病起の人に似ず、鄭夫人方さに悟り見、微笑を賣り低頭し、更に病を問はず、蘭陽問ふて曰く、相公の氣今は則ち如何と、丞相色を正して曰く、少游近來の風俗を見甚だ怪めり、婦女黨を作して家夫を欺瞞し、少游の職は大臣の列に在り、每に規正の術を求むるも未だ其道を得ず、憂勞して病を成せり、而も昔疾今ま愈ゆ、以て公主の慮を煩はすに足らざる也と、蘭陽及秦氏惟だ微笑して答へず、鄭夫人曰く、是の事妾等の知所に非ず、相公如し疾を醫せんと欲せば、仰で太后娘々に禀せよ、丞相心に癢きに勝たず、始めて乃ち笑を發して曰く、吾れ夫人と只だ後生相逢ふを卜せり、今日我れ夢

中に在りしも、而も亦だ夢を知らざらんやと、鄭氏日く、此れ太后娘々が子として視るの仁、皇上陛下が竝せ育てるの恩、蘭陽公主の德に非ざるは無し、惟だ鏤骨銘心せんのみ、豈に口吻の謝を容る可き所ならんやと、仍て細に顚末を陳ふ、丞相公主に謝して日く、公主の盛德は實に簡策上曾て未だ覩ざる所也、少游實に酬報の路無く、惟だ益々敬服の誠を加ふるを期し、鐘鼓の樂に替らざる也、公主謝を稱して日く、此れ盖し姐々の徽儀柔德、天心に感囘せるなり、妾何ぞ與からんやと、

승상이 말하기를,

"춘운 혼자 머무르고 나머지는 모두 나가십시오."

두 공주와 숙인이 물러나 난두(欄頭)에 섰다. 승상이 일어나서 소세(梳洗)하고 의관(衣冠)을 바로 한 다음 춘운에게 세 사람을 불러오게 하였다. 춘운은 웃음을 머금고 나가서 두 공주와 숙인을 불러 말하기를,

"상공이 부르십니다."

네 사람 함께 들어가니, 승상 화양건(華陽巾)을 쓰고 궁금포(宮錦袍)를 입고 백옥(白玉)의 여의(如意)를 잡고 안석(案席)에 기대어 앉았는데, 기상(氣象) 호탕(浩蕩)한 춘풍(春風) 같고 정신은 추수(秋水)의 맑고 투명함 같아서 문채(文彩) 병들었다가 일어난 사람 같지 않으니, 정부인 비로소 속은 줄 알고 미소를 띠며 머리를 숙이고 다시 병을 묻지 않았다.

난양공주가 묻기를,

"상공의 기(氣) 지금 어떠하십니까?"

승상 정색하며 말하기를,

"소유 근래 풍속의 심히 괴이함을 보았습니다. 부녀(婦女)가 무리를 지어 가부(家夫)를 기만하니, 소유의 직위가 대신의 위치에 있는지라 규정(規正)의 술책을 추구하는바 아직 그 도를 얻지 못하고

근심하고 고생하여 병을 얻었습니다. 지난날에는 아팠습니다만 지금은 나았습니다. 이에 공주는 걱정하지 마십시오."

난양과 진씨 오직 웃기만 하고 대답하지 못했다. 정부인 말하기를,

"이 일은 첩 등이 아는 바가 없습니다. 상공이 병을 고치고자 한다면 태후마마에게 여쭈어 보십시오."

승상 마음의 병 이기지를 못하여 비로소 소리 내어 웃으며 말하기를,

"나와 부인이 다만 후생(後生)에 서로 상봉(相逢)을 점쳤는데 오늘 내가 꿈속에 있은즉 또한 꿈임을 알지 못하겠습니까?"

정씨가 말하기를,

"이것은 태후마마 자식과 같이 보시는 인(仁)과 황상폐하가 아울러 기르신 은(恩), 난양공주의 덕(德)이 아니라면 없었을 것입니다. 오직 마음에 깊이 새길 뿐입니다. 어찌 구문(口吻)으로 사례할 수 있겠습니까?"

이에 상세히 그 전말(顚末)을 이야기하였다. 승상 공주에게 사례하며 말하기를,

"공주의 성덕(盛德)은 실로 그 간책(簡策) 위에서도 보지 못할 것입니다. 소유가 실로 그 수보(酬報)할 길이 없으니 오직 더더욱 경복(敬服)하기를 더하여 종고(鐘鼓)의 즐거움이 쇠퇴하지 않게 할 것입니다."

공주 칭찬하여 사례하며 말하기를,

"이는 다 저저의 훌륭한 모습과 유연한 덕성이 천심(天心)을 감통

케 한 것이니 첩에게 무슨 공이 있겠습니까?"

時に太后宮人を招して病狀を問ひ、乃ち病に託せるの由を知り、大
に笑つて曰く、我れ固り之を疑へりと、乃ち丞相を召し見る、兩公主
も亦た坐に在り、太后問ふて曰く、聞く丞相、旣に死せるの鄭女と、
已に絶へたるの佳緣を續げりと、一言の賀無かる可らざる也、丞相俯
伏して對て曰く、聖恩造化と同じ、大臣、摩頂放踵、瀝膽露肝すと
雖、其萬一に報ひんこと難し、太后曰く、吾れ直だ戲るのけ、豈に恩
を曰はんやと、是の日、上、群臣の朝賀を正殿に受く、群臣奏して曰
く、近ごろ景星出で、甘露降り、黃河淸み年穀登り、三鎭の節度、地
を納れて朝し、吐蕃强胡、心を革めて降れり、此れ皆な盛德の致す所
也と、上謙讓して功を群臣に歸す、群臣又奏して曰く、丞相楊少游、
近ごろ銅龍を樓上に作り、驕客玉簫を吹て鳳凰調べ、久く秦樓を下ら
ず、玉堂の公務殆ど闕けんとすと、上大に笑つて曰く、太后娘々連日
引見せり、此れ少游の敢て出でざる所以也、朕近く面論し之をして職
に就かしめんと、明日楊丞相、朝堂に就きて國政を理し、遂に上疏し
て暇を請ひ、母を將て來らんと欲す、其疏に曰く、

　　이때 태후 궁인을 불러 병상을 물어 이에 [승상이]병을 가장한 이
　유를 알고 크게 웃으며 말하기를,
　　"내 참으로 그것을 의심하였다."
　　이에 승상을 부르고 두 공주 또한 [함께]앉았다. 태후 묻기를,
　　"듣기로 승상 이미 죽은 정녀와 이미 끊어진 가연(佳緣)을 이었으
　니 한 마디의 하례가 없는 것은 옳지 않다."

399

승상 엎드려 대답하기를,

"성은(聖恩)이 조화(造化)와 같으십니다. 대신(大臣) 마정방종(摩頂放踵)하여 충성을 다하여도 그 만분의 일도 보답하지 못할 것입니다."

태후 말하기를,

" 내가 고의로 희롱한 것인데 어찌 은(恩)이라 말할 수 있겠는가?"

이날 상(上)이 정전(正殿)에서 군신(群臣)의 아침 하례를 받는데, 군신이 아뢰기를,

"근래 경성(景星)이 뜨며 감로(甘露)가 내리고 황하(黃河)가 푸르고 곡식이 풍성하여 삼진(三鎭)의 절도(節度)가 땅을 드리고 들어와 조회하고 토번(吐蕃)과 강한 오랑캐가 진심으로 항복하니, 이는 모두 성덕으로 이루신 바입니다. 상이 겸양(謙讓)하여 공을 군신에게 돌리니, 군신 다시 아뢰기를,

"승상 양소유 근래 동용루(銅龍樓)를 짓고 교객(驕客)이 되어 옥소(玉簫)를 불며 봉황(鳳凰)을 길들이느라 오래도록 진루(秦樓)에서 내려오지 않아, 옥당(玉堂)의 공무(公務)가 거의 지체되었습니다."

상이 크게 웃으며 말하기를

"태후마마 연일 불러들이니, 이것이 소유가 나가지 못하는 바이다. 짐이 가까운 시기에 면유(面諭)하여 일을 수행하게 하겠다."

다음 날 양승상 조당(朝堂)에 나아가 국정(國政)을 살피고 마침내 상소(上疏)하여 휴가를 청하며 어머니를 모셔 오고자 하였다. 그 소에 이르기를,

丞相魏國公、駙馬都尉、臣楊少游、頓首々々、百拜して皇帝陛下に上言す、伏して以みるに、臣は卽ち楚地編戶の民也、生事數頃に過ぎ

ず、學業一經に止まる、而して老母堂に在り、菽水繼かず、斗升の祿
營み以て甘旨の供を備へんと欲し、寸分を揣らず、猥に鄕貢を蒙る、
臣の履を躡みて擧に赴くに方つてや、老母行に臨み之を送つて曰く、
門戶殘し家業弊れり、堂搆の責、十口の命、皆な汝の一身に付す、汝
其れ學を力め科を決し、以て父母を顯せ、是れ吾が望み也、而して祿
仕太だ暴れば、則ち躁競の刺り興り、官職太た驟かなれば、則ち負乘
の患生ず、汝其れ之を戒めよと、臣敢て母訓を受け、銘して心肝に輿
り、而も濫に幼少の年を以て、幸に功名の會に値ひ、朝に立つ數年名
位揚赫し、金馬玉堂し、世に華貫と稱せらる、而も臣旣に黄麻紫誥に
冒據し、全才を必傾し、臣又た添く叩に綸を奉じ、南に强藩を討ち
て、膝を屈して命を受けしめ、西に凶酋を征して、手を束ねしむ、臣
本と白面の一書生也、是れ豈臣能く一策を立て一謀を辦じて此を致さ
ん哉、皇威の及ぶ所、諸將の死を效す所に非ざるは無し、而も陛下乃
ち反つて其微勞を勢し、褒するに重爵を以てす、臣が心の愧惕惶感論
ず可らざるもの有り、而して老母戒むる所の躁競の刺り、貧乘の患
ひ、不幸にして之に當れり、（中略）今ま臣は将相の位に居り、公侯
の富を挾み、王事に奔走し、母を將るに違あらず、臣は丹碧の室に處
り、母は則ち僅に茅茨を掩ひ、富貴を以て身を處し、貧賤を以て母を
待つ、人論廢たれ子職墮つ、伏し乞ふ、陛下臣が危迫の情を諒とし、
臣か終養の願を察し、特に許數月の暇を許し、之をして先墓に歸省
し、老母を將て歸らしめ、母子同居し、聖德を歌詠するを得せしめ
ば、臣謹んで當に移孝の忠を竭し、誓つて體下の恩を報ぜん伏して乞
ふ、陛下焉を矜閔せんことを、

　　승상 위국공, 부마도위(駙馬都尉)인 신(臣) 양소유는 돈수백배(頓首百拜)하고 황제 폐하께 삼가 아룁니다. 엎드려 생각건대 신은 본디 초(楚) 땅의 편호(編戶)의 백성으로 생사(生事)가 불과 몇 이랑에 지나지 않았고 학업은 경서(經書) 한 권에 지나지 않았습니다. 노모(老母)께서 집안에 계시어 숙수(菽水)도 제대로 잇지 못하신 데도 대수롭지 않은 녹봉(祿俸)을 받고 맛있고 부드러운 음식을 즐기고자 하여 재주와 분수를 헤아리지도 않고 외람되이 향공(鄕貢)을 입었습니다. 바야흐로 신이 과거 길에 오르려 하자 노모께서 문까지 나와 신을 보내시며 당부하시기를, '문호(門戶) 쇠잔하고 가업(家業)이 피폐되었으니, 집안을 일으켜 세우는 책임과 열 사람의 목숨이 모두 네 한 몸에 달려 있다. 너는 학업에 힘써 과거에 급제하여 부모를 드러내게 하는 것이 나의 바람이다. 녹을 받기 위해 벼슬길에 오름이 빠르면 마음이 조급해져 관직을 다투어 화를 불러일으킬 수 있으니 너는 이를 경계해야 할 것이다.' 하시기에 신이 감히 어머님의 가르치심을 받고 마음 깊은 곳에 굳게 새기어 두었습니다. 그런데 외람스럽게도 어린 나이에 다행히 공명(功名)을 얻을 기회를 만나 조정에 선 지 수년 만에 명위(名位)가 모두 혁혁(赫赫)해지고, 금마(金馬)와 옥당(玉堂)에 살면서 세상에서 이른 바 호화로운 생활을 해 왔습니다. 게다가 신은 이미 황마(黃麻) 자고(紫誥)에 모거(冒據)하여 모름지기 온갖 재주를 다하며 왔습니다. 신은 또 분수에 넘게도 명을 받들어, 남으로는 강번(强藩)을 치고 무릎을 꿇게 하고 명을 받들게 하였으며, 서쪽으로는 흉추(凶酋)를 정벌하여 손을 묶었습니다. 신은 본래 일개 백면서생(白面書生)으로 어찌 한 계책을 세우고 한 가지 꾀를 낼 수 있어 이에 이르렀겠습니까? 황위(皇威)가 미치는바 여러 장수들이 죽기를 무릅쓴 까닭입니다. 폐하께서는 이에 도리어 [신을]가상히 여기시어 중한 벼슬로써 기리시니 신의 마음 부끄럽고 두려우며 황송할 뿐입니다. 그런데 노모께서 경계하는바 마음을 조급히 굴어 권세를 다투는 것은 불행히도 이것에 해당하는 것입니다. (중략) 지금 신은 장상(將相)의 지위에 있으며 공후(公侯)의 부(富)를 누리고 있으면서도 왕사(王事)가 분주하여 노모를 돌볼 겨를이 없었습니다. 신은 호화로운 곳에 있는데 신의 어미[의 거처]는 가까스로 띠로 지붕을 이은 정도입니다. [신은]부귀로 몸을 처하고 빈천으로 어미를 대하니, 인륜을 폐하고 자식 된 직분을 망각한 것입니다. 엎드려 애걸합니다. 폐하께서 신의 위박(危迫)한 사정을 헤아리시고 신이 봉양하고자 하는 바람을 살피시어 몇 달 동안의 겨를을 내어 선묘(先墓)에 귀성(歸省)하고 노모를 모시고 장차 돌아와 모자 함께 살면서 성덕을 기릴 수 있다면, 신은 삼가 효를 다하고 그것을 충으로 옮기어 맹세하건대 체하(體下)의 은혜에 보답하겠습니다. 엎드려 애걸합니다. 폐하는 불쌍하게 여겨 주십시오.

上之を覽歎じて曰く、孝なる哉楊少游やと、特に黃金千斤、綵帛八百匹を賜ひ、歸つて老母の壽を爲さしめ、且つ母を輦して邇かに返らしむ、丞相闕に入り祗んで、太后に拜辭す、太后金帛を賜賚すること皇上の恩典に倍蓰す、退て兩公主及び秦賈兩娘と相別れ、

　　상이 이것을 보시고 감탄하여 말하기를,
　　"효성스럽구나, 양소유여."
　　특별히 황금 사천 근(斤)과 비단 팔백 필(匹)을 하사하여 돌아가서

그 노모를 헌수(獻壽)하게 하였다. 또 노모를 만나 속히 모시고 돌아
오도록 하시니 승상 궐로 들어가 태후께 배사(拜辭)하였다. 태후 금
건(金帛)을 내리시기에 황상의 은전(恩典)에 거듭 감사드리고 물러나
두 공주와 진가 두 낭자와 서로 작별인사를 나누었다.

行て天津に到る、鴻月の兩妓、府尹より是れ通ぜるに因り、已に來
つて客舘に待てり、丞相笑つて兩妓に謂うて曰く、吾の此行は乃ち私
行王命に非ざる也、兩娘何を以て之を知れりや、鴻月曰く、大丞相魏
國公駙馬都尉の行は、深山窮谷も亦皆な奔走聳動す、妾等山林寂寥の
地に蟄居すと雖、豈に耳目無からんや、況や府尹老爺の妾等を敬待す
るや、相公に亞げり、相公の來る敢て報ぜざるは無し、昨年相公の使
を奉じて此を過ぎられ、妾等尙ほ萬丈の光輝あり、今ま相公位益々崇
く、名益々著る、臣妾の榮亦た轉だ百層を加ふ、聞く相公兩公主を娶
られて女君と爲せりと、未だ知らず、兩公主能く妾等を容るや否、丞
相曰く、両公主一則ち聖天子の御妹、一は乃ち鄭司徒の女子、太后鄭
氏より取つて養女を爲せり、而も卽ち桂娘が薦めし所也、鄭氏と桂娘
とは汲引の恩の情あり、且つ公主と俱に、人に及ぼすの仁、物を容る
るの物の德あり、豈に兩娘の福に非ずやと、鴻月等相顧みて賀す、丞
相兩人と與に夜を經、行て故鄉に到る、初め十六歳の書生を以て、親
を離れて遠遊し、其の來り觀るに及んでは、大丞相の軒車を擁し、魏
國公の印綬を韓び、之に重ぬるに駙馬の豪貴を以てす、四年間成就す
る所の者如何ぞや、入つて母夫人に謁し、柳氏其手を執り其背を撫し
て曰く、汝は眞に吾か兒楊少游耶か、吾れ信ずる能はざる也、昔日六
甲を誦し五言を賦せし時に富つて、豈に今日の榮華有ることを知らん

やと、喜び極まつて涙下る、丞相、名を立て功を成せるの終始、妻を
娶り妾をトせるの顛末を把つて、悉く告げて餘す無し、柳夫人曰く、
汝が父親每に汝を以て吾か門を大にする者と爲せり、惜むらくは汝が
父親をして之を見せしめざることをと、丞相、祖先の丘墓に省し、賞
賜の金帛を以て、大夫人の爲に大宴を設け、壽を獻じ、宗族故舊隣里
を請じて、讌飲すること十日、

　길을 나서 천진(天津)에 다다르니 홍(鴻) 월(月) 두 기생 부윤(府尹)
에게 기별을 받고 이미 객관(客館)으로 와서 기다리고 있었다. 승상
웃으며 두 기생에게 말하기를,
　"나의 이번 행차는 사사로운 길로 왕명(王命)이 아니거늘, 두 낭자
는 어찌 내가 오는 줄 알았는가?"
　홍과 월이 대답하기를,
　"대승상 위국공 부마도위의 행차를 깊은 산과 험한 골짜기에서도
또한 다들 알고 분주히 소문이 들리어 용동(聳動)스러운데 첩들이 비
록 산림(山林)의 적요(寂寥)한 땅에 있으나 어찌 귀와 눈이 없겠습니
까? 하물며 부윤께서는 첩들을 경대(敬待)하기를 상공의 다음으로
하는데, 상공이 오시는 것을 감히 알리지 않을 수 없었을 것입니다.
작년에 상공이 명을 받드시어 여기를 지나시니 첩들이 오히려 만장
(萬丈)의 광휘(光輝)가 되었습니다. 지금 상공이 지위 더욱 높고 이름
더욱 드러나셨으니 신첩의 영광 또한 한층 더합니다. 듣자하니 상공
이 두 공주의 남편이 되었다 하는데, 두 분 공주께서 첩들을 용납하
실지 알지 못하겠습니다."
　승상 말하기를,

　"두 공주 가운데 한 분은 성천자의 누이고 또 한 분은 정사도의 딸인데, 태후께서 정씨를 양녀로 삼으셨다. 즉 계낭이 천거한 사람이다. 정씨와 계낭은 급인(汲引) 은혜가 정이 있으며, 또 공주와 더불어 사람에 미치는 인(仁)과 물건을 용납하는 덕(德)이 있으니, 어찌 두 낭자의 복이 아니겠는가?"

　홍과 월은 서로 돌아보며 하례하였다. 승상이 두 사람과 함께 밤을 지내고 떠나서 고향에 이르니, 처음에 열여섯 살의 서생(書生)으로 어머니를 떠나 멀리 갔다가 그 돌아옴에 이르러서 대승상 헌거(軒車)를 타고 위국공의 인수(印綬)를 늘어뜨리고 부마의 호귀(豪貴)를 겸하였으니 4년 동안에 성취한 바 과연 어떠한가? 들어가 모부인(母夫人)을 뵈니, 유씨 그 손을 잡고 그 등을 어루만지며 말하기를,

　"네가 참으로 나의 아들 양소유냐? 내 믿을 수가 없구나. 지난날 마땅히 육갑(六甲)을 외우며 오언(五言)의 시를 지었을 때 어찌 오늘의 영화(榮華)가 있을 줄을 알았겠느냐?"

　기쁨이 극진하여 눈물을 흘리거늘, 승상이 이름을 세우고 공을 이룬 일의 시종(始終)과 부인을 맞이하고 첩을 두게 된 일의 전말(顚末)을 남김없이 모두 고하였다. 유부인 말하기를,

　"너의 아버지 항상 너에게 '우리 집을 빛나게 할 자라' 했는데, 너의 부친이 이를 볼 수 없음이 애석하구나."

　승상 선조의 묘에 가서 성묘 드리고, 황상께 받은 금과 비단으로 대부인을 위하여 큰 잔치를 베풀어 헌수(獻壽)하고, 이웃 마을에 사는 일가친척들과 옛 친구들을 청하니 술잔치가 열흘 동안이나 이어졌다.

大夫人を陪して程に登る、諸路の方伯、列邑の守宰、輻輳して行,を
護し、光彩一方に輝映す、洛陽に過ぎり本州に分付して、鴻月兩妓を
招かしむ、還り報じて曰く、兩娘子同じく京師に向ひ已に日に有り
と、丞相頗る交も違へるを以て悵缺と爲す、皇城に至り、大夫人を丞
相府中に奉じ、闕に詣りて謝す、兩宮引見し、賚金銀綵段十車を賜
ひ、大夫人の爲に壽を爲さしめ、滿朝の公卿を請じ、三日の大酺を設
け、以て之を娛めり、丞相吉日を擇びて、大夫人に陪して御賜の新第
に移り入る、園林臺沼亭榭宮于、皇居に下る一等のみ、鄭夫人蘭陽公
主、新婦の禮を行ひ、秦淑人、賈孺人も亦た禮を備えて謁見す、幣物
の盛なる、禮貌の恭しき、大夫人をして和氣を敷き歡心を聳わしむる
に足れり、丞相既に壽親の命を承け、恩賜の物を以て、又た大宴を設
くること三日、兩宮、梨園の樂を賜ひ、御廚の饌を移し、賓客朝廷を
傾けり、丞相彩服を具し、兩公主と輿に高く玉盃を擎げ、次を以て壽
を獻ず、柳夫人甚だ樂しむ、

대부인을 모시고 귀경길에 오르자, 각도의 방백(方伯)과 여러 고
을의 수령들이 다투어 몰려와서 호위하며 길을 보살피니, 광채(光彩)
가 한 방향으로 밝게 비추었다. 낙양을 지나면서 본주(本州)에 분부
하여 홍과 월을 부르게 하였는데, 돌아와 알리기를,

"두 낭자 함께 서울로 향한지 이미 여러 날 됩니다."

승상 길이 서로 어긋남을 매우 섭섭히 여겼다. 황성(皇城)에 이르
러서 대부인을 승상부에 모시고, 궐로 나아가니 [태후와 황상께서]
불러 보시고 금은 채단(綵段) 열 수레를 내리시어 대부인을 위하여
헌수하게 하셨으며, 만조(滿朝) 공경(公卿)을 청하여 3일 동안 큰 잔

치를 베풀고 즐기게 하였다. 승상은 길일을 가려 대부인을 모시고 새 집으로 옮겨가니 동산과 정자 그리고 누각과 연못이 황상께서 거처하신 곳과 비등할 정도였다. 정부인과 난양공주 신혼의 예를 행하고 진숙인과 가유인 또한 예를 갖추어 뵈니, 폐물(幣物)의 성대함과 예모(禮貌)의 공손함은 대부인을 화기(和氣) 흐뭇하게 하였고 마음속으로 기뻐하게 하였다. 승상은 이미 '어버이의 장수를 기리라'는 황상의 명을 받았기에 은사(恩賜)하신 물건으로 다시 3일 간 큰 잔치를 베풀었는데, 태후와 황상께서는 궐내의 악공(樂工)을 보내시고 황상의 찬(饌)을 내려주시니 빈객(賓客)이 조정에 모여들었다. 승상이 채복(彩服)을 갖추고 두 공주와 더불어 옥잔을 높이 들어 차례로 장수함을 기리자 유부인 매우 즐거워하였다.

宴未だ罷まざるに、閽人入り告げらく、門外に兩女子あり、名を大夫人及び丞相座下に納ると、丞相曰く、必ず鴻月の兩姬也と、此意を以て大夫人に告げ、卽ち招き入る、兩妓階前に叩頭拜謁す、衆賓皆な曰く、洛陽の桂蟾月、河北の狄驚鴻、名を擅まにするや久し、果して絶艷なり、楊相國の風流に非すんば、何ぞ能く此を致さんやと、丞相兩妓に命じ、各の其藝を奏せしむ、鴻月一時に齊く起ち、珠履を曳き瓊筵に登り、藕腸の輕衫を拂ひ、石榴の彩袖を飄し、相對して霓裳羽衣の曲を舞ふ、落花飛絮、春風に撩亂し、雲影雪色、錦帳に明滅し、漢宮の飛燕、都尉の宮中に再生し、金谷の綠珠、魏公の堂上に却立於せり、柳夫人、兩公主、錦繡縑帛を以て兩人に賞賜す、秦淑人は蟾月と舊相識なり、舊を話し情を論じ、一喜一悲す、鄭夫人手は一相別を把りて、桂娘に勸め、以て薦進の恩に酬ゆ、柳夫人丞相に謂つて曰

く、汝が輩蟾月に進謝し、而かも我が從妹を忘るる乎、本に背かずと
謂ふ可らずと、丞相曰く、少子今日の樂は、皆な錬師の德也、况や母
親既に京師に入れり、下敎無しと雖、固より奉請せんと欲せりと、卽
ち人を紫淸觀に送る、諸女冠云ふ、錬師は蜀入つて三年、尙ほ未だ歸
らずと、柳夫人甚だ之を恨めり、

　　잔치가 아직 파하지 아니하였는데 문 지키는 자가 들어와서 아뢰
기를,
　　"문 밖에 두 여자가 대부인과 승상의 자리 아래에 이름을 고합니다."
　　승사 말하기를,
　　"필시 홍과 월 두 기생일 것이다."
　　이 뜻을 대부인에게 고하고 곧 들어오게 하니 두 기생 섬돌 아래
에서 고두(叩頭)하며 배알(拜謁)하였다. 중빈(衆賓) 모두 말하기를,
　　"낙양 계섬월, 하북 적경홍 이름을 드날린 지 오래되었는데 과연
절세로구나. 양상국의 풍류가 아니라면 어찌 이곳에 오게 할 수 있
겠는가?"
　　승상 두 기생에게 명하여 각각의 그 예(藝)를 펼치게 하니, 홍과 월
동시에 일어나 주리(珠履)를 신고 잔치 무대에 올라 연꽃무늬가 새겨
진 가벼운 적삼을 떨치고, 석류(石榴)가 새겨진 소매를 휘날리며 예
상우의곡(霓裳羽衣曲)에 맞추어 춤을 추었다. 떨어진 꽃과 나부끼는 가
지가 봄바람에 요란스레 떠다니며 구름 그림자와 눈빛이 비단휘장에
나타났다 사라졌다 하니, 한궁(漢宮)의 비연(飛燕)[111] 다시 도위(都尉)

---

111 비연: 한나라 성제의 첩으로 가무를 잘했음.

궁중(宮中)에 나타나고, 금곡(金谷)의 녹주(綠珠)[112] 다시 위공(魏公)의 당상에 선 것과 같았다. 유부인과 두 공주는 금수(錦繡) 겸백(縑帛) 상으로 두 사람에게 주었다. 진숙인과 섬월은 옛적에 서로 알고 지냈는지라, 옛일을 얘기하며 서로 쌓였던 회포의 정을 풀었다. 일희일비(一喜一悲)하며 정부인은 손으로 잡고 계낭에게 권함으로써 천거하여 준 은혜에 보답하였다. 유부인 승상에게 말하기를,

"자네들이 섬월에게는 나아가 사례하면서 내 종매(從妹)는 잊었는가? 근본을 저버린 것이라 할 수 있다."

승상 말하기를,

"소자 오늘의 즐거움은 모두 연사(鍊師)의 덕입니다. 하물며 어머니께서 이미 서울에 들어와 계신 즉 하교가 없으시더라도 진실로 받들어 청하고자 하였습니다."

곧 사람을 자청관(紫淸觀)으로 보내니, 여관(女冠)이 말하기를,

"연사께서는 촉(蜀)으로 가신지 삼년입니다만 아직 돌아오시지 않았습니다."

유부인 매우 애석해 했다.

卷之六

권지육

樂遊園に會獵して春色を鬪はし、油碧車に詔して古風光を搖かす、

유락원에 사냥하고 춘색을 다투니 유벽거를 불러 옛 풍광(風光)을 흔든다

---

112 녹주: 진나라 석숭(石崇)의 애첩으로 피리를 잘 불었음.

鴻月の楊府に入りし後、丞相人を待つこと日に益々多し、各の其居
處を定めしむ、正堂を慶福宮を曰ひ、大夫人之に居る、慶福の前を燕
喜堂と曰ひ、左夫人英陽公主之に處る、慶福の西を鳳簫宮と曰ひ右夫
人蘭陽公主之處る、燕喜の前なる凝香閣、清和樓は、丞相之に處り、
時々宴を此に設く、其の前の太史堂、禮賢堂は、丞相の賓客に接し、
公事を聴くの處也、鳳簫宮以南の尋香院は、卽ち淑人秦彩鳳の室也、
燕喜堂以東の迎春閣は、卽ち孺人賈春雲の房也、清和樓の東西皆は小
樓あり、綠窓朱欄、蔽虧掩映す、周間に行閣を作り、以て清和樓に接
す、凝香閣の東を賞花樓と曰ひ、西を望月樓と曰ひ、桂狄の兩姫各の
其一樓を占む、宮中の樂妓八百人、皆な天下の有色有才の者也、分つ
て東西部と為し左部四百人、桂蟾月之を主どり、右部四百人、狄驚鴻
之掌る、敎ゆるに歌舞を以てし、課するに管絃を以てし、毎月清和に
會して、兩部の材を較、丞相は大夫人を陪し兩公主を率いて、親く自
ら樂しみ、等するに賞罰を以てし、勝つ者は三盃の酒を以て之を賞
し、彩花一枝を挿み、以て光榮と為し、負ける者は冷水一盃を以て之
を罰し、墨筆を以て一点を額上に畵し、以て其心に愧ぢしむ、此を以
て衆妓の才日に漸く精熟し、魏府、越宮の女樂を天下の最も為し、梨
園の弟子と雖兩部に及ばず、一日兩公主諸娘と與に大夫人に陪す、丞
相一封の書持ち、外軒より入り、蘭陽公主に授けて曰く、此れ卽ち越
王の書也と、公主展べて看る、其書に曰く、

홍과 월 양부(楊府)에 들어간 후 승상을 모시는 사람들이 더욱 많
아졌고 그 거처가 정해졌다. 정당(正堂)을 경복당(慶福堂)이라 하여
대부인이 거처하고, 경복당 앞 건물은 연희당(燕喜堂)이라 하여 좌부

인 영양공주가 거처하며, 경복당 서쪽 건물은 봉소궁(鳳簫宮)이라 하여 우부인 난양공주가 거처하고, 연희 앞에 있는 응향각(凝香閣)과 청화루(淸和樓)는 승상이 거처하여 때때로 이곳에서 잔치를 베풀었다. 그 앞의 태사당(太史堂)과 예병당(禮兵堂)은 승상이 빈객(賓客)을 접대하며 공사(公事)를 살피는 곳이었다. 봉소궁(鳳簫宮) 남쪽의 심홍원(尋興院)은 곧 숙인 진채봉의 방이고, 연희당 동쪽의 영춘각(迎春閣)은 곧 유인(孺人) 가춘운의 방이었다. 청화루 동서에 각각 소루(小樓)가 있는데, 녹창(綠窓)과 주란(朱欄)이 가리어 그늘지게 하고 행각(行閣)으로 주위를 돌아 청화루와 응향각에 접하니, 동은 상화루(賞花樓)라 하고, 서는 망월루(望月樓)라 하여 계섬월과 적경홍이 각각 한 누씩 차지하였다. 궁중의 악기(樂妓) 팔백인 모두 천하에 색(色)과 재(才)가 있는 사람들로 궁중의 악기(樂妓) 팔백인 동서부로 나누어 왼편의 사백 인은 계섬월이 거느리고, 오른편의 사백 인은 적경홍이 맡았다. 가무(歌舞)를 가르치고 관현(管絃)을 시험하여 매월 청화루에 모여서 양부의 재주를 비교하는데, 승상은 대부인을 모시고 두 공주를 거느리며 친히 즐기며 등급을 매기어 상벌을 내리니, 이기는 자는 석 잔 술로 상을 주고 채화(彩花) 한 가지를 꽂아서 이로써 광영(光榮)을 빛내게 하였다. 지는 자는 냉수 한 잔을 벌로 주고 먹붓으로 이마에다 점 하나를 찍어서 이로써 그 마음이 부끄럽게 하였다. 이렇게 하여 모든 기생들의 재는 날로 정숙(精熟)하여 위부(魏府)와 월궁(越宮)의 여악(女樂)이 천하에 으뜸이 되었다. 이원(梨園)의 제자라 할지라도 양부에 미치지 못했다. 하루는 두 공주 여러 낭자와 함께 대부인을 모시고 있는데, 승상 한 통의 편지를 갖고 외헌(外軒)에서 들어와 난양공주에게 주며 이르기를, 이것은 즉 월왕(越王)의 글이

다. 공주가 펼쳐 보는데 그 글에 적혀 있기를,

春日淸和、丞相鈞體蔓福、頃者國家多事にして、公私暇無く、樂遊
原上、馬を駐むるの人を見ず、昆明池頭、復た舟を泛ぶの戲無く、遂
に歌舞の地をして便ち蓬蒿の場と作す、長安の父老每に、祖宗朝繁華
の古事を說き、往々にして涕を流す者あり、殊に太平の氣像に非ざる
也、今ま皇上の盛聖丞相のに偉功に賴り、四海寧謐、百姓安樂し、復
た開元天寶間の樂事、卽ち今日は其會なり、況や春色未だ暮れず、天
氣方に和し、芳花嬾柳、能く人心をして駘蕩ならしめ、美景賞心、俱
に此時に在り、願くは丞相與に樂遊原上に會し、或は獵を視或は樂を
聽き、昇平の盛事を補張せん、丞相若し此に意有らば、卽ち日を約し
相報じ、寡人をして塵に隨はしめば、幸甚。

"봄날 맑고 화창한데 승상 몸 편안하시고 널리 만복하십니까? 근
래 나라에 일이 많고 공사(公私)에 겨를이 없어 낙유원(樂遊原)에 말
을 머무르게 하는 사람을 보지 못하고 곤명지(昆明池) 머리에 다시 배
를 대는 즐거움이 없으니, 마침내 가무의 땅이 어느덧 봉호(蓬蒿)의
장을 이루었습니다. 장안의 노인들 항상 조종조(祖宗朝)의 번화(繁華)
하던 옛 일을 그리며 때로는 눈물을 흘리는 자가 있으니, 이는 태평
한 기상(氣像)이 아닙니다. 지금 황상의 성덕과 승상의 훌륭한 위공
(偉功)으로 사해(四海)가 태평하고 백성이 안락하게 되어 다시 개원
(開元)과 천보(天寶) 사이의 즐거운 일 오늘이 그때입니다. 하물며 봄
빛이 아직 저물지 않고 바야흐로 천기(天氣) 화창하여 고운 꽃과 부
드러운 버들이 사람의 마음을 태탕(駘蕩)하게 하니, 아름다운 경치를

413

즐기는 마음이 이때에 있는가 싶습니다. 승상과 더불어 낙유원 위에 모여서 혹은 사냥하는 것을 보고 혹은 풍악을 들으면서 나라의 태평과 성대한 일을 펴서 넓히기를 바랍니다. 승상 혹 이에 뜻이 있다면 곧 날을 정하여 알려 주어 과인(寡人)에게 이를 따르게 하면 매우 다행이겠습니다."

公主見畢つて丞相に謂つて曰く。相公越王の意を知れりや、丞相曰く、何の深意か有らん、花柳の景を賞せんと欲するに過ぎざる也、此れ固と遊閑公子の風流事なりと、公主曰く、相公獨ほ未だ盡く知也らず、此兄好む所の者は、惟だ美色風樂のみ、其の宮中の絶色佳人一二に非ず、而かも近ごろ得る所の寵姫を聞けば、卽ち武昌の名妓玉燕なり、越宮の美人、玉燕を見しより、魂喪ひ魄褫はれ、無鹽嬢を以て自ら處ると、知る可し其才と貌と、一代に獨步するを、越王兄我が宮中美人多きを聞き、王愷石崇之の相較ぶるに效はんと欲する也と、丞相笑つて曰く、我れ果して泛見せり、公主先づ越王之の心を獲たりと、鄭夫人曰く、此れ一時遊戲の事と雖、必ず人に屈せざれざらんことをと、鴻月に日にして之に謂つて曰く、軍兵之を養ふこと十年、之を用るは一朝に在りと雖、茲事の勝負都べて兩教師が掌握中に在り、汝が輩須く努力す可し、蟾月對へて曰く、賤妾恐らくは敵す可らざらん、越國の風樂は一國に擅まに、武昌の玉燕は九州に鳴る、越王殿下旣に此の好きの風樂あり、又此の好きの美色あり、此れ天下の强敵也、妾等偏師小卒を以てし、紀律明かならず旗鼓整がず、恐らく未だ鋒を交へずして、便ち才を倒にするの心を生ぜん、妾等の笑はらるるは關念するに足らざるも、而も只だ羞を吾が府中に貽さんことを恐ると、

공주 보기를 마치고 승상에게 말하기를,

"상공 월왕의 생각을 아십니까?"

승상 말하기를,

"무슨 깊은 뜻이 있겠습니까? 화류(花柳)의 경치를 보고자 함에 지나지 않습니다. 이것은 진실로 유한공자(遊閑公子)다운 풍류올시다."

공주 말하기를,

"상공 홀로 아직 충분히 알지 못하십니다. 오라버니가 좋아하는 바는 오직 미색과 풍악인데, 그 궁중에 절색가인(絶色佳人)이 한둘이 아닐뿐더러 근래 들리는 바로는 총희(寵姬)를 얻었는데 무창(武昌)의 명기(名妓) 옥연이라 합니다. 월궁의 미인 옥연을 보고는 혼이 빠지고 넋을 잃어 스스로를 무염(無鹽)과 모모(嫫母)로 자처한다 하니, 그 재주와 용모가 일대(一代)에 독보적임을 알 수 있습니다. 월왕 오라버니가 우리 궁중에 미인이 많음을 듣고 왕개(王愷)와 석숭(石崇)의 서로 비교함을 본받고자 하는 것 같습니다."

승상 웃으며 말하기를,

"내가 과연 가볍게 보았습니다. 공주가 먼저 월왕의 마음을 알아차렸습니다."

정부인 말하기를,

"이것이 비록 한 때의 놀이라 하더라도 남에게 지는 것은 안 됩니다."

홍과 월에게 이것을 일러 말하기를,

"군사 이를 기르는데 10년이다. 이를 쓰는 것이 하루아침에 있다 하더라도, 이번 놀이의 승부는 오직 두 교사(敎師)의 손안에 달렸으니 모름지기 그대들이 힘을 써야 할 것이다."

섬월 답하여 말하기를,

　　"천첩은 대적할 수 없음을 두려워합니다. 월국의 풍악은 한 나라를 진동하고, 무창의 옥연은 구주에 [그 이름을]떨쳤는데, 월왕 전하 이미 이와 같이 풍악이 있으며 또 이와 같이 미색을 두시고 있으니, 이는 천하의 강적입니다. 첩들은 작은 군대의 보잘 것 없는 병사들로서 기율(紀律) 밝지 못하고 기고(旗鼓)도 갖추지 못하여 아직 견주어 보지도 않았는데 필시 재주가 실패하지 않을까 하는 마음이 생깁니다. 첩들이 비웃음을 받는 것은 개의치 않습니다만 수치가 부중(府中)에 미칠까 두렵습니다."

　　丞相曰く、我れ蟾娘と初め洛陽に遇ふや、蟾娘稱して靑樓に三絶色有りと、而して玉燕亦た其中に在りき、必ず此人也、然ども靑樓の絶色只だ三人有るのみにして、而も我れ已に伏龍鳳雛を得たり、何ぞ項羽の一范增を畏れんやと、公主曰く、姬妾中の美色獨り一玉燕のみに非ざる也と、蟾月曰く、越宮中その腮を粉にし其頰に臙する者、全山草木に非ざるは無し、走る有らんのみ吾れ何ぞ敢て當らんや、願くは娘々策を狄娘に問へ、妾本來膽弱なり、此言を聞き便ち歌喉自ら廢きを覺ゆ、恐らくは曲を唱ふ能はじと、驚鴻憤然として曰く、蟾娘子此れ果して眞の說話なりや、吾れ兩人關東七十餘州を橫行し、擅名の妓樂之れを聽かざる無く、鳴世の美色之れを見ざるは無し、此膝未だ曾て人に屈せず、何ぞ遽に玉燕に讓る可けんや、世に傾城傾國の漢宮夫人あり、雲と爲り雨と爲るの楚臺神女あらば、或は一毫自ら歎ふの心有らん、然らずんは彼れ玉燕何ぞ憚るに足らんやと、蟾月曰く、鴻娘の發言何ぞ其れ太だ容易なるや、吾輩曾て關東に在り、姦ずる所の者、大は則ち太守方伯の宴、小は則ち豪士俠客の會、未だ强敵に遇は

ざるは、固より其れ宜べ也、今ま越王殿下は、大内萬玉叢中に生長
し、眼目甚だ高く、評論太だ峻に、所謂泰山を観て滄海に泛ぶ者也、
丘垤の微涓流の細豈に眼孔に入らんや、此れ孫吳を以て敵と為し、賁
育と力を鬪はす也、庸將孺子の抗する所に非ざる也、況や玉燕は卽ち
帷幄中の張子房也、能く勝を千里の外に決す、何ぞ之を輕んず可け
ん、今ま鴻娘徒らに趙括の大談を為すも、吾れ其の必ず敗るを見る
也、仍て丞相に告げて曰く、狄娘は自ら多とするの心有り、妾請ふ狄
娘の短所を言はん、狄娘の初め相公に從ふや、燕王千里の馬に盗み騎
り、自ら河北の少年と稱し、相公を邯鄲道上に欺けり、鴻娘をして苟
も嬋娟嫋娜の態あらしめば、則ち相公豈に男子を以て之を視んや、且
つ恩を相公に承くるの日、夜の昏に乗じ妾の身を假れり、此れ所謂る
人に因て事を成す者也、今ま賤妾に對し此の誇大の言あり、亦た笑ふ
可らずやと、驚鴻笑つて曰く、信なるかな人心の測る可らざること
や、賤妾の未だ相公に從はざるあ、之を譽めて月殿の姮娥の好しと
し、今ま乃ち之を毀りて一錢に直ひせざる者の好くす、此れ丞相の子
を待つこと蟾娘に越ゆるか故に過ぎず。蟾娘相公の寵を專らにせんと
欲し、此の妬忌の言ある也と、

　승상이 말하기를,

　"내가 섬낭을 낙양에서 처음 만났을 때, 섬낭 청루(靑樓)에 삼절색
(三絶色)이 있다 하였다. 옥연 또한 그 가운데 있으니 필연 이 사람이
구나. 그러나 청루의 절색은 다만 세 사람만이 있을 뿐, 지금 나는 복
룡(伏龍)[113]과 봉추(鳳雛)[114]을 얻었으니, 어찌 항우가 얻은 일개 범증
(范增)[115]을 두려워하겠는가?"

417

공주 말하기를,

"총애하는 희첩 중 옥연만이 홀로 미색이 있는 것은 아닙니다."

섬월이 말하기를,

"월궁 속에서 볼에 분을 바르고 뺨에 연지를 바른 자가 모든 산의 초목이 아닌 것이 없으니 오직 도망갈 뿐인데, 우리가 어떻게 감히 당해 낼 수 있겠습니까? 낭랑 적낭에게 계책을 물어 보시길 바랍니다. 첩 본래 담약(膽弱)하여 이 말을 듣고는 노래 부르려 하여도 문득 저절로 목이 막히어 한 곡조의 노래도 부르지 못할까 두렵습니다."

경홍 화를 내며 말하기를,

"섬낭 그 말이 과연 참말인가? 우리 두 사람이 관동(關東) 70여주를 이리저리 떠돌아다니며, 기악(妓樂)으로 이름을 드높여 그것을 듣지 아니한 자가 없고 세상을 울리는 미색을 보지 아니한 자가 없을 정도로 이 무릎을 아직 일찍이 꿇어 본 적이 없는데, 어찌 옥연에게 문득 그 자리를 사양하겠는가? 세상 경성경국(傾城傾國)하는 한궁(漢宮) 부인(夫人)과 구름도 되었다 비도 되었다 하는 무산(巫山)의 신녀(神女)가 있으면, 혹 뜻에 차지 않은 마음이 저절로 생기어 저 옥연 따위를 어찌 꺼리겠는가?"

섬월 말하기를,

"홍낭 어찌 말을 그리 쉽게 하는가? 우리들이 일찍이 관동에 있을 때 참석 규모가 큰 것은 태수(太守), 방백(方伯)의 잔치이고, 작은 것은

---

113 복룡: 숨어 있는 용이라는 뜻으로 세상에 잘 알려지지 않은 숨은 재사나 준걸을 이르는 말
114 봉추: 봉황의 새끼라는 뜻에서 지략이 뛰어난 젊은이를 비유적으로 이르는 말
115 범증: 중국 진나라 말 항우의 모사로 항우를 보필하여 여러 전쟁에서 승리를 거두었다.

호사(豪士)와 협객(俠客)의 모임으로 강적을 만나지 못한 것이 너무
나 당연한 일이다. 지금 월왕 전하 대내(大內) 만왕(萬玉) 중에 안목이
매우 높고 평론함이 무척 날카로우시다. 이른바 태산(泰山)을 보고
창해(滄海)에 떠 있으시니, 언덕에 있는 미미한 것, 작은 내에 흘러 떠
다니는 미세한 것들이 어찌 안중에 들어오겠는가? 이는 손(孫)과 오
(吳)를 적으로 삼고 분육(賁育)과 더불어 힘을 다투는 것으로 사리에
맞지 않아 장차 젖먹이 어린이에게나 항거할 바이다. 하물며 옥연은
곧 유악(帷幄) 속의 장자방(張子房)이다. 천리 밖에서 승을 결정지을
수 있으니 어찌 그를 가벼이 여길 수 있겠는가? 지금 홍낭 부질없게
조괄(趙括)처럼 큰 소리를 치나 내 보기에는 필시 패할 것이다."

거듭 승상에게 고하기를,

"적낭 우쭐거리는 마음이 있기에 첩이 적낭의 생각이 부족한 점
을 말씀드리고자 합니다. 적낭 처음 상공을 따를 적에 연왕 천리마
를 도적질하여 타고 하북 소년이라 칭하며 상공을 한단(邯鄲)의 길
위에서 속였으니, 홍낭 진실로 그 모습이 선연하고 자태가 예뻤으면
곧 상공께서 어찌 남자로 아셨겠습니까? 또한 상공의 사랑을 받던
날, 어두운 밤에 첩의 몸을 빌렸으니, 이는 이른 바 다른 사람으로 일
을 이룬 것입니다. 지금 천첩에 대하여 이렇듯 일을 크게 떠벌리니
어찌 우습지 않겠습니까?"

경홍이 웃으며 말하기를,

"진실로 사람의 마음은 헤아릴 수가 없습니다. 천첩 아직 상공을
따르지 않을 때에는 월전(月殿)의 항아(姮娥)처럼 첩의 몸을 칭찬하
더니, 지금 한 푼의 값어치도 없는 것처럼 헐뜯습니다. 이는 승상 첩을
대하심이 섬낭보다 더하실까 하는 [질투에]지나지 않으며, 섬낭이 상

419

공의 은총을 홀로 차지하고자 내뱉은 투기(妬忌)에 불과합니다."

蟾娘及び諸娘子皆な大に笑ふ、鄭夫人曰く、狄娘の纖弱足らざるに
非ざる也、自ら是れ丞相の一雙眸子の淸明なる能はざりしの致す所
也、鴻娘の名價必ずしも以を以て低からざる也、然も蟾娘の言は盖し
是れ確論なり、女子男服を以て人を欺くは、必ず女子の姿態なければ
也、男子女粧を以て人を瞞するは、必ず丈夫の氣骨を缺く也、皆其の
足らざる處あるに因て、其の詐を逞うする也と、丞相大に笑つて曰
く、夫人の此言盖し我を弄する也、夫れ人一雙の眸子も亦た淸明なら
ざれば、能く琴曲を辯ずるも男子を辯ずる能はず、此れ耳有つて目無
き也、七竅其の一無くんば、則ち 其れ全人と謂ふ可けんや、夫人此身
の賤劣を譏ると雖、我が凌烟閣の畵像を見る者は、皆な形軆の壯、威
風の猛きを稱りと、一座又た大に笑ふ、蟾月曰く、方に勁敵と對陣せ
んとす、豈に徒に戲談を爲す可けんや、全く吾が兩人に恃む可らず、
賈孺人も亦た同じく往くこと如何、越王は外人に非ず、淑人も亦た何
の嫌か之れ有らんと、秦氏曰く、桂狄兩娘若し女進士の場中に入ら
ば、當に一寸の力を效す可し、歌舞の場安んぞ妾を用いんや、此れ所
謂る市人を駈つて戰ふ也、桂娘必ず成功する能はじと、春雲曰く、春
雲歌舞の才無しと雖、惟だ妾が一身笑を人に貽さば、則ち妾が身の羞
たるに過ぎず、豈に盛會を觀光するを欲せざらんや、妾若し隨ひ行か
ば、則ち人必ず指し笑つて曰はん、彼は乃ち大丞相魏國公の妾也と、
鄭夫人及び公主の縢也と、然らば則ち笑を相公に貽す也、憂を兩嫡に
貽す也、春雲決して往く可らずと、公主曰く、豈に春娘の行を以て、
相公笑を人に被らんや、我もた亦君に因て憂有らんやと、春雲曰く、

平かに彩錦の步障を鋪き、高く白雲の帳兮を褰げば、人皆な曰はん、楊丞相の寵妾賈孺人來れりと、肩を騈べ武を接し、先を爭ひ觀を縱またし、其の步を移し筵に登るに及べば、乃ち蓬頭垢面也、然らば則ち人皆な大に驚き大に咤り、以て楊丞相に鄧都子の病ありと爲さん、此れ笑を相公に貽すに非ずや、越王殿下に至つては、平生未だ嘗て累穢の物を見ず、妾を必見ば必ず嘔逆して氣平かならさらん、此れ憂を娘々に貽すに非ずや、

섬낭과 모든 낭자가 다 크게 웃거늘, 정부인이 말하기를,

"적낭의 부드럽고 가냘픔이 부족함이 아니다. 이는 승상의 한 쌍 눈동자가 청명치 못하였기 때문이다. 홍낭의 이름값이 이로 인해 떨어지지는 않는다. 하지만 섬낭의 말은 확론(確論)으로 여자가 남복(男服)으로 사람을 속이는 것은 필연 여자로서의 고운 태도가 없는 것이고, 남자가 여장으로 사람을 속이는 자는 필연 장부로서의 기골(氣骨)이 없음이다. 다 그 부족한 것으로 그 거짓을 꾸밈이다."

승상이 크게 웃고 말하기를,

"부인의 말은 아마도 나를 희롱하는 것입니다. 그것은 한 쌍의 눈동자 또한 청명치 못하여 거문고의 곡조는 분별할 수 있어도 여복을 입은 남자는 분별할 수 없었던 것이니, 이는 바로 귀는 가졌으되 눈이 없는 것입니다. 일곱 구멍 중에 하나가 없는 것인즉, 온전한 사람이라 말할 수 있겠습니까? 부인은 비록 이 몸의 잔열(殘劣)함을 꾸짖었으나 나의 능연각(凌烟閣)의 화상을 보는 자는 다 형체(形體)의 웅장함과 위풍(威風)이 맹렬함을 칭합니다."

모인 사람들이 또한 크게 웃으니, 섬월이 말하기를,

421

"바야흐로 강적을 대함에 진(陣)을 쳐야할 텐데, 어찌 부질없는 희담(戲談)만 하십니까? 오직 우리 두 사람만 믿기는 어려우니 또한 가유인도 함께 가는 것이 어떠합니까? 월왕 또한 외인(外人)이 아니시니, 숙인도 함께 간들 싫어하시겠습니까?

진씨가 말하기를,

"계낭, 적낭 두 낭자가 만일 여자의 과거장(科擧場)에 들어가면 마땅히 미력한 힘이나마 돕겠습니다만 가무의 장에서 첩을 [어디다] 쓰시겠습니까? 이는 이른바 거리의 사람을 몰아가 싸우는 것이 됩니다. 계낭은 필시 성공할 수 없을 것입니다."

춘운 말하기를,

"춘운이 비록 가무에 재주 없다 하더라도 오직 첩의 한 몸이 남에게 비웃음을 받으며 첩의 몸이 수치를 당할 뿐이라면, 어찌 성대한 모임을 구경하고자 하는 마음이 없겠습니까? 첩이 만일 따라가면 곧 사람들은 필시 [저를] 가리켜 저 사람은 대승상 위국공의 첩이며 정부인과 공주의 시녀라면서 비웃을 것입니다. 그렇다면 이는 곧 상공을 비웃는 것이 되고 두 부인에게 근심을 남기는 것이 되니 춘운은 결코 가지 못합니다."

공주 말하기를

"어찌 춘운이 가는 것으로 상공께서 사람들에게 비웃음을 받겠는가? 또한 우리가 그대로 인해 근심이 있겠는가?"

춘운 말하기를,

"채색으로 된 비단 보장(步障)을 나란히 펼치고 흰 구름의 장막을 높이 걸으면 사람들은 양승상의 총첩(寵妾) 가유인이 온다며 어깨를 비비대고 발꿈치를 들고 앞을 다투어 구경할 것입니다. 걸음을 옮겨 자리에 오르면 이에 봉두구면(蓬頭垢面)[116]입니다. 그러면 사람들 모두 크게 놀라 양승상이 등도자(鄧都子)와 같은 병이 있다 할 것입니다. 이 어찌 상공께서 비웃음을 받으심이 아니겠습니까? 월왕 전하에 이르러서는 평생 누추하고 더러운 물건을 보지 못하였기로 첩을 보시면 필시 구역질이 나서 심기가 편치 않으실 터입니다. 이 또한 낭랑께 근심이 아니겠습니까?"

公主曰く、甚ひ哉春娘の謙することや、春娘昔は人を以て鬼と為れり、今ま西施を以てして無塩と為さんと欲す、春娘の言は信するに足る無しと、乃ち丞相に問ふて曰く、答書は何日を以て期と為すや、丞相曰く、約するに明日の會を以てせん、鴻月大に驚て曰く、兩部の敎坊猶ほ未だ令を下さず、勢ひ已に急なり、矣可す可きやと、即ち頭妓を召して言つて曰く、明日丞相越王と與に、樂遊原に會せんことを約せらる、兩部の諸妓須く樂器を持し新粧を飾り、明曉丞相に陪して行けと、八百妓女一時に令を聞き、皆な容を理し眉を齋し、器を執り樂を習ひ、明日の計を為す、翌曉天明くるや、丞相早く起き、戎服を着し弧矢を佩び、雪色の千里崇山の馬に乗り、獵士三千人を發し、擁して城南に向ふ、

공주 말하기를,

"춘운의 겸손함이 너무 심하다. 춘낭이 예전에는 사람으로 귀신이 되더니, 지금은 서시(西施)로서 무염(無塩)이 되고자 하니, 춘낭의

---

116 봉두구면: 흐트러진 머리와 때 묻은 얼굴이라는 뜻으로 성질이 털털하여 겉모습에 별 관심을 두지 않음을 이르는 말

말은 믿지 못하겠다.”

이에 승상에게 묻기를,

“답서는 어느 날로서 기약하셨습니까?”

승상 말하기를,

“약속은 내일 모이기로 했습니다.”

경월이 크게 놀라서 말하기를,

“양부의 교방(敎坊)에 아직 영(令)을 내리지 못하였는데, 기세 이미 급하니 어찌할 수 있겠습니까?”

곧 우두머리 기생을 불러 말하기를,

“내일 승상 월왕과 더불어 낙유원(樂遊原)에서 모이기로 약속하셨으니, 양부의 모든 기생들은 마땅히 악기를 가지고 새 단장을 하여 내일 새벽에 승상을 모시고 가야할 것이다.”

팔백 명의 기생 일시에 명을 받고 모두 얼굴 치장을 하고 눈썹을 그리며 악기를 잡아 음악을 연습하면서 내일의 계획을 준비하였다. 다음날 날이 밝자 승상은 일찍 일어나 융복(戎服)을 입고 호시(弧矢)를 차고 [새하얀]눈같이 흰 천리 숭산마(崇山馬)를 타고 사냥꾼 3천 명을 불러 호위하게 하여 성문 밖 남쪽으로 향하였다.

蟾月驚鴻、金を彫み玉を鏤め、花を綴ぎ葉を裁ち、各の部妓を率い、結束そて行に隨ふ、并に五花の馬に乘り、金鞍に跨り銀鐙を躡み、横に珊瑚の鞭を拖き、輕く瑣珠の轡を攬り、昵として丞相の後へに隨ふ、八百の紅粧、皆な駿驄に乘り、鴻月の左右を擁して去る、中路にして越王に逢ふ、越王の軍容女樂、丞相の行と竝び駕するに足れり、越王丞相と與に鑣を竝べて行き、丞相に問ふて曰く、丞相乘る所

の馬何國の種なるか、丞相曰く、大宛國より出づる也、大王の馬も亦た宛種に似たり、越王曰く、然も此馬の名は千里浮驄なり、去年の秋天子に陪して上林に獵するや、天廐の萬馬皆な風を追ふて逸走し、而も此に追及する者無し、卽ち今の張駙馬の桃花驄、李將軍の烏雛馬、皆な龍種を稱するも、而も比馬に此せば皆な駑駘也、丞相曰く、去年蕃吐を討ぜる時、深險の水嶄截の壁、人は足を着くる能はず、而も此馬平地を蹈むか如く、未だ嘗て一たびも蹶かず、少游の成功實に此馬の力に賴れり、杜子美の所謂る、人と與に一心、大功を成すものに非ずや、少游師を班する後、爵位驟に高く、職務亦た閑なり、平轎に穩乘し坦途緩行し、人と馬と俱に生きながら病まんとする也、請ふ大王と與に鞭を揮つて一馳し、健馬の快步を較し、舊將の餘勇を試みばやりと、越王大に喜んで曰く、亦た吾か意也と、

　　섬월과 경홍의 [의복은] 금과 옥을 아로새기고 꽃을 수놓아 잎을 그려 놓은 것이었다. 각 부의 기생들을 거느리고 결속(結束)하고 수행하는데, 오화마(五花馬)를 타고 금안(金鞍)에 걸터앉아 은으로 만든 등자(鐙子)를 밟고 옆으로 산호(珊瑚) 채찍을 비껴들어 구슬 고삐를 느슨하게 잡고 승상의 뒤를 가까이 따랐다. 팔백 명 [기생들도]단장을 예쁘게 하고 모두 준총(駿驄)을 타고서 홍과 월의 좌우를 호위하며 나아갔다. 도중에 월왕을 만났는데, 월왕의 군용(軍容) 여악(女樂)은 승상의 행차와 나란히 함에 부족함이 없었다. 월왕과 승상 더불어 말머리를 가지런히 하여 나아가다가 승상에게 묻기를,

　　"승상이 타신 말은 어느 나라의 종자입니까?"

　　승상이 말하기를,

"대완국(大宛國)에서 났습니다. 대왕의 말도 또한 완종(宛種)인 듯
합니다."

월왕 말하기를,

"그렇습니다. 이 말 이름은 천리부운총(千里浮雲驄)입니다. 작년
가을 천자를 모시고 상림원(上林苑)에서 사냥을 하고 있을 때, 나라
마구간에 있는 만여 필의 말이 모두 바람을 박차며 빨리 달렸지만 이
말을 따라가지 못하였고, 지금 장부마(張駙馬)의 도화총(桃花驄)과 이
장군(李將軍)의 오추마(烏騅馬)를 모두 용마(龍馬)라 하지만, 이 말에
비하면 모두 느리고 둔합니다."

승상 말하기를,

"지난 해 번국(蕃國)을 칠 때, 깊고 험한 물과 높고 가파른 벼랑에
사람은 발을 붙일 수 없었는데, 이 말은 그곳을 평지 밟는 것처럼 아
직 한 번도 실족함이 없었으니, 소유의 공을 이룬 것이 실로 이 말의
힘에 의한 것입니다. 두보의 이른바 사람과 더불어 일심이 되어 큰
공을 이룬다함이 이와 같지 않겠습니까? 소유가 군사를 돌이킨 후
에 작위가 높아지고 직무 또한 한가해져서 편히 평교(平轎)를 타고
평탄한 길을 다니게 되니 사람과 말이 모두 병이 나려 한즉, 대왕과
더불어 채찍을 한 번 휘둘러 건마(健馬)의 빠른 걸음을 견주며 옛 장
수의 나머지 용맹을 시험해 보기를 청합니다."

월왕이 크게 기뻐하며 말하기를,

"그것 또한 나의 생각이다."

遂に侍子に分付し、兩家の賓客及び女樂をして、幕次に歸り待し
め、正に鞭を擧げ馬に策たんとす、適ま大鹿有り、獵車の逐ふ所と爲

りて、越王の前を掠め過ぐ、王馬前の壯士をして之を射さしむ、是に
於て衆矢齊く發す、皆な中つる能はず、大王怒つて馬を躍らして出
で、一矢を以て其左脅を貫き之を斃す、衆軍皆な千歳を呼ぶ、丞相之
を稱して曰く、大王の神弓、汝陽王に異る無しと、王曰く、小技何ぞ
稱するに足らんや、我れ丞相の射法を見んと欲す、亦た試む可きや否
や、言未だ訖らざるに、天鴉一雙適ま雲間より飛び來る、諸軍皆な曰
く、此の禽最も射難し、宜く海東靑を用ふ可き也と、丞相笑つて曰
く、汝姑く放つ勿れと、卽ち箭を抽き身を飜へし、仰ぎ射て鴉の左目
に中て、馬前に墜つ、越王大に贊して曰く、丞相の妙手、今の春由已
なると、兩人遂に鞭を揮つて一哨すれば、兩馬齊く出で、星流電邁、
神行鬼閃、瞬息の間已に大野を涉りて高丘に登り、轡を按じて竝び立
ち、山川を周覽し風景を領略し、仍て射法劍術を論じ、娓々として止
まず、侍者始めて追ひ及び、獲し所の蒼鹿と白鵝とを以て、銀盤に盛
りて之を進む、兩人馬より下り草を拔きて坐し、佩ぶる所の寶刀を拔
き、肉を割き灸り啗ひ、互に深盃を勸む、遙に見る、紅袍の兩官鞾を
飛して來るを、一隊の從人其の後に隨ふ、盖し城中より出だせる也、
一人疾走して告げて曰く、兩殿下には醞を宣ふと、越王往きて幕中に
候す、兩大監は御賜の黃封美酒を酌み、以て兩人に勸め、仍て龍鳳の
彩箋一封を受く、兩人手を盥ひて跪伏し、開き見れば、郊原に大獵せ
るを以て題と爲して賦進せよと、兩人頓首四拜し、各の四韻を一首し
て賦し、黃門に付して之を進む、丞相の詩に曰、

　　드디어 시중드는 자에게 분부하여 양가의 빈객과 여악으로 하여
　막차(幕次)에 돌아가 기다리게 하고, 바로 채찍을 들어 말을 치려고

427

할 때 마침 큰 사슴 한 마리가 있어 사냥꾼에게 쫓기고 있었다. 월왕 앞을 지나치기에 왕이 말 앞의 장사를 시켜 쏘게 하였는데, 여러 활을 당기었으나 모두 맞히지 못하였다. 대왕 노하여 말을 달려 나아가 화살 하나로 그 옆구리를 맞히어 거꾸러뜨리니, 무리의 군사 모두 천세(千歲)를 외쳤다. 승상 이를 칭찬하여 말하기를,

"대왕의 신궁(神弓)은 여양왕(汝陽王)과 다름이 없습니다."

왕이 말하기를,

"적은 재주를 어찌 칭찬하는가? 내 승상의 활 쏘는 법을 보고자 한데 또한 시험해 줄 수 있겠는가?"

말이 아직 끝나기도 전에, 하늘에 갈가마귀 한 쌍이 마침 구름 사이로부터 날아왔다. 모든 군사들이 말하기를,

"저 새는 가장 맞히기 어려운지라, 마땅히 해동청(海東靑)을 써야 할 것이다."

승상 웃으며 말하기를,

"너희는 잠시 쏘지 말고 있거라."

곧 허리 사이에서 화살을 뽑아내어 몸을 위를 향해 쏘아, 갈가마귀의 왼쪽 눈을 맞혀서 말 앞에 떨어지게 하니, 월왕이 크게 칭찬하기를,

"승상의 묘수(妙手)는 이제 춘유기(春由己)구나."

양인이 드디어 채찍을 한번 휘두르니 두 말이 일제히 나와서 별같이 흐르고 번개같이 힘써 나아가 귀신같이 번득이어 순식간에 넓은 들을 가로 질러 높은 언덕에 올랐다. 고삐를 당겨 나란히 서서 산천을 주람(周覽)하고 풍경을 대략 살펴보더니, 이내 활 쏘는 법과 검술을 논의하는데 흥미진진하여 그치질 않았다. 시중드는 이들 비로소

뒤쫓아 따라와 포획한 푸른 사슴과 흰 고니를 은반(銀盤)에 담아 바치니, 두 사람 말에서 내려 풀을 헤치고 앉아서 허리에 찬 보도(寶刀)를 뽑아 고기를 베어서 구워 먹으며 서로 술을 권하였다. [그때] 홍포(紅袍)를 입은 두 관리가 급히 달려오는 것이 멀리 보이는데 그 뒤에 한 무리의 종인(從人)들이 따르니 [이들은]성에서 나오는 자들이었다. 한 사람이 빨리 달려와 고하기를,

"두 전하에게 술을 내렸습니다."

월왕이 막중(幕中)으로 가서 기다리니 두 대감(大監) 어사하신 황봉미주(黃封美酒)를 따라 두 사람에게 권하였다. 이어 용봉(龍鳳) 무늬의 시전(詩箋) 한 봉을 주기에 두 사람 손을 씻고 엎드려서 펴 보니 교원(郊原)에서 크게 사냥놀이 라는 글제로 하여 글을 지어 바치라는 것이었다. 두 사람 돈수백배하여 각각 사운(四韻)으로 글 한 수를 지어 황문(黃門)[117]에게 이것을 가지고 가게 하였다. 승상의 시에 이르기를,

晨驅壯士出郊坰、
劍若秋蓮矢好星、
帳裡群娥天下白、
馬前雙翮海東靑、
恩分玉醞爭含感、
醉拔金刀自割腥、
仍憶去年西塞外、

---

117 황문: 고려 시대에 임금의 시중을 들거나 숙직 등의 일을 맡아보던 관원

大荒風雪獵王庭、

　　새벽에 장사들을 몰고 들로 나아가니
　　칼은 가을 연꽃 같고 화살은 별 같았다
　　장막 속 여인들은 천하 미인이고
　　말 앞에 쌍 깃촉은 해동청인데
　　어사하신 술 나누어 마시니 다투어 감동함을 머금었고
　　취하여 금칼을 뽑아 스스로 비린 것을 베었다
　　뒤이어 지난해의 서쪽 요새 밖을 생각하면서
　　대황산 풍설을 맞으며 왕정에서 사냥하였다

越王の詩に曰く、

　　초왕의 시에 이르기를,

蹀蹀飛龍閃電過、
御鞍鳴鼓立平坡、
流星勢疾殱蒼鹿、
明月形開落白鵝、
殺氣能敎豪興發、
聖恩留帶醉顏酡、
汝陽神射君休說、
爭似今朝得儁多、

나는 듯 내닫는 용마가 번쩍하는 번개같이 지나치니
안장을 어거하고 북을 울리며 평탄한 언덕에 섰다
흐르는 별은 기세가 빨라 푸른 사슴을 죽이고
밝은 달은 훤히 비춰 흰 고니를 떨구었다
살기는 호기로운 흥취가 나도록 가르칠 수 있고
성은은 머물러 취한 얼굴을 더욱 붉게 하였다
여양왕의 신통히 쏘는 것을 그대는 말하지 마라
다투어 오늘 아침에 살찐 고기 얻은 것이 많았다

黃門拜辭して去る、是に於て兩家の賓客次を以て列坐し、庖人の進
饌、釘錕として香を生じ、駝駱の峯、猩々の脣、翠釜より出で、南越
の荔枝、永嘉の甘柑、玉盤に相溢る,王母瑤池の宴は人見る者無く、漢
武栢梁の會は事已に古りぬ、必ずしも强て拔き之に比せざれ、人間の
珍品異羞、此に加ふる者有る蔑し、女樂數千、三匝四圍し、羅綺帷を
成し、環佩雷の好く、一束の纖腰は爭つて垂楊の枝を妬み、百隊の嬌
容、煙花の色を奪はんと欲す、豪絲哀竹、曲江の水を沸かし、冽唱繁
音、終南の山を動かす、酒半ばにして越王丞相に謂つて曰く、小生過
つて丞相の厚を蒙り、區々の微誠以て自ら效す無し、携へ來れる小妾
數人、丞相の一歡を賭せんと欲す、請ふ召して前に至り、或は歌ひ或
は舞ひ、壽を獻ぜしめん、丞相何如と、丞相謝して曰く、少游何ぞ敢
て大王の寵姬と相對せんや、妄に姻婭の誼を恃み、敢て僭越の計あら
んや、少游の侍妾數人も、亦た盛會を觀んか為來れる者あり、少游も
亦た呼び來りて、大王の侍妾と輿に、各の長技を奏し以て餘興を助け
しめんと欲すと、王曰く、丞相の敎へ亦た好しと、是に於て蟾月驚鴻

431

及び越宮の四美人、命を承けて至り、帳前に叩頭す、丞相曰く、昔昔
は寧王一美人を畜へ、名けて芙蓉太白ち曰ひ、寧王に懇なりきと、只
だ其聲を聞て其面を見るを得ず、今ま少游能く四仙の面を見、得る所
太白に此して十陪なり、彼の四美人姓名何好と、四人起つて對へて曰
く、妾等は卽ち金陵の杜雲仙、陳留の少蔡兒、武昌の萬玉燕、長安の
胡英口なりと、

　　황문(黃門)이 배사(拜辭)하고 돌아갔다. 이에 두 집안의 빈객(賓客)
들이 차례대로 늘어앉고 주방 사람들이 찬(饌)을 올리는데 향기가
그대로 진동하고, 낙타(駱駝)의 등과 성성(猩猩)의 입술은 취부(翠釜)
에서 나오고 남월(南越)의 여기(荔枝)와 영가(永嘉)의 귤 옥반(玉盤)에
가득 넘치니, 왕모(王母)의 요지연(瑤池宴)에서 사람들이 볼 수 없는
것이었다. 한무(漢武) 때의 백량회(栢梁會) 일은 이미 오래 되었으니
꼭 일부러 그와 비교할 필요는 없지만, 인간의 진귀한 물품과 음식
들이 이보다 더할 수는 없었다. 여악(女樂) 수천 명이 세 겹 네 겹으로
둘러싸서 비단으로 장막을 이루었고 환패(環佩)[118] [소리] 우레와도
같고, 한 묶음의 섬요(纖腰)[119]는 마치 수양버들 가지처럼 부드럽고,
여러 가지의 교태(嬌態)를 띤 아름다운 모습은 연화(煙花)의 빛을 훔
치려고 하고, 호방하고 애달픈 소리는 곡강(曲江)의 물을 끓어오르게
하며, 열창(冽唱) 소리와 시끄러운 소리는 종남산(終南山)을 움직일
듯하였다. 술자리가 무르익었을 때 월왕이 승상에게 말하기를,

---

118 환패: 조선 시대에 벼슬아치들이 금관 조복을 입을 때 좌우로 늘여 차던 장식
119 섬요: 가냘프고 연약한 허리라는 뜻으로 허리가 가는 미인을 비유적으로 이르
　　는 말

"소생이 승상의 지극한 보살핌을 입었는데 구구한 정성이나마 표할 길이 없어, 데리고 온 소첩 수인으로 한번 승상의 즐거움을 돕고자 하니, 앞에 불러서 혹은 노래하고 혹은 춤추게 하기를 청하며, 승상께 잔을 올리도록 하면 어떠하겠습니까?"

승상이 사례하여 말하기를,

"소유 어찌 감히 대왕의 총첩(寵妾)과 더불어 상대할 수 있겠습니까? 무릇 인아(姻婭)[120]의 정분만을 믿고 감히 참월(僭越)한 생각이 있을 수 있겠습니까? 소유의 소첩 수인 또한 구경하고자 왔으니, 소유 또한 그들을 불러 대왕의 시첩들과 더불어 각각 잘하는 기(技)를 겨루어 남은 흥을 돕고자 합니다."

왕이 말하기를,

"승상의 가르침이 또한 좋구나."

이에 섬월, 경홍 및 월궁의 네 미인 명을 받들어 장막 앞에서 머리를 조아리니,

승상 말하기를,

"옛적에 영왕(寧王) 한 미인을 두었는데 이름을 부용(芙蓉)이라 하였다. 태백이라는 자가 영왕에게 간청하여, 다만 그 목소리만 듣고 그 얼굴은 보지 못하였는데, 지금 소유는 마음껏 네 선녀들의 얼굴을 보니, 그 얻는 바가 태백에 비해 열 배가 되는구나. 저 네 미인의 성명은 무엇인가?"

네 명 일어나서 대답하기를, "첩들은 곧 금릉(金陵)의 두운선(杜雲仙)과 진류(陳留)의 소채아(少蔡兒), 무창(武昌)의 만옥연(萬玉燕), 장안

---

120 인아: 사위 집 쪽의 사돈 및 남자 쪽의 동서 간을 두루 이르는 말

(長安)의 호영구(胡英口)입니다.”

丞相越王に謂つて曰く、少游曾て布衣を以て兩京の間に遊び、玉燕
娘子の盛名を聞き、天上の人の好しと、今ま其面を見るに、實に其名
に過ぎたりと、越王も亦た鴻月兩人の姓名を聞知す、乃ち曰く、此の
兩人は天下の共に推す所の者、而も今は皆な丞相の府に入る、其主を
得たりと謂ふ可し、未だ知らず、丞相此の兩人を何れの時にか得た
る、丞相對へて曰く、桂氏は少游が擧に赴けるの日適ま洛陽に至る、
渠れ自つて之に從へり、狄女は曾て燕王の宮に入れり、少游の使を燕
國に奉ずるや、狄女身を抽んで我に隨ひ、復路の日に追及せるなり
と、越王掌を撫して笑つて曰く、狄娘子の俠氣は、楊家紫衣の者の比
する所に非ず、然ども狄娘子が相公に從へるの日は、相公の職は是れ
翰林、且つ玉節を受けたりき、則ち麟鳳の瑞たる、人皆な見易し、桂
娘子は、昔し相公の窮困に當つて、能く今日の富貴を知るなり、所謂
る宰相を塵埃に識るもの也、尤も奇也、未だ知らず、丞相何を以て客
路に逢ひ得たるや、丞相笑つて曰く、少游其時の事を追念すれば、誠
に哈ふ可き也、下士の窮儒、一驢一童、間關たる遠路に、飢火の迫る
所と爲り、過ぎりて村店の濁醪を飲み、行て天津橋上を過ぐるや、適
ま見る、洛陽の才子數十人、大に娼樂を樓上に張り、酒を飲み詩を賦
せり、少游弊衣破巾を以て其座上に詣る、蟾月亦た其中に在り、諸生
の奴僕と雖、未だ少游の疲弊の好き者有らず、而も醉興方さに濃かに
して慚愧を知らず、荒蕪の詞を拾掇せり、其の詩意句格の如可を知ら
ず、而るに桂娘其の詩を衆篇中より拈出し、歌つて之を咏ぜり、盖し
座中初めの約に、諸人作る所若し桂娘の歌に入らば、則ち當に佳娘を

其人に讓る可しとせり、故に敢て少游と相爭はず、此れ亦緣なりと、

　　승상 월왕에게 말하기를,

　　"소유가 일찍이 포의(布衣)[121]의 몸으로 장안과 낙양 사이에서 노
닐 적에 옥연낭자의 훌륭한 이름이 천상 사람 같다고 들었는데, 지
금 비로소 그 얼굴을 보니 실로 그 이름보다 아름답습니다."

　　월왕도 또한 섬월 두 사람의 성명을 알고 있었다. 이에 말하기를,

　　"이 두 사람을 천하가 추앙하였는데 이제 모두 승상부로 들어갔
으니 그 주인을 잘 만난 것이라고 할 것이다. 아직 알지 못합니다만
승상 이 두 사람을 언제 얻었는지요?"

　　승상이 대답하기를,

　　"계씨는 소유가 과거보러 올 적에 마침 낙양에 다다르니 제 스스
로 따라왔고, 적녀는 일찍이 연왕궁에 들어갔다가 소유가 연나라에
사신으로 갔을 때에 적씨 몰래 빠져나와 나를 따르기에 돌아오는 날
추급(追及)했습니다."

　　월왕 손뼉을 치며 웃으며 말하기를,

　　"적낭의 호방한 기상은 양가(楊家)의 비단옷 입은 자들에 견줄 바
아니다. 그러나 적낭자가 상공을 따르던 날에 상공의 직위는 한림
(翰林)이고, 또한 옥절(玉節)을 받았으니 귀한 벼슬임은 누구나 쉽게
안다. 계낭자는 옛날 상공이 궁곤한 시절에 만났지만 능히 오늘의
부귀를 알았으니, 이른바 진애(塵埃)에서 재상을 알아본 것이니 더욱
이 기이합니다. 승상 어떻게 먼 길 도중에서 만날 수 있었는지 모르

---

121 포의: 베로 지은 옷

겠습니다.

　승상이 웃으며 말하기를,

　"소유 그때의 일을 생각하면 참으로 흡족합니다. 하토(下土)[122]궁한 선비 나귀 한 마리에 시동 하나로 먼 길에 시장기에 절박해하면서도 시골가게의 탁료(濁醪)는 과음했었습니다. 천진교를 지날 때에 마침 낙양재자 수십 인이 누상(樓上)에서 창악(娼樂)을 크게 펼치며 술을 마시며 시를 짓고 있었습니다. 소유는 낡고 허름한 차림으로 그 자리에 나아갔는데 섬월 또한 그 자리에 있었습니다. 여러 유생의 시종이라 하더라도 아직 소유와 같이 피폐한 [차림을] 한 자는 없었습니다. 취흥이 무르익어 부끄러운 줄도 모르고 황무(荒蕪)한 말을 이었습니다. 그 시의(詩意) 어떠한지 구격(句格)이 어떠한지 알지 못하지만 계낭 여러 편 중에서 그 시를 뽑아내어 가영(歌詠)했습니다. 대개 좌중에서 처음 약속하기를 여러 사람의 작품 중 계낭의 노래에 들면 즉시 마땅히 가낭(佳娘)을 그 사람에게 양보하자 했습니다. 이에 감히 소유와 상쟁(相爭)하지 않았습니다. 이 또한 인연입니다."

越王大に笑つて曰く、丞相、兩場の壯元と為る、吾れ以て天地間快樂の事と為すも、是事の快は高く壯元の上に出づ、其詩必ず妙ならん、得て聞く可きやと、丞相曰く、醉中卒爾の作何ぞ能く記せんや、王、蟾月に謂つて曰く、丞相已に之を忘るとも、娘或は記誦するや否、蟾月曰く、賤妾尚ほ能く之を記せり、知らず、紙筆を以て寫呈せんか、歌曲を以て之を奏せんか、王尤も喜んで曰く、娘子の玉聲を兼

---

122 하토: 농사를 짓기에 아주 나쁜 땅

ね聞くが若くんば、則ち尤も悦ばしと、乃ち蟾月、前に就きて、雲を
過むるの聲歌を以て之を奏す、滿座皆之れが爲に容を動かせり、王大
に稱服加へて曰く、丞相の詩才、蟾月の絶色淸歌、三絶と爲すに足り
れり、第三詩に所謂る、花枝羞殺玉人粧、未吐纖歌口已香は、能く蟾
娘を盡けり、當に太白をして退步せしむ可し、近世の棘句飾章、黃を
抽き白を批する者、安んぞ敢て其の藩籬を窺はんやと、遂に金鐘に滿
酌して以て賞す、鴻月兩人、越王宮の四美人と與に、迭に舞ひ交も歌
ひて壽を獻じ、賓主　眞に天生の敵牛、小も參差無し、況や玉燕本と鴻
月と名を齊うし、其餘の三人も、玉燕に及ばずど雖亦た遠からず、王
頗る自ら慰喜する而已、醉ふこと甚だし乃ち止め、巡つて賓客と與に
出で、帳外に立つて、武士擊刺奔突の狀を見る、

　　　월왕 크게 웃으며 말하기를,

　　"승상 양장(兩場)에서 장원(壯元)한 것을 나는 천지간 유쾌한 일로
여겼더니, 이 일의 유쾌함은 장원 한 것보다 뛰어납니다. 그 시 필시
묘할 것이니 들을 수 있겠습니까?

　　승상 말하기를,

　　"취중에 갑작스럽게 지은 작품을 어찌 기억할 수 있겠습니까?"

　　왕 섬월에게 말하기를,

　　"승상 이미 잊었다 하더라도 낭자는 기억하여 읊을 수 있겠는가?"

　　섬월 말하기를,

　　"천첩 아직도 기억하고 있습니다. 종이에 써 드립니까? 노래로 아
룁니까?"

　　월왕도 기뻐하며 말하기를,

"겸하여 낭자의 옥성(玉聲)을 듣는다면 더욱 기쁘겠지요."

이어 섬월 앞으로 나아가 구름이 사라지는 목소리로 노래하여 이 것을 아뢰니 자리에 있는 모든 사람들이 놀라워했다.

왕 크게 칭찬하며 말하기를,

"승상의 시재(詩才), 섬월의 절색(絶色) 그리고 청가(淸歌) 족히 삼 절이 될 만하다. 세 번째 시에서 이른바 꽃가지가 미인의 화장을 부 끄러워하고 가녀린 노랫소리 나오기도 전에 입안은 이미 향기롭다 고 한 것은 섬낭의 미모를 다 그려내어 마땅히 이태백도 물러나게 하 겠습니다. 근세의 장식이 심한 문장들은 황(黃)을 뽑아서 백(白)에 비 유한 것이니 어찌 감히 그 울타리인들 엿볼 수 있겠습니까?"

마침내 금잔에 술을 가득 부어 섬월에게 상으로 내렸다. 홍과 월 두 사람과 월궁의 네 미인이 더불어 번갈아가며 춤추고 노래하여 헌 수하니, 손님과 주인이 참으로 천생의 적수로 조금도 더하거나 덜하 지 않았다. 하물며 옥연은 본래 홍, 월과 이름을 나란히 하였고 그 나 머지 세 사람도 옥연에게는 미치지 못하더라도 또한 그다지 멀지 않 았다. 왕 스스로 상당히 기뻐하였다. 심히 취하여 [술자리를] 멈추고 빈객과 더불어 나와 장막 밖에 서서 무사들이 치고 찌르고 내닫는 모 습을 보았다.

王曰く、美女の騎射亦た甚だ觀る可し、故に吾が宮中弓馬に精熟せ る者數十人あり、丞相府中の美人も亦た北方より來れる者有らん、命 を下して調發し、之をして雉を射兎を逐はしめ、以て一場の歡笑を助 くること好何、丞相大に喜び、命じて弓馬を能くする者數十人を揀 び、越宮の娥と勝を賭せしむ、驚鴻起つて告げて曰く、操弧を習はむ

と雖、亦た他人の馳射を見るに慣る、今日暫く之を試みんと、丞相喜び、則ち珮ぶる所の畫弓を解きて給す、驚鴻弓を執つて立ち、諸美人に謂つて曰く、中る能はずとも願くは諸娘笑ふ勿れと、乃ち駿馬に飛び上り、帳前に馳突す、適ま赤雉あり、草間より騰り上る、驚鴻乍ち纖腰を轉じ、弓を執て弦を鳴らすや、五色の彩羽倐ち馬前に落つ、丞相越王掌を撃つて大噱す、驚鴻身を轉じて馳せ還り帳前に下る、蟾月内に念ふて曰く、吾か兩人越宮の女に讓らず雖、彼は乃ち四人、吾は則ち一雙、孤單甚し、惜むらくは春娘を拉し來らざりしことを、歌舞は春娘の長ずる所に非ずと雖、其の艶色美談、豈に雲仙輩を壓倒する能はざらんやと、咄々として已まず、忽ち騁矚すれば、則ち兩美人あり、野外より油壁車を驅り、轉じて緑陰芳草の上に行き、稍や前進にし俄にして帳門の外も到る、門を守る者曰く、越宮より來れるか、從魏府より至れるか、御者曰く、車上の兩娘は卽ち楊丞相の小室也、適ま些故あり、初め偕に來らざりしと、門卒入つて丞相に告ぐ、謂へらく、是れ必ず春雲、觀光せんとして来る也、行色何ぞ其れ太だ簡なるやと、

　왕 말하기를,

　"미녀들의 말 타고 활쏘기 또한 상당히 볼 만합니다. 내 궁중에 활과 말에 정통하고 익숙한 자가 수십 명이 있습니다. 승상부의 미인들 또한 북방에서 온 자들이 있을 것이니 명을 내려 그들에게 꿩을 쏘고 토끼를 쫓게 하여 이로써 즐겁게 웃게 함이 어떠합니까?"

　대승상 크게 웃으며 명하여 활쏘기와 말 타기에 능숙한 자 수십 인에게 월궁의 여인들과 승부를 걸었다. 경홍이 일어나 아뢰기를,

"활쏘기를 익히지는 못했더라도 또한 타인이 달리며 활쏘기 하는 것은 익히 보아온 터이니 오늘 잠시 시험하고자 합니다."

승상 기뻐하여 차고 있던 활을 내어주니 경홍 활을 잡고 일어나 여러 미인들에게 말하기를,

"명중하지 못하더라도 여러 낭자 비웃지 말기를 바랍니다."

이에 준마에 나는 듯이 올라타 장막 앞으로 내달으니 마침 붉은 꿩이 풀 사이에서 날아올랐다. 경홍 잠시 가는 허리를 틀어 활을 잡고 시위를 당기니, 오색 깃털이 홀연히 말 앞에 떨어졌다. 승상과 월왕 손바닥을 치며 크게 웃으니, 경홍 몸을 돌려 반대로 달려 장막 앞에서 말에서 내려왔다. 섬월이 마음속으로 생각하며 말하기를,

"우리 두 사람 월궁의 여인들에게 양보하지 않았더라도 저들은 네 사람이고 우리는 한 쌍이다. 외로움이 심하구나. 춘낭을 데려오지 못한 것이 애석하다. 가무가 춘낭의 장기는 아닐지라도 그 아름다운 얼굴과 말씨 어찌 운선(雲仙) 무리를 압도할 수 없겠는가? 쯧쯧 한탄스럽다."

문득 말을 달리며 바라보니 두 미인이 야외에서 유벽거를 몰고 있는데, 길을 돌려 녹음방초(綠陰芳草) 위에서 점점 앞으로 나아왔다. 잠시 후 장막 앞에 이르니 문을 지키는 자가 묻기를,

"월궁에서 왔는가? 위부에서 왔는가?"

마부가 답하기를,

"수레 위 두 낭자는 곧 양승상의 소실인데 마침 이유가 있어 처음에 함께 오지 못했습니다."

군졸이 승상에게 고하니 승상이 말하기를,

"생각하건데 이는 필시 춘운이 관광 온 것 일진데 행색이 어찌 그

리 간편한가?"

　卽ち命じて召し入る、兩娘子珠箔を捲きて車中より出づ、前に在る者は沈裊煙、後に在る者は、宛も是れ夢中見る所の洞庭の龍女也、兩人俱に丞相の座下に進みて、叩頭拜謁す、丞相越王を指ざし謂つて曰く、此れ越王殿下也、汝が輩禮を以て之に謁せよ、兩人禮し畢るや、丞相坐を賜ひ、鴻月と同じく坐せしむ、丞相王に謂つて曰く、彼の兩人は西蕃を征伐せる時得る所也、近ごろ多事に困り、率い來るに至らざりき、少游大王と同じく樂みを聞き、必ず盛會を観んと欲して至れりと、王更に兩人を見る、其の色鴻月と雁行し、而も縹緲の態、超越の氣、一節を加ふに似たり、王大に之を異とす、越宮の美人亦た皆な顔灰色の好し、王問ふて曰く、兩娘は何の姓名ぞ、何地の人なるや、一人對へえて曰く、小妾は裊烟、姓は沈氏、西潦州の人也、一人又對へて曰く、小妾は凌波、姓は白氏、曾て瀟湘の間に居り、不幸變に遭ひ、地を西邊に避け、今や相公に從ふて來ると、王曰く、兩娘子は殊に地上の人に非ず、能く管絃を解するや否、裊煙對て曰く、小妾は塞外の賤妾、未だ嘗て絲竹の聲を聞かず、將に何の技を以て大王を娯ませてか、但に兒たりし時多事、浪りに劍舞を學べり、而も此れ乃ち軍中の戲、恐らくは貴人の見る可き所に非ずと、王大に喜び丞相に謂ふて曰く、玄宗の朝に、公孫大娘劍舞を以て天下に鳴れり、其の後此曲遂に絶つて世に傳はらず、我れ杜子美の詩を咏する毎に、一たび快覩する能はざるを恨めり、此娘子能く劍舞を解すと、快之より甚しきは莫しと、

곧 명하여 불러들이니 두 낭자가 주렴을 걷고 수레에서 나왔는데 앞에는 심요연이고 뒤에는 완연히 꿈속에서 만났던 동정용녀 백능파였다. 두 사람이 함께 승상 자리 아래에 나아가 머리 숙여 배알하니, 승상 월왕을 가리키며 말하기를,

"이 분은 월왕전하이시니 너희는 예를 갖춰 배알하여라."

두 여인 예를 마친 후, 승상이 자리를 주어 홍, 월과 같은 자리에 앉게 했다. 승상 왕에게 말하기를,

"저 두 여인은 서번(西蕃)을 정벌할 때에 만났습니다. 근래 다사하여 데려오지 못했습니다만 필시 소유와 대왕이 함께 즐기고 있다는 것을 듣고 성대한 놀이를 구경하고자 이르렀을 것입니다."

왕 다시 두 사람을 보니, 그 색이 홍, 월과 형제 같고 그윽한 태도와 뛰어난 기색은 한 단계 위이기에 왕이 크게 기이해 했다. 월궁미인들 또한 모두 안색이 잿빛이었다. 왕이 묻기를,

"두 낭자는 성명은 무엇이며 어느 지역의 사람인가?"

한 사람이 대답하기를,

"소첩 요연은 성은 심씨이고 서요주 사람입니다."

또 한 사람 대답하기를,

"소첩 능파는 성은 백씨이고 일찍이 소상(瀟湘) 사이에 살았습니다. 불행히 변란을 만나 서변으로 피난 가 있다가 이제 상공을 따라왔습니다."

왕이 말하기를,

"두 낭자는 지상사람이 아니구나. 관현(管絃)을 연주할 줄 아는가?"

요연이 대답하기를,

"소첩은 변방의 천첩입니다. 아직 일찍이 사죽(絲竹)의 소리를 들

은 적이 없으니 장차 무슨 기(技)로 대왕을 즐겁게 하겠습니까? 다만 어릴 적 다사하여 검무를 배웠으나 이는 군중의 놀이로 귀인이 보실 만한 것이 못 될까 합니다.”

대왕 크게 기뻐하며 승상에게 말하기를,

“현종조(玄宗朝)에 공손(公孫) 대낭(大娘)의 검무가 천하에 이름을 떨치다가 그 후 이 곡이 마침내 끊기어 세상에 전하지 않아 내가 두자미(杜子美)의 시를 읊을 때면 항상 한 번 보지 못함을 한했는데 이 낭자가 검무를 할 줄 안다니 기쁘기 그지없다.”

丞相と與に各の佩ふる所の劍を解て贈る、裊煙乃ち袖を捲き帶を解き、一曲を金鑾の上に舞ふ、條閃輝燿、縱横頓挫、紅粧白刃一色に炫幻し、三月の飛雪、桃花叢上に乱洒するが好し、俄にして舞袖轉だ急に、劍鋒愈よ々疾く、霜雪の色忽ち帳中に滿ち、裊煙の一身復た見らず、忽ち一丈の靑虹有り橫に天衢を亘り、颯々たる寒飆、自ら樽俎の間に動き、座上に皆な骨冷かに髮竦てり、裊煙學ぶ所の術を盡さんと欲せしも、越王を驚動せんことを恐れ、乃ち舞を罷め釖を擲ち、再拜して退けり、王久うして乃ち神定まり、裊煙に謂ふて曰く、世間の釖舞何ぞ能く此の神妙の境に臻らんや、我れ聞く仙人多くは釖術を能くすと、娘子は其人に非ざる無からんや、裊煙曰く、西方の風俗好んで、兵器を以て戲を作す、故に妾童稚の年聊か學習せりと雖、豈に仙人の奇術有らんや、王曰く、我れ宮中に還らば、當に諸姬中の便捷善く舞ふ者を擇んで之を送る可し、望むらくは娘子教授の勞を憚る勿れと、

[월왕] 승상과 더불어 허리에 찬 검을 풀어 주니, 요연 이에 소매를 걷어붙이고 허리띠를 풀고 금란(金鑾)[123] 위에서 한 곡조를 추었다. 빛이 번쩍이고 종횡으로 돈좌(頓挫)하여 붉은 화장과 흰 칼날이 한 빛으로 번쩍이니, 3월에 날리는 눈이 복숭아꽃 떨기 위에 어지럽게 뿌려지는 것 같았다. 이윽고 춤추는 소매가 급하고 칼끝이 더욱 빨라져 상설(霜雪)의 색 홀연히 장막 안에 가득하더니 요연의 한 몸이 다시 보이지 않았다. 갑자기 한 가닥 푸른 무지개가 있어 하늘에 뻗치며 바람이 세차게 불면서 절로 술병과 도마 사이를 스치니 앉아 있던 모두 모두 뼛속까지 한기를 느껴 놀라워했다. 요연이 배운 술법을 다하고자 했으나 월왕을 놀라게 할까 두려워 이에 춤을 파하고 칼을 던지고 재배하고 물러났다. 한참 후에 월왕 정신을 차리고 요연에게 묻기를,

"[인간]세상의 검무 어찌 이 신묘한 경지에 이를 수 있는가? 내 듣기로 선인(仙人)은 검술에 능숙하다 하는데 낭자 그 사람이 아닌가?"

요연이 말하기를,

"서방(西方) 풍속에 병기(兵器)로 희롱하므로 이에 첩이 어린 나이에 배워 익히기는 하였더라도 어찌 선인의 기술(奇術)이 있겠습니까?"

왕이 말하기를,

"내 궁중으로 돌아가 마땅히 여러 희(姬) 중에서 민첩하고 춤에 능한 자를 뽑아 보낼 테니, 낭자는 가르치는 수고를 꺼리지 말기를 바란다."

---

123 금란: 금란전(金鸞殿)의 준말로 한림원(翰林院)의 별칭이다.

裊煙拜して命を受く、王又た凌波に問ふて曰く、娘子何の才有り
や、凌波對へて曰く、妾が家は近く湘水の上にあり、即ち皇英の遊べ
る處也、時あつてか天高く夜靜かに、風淸く月白ければ、則ち寶瑟の
聲尚ほ雲宵の間に在り、故に妾兒たりし時より其の聲音に倣ひ、自ら
彈じ自ら樂む而已、恐らくは貴人の耳に合はざる也、王曰く、古人の
詩句に困るも、湘妃の能く琵琶を彈ずるを知る、而も未だ其の曲流の
世人に傳はるを聞かず、娘子若し能く此曲を傳へ得ば、啁啾の俗樂何
ぞ聆くに足らんやと、凌波袖中より二十五弦を出だし、輒ち一曲を彈
ず、哀怨淸切、水三峽に落ち雁長天に號び、四座忽ち凄然として涙を
下す、已にして千秋自ら振ひ秋聲乍ち動き、枝上の病葉紛々として交
も墜つ、越王大に之を異として曰く、吾れ信ぜざりき人間の曲律能く
天地造化の秘を囘さんとは、娘若し人間の人ならば、則ち何ぞ能く之
を發育せしめて、春を秋と爲し敷榮せるの葉自ら零ちんや、俗人も亦
た此曲を學び得べきや、凌波曰く、妾惟だ古曲の糟粕を傳ふる而已、
何の神妙の術有つてか學ぶ可らざらんやと、萬玉燕王に告げて曰く、
妾不才と雖、平日習ふ所の樂を以て、試みに白蓮の曲を奏せんと、斜
に秦箏を抱きて席前に進み、纖葱を以て絃を拂ひ、能く二十五絃の聲
を奏す指を運ぶの法淸高流動、殊に聽く可き也、丞相及び鴻月兩人極
ば々之を稱す、王甚だ悅ぶ。

　　요연은 절하고 명을 받았다. 왕은 또한 능파에게 묻기를,
　　"낭자는 어떠한 재주가 있는가?"
　　능파 대답하기를,
　　"첩의 집은 옛날 상수 가까이에 있었는데 곧 황영(皇英)이 노닐 던

445

곳입니다. 때로는 하늘이 높고 조용한 밤에 달이 밝고 바람이 맑으면 비파소리가 아직 구름 사이에 있었으므로 첩은 어릴 때부터 그 소리를 본떠 홀로 뜯고 즐길 뿐이었습니다. 필시 귀인의 귀에 맞지 않을 것입니다."

왕이 말하기를,

"고인(古人)의 시구(詩句)로 상비(湘妃) 비파(琵琶)를 타는 데 능한 줄은 알았지만, 그 곡조가 세상 사람들에게 전해진 줄은 아직 알지 못했다. 낭자가 혹 능히 이 곡조를 전할 수 있다면 새 우는 소리와 같은 속악(俗樂)을 듣는 데 어찌 만족하겠는가?"

능파가 소매 속에서 이십오 현(弦)을 내어 문득 한 곡조 타니, 애절하고 맑기가 물이 삼협(三峽)에 떨어지고 기러기가 먼 하늘에서 우는 듯하여 사방의 모든 이들이 홀연 슬퍼하며 눈물을 흘리지 않는 이가 없었다. 이미 천추(千秋) 절로 흔들리며 가을 소리 잠시 나더니 나뭇가지의 누렇게 변한 잎들이 어지럽게 날려 떨어졌다.

월왕 이것을 이상하게 여겨 묻기를,

"인간의 곡률(曲律)이 능히 천지조화(天地造化)를 바꾼다는 것을 내가 믿지 아니하였는데, 낭자 혹 인간세상의 사람이라면 어찌 발육하는 봄을 가을이 되게 할 수 있으며, 뻗어나는 잎을 절로 떨어지게 할 수 있는가? 속인도 또한 이 곡조를 배울 수 있는가?"

능파 말하기를,

"첩 오직 옛 곡조의 조박(糟粕)을 전했을 뿐인데 무슨 신묘한 술(術)이 있어 배울 수 없겠습니까?"

만옥연이 왕에게 고하기를,

"첩 재주는 없다하더라도 평소 배운 악(樂)으로 시험삼아 백련곡

(白蓮曲)을 아뢰겠습니다."

진나라의 비파를 비스듬히 안고 자리 앞에 나아가 줄을 고르는데 능히 스물다섯 가지 소리를 내며 손가락을 놀리는 법이 맑고 뛰어나게 움직여 특별히 들을 만했다. 승상과 홍, 월 두 사람도 극히 칭찬하였으며 월왕도 심히 기뻐했다.

駙馬、金屈卮を罰飮し、聖王、翠微宮を恩借す、

부마, 금굴(金屈)의 위(卮)를 벌음(罰飮)하고, 성왕(聖王) 취미궁(翠微宮)을 은차(恩借)하였다

是の日樂遊原の宴に、煙波兩人は歡を助くるに至らず、王及び丞相、興餘り有りと雖、野日將に夕ならんとし、乃ち宴を罷む、兩家各の金銀綵段を以て、纏頭の資と爲し、珠を量るに斗を以てし、錦を堆んで阜の好し、越王丞相と與に、月色を帶びて歸り、城門に入るや鐘聲已に聞ゆ、兩家の女樂、途を爭ひ先を迭にし、珮響水の好し、香氣街を擁し、遺簪墮珠盡く馬蹄に入り、窓窣の聲は、暗塵の外に聞こえ、長安の士女聚り觀て堵の好し、百歲の老翁涙を垂れて言つて曰く、我れ昔し髮未だ總なる時、玄宗皇帝の華淸宮に幸するを見たり、其威儀此の好かかりし、圖らざりき、垂死の日復た太平の景象を見んとは、此の時兩公主は、秦賈兩娘と與に大夫人に陪し、正に丞相の還るを待つ、丞相堂 に上りて、沈裊煙白凌波を引き、大夫人及び兩公主鄭夫人に現はして曰く、丞相每に言へり、兩娘子か救難の恩に賴りて、幸に數千里土を拓くの功を成せりと、故に吾れ每に未だ會て見ざるを以て恨みとせり、兩娘の來る何ぞ太だ晩きや、煙波對へて曰く、

妾等は遠方鄕闇の人也、丞相一顧の恩を蒙むれりと雖、惟だ兩夫人か一席の地も虛うせざらんを恐れ、未だ敢て門下に踵せざりき、此頃京師に入り、行路に聞くを得たるに、則ち皆な公兩主が關睢樛木の德あるを稱し、化疎賤に被むり、恩上下に覃ぶと云、故に方に冒僭して進謁せんと欲するの際、適ま丞相獵を觀らるるの時に値ひ、叩りに盛事に參り、下誨を承るを獲しは、妾等の幸也と、

　　이날 낙유원 잔치에 연과 파 두 사람은 도움을 권유할 줄 몰랐다. 왕과 승상은 여흥이 있다하더라도 날이 저물려하자 이에 잔치를 파하였다. 두 집안은 각기 금은과 채색비단으로 머리를 감싸는 자구로 삼았고, 구슬을 말로 헤아려 비단을 쌓은 것이 언덕 같았다. 월왕과 승상은 더불어 달빛을 받으며 귀가했다. 성문에 들어가니 종소리가 들렸다. 두 집안의 여악(女樂)이 길을 다투고 앞서려 하니, 패물소리 물소리 같았고 향기가 길에 가득하여 떨어진 비녀와 구슬들이 말굽 아래 들어가 시끄러운 소리가 어두운 먼지 밖으로 들려왔다. 장안의 사람들이 모여 구경하는 것이 담장 같았는데, 백세의 노인들이 눈물을 흘리며 말하기를,

　　"내가 옛날 아직 머리를 올리기 전에 현종황제가 화청궁(華淸宮)에 거동하시는 것을 보았었는데 그 위의(威儀)가 이와 같았다. 죽기 전에 다시 태평의 모습을 보는구나."

　　이때 두 공주는 진, 가 두 낭자와 더불어 대부인을 모시고 승상이 돌아오기를 기다렸다. 승상 당(堂)에 올라 심요연과 백능파를 이끌었다. 대부인과 두 공주, 정부인 앞에 나타나 말하기를,

　　"승상께서 항상 말씀하시기를 두 낭자의 어려움을 구하는 은혜를

입어 다행히 수천리 길 영토를 개척하는 공로를 이루었다 하셨습니다. 이에 저는 아직 일찍이 서로 만나지 못함을 한스럽게 여겼습니다만, 두 낭자 찾아오는 것이 어찌 이리 늦었습니까?"

연, 파 대답하기를,

"첩들은 먼 지방 시골 사람들입니다. 승상께 한 번 돌아보시는 은혜는 입었다하더라도 오직 두 부인께서 한 자리의 땅을 허락하지 않으실까 두려워 아직 감히 문하(門下)에 발걸음을 하지 못했습니다. 서울에 들어와 길에서 듣자하니 모두 두 공주를 칭송하여 관저(關雎)[124]와 규목(樛木)의 덕화가 천첩들에게 입히고 그 은혜가 상하에 미친다고 했습니다. 이에 외람되이 나아와 뵙고자 하였는데, 마침 승상께서 사냥하시는 때를 만나 성대한 잔치에 참석하고 하회(下誨)를 받들게 되었습니다. 첩들에게는 다행입니다."

公主笑つて丞相に謂つて曰く、今日宮中の花色正さに滿てり、相公必ず自ら風流を託びん、而かも此れ皆な吾兄弟の功也、相公之を知れりやと、丞相大に笑つて曰く、俗に云ふ貴人は譽れを喜ぶと、言妄に非ざる也、彼の兩人新たに宮中に到り、大に公主の威風を畏れ、此の諂言ある也、公主乃ち功と爲さんと欲するかと、一座譁然として大に笑ふ、秦賈兩娘子蟾月兩人に問ふて曰く、今日の宴席勝負如何と、驚鴻答へて曰く、蟾娘妾が大言を笑うひしも、妾一言を以て越宮をして氣を奪はれしめたり、諸葛孔明は、片舸を以て江東に入るや、三寸の

---

124 관저: 시경(詩經)의 첫 편 관저편에 관관(關關)한 저구(雎鳩)가 하주(河州)의 언덕에 있다 하였는데 이는 부부의 화합함을 읊은 시로써 문왕의 덕화를 칭송한 것이다.

舌を掉つて利害の機を説き、周公瑾、魯子敬が輩、惟だ口呿し喘息して敢て吐かず、平原君楚に入り縦を定むるや、十九人皆な碌々事を成す無く、趙をして九鼎大呂より重からしめし者は、毛先生一人の功に非ずや、妾志大なり、故に言も亦た之を大にし、言未だ必ずしも實無きに非ざる也、蟾娘問はば、則ち妾が言の妄に非ざるを知る可き也と、蟾月曰く、鴻娘が弓馬の才は、妙ならすと謂ふ可らず、而かも風流の陣に用いるは、則ち或は稱す可しと雖、矢石の場に置かば、則ち安んぞ能く一歩を馳せて一矢を發せんや、越宮の氣を奪はれ服せし所以は、新到の兩娘子が仙貌仙才に在り、何ぞ鴻娘の功を為すに足らんや、我一言鴻娘に向つて説く可き有り、春秋の時、賈大夫貌ち甚だ醜陋、天下の共に唾する所なりき、妻を娶つて三年、其妻未だ曾て一たびも笑はず、一日妻と郊に出で、適ま一雉を射獲たり、其妻始めて之を笑ふと、鴻娘の雉を射たる、或は賈夫人と同じき乎と、

　　　공주가 웃으며 승상에게 말하기를,
　　　"오늘 궁중에 꽃빛이 가득합니다. 상공 필시 스스로 자신의 풍류를 자랑하실 터입니다. 하지만 이는 모두 우리 형제의 공입니다. 상공 그것을 알고 계십니까?"
　　　승상 크게 웃으며 말하기를,
　　　"속담에 이르기를 귀인은 칭찬을 기뻐한다 하더니만 망언이 아닙니다. 이 두 사람이 새로 궁중에 들어와 공주의 위풍(威風)을 크게 두려워하여 이처럼 아첨하는 말을 한 것인데, 공주는 이에 [자신의] 공으로 하고자 하십니까?"
　　　자리가 와자지껄하도록 크게 웃었다. 진과 가 두 낭자가 섬월 두

사람에게 묻기를,

"오늘 잔치 자리에서 승부는 어찌 되었는가?"

경홍 대답하기를,

"섬낭 첩의 대언을 웃었습니다만, 첩이 한 마디로 월궁 사람의 기를 죽게 하였습니다. [이는]제갈공명(諸葛孔明)이 작은 배로 강동에 들어가 세 치 혓바닥을 놀려 이해(利害)의 기미를 설득하여, 주공근(周公瑾)과 노자경(魯子敬)의 무리가 입이 딱 벌어져 헐떡거리며 감히 한 마디도 못한 것과 같습니다. 평원군(平原君)이 초나라에 들어가 종(縱)을 정하려 할 때, [따라간]19인 모두 볼품이 없었으나, 조나라로 하여 구정대려(九鼎大呂)보다 무겁게 한 것은 모수(毛) 선생 한 사람의 공이 아닙니까? 첩 뜻이 크기에 말 또한 큰 것이니, 말이 반드시 실(實)이 없는 것은 아닙니다. 섬낭에게 물어보시면 첩의 말이 허망하지 않음을 아실 것입니다."

섬월 말하기를,

"경낭자 활쏘기와 말 타는 재주는 신묘하지 않다고는 말하지 않을 수 없으나, 풍류의 장에서 쓰면 혹은 칭찬할 수 있다 하더라도 시석(矢石)의 장에 내어 놓으면 어찌 한 발짝 내달으며 화살 하나 쏘겠습니까? 월궁 기가 죽은 것은 새로 온 두 낭자의 신선 같은 외모와 재주가 있어서입니다. 어찌 족히 경낭의 공이 되겠습니까? 제가 경낭에게 한 마디 하겠습니다. 춘추시대에 가대부(賈大夫)의 외모가 매우 추하여 천하 사람들 모두 침을 뱉었습니다. 부인을 맞이한 지 3년 그의 아내는 일찍이 한 번도 웃은 적이 없었습니다. 하루는 아내와 교외에 나가 마침 꿩 한 마리를 잡으니, 그의 아내가 처음으로 웃었다고 합니다. 경낭 꿩을 쏘아 맞힌 것도 혹은 가대부와 같겠지요?"

驚鴻曰く、賈夫人の醜貌を以てするも能く弓馬の才に困りて、其妻
の笑を賭ち得たり、若し有才有色ならしめ、且つ能く雉を射ば、則ち
豈に人をして愛敬せしめざらんや、蟾月笑つて曰く、鴻娘の自ら誇る
こと、逾よ往きて逾よ甚し、此れ丞相寵愛の過ぎて其心驕れるに非ざ
る無からんやと、丞相笑つて曰く、我れ固より蟾娘の多才を知れる
も、而も經術有るを知らざる也、今ま復た春秋の癖を兼ぬる也と、蟾
月曰く、妾閑なる時或は經史を涉獵す豈に之を能くすと曰はんや、翌
日丞相入朝す、上、太后、丞相及び越王を召し見る、兩公主已に宮に
入りて座に在り、太后越王謂ふて曰く、吾が兒昨日丞相と春色を以て
相較せり、孰れか勝ち孰かれ負けしや、越王奏して曰く、駙馬福の完
福、人の爭ふ所に非ず、但だ丞相此の好きの福は女子に在り、亦た福
とせんか、福とせざらんかと、娘々此を以て丞相に問ふ、丞相奏して
曰く、越王、臣に勝たずと謂ふ者は、正に李白が崔顯の詩を見て、其
氣を奪はれしが若し、公主に於て福と爲すが福と爲さざるか、臣は公
主に非ず自ら知る能はず、公主に問へと、太后笑つて兩公主を顧み
る、公主對て曰く、夫婦は一身の榮辱苦樂宜しく異同す可らず、丈夫福
有れば則ち女子も亦た福有る也、丈夫福無ければ則ち女子も亦た福無
き也、丞相の樂む所は小女も亦た同じく樂むのみと、越王曰く、妹氏
の言好しと雖、肺腑の言に非ず古より駙馬にして、丞相の放蕩の好き
者有らず、此れ紀綱の嚴ならざるに由る也、願くは娘々少遊を有司に
下し、朝廷を輕んじ國法を蔑にするの罪を問へ、太后大に笑つて曰
く、駙馬誠に罪あり、若し法を以て治せんとせば、則ち其の老身及び
兒女の憂ひたる淺からず、故に公法を屈し私情に循はざるを得ずと、
越王復た奏して曰く、然りと雖丞相の罪輕しく赦す可らず謂ふ御前に

推問し、其の愛辭を観て之を處して可や、太后大に笑つて曰く、越王
代つて間目を草して曰く、

경홍 말하기를,

"가부인의 추한 모습으로도 활쏘기와 말 타기의 재주로 그 아내
의 웃음을 볼 수 있었거늘, 혹 재색을 갖춘 이로 하여 또한 꿩을 쏘게
했다면, 어찌 사람들로 하여 애경(愛敬)하게 하지 않았겠는가?"

섬월 웃으며 말하기를,

"경낭의 스스로 자랑함은 갈수록 더욱 심합니다. 이는 승상의 총
애 지나쳐서 그 마음을 교만하게 하지 않은 게 없습니다."

승상 웃으며 말하기를,

"내 참으로 섬월의 다재함을 알았지만 경술(經術)에 능한 줄은 몰
랐다. 오늘은 또한 춘추를 말하는 것까지 겸하였구나."

섬월 말하기를,

"첩 한가할 적에 혹 경사(經史)를 섭렵하였습니다만 어찌 능통하
다 말하겠습니까?"

다음 날 승상 조정에 들어가니, 태후 승상과 월왕을 불렀다. 두 공
주는 이미 입궁하여 옆에 자리했다. 태후 월왕에게 묻기를,

"월왕 어제 승상과 봄빛을 서로 겨루었다더니 어느 쪽이 이기고
어느 쪽이 졌습니까?"

월왕 아뢰기를,

"부마의 완벽한 복은 사람이 다툴 바가 아닙니다. 다만 승상의 이
와 같은 복이 여자에게도 또한 있겠습니까? 또는 복이 되지 않을는
지요? 낭랑 이것을 승상에게 물어 보세요."

453

승상 아뢰기를,

"월왕 신을 이길 수 없다고 하는 것은 참으로 이백(李白)이 최호(崔顥)의 시를 보고 그 기세를 빼앗긴 것과 같습니다. 공주에게 복이 될지 복이 안 될지는 신이 공주가 아니기에 스스로를 알 수 없습니다. 원컨대 공주에게 물어 보십시오."

태후 웃으며 두 공주를 돌아보니, 공주 답하기를,

"부부 일신(一身)이라 하니 영욕(榮辱)과 고락(苦樂) 마땅히 같고 다름이 없습니다. 장부(丈夫) 복이 있다면 여인 또한 복이 있을 것이고, 장부 복이 없다면 여인 또한 복이 없을 것입니다. 승상이 즐거움은 소녀에게도 또한 함께 즐거움입니다."

월왕 말하기를,

"누이의 말이 좋기는 하더라도 폐부(肺腑)[125]의 말은 아니다. 예로부터 부마로 승상 같이 방탕한 자는 없었다. 이는 기강(紀綱)이 엄격하지 않은 데 기인함이다. 바라건대 태후 소유를 유사(有司)에 내려보내 조정과 국법을 경멸한 죄를 물으십시오."

태후 웃으며 말하기를,

"부마 참으로 죄 있으나, 혹 법으로 이것을 고치고자 한다면 그 노모와 공주의 근심이 얕지 않을 것이다. 이에 공법(公法)을 굽히고 사정(私情)에 따라할 것이다."

월왕 다시 아뢰기를,

"그렇다 하더라도 승상의 죄 가볍게 용서할 수는 없습니다. 청컨대 어전에서 추문(推問)하여 [그] 원사(爰辭)를 보고 이를 처단함이 옳

---

125 폐부: 폐부지친(肺腑之親)의 뜻으로 아주 가까운 친족.

을 것입니다."

태후 크게 웃으며,

"월왕이 대신하여 질문의 항목을 작성하게 하여 말하기를,

前古より駙馬たる者、敢て姫妾を畜へざるものは、風流の足らざる
に非ざる也、衣食の贍らざるに非ざる也、盖し君父を教へ、國體を尊
ぶ所以也、況や蘭英兩公主は、位を以てせば則ち寡人の女也行を以て
せば則ち姙姒の德也、駙馬楊少游、敬奉の道を思はず、徙に狂蕩の心
を懷き、心を粉黛の窟に栖まし意を綺羅の叢に遊ばし、美色を獵取す
ること飢渴よりも甚しく、朝に東に求め暮に西に取り、眼は燕趙の色
を窮め、耳は鄭衛の聲に飫き、臺榭に蟻屯し、房闥に蜂鬧す、兩公主
樛木の德を以て、妒忌の念を生ぜずも雖、少游敬謹の道に在つては、
安れ敢て乃ち爾からん、驕佚自恣の罪懲らさざる可らず、直招を隱す
母かれ、以て處分を俟つ、

예로부터 부마된 자 감히 희첩을 두지 못함은 풍류가 부족해서도
아니고 의식이 풍성하지 않아서가 아니다. 대개 군부의 가르침으로
국체를 존중함이다. 하물며 난영 두 공주는 지위로써 한다면 과인의
딸이다. 행실은 임사(姙姒)의 덕을 가졌다. 부마 양소유 경봉(敬奉)의
도를 생각지 아니하고, 다만 광탄(狂蕩)하는 마음만을 품어, 마음은
아름답게 화장한 미인들의 소굴에 깃들고 뜻은 비단 옷의 무리 속에
노닐며, 미색을 사냥함이 배고프고 목마른 자보다 심하여, 아침에는
동쪽에서 구하고 저녁에는 서쪽에서 취한다. 눈으로는 연나라 조나
라의 색을 다하고, 귀로는 정나라 위나라의 소리를 듣는다. 개미떼

455

가 대사(臺榭)에 모여들 듯하고 벌떼가 방문 앞에 시끄럽듯이 떠든
다. 두 공주 규목(樛木)의 덕으로 투기하는 마음을 내지 않을지라도
소유 공경하고 삼가는 도리에서 어찌 감히 그러하겠는가? 교만하고
방자한 죄를 징계하지 않을 수 없으니 숨김없이 바른 대로 아뢰어 처
분을 기다리거라."

丞相乃ち殿を下り地に伏し、冠を免き罪を待つ、越王出でで欄外に
立ち、高聲に問目を讀む、丞相聽き訖つて、其辭を拱して曰く、小臣
楊少游、猥に兩殿の盛眷を蒙り、驟に三台の崇班を玷む、則ち榮已に
極まれ、兩公主塞淵の德　　を秉り、琴瑟の和有らば、則ち願已に足れ
り、而も童心尚ほ存し豪氣除かず、聲妓の樂みに過耽し、歌舞の女を
略聚す、此れ小臣富貴に狃れ盛滿に溢れ、自ら撿するを知らざるの失
に非ざるは無し而も臣窃に惟みるに、國家の令甲駙馬たる者、設ひ婢
妾有るも、婚聚前に得る所の若きは、自ら有分揀の道あり、府中の侍
妾に淑人秦氏あり雖、皇上の命する所にして、宜く指論の列に在らざ
る可し、小妾賈氏は、臣が曾て鄭家の花園に在りし時、前に令せしめ
し者也、小妾桂狄沈白の四人の女は、或は未だ葛を釋かざりし時卜せ
し所、或は命を外国に奉ぜし時從ふ所にして、皆な婚禮以前に在り、
府中に并せ畜ふことの若きに至つては、蓋し公主の命に從之ふ也、小
臣の敢て擅にする所に非ざる也、論ずるに國制を以てし、斷ずるに王
法を以てするも、宜く論ずる可きの罪無かる可し、聖敎此に至り、惶
恐遲晚。

승상 이에 전각에서 내려와 땅에 엎드려 관을 벗고 죄를 기다리

니, 월왕 나와 난간 밖에 서서 고성으로 문목(問目)을 읽었다. 승상 듣기를 마치고 그 공사(供辭)를 말하기를,

"소신 양소유 외람되이 두 전하의 성대한 돌보심을 입어, 갑자기 삼정승의 높은 반열을 더럽히니 영화 이미 지극합니다. 두 공주 깊은 덕을 지니고 금슬(琴瑟)의 화락함이 있어 바라는 바 이미 만족합니다. 하지만 동심(童心) 아직 남아 있고 호기(豪氣) 없어지지 않아 소리하는 기녀들의 즐거움에 노래에 빠지고 가무하는 여인들을 취하였으니, 이는 소신(小臣)이 부귀를 탐하고 성만(盛滿)이 지나쳐서 스스로 단속함을 알지 못한 잘못입니다. 게다가 신이 가만히 생각하건대, 국가의 명령으로 부마된 자가 비록 비첩을 두었을지라도, 만약 혼인 전에 얻은 것은 분간하는 도리가 있습니다. 부중(府中) 시첩 숙인 진씨를 두었다고 하더라도 황상께서 명하신 바이니, 마땅히 손가락을 꼽아 논할 반열에 있지 않고, 소첩 가씨는 일찍이 정사도집 화원에 있을 적에 혼인 전에 시중들게 한 자이고, 소첩 계씨, 적씨, 심씨, 백씨 네 사람은 혹은 아직 갈옷을 벗기 이전에 점복했고, 혹은 명을 받들어 외국으로 사신 갔을 적에 따라 온 자들이나 모두 혼례 이전에 일입니다. 부중에 나란히 함께 있는 것도 모두 공주의 명을 따르는 것입니다. 소신이 감히 마음대로 한 것은 없습니다. 나라의 제도로 논하고 왕법으로 단죄 하더라도 마땅히 논할 죄가 없습니다만, 전하의 가르침이 여기에 이르렀으니 지만(遲晩)[126]을 황송해 할 따름입니다."

---

126 지만: 예전에 죄인이 자복할 때에 너무 오래 속여서 미안하다는 뜻으로 하던 말로 자신의 죄를 자백하고 복종함을 이르는 말.

太后覽了り大に笑つて曰く、多く姬妾を畜ふも、丈夫たるに害せ
ず、而も盃酒を好むに過ぎは疾病慮ふ可し、推考して可也と、越王復
た奏して曰く、駙馬は府中に姬妾を享せず、少游公主に諛ぬと雖、其
の自ら處するの道に在つては、萬々不可なる者あり、更に此を以て推
問して可也と、丞相乃ち叩頭罪を謝す、太后又笑つて曰く、楊郎は眞
に社稷の臣也、我れ豈に女婿を以て之を待たんやと、仍て命じて冠を
整へ殿に上らしむ、越王又奏して曰く、少游功大にして罪を加へ難し
と雖、國法も亦嚴なり、全く釋す可らず、宜く酒罰を用ゆ可しと、太
后笑つて之を許す、宮女白玉の小盃を擎げて進む、越王曰く、丞相の
酒量本來鯨の如し、罪名亦た重もし、安んぞ小盃を用いんと、自ら能
く一斗を容る金屈卮を擇び、淸別酒を滿酌して之に授く、丞相酒戶寬
しと雖、連飮累斗、安んぞ醉はざるを得ん、乃ち叩頭奏して曰く、牽
牛は織女を眷するに過ぎて聘岳に譴せられ、少游は妾を家中に畜ふを
以て岳母に罰せらる、天王の家の女婿と為るも誠に難ひ哉、臣大に醉
へり請ふ退去せんと、仍て欲起たんと欲して仆る、太后に大笑ひ、宮
女に命じて殿門の外に挾け送らしめ、兩公主に謂つて曰く、丞相酒に
困められ氣必ず平ならじ、汝等卽ち隨ひ去れと、

　　태후 다 본 후에 크게 웃으며 말하기를,
　　"희첩 많은 것은 대부(大夫)에 해가 될 것이 없겠지만 술을 좋아함
이 지나친 것은 질병이 염려되니 추고(推考)해야 할 것이다."
　　월왕 다시 아뢰기를,
　　"부마 부중에 희첩을 두는 것은 옳지 않습니다. 소유 공주 탓으로
돌리고 있다 하더라도 그 스스로 조처하는 도리에서는 전혀 옳지 않

습니다. 다시 이를 추문하심이 옳습니다.”

승상 이에 머리를 조아리고 죄를 아뢰었다. 태후 웃으며 말하기를,

“양낭 진실로 사직(社稷)의 신하이니 내 어찌 그대를 사위로만 접대하겠는가?”

이에 관(冠)을 바로하고 전(殿)에 오르게 했다. 월왕 다시 아뢰기를,

“소유의 공 커서 죄를 더하기는 어렵다 하더라도 국법이 또한 엄격하니 온전히 풀어주는 것은 불가합니다. 마땅히 벌주를 내려야 합니다.”

태후 웃으며 이것을 허락하였다. 궁녀가 백옥의 작은 잔을 들어 나아갔다. 월왕 말하기를,

“승상의 주량이 본래 고래와 같습니다. 죄명(罪名) 또한 무거운데 어찌 작은 잔을 사용하십니까?”

스스로 한 말[을 담을 수 있는] 금굴(金屈)의 잔을 선택하여 맑은 별주(別酒)를 잔에 가득 부어 주었다. 승상 주량이 크다 하더라도 연달아 여러 말을 마시니 어찌 능히 취하지 않겠습니까?”

이에 머리를 조아리고 아뢰기를,

“견우가 직녀를 지나치게 사랑하여 빙악(聘岳)[127]에게 꾸지람을 받고, 소유는 집안에 축첩했다가 악모(岳母)의 벌을 받았으니 천왕가의 사위되기 참으로 어렵습니다. 신 크게 취하여 물러나기를 청합니다.”

이에 일어서고자 하다 넘어지니, 태후 크게 웃으며 궁녀들에게 명하여 전각 문밖으로 부축하여 보내게 했다. 두 공주에게 이르기를,

“승상 술에 피곤해져 필시 불평한 기운이 있을 것이니, 너희들은

---

127 빙악: 빙모(聘母)와 악장(岳丈)이라는 뜻으로 장인과 장모를 아울러 이르는 말.

　곧 따라가거라."

　公主命を承け、卽ち丞相に隨ふて去る、大夫人燭を堂上に張りて丞
相を待つ、丞相の大に醉へるを見、問ふて曰く、前日宣醞の命ありし
も曾て一たび醉はさりしに今ぞ何ま醉に過ぐるや。丞相醉眼を以て公
主を怒視し、久うして答へて曰く、公主の兄越王、太后に訴へ訐き
て、小子の罪を勒成せり、小子善く說辭して僅に淸脫するを得たりと
雖、越王必ず罪を加へんと欲し、太后に挑みて罪するに毒酒を以てせ
り、小子若し酒量無くん幾んどぞ死せん、此れ越王樂原に屈せられし
に憾みを含み、必ず報復せんと欲するに在りと雖、而かも蘭陽も亦た
我が妾を作る太だ多きを猜みて、乃ち妬忌の心を生じ、其兄と謀を挾
んで必ず我を困めん欲す也、平日仁厚の心も恃む可らず、伏して望
む、母親一盃の酒を以て蘭陽を罰し、小子の爲に憤を雪がんことを、
柳夫人曰く、蘭陽の罪本と分明ならず、且つ一勺の酒も飮む能はず、
汝ぢ我をして之を罰せしめんと欲せば、茶を以て酒に代へて可也と、
丞相曰く、小子必ず酒を以て之を罰せんと欲す、柳夫人笑つて曰く、
公主若し罰酒を飮まずんば、則ち醉客の心必ず解けじと、侍女をして
罰酒を蘭陽に送らしむ、公主盃を執つ飮まんとす、丞相忽然疑を生
じ、其盃を奪ひて之を嘗めんとす、蘭陽急に席上に投ず、丞相を以て
盞底の餘瀝に濡ほして之を嘗むれば、乃ち沙糖汁なり、丞相曰く、太
后娘々、若し沙糖水を以て小子を罰せば、則ち母親も亦た當に沙糖水
を以て蘭陽を罰す可し、而かも小子が飮める所は酒なり蘭陽安んぞ獨
り沙糖水を飮むを得ん也と、侍女を招きて曰く、酒樽を持ち來れと、
自ら一盃を酌みて之に送る、公主已むを得ず盡く飮めり、

공주 명을 받들고 곧 승상을 따라 갔다. 대부인 당 위에 등을 밝히고 승상을 기다리다가 승상 크게 취함을 보고 묻기를,

"지난날 술을 내리시는 명이 있더라도 일찍이 한 번도 취한 적이 없었는데, 어찌 지금 지나치게 취하였는가?"

승상 화가 나 취한 눈으로 공주를 보다가 한참 만에 대답하기를,

"공주 오라비 월왕이 태후에게 참소하여 소자의 죄를 만들게 했습니다. 소자 잘 변명하여 겨우 벗어났다고는 하더라도 월왕 필시 소자에게 죄를 더하고자 하여 태후에게 도발하여 독주로 벌하게 하시니 소자 주량이 없었다면 거의 죽을 뻔했습니다. 이는 월왕이 낙원에서 굴욕당한 데 유감을 품고 필시 보복하고자 한 것입니다. 또한 난양도 제가 첩이 지나치게 많은 것을 시기하고 이에 투기하는 마음을 내어 그 오라비와 모의하여 필시 저를 곤란하게 한 것입니다. 평일의 인후한 마음 믿을 수 없으니 엎드려 바라건대 어머니께서는 한 잔 술로 난양공주를 벌하여 소자의 분을 씻어 주십시오."

유부인 말하기를,

"난양의 죄가 본래 분명하지 않은데다 또한 한 국자의 술도 마실 수 없으니, 네가 나로 하여 그녀를 벌주게 하고자 한다면 차로 술을 대신함이 옳을 것이다."

승상 말하기를,

"소자 반드시 술로 이것을 벌하고자 합니다."

유부인 웃으며 말하기를,

"공주가 벌주를 마시지 않는다면 취객의 마음이 풀리지 않을 것이다."

시녀에게 벌주를 난양에게 보내니 공주 잔을 들고 마시고자 하였

다. [그런데] 승상 갑자기 의심이 생겨 그 잔을 빼앗아 맛보고자 하니
난양은 급히 자리에 내던졌다. 승상이 손가락으로 잔 밑바닥을 적셔
빨아먹어보니 곧 설탕물이었다. 승상 말하기를,

　"태후 낭랑 혹 설탕물로 소자를 벌했다면 어머니도 또한 응당 설
탕물로 난양을 벌하는 것이 옳습니다. 하지만 소자가 마신 바는 술
이었으니 난양 어찌 홀로 설탕물을 마실 수 있겠습니까?"

　시녀를 불러 말하기를,

　"술독을 가지고 오너라."

　스스로 한 잔을 따러 보내니 공주 어쩔 수 없이 다 마셨다.

　丞相又た夫人に告げて曰く、太后に勸めて臣を罰せる者は蘭陽なり
と雖、鄭氏も亦た其謀に與かる、故に太后座前に在りて兒子の困めら
るるを見、蘭陽に目して之を笑へり、其心測る可らず、願くは母親、
又た鄭氏を罰せよと、夫人大に笑ひ、又罰盃を以て鄭氏に送る、鄭氏
座を離れて飲む、夫人曰く、太后娘々の少游を罰せしは、少游が姬妾
に因れり、而も今公主兩人皆な罰酒を飲めり、姬妾も亦た安んぞ晏然
たるを得ん也と、丞相曰く、越王樂原の會は、盖し色を闘はさん爲
也、而るに鴻月煙波、小を以て衆を擊ち弱を以て強に敵し、一戰して
動を樹て先つて捷書を奏し、越王をして憾を懷かしむるを致し、仍て
小子をして罰を受けしめたり、此四人も罰す可き也と、柳夫人曰く、
戰に勝つ者も亦た罰る乎、醉客の言笑ふ可しと、卽ち四人を招き各の
一盃を罰す、四人飲み畢り、鴻月兩人跪て柳夫人に奏して曰く、太后
娘々の丞相を罰せられしは、丞相實に姬妾の多期を責める也、樂遊原
の勝の爲に非ざるに、彼の煙波兩人は、尙ほ未だ丞相の枕席に奉ぜる

に、而も妾と與に同じく罰酒を飲めり、亦た冤枉ならずや、賈孺人
は、櫛を丞相に奉ぜる彼の如く久しく、恩を丞相に受くる彼の如く專
らにして、而かも且つ樂遊の會に参ぜず、獨り此罰を免がる、下情皆
な菀抑せりと、柳夫人曰く、汝か輩の言是也なりと、一大盃を以て春
雲を罰す、春娘笑を含んで之を飲む、

승상 또한 부인에게 고하기를,

"태후에게 권하여 신에게 벌주를 내리게 한 자는 난양이라고 하더
라도 정씨 또한 그 모의에 함께 했습니다. 이에 태후 자리 앞에서 제가
곤란해 하는 것을 보고도 난양과 눈을 맞춰 웃었으니 그 마음을 헤아
릴 수 없었습니다. 바라건대 어머니 또한 정씨를 벌하여 주십시오."

부인 크게 웃으며 또한 벌 잔을 정씨에게 보냈다. 정씨 자리를 옮
겨 마셨다. 부인 말하기를,

"태후마마께서 소유를 벌하신 것은 소유의 희첩들 때문인데, 지
금 공주 두 사람이 모두 벌주를 마셨으니 희첩들도 어찌 편안할 수
있겠는가?"

승상 말하기를,

"월왕과 낙원의 모임은 대개 색을 다투는 것이었습니다. 경홍, 섬
월, 요연, 능파 네 사람은 적은 수로 무리를 격파하고 약자로서 강적
을 대적하여 일전(一戰)에서 공[128]을 세워 먼저 첩서(捷書)[129]를 알리
게 하였습니다. 월왕에게 유감을 품게 하는 데 이르러 소자가 벌을

---

128 공: 원문에는 '동(動)'으로 표기되어 있지만 전후 문맥상 이는 '훈(勳)'의 오자인
    듯하다.
129 첩서: 싸움에 이겼다는 것을 보고하는 글

받게 되었으니 이 네 사람은 벌해야 합니다.”

유부인 말하기를,

“전쟁에서 이긴 자도 또한 벌을 받아야 한다는 것인가? 취객이 하는 말이 웃기지 않는가?”

곧 네 사람을 불러 한 잔으로 벌하고 네 사람은 마시기를 다하였다. 경홍, 섬월 두 사람이 꿇어앉아 유부인에게 말하기를,

“태후마마께서 승상을 벌하신 것은 실로 승상이 희첩이 많은 걸 책망한 것이지 낙유원의 승리 때문이 아니었습니다. 저 요연과 능파 두 사람은 아직 승상의 잠자리를 받든 적이 없는데도 첩들과 함께 벌주를 마셨으니 또한 억울함이 없겠습니까? 가춘운 유인은 승상을 모심이 저렇듯 오래고, 승상에게 은혜를 받음이 저렇듯 한결 같은데도 또한 낙유의 모임에 불참하여 홀로 이 벌을 면하였으니 저희들 심정이 모두 억울합니다.”

유부인이 말하기를,

“너희들의 말이 옳다.”

큰 술잔으로 춘운을 벌하시니 춘낭 웃음을 머금고 이것을 마셨다.

時に諸人皆な罰杯を飲み、座中頗る紛紜覺ゆ、蘭陽公主酒に困められて其店も堪へず、而も惟だ秦淑人端坐して、言はず笑はず、丞相曰く、秦氏獨り醒め窃に醉客の顛狂を笑へり、亦た罰せざる可らずと、一盃に滿酌して之に傳ふ、秦氏も亦た笑つて飲む、柳夫人公主に問ふて曰く、公主素と酒を飲まず、酒後の氣如何、答へて曰く、頭疼正さに苦しと、柳夫人秦氏をして扶けて寢房に歸らしむ、仍て春雲をして酒を酌みて來らしめて曰く、吾の兩婦は女中の聖なり、吾れ每に福を

損ぜんことを恐る、少游酗酒狂を使ひ、今に至るも公主寧んぜず、太
后娘々苦し之を聞かば、則ち必ず過慮されん、老身教誨する能はず、
兒子此の妄擧あり、老身も亦た罪無しと謂ふ可らず、吾れ此盃を以て
自ら罰せんと、盡く之を飲む、丞相惶恐跪き告げて曰く、母親兒子の
狂悖に因りて、此の自ら罰するの教あり、兒子の罪豈に答するも止む
可けんやと、驚鴻をして一大椀に滿酌せしめ、臺を執つて跪て曰く、
少游母親の教に從はずして、憂を母親に貽すを免れざらしむ、謹んで
罰酒を飲まんと、盡く吸ふ、大醉そて坐に定まる能はず、凝香閣に向
はんと欲し、手を以て之を指す、大夫人春雲をして扶けて之に往か
む、春雲曰く、賤妾敢て陪し往かじ、桂娘子狄娘子、小妾か寵有るを
妒めりと、仍て蟾月に囑し、之をして扶け去らしむ、蟾月曰く、春娘
吾が一言に因つて去らず、妾尤も嫌ふ有りと、驚鴻笑つて丞相を扶け
攜へて去り、諸人乃ち散ず、

　　이때 모든 이가 모두 벌주를 마셔 좌중이 자못 어수선했다. 난양
공주는 술에 피곤해져 그 고통을 감내하지 못했으나 오직 진 숙인은
자리 한 모퉁이에 단정히 앉아 아무 말 없이 웃지도 않았다. 승상이
말하기를,
　　"진씨 홀로 깨어 취객들의 이상한 행동[130]을 몰래 비웃었으니 또
한 벌하지 않을 수 없습니다."
　　한 잔 가득 부어 이것을 전하니 진씨 또한 웃으며 마셨다. 유부인
공주에게 묻기를,

---

130 이상한 행동: 원문에는 '顚狂'으로 표기되어 있는데 전후 문맥상 이는 '癲狂'의
　　오자인 듯하다.

465

"공주는 본디 술을 마시지 못하는데 술 마신 후의 기분이 어떠합니까?"

웃으며 대답하기를,

"두통이 정말 괴롭습니다."

유부인 [공주가]진씨의 부축을 받아 침방으로 가게하고, 이에 춘운에게 술을 따라 가져오게 하고는 말하기를,

"나의 두 며느리는 여자 중의 성인이니 나는 항상 복을 잃을까 두렵다. 소유가 주정으로 미치게 되어 공주를 불편하게 한 데 이르렀으니, 태후마마 혹 이를 들으시면 필시 지나치게 염려하실 것이다. 늙은 몸이 자식을 잘 가르치지 못해 이러한 망동이 있었으니, 이 늙은 몸도 죄가 없다고 말할 수 없다. 나도 이 술잔으로 스스로를 벌하겠다."

다 마시고 나니 승상 황공하여 꿇어앉아 고하기를,

"어머니께서 자식의 광패(狂悖)함으로 이렇게 스스로를 벌하시는 가르침을 주시니, 아들의 죄 어찌 볼기를 치는 데 그치겠습니까?"

경홍에게 큰 잔에 술을 가득 부어오게 하고 대(臺)를 붙잡고 꿇어앉아 말하기를,

"소유가 어머니의 가르침을 따르지 못하여 어머니께 걱정 끼침을 면치 못하게 하였으니 삼가 이 벌주를 마시겠습니다."

다 마시고 크게 취하여 자리를 정하지 못하고, 응향각(凝香閣)으로 향하고자 하여 손으로 가리키니, 대부인 춘운으로 하여 이를 부축하여 가게 했다. 춘운 말하기를,

"천첩 감히 모시고 갈 수 없습니다. 계낭자, 적낭자, 소첩이 총애받는 것을 시기하니, 이에 섬월에게 부탁하여 [두 낭자가]부축하여

가게 했다. 섬월이 말하기를,

　"춘낭 나의 한마디 말로 가지 아니하니 첩 더욱 거리낌이 있습니다."

　경홍 웃으며 승상을 부축하여 잡고 가니 모두 이내 흩어졌다.

　丞相、煙波兩人の惟山水を愛するを以て、花園中に一畝の芳漣有り、淸きを江湖の若し、池中に彩閣あり映蛾樓と名づく、凌波をして之に居らしむ、池の南に假山あり、尖峰玉を斷り重壁鐵を積む、老松陰密、瘦竹影疎ら也、中に一亭あり氷雪軒と名く、裊煙をして之に居らしめ、諸夫人及び衆娘子、花開ける時に遊ぶや、則ち兩人山中の主人と爲る、諸人從容として凌波に謂ふて曰く、娘子の神通變化一たび觀るを得可き、凌波對へて曰く、此れ賤妾か前身の事、妾天地の運に乘じ造化の力に借り、盡く前身を脫して人形を幻受し、鱗甲を奪はれ堆積して山の好し、雀變じて蛤と爲れる後、豈に兩翼以て翺翔を可けんや、諸夫人曰く、理固より然りと、裊煙時々釖を大夫人及び丞相兩公主の前に舞ひ、以て一時の玩に供ずるも、而も亦た頻に舞ふことを肯んぜずして曰く、當時釖術に借り以て丞相に逢へりと雖、而も殺伐の戲元と當時見る可き所に非ざる也と、此後兩夫人六娘子相得るの樂みは、魚川に泳ぎ鳥雲に飛ぶか好く、相依り相隨ひ、箎の如く塤の如く、相恩の情彼此相均し、此れ諸夫人の聖德能く一家の和を致すと雖、而も盖し當初九人南岳に在りし時、其の發願此の如きが故也、

　승상은 요연과 능파 두 사람이 산수를 사랑하기에 화원 안에 향기로운 연못 하나를 두었다. 맑기가 강호(江湖) 같은데 못 안에는 채색 누각이 있어 이름을 영아루(映蛾樓)라 하고 백릉파를 그곳에 기거하게 했다. 연못 남쪽에는 조성한 산이 있고 뾰족한 산봉우리는 옥을 깎은 듯하며 중첩한 석벽은 철을 쌓은 듯하고 노송의 그늘 그윽하고 곧게 솟은 대나무는 성긴 그림자를 드리웠다. 그중에 한 정자가 있어 이름을 빙설헌(氷雪軒)이라 하고 요연에게 그곳에 거처하게 했다. 두 부인과 여러 낭자들이 꽃피는 시절 [이곳에서]놀 때면 두 여인은 산중의 주인이 되었다. 두 부인 조용히 능파에게 말하기를,

"낭자의 신통한 변화를 한 번 볼 수 있겠는가?"

능파 답하기를,

"이것은 천첩의 전신의 일입니다. 첩 천지의 기운을 타고 조화의 힘을 빌려 전신을 다 벗고 인간의 모습으로 변하였습니다. 벗어놓은 껍질과 비늘이 퇴적함이 산과 같으며 참새가 변화하여 조개가 된 후에 어찌 두 날개로 고상(翱翔)할 수 있겠습니까?"

두 부인 말하기를,

"이치가 진실로 그러하구나."

요연이 때때로 대부인과 승상, 두 공주 앞에서 검무를 추어 한때의 구경거리를 제공한다고 해도 또한 자주 춤추는 것을 좋아하지 않았다면서 말하기를,

"당시 검술로 승상을 만났다 하더라도 살벌한 놀이여서 원래 당시에 보던 것은 아닙니다."

이후로 두 부인과 여섯 낭자 모두의 즐거움이란 물고기가 시내에서 헤엄치고 새가 구름을 날듯이

서로 따르고 서로 의지하여 긴 대 같고 질나발 같았다.

승상의 정이 피차 서로 균일하였는데 이것은 두 부인의 성덕으로 한 가정의 화목을 이룰 수 있었다 하더라도 대개 당초 아홉 사람이

남악에 있을 때에 그 발원이 이와 같았기 때문이었다.

一日兩公主相議して曰く、古の人娣妹諸人一国　の内に婚嫁し、或は
人の妻と為る者あり、或は人の妾と為る者あり、而も今ま吾が二妻六
妾は、義骨肉に逾り情娣妹に同じ、其中或は外国より來れる者あり、
豈天の命ずる所に非ずや、身姓の同じからざる、位次の齊しからざる
は、拘するに足らざる也、當に結んで兄弟と為り、娣妹を以て之を稱
して可也、此意を以て六娘子に言ふ、六娘子皆な力め辭す、而も春雲
鴻月尤も落々として應せず、鄭夫人曰く、劉關張の三人は君臣也、終
に兄弟の義を廢せず、我れ春娘と自ら是れ閨中管鮑の交り也、兄と爲
り弟と為る何の不可か有らん、世尊の妻本家の女、尊卑絶し貞淫別か
る、而も同じく大釋の弟子と為り、終に上乘の正果を得たり、厥の初
め微賤は、何ぞ畢竟の成就に關せんやと、兩公主遂に六娘子と輿に、
宮中藏する所の觀音畫像の前に詣り、焚香展拜するし誓文を作つて之
に告ぐ、其文に曰く、

　　하루는 두 공주가 상의해서 말하기를,
　　"옛 사람들은 자매 여러 사람이 한 나라 안에 시집가서, 혹은 남의
아내가 되고, 혹은 남의 첩이 되었는데, 지금 우리 이처육첩은 의(義)
가 골육(骨肉)보다 더하고 정(情)이 자매 같으니, 그 중에 혹 외국에서
온 자 있을지라도 어찌 하늘이 명한 바가 아니겠는가? 출신 성씨가
다르고 지위가 가지런하지 않더라도 구애됨이 없을 것이다. 마땅히
형제를 맺어 자매라 칭함이 옳다."
　　이 뜻을 육낭자에게 말하니 여섯 낭자는 모두 사양했다. 춘운과

경홍, 섬월이 더욱 묵묵히 응하지 않았다. 정부인 말하기를,

"유비, 관우, 장비는 군신관계이지만, 끝내 형제의 의리를 폐하지 않았다. 게다가 춘운과 나는 규중(閨中) [시절부터]관포지교였다. 형이 되고 동생이 되는 것이 어찌 불가하겠는가? 세존(世尊)의 아내와 본가의 여자는 존비가 다르고 정절과 음행도 달랐다. 함께 위대한 석가의 제자가 되어 끝내 상승(上乘)의 정과(正果)를 얻었다. 처음의 미천함이 필경(畢竟)의 성취와 무슨 관계가 있겠는가?"

두 공주 마침내 여섯 낭자와 더불어 궁중에 소장한 관음화상(觀音畵像) 앞에 나아가 분향(焚香) 전배(展拜)하고 서문(誓文)을 지어 고했다. 그 문에 이르기를,

維年月日、弟子鄭氏瓊貝、簫和李氏、彩鳳秦氏、春雲賈氏、蟾月桂氏、驚鴻狄氏、裊煙沈氏、凌波白氏、越宿齋沐して謹んで南海大師の前に告ぐ、世の人、或は四海の人を以てして兄弟と爲る者あり、何となれば則ち其氣味の合ふを以て也、或は天倫の親を以てして路人と爲る者あり、何となれば則ち其の情志の乖くを以て也、弟子八人等、始め各の南北も生れ、東西に散處せりと雖、長ずるに及び、一人に同事し、一室に同居ず、氣相合ふ也、義相孚す也、之を物に此するに、一枝の花、風雨の撼む所と爲る也、或は宮殿に落ち或は閨閣に飄び、或は陌上に墜ち或は山中に飛び、或は溪流に隨ひて江湖に達す、然も其本を言えへば則ち同一根なり、惟だ其れ同根也、故に花木と無心の物、其始めや同じく枝に開き、其終りや同じく地に歸す、人の同じく受くる所の者、亦た一氣のみ、則ち氣の散ずるや、豈に一處に同歸せざらんや、古今遼濶にして生を一時に竝せ、四海廣大にして居を一室

に同しず、此れ實に前生の宿緣、人生の幸會なり、是を以て弟子等八人、同約同盟、結んで兄弟と爲り、一吉一凶一生一死、必ず相隨ひ相離れざらんと欲す、八人中苟も異心を懷き矢言に背く者あらば、則ち天必ず之を殛し神必ず之を忌まん、伏して望むらくは大師、福を降し災を消し、以て妾等を佑け、百年の後同じく極樂世界に歸せしめば幸甚。

유년월일, 제자, 정씨경패, 소화이씨, 채봉진씨, 춘운가씨, 섬월계씨, 경홍적씨, 요연심씨, 능파백씨 월숙재목(越宿齋沐)하고 삼가 남해대사 앞에 아룁니다. 세상 사람들 혹은 사해의 사람들로 하여 형제가 된다고 하니, 무엇보다도 기미(氣味)가 합치되기 때문입니다. 혹은 천륜의 친함으로 길가는 나그네가 되기도 하나, 무엇보다도 그 정과 뜻이 어긋나기 때문입니다. 제자 팔인 등은 처음에 각기 남과 북에서 태어나고 동과 서로 흩어져 살았지만 장성해서는 함께 한 사람을 섬기며 함께 기거하여 기(氣)가 상합(相合)하고 의(義)가 상쟁(相爭)합니다. 이를 사물에 비유하면 한 가지의 꽃이 풍우에 흔들려, 혹은 궁전에 떨어지고 혹은 규각에 날리고, 혹은 두렁길 위에 떨어지고, 혹은 산중에 날리고, 혹은 시냇물의 흐름을 따르다가 강호에 도달합니다. 그러나 그 근본을 말하면 동일한 뿌리이고 오직 같은 뿌리입니다. 이에 꽃나무 같은 무심한 사물도 그 처음은 가지에서 같이 피어났다가 마침내는 지상으로 함께 돌아갑니다. 사람도 마찬가지로 받은 것 또한 한 기운일 뿐이니, 즉 기운이 흩어지면 어찌 한 곳에 함께 돌아가지 않겠습니까? 고금이 아득하고 넓지만 생을 같이하여 태어나고, 사해가 광대하지만 동일한 집에 거주하니, 이는 실

471

로 전생의 숙연(宿緣)입니다. 인생의 다행한 기회입니다. 이로써 제
자 팔인 함께 약속하고 동맹하여 형제의 의리를 맺고 길흉과 생사를
한 가지로 하여 반드시 서로 따르고 서로 헤어지지 않고자 합니다.
팔인 중에 굳이 다른 마음을 품고 약속을 저버리는 자가 있다면 하늘
이 반드시 죽이시고 신이 반드시 그를 기탄할 것입니다. 엎드려 바
라건대 대사 복을 내리시고 재앙을 소멸시키시어 이로써 첩들을 도
우시어 백년 후 극락세계에 함께 돌아가게 하신다면 매우 다행이겠
습니다.

　兩夫人は妹子を以て之を呼び、此の後六娘子各の名分を守り、敢て
兄弟を以て稱號せずと雖、以下も恩愛愈々密か也、八人皆な各の子女
有り、兩夫人及び春雲蟾月梟煙驚鴻は男子を生み、彩鳳凌波は生女を
生めり而も嘗て産育の惨を、見ず此れ亦た凡人と殊なれり、時に天下
昇平、民安く物阜かに、廟堂の上一事の規畫す可き者無く、丞相出で
では則ち天子に陪して上苑に遊獵し入つては則ち大夫人を奉じて北堂
に謙樂し、倣々として舞袖し、光陰の流邁に任かせ、嘈々たる急絃、
春秋の代謝を催却し、丞相沙堤を躡んで匀衡を執るもの既に累十年、
萬鍾の富を亨け三牲の養を盡くす、泰極つて否室るは天道の恒、興盡
きて悲來るは人事の常なり、柳夫人は天年を以て終へ壽九十九、丞相
哀毀禮を逾ゆ幾んぞ性滅せんとす兩殿之を憂ひて、中使を遣し勉諭し
て哀節せしむ、王后の禮を以て之を葬る、鄭司徒も亦た上壽を得て終
れり、丞相悲悼の情鄭夫人に下らず、丞相の六男二女皆は父母の標致
あり、玉樹芝蘭竝びに門闌に耀けり、第一子を大卿と名づく、鄭夫
人の出也、吏部尙書と爲る、其次を次卿と曰ひ、狄氏の出也、京兆尹

と為る、次を舜卿と曰ひ、賈氏の出也、御史中承と為る、次を季卿と
曰ひ、蘭陽公主の出也、兵部侍郎と為る、次を五卿と曰ひ、桂氏の出
也、翰林學士と為る、次を致卿と曰ひ、沈氏の出也、年十五、勇力絶
倫、智略神の好し、上大に之を愛し、金吾上將軍と為し、京營の軍十
萬に將として、宮禁に宿衛す、長女名は傅丹、秦氏の出也、越王の子
琊琊王の妃と為る、次女名は永樂、白氏の出也、皇太の妾と為り、後
ち婕妤に封ぜらる、丞相一介の書生を以て、知己の主に遇ひ、有爲の
時に値、武は禍亂を定め、文は太平を致し、功名富貴、郭汾陽と名を
齊うす、而も汾陽は六十にして方に上將と為り、少游は二十にして出
ででは大將と為り、入つては丞相と為り、久く鼎位に居り、國政を協
贊し、汾陽の二十四考に過ぐ、上得君心を得、下は人望に協ひ、坐し
ては亨け豊かに亨し、豫大の樂み誠に千古を歷百代を絶つも未だ聞か
ざる所也、

　　두 부인은 자매라 부르고, 이후 여섯 낭자 각각의 명분을 지켜 굳
이 형제로 칭호하지 않을지라도 은애가 더욱 친밀하였다. 팔인 모두
각각 자녀를 두었는데, 두 부인과 춘운, 섬월, 요연, 경홍은 아들을
낳았고, 채봉과 능파는 딸을 낳았는데, 출산과 양육 중에 비참한 일
도 없었으니, 이 또한 범인과 달랐다. 이때는 천하가 태평하고 백성
들이 평안하고 물(物)이 풍부하여, 묘당(廟堂)에서는 한 가지 일도 규
제하고 계획할 것이 없었다. 승상 출근하면 천자를 모시고 상원(上
苑)에서 사냥하고, 집에 들어오면 대부인을 모시고 북당에서 잔치를
베풀었다. 너울너울 춤추는 소매 속에 세월의 흐름을 맡기고, 조잘
대는 듯한 급한 현악기 가락은 춘추(春秋)의 대사(代射)를 재촉했다.

승상 모래 언덕에 올라 균형을 잡은 지 이미 수십 년이었다. 만종(萬鍾)의 부를 누리고 삼생(三牲)의 봉양을 다했다. 극히 편안하기 보다는 천도(天道)의 항(恒)이고, 흥진비래는 인사(人事) 상도(常)이였다. 유부인 천수를 마치니 99세였다. 승상 슬퍼하며 몸을 상함이 지나쳐 본성을 잃을 지경이었다. 두 전각에서도 이를 근심하여 중사(中使)를 파견하여 절도 있는 애도를 힘쓰도록 깨우치고 왕후의 예절로 장례했다. 정사도 또한 상수(上壽)를 누리고 임종했다. 승상 비통해하고 애도하는 정은 유부인[때와]못지 않았다. 승상의 6남 2녀는 모두 부모를 닮아 옥수(玉樹)와 지란(芝蘭) 같은 모습이 모두 문중에 빛났다. 첫째 대경(大卿)은 정부인의 출생인데 이부상서(吏部尚書)가 되었다. 그 다음 차경(次卿)은 적씨 출생인데 경조윤(京兆尹)이 되었다. 다음 순경(舜卿)은 가씨 출생인데 어사중승(御史中丞)이 되었다. 다음 계경(季卿)은 난양공주 출생인데 병부시랑(兵部侍郞)이 되었다. 다음 오경(五卿)은 계씨 출생인데 한림학사(翰林學士)가 되었다. 다음 치경(致卿)은 심씨 출생인데 나이 열다섯에 용력(勇力)이 절륜(絶倫)하고 지략(智略)이 신과 같아 상 매우 사랑하시어 금오상(金吾上) 장군을 삼았는데 경영(京營)¹³¹의 군 10만을 거느리고 궁금(宮禁)¹³²을 숙위(宿衛)했다. 장녀는 부단(傅丹)이라 하였는데 진씨 출생으로 월왕의 아들 야야왕(琊琊王)의 비가 되었다. 차녀는 영락(永樂)이라 하였는데 백씨 출생으로 황태자 첩이 되었고 후에 첩여(婕妤)에 봉해졌다. 승상 일개 서생으로 자기를 알아주는 천자를 만나고 일하는 시기를 만

---

131 경영: 조선 시대에 서울에 두었던 훈련도감, 금위영, 어영청, 수어청, 총융청, 용호영의 다섯 군영을 통틀어 이르던 말
132 궁금: 군주가 사는 궁궐

났다. 무(武)로 화란을 안정시키고 문(文)으로 태평을 이루어 공명과
부귀가 곽분양(郭汾陽)과 이름을 나란히 했는데 곽분양은 60에 상장
군이 되었으나 소유는 20에 나가서 대장군이 되고 들어와서 승상이
되었다. 오랫동안 삼정승으로 지내며 국정을 협찬(協贊)했으니 분양
의 24번의 고(考)를 뛰어넘었다. 위로는 군심을 얻고 아래로는 인망
(人望)에 부응하여 좌형풍형(坐亨豊亨)에 예대지락(豫大之樂)하니, 참
으로 만고 백대에 없는 일이며 듣지 못하던 바였다.

丞相自ら盛滿の戒む可く、大名の居り難きを以て、乃ち上疏して退
かんことを乞ふ（譯者は云ふ上疏文は之を略す）上其疏曰を覽、乃ち
手書を以て賜批し（詔書之を略す）致仕を許されず、丞相、前世佛門
の高弟を以て、且つ藍田山道人の秘訣を受け、多く修鍊の功あり、故
に春秋高しと雖容顏衰へず、時人皆な仙人を以て之に擬す、是を以て
詔書中亦た之に及ぶ此の後丞相又た上疏して退を求むること甚だ懇ろ
なり、上引見して曰く、卿の辭すること一に此に至る、朕豈に卿が五
湖の高節を成すに勉て副ふ能はざらんや、但だ卿若し封ずる所の國に
就かば、徳に國家の大事のみならず、與に相議す可き無し、況や今皇
太后賓馭賓に上り長秋已に空し、朕何ぞ英陽及び蘭陽と相離るに忍ぎ
んや、城南四十里に離宮あり、卽ち翠微宮也、昔し玄宗帝暑を避くる
の處也、此の宮窈にして深僻にして曠、昔年の優遊に合す可し、故に
特に賜ふて卿をして之に處らしむと、卽ち詔を下し封を加へて、丞相
衛國公爵太史とし、又た賞封五千戶を加へ、姑く丞相の印綬を收めし
む。

승상이 스스로 성만(盛滿)을 경계하고 대명(大名) [유지하기]어려
워, 이에 상소하여 사퇴하기를 청하였다(역자 말하기를, 상소문 이
것을 생략한다). 상 그 소를 보시고 손수 써서 비답을 내렸다(조서(詔
書)¹³³ 이것을 생략한다). 치사(致仕)¹³⁴를 허락받지 못하였다. 승상
전세(前世) 불문(佛門)의 고제(高弟)로 또한 남전산(藍田山) 도인(道人)
의 비결을 받아 수련(修鍊)의 공이 많았으니, 이에 춘추(春秋) 높다 하
더라도 얼굴이 노쇠하지 않아 당시 사람들 모두 신선이 아니가 그를
의심했다. 이에 조서 중에 이를 언급했던 것이다. 이후 승상이 다시
상소하여 물러나기를 요구함이 매우 간절하니, 상이 불러 보시고 말
하기를,

"경의 사양함이 한결같아 여기에 이르렀으니, 짐이 어찌 면부(勉
副)¹³⁵를 불가하다 하겠는가? 경은 오호(五湖)의 고절(高節)이 되라.
다만 경이 봉한 나라에 나아가면 국가의 대사뿐만 아니라 더불어 상
의할 자가 없다. 하물며 지금 황태후 괴어(騩馭)¹³⁶ 상빈(上賓)¹³⁷으로
계셔 긴 가을이 이미 공허한데,

짐이 어찌 영양과 난양공주와 서로 떨어져 있겠는가? 성 남쪽 사
십리에 이궁(離宮)¹³⁸이 있으니 곧 취미궁(翠微宮)이라 옛날 현종이
피서하던 곳이다. 이 궁은 조용하고 깊고 외진데다 광활하여 예전에
노닐던 곳과 맞다 할 것이다. 이에 특별히 경에게 하사하니 그곳에

---

133 조서: 임금의 명령을 사람들에게 알리려고 적은 문서
134 치사: 나이가 많아 벼슬을 사양하고 물러남
135 면부: 예전에 임금이 의정부의 세 으뜸 벼슬인 영의정, 우의정, 좌의정의 사직을
   허락하는 일을 이르던 말
136 괴어: 가라말이 끄는 수레를 몬다는 뜻으로 죽어서 하늘로 올라감을 이르는 말.
137 상빈: 중요한 손님
138 이궁: 태자궁(太子宮), 세자궁(世子宮)의 총칭

거처하여라. 곧 조서를 내려 승상위국공에 봉하시고 태사(太史) 작위를 더하시고, 상으로 오천호를 더하시어 승상의 인수(印綬)[139]를 수습하셨다.

楊丞相高きに登り遠きを望み、眞上人本に返り元に還る
양승상 높은 곳에 올라 먼 곳을 바라보니 참으로 상인(上人)이 원래대로 돌아갔다

丞相尤も聖恩に丞相じ、叩頭祗謝し、家を擧げて卽ち翠微宮に移居す、此の宮終南山中に在り、樓臺の壯麗、景致の奇絶なる、卽ち蓬萊の仙境也、王維學士の詩に曰く、仙居未必能勝此。何事吹嘯何碧空の此の一句を以て其の絶勝を占す可し、丞相其の正殿を空うして、詔旨及び御製の詩文を奉安し、其の餘の樓閣臺榭は、兩公子諸娘子分れ居る、丞相日に兩夫人六娘子と輿に、水に臨み月を弄び、谷に入り梅を尋ね、雲壁を過ぎて則ち詩を賦して之を寫し、松陰に坐しては、卽ち琴を橫へて之を彈ず、晚年淸果の朴なること、人をして羨ましむ、丞相閑に就き客を謝すること亦た已に年を累ぬ、

승상은 더욱 성은에 감격하여 머리를 조아려 감사하고 가솔을 거느리고 곧 취미궁으로 옮겼다. 이 궁 종남산(終南山) 중에 있어 누대(樓臺)가 장려(壯麗)하고 경치가 기이하게 빼어나니, 곧 봉래(蓬萊)의 선경(仙境)이었다. 왕유(王維) 학사(學士)의 시에 이르기를, 신선의 거

---

139 인수: 벼슬자리에 임명될 때 임금에게서 받는 신분이나 벼슬의 등급을 나타내는 관인(官印)을 몸에 차기 위한 끈

처 필시 이보다 낫지 못하리니, 무슨 일로 피리를 불어 벽공(碧空)을
향하는가?[라고 하였다.] 이 한 구로 그 절승(絕勝)을 점칠 수 있다.
승상 그 정전(正殿)을 비워 조서, 어지 및 어제 시문(詩文)을 봉안(奉安)
하고 그 나머지 누각과 대와 정자는 두 공주와 여러 낭자들이 나누어
거처하게 하여, 승상은 매일 두 부인과 여섯 낭자와 더불어 냇가에
임하여 달을 희롱하고 계곡에 들어 매화를 찾고 운벽(雲壁)이 지나칠
때면 시를 지어 짓고 이를 베꼈다. 소나무 그늘에 앉아서는 거문고
를 옆으로 안고 이를 타니, 만년의 맑고 한가로운 복[140]이 되는 것을
사람들로 하여 부럽게 했다. 승상 한가함에 나아가 손님을 사양한지
가 이미 여러 해였다.

仲秋既望は即ち丞相の晬日なり、諸子女宴を設けて壽を獻じ、十餘
日に至る、繁華の景色言ふ可らざる也、宴罷むや諸子女各の家に歸
る、俄にして菊秋の佳節已に迫り、菊花蕚を綻び、茱萸實を垂れ、正
當高き登るの時也、翠微宮の西畔に高臺あり、登臨すれば即ち八百里
の秦川掌を見るが好し、丞相最も其臺を愛し、是の日兩夫人六娘子と
與に其上に登り、頭に一枝の黃菊を挿み、以て秋景を賞し、相對して
暢飲す、已にして返照倒まに昆明を射、雲影低く廣野に垂れ、秋色燦
爛として活畫を展ぶるか好し、丞相手に玉簫を把り、自ら一曲を吹
く、其の聲嗚々咽々、怨むか如く訴ふるか好く、泣くか好く、思ふか
好く、荊卿の易水を渡りて、高漸離と與に撃筑して相和するか好く、
伯王が帳中に在つて虞美人と歌を唱へ別を怨めるか好し、諸美人悲思

---

140 복: 원문에는 '朴은 전후 문맥을 고려할 때 '福'의 오자인 듯하다.

襟に盈ち、惨憺として樂まず、

　　중추(中秋) 열엿새 날은 곧 승상의 생일이었다. 여러 자녀들이 잔
치를 베풀고 헌수(獻壽)한 지가 10여 일에 이르렀다. 번화한 광경은
다 말할 수 없었다. 잔치를 파하고 여러 자녀들은 각각 집으로 돌아
갔다. 어느덧 국화가 피는 가절(佳節)이 임박했다. 국화 붉은 봉오리
가 벌어지고 수유 열매를 떨구었다. 마침내 등고절을 맞이했다. 취
미궁 서쪽 언덕에 높은 대가 있는데, 그 위에 오르면 팔백리 진천(秦
川)이 손바닥을 보는 듯하여 승상 그 대를 가장 좋아했다. 이날 두 부
인과 여섯 낭자와 더불어 그 대에 올라 머리에 황국 한 가지를 꽂고
이로써 가을 경치를 구경하며 이를 상대하여 시원스럽게 마셨다. 이
미 반조(返照)[141] 뒤섞여 거꾸로 비치고, 구름 그림자 광야에 낮게 드
리우니, 가을빛 찬란하여 마치 생생한 그림 폭을 펼친 듯했다. 승상
손으로 옥퉁소를 잡고 스스로 여러 곡을 부니, 그 소리 매우 처량하
여 원망하는 듯, 그리워하는 듯, 흐느끼는 듯, 생각하는 듯, 형경(荊
卿)[142]이 역수(易水)를 건널 적에 고점리(高漸離)[143]와 더불어 축을 연
주하여 서로 화답함과 같았고, 백왕(伯王)이 장막 안에서 우미인(虞美
人)과 노래하며 이별을 원망하는 듯했다. 모든 미인 슬픈 생각이 마
음에 가득하기에 참담(慘憺)하여 즐기지 못했다.

---

141 반조: 동쪽으로 비치는 저녁 햇빛. 지는 해가 동쪽으로 비침
142 형경: 전국 시대 말기 위(衛)나라 사람. 협사(俠士). 원래 선조는 제(齊)나라의 귀
　　족이었는데 위나라로 옮겨가 살았다. 위나라 사람들을 그를 경경(慶卿)이라 불
　　렀다. 진(秦)나라가 위나라를 멸망시키자 연(燕)나라로 왔는데 연나라 사람들
　　은 그를 형경(荊卿) 또는 형숙(荊叔)이라 불렀다.
143 고점리: 형가(荊軻)의 친구로 전국 시대 말기 연(燕)나라 사람. 축(筑, 비파와 비
　　슷한 현악기)의 명수였다.

479

兩夫人問ふて曰く、丞相早く功名を成し、久く富貴を亨く、一世の美とする所近古罕れなる所也、此の佳辰に當り風景正に美に、菊英觴に泛び玉人座に滿てり、此れ亦た人生の樂事也、而かも簫聲甚だ哀く、人をして涕に堪へざらしめ、今日の簫聲は舊日の開に非ざるは何ぞやと、丞相乃ち玉簫を投じて欄頭に徒り倚り、手を擧げ名月を指ざして言つて曰く、北望すれば、則ち平郊四に廣く、頽嶺夕照に獨立し、殘影荒草の間に明滅する者は、卽ち秦始皇が阿房宮也、西望すれば、則ち悲風林に悄み暮雲山を幕むる者は、漢の武帝が茂陵也、東望すれば、則ち粉牆靑山を繚繞し、朱甍碧空に隱暎し、且つ明月有つて自ら來去し、玉欄干頭更に人の倚る無き者は、卽ち玄宗皇帝が太眞と同じく遊べるの華淸宮也、噫此の三君、皆な千古の英雄、四海を以て戶庭と爲し、億兆を以て臣妾と爲し、雄豪の意氣宇宙に軒輊し、直に三光を挽き千歲を閱せんと欲せり、而かも今安くにか在る哉、

　　두 부인 묻기를,

　　"승상 일찍이 공명을 이미 이루고 오래도록 부귀를 누려온 것은 세상이 부러워하는바 근고(近古)에 드문 일입니다. 이 좋은 시절에 이르러 풍경 참으로 아름답고, 국화꽃잎을 술잔에 띄우고 옥인(玉人)이 자리에 가득하니, 이 또한 인생의 즐거운 일이거늘, 퉁소소리 심히 슬퍼 사람들에게 눈물을 흘리게 하니, 오늘 퉁소 소리는 지난날 불던 퉁소가 아니구나. 이에 승상 옥소를 던지고 무리와 난간에 의지하여 손을 들어 명월을 가리키며 말하기를,

　　"북을 바라보니 평평한 교외 사방이 밝은데, 무너진 봉우리 저녁빛에 홀로 서서 잔영(殘影) 황량한 풀밭에 명멸(明滅)하는 것은 곧 진

시황의 아방궁(阿房宮)이고, 서쪽을 바라보니 슬픈 바람이 수풀에 불고 저문 구름이 빈 뫼를 덮는 것은 한 무제의 무릉(茂陵)이며, 동쪽을 바라보니 화려하게 꾸민 담이 청산(靑山)을 빙빙 둘러싸고 붉은 용마루 푸른 하늘에 은은히 비쳤다. 또한 명월은 오락가락하되 옥난간에는 의지할 사람이 없으니, 이는 현종 황제가 태진(太眞)과 함께 노니시던 화청궁(華淸宮)이다. 아, 이 세 임금 모두 천고의 영웅(英雄)이다. 사해(四海)로 호정(戶庭)[144]을 삼고 억조(億兆)로 신첩(臣妾)을 삼아 웅호(雄豪)한 의기(意氣)가 우주를 누르고 바로 세 빛을 끌어당겨 천세(千歲)를 보고자 하였는데, 그들은 지금 어디 있는가?"

少游河東の一布衣を以て、恩を聖主に承け位は將相を致し、且つ諸娘子と相遇ひ、厚意深情、老に至り益々密なり、前生未了の緣に非ずんば、必ず是に至らざる也、男女は緣を以て會し緣盡きて散ず、乃ち天理の常也、吾が輩一たび歸るの後は、高臺も自ら頹れ曲池も且つ埋もれ、今日の歌殿舞樹は、便ち衰草寒煙と作り、必ず樵童牧兒の悲歌暗歎して往來する有り、相謂つて曰く、此れ乃ち楊丞相か諸娘子と遊べるの處、大丞相の富貴風流、諸娘子の玉容花態、已に寂寞たりと、人生此に倒れば則ち豈に一瞬の頃に好かざらんや、天下に三道あり、曰く儒道、曰く仙道、曰く佛道、三道の中惟だ佛最も高し、儒道は全きを成すも倫紀を明かにし事業を貴び、名を身後に留る而已、仙道は誕に近く、古より之を求むる者甚だ多きも而も終に驗する所無し、秦皇漢武及び玄宗皇帝鑑む可き也、吾れ致仕して此に來、每夜睡に着け

---

144 호정: 집안에 있는 뜰이나 마당

ば、則ち夢中必ず蒲團上に參禪す、此れ必ず佛家と緣有る也、我れ將
に張子房に倣ひて赤松子に從ひ、家を棄て道を求め、南海を越へ觀音
を尋ね、禮文を上り、殊に不生不滅の道を得、塵世の苦海を超脱せん
と欲す、但だ君か輩と半生相從ひ、未だ幾くならずして將に遠別を作
さんとす、故に悲愴の心自ら簫聲の中に生せる也、

　　소유 일개 하동(河東)의 포의(布衣)로 성주(聖主)에게 은혜를 입어
지위가 장상(將相)에 이르렀다. 또한 여러 낭자를 서로 만나 뜻이 두
텁고 정이 깊었는데, 늘그막에 이르러 더욱 깊어지니 전생에 못 다
한 인연(因緣)이 아니라면 반드시 이에 미치지 못했을 것이다. 남녀
는 인연으로 만나 인연이 다하면 흩어진다. 그래서 천리(天理)에 떳
떳한 일이다. 우리들이 한 번 돌아간 후에 높은 대가 저절로 무너지
고, 굽은 못이 이미 메워지고, 오늘 가무(歌舞)하던 전각과 정자는 거
친 초목과 차가운 안개를 만들 것이니, 필시 초동목아(樵童牧兒)가 슬
피 노래하고 몰래 탄식하여 오르내릴 것이다. 상공이 말하기를,
　　"이것이 바로 양승상이 여러 낭자와 노닐던 곳인데 승상의 부귀
풍류와 여러 낭자의 옥용화태(玉容花態)는 이미 적막하구나. 인생이
여기에 이르면 어찌 일순간이 아니겠는가? 천하에 세 가지 도가 있
으니, 이른바 유도(儒道), 선도(仙道), 불도(佛道)이다. 삼도 중에 불도
가 가장 높고, 유도는 온전함을 이룬다. [유도는] 윤리와 기강을 밝
히고 사업을 귀하게 하여 죽은 후에 이름을 남기게 된다. 선도는 현
혹함에 가까우니 예로부터 이를 구하는 자들 심히 많으나 끝내 이를
얻을 수는 없었다. 진시황, 한 무제, 현종황제가 귀감이라 할 수 있다.
내 치사(致仕)한 후 이곳에 와서 매일 밤 잠들면 반드시 꿈속에 포단

(蒲團) 위에서 참선(參禪)하니, 이는 필시 불가와 인연이 있음이다. 내 장차 장자방(張子房)을 본받고 적송자(赤松子)를 따라 집을 버리고 도를 구하여 남해를 건너 관음(觀音)을 찾고 예문(禮文)을 올려, 특히 불생불멸(不生不滅)의 도를 얻고 의상대에 올라 문수(文殊)보살께 예를 드려 불생불멸(不生不滅)할 도를 얻어 진세(塵世)의 고해(苦海)에서 초탈(超脫)하고자 하였다. 다만 너희들이 반평생을 서로 따르다가 아직 얼마 되지 않았는데 장차 멀리 이별하고자 하니, 이에 슬픈 마음이 절로 퉁소 소리에 나타나는 것이다."

諸娘子の前身は皆な南岳の仙女なり、且つ塵緣將さに此時に盡さんとすと、丞相の言を聞くに及び、自ら感動の心あり各の言つて曰く、相公繁華の中に乃ち是の心有り、豈天の啓く所に非ずや、妾等姊妹八人も、當に共に深閨に處り、朝夕禮佛以て相公の還を待つ可し、而も相公の令行必ず明師に值ひ良朋に遇ひ、大道を聞くことを得ん、伏して望むらくは得道の後、必ず先づ妾等に教へんことを、丞相大に喜んで曰く、吾が九人の心既に相合矣へり、尙ほ何事か慮ふ可けん、我れ當に明日を待て行を作さんと、諸娘子曰く、妾等當に各の一盃を奉じ以て丞相を餞せんと、方に待女に命じて盞を洗ひ更に酌む、忽ち筑を投ずるの聲欄外の石逕より出づ、諸人皆な曰く、何許の人ぞ敢て此處に來るやと、已にして一衲胡僧ありて前に至る、龐眉尺より長く、碧眼波の好く明かに、形貌動靜甚だ異れり、高臺に上り丞相と相對坐して曰く、山野の人大丞相に謁すと、丞相已に俗僧に非ざるか、忙ぎ起ち答禮して曰く、師傅何處より來るか、胡僧笑つて曰く、丞相平生の故人を解ぜざるか、曾て聞く貴人善く忘ると、果して然り、丞相之を

熟視するに、是れ舊面に似るも而も、猶ほ分明ならず、忽ち大に悟
り、諸夫人を顧みて曰く、少游曾て吐藩を伐ちし時、夢に洞庭龍宮の
宴に参じ、歸路暫く南岳に上るや、老和尙法座に跏趺し、衆弟子等と
與に佛經を講ずるを見たり、師傳は乃ち夢中見る所の和尙なる無から
んや、胡僧掌を拍ち大笑して曰く、是なり々々、然ども只だ夢中の一
見を記すも、十年同處せるを記せず、誰か謂ふ楊丞相聰明なりと、

　　여러 낭자의 전생 모두 남악의 선녀들이었는데, 또한 속세의 인연
이 참으로 이때에 다하려 했다. 상공의 말을 듣고 절로 감동하는 마
음이 있어 일제히 말하기를,
　"상공은 이러한 마음을 내시니 어찌 하늘이 계시한 바가 아니겠
습니까? 첩 등 자매 팔 인 마땅히 함께 심규(深閨)에 거처하며, 아침
저녁으로 예불하여 상공 돌아오시기를 기다릴 것이니, 상공이 가령
가시면 반드시 명사(明師)를 만나고 좋은 벗을 만나 큰 도를 얻으실
것입니다. 엎드려 바라건대 득도한 후에 부디 첩 등에게 먼저 가르
침을 주십시오."
　승상 크게 기뻐하며 말하기를,
　"우리 구인의 마음 이미 서로 부합하니 오히려 무엇을 걱정하겠
는가? 내 마땅히 내일을 기다려 떠나겠다."
　여러 낭자 말하기를,
　"첩들은 마땅히 각각 한 잔씩을 받들어 승상을 전송하겠습니다."
　바로 시녀에게 명하여 잔을 씻어 다시 술을 따르게 하니 홀연히
축(筑)을 던지는 소리가 난간 밖 돌길에서 나거늘 여러 사람이 모두
말하기를,

"어떤 사람이 감히 이곳에 올라오는 것인가?"

이미 승복을 입은 한 호승(胡僧)이 앞에 이르렀는데, 긴 눈썹이 한 자 길이는 되고 파란 눈이 물결처럼 맑으며 생긴 모양과 동작이 심히 괴이했다. 높은 대에 올라 승상과 마주 앉아 말하기를,

"산야(山野) 사람이 대승상을 뵙니다."

승상 이미 속승(俗僧)이 아닌 줄을 알고 황망(慌忙)히 일어나 답례하면서 말하기를,

"사부 어디서 오십니까?"

호승 웃으며 말하기를,

"평생 고인(故人)을 몰라보십니까? 일찍이 귀인(貴人)은 잘 잊는다고 들었는데 그 말이 과연 옳습니다."

승상이 이를 자세히 보니 과연 구면인 듯 했으나 오히려 분명하지는 않았다. 갑자기 크게 깨닫고 여러 부인을 돌아보며 말하기를,

"소유 일찍이 토번(吐藩)을 정벌할 때 꿈에 동정용궁(洞庭龍宮)의 잔치에 참석하고 돌아오는 길에 잠시 남악에 올랐습니다. 늙은 화상(和尙)[을 만났는데] 법좌(法座)에 가부좌하고 앉아서 여러 제자들과 더불어 불경을 강론(講論)하는 것을 봤습니다. 사부는 바로 꿈속에 만났던 화상이 아닙니까?"

호승이 박장대소(拍掌大笑)하면서 말하기를,

"옳습니다, 옳습니다. 그런데 몽중(夢中)에 잠깐 본 일은 기억하면서 10년을 동처(同處)하던 일을 기억하지 못합니까? 누가 양승상이 총명하다 말합니까?"

又高聲に問ふて曰く、性眞、人間の滋味果して、如何、性眞叩頭流

涕して曰く、性眞已に大に覺めたり、弟子無狀、操心正しからず、自
ら作せる蘗 誰をか怨み誰れをか咎めん、宜く處缺陷の世界に處り、永
く輪回の處殆を受く可き耳、而も師傅一夜の夢を喚び起して、能く性
眞の心を悟らしむ、師傅の大恩は、千萬塵劫を閱みするも報ゆ可らざ
る也と、大師曰く、汝ぢ輿に乘じて去り、輿盡きて來る、我れ何の干
與の事かあらんや、且つ汝曰く、弟子人間輪回の事を夢むと、且つ汝
じ夢を以て人世と分つて之を二と成す也、汝が夢未だ覺めざる也、莊
周夢に蝴蝶と為り、蝴蝶又變して莊周と為る、莊周の夢蝴蝶と為る
か、蝴蝶の夢莊周と為るか、遂に之を辨ずる能はず、孰れか知らん何
事か之れ夢たり、何事か之れ眞たることを、今汝ち性眞を以て汝が身
と為し、夢を以て汝が身の夢と為さは、則ち汝亦た身と夢とを以て一
物に非ずと謂ふ也、性眞少游孰れか是れ夢、孰れか夢に非ざるやと、
性眞曰く、弟子蒙暗、夢眞に非ず眞夢に非ざるを辨ずる能はず、望む
らくは師傅法を說き弟子をして之を覺らしめよ、大師曰く、我れ當に
金剛經の大法に說き、以て汝か心を悟らしむ可し、而も只た暫く去る
可し弟子姑く之を待てと、言未だ畢らざるに、門を守る道人入り告げ
て曰く、昨日來る所の衛夫人座下の仙女八人又た到り、謁を大師に謂
ふと、大師命じて之を召す、八仙女大師の前に詣り、合掌叩頭して曰
く、弟子等衛夫人の左右に侍雖、而も實に學ぶ所無く、未だ妄念を制
せず情慾乍ち動き、重ねて譴せられ隨つて塵土に至れり、一夢人の喚
び醒ます無し、幸に師傅の慈悲を蒙り、昨衛夫人の宮中に往き、前日
の罪を懺謝し、夫人に辭し永く佛門に歸せん伏して乞ふ師傅舊愆を快
赦し、特に明敎を垂れと、大師曰く、女仙の意は美なりと雖、佛法深
遠にして猝に學ぶ可らず、大德量大發願に非ざれば、則ち道成ずる能

ばず、惟だ仙女自ら量りて之を處せよ、

　　또한 큰소리로 묻기를,

　　"성진아, 인간 세상 자미(滋味)가 과연 어떠하더냐?"

　　성진이 고두하고 눈물을 흘리며 말하기를,

　　"성진 이미 크게 깨달았습니다. 제자 무상(無狀)[145]하고 조심(操
心)[146]이 바르지 못하여 스스로 지은 죄이니, 누구를 원망하겠습니
까? 마땅히 결함 있는 세상에 거처하며 오래도록 윤회(輪廻)를 벗어
날 수 없으나 사부께서 하룻밤 꿈으로 환기하여 성진의 마음을 깨닫
게 하시니 사부의 크신 은혜는 천만 (千萬)진겁(塵劫)[147]이 지날지라
도 보답할 수 없습니다."

　　대사가 말하기를,

　　"너희들이 승흥(乘興)[148]을 가서 흥이 다하여 돌아왔으니, 내 무슨
간여한 일이 있겠는가? 또한 네가 말하기를, 제자 인가세상에서 윤
회한 일을 꿈을 꾸었다고 하니, 이는 네가 꿈과 인간세상을 나누어
이것을 둘로 함이니, 너의 꿈은 아직 다 깨어나지는 못한 것이다. 장
주(莊周)가 꿈에 나비가 되었다. 나비 또한 변화하여 장주가 되었다.
이는 장주의 꿈에 나비가 된 것인가? 나비의 꿈에 장주가 된 것인가?
끝내 이를 분변할 수 없었다. 무엇이 꿈이고 무엇이 참인지 누가 알
겠느냐? 이제 너는 성진을 네 몸인 줄 알고 꿈을 네 몸의 꿈으로 여긴
다면, 너 또한 네 몸과 꿈이 일물(一物)이 아님을 말하는 것이다. 성진

---

145 무상: 아무렇게나 함부로 굴어 버릇이 없음
146 조심: 마음 새김 혹은 실수가 없도록 마음을 삼가서 경계하는 것
147 진겁: 과거 또는 미래의 티끌처럼 많은 시간
148 승흥: 흥을 띰 혹은 흥겨운 김을 탐

과 소유 어느 것이 꿈이고 어느 것이 꿈이 아닌가?"

성진이 말하기를,

"제자 어리석어서 꿈은 참이 아니고 참은 꿈이 아닌 것을 분변하지 못합니다. 바라건대 사부께서는 설법하시어 제자에게 깨닫게 하십시오."

대사 말하기를,

"내 마땅히 금강경(金剛經)의 대법을 일러 이로써 너의 마음을 깨닫게 하고자 한다. 다만 잠시 떠나 있을 것이니, 너는 잠시 기다리거라."

말이 아직 끝나지 않았는데, 문 지키는 도인이 들어와 아뢰기를,

"어제 왔던 위부인 좌하(座下)[149] 선녀 팔 인이 도착하여 대사께 뵙기를 청합니다."

대사 명하여 불러들이니, 팔선녀 대사 앞에 나아와 합장 고두하며 말하기를,

"제자들 비록 위부인 좌우를 모셨다 하더라도 실로 배운 바가 없어 아직 망념(妄念)을 제어하지 못합니다. 갑자기 일어나는 정욕에 거듭 혼이 나고 이에 인간 세상에 이르렀는데 하나의 꿈인 것을 깨닫지 못했습니다. 다행히 사부님의 자비심으로 어제는 위부인의 궁중에 가서 지난날의 죄를 사죄하고, 부인을 떠나 영구히 불문에 귀의했습니다. 엎드려 바라건대 사부 지난날의 허물을 흔쾌히 용서하시고, 특히 밝은 가르침을 내려주십시오."

대사가 말하기를,

"선녀의 뜻이 아름답다 하더라도 불법 심원하여 갑작스럽게 배울

---

[149] 좌하: 좌석 곁, 몸 가까운 곳을 뜻하며 혹은 편지에서 '귀하'보다 높임말로 사용한다.

수는 없다. 큰 역량과 큰 발원(發願)이 아니면 능히 이룰 수 없을 것이
니, 오직 선녀들은 스스로 이것을 헤아려야 할 것이다."

八仙女卽ち退きて、滿面の臙粉を滌ぎ、遍身の綺穀を脱ぎ、金剪刀
を取つて自ら綠雲の髮を剃り、復た入りて告げて曰く、弟子等旣に已
に形を變ぜり、誓つて師傅の敎訓を慢たじ、大師曰く、善ひ哉々々汝
等八人や、至誠此の如くんば、寧んぞ感動せざらんやと、遂に引て法
座に上ほせ、經文を講說す、其經に、白毫の光り世界を射、天花下つ
て亂雨の好し等の語有り、說法し畢り、乃ち四句の偈を誦す、性眞及
び八尼、姑くにして皆な本性を頓悟し、大に寂滅に道を得たり、大師
性眞の戒得純熟せるを見、乃ち衆弟子を會して言つて曰く、我れ本と
傅道の爲め遠く中國に入りしも、今旣に傅法の人を得たり、我れ今ま
行かんと、袈裟及び一鉢の淨瓶、錫杖、金剛經一卷を以て性眞に給
し、遂に西天に向つて去れり、此の後性眞は、蓮花道場の大衆を率い
て、大に敎化を宣べ、仙と龍神と人と鬼物と皆な性眞を尊重するこ
と、六觀大師の好く、八尼皆な性眞に師事し、深く得菩薩を得、大に
畢竟を得、皆な極樂世界に歸せり、嗚呼異なる哉。

팔선녀 물러나 만면에 [가득한]연지분(臙脂粉)을 씻어내고, 전신
에 걸친 기곡(綺穀)¹⁵⁰을 벗고 스스로 금전도(金剪刀)를 취하여 녹운
(綠雲)¹⁵¹ 같은 머리를 깎고 다시 들어와 아뢰기를,
　"제자들 이미 외모를 고쳤습니다. 맹세코 사부님의 교훈을 게을

---

150 기곡: 무늬가 있는 얇고 고운 명주
151 녹운: 숱이 많고 검은 여인의 아름다운 머리를 형용하여 이르는 말

리 하지 않겠습니다."

대사 말하기를,

"좋구나, 좋구나. 너희 팔인의 지성이 이와 같으니 어찌 감동하지 않겠는가."

드디어 법좌에 올라 경문(經文)을 강설(講說)하니, 그 경(經)에 백호(白毫) 빛이 세상을 비추고, 하늘 꽃의 어지러움이 비와 같다. 설법을 다 마치고, 이에 네 구(句)의 게(偈)[152]를 송(誦)하였다. 성진과 여덟 비구니 모두 본성을 돈오(頓悟)하여 크게 적멸(寂滅)[153]의 도를 구하였다. 대사 성진의 계행(戒行)과 순숙(純熟)함을 보고, 이에 여러 제자들을 모아 말하기를,

"내 본디 전도(傳道)를 위해 멀리 중국에서 들어왔더니 지금 법을 전할 사람을 이미 얻었으니, 나는 이제 떠나가겠다."

가사, 바리, 정병(淨甁)과 석장(錫杖), 금강경(金剛經) 한 권을 성진에게 주고 드디어 서천(西天)을 향해 떠나갔다 이 후 성진 연화도장 대중을 거느리고 크게 교화(敎化)를 베푸니, 신선과 용신(龍神)과 사람과 귀신이 모두 존중하는 것이 육관대사(六觀大師)와 같고, 여덟 비구니 모두 성진을 스승으로 섬겨 깊이 보살(菩薩)을 얻으니 마침내 모두 극락세계에 귀의하였다. 오호, 다르도다.

---

152 게: 불시(佛詩) 혹은 승려의 글
153 적멸: 입적(入寂) 혹은 열반(涅槃). 불교에서 번뇌의 경지를 벗어나 생사의 괴로움을 끊는 것을 말한다.

제3장

자유토구사의
〈구운몽 일역본〉(1921)

島中雄三 譯, 『通俗朝鮮文庫』3, 自由討究社, 1921.

시마나카 유조(島中雄三) 역

| 해제 |

   호소이 하지메는 <구운몽 일역본> 발문에서, 이 번역본이 유려한 필치로 거침없이 번역된 책이지만 원서는 『사씨남정기』와 마찬가지로 난해한 것이라고 말했다. 즉 이 작품의 저본은 한문본 『구운몽』이었던 것이다. 자유토구사가 발행한 한국고전을 보면 한국인과 공역을 수행한 여느 한국의 국문소설들과 달리, 한문고전의 경우는 이렇듯 일본 지식인에 의해 단독으로 번역되는 경우가 많은 편인데, 시마나카 유조(島中雄三, 1881~1940)가 홀로 번역작업을 담당한 점은 이를 반증해준다. 『선만총서』로 간행된 고소설은 실제 서울 종로에서 유통되던 고소설을 구입하여 번역한 것과는 다른 양상이 있었음을 미루어 짐작할 수 있다. 애초에 『구운몽』과 『사씨남정기』는 『조선도서해제』(1915/1919)에 수록된 소설작품이었고, 자유토구사의 발간예정도서목록에

491

도 있는 작품이었다. 비록 자유토구사의 간행예정도서와 실제 간행도서가 일치하는 것은 아니었지만, 이 두 작품은 예정대로 출판된 사례에 해당된다. 시마나카 유조는 자유토구사의 상의 원이었으며 일본의 사회운동가이자 저술가였다. 자유토구사 임원진 명단에는 '문화학회 주간'으로 그의 소속 및 직책이 보이는데, 이는 1919년 시마나카 본인 창설에 관여했던 단체였다. 그는 10년 전 호소이가 일본 본국으로 돌아갔던 시기에 교유한 인물이었다. 시마나카는 그가 번역하여 출간할『사씨남정기』의 발문에서『구운몽』과 함께 '구어역(口語譯)'을 호소이로부터 의뢰받았음을 말했다. 그리고 쉽지 않은 한문의 구어역과 고서의 통속역 작업을 행했음을 이야기했다.

▌참고문헌 ─────────

서신혜, 「일제시대 일본인의 고서간행과 호소이 하지메의 활동-고소설 분야를 중심으로」,『온지논총』16, 온지학회, 2007.

윤소영, 「호소이 하지메의 조선인식과 제국의 꿈」,『한국 근현대사 연구』45, 한국근현대사학회, 2008.

박상현, 「제국일본과 번역-호소이 하지메의 조선 고소설 번역을 중심으로」,『일어일문학연구』제71집 2권, 한국일어일문학회, 2009.

최혜주, 「한말 일제하 재조일본인의 조선고서 간행사업」,『대동문화연구』66, 성균관대 대동문화연구소, 2009.

다카사키 소지, 최혜주 역,『일본 망언의 계보』(개정판), 한울아카데미, 2010.

박상현, 「번역으로 발견된 '조선(인)' - 자유토구사의 조선고서번역을 중심으로」,『일본문화학보』46, 한국일본문화학회, 2010.

박상현, 「호소이 하지메의 일본어 번역본『장화홍련전』연구」,『일본문화연구』37, 동아시아일본학회, 2011.

이상현, 「『조선문학사』(1922) 출현의 안과 밖」, 『일본문화연구』 40, 동
아시아일본학회, 2011.
이상현, 『한국고전번역가의 초상, 게일의 고전학 담론과 고소설 번역
의 지평』, 소명출판, 2013.

卷の一
권1

(一) 蓮華峰上の法堂
(1) 연화봉상의 법당

東岳(泰山)、西岳(華山)、南岳(衡山)、北岳(恒山)、中岳(嵩山)、之
を五岳といつて昔天下名山とされてゐるが、就中衡山卽ち南岳は中央
を距ること最も遠く、北洞庭湖ひかへ、三面は湘江に臨み、七十峰天
に聳えて奇秀譬ふるに物もない。峰の最も高いのは祝融、紫蓋、天
柱、石廩、蓮華の所謂五峰で、昔大禹が洪水を治め、その功德を記念
すとて、登つて碑を立てたのも此處。秦の時仙女衛夫人が修練して道
を得、仙童玉女を率ゐ來つて山を鎭めたのも此處。昔から靈怪不思議
の事蹟は極めて多い。

동악(東岳), 태산(泰山), 서악(西岳), 화산(華山), 남악(南岳), 형산(衡
山), 북악(北岳), 항산(恒山), 중악(中岳), 숭산(嵩山), 이것을 오악(五岳)
이라 하여 예로부터 천하의 명산이라고 했는데, 그중에서 형산(衡山)
즉 남악(南岳)은 중앙에서 가장 멀리 떨어져 있으며, 북으로는 동정

호가 옆에 있고, 삼면은 상강에 닿아 있었다. 일흔 봉우리가 하늘에 솟아 있는데 그 기이하고 아름다움은 무어라 비유할 바가 없었다. 봉우리 중에서 가장 높은 것은 이른바 축융(祝融), 자개(紫蓋), 천주(天柱), 석름(石廩), 연화(蓮華)의 다섯 봉우리로 옛날 대우(大禹)가 홍수를 시작으로 그 공덕을 기념하기 위해 올라가 비(碑)를 세웠던 곳이 바로 이곳이다. 진나라 때 선녀(仙女) 위부인(衛夫人)이 수련하여 도를 얻고, 선동(仙童)과 옥녀(玉女)를 거느리고 와서 산을 지킨 곳도 이곳이다. 예로부터 신령과 요괴의 불가사의한 자취[1]는 실로 크다고 할 수 있다.

　さて唐の時代に、一人の高僧天竺より來り、衡山の秀麗を愛で、蓮華蜂上に草庵を結んで大乗の法を講じ、鬼神の法を敎へたが、その結果として佛敎大に行はれ、世人皆之を生佛の再來として崇め奉つた。そこで財あるものは財力あるものは力を供して、山を崩し橋をかけ、盛んに工事を起して殿堂を築いたが、その立派なことは、位置の影勝と相待つて南方第一と稱せられた。

　　또한 당나라 시대에 천축(天竺)에서 온 고승 한 명이 형산의 수려함을 사랑하여 연화 봉우리 위에 암자를 짓고 대승(大乘)의 법(法)을 강론하며 귀신(鬼神)[2]의 법을 가르쳤는데 그 결과 불교가 크게 행해지며 세상 사람들이 모두 이것을 보고 생불의 재래라고 받들어 숭상

---

1 자취: 일본어 원문은 '事蹟'이다. 일의 자취 또는 흔적이라는 뜻이다(松井簡治·上田万年編, 『大日本国語辞典』02, 金港堂書籍, 1916).

2 귀신: 괴물 또는 요괴라는 뜻이다(松井簡治·上田万年編, 『大日本国語辞典』01, 金港堂書籍, 1915).

했다. 이에 재물과 재력이 있는 자는 힘을 합해 산을 무너뜨리고 다리
를 짓고 왕성하게 공사를 일으켜 전당을 세웠는데, 그 훌륭함은 경치
가 좋은 곳에 위치한 점을 들어 남방(南方) 제일이라고 일컬어졌다.[3]

そもそも此の和尚は、ただ手に金剛經一卷を持つたばかりで、或は
六如和尚とも云ひ、或は六觀大師とも云ひ、弟子凡そ五六百人、中に
戒行を修して神道を得たものが三十餘人あつた。弟子の中に小闍利の
性眞と云ふ者がある。形美しく心清く、年僅に二十にして三藏の經文
通ぜざるなく、聰明睿智並ぶ者とてはなかつたので、大師も殊の外性
眞を愛し、ゆくゆくは衣鉢を之に傳へようとの考へであつた。

원래 이 화상(和尚)은 단지 손에 금강경 한 권을 지녔을 뿐이었는
데, 혹은 육여화상이라고도 불리고, 혹은 육관대사라고도 불렸다.
제자는 대충 5-6백 명이며 그 중에는 계행(戒行)을 익혀 신도(神道)를
얻은 자가 30여 명 있었다. 제자 중에 성진(性眞)이라는 나이 어린 중
이 있었다. 용모가 아름답고 마음이 깨끗하며 나이 불과 스무 살에
삼장(三藏) 경문(經文)에 능통할 뿐만 아니라 총명함과 예지로움을
따라올 자가 없었기에 대사도 특별히 성진을 사랑하여 장차 의발(衣
鉢)[4]을 그에게 전하고자 생각했다.

ある時大師は弟子たちに向ひ、誰れか我が代りに龍宮に使するもの

3 원문에는 그 아름다움을 표현하는 두보의 시가 수록되어 있다.
4 의발: 불가에서 시조(始祖)의 가사와 바리를 서로 전수하여 법통(法統)을 이어
가는 자가 믿는 것이라는 뜻이다(松井簡治·上田万年編, 『大日本国語辞典』01,
金港堂書籍, 1915).

はないかと言つた時に、私が參りませうと言つて直ちにその役目を仰
せ付かつたのは、此の性眞であつた。性眞が龍宮に行くと引きちがへ
に、南岳の衛眞君娘々の使として、八人の仙女が大師の門をたたき、
娘々の命を奉じて種々の果物や寶玉を進めた。言ふ『上人は西に、我は
東に、山を隔てて隣りしながら曾て法座に列なることもできないで居
ます。せめてはお近づきのしるしまでに、持たせ上げました品々をお
受け下さい。』と。大師は厚く禮を受け、十分の謝意を表して仙女等を
歸した。

　　어느 날 대사가 제자들을 향해서 누군가 자신을 대신해서 용궁에
심부름을 갈 자가 없는가를 물었을 때, 자신이 가겠다고 하며 바로
그 임무를 부여받은 것 또한 바로 성진이었다. 성진이 용궁에 간 직
후에 남악(南岳)의 위진군(衛眞君) 낭랑의 사신으로 팔 인의 선녀가
대사의 문을 두들기며 낭랑의 명을 받들어 여러 종류의 과일과 보옥
(寶玉)을 권했다. 말하기를,
　　"상인(上人)은 서쪽으로, 저는 동쪽으로, 산을 사이에 두고 인접해
있으면서 일찍이 법좌(法座)를 나란히 하지를 못하고 있었습니다. 하
다못해 가까워진 증거로 가져온 물건들을 받아 주십시오."
　　라고 했다. 대사는 진심으로 예를 받아들고, 충분히 감사의 뜻을
표하여 선녀들을 돌려보냈다.

八人の仙女は大師の山門を出ると、時は正に春で、霞たなびき花ほ
くろび、鳥の聲遠近に聞えて春風肌に快く、坐ろに人をして恍惚たら
しむる境地である。見ると、日も暮れるに程もある。で、仙女等は折

角の好機を空しく過すも心殘りと云ふので、思ふ存分樂しんで遊ぶ相
談をし、橋の上に坐つて遙に溪流を俯瞰すと、淸洌玉の如き水に映る
彼女等の姿は、紅綠とりどりの色をきそうて、その美しさかぎりな
く、さながら一幅の美人圖を眼前に展開したやうである。で、みづか
ら影に見とれて去るに忍びず、夕陽旣に沒して四邊の漸く暗くなりま
さるに氣も付かなかつた。

　　팔인의 선녀가 대사의 산문(山門)⁵을 나서자, 때는 바야흐로 봄으
로 봄 안개와 꽃이 피어오르고, 새 소리가 멀고 가까운 곳에서 들려
오며 봄바람이 피부에 상쾌하게 닿으며 저절로 사람들에게 황홀한
경지에 이르게 했다. 살펴보니 날도 꽤 어두워져 있었다. 그리하여
선녀 등은 모처럼의 좋은 기회를 헛되이 보낸다면 나중에 미련이 남
을 것이라고 하며 마음껏 즐기며 노닐 것을 의논하여 다리 위에 앉아
서 아득히 계류를 굽어 내려보니, 청렬(淸洌)한 옥과 같은 물에 비치
는 그녀들의 모습은 가지각색의 홍록(紅綠)이 색을 겨루고 있는 듯,
그 한없는 아름다움은 마치 한 폭의 미인도가 눈앞에 펼쳐진 듯했다.
그리하여 스스로 그림자에 넋을 잃고 푹 빠져서 떠나야하는 것을 견
디지 못했는데, 석양은 이미 지고 사방이 점차 어두워지는 것을 깨
닫지 못했다.

　此の日性眞は大師の旨を受けて龍宮に行き、龍王に謁して親しく遙
謝の意を言上すると、龍王も喜んで性眞を款待し、珍肴美酒を取りよ

5 산문: 절의 누문(樓門)을 뜻한다(松井簡治·上田万年編,『大日本国語辞典』02, 金
港堂書籍, 1916).

せて親ら性眞にすすめた。性眞は平に酒を辭退したが、龍王『此の酒は人間の狂藥と違ひ、決して人の心を蕩かすものではない』とて、強て勸めらるるままに三杯ばかりを傾けて、厚く御禮を申し上げて龍宮を出た。

　　이날 성진은 대사의 뜻을 받들어 용궁으로 가서 용왕을 만나 뵙고 직접 감사의 뜻을 아뢰니, 용왕도 기뻐하며 성진을 환대하고 맛좋은 술과 안주를 가지고 오게 하여 친히 성진에게 권했다. 성진은 오로지 술을 사양했지만 용왕은,
　　"이 술은 인간을 미치게 하는 약과 달리 결코 사람의 마음을 녹이는 것이 아니다."
　　라고 말하기에, 억지로 권하는 대로 세 잔 정도를 받고는 진심으로 예를 올리고 용궁을 나섰다.

　やがて山の麓まで來ると、酒氣が俄かに顔に上つて來て、醉眼朦朧、頗るいい氣持になつて來た。で、思ふやう、『こんな紅い顔を大師に見られたら、何と云つて叱られるかも知れない。』 そこで溪におりて上着を脱ぎ、暫く水で顔を洗つて居ると、何處からともなく異樣な薰りが鼻をかすめた。花の香でもなければ、麝香の薰りでもない。ただ身も魂も自然にとろけるやうで、何とも云へない快い心持である。で、『きつと此の溪の上流に何か不思議な花が咲いてゐるにちがひない。一つ探して見よう。』と、そこで、更に着物を整へて、流れに沿うて上つて行つた。

　　이윽고 산기슭에 이르자, 갑자기 술기운이 얼굴에 올라와 취한 눈

이 몽롱해지고 굉장히 좋은 기분이 들었다. 그리하여 생각하기를,

"이렇게 붉은 얼굴을 대사가 보신다면, 뭐라고 말씀하시며 혼내실지 모르겠다."

이에 계곡으로 내려가 웃옷을 벗고 잠시 물로 얼굴을 씻고 있었더니, 어디선지도 모르게 이상한 향기가 코를 스쳐갔다. 꽃향기도 아닌 것이 사향노루 향기도 아니었다. 다만 몸도 마음도 자연히 녹을 듯한 뭐라 말할 수 없는 상쾌한 기분이었다. 그리하여,

"필시 이 계곡의 상류에 무언가 희한한 꽃이 피어 있음에 틀림없다. 한 번 살펴봐야겠다."

라고 말했다. 이에 다시 옷을 가지런히 입고 물의 흐름에 따라서 위로 올라갔다.

此の時八人の仙女等は、まだ石橋の上に踞まつてゐたが、それを見た性眞は杖をすてて恭しく一禮し、『女菩薩よ私は蓮華道場六觀大師の弟子であります。あなた方が其處にお出でになつては通ることができない。どうか私に路をあけて下さい。』と言ふ。八仙女『私たちは衛夫人娘々の侍女で、今日大師をお尋ねして今歸るところでございます。此の橋は御覽の如く狹く、それに私たちが先に坐つて居るのですから、どうかあなたは他の路からお歸り下さい。』

이때 팔인 선녀 등은 아직 석교 위에 걸터앉아 있었는데, 그것을 본 성진은 지팡이를 버리고 공손히 예를 다하며,

"여러 보살님들, 저는 연화도장 육관대사의 제자입니다. 그대들이 그곳에 나와 계시니 지나갈 수가 없습니다. 아무쪼록 저에게 길

을 열어 주십시오."

라고 말했다. 팔선녀,

"저희들은 위부인 낭의 시녀로 오늘 대사를 방문하고 지금 돌아
가던 길입니다. 이 다리는 보시는 바와 같이 좁고 게다가 저희들이
먼저 앉아 있으니, 아무쪼록 당신은 다른 길로 돌아가십시오.[6]"

性眞『他に路と云つてはありません。水は深し、どうして歸れませう。』
仙女『六觀大師に道を學ぶ仰しやるからは、定めて神通の術を心得て居
られるにちがひない。この用を涉るぐらゐが何でせう。』

성진 "달리 길이라는 것은 없습니다. 물도 깊으니 어떻게 돌아갈
수 있겠습니까?"

선녀 "육관대사에게 도를 배운다고 말씀하신 이상은 틀림없이 신
통한 재주를 익히고 있음에 틀림이 없습니다. 이 정도를 건너는 것
이 무엇이 어렵겠습니까?"

性眞笑つて『察するにあなた方は、きつと私に何か價を拂はせようと
仰しやるのでせう。私は元よりこんな貧僧の身で、金錢とては持ち合
はしませぬ。が、私に八つの珠があります。それを上げませう。』と言
ひつつ、手にした桃の擲げると、八つの花が忽ち美しい珠となつて、
四邊に光りがかがやいた。

---

6 원문에서는『예기』의 구절인 '길을 갈 때 남자는 왼쪽으로 가고, 여자는 오른쪽
으로 간다'를 인용하여 설명하고 있다.

성진은 웃으며,

"보아하니 그대들은 필시 저에게 무언가 대가를 지불하도록 말씀하시는군요. 저는 원래 이런 가난한 중의 몸으로 금전이라는 것은 가지고 있지 않습니다. 하지만 저에게 여덟 개의 구슬이 있습니다. 그것을 드리겠습니다."

라고 말하며, 손에 들고 있던 복숭아꽃을 던지자, 여덟 개의 꽃이 갑자기 아름다운 구슬이 되어 사방으로 빛이 났다.

八仙女は各々その珠を一つ宛拾つて性眞を顧みてニツコリ笑ふとそのまま、風に乗じて空にのぼつてしまつた。あと見送つて性眞、ぼんやり橋の上に佇んでゐたが、やがて我に返ると、今まで馥郁としてただようてゐた香もなくなつて、得も言はれぬ寂しさがあたりに押し寄せた。

팔선녀는 각각 그 구슬을 하나씩 줍고는 성진을 바라보며 방긋 웃으며 그대로 바람을 타고 하늘로 날아가 버렸다. 뒤를 전송한 성진은 멍하니 다리 위에 우두커니 서 있었는데, 이윽고 정신을 차려보니 지금까지 농후하게 감돌던 향기도 없어지고 이루 말할 수 없는 쓸쓸함이 밀려왔다.

で、悄然として山門に歸り、龍王の言葉を復命すると、大師は、性眞の歸りの餘り晩いのを見て、その理由を詰つた。性眞は龍王のもてなしにより、つひ歸り忘れて遲くなつた旨を答へたが大師は返事もせず、頗る不機嫌の體に見受けられた。

501

그리하여 조용히 산문으로 돌아와서 용왕의 말씀을 보고하니[7], 대사는 성진의 귀가가 너무 늦은 것을 보고 그 이유를 따져 물었다. 성진은 용왕의 대접을 받아 그만 돌아와야 한다는 것을 잊고 늦어졌다고 대답했는데, 대사는 대답도 하지 않고 굉장히 기분이 언짢은 듯 보였다.[8]

端なく仙女に會うてから、禪房に歸つても性眞の耳いは、絶えず仙女の聲がきこえ、眼をつぶれば艷姿嬌態、さながら眼前に彷佛として、忘れようとしても忘られず、思はじとしても思ひ出されて、神魂恍惚、身は空蟬のもぬけの殻のやうになつてしまつた。そこで兀然端坐して心に思ふやう

무정하게 선녀들을 만난 이후로 선방(禪房)에 돌아와서도 성진의 귀에는 끊임없이 선녀의 목소리가 들리며 눈을 감으면 곱고 아름다운 자태가 마치 눈앞에 있는 듯하여 잊으려고 해도 잊을 수 없으며 생각하지 않으려고 해도 생각이 났다. 정신과 혼백이 황홀하여 몸은 허물을 벗은 매미의 껍데기와 같이 되어 버렸다. 이에 움직이지 않고 단정히 앉아 마음속으로 생각하기를,

『男子苟も世に生れたからは、聖賢の書を讀み、堯舜の君に遭ひ、立

---

7 말씀을 보고하니: 일본어 원문은 '復命'이다. 이는 심부름으로 전해들은 답변을 돌아가서 보고한다는 뜻이다(松井簡治·上田万年編,『大日本国語辞典』04, 金港堂書籍, 1919).
8 원문에는 대사가 대답지 않고 물러가 쉬게 하였다는 내용만이 서술되어 있으나, 번역문에는 대사의 기분이 언짢았음을 부각시키고 있다.

身榮達して身に錦繡をまとひ、美女を擁し、富貴と功名とを併せ得る
こそ本懷である。然るに自分は何うかと云ふと、一盂の飯一瓶の水、
辛うじて命をつなぐだけに過ぎない。如何に德高くとも道深くとも、
斯の如き寂寥枯淡の生活が何にならうぞ。一朝此の身死せば、天地の
間にまた性眞なるものが在つたことを知るものとてはあるまい』と。

　　　"남자가 적어도 세상에 태어난 이상은 성현의 책을 읽고 요순(堯
　　舜)과 같은 임금을 만나 몸을 세워 높은 지위에 올라 비단옷을 걸치
　　고 아름다운 여인을 안고 부귀와 공명을 함께 얻는 것이야말로 본래
　　부터 품은 생각일 것이다. 그런데 자신은 어떠한가 하면, 한 바리의
　　밥과 한 병의 물로 다행히 목숨을 연명하고 있음에 지나지 않는다.
　　아무리 덕이 높다고 하더라도 도가 깊다고 하더라도 이와 같이 적적
　　하고 고요하며 무미건조한 생활에 무엇을 이룰 수 있겠는가? 하루
　　아침에 이 몸이 죽는다면 천지에 성진이라는 자가 있었다는 것도 알
　　지를 못할 것이다."
　　라고 했다.

　かくて此を思ひ彼を思ひ、眠を成さうとして眼を閉づれば、忽ち八
人の仙女が現はれる。驚いて眼を開けば既にその姿は無い。性眞つら
つら悔いて言ふ、『佛敎の工夫は心志を正すを上行とする。自分は出家
してから既に十年、曾て一度も斯うした邪念を起したことがないの
に、ああ』と、そこで蒲團の上に趺坐して香を焚き、珠數をつまぐり、
精神を凝らして佛を念じた。

　　이리하여 이리 생각하고 저리 생각하며 잠을 이루려고 눈을 감으
니, 갑자기 팔인의 선녀가 나타났다. 놀라서 눈을 떠 보니 이미 그 모
습은 없었다. 성진은 곰곰이 뉘우치며 말하기를,

　　"불교의 공부는 심지를 바르게 하는 것을 첫째로 행할 것으로 여
긴다. 내가 출가한 지 이미 10년, 일찍이 한 번도 이러한 사악한 마음
을 일으킨 적이 없었는데, 아아."

　　라고 말했다. 이에 방석 위에 부좌하여 향을 피우고, 주수(珠數)를
손끝으로 굴리며 정신을 모아서 염불을 했다.

　　すると忽ち一人の童子が窓から聲をかけて、『もうお寢みですか。大
師が呼んで入らつしやいます。』と言ふ。性眞驚いて、深夜に召すとは
何か事があるに違ひないと、急いで童子と共に方丈に行つて見ると、
大師は多くの弟子達を集め、威儀儼然として正坐して居るあたりに
は、蠟燭の光が煌々として輝いて居る。

　　그러자 갑자기 동자 한 명이 창가에서 말을 걸며,
　　"벌써 주무십니까? 대사가 부르십니다."
　　라고 했다. 성진은 놀라서 깊은 밤에 부르신다는 것은 무언가 사
정이 있음에 틀림없다고 생각하여 서둘러 동자와 함께 방장(方丈)에
가서 보니, 대사가 많은 제자들을 모아 놓고 차림새를 가지런히 하
고 바르게 앉아 있는 곳에는 납촉(蠟燭)의 불빛이 빛나고 있었다.

　　性眞を見ると大師は聲を勵まし、『性眞、お前は自分の罪を知つてゐ
るか。』と問ふ。性眞跪拜して答へて言ふやう、『私、今日まで師父に事

へて十年、曾て少しも不恭不順の行ひがあつたとは覺えません。』

성진을 보자 대사는 소리를 한층 더 크게 내며,
"성진, 너는 너의 죄를 알고 있느냐?"
라고 물었다.
성진은 무릎을 꿇고 엎드려 절하며 대답하여 말하기를,
"제가 지금까지 사부를 모신 지 10년, 일찍이 조금도 불공 불순한 행실이 있었다고는 생각지 않습니다."

大師『凡そ修行に三つの目がある。身、意、心、是れ。然るに汝は龍宮に往つて酒に醉ひ、仙女に遭うて心を惑はし、世俗の富貴を願つて佛家の寂滅を厭ふ。乃ち三行の工夫一時に壞れたのを知らないか。汝は最早此の地に留まることはできない。』と。

대사 "무릇 수행에는 세 가지 조목이 있다. 몸과 뜻과 마음이 그것이다. 그런데 너는 용궁에 가서 술에 취하고, 선녀를 만나 마음을 미혹되게 하며, 세속의 부귀를 바라고 불가의 적멸을 꺼려했다. 즉 삼행(三行)의 공부가 일시에 무너진 것을 알지 못하느냐? 너는 이제는 이곳에 머무를 수가 없다."
라는 것이다.

性眞泣いて訴へて言ふ、『さう仰しやれば性眞誠に罪があります。しかし酒といひ仙女と云ひ、もと自ら求めたものではなく、また惡念を起したにしてもそれは一刹那で、旣に自らその非を悟り罪を悔いて居

ります以上、今更逐ひ斥けて正道に歸る途を斷たるるにも當るまいか
と存じます。そもそも性眞、十二の歳に父母を棄てて師父に歸依し、
今は歸るべき家とてはありませぬ。師父を離れて何處に行くことがで
きませう。』と。

　　성진은 울면서 호소하며 말하기를,
　　"그렇게 말씀하시면 성진 참으로 죄가 있습니다. 하지만 술도 선
녀도 원래 스스로 원했던 것이 아니며, 또한 나쁜 마음[9]을 일으켰다
고 하더라도 그것은 일순간으로 이미 스스로 그 잘못을 깨닫고 죄를
뉘우치고 있는 이상, 이제 와서 쫓아서 물리치고 바른 길로 돌아가
는 것을 단념시키는 것도 옳지 않다고 생각합니다. 원래 성진은 12
살에 부모를 버리고 사부에게 귀의하여 지금은 돌아갈 만한 집도 없
습니다. 사부를 떠나서 어디를 갈 수가 있겠습니까?"
　　라고 말했다.

　　大師『汝自ら此處を去らうとすればこそ去らしめるのである。苟も留
まる心があるなれば、誰れが去らしめるものか。』とて、更に大聲に『黃
巾力士は居るか』と呼んだ。すると聲に應じて空中から現はれたのが黃
巾力士で、『何御用?』と訊く。大師『此の者を閻魔王の許へ連れて往
け、』と性眞を指す。

　　대사 "네가 스스로 이곳을 떠나고자 하기에 내쫓으려고 하는 것

---

9 나쁜 마음: 일본어 원문은 '惡念'이다. 심중에 악한 것을 두고 있는 것을 뜻한다
(松井簡治・上田万年編, 『大日本国語辞典』01, 金港堂書籍, 1915).

이다. 혹시라도 머무르고자 하는 마음이 있다면 누가 내쫓겠느냐?"

고 말하며, 다시 큰 소리로,

"황건역사는 있느냐?"

고 불렀다. 그러자 소리에 응하여 공중(空中)에서 나타난 것은 황건역사로,

"무슨 일입니까?"

라고 물었다.

대사 "이 자를 염마왕(閻魔王)이 있는 곳으로 데리고 가거라."

라고 말하며 성진을 가리켰다.

性眞肝をつぶして涙ながらに大師を伏し拜み、『昔、阿闍尊者、娼家に入つて寝席を共にした時でさへ、釋尊之を罪し給はなかつたと承つて居ます。それに比ぶれば私の罪は遙に輕いではありませんか。』大師『阿闍尊者は娼婦と接近しても、その心は變じなかつた。汝は妖色を一見して心を喪ひ、俗世の富貴にあこがれて居る。その罪蓋し同日ではない。往け、もし汝が復歸を願はば、吾みづから汝を此處に連れ來るであらう。』

성진은 혼비백산하여 눈물을 흘리면서 대사에게 엎드려 절하며,

"옛날 아란존자(阿闍尊者)가 창녀의 집에 들어가 잠자리를 함께 했을 때조차 석존은 이것에 죄를 주지 않고 받아 들였습니다. 그것에 비한다면 저의 죄는 훨씬 가벼운 것이 아닙니까?"

대사 "아란존자가 창부와 가까이 해도 그 마음은 변하지 않았다. 너는 요색(妖色)을 한 번 보고 마음을 잃고 속세의 부귀를 동경하고

있었다. 그 죄는 생각건대 동일하지 않다. 가거라. 혹시라도 네가 돌아오기를 바란다면 내가 직접 너를 이곳으로 데리고 올 것이다."

性眞最早如何ともする術なく、大師及び兄弟と別れて、力士に連れられて豊都の城外に行つた。すると鬼が出て來て、何處から來たかと問ふ。力士 『六觀大師の旨を受けて罪人を連れて參りました』と言ふ。やがて門を入ると、力士は森羅殿へ行き、性眞一人閻王のもとへ引き出された。

성진은 이제는 어찌할 방법이 없어서 대사 및 형제와 헤어져서 [황건]역사에게 끌리어 풍도성(豊都城) 밖으로 갔다. 그러자 귀신이 나와서 어디에서 왔는지를 물었다.
[황건]역사 "육관대사의 뜻을 받들어서 죄인을 데리고 왔습니다."
라고 말했다. 이윽고 문으로 들어가자, [황건]역사는 삼라전(森羅殿)으로 가고, 성진 홀로 염왕이 있는 곳으로 끌려 나왔다.

閻王『何ういふ罪で來たか?』性眞『南岳の仙女に遇ひ、一時の邪念を制することができないで、罪を師父に得ました。』 閻王そこで地藏菩薩に此の旨を言上して、性眞の罪を審かうとして居るところへ、黃巾力士がまたもや八人の罪人を連れて門外へ來た。

염왕 "어떠한 죄로 왔느냐?"
성진 "남악의 선녀를 만나, 한 때 사악한 마음[10]을 통제할 수가 없어 사부에게 죄를 지었습니다."

염왕은 이에 지장보살에게 이 뜻을 아뢰고, 성진의 죄를 살펴보려고 하던 차에, 황건역사가 다시금 여덟 명의 죄인을 데리고 문밖에 왔다.

閻王之をも呼び入れて、見ると八人の仙女である。性眞驚いて目を瞠つて居ると、南岳の八仙女は腹這ひながら庭に跪き、謹んで閻王の命を待つて居る。閻王『どうして此處へは來たか?』八仙女『六觀大師を訪うての歸り、路に性眞和尚に遇ひ、圖らず問答をかはして罪を得ました。何うぞお慈悲をもつて樂地に再生さして頂きたう存じます。』

염왕이 이들을 불러서 보니 팔인의 선녀였다. 성진이 놀라서 눈을 휘둥그레 뜨고 있으니, 남악의 팔선녀는 엎드려 기어가서 뜰에 꿇어앉고, 정중하게 염왕의 분부를 받들고 있었다.

염왕 "어찌하여 이곳에 왔느냐?"

팔선녀 "육관대사를 방문하고 돌아가다가, 길에서 성진화상을 만나 의도치 않게 문답을 주고받아 죄를 지었습니다. 아무쪼록 자비를 베푸시어 낙지(樂地)에 다시 태어나게 해주시기를 바랍니다."

そこで閻王は、それぞれ九人の使を定め、此等の罪人を引渡して言ふ、『此の九人の者を直ぐ人間界へ連れて往け。』言ひをはると忽ち大風が吹き起つて、性眞初め八人の仙女等は高く空中に捲き上げられ、四方八方に散り散りとなつてしまつた。

---

10 사악한 마음: 일본어 원문은 '邪念'이다. 사악한 생각 또는 부정한 생각이라는 뜻이다(松井簡治·上田万年編, 『大日本国語辞典』02, 金港堂書籍, 1916).

이에 염왕은 각각 아홉 명의 사신을 정하여, 이들 죄인을 인도하
며 말하기를,

"이 아홉 명을 바로 인간세계로 데리고 가거라."

말이 끝나자 갑자기 큰 바람이 불어 일더니, 성진을 시작으로 팔
인의 선녀 등은 높이 공중으로 돌돌 말려 올라가 사방팔방으로 흩어
져 버렸다.

性眞は閻王の使と共に、風のまにまに飄々としてしばし空中をさま
よふたが、忽ち一處に止まつたかと思ふと、風はやんで兩足は地上に
着いて居た。目をあげて見ると、遙に山があり溪があつて、その間十
數戶の家が立ち並んで居る。何か人聲がするやうに思つて、耳を澄ま
して聞くと、果して人の噂であつた。『揚處士夫人も五十過ぎになつて
姙娠とは、隨分珍らしいことだ。だが今だに産れないとは何うしたこ
とだらう。』

성진은 염왕의 사신과 함께 바람이 부는 대로 떠돌며 한동안 공중
에서 갈팡질팡했는데, 갑자기 한 곳에 머물렀는가 싶더니, 바람이
그치고 두 다리는 땅 위에 착지해 있었다. 눈을 돌려보니 아득히 멀
리 산이 있고 계곡이 있으며 그 사이에 열 몇 채의 집이 나란히 서 있
었다. 무언가 사람의 소리가 들리는 듯해서 귀를 기울여서 들어보니
과연 누군가의 소문을 이야기하고 있었다.

"양처사(揚[11]處士)부인도 50이 넘어서 임신이라니 참으로 신기
한 일이오. 그렇기는 하지만 아직도 태어나지 않는 것은 어찌된 일

인가?"

性眞心に『自分はこれから人間に生れようとしてゐるのだが、見れば
精神ばかりで形體はない。骨肉は曩に蓮華峰上で燒かれてしまつた。
自分には弟子といふ者もないのだから、舍利を收めて吳れたものもあ
るまい。』などなど思つてゐるところへ、使が出て來て言ふ、『此處は大
唐國淮南道の秀州縣、家は楊處士の家である。處士は汝の父、妻の柳
氏は汝の母だ。今前生の緣を以て此の家の子となる。速に入れ。』と。

성진은 마음속으로,

"나는 지금부터 인간으로 태어나려고 한다만, 보아하니 정신만
있고 형체가 없다. 골육은 이전에 연화봉위에서 불타버렸다. 나에게
는 제자라고 할 만한 사람도 없으니 사리를 수습해 줄 사람도 없을
것이다."

등등을 생각하고 있던 차에, 사신이 와서 말하기를,

"이곳은 대당국(大唐國) 회남도(淮南道)의 수주현(秀州縣)으로 집은
양처사의 집이다. 처사는 너의 아버지, 부인 류씨는 너의 어머니다.
지금 전생의 인연으로 이 집의 자식이 되었다. 서둘러 들어가거라."

고 했다.

で、性眞言はるるままに入つて行くと、そこには處士が爐に向つて
しきりに藥を煎じて居る。隣の室では婦人の呻き聲が苦しさうに聞え

---

11 원래는 양처사로 표기해야 하나 일본어 원문의 오자인 듯하다.

る。使の者は更に性眞を促して、その室の中へ這入へれと言ふ。性眞
暫く遲疑して居たが、忽ち後ろから突き押されてばつたり其處に倒れ
たと思ふと、氣が遠くなつて息が塞つて、苦しさ譬ふるに物もない。
で、有らんかぎりの聲を絞つて、『助けて吳れ!』と呼ばばるけれども、
聲が咽喉につまつて言葉に成らず、ただ『おぎやあ』『おぎやあ』聞える
ばかりである。

　　　그리하여 성진은 말하는 대로 들어가니, 그곳에는 처사가 화로를
향해서 열심히 약을 달이고 있었다. 옆방에서는 부인의 끙끙거리는
소리가 괴로운 듯이 들려왔다. 사신은 거듭 성진을 재촉하여 그 방
안으로 들어가라고 했다. 성진은 한동안 머뭇거리고 있었는데, 갑자
기 뒤에서 미는 바람에 그 자리에 쓰러졌나 했더니, 정신이 명해지
고 숨이 막히는 그 괴로움은 뭐라고 비유할 바가 없었다. 그리하여
있는 힘을 다해 소리를 짜내어,
　　“살려 주세요!”
　　라고 불러봤지만, 소리가 목구멍에 걸려서 말이 나오지도 않고 다만,
　　“응애” “응애”
　　하는 소리만 들릴 뿐이었다.

　すると其の聲を聽きつけて處士が出て來る。『旦那樣、坊ちやんがお
生れになりました。』と侍女は言ふ。夫妻は顔を見合せて、互に歡びを
滿面に表はす。芽出たくお産が濟んで、性眞初めて人間としての形體
を備へ飢ゆれば泣き、泣いては飮み、日增しに生長するほどに、初め
は蓮華道場の事を覺えてゐたが、だんだん記憶が薄くなつて、遂には

前生の事全く覺えずなつてしまつた。

　　그러자 그 소리를 들은 처사가 나왔다.

　　"서방님, 아이가 태어났습니다."

　　라고 시녀는 말했다. 부부는 얼굴을 마주보며 서로 기쁨을 얼굴 가
득히 나타냈다. 경사스럽게 출산이 끝나자 처음으로 성진은 사람으
로서의 형체를 갖추고 배고픔에 울다가 울다가는 마시고, 나날이 성
장해 감에 따라 처음은 연화도장의 일을 기억했지만 점점 기억이 희
미해지면서 결국에는 전생의 일을 전혀 기억하지 못하게 되어버렸다.

　　さて處士はその子の骨柄の秀でたのを見て大に喜び、これは必ず天
人の天降りに相違ないといふので、少游と名づけ、千里と字して、大
切に愛しみ育てた。しかも歲月は流水の如く、早くも少游十歲の春を
迎ふることとなつたが、容貌は玉の如く、眼は星の如く、氣質と云ひ
智慧と云ひ、世にも類ひ稀なる立派な少年となつたのを見て、一日處
士は妻柳氏に後事を託し、蓬萊の道人等と共に遙に俗界を去つてしま
つた。

　　그런데 처사는 그 아이의 골격이 빼어난 것을 보고 크게 기뻐하
며, 이것은 반듯이 천상의 사람으로 하늘에서 내려 온 것이 틀림없
다고 말하며, 소유(少游)라고 이름 짓고 천리(千里)를 자(字)로 하여
소중히 사랑으로 키웠다. 세월은 흐르는 물과 같아, 어느덧 소유의
나이가 10살의 봄을 맞이하게 되었는데, 용모는 옥과 같고 눈은 별
과 같으며 기질이면 기질, 지혜면 지혜가 세상에 비교할 바가 없는

513

훌륭한 소년이 되었다. 이것을 보고 하루는 처사가 부인 류씨에게 뒷일을 부탁하며 봉래(蓬萊)의 도인들과 함께 속계를 떠나버렸다.[12]

(二) 華陰縣に美人と楊柳詞を和す
(2) 화음현의 미인과 양류사를 답하다.

父楊處士登仙して後は、母子二人寂しく月日を過したが、するうち少游の才名は何時となく高まり、郡太守は稀なる神童として之を朝廷に薦めた。が、少游は老母の故を以て官に就くを辭した。年十四五となつては、容貌と云ひ才氣と云ひ、文章と云ひ武藝と云ひ、何一つ卓越せざるものは無かつたが、ある時母に向つて言ふ、『父上が亡くなられて以來、母上には殊の外御苦勞をかけましたが、聞けば政府でも試驗を設けて、頻りに天下の秀才を選んでゐると云ふことです。どうか私に暫くのお暇を賜はり、出世の道を求めさして下さい。』と。

아버지 양처사가 등선한 후, 모자 두 사람은 쓸쓸하게 세월을 보내고 있었는데, 그러는 사이에 소유의 재명(才名)은 어느새 높아지고 군의 태수는 보기 드문 신동이라고 이것을 조정에 추천했다. 그런데 소유는 노모를 이유로 관직에 오르는 것을 사양했다. 나이 14-5이 되어서는 용모면 용모 재기면 재기 문장이면 문장 무예면 무예 어느 것 하나 탁월하지 않은 것이 없었는데, 어느 날 어머니를 향해 말하기를,

---

12 원문에는 양처사가 본래 세상 사람이 아님을 밝히며 봉래신선의 편지 내용에 따라 깊은 산으로 들어가는 내용이 상세히 서술되어 있다.

"아버님이 돌아가신 이후로 어머님에게 대단히 고생을 시켜드렸습니다. 그런데 듣자하니 정부에서도 시험을 치러서 계속해서 천하의 수재를 뽑고 있다고 합니다. 아무쪼록 제게 잠시 동안의 시간을 주시어 출세의 길을 찾도록 해 주십시오."

라고 말했다.

母柳氏は、年若い子供を旅に出するとの心にかからぬではなかつたが、去りとて思ひ止まらすべき言葉もないので身のまはりの道具を賣つて旅費をととのへ、快よく少游の乞ひを許した。そこで少游、母に別れて書童一人、驢馬一匹を連れて旅路に就いた。

어머니 류씨는 나이 어린 자식을 여행을 보내는 것이 걱정되지 않는 것은 아니었지만 떠나려는 생각을 멈추게 할 만한 말도 없었기에 신변의 도구를 팔아서 여비를 장만하여 기분 좋게 소유의 부탁을 허락했다. 이에 소유는 어머니와 헤어져서 서동 한 명과 당나귀 한 필을 끌고 여행길에 올랐다.

幾日か經つて華州の華陰縣に着いたが、そこは長安を距ること遠からず、風景の一しほ佳い處である。少游は、試驗の期日にもまだ間のあるままに、各所の名勝古蹟を訪ひつつ、心長閑に歩みを運んで來たが、すると忽ち一つの莊園が前に開かれた。若綠なす柳の枝の宛ら煙るが如き中に、一つの小さな樓があつて、幽趣たとへん方もない。で、鞭を垂れて靜に歩みをうつすと、詩興坐ろに胸を突いて、忽ち成る楊柳詞一篇。

며칠인가 지나서 화주 화음현에 도착했는데, 그곳은 장안에서 멀리 떨어져 있지 않은 곳으로 풍경이 아름다운 곳이었다. 소유는 시험 날까지 아직 시간이 있는 관계로 여기저기의 명승고적을 방문하여 여유 있고 느긋하게 발걸음을 옮겨왔는데, 그러자 갑자기 장원 하나가 앞에 펼쳐 있었다. 신록을 이룬 버드나무 가지가 마치 연기를 이룬 듯한 곳에 하나의 작은 누각이 있었는데 비유할 수가 없는 그윽한 풍취였다. 그리하여 채찍을 가하여 조용히 걸음을 옮기니 시흥이 저절로 가슴을 찌르며 순식간에 류사(柳詞)한 편.

楊柳靑如織　長條拂畵樓
願君勤種意　此輪最風流
楊柳垂靑々　長條拂綺楹
願君莫攀折　此樹最多情

　　　수양버들이 푸르러 베 짜는 듯하니
　　　긴 가지 그림 그린 누각에 떨쳤구나.
　　　이 나무가 가장 풍류 있으니
　　　그대는 부지런히 심기 바란다.
　　　수양버들이 자못 이리 푸르고 푸르니
　　　긴 가지가 비단 기둥에 떨쳤구나.
　　　이 나무가 가장 정이 많으니
　　　그대는 휘어잡아 꺾지 말기 바란다.

そこで、心ゆくばかり聲張りあげてその詩を朗咏すると、春風一陣

吹き起つて、遙に餘韻を樓上に運ぶ。たまたま樓上に一人の美人あり、正に午睡の最中であつたが、美妙なる吟聲の耳に入るままに、忽ち眼を覺まして窗を開き、四邊を見まはして聲の主をたづねた。そこには楊少游が眼を瞠つて立つて居る。夢の名殘を眉端にとどめて、恰も畫の中から脱け出したやうな美人と、玉貌皓齒、世にも稀なる美少年との、二つの眼と眼はバツタリ會つて、無言のうちに互の心は脉々として通うた。が、言葉をかはす暇もなく、美人はその儘內に隱れ、楊生は林前の茶店に憩うた。

이에 마음이 가는대로 힘껏 큰 소리를 내어 그 시를 읊으니, 봄바람이 한바탕 불어일어나 아득히 여운이 누각 위로 옮겨갔다. 때마침 누각 위에는 미인 한 명이 있었는데, 바야흐로 한창 낮잠을 자고 있던 중이었다. 그런데 시를 읊조리는 미묘한 소리가 귀에 들려오니 갑자기 잠에서 깨어나 창문을 열고 사방을 둘러보며 소리의 주인을 찾았다. 그곳에는 양소유가 눈을 휘둥그레 뜨고 서 있었다. 꿈속의 여운[13]이 눈앞에 멈추어선 듯, 마치 그림 속에서 빠져나온 듯한 미인과 옥처럼 아름다운 용모와 하얀 이빨을 한 세상에 보기 드문 미소년과의 두 눈과 눈이 딱 마주치자 아무 말 없이 서로의 마음은 은근히 통했다. 그런데 말을 나눌 겨를도 없이 미인은 그대로 숨어버리고, 양생은 수풀 앞의 찻집에서 쉬었다.

そもそも此の美人、姓は秦名は彩鳳とて、秦御史の一人娘である

---

13 여운: 일본어 원문은 '名殘'이다. 어떤 일이 지난 후 혹은 그런 일이 있은 후 남은 일이라는 뜻이다(松井簡治·上田万年編, 『大日本国語辞典』03, 金港堂書籍, 1917).

が、たまたま父の留守に當つて圖らず楊生を垣間見てより、獨り心に
思ふやう、『ああ女と生れたからは、どうぞしてあんな殿御を良人に持
ちたいものである。それにしても、此の儘に過ぎてはまた何時遭へる
とも知れないものを。』と、

　　원래 이 미인은 성(姓)이 진(秦)이고 이름은 채봉(彩鳳)으로 진어사
(秦御史)의 외동딸이었는데,[14] 우연히 아버지가 집을 비운 사이에 의
도치 않게 양생을 슬쩍 엿보고부터 홀로 마음에 생각하기를,
　　"아아, 여자로 태어난 이상, 아무쪼록 그런 분을 남편[15]으로 가지
고 싶구나. 그렇기는 하지만 이대로 지나가 버린다면 다시 언제 만
날 수 있을지 모르는 것을."
　　이라는 것이다.

　そこで想ひを詩に寄せて紙に書き、乳母に手渡して言ふ。『お前御苦
勞だが彼の茶店へ行つてね、先刻驢馬に乗つて來て此處で楊柳詞を吟
じた美しい殿御に、一寸此の書を渡してお吳れ。そして此の方にはお
前からも、私の心を能く傳へてお吳れ。』乳母『畏りました。ですがお
孃樣、もしお父樣に知れたら。』彩鳳『いいわ、その時は私にまた考へ
があるから。』

　　이에 생각을 시에 담아 종이에 적어서 유모에게 전하며 말하기를,

14　번역문에는 진채봉의 모친이 일찍 돌아가셨으며 형제가 없어 홀로 부친을 모시
　　고 있다는 사실 등과 같은 내용을 생략하고 있다.
15　남편: 일본어 원문은 '良人'이다. 이는 좋은 사람 또는 부인이 남편을 가리키며 부
　　르는 호칭이다(松井簡治·上田万年編, 『大日本国語辞典』04, 金港堂書籍, 1919).

"네가 고생이지만 저 찻집으로 가서 조금 전 당나귀를 타고 와서 이곳에서 양류사를 읊던 아름다운 그분에게 이 편지를 좀 전해 주어라. 그리고 너도 그 분에게 나의 마음을 잘 전해 주어라."

유모 "알겠습니다. 하지만 아가씨 혹시 아버님이 알게 되신다면."

채봉 "괜찮다. 그때는 나에게 생각이 있으니까."

乳母は行きかけて再び立ち戻り、『もし奧さんのある方だつたら何うなさいます?』彩鳳『さうねえ、その時は仕方ないわ、妾でもいいわ。だけど屹度そんな事ないと思ふ。』

유모는 가다가 다시 돌아와,

"혹시 부인이 계신 분이라면 어떻게 하실 것입니까?"

채봉 "그렇구나, 그때는 어쩔 수가 없지. 첩이라도 상관이 없다. 하지만 필시 그런 일은 없을 것이라고 생각한다."

そこで乳母が茶店へ行つて楊生に會ひ、具さに彩鳳の旨を傳へて言ふ。『私の宅の孃さん位悧發で、それに人を見る眼のある方はありません。先刻あなたを一目見て、直ぐ生涯を任せる人はあなたの外にないと、さうお思ひ込みになつたのでございます。自分から左樣な事を申出るのも恥かしい話だが、今伺つて置かなければ、またと云つて會へる方ではないからと仰しやいまして、どうかあなたの御名前と御處を聞かして頂くやうにとのお賴みでございます。』

이에 유모가 찻집에 가서 양생을 만나서 채봉의 뜻을 빠짐없이 전

하며 말하기를,

　"우리 댁 아가씨 정도로 똑똑하고, 게다가 사람을 보는 눈이 있는 사람은 없습니다. 먼저 당신을 한 번 보고 바로 평생을 맡길 만한 사람은 당신밖에 없다고 그렇게만 생각하고 계십니다. 스스로 그러한 것을 말씀하시는 것도 부끄러운 이야기입니다만, 지금 묻지 않으면 또 언제 만날 수 있는 분이 아니라고 말씀하시며 아무쪼록 당신의 이름과 사는 곳을 알려 주셨으면 하는 부탁입니다."

之を聞いた楊生の歡びは言ふまでもない。喜色を面に現はして、我が身の上を話し、堅く終生の契りを爲すべき旨を答へた。乳母も喜んで、袂から一封の書を出したのを見ると、それには左の詩がある。

　이것을 들은 양생의 기쁨은 말할 것도 없었다. 얼굴에 기뻐하는 표정을 나타내며 자신의 신상에 대해서 말하고 굳게 평생의 약속을 할 것이라는 뜻을 대답했다. 유모도 기뻐하며 소매에서 한 통의 편지를 꺼낸 것을 보니, 그곳에는 다음과 같은 시가 있었다.

樓頭種楊柳 擬擊郎馬住
如何折作鞭 催向章臺路

　　누각 옆에 심어 놓은 버드나무에
　　낭군은 말을 매어 머무는 듯하더니
　　어찌하여 꺾어 채찍을 만들어
　　장대(章臺)가는 길 달려가기를 재촉하는가.

楊生も亦、次の詩を返した。

양생도 또한, 다음 시로 답했다.

楊柳千萬絲 絲々結心曲
願作月下繩 好結春消息

버들이 천만 실이나 하니
실마다 마음 굽이에 맺혔구나.
원컨대 달 아래 노를 만들어
봄소식을 맺었으면 좋겠네.

　乳母が歸らうとする時、楊生は乳母に、『もし今別れては、また會ふ
ことも容易ならぬお互の身の上、せめて今夜の月明に、ゆつくりお目
にかかりたいと思ふが如何。』と言ふ。乳母その旨を彩鳳に傳へ、さて
歸つて楊生に言ふやう。『如何にも御尤もなお考へと存じますが、夜中
に會つて彼此と言はれるのも心苦しいから、明日お目にかかつてお約
束致しませうとの御返事でございます。』 楊生、如何にもと云ふので、
呉々も會合の事を乳母に賴んで別れた。

　유모가 돌아가려고 할 때, 양생은 유모에게,
　"혹시 지금 헤어진다면 서로 다시 만나는 것도 쉽지 않을 처지이
니[16] 적어도 오늘 밝은 달밤에 느긋하게 만나고 싶은데 어떠한가?"
　라고 말했다. 유모가 그 뜻을 채봉에게 전하고 또한 돌아와서 양

521

생에게 말하기를,

"너무나도 지당하신 생각이십니다만, 밤중에 만나서 이런저런 이야기를 듣는 것도 마음이 괴로우니, 내일 만나서 약속을 하자는 대답입니다."

양생은 과연 그렇다고 말하며, 아무쪼록 만나는 것에 대해서 유모에게 부탁하고 헤어졌다.

その夜楊少游は、轉展して眠らず、坐して徒らに天の明けるのを待つてゐると、俄かに世間が騷がしくなつて、鐘太鼓の音頻りに聞え、必定たゞ事ならずと思はれた。で、楊生も大に驚いて、取るものも取り敢へず街に出て見ると、物々しき軍勢が彼方から押し寄せ、亂を避けて右往左往に遁げ散る老若男女と共に、その混雜の狀一通りでない。聞けば神策將軍仇士良なるもの、自ら皇帝と稱して亂を發したのであると云ふ。楊生も身の危きを知つて書童を率ゐ、驢に鞭つて藍田山の方に遁げて行つた。

그날 밤 양소유는 이리 뒤척 저리 뒤척 잠을 이루지 못하고 앉아서 헛되이 하늘이 밝아오는 것을 기다리고 있으니 갑자기 세상[17]이 떠들썩해지며 북과 종소리가 끊임없이 들려와 필시 보통 일은 아니라고 생각했다. 그리하여 양생도 크게 놀라 만사 제쳐놓고 거리에 나가 보니, 어마어마한 수의 군대가 저쪽으로부터 밀어닥쳐서 난리

---

16 원문에서는 양소유가 본인과 진채봉이 각각 초나라, 진나라 사람이라는 점을 예로 들어 소식을 통하기 어렵다고 그 이유를 상세히 서술하고 있다.

17 세상: 일본어 원문은 '世間'이다. 세상 또는 인간세계를 뜻한다(松井簡治·上田万年編, 『大日本国語辞典』03, 金港堂書籍, 1917).

를 피해서 우왕좌왕 흩어져 있는 남녀노소와 함께 그 혼잡한 상황이 여간한 것이 아니었다. 듣자하니 신책장군 구사량(仇士良)이라는 사람이 스스로 황제라고 칭하여 난리를 일으켰다는 것이다. 양생도 몸의 위험을 알고 서동(書童)을 거느리고 당나귀에 채찍을 가하여 남전산 쪽으로 달아났다.

藍田山の絶頂に數間の膏屋がある。やつとそこまで辿りつくと、中に一人の道人があつて、楊生を見るなり、『君は淮南楊處士の令息ぢやらう。』と言ふ。楊生走り寄つて『如何にも私は楊處士の子です。たまたま華蔭に行つて變亂に遭ひ、圖らず此處に遁げて參りました。幸ひ今日大人にお目にかかることを得ましたのは、上帝の攝理によることと存じます。どうか登仙後の父の消息を聽かせ下さいますやう。』と言ふ。

남전산의 절정에 두서너 칸의 초가집이 있었다. 겨우 그곳까지 도착해 보니, 안에는 도인 한 사람이 있었는데 양생을 보자마자,

"그대는 회남 양처사의 영식(令息)이 아니더냐?"

고 말했다. 양생은 가까이 달려와서,

"참으로 저는 양처사의 자식입니다. 우연히 화음에 가서 변란을 만나 의도치 않게 이곳으로 도망쳐 왔습니다. 다행히 오늘 어르신을 만나게 된 것은 상제의 섭리에 의한 것이라고 생각합니다. 아무쪼록 등선 후의 아버지의 소식을 들려주십시오."

라고 말했다.

道人笑つて、『先頃父君と紫閣峰に圍碁を戰はして別れたが、今は何

處に居らるるか知らない。』とて、楊生が頻りに父との會見を望むのを
慰め、徐ろに壁に懸つてゐた琴を取り上げて、千古不傳の名曲を彈
じ、且つその手法を敎へた。その音と云ひ節と云ひ、到底人間界で聽
くことのできないものである。元來何事にも悟りの早く、一たび學へ
ば値ちにその妙を得る楊生のこととて、忽ち奧義に達したから、道人
も大に喜んで、更に白玉の洞簫を取り出だし、自ら一曲を吹いて楊生
に敎へて言ふ、『知音相會ふは古人も難しとする所であるが、今此の琴
と簫とを君に上げる。他日きつと用ふる時があるであらう。』

　　도인은 웃으며,

　　"지난번 부군과는 자각봉에서 바둑을 두고 헤어졌는데, 지금은
어디에 계신지 모른다오."

　　라고 말하며, 양생이 계속해서 아버지와의 만남을 바라는 것을 위
로하고 천천히 벽에 걸려 있던 금(琴)을 꺼내서 천고부전(千古不傳)의
명곡을 연주하며 또한 그 수법을 가르쳐줬다. 그 소리면 소리, 그 마
디면 마디, 도저히 인간세상에서 들을 수 없는 것이었다. 원래 무슨
일이든지 이해가 빠르고, 한 번 배우면 바로 그 신묘함을 얻는 양생이
기에 금방 심오함에 도달하여 도인도 크게 기뻐하며 다시 백옥의 통
소(洞簫)를 꺼내어 스스로 한곡을 불고 양생에게 가르치며 말하기를,

　　"소리를 아는 사람이 서로 만나는 것은 옛사람들도 어렵다고 생
각하는 바이기에, 지금 이 금과 소(簫)[18]를 그대에게 주노라. 훗날 필
시 사용할 때가 있을 것이다."

---

18 아악(雅樂)에서 쓰는 관악기의 하나.

楊生拜謝して、難有く之を受け、且ついつそのこと先生の弟子にして下さいと賴んだが、道人は笑つてその乞ひを斥け、代りに彭祖方書一卷を與へて言ふ、『之を習へば長く生命を延ばすことはできなくとも、病を治し老衰を防ぐことはできよう。』

양생은 공손하게 감사의 인사를 하며 감사히 이것을 받아들고 또한 평생 선생님의 제자로 삼아 달라고 부탁했는데, 도인은 웃으며 그 부탁을 물리치고 대신에 팽조(彭祖)의 방서(方書)[19] 한 권을 주며 말하기를,

"이것을 익힌다면 오래도록 목숨을 연장할 수는 없겠지만 병을 치유하고 노쇠해지는 것을 막을 수는 있을 것이다."

そこで楊生、初めて華蔭に於て將來を約した秦家の女子のことを語り、此の婚姻の成否如何を問うて見た。すると道人大に笑つて、『婚姻の事は暗夜も同樣である。しかし君の良緣は隨處に在る』とばかり、その夜は楊生を客間に寢かして、翌朝まだ夜の明けないうちに喚び覺まし、『早も路も通じた。それに試驗は來春に延びたから、之れより一先づ鄕里に歸つたがよからう。母君もさぞお待ち兼ねちや。』 楊生幾度も拜謝しながら、琴や書籍を手にかかへて洞門を出ると、道人の姿は早くも消えて、何處に行つたか分らない。

이에 양생은 처음으로 화음(華蔭)에서 장래를 약속한 진가(秦家)의

---

19 어떤 일의 방법과 기술을 적은 글.

여자에 대한 이야기를 하며, 이 혼인의 성사 여부를 물어봤다. 그러
자 도인은 크게 웃으며,

"혼인에 관한 것은 어두운 밤과 마찬가지이다. 하지만 그대의 좋
은 인연은 도처에 있다."

라고만 말하며, 그 밤은 양생을 객간(客間)에서 자게 하고, 다음날
아침 아직 날이 밝아오지 않았을 때 불러 깨워서,

"어느덧 길도 통하게 되었다. 게다가 시험은 다음 봄으로 연기되
었으니 지금부터 우선 고향에 돌아가는 것이 좋을 것이다. 어머님도
몹시 기다리고 있을 것이다."

양생이 몇 번이고 공손하게 인사드리면서 금과 서적을 손에 들고
동문(洞門)을 나서자, 도인의 모습은 어느덧 사라져서 어디로 갔는지
를 알 수가 없었다.

さるにても不思議なことは、楊生の山に入つたのは、まだ楊の花の
落ちない頃であつたのに、見れば一夜の間に菊が今を盛りと咲ききそ
うて居る。人に聞けば早や秋八月だとのこと。やがて前日の茶店へ寄
つて見ると、店は兵火の爲めに見る影もなく、秦御史の家も亦空しく
灰盡となつて、石や瓦がただ徒らに堆かく積まれてゐるのみである。
楊生、世事人事の移り易きを歎じ、それとなく人に聞くと、秦御史は
京都で斬られ、彩鳳もまた京都へ押し遣られたと云ふことであつたか
ら、定めし死んだものと思ひあきらめて、更にも問はず、行李をまと
めて秀州に向つて去つた。

그렇다고 치더라도 희한한 것은 양생이 산에 들어간 것이 아직 버

들꽃이 떨어지지 않은 무렵이었는데 보아하니 하룻밤 사이에 국화
가 한창 피려고 하고 있었다. 사람들에게 물으니 어느덧 가을 팔월
이라는 것이다. 이윽고 전날 갔던 찻집을 들려보니, 가게는 병화(兵
火)로 인해 볼품이 없었고 진어사의 집도 또한 흔적도 없이 회진이
되어 있으며, 오직 돌과 기와가 쓸데없이 쌓여 있었다. 양생은 변하
기 쉬운 세상사와 인간사를 탄식하며 넌지시 사람들에게 물어보니,
진어사는 서울에서 죽음을 당하고 채봉도 또한 서울로 끌려갔다고
하기에 필시 죽은 것이라고 생각하며 포기하고 다시 묻지도 않고 행
장을 싸서 수주(秀州)를 향해 떠났다.

　秀州では母柳氏が、果して我が子の上を案じ、今や遅しと歸りを待
つてゐたので、少游を見ると喜ぶことかぎりなく、さながら死んだも
のが生き返つたやうであつた。その歳も暮れて翌年になり、再び試驗
を受けに家を出ようとすると、母柳氏は、『京都の紫淸觀杜觀師は私の
從姉で、久しく出家はして居るが、殊に智慧のすぐれた人ですから、
そこへ行つて身を寄せ、才貌門地の優れた配偶を求めたがよからう。』
と云つて一通の手紙を楊生にわたした。楊生初めて秦御史の女の事を
母に話したが、緣が無ければ迎も叶はぬ望み故、浮いた心は已めて他
に良緣を得るやうとの、母の言葉を胸に收めて、再び旅路に上つた。

　　수주에서는 어머니 류씨가, 과연 자신의 자식 신상을 생각하며 이
제나저제나 하고 돌아오기를 기다리고 있었기에 소유를 보자 기쁘
기 그지없었다. 마치 죽은 사람이 살아 돌아온 듯했다. 그 해도 저물
어 다음 해가 되어, 다시 시험을 치르러 집을 나서려고 하자, 어머니

류씨는,

"서울의 자청관(紫淸觀)의 두련사(杜觀師) 사람은 나의 사촌언니로 오래도록 출가해 있지만, 특히 지혜가 뛰어난 사람이니까 그곳에 가서 몸을 의지하면서 재능과 용모 그리고 지체 높은[20] 배우자를 구하는 것이 좋을 것이다."

라고 말하며 한 통의 편지를 양생에게 전했다. 양생은 처음으로 진어사의 딸에 대해서 어머니에게 했지만 인연이 없다면 도저히 이루어질 수 없는 바람이기에 들뜬 마음은 가라앉히고 달리 좋은 인연을 얻을 수 있도록 하라는 어머니의 말씀을 가슴에 담고 다시 여행길에 올랐다.[21]

卷の二
권 2

(一) 洛陽の酒樓に桂蟾月と遇ふ
(1) 낙양의 주루에서 계섬월을 만나다

天津は音に聞く繁華の都、大廈高樓軒を並べ、人馬の往來引きも切らざる中に、一軒の酒樓がある。樓前には馬車と僕婢とが黑山を築いてゐるかと思ふと、樓上からは絃聲と歌聲と入り交つて聞える。聞けば城內の靑年公子が、名妓を集めて興會を恣にするのだと云ふ。

---

20 지체 높은: 일본어 원문은 '門地'다. 집안 또는 문벌을 뜻한다(松井簡治·上田万年編, 『大日本国語辞典』04, 金港堂書籍, 1919).
21 원문에는 낙양에 이르러 남문 밖의 주점에서 술에 대한 이야기를 나누는 장면이 수록되어 있으나, 번역문에는 생략되어 있다.

천진(天津)은 풍문으로 듣던 번화한 도읍으로 넓고 큰 집과 높은
누각의 마루를 나란히 하고 있으며 사람들과 말의 왕래가 끊이지 않
는 곳으로 그곳에 한 요릿집이 있었다. 누각 앞에는 마차와 하인들
이 인산인해를 이루고 있다면 누각 위에서는 악기 소리와 노랫소리
가 한데 어울려서 들려왔다. 듣자하니 성안에 청년공자가 이름난 기
생을 모아서 여흥을 즐기고 있다는 것이다.

楊生も亦頻りに醉興を催したので、直ちに驢を下りて樓に入り、見
ると書生十數人、美女數十人錦の褥に膝を交へて坐し、高談放吟、內
や酒宴の最中である。一同は楊生の容貌、風采、ともに立ち優つたの
を見て、齊しく立つて席を分ち、爭つて名刺を出したりして、頗る禮
を以て迎へた。

양생도 또한 계속해서 취흥을 재촉했기에 바로 당나귀에서 내려
누각으로 들어갔다. 살펴보니 수십 명의 서생과 수십 명의 아름다운
여인들이 비단 저고리로 무릎을 감싸고 앉아서 마음껏 목청을 돋우
어 큰 소리로 말하며 한창 주연을 하고 있는 중이었다. 일동은 양생
의 용모와 풍채 모두 뛰어난 것을 보고 가지런히 일어서서 자리를 열
어주고 다투어 명함을 꺼내면서 굉장한 예로써 맞이했다.

楊生『見受けるところ今日の會は、ただ酒盃の集りでなくて、諸公詩
文を戰はすための餘興と存ぜられます。私如き卑賤の弱輩が席に連な
るのは、甚だ潛越と考へますが、』と言ふ。一同楊生の謙遜な言葉に稍
や輕蔑の意を表はし、『何、君は今來たばかりの人だから、詩は作ると

も作らないとも御勝手でよろしい。まア一つ飲みたまへ、』と云ふの
で、しきりに盃を楊生に献じた。

> 양생 "본 바에 의하면 오늘의 모임은 단지 술을 마시기 위한 모임
> 이 아니라 여러분들의 시문을 겨루기 위한 여흥이라고 생각됩니다.
> 저와 같이 비천한 풋내기[22]가 자리를 함께 하는 것은 참으로 어긋나
> 는 일이라고 생각합니다만."
> 라고 말했다. 일동은 양생의 겸손한 말에 조금 경멸의 뜻을 표하며,
> "뭐라고? 그대는 방금 온 사람이니까, 시는 지어도 좋고 안 지어
> 도 좋소. 그냥 한 잔 하시게나."
> 라고 말하고, 계속해서 양생에게 잔을 올렸다.[23]

で、楊生も忽ち酔うてしまつて、頗る快い氣持になつて見て居る
と、二十餘人の美妓おのおの藝を盡して踊つたり唄つたりしてゐる中
に、ただ一人超然として、正しく坐つたまま樂器もとらず、唄も唄は
ず、黙つて一語を發しない美人がある。さながら南海の觀音の如く、
氣品と云ひ艷美と云ひ、一同に擢でで立ち優つて居る。楊生そぞろに
うつとりとなつて、盃をまはすことさへ忘れてゐると、美人も亦楊生
を流し目に見て、暗に何事かを語つてゐるやうである。見ると、その
前には、堆きまでに詩箋が積まれて居る。

---

22 풋내기: 일본어 원문은 '弱輩'이다. 젊은 나이의 사람들 혹은 어떤 일에 미숙한
   사람을 뜻한다(松井簡治·上田万年編,『大日本国語辞典』02, 金港堂書籍, 1916).
23 원문에는 노생과 왕생이라 일컬어지는 이들과 나눈 대화가 수록되어 있으나 본
   문에는 그 내용만이 간략하게 언급되어 있을 뿐이다.

그리하여 양생도 갑자기 취해 버려서 굉장히 좋은 기분이 들어 보고 있자니, 20여 명의 아름다운 기생들이 각기 재주를 다하여 춤을 추거나 노래를 부르거나 하는 중이었는데, 오직 한 명이 초연히 바르게 앉은 채로 악기도 들지 않고 노래도 부르지 않고 잠자코 한 마디도 하지 않는 미인이 있었다. 마치 남해의 관음과 같이 기품이면 기품 요염함이면 요염함 모두가 다른 사람들보다 **빼**어나고 뛰어났다. 양생은 무심코 넋을 잃고 잔을 돌리는 것조차 잊고 있었더니 미인도 또한 양생을 곁눈질로 보고 넌지시 무언가를 말하고 있는 듯 했다. 보니 그 앞에는 수북하게 시전(詩箋)[24]이 쌓여 있었다.

楊生『あれは定めて諸兄の佳作と思はれますが、拜見は出來ませうか。』と訊く。すると一同の返事も待たず、美人は起つて、それを楊生の前に置いた。楊生一々披き見るに、概ね平々凡々の詩である。で、心に思ふやう、『洛陽には秀才が多いと聞いて居たが、さては噓であつたか』と。そのまゝ詩箋を美人に還し、『いや、非常に結構でした。こんな愉快な事はありません。』と言ふ。

양생 "저것은 틀림없이 여러 형들의 뛰어난 작품들이라고 생각합니다만, 봐도 되겠습니까?"
라고 물었다. 그러자 일동의 대답을 기다리지도 않고 미인은 일어서서 그것을 양생의 앞에 두었다. 양생이 일일이 펼쳐 보니, 대체로 평범한 시였다. 그리하여 마음에 생각하기를,

---

24 시전: 일본어 원문은 '詩箋'이다. 시를 기록하는 데 사용하는 종이라는 뜻이다 (松井簡治·上田万年編, 『大日本国語辞典』02, 金港堂書籍, 1916).

　　"낙양에는 수재가 많다고 들었는데, 그렇다면 거짓말이었단 말
인가?"
　　라고 생각하며, 그대로 시전을 미인에게 돌려주며,
　　"야, 상당히 좋았습니다. 이런 유쾌한 일도 없을 것입니다."
　　라고 말했다.

　一同はもう十分醉の廻つた折柄である。中に王生といふのが言ふ、『愉
快はそれどころでないのさ。君は知るまいが彼處に居る美人、姓は桂
名な蟾月容色歌舞は言ふまでもなく、古今の詩文に精通して、眼識の
高きことは鬼神の如しと云はれて居る。だから吾々詩を作るのも、實
は桂孃の品評にあづかつて、その佳いものを節に合はせて謠つてもら
ひ、それで一同の高下を定めようといふ考へばかりさ。』

　　일동(一同)은 이미 상당히 취해 있는 상태였다. 그 중에 왕생이라
는 자가 말하기를,
　　"유쾌할 그럴 상황이 아니오. 그대는 알지 못하겠지만 저곳에 있
는 미인은 성(姓)은 계(桂)이고 이름은 섬월(蟾月), 용색과 가무는 말
할 것도 없이 고금의 시문에도 정통하며 안목의 높음은 귀신과 같다
고들 하오. 그래서 우리들이 시를 짓는 것도 실은 계양의 품평에 맡
기어 그 좋은 것을 가락에 맞추어서 노래하게 하여 그것으로 일동의
높고 낮음을 정하고자 하는 생각일 뿐이오."

　すると杜生といふのが更に其の後を受けて、『何、そればかりでない
のさ。もし其の詩を桂孃に選ばれたものは、今夜桂孃と一緒に寢る果

報が得られるのだ。君も一つ男なら何うだ、詩を作つて僕等と彼女を
爭つて見ては……』

　　そ러자 두생이라는 자가 다시 그 뒤를 이어서,
　　"뭐, 그것 뿐만은 아니요. 혹시 그 시를 계양에게 선택받은 자는
　오늘 밤 계양과 함께 잘 수 있는 행운을 얻을 수 있는 것이오. 그대도
　남자라면 어떠한가? 시를 지어서 우리들과 그녀를[두고] 겨루어 보
　는 것은……"

　楊生『桂孃は誰の詩を歌つたのです?』王生『誰もまだ選に入つたもの
はないのよ。』楊生『では私も、物笑ひになるつもりでやつて見ますか
な。』王生『やりたまへ、やり玉へ。仁に當つては師に讓らずさ。下手で
も何でもいゝぢやないか。』

　　양생 "계양은 누구의 시를 불렀습니까?"
　　왕생 "누구도 아직 뽑힌 자는 없소."
　　양생 "그렇다면 저도 웃음거리가 될 마음으로 해 볼까요."
　　왕생 "해 보게나, 해 보게나. 인(仁)에 있어서는 스승이라도 양보
　하지 않소. 잘못 짓든 어떻든 상관없지 않소."

　實は楊生初めて桂孃を見た時から、坐ろに心の動いてゐたこととて、之を聞いてはもうじツとしてゐることができない。で、直ちに筆を執つて詩三章を作り、サラサラ紙に書いて桂孃に渡した。

　　실은 양생은 처음 계양을 봤을 때부터 저절로 마음이 움직이고 있었는데, 이것을 듣고는 더 이상 가만히 있을 수가 없었다. 그리하여 바로 붓을 잡고 시 삼장(三章)을 짓고, 술술 종이에 적어서 계양에게 전했다.

『楚客西遊路入秦 酒樓來醉洛陽春
月中丹桂誰先折 今代文章自有人』
『天津樓上柳花飛 珠箔重々映夕暉
『側耳要德歌一曲 餘筵休復舞羅衣』

花枝羞殺玉人粧 未吐□歌口已香
待得樑花飛盡後 洞房花燭賀新郎

　　초나라 손님이 서쪽에 놀러 가는 길에 진나라에 들려
　　주루(酒樓)에 와 낙양의 봄에 취했구나.
　　달 가운데 붉은 계수나무 누가 먼저 꺾을까?
　　당대의 문장이 스스로 다 모였구나.
　　천진 누각 위에 버들꽃 날고
　　구슬발 주렁주렁 저녁 빛에 비치는구나.
　　귀 기울여 듣고자 노래 한 곡조
　　그대 비단 자리에서 다시 춤추는 것을 쉬라.
　　꽃가지가 옥인의 단장을 부끄러워하니
　　가녀린 노래 미처 나오기도 전에 입이 이미 향기로우네.
　　대들보 먼지 날기 다한 뒤를 기다려

동방에 화촉 밝혀 신랑을 하례하리라.

すると忽ち桂孃の口から、此等の詩が歌ひ出された。その聲嫋々と
して訴ふるが如く、咽ぶが如く、滿座皆容をあらためて一語を發する
ものもない。楊生の喜び譬ふるに物なく、盃をとつて桂孃にさすと、
桂孃また滿を引いて楊生に酬ひ、やがて手を引き合つて二人は寢所に
隱れたのである。

　　그러자 갑자기 계양의 입에서 이 시들이 노래 불려졌다. 그 소리
가 바람에 하늘 하늘거리며 기뻐하는 듯, 목이 메는 듯, 자리에 앉아
있던 모든 사람들이 얼굴빛을 고치고 한 마디를 내뱉는 사람이 없었
다. 양생의 기쁨은 이루 비유할 바가 없었는데 잔을 들어 계양에게
가리키니, 계양 또한 잔을 채워서 양생에게 돌리고 술을 권하며 이
윽고 손을 모아 두 사람은 침소로 떠났다.[25]

その夜の寢物語りに蟾月は言ふ、『私は元來韶州の生れですが、父が
病死して家道衰へ、繼母の手にかかつて娼家に賣られました。此の四
五年の間に何千人といふ人に遭ひましたけれど、あなたのやうな立派
な方に遭ふのは今夜が初めです。どうか私を飯焚きにでもいいからあ
なたの側に置いて下さい。』

25　원문에는 계섬월이 양소유를 자신의 집으로 부르는 대화의 내용과 이를 탐탁지
　　않게 여기는 선비들의 이야기가 수록되어 있으나 번역문에는 그 내용이 생략되
　　어 있다.

그날 밤 베갯머리 송사에서 섬월이 말하기를,

"저는 원래 소주(韶州)에서 태어났습니다만, 아버지가 병으로 돌아가시고 집안이 기울어져 계모의 손에 의해서 기생집으로 팔려 왔습니다. 4-5년 사이에 몇 천 명의 사람들을 만났습니다만, 당신과 같은 훌륭한 분을 만난 것은 오늘 밤이 처음입니다. 아무쪼록 저를 밥 짓는 사람으로라도 좋으니 당신 곁에 있게 해 주십시오."

楊生『さう云はれるのは此上なく嬉しいが、そなたを妻にすることは老母が承知するとも思はれない。さりとて別に妻を持つこともできまいし。』蟾月『いいえ、あなたのやうな秀才は將來必ず宰相にも大將にもなられる方です。して見れば女と生れて、あなたのお側に仕へることを願はない者とてはありますまい。如何に私とても、一人で寵を專らにしやうなどとは思ひません。ただ何時までも棄てて下さらなければ、』といふ。

양생 "그렇게 말씀하시니 이보다 더 이상 기쁠 것이 없습니다만, 그대를 부인으로 삼는 것은 늙으신 어머니가 허락하실지 모르겠습니다. 그렇다고 해서 따로 부인을 얻을 수도 없고."

섬월 "아닙니다. 당신과 같은 수재는 장래 반듯이 재상도 대장도 되실 수 있는 분입니다. 그렇다면 여자로 태어나서 당신을 곁에서 모시는 것을 바라지 않는 자는 없을 것입니다. 아무리 저라도 혼자서 사랑을 독차지하려는 것은 생각지 않습니다. 다만 언제까지라도 버리지만 말아 주신다면,"

라고 말했다.

楊生そこで秦御史の女彩鳳のことを話すと、蟾月は彩鳳を知つて居け、曾て親密な交りをしてゐた仲だと云ふ。且つ言ふには、『娼妓の中の定評として、江南の萬玉燕、河北の狄驚鴻、洛陽の桂蟾月、此の三人を今では天下の三絶として數へられてゐます。私はほんの虚名ですが、他の二人は全く當世にまたと見られない美人です。尤も玉燕は噂を聞くばかりで會つたことはありませんが、驚鴻は私と姉妹同樣の仲で、幼い頃から美人の名高く、年頃になつては毎日毎日降るほどに縁談があつたのを、悉く斷つて自分から娼妓となつたほどの人。それといふのも皆、夫として恥しくない立派な男子を見立てようとの考へから出たことです。で、かねて私と驚鴻とは約束をして、これと思ふ立派な男子がありさへすれば、二人で同時に仕へることになつて居ります。今あなたに會つたことを知らしてやつたら、どんなに彼の人は喜ぶでせう。』と言ふ。

이에 양생이 진어사 댁의 여인 채봉에 대해서 이야기하자, 섬월은 채봉을 알고 있으며 일찍이 친밀한 교류를 하고 있던 사이라고 말했다. 또한 말하기를,

"기생 중에서 정평이 나 있기로 강남(江南)의 만옥연(萬玉燕), 하북(河北)의 적경홍(狄驚鴻), 낙양(洛陽)의 계섬월(桂蟾月) 이 세 사람을 지금은 천하의 삼절(三絶)이라고 꼽고 있습니다. 저는 그저 헛된 명성[26]입니다만, 다른 두 사람은 참으로 당대에 다시 볼 수 없는 미인입니

---

26 헛된 명성: 일본어 원문은 '虚名'이다. 그 실로 당연한 이름, 그 실로 뛰어난 이름 혹은 그 거짓된 명목이라는 뜻을 나타낸다(松井簡治·上田万年編, 『大日本国語辞典』01, 金港堂書籍, 1915).

다. 그 중에서 옥연은 소문으로만 들었을 뿐 만난 적은 없습니다만, 경홍은 저와 자매와 마찬가지인 사이로 어릴 때부터 미인으로서 이름이 높아 혼기가 되어서는 매일같이 연담이 쏟아졌던 것을 모두 거절하고 스스로 기생이 되었을 정도의 사람입니다. 그러한 것도 모두 남편으로서 부끄럽지 않은 훌륭한 남자를 보고 정하고자 하는 생각에서 나온 것입니다. 그리하여 전부터 저와 경홍은 약속을 하여 이 사람이라고 생각되는 훌륭한 남자가 있기만 한다면 둘이서 동시에 모시기로 하였습니다. 지금 당신을 만난 것을 알린다면 그 사람이 얼마나 기뻐할까요?"

라고 말했다.

楊生『士大夫の家に心當りの娘はないか。』蟾月『さうですね、秦家の娘に匹敵する程のものは滅多にありませんけれど、人の噂には鄭司徒の娘は當世一の美人といふことです。京都へ行つたら訪ねて御覽なさい。』話のうちに東の窓が白んで來たので、二人は起きて顔を洗ひ、髮を梳り、さて蟾月は楊生に言ふ、『此處はあなたの永く居らつしやる場所ではありません。それに昨日の人達が屹度面白くなく思つてゐるでせうから、これから直ぐお發ちなさい。』楊生實にもとうなづいて、惜しき名殘りをそのまゝに別れた。

양생 "사대부의 집에 마음에 짚이는 따님은 없느냐?"

섬월 "그렇군요. 진가(秦家)의 따님에 필적할 만한 사람은 좀처럼 없습니다만, 사람들의 소문에 의하면 정사도(鄭司徒)의 따님이 당대 제일의 미인이라고 합니다. 서울에 가시면 방문해 보십시오."

말하는 사이에 동쪽 창이 밝아 왔기에 두 사람은 일어나서 얼굴을 씻고 머리를 빗었다. 그리하여 섬월이 양생에게 말하기를,

"이곳은 당신이 오래도록 계실 곳이 아닙니다. 게다가 어제 만난 사람들이 필시 기분 좋지 않게 생각하고 있을 테니 지금 바로 떠나십시오."

양생도 실로 수긍하고 아쉬운 마음을 그대로 하고 헤어졌다.[27]

(二) 女裝して琴を鄭家に彈く
(2) 여장을 하여 정가에서 금을 연주하다

長安に行つて旅宿をきめ、やがて春門外の紫清觀は杜鍊師をたづねると、恰度杜鍊師は、都の雜鬧を厭うて、近日山の中へ身を避けやうとしてゐる際であつたが、母柳氏からの手紙を見て、『では好配の見付かるまで、暫く此の地に留まりませう』とて、楊生のためにわざわざ隱遁の期を延ばした。

장안(長安)으로 가서 여숙(旅宿)을 정하고 이윽고 춘문(春門) 밖의 자청관(紫清觀) 두련사(杜鍊師)를 방문하니 마침 두련사는 도읍의 어수선하고 시끄러운 것을 꺼리어 가까운 시일에 산 속으로 몸을 피하고자 하던 차였는데, 어머니 류씨가 보낸 편지를 보고,

"그렇다면 좋은 배필을 발견하기까지 잠시 이곳에 머무르시게나."

라고 말하고, 양생을 위해서 일부러 은둔의 기일을 연장시켰다.

---

27 원문에는 서로 눈물을 흘리며 헤어졌다고 기록하여 보다 격한 이별의 아픔의 감정이 서술되어 있다.

　楊生杜錬師に會つてからは、試驗のことよりも求配のことが氣にな
つて、じつとしてゐることができない、で、四五日たつてまた出かけ
て行くと、錬師は笑ひながら、『さる家に一人心當りの令孃がありま
す。才氣と云ひ容貌と云ひ申分はなく、且つ門地も高い。もし今度の
試驗が拔群の出來であつたら、或はそれを貰ふことが出來ようと思ひ
ます。』と言ふ。

　　　양생은 두련사를 만나고 나서는 시험보다도 아내를 구하는 것이
　　　신경이 쓰여 가만히 있을 수가 없었다. 그리하여 4-5일 지나서 다시
　　　외출하니, 연사(錬師)는 웃으면서,
　　　"어떤 집에 한 사람 마음에 짚이는 영양(令孃)[28]이 있습니다. 재기
　　　면 재기 용모면 용모가 말할 것도 없고, 또한 지체도 높습니다. 혹시
　　　이번 시험이 출중하게 뛰어나다면 어쩌면 그것을 얻을 수가 있을지
　　　모릅니다."
　　　라고 말했다.

　そこでその名を强いて訊くと、果してその鄭司徒の娘だといふことであ
つたから、蟾月の言つた言葉の僞ならぬを思ひ出し、どうかして一度
その實物を見たいものと、切にその事を錬師に願つた。錬師は頭を振
つて、『迚も迚も、宰相の家の令孃を何うして見ることが出來よう。』と
て肯き入れさうもなかつたが、やがて『御身は何か音樂を心得てゐます
か』と言ふ。

---

28 정경패를 이른다.

이에 그 이름을 억지로 물어 보니 과연 정사도의 딸이라고 했기에 섬월이 말한 말이 거짓이 아니었음을 떠올리며 어떻게든 해서 한 번 그 실물을 보고 싶다고 절실히 그 일을 연사에게 부탁했다. 연사는 머리를 쩔레쩔레 흔들며,

"아무리 그래도 어떻게 하여 재상 댁의 영양을 볼 수가 있겠습니까?"

라고 들어주려고도 하지 않았는데, 이윽고,

"그대는 무언가 음악을 터득하고 있는 것이 있습니까?"

라고 말했다.

楊生曾て仙人から琴を習つたことがある。それを鍊師に話すと、鍊師『鄭夫人崔氏は非常な音樂好きである。令孃もまた音樂については精通しないものはない。では一つ斯うしよう、』とて、例年三月卅日に鄭家から使者が來ることになつてゐるのを幸ひ、女の姿をして琴を彈じ、先づその使者に聽かしめることを企てた。

양생은 일찍이 신선에게 금을 배운 적이 있었다. 그것을 연사에게 말하자, 연사,

"정부인(鄭夫人) 최씨(崔氏)는 상당히 음악을 좋아하는 사람입니다. 영양도 또한 음악에 대해서는 정통하지 않은 것이 없습니다. 그렇다면 한 번 이렇게 해 봅시다."

라고 말하며, 다행이 이전부터 3월 30일이면 정가로부터 심부름꾼이 오게 되어 있습니다만, 여장을 하고 금을 연주하여 우선 그 심부름꾼에게 들려줄 것을 계획했다.

やがてその日になつて、鄭家から例の如くに盛んな供物が運ばれる。使者が轎に乘つて、もはや歸らうとする時に、遠く別堂から美妙な琴の音が聞えて來た。その曲と云ひ聲と云ひ、迚も尋常のものではなかつたので、何人の手ずさびなるかと鍊師に問ふと、鍊師は、前日楚から來て滯在して居る年若い女樂師であると答へる。使者『もし夫人が聞かれたら、きつと召さるるに違ひありません。どうぞその人を引き留めて何處へもやらずに置いて下さい。』と賴んで歸つた。

이윽고 그날이 되어서 정가로부터 평소대로 다양한 공물이 운반되어 왔다. 사자(使者)가 가마에 올라타고 어느덧 돌아가려고 할 때에 멀리 별당에서 아름답고 즐거운 금의 소리가 들려 왔다. 그 곡이면 곡, 소리면 소리, 너무나도 평범한 것[29]이 아니었기에 어떠한 사람의 연주인가하고 연사에게 물으니, 연사는 지난 날 초(楚)에서 와서 체재하고 있는 젊은 여악사라고 대답했다. 사자(使者)는,

"혹시 부인이 들으신다면, 필시 초대하심에 틀림없습니다. 아무쪼록 그 사람을 붙잡아서 어디에도 가지 못하게 해 두십시오."

라고 부탁하고 돌아갔다.

それと聞いて楊生、手を打つて悅んで居ると、果して翌日鄭家から迎ひが來た。楊生早速使と共に、女道士の裝ひをして琴を抱いて鄭司徒の邸に行く。直ちに內庭に導かれる。中堂には夫人崔氏、威儀を正して控へて居る。諸般の挨拶あつてから、やがて琴を彈ずる段となつ

---

29 평범한 것: 일본어 원문은 '尋常'이다. 눈에 띄지 않는 것이라는 뜻이다(棚橋一郎·林甕臣編,『日本新辞林』, 三省堂, 1897).

たが、肝腎な令嬢の顔が見えない。

　　それ을 들은 양생 손을 치며 기뻐하고 있으니, 과연 다음 날 정가
에서 마중을 왔다. 양생은 서둘러 심부름꾼과 함께 여도사의 복장을
하여 금을 안고 정사도의 집으로 갔다. 바로 안에 있는 뜰로 이끌려
갔다. 중당(中堂)에는 부인 최씨가 차림새를 바로하고 기다리고 있었
다. 모든 인사가 있고 나서 이윽고 금을 연주하는 단계가 되었는데,
중요한 영양의 얼굴이 보이지 않았다.

　　で、楊生『聞けば當家の令嬢は音樂の事には頗る精通して居らるると
の事、どうか令嬢にも聽いて頂いて、具さに敎を受けたいものと存じ
ます。』と云ふ。すると夫人の命によつて、一人の侍女が令嬢を案內し
て夫人の側に坐らせた。

　　그리하여 양생,
　　"듣자하니 이 댁의 영양은 음악에 대해 굉장히 정통해 있다고 하지
요? 아무쪼록 영양께서 들으시고 함께 가르침을 주셨으면 합니다."
　　라고 말했다. 그러자 부인의 명으로 시녀 한 명이 영양을 안내해
서 부인 곁에 앉혔다.

　　そもそもこの令嬢、名を瓊貝と云ひ、夫人分娩の日、一人の侍女
が、一顆の珠をとつて房中に投げたと見て、初めて産聲をあげたの
で、容姿の美と才智の奇とは、相待つて千古の一人と云はれて居る。

　　원래 이 영양은 이름을 경패라고 하며, 부인이 분만하는 날 시녀 한 명이 구슬 한 방울을 집어서 방안으로 던지는 것을 보고 처음으로 첫 울음소리를 냈는데, 용모와 자태의 아름다움과 재능과 지혜의 기이함이 서로 어우러져서 천고에 유례가 없을 정도로 보기 드문 한 사람이라고 일컬어지고 있었다.[30]

楊生仰ぎ見て眼くらめき、正しく凝視することができない。そこで、坐をあらためて琴を把り、先づ霓裳雨衣の曲より初めて次ぎ次ぎに八つの曲を奏し終る。その間令孃は、一曲每に精評を加へ、且つ技の妙を稱して剩すところがない。然るに楊生、更に最後の一曲を奏する頃となつて、どうしたことか令孃は切りに惱まし氣な樣子を示して居たが、つひに堪へ兼ねて坐を立ち、奧に入つて再び出て來なくなつた。小婢は言ふ、『お孃樣は少し御氣分が惡いさうでございます。』楊生大に心配したが、その日はそれで歸つてしまつた。

　　양생은 엿보다가 눈을 번쩍이며 바로 응시할 수가 없었다. 이에 자리를 고쳐 앉고 금을 쥐고, 우선 예상우의(霓裳雨衣)곡을 시작으로 계속해서 여덟 곡을 연주하고 끝냈다. 그 사이 영양은 한 곡이 끝날 때마다 정평(精評)을 더하고 또한 재주가 신묘함을 칭찬함에 부족함이 없었다. 그런데도 양생이 마지막 한 곡을 연주할 무렵이 되어서 무슨 일인지 영양은 매우 고민스러운 모습을 하고 있었는데,[31] 결국

---

30 원문에는 정경패의 이름에 대한 이와 같은 설명이 서술되어 있지 않다.
31 원문에는 양소유와 정경패가 연주하는 곡에 대해 대화를 나누는 장면이 상세하게 기술되어 있으나 번역문에는 그 내용이 거의 생략되어 있다.

은 참지 못하고 자리를 일어나 안으로 들어가 다시 나오지 않았다. 하녀가 말하기를,

"아가씨는 기분이 조금 안 좋다고 하십니다."

양생은 크게 걱정했지만 그날은 그렇게 돌아가 버렸다.

鄭家の侍女のうちに賈春娘といふものがある。父は鄭家に功勞のある人であつたが、春娘が十の歲に亡くなつて、それ以來春娘は鄭家に養はれた。年は令孃と一月後れの同い年で、容貌なら才氣なら、敢て令孃にも劣らないので、二人は主從といふよりも、むしろ友達としての誼みを保つて來たのである。

정가의 시녀 중에서 가춘낭(賈春娘)이라는 사람이 있었다. 아버지는 정가에 공로가 있는 사람이었는데 춘낭이 열 살이었을 때 돌아가셨기에, 그 이후 춘낭은 정가에서 키워졌다. 나이는 영양보다 한 달 뒤에 태어난 동갑으로 용모나 재기가 결코 영양에 뒤지지 않았기에 두 사람은 주인과 종이라기 보단 오히려 친구로서 우정을 유지해 왔던 것이다.

此の日春娘少しく病氣で寢てゐたが、琴の名人が來たといふので無理にも起きようとしてゐるところへ、令孃が來て、『春娘や、私は今日ばかり辱しめを受けたことはない。』と言ふ。何故かと問ふと、令孃『今日うちに來た琴の女、初めはそれとも氣づかなかつたが、最後に彈いた一曲は司馬相如が卓文君を挑んだ鳳求凰であつたから、初めて疑うて能く能く見ると、確に男子が色を弄ぶために女裝して來たものであ

ることが分つた。欺かれたとは云へ處女の身で、半日見知らぬ男と對
坐したがと思ふと口惜しくて口惜しくて。』

　　이날 춘낭은 병으로 좀 누워 있었는데 금을 연주하는 명인이 왔다
고 하기에 무리해서 일어나려고 하던 차에, 영양이 와서,
　　"춘낭아, 나는 오늘처럼 창피한 적은 없었다."
　　라고 말했다. 왜 그런가 하고 물으니, 영양,
　　"오늘 집에 와서 금을 탄 여자는 처음에는 그러하다고 알아차리
지 못했지만 마지막에 연주한 한 곡은 사마상여(司馬相如)가 탁문군
(卓文君)을 꾄 봉구황(鳳求凰)이었기에 처음으로 의심하여 자세히 보
니 확실히 남자가 색을 희롱하기 위해서 여장을 하여 온 것이라는 것
을 알았다. 속았다고는 하지만 처녀의 몸으로 반나절 알지도 모르는
남자와 마주하고 앉아 있었다고 생각하니 원통하고 원통하구나."

　春娘『果してそれが男子なら、容貌と云ひ氣象と云ひ、乃至は音律の
技倆と云ひ、眞の相如に見立てても決して恥かしくないではありませ
んか。』令孃『彼の人が相如であつても、私は卓文君にはならないわ。』あ
とは笑ひ話となつて其の日の事は濟んだ。

　　춘낭,
　　"과연 그것이 남자라면 용모면 용모, 기상이면 기상, 더 나아가서
는 음율의 기량이면 기량, 진짜 상여에 비겨도 결코 부끄럽지 않은
것이 아닙니까?"
　　영양,

"그 사람이 상여라고 하더라도 나는 탁문군은 되지 않을 것이다."

그러고는 우스갯소리가 되어 그날 일은 끝이 났다.

ある日司徒外から歸つて來て言ふ、『今度の試驗に最高の成績を以て
登第した楊少游といふのは、聞けばまだ十六歳の少年で、驚くべき俊
才だといふことだ。嬢の婿にする者は恐らくこれの外にあるまい。そ
のうち一度會つて見よう。』

어느 날 사도(司徒)가 밖에서 돌아와서 말하기를,

"이번 시험에서 최고의 성적으로 등제한 양소유라는 사람은 듣자
하니 아직 16살의 소년으로 놀랄 정도의 준재라고 한다. 딸의 사위
가 될 사람은 필시 이것 밖에 없을 것이다. 가까운 시일 안에 한번 만
나 보자."

(三) 夜々仙女を入れて樂しむ
(3) 매일 밤 선녀를 들여 즐기다

鄭司徒の令嬢瓊員、父の話を聞いて春娘に言ふ、『此の間の琴の女も
楚の生れだと云ひ、十六歳と云ふことだつたが、或は楊少游といふの
はあれかも知れない。もし來たらお前能く見とどけてお吳れ。』

정사도의 영양 경패는 아버지의 이야기를 듣고 춘낭에게 말하기를,

"지난 번 금을 탄 여자도 초에서 태어났다고 하고 16살이라고 했
는데, 어쩌면 양소유라는 사람이 그 사람일지 모른다. 혹시 오면 네

가 잘 지켜봐 줬으면 한다."

　此の時楊生、拔群の成績を以て試驗を終へ、直に翰苑に選ばれたの
で、彼方からも此方からも娘の婿にとの望み手が多かつたが、楊生は
盡く之を斥け、密み禮部權侍郎の紹介で鄭家へ結婚を申込まうとし
た。で、侍郎の紹介狀をもうつて鄭司徒の邸に行くと、司徒も夫人も
喜んで客間に迎へ入れた。見るに楊生の容貌と云ひ、風采と云ひ、聞
きしにまさる立派さであるから、司徒も夫人も頗るその意に適ひ、そ
の場で楊生に向つて、『娘の婿に』との意を洩らした。

　이때 양생은 발군의 성적으로 시험을 마치고 바로 한원(翰苑)³²에
뽑혀 이쪽, 저쪽에서 딸의 사위로 삼았으면 하고 바라는 사람이 많
았는데, 양생은 이것을 모조리 거절하고 은밀히 예부(禮部) 권시랑
(權侍郎)의 소개로 정가에 결혼을 신청했다. 그리하여 시랑의 소개장
을 가지고 정사도의 댁에 가니, 사도도 부인도 기뻐서 객실에서 맞
이했다. 보아하니 양생의 용모면 용모 풍채면 풍채, 들은 것보다 빼
어나고 훌륭하여 사도도 부인도 대단히 그 뜻이 맞아서 그 자리에서
양생을 향해서,

　"딸의 사위가 되어 주었으면."
　이라는 뜻을 내비쳤다.

　すると楊生、初めよりそのつもりで侍郎の手紙を懷ろにして來たこ

---

32 한림원(翰林院) 혹은 예문관(藝文館)을 가리키던 말.

とであるから、その事を話して侍郎の手紙を見せると、司徒の悅びは譬ふるに物なく、酒をよんで大に楊生をもてなした。

그러자 양생은 처음부터 그럴 마음으로 시랑(侍郎)의 편지를 품고 왔기에 그 일을 이야기하며 시랑의 편지를 보여주자 사도의 기쁨은 비유할 바가 없었다. 술을 차려 크게 양생을 대접했다.

此方では令孃と春娘、果して楊少游と前日の樂人とが同一人であるか否かを確かめるために、夫人の侍女について樣子をきくと、まがふ方もなくそれであるので、此の上は何うするかと、そつと春娘をして、次の間で樣子をうかゞはせると、早くも婚約の事がきまりさうであるから、令孃は驚いて母夫人に向ひ、『結婚は人生の大事です。何故さう輕々しくお定めになるのでせう。』と云ふ。母夫人『楊少游ほどの人なら大丈夫、決して心配なことはありません。』

이쪽에서는 영양과 춘낭이 과연 양소유와 지난날의 악인(樂人)이 동일인(同一人)인지에 대해 확인하기 위해 부인의 시녀에게 상태를 물어보니 분간 못할 것도 없이 바로 그것이었다. 이리하여 무엇을 하는가 했더니 몰래 춘낭에게 옆방에서 상태를 엿보게 하는 것이었다. 그러자 이미 혼약이 결정되려고 했기에, 영양은 놀라서 모부인을 향해,

"결혼은 인생(人生)에서 큰일입니다. 왜 그렇게 가볍게 결정하시는 것입니까?"

라고 말했다. 모부인,

"양소유만한 사람이라면 괜찮다. 결코 걱정할 것은 없습니다."

令嬢『でも楊少游は、顔でも何でも、先達の琴の女とちつとも違はないと云ふぢやありませんか。』母夫人『全く左様ですよ。ですから何んなに奇麗な人だかが分るでせう。』令嬢『それがいけないのです。私はあんまり恥かしいのでお母様にも申上げないで居りましたが、先達の琴の女は實は楊少游が、姿をやつして私の器量を見に來たのです。』

영양 "하지만 양소유는 얼굴로 보아하나 다른 것으로 보아하나, 지난번 금을 탔던 여자와 조금도 다를 것이 없다고 하지를 않습니까?"

모부인 "완전히 그렇습니다. 그러니 얼마나 아름다운 사람인지 아시겠지요?"

영양 "그게 안 된다는 것입니다. 저는 너무나도 부끄러워서 어머니에게 말씀도 드리지 못하고 있었습니다만, 지난번 금을 탔던 여자는 실은 양소유가 모습을 변장하여 나의 기량을 보러 온 것입니다."

そこへ父司徒が出て來て令嬢に向ひ、『まア喜べ、好い婿が出來たわ。』と言ふ。夫人そこで令嬢の言葉を司徒に取次ぐと、司徒は笑つて意にも介せず、早速婚禮のことを夫人と相談する。夫人『婚禮は何時頃といふお考へですか?』司徒『式は秋まで延ばし、母堂を連れて來てからのことにしようといふのだ。しかしそれまでは花園の別堂に少游を住はせることにしよう。』とて、吉日を選んで楊翰林を迎へ、翰林また婿の禮を以て司徒夫妻に仕へた。

이에 아버지 사도가 나와서 영양을 향해,

"어쨌든 기뻐해라. 좋은 사위가 생겼다."

라고 말했다. 부인이 이에 영양이 한 말을 사도에게 전하니, 사도
는 웃으며 신경도 쓰지 않고 서둘러 혼례에 관한 것을 부인과 상담했
다. 부인,

"혼례는 언제쯤이라고 생각하십니까?"

사도 "결혼식은 가을까지 미루자고 하오. 어머님을 모셔 와서 하
겠다고 하오. 하지만 그때까지 화원에 있는 별당에서 소유가 기거하
게 하도록 합시다."

라고 말하며, 길일을 정해서 양한림을 맞이하고, 한림 또한 예를
갖추어서 사도 부부를 섬겼다.

ある日令孃瓊貝は、春娘の室でふと拾つた一片の紙切れを見ると、
それには正しく春娘自作の詩が書かれてあつた。それによると春娘の
心は生涯瓊貝と離れたくない。而も瓊貝、今や好配を得る。必ずや自
分を疎するに至るであらう、との意味で、その心を推し量ると、二人
共々同じ一人に身を任せたいといふに歸するのであつた。

어느 날 영양 경패가 춘낭의 방에서 문득 주운 한 편의 종잇조각
을 보니, 그곳에는 바르게 춘낭의 자작시가 적혀 있었다.[33] 그것에
의하면 춘낭의 마음은 평생 경패와 헤어지고 싶지 않다는 것이다.
그런데 경패는 지금 좋은 짝을 얻었기에 필시 자신에게 소홀해질 것

---

33 원문의 시가 번역문에는 생략되어 있다.

이라는 의미였다. 그 마음을 헤아려 보니 두 사람 모두 같은 사람에게 몸을 맡기고 싶다는 뜻으로 해석되는 것이었다.

で、瓊貝その事を胸にをさめて母に向ひ、翰林の身の廻り萬端を春娘にさせるやうにしては如何と勸める。母夫人稍々躊躇の色あるを見て言ふ、『翰林の器量を見まするに、到底一人や二人の女を守つて居られる人物ではありません。他日宰相の位にもつけば、尙更のこと多くの美人が側に仕へることになるでせうから、いつそ今のうちに春娘をつかはされては如何です。』 折柄司徒が出て來たので、その事を司徒に話すと、司徒も直ちに贊成して、『婚禮前だからといつて、年の若いものを一人で置くのは可愛さうだ。早速春娘をやつて夜の伽をさせたがいい。』

그리하여 경패는 그 일을 가슴에 간직하고 어머니를 향해 한림의 신변에 관한 여러 가지 일을 춘낭에게 시키는 것은 어떠한가 하고 권했다. 모부인이 약간 주저하는 모습을 보고 말하기를,
"한림의 기량을 보아하니 도저히 한 사람이나 두 사람의 여인을 지키고 있을 사람이 아닙니다. 훗날 재상의 지위에 오른다면 더욱 많은 미인이 곁에서 모시게 될 것이니 차라리 지금 춘낭을 보내는 것은 어떠합니까?"
때마침 사도가 나왔기에 그 일을 사도에게 이야기하자, 사도도 바로 찬성하여,
"혼례 전이라고 해서 나이 젊은 사람을 홀로 두는 것은 불쌍하다. 서둘러 춘낭을 보내어 밤새도록 곁에서 보살피도록 하는 것이 좋겠다."

その時瓊貝は、『私に少し考へがあります。どうか先日の恥を雪がして下さい。』と言ふ。司徒『どういふ方法か?』瓊貝『その方法は十三兄を頼んで、斯々云々したいと思ひます。』とて詳しく計略を父に話した。

그때 경패는, "저에게 조금 생각이 있습니다. 아무쪼록 지난날의 부끄러움을 설욕하게 해 주십시오."
라고 말했다.
사도 "어떠한 방법이냐?"
경패 "그 방법은 십삼형(十三兄)에게 부탁하여 이렇게 저렇게 하고 싶습니다."
라고 자세히 계략을 아버지에게 이야기했다.

十三兄とは司徒の甥で、名を十三郎と云ひ、機警と諧謔とを以て評判の男であるが、近頃すつかり楊翰林と親しくしてゐるのを幸ひ、之を利用して一つ翰林を欺かうといふ惡戲である。

십삼형이란 사도의 조카로 이름을 십삼낭(十三郎)이라고 하고, 기지가 있고 현명하며 유머로 평판이 나 있는 남자였는데, 다행히도 근래에 완전히 양한림과 사이가 좋으니, 이것을 이용하여 한 번 한림을 속여 보려고 하는 나쁜 장난이었다.

司徒　『うむ、そいつは頗る面白い。』とばかり直ちに贊意を表したので、瓊貝そのことを春娘に計り、『肯いて呉れるかい、』と言ふと、春娘『どんなことでも決して仰せに背きません。』とて快く之を承諾し、やが

て旨を受けて終南山の麓なる鄭家の別莊へ行くことにした。

　　　사도 "음, 그 녀석은 굉장히 재미있는 녀석이다."
　　　라고만 말하며 바로 찬성의 뜻을 나타냈기에, 경패는 그 일을 춘
　　낭에게 말하며,
　　　"허락해 주겠느냐?" 라고 말하니,
　　　춘낭 "어떠한 것도 결코 분부를 어기지 않겠습니다."
　　　라고 말하며 흔쾌히 이것을 승낙했다. 이윽고 뜻을 받들어 종남산
　　기슭에 있는 정가의 별장에 가기로 했다.

　その頃翰林の職務と云つては、大概遊びも同樣であつたので、每日
酒を飮んだり友達をたづねたり、たまには驢馬に乘つて郊外を散步し
たりして面白く日を暮らしてゐたが、ある日鄭十三がたづねて來て、
城南の仙鄕へ案內しようと云つて、楊翰林を連れ出した。

　　　그 무렵 한림의 직무라고 하는 것은 대개 노는 것과 마찬가지였기
　　에 매일 술을 마시거나 친구를 방문하거나 때로는 당나귀를 타고 교
　　외를 산책하면서 재미있는 날을 보내는 것이었는데, 어느 날 정십삼
　　이 방문해 와서 성의 남쪽에 있는 선향(仙鄕)[34]을 안내하겠다고 하면
　　서 양한림을 데리고 나갔다.

　で、家を出て數里の山道をのぼると、頃しも春の末頃で、咲き殘つ

---

34 신선이 산다는 곳.

た花がちらちらと散つては二ひら三ひら溪に浮ぶも面白い。鄭生云ふ、『此の水は紫閣峰から流れてゐるが、かねてこの上に仙鄕があつて、殊に月明の夜などは美人の樂を彈ずる音が聞えると云ふ。今日は幸ひの機會だから、一つ探つて見やうではありませんか。』翰林『それは愉快だ。天下に神仙と云ふものがあるなら、きつとこんな山にちがひない。』

　　그리하여 집을 나서 수리(數里)의 산길을 올라가니 때마침 봄도 끝날 무렵으로 피다 남은 꽃이 팔랑팔랑 흩어져서는 두 잎 세 잎 계곡에 떠 있는 것도 재미있었다. 정생이 말하기를,

　　"이 물은 자각봉(紫閣峰)에서 흘러내려 오는 것인데, 일찍이 이 위에 선향이 있어서 특히 달 밝은 밤에는 미인이 악기를 연주하는 소리가 들린다고 하오. 오늘은 절호의 기회이니까, 한 번 찾아보지 않겠습니까?"

　　한림 "그것은 유쾌한 일이구료. 천하에 신선이라는 것이 있다면, 필시 이 산임에 틀림없을 것이오."

　で、二人が勇んで、いざや仙鄕を探りに出かけようとする處へ、鄭生の家から使が走つて來て、『今夫人が大變てすから、早く歸つて來て下さい。』と言ふ。鄭生驚いて、使と共に歸つてしまふ。

　　그리하여 두 사람은 용기를 내어 막상 선향을 찾아 나가려고 하려던 차에, 정생의 집에서 심부름꾼이 달려와서,

　　"지금 부인이 큰일입니다.[35] 어서 돌아와 주십시오."

555

라고 말했다. 정생은 놀라서 심부름꾼과 함께 돌아가 버렸다.

と、あとには翰林ただ一人、ぽつねんとして流れに沿うて歩いて居ると、忽ち空洞の入口に來た。あたりは靜かで、ただ淸らかな水のちよろちよろと流れる音ばかり、幽邃閑雅、げに一點の飛塵とてなき仙境である。見ると紅の桂の葉が一枚流れて來た。手にとるとそれには『仙龍吠雲外。知是楊郎來。』と一句の詩が認められてある。

그리하여 남은 것은 오직 한림 한 사람이었다. 홀로 외롭게 흐름을 따라 걸어가고 있었더니 갑자기 텅 빈 동굴 입구에 다다랐다. 주변은 조용하고, 다만 깨끗한 물 뒤에 흔들흔들 흘러내려오는 소리뿐, 깊고 고요하고 조용하고 우아한 모습이 참으로 한 점의 먼지도 없는 선경이었다. 보아하니 붉은 월계수나무 잎이 한 장 흘러내려왔다. 손에 들어 보니 그것에는,

"선룡(仙龍) 구름 밖으로 짖으니 양낭(楊郎)이 옴을 알겠구나."
라는 한 구의 시가 적혀 있었다.

折柄日は旣に暮れて、東の巓におぼろの月がのぼつて居る。で、光を追ひ林を縫うて、ひとり山路を登つて行くと、十四五歳の女の子の、餘念もなく溪で衣を洗つて居たのが、翰林を見るなり『入らつしやいましたよ』と一聲高く呼はつたかと思ふと忽ち姿をかくしてしまつた。

---

35 원문에 따르면 부인에게 병환이 있다는 소식이 전해졌다.

때마침 날은 이미 저물어, 동쪽 산이마에 어슴푸레한 달이 떠 있었다. 그리하여 빛을 좇아 숲을 꿰매듯 홀로 산길을 올라가니, 14-5살의 여자아이가 여념 없이 계곡에서 옷을 빨고 있었는데, 한림을 보자마자,

"오셨습니까."

라면서 소리를 높여 부르는가 했더니, 갑자기 모습을 감춰 버렸다.

翰林不思議に思ひつつ尙ほも行くと、路はなくなつてそこに一つの小亭がある。これぞまことに仙人の住居と見るほどに、霞のなかから月光をあびて、一人の美人がすつくと立ち、翰林を見て一禮を施して言ふ、『先達からお待ち申して居りました。』

한림은 이상한 생각이 들어 더욱 가보니, 길이 없어지고 그곳에는 작은 정자가 하나 있었다. 이곳이야말로 선인의 주거라고 말할 정도였는데, 안개 속에 달빛을 받은 미인 한 명이 우뚝 서서 한림을 보고 예를 다하여 말하기를,

"지난날부터 기다리고 있었습니다."

で、流石に驚いてつらつら美人を見ると、身には紅いの錦を纏ひ、頭には翡翠の簪を揷み、その美くしさ、その氣高さ、到底人間世界に見ることのできる姿でない。やがて導かれて亭に入ると、美人は女童に言ひつけて酒肴を運ばせ、しきりに盃を翰林にすすめる。その味の芳醇なる、これまた俗世のものとは思はれない。で、しばし夢心地に、美人と四方山の話をしてゐる中、夜も次第に更け渡つたので、や

がて美人にうながされて寝に就き、相擁して樂しき夢を結ぶ間もな
く、島鳴いて東の窓は白んで來た。

그리하여 과연 놀라서 곰곰이 미인을 보니, 몸에는 붉은 비단을
걸치고 머리에는 비취로 만든 비녀를 꽂고 있었는데, 그 아름다움과
그 기품은 도저히 인간세상에서 볼 수 있는 모습이 아니었다. 이윽
고 이끌리어 정자에 들어가니, 미인은 여동에게 말하여 술과 안주를
가져오게 하고 계속해서 잔을 한림에게 권했다. 그 향기 좋은 맛은
이것 또한 속세의 것이라고 생각할 수가 없었다. 그리하여 한동안
꿈을 꾸는 듯한 황홀한 마음으로 미인과 세상일에 대해서 이야기를
하고 있던 중 밤도 차차 깊어져 왔기에 이윽고 미인이 재촉하는 대로
잠자리에 들어 서로 안고 즐거운 꿈을 꿀 시간도 없이 새가 울고 동
쪽 창문이 밝아 왔다.

美人は先づ起きて翰林に向ひ、『今日は私が天に上る日です。どうぞ
あなたもお歸り下さい。御緣があつたらまたお目にかかりませう。』と
言ひつつ『相逢花滿天、相別花在地、春色如夢中、弱水杳千里』といふ
一詩を認めて翰林に贈つた。翰林もまた肌着を裂いて『天風吹玉珮、白
雲何離披、巫山他夜雨、願濕裏々衣』との一詩を酬ひ、幾度となく促が
されて名殘を惜しみつつ美人と別れた。

미인은 우선 일어나서 한림을 향해,
"오늘은 제가 하늘로 올라가는 날입니다. 아무쪼록 당신도 돌아
가십시오. 인연이 있다면 다시 만날 수 있을 것입니다."

라고 말하며,

"서로 만나니 꽃이 하늘에 가득하고, 서로 이별하니 꽃이 땅에 있구나. 봄빛은 꿈 가운데 있고, 약수는 천리에 아득하구나."

라고 하는 시 한 수를 적어서 한림에게 보냈다. 한림도 속옷을 찢어서,

"하늘 바람이 옥패를 부니, 흰 구름이 어찌하여 흩어지나. 무산(巫山)의 다른 밤비가 양양(襄襄)의 옷깃 적시길 바라네."

라는 시 한 수로 응대했다. 몇 번이나 재촉하였기에 아쉬워하며 미인과 헤어졌다.

林を出て在りし小亭を顧みれば、一望さながら夢の如く、幻の如くである。で、家に歸つては見たものの、昨夜のそれが思ひ出されて、何事も手につかず、夜は夜とて一睡もなり兼ぬる有樣に、翌朝再び前日の場所を訪うて見たが、虛亭ひとり闃として最早美人の影はない。終日歎息し、憮然として夕方空しく家に歸つた。

숲을 나서서 작은 정자를 돌아보니, 한눈에 바라보이는 것이 마치 꿈과 같이 환상과 같았다. 그리하여 집에 돌아오기는 했지만, 지난밤의 그것이 생각나서 아무것도 손에 잡히지 않고, 밤은 밤대로 한숨도 자지 못했기에 다음날 아침 다시 전날 그 장소를 방문해 봤는데, 비어 있는 정자만이 홀로 고요하게 있으며 이미 미인의 자취는 없었다. 종일 탄식하며 실망하여 저녁 무렵에 공허하게 집에 돌아왔다.

さる程に四五日經つてから鄭十三がやつて來て、『此間は折角の好機

會を逸したが、今日は一つ二人で郊外散歩をしようぢやありません
か。』といふ。翰林も相手の欲しい折柄とて、鄭生に誘はるるまま、轡
を並べて城外の或る廣野に出かけた。

그러는 중에 4-5일이 지나서 정십삼이 찾아와서,
"지난번에는 어쨌든 좋은 기회를 놓쳤습니다만, 오늘 잠시 둘이
서 교외로 산책을 가지 않겠습니까?"
라고 말했다. 한림도 상대가 원하기에 정생이 권유하는 대로 고삐
를 나란히 하여 성 밖의 어느 광야로 외출했다.

やがて草を蓐として兩人對坐し、持參の酒を酌みかはしてゐると、
傍に一つの荒れた墳墓のあるのが見つかつた。鄭生言ふ『君は御存じな
いか知らんが、あれは一世の美人張女娘を埋めた墓です。一つ芳魂を
慰めてやらうぢやないか。』

이윽고 풀을 깔개로 하여 두 사람은 서로 마주 앉아 가지고 온 술
을 따르고 있자니, 곁에 하나의 황폐한 분묘가 있는 것을 발견했다.
정생이 말하기를,
"그대는 아는지 모르겠지만, 저것은 당대의 미인인 장녀랑(張女
娘)을 묻은 묘입니다. 잠시 방혼(芳魂)[36]을 위로하지 않겠습니까?"

で、二人は墳墓の前に行つて酒を注ぎ、詩を賦して互に朗吟してゐ

---

36 아름다운 여자의 죽은 영혼을 이르는 말.

ると、鄭生は墳墓の傍から白い布に書いた絶句一首を拾つて來た。見ると、それは擬ひもなく、前日の自分が肌着を裂いて仙女に贈つたその詩である。さては彼の美人は、張女娘の幽靈であつたかと。今更愕然として額から汗を流したが、しかし仙人にもせよ幽靈にもせよ、一旦情交を結んだ以上これまた盡きせぬ天緣である。どうぞ今夜にも舊緣のつづきまするやうにと、獨り默禱して其の日は歸つた。

　　그리하여 두 사람이 분묘 앞으로 가서 술을 기울이며 시를 지어서 서로 읊조리고 있으니,[37] 정생이 분묘 곁에서 하얀 천에 적은 절구 한 수를 주워왔다. 보아하니 그것은 의심할 여지도 없이 지난날 자신이 속옷을 찢어서 선녀에게 준 그 시였다. 그렇다면 그 미인은 장녀랑의 유령이었단 말인가 하고 생각했다. 새삼스럽게 놀라며 이마에서 땀이 흘렀는데, 하지만 선인이든, 유령이든, 일단 정분을 맺은 이상 이것 또한 다할 수 없는 하늘의 인연인 것이다. 아무쪼록 오늘 밤에도 전부터 맺어 온 인연이 지속될 수 있도록 홀로 묵도하며 그날은 돌아갔다.

　するとその夜、翰林枕によつてしきりに仙女の上を想ふて居ると、コトコト人の足音が聞えて來る。此の夜更けに不思議なことと、そつと戶を開けて覗いて見ると、疑ふべくもない紫閣峰で會つた仙女である。翰林夢かとばかり喜んで、直ちに戶を開けて美人の手を把り、寢

---

37 원문에는 그 묘가 장여랑의 무덤이며 그에 얽힌 이야기를 정십삼과 양소유가 나누며 시를 주고받는 내용이 수록되어 있으나 번역문에는 그에 대한 내용이 생략되어 있다.

床の中へ引き入れようとすると、美人はあはてて手を振つて『私の身の上は既に御承知でございませう。先夜圖らずお側に一夜を過させて頂き、私の身にとり此れほどの光榮はございませんのに、今日また私の幽宅へ來て、いろいろと慰めて下さいました。それで今夜は、篤く御禮を申し上げようと思つて參りましたので、決して幽靈の身分でもう一度夜の伽をなどヽは思つて居りません。』と言ふ。

　　그러자 그날 밤 한림이 잠자리에 들어 계속해서 선녀에 관해서 생각하고 있으니, 달그락 달그락 사람의 발소리가 들려 왔다. 깊은 밤에 희한한 일이라 생각하여 몰래 문을 열어 엿보고 있었더니 의심할 여지도 없이 자각봉에서 만난 선녀였던 것이다. 한림은 꿈인가 하고 생각하며 기뻐하고 바로 문을 열어 미인의 손을 잡고 침상 안으로 끌어들이려고 하니, 미인은 당황해하며 손을 흔들고,

　　"저에 대해서는 이미 알고 계실 것입니다. 지난밤 의도치 않게 곁에서 하룻밤을 지내게 되어 저로서는 이보다 더한 광영은 없습니다만, 오늘 다시 저의 유택에 오셔서 여러모로 위로해 주셨습니다. 그리하여 오늘밤은 오로지 예를 올리고자 생각하여 왔을 뿐, 결코 유령의 몸으로 다시 한 번 동침하고자 하는 것은 생각지 않고 있습니다."

　　라고 말했다.

　翰林『いやいや、幽靈であらうが鬼であらうが、そんなことをわしが構ふものか。元來人間の身體などと云ふは假の現れに過ぎないので、眞と云へば何が眞やら知れたものでない。決してそんな遠慮はいらないほどにどうか今後每晚來てもらひたい。』と言ふと、美人も嬉しさう

に打ち肯き、直ちに抱かれて寝室に入つた。その夜二人の情交は前に
増して濃かであつたが、曉の鍾をきくと共に、美人の姿は忽ち花の影
にかくれてしまつてまた見ることができなかつた。

　　한림 "이런, 이런, 유령이든 귀신이든, 그런 것을 내가 상관이라도
할 것 같으냐? 원래 인간의 신체와 같은 것은 일시적으로 나타난 것
이기에 진짜라고 하더라도 무엇이 진짜인지를 알 수가 없다. 결코
그렇게 헤아려 생각할 필요 없으니 아무쪼록 앞으로 매일 밤 와 주었
으면 한다."
　　라고 말하니, 미인도 기쁜 듯 수긍하며 바로 안기어서 침실로 들
어갔다. 그날 밤 두 사람의 정분은 이전보다 더 많이 두터워졌는데
새벽 종소리를 들음과 동시에 미인의 모습은 갑자기 꽃 그림자에 가
리어 버리고 다시 볼 수가 없었다.

　卷の三
　　권3

(一) 幽靈實は賈春雲
　　(1) 유령은 실은 가춘운

仙女に會うてからの翰林は、客にも接せず友達も尋ねず、じつと花園
に坐つたまま、日が暮れれば美人の來るのを待ち、夜が明ければ日の暮
れるのを待ち、一圖にその事ばかり思ひつめてゐたが、しかしさう度々
は美人も來なかつたので、翰林の思ひは益々募る一方であつた。

선녀를 만나고부터 한림은 손님을 만나지도 않고 친구도 찾지 않고 가만히 화원에 앉은 채로 날이 저물면 미인이 오는 것을 기다리고, 밤이 밝으면 날이 저물기를 기다리며 한 가지 생각에만 골몰했는데, 하지만 그렇게 자주 미인도 오지 않았기에 한림의 생각은 더욱 더해질 뿐이었다.

ある日鄭十三が太極宮の杜眞人を連れて來て、翰林の人相を見させた。眞人翰林を熟と見て、『福德權勢兼ね備はり、まことに百に一つも缺くに所なき相である。他日必ず天下に盛名を成さるるであらうが、ただ今日眼前に一つ非常に凶いことがある。もしや貴方のお宅に何か來歷の分らない婢でもありはしませんか。』と言ふ。翰林ハツと心付いたが、さあらぬ體で『いいえ。』眞人『それでは何か、夢のうちに鬼か幽靈とでも會つたやうな……』翰林『さういふ事はありません。』

어느 날 정십삼이 태극궁(太極宮)의 두진인(杜眞人)을 데리고 와서 한림의 인상을 보였다. 진인은 한림을 열심히 보고,

"복덕과 권세를 두루 갖추었으니, 참으로 백에 하나도 빠질 것이 없는 상이오. 훗날 필시 천하에 높은 명성을 이룰 것이나, 다만 오늘 눈앞에 한 가지 나쁜 것이 있소. 혹시 그대의 집안에 무언가 유래를 알 수 없는 여자라도 있지 않습니까?"

라고 말했다. 한림은 언뜻 알아차렸지만, 시치미를 떼며,

"아닙니다."

진인 "그렇다면 무언가, 꿈속에 귀신이나 유령이라도 만난 적이 있다던가……"

한림 "그러한 것은 없습니다."

すると鄭生が横合から『杜先生の言葉に曾て間違つたこととては無い
のだから、果してさういふ事が無いかもつと能く考へて御覽なさい。』
と言つたが、翰林黙つて答へない。眞人『今見る所では、貴方の身體に
は女鬼邪穢の氣が滿ちて居る。そのままにして置けば、不日必ず骨髓
に入つて命を奪ふにきまつてゐる。その時になつて後悔してはいけま
せん。』と言ひすてて行つてしまつた。

　　　그러자 정생이 옆에서,
　　　"두(杜) 선생의 말은 일찍이 틀린 적이 없으니, 과연 그러한 것이
　　없는지 더욱 잘 생각해 보십시오."
　　라고 말했는데, 한림은 잠자코 대답하지 않았다.
　　　진인 "지금 보는 바로는 그대의 몸에는 여자 귀신의 사악하고 더
　　러운 기운이 넘쳐 있소. 그대로 둔다면 머지않아 반드시 골수로 들
　　어가서 목숨을 빼앗아 갈 것임에 틀림이 없소. 그때가 되어서 후회
　　해서는 소용없습니다."
　　라고 말을 내뱉고 가 버렸다.

後で鄭生は翰林を慰め、共に酒を酌みかはして別れたが、その夜は
翰林ひたすらに美人の來るのを待つたけれども、夜も明方近くになつ
て更にその影が見えない。で、燈りを消して寢ようとしてゐると、窓
の外に人の啼き聲が聞える。耳を澄ますと正にその女の聲である。言
ふ、『あなたは妖道士の符を頭に付けて居らつしやる。私は最早づくこ

とができません近。今は天緣も盡きたと思はれますから、これでお別れと致しませう。どうぞお大事に。』翰林驚いて戶を開けて見た時は、もう其の姿は見えなかつた。

　　나중에 정생은 한림을 위로하며 함께 서로 술을 따르며 헤어졌는데, 그날 밤 한림은 한결같이 미인이 오는 것을 기다렸지만 밤이 지나 아침이 밝아 와도 더욱 그 모습이 보이지가 않았다. 그리하여 등을 끄고 자려고 하였더니 창 밖에서 사람이 우는 소리가 들려왔다. 귀를 기울여 보니 바로 그 여인의 소리였다. 말하기를,

　　"당신은 괴이한 도사의 부적을 머리에 붙이고 있습니다. 저는 이제는 가까이 갈 수가 없습니다. 지금은 하늘의 인연도 다했다고 생각하니 이것으로 이별을 하고자 합니다. 아무쪼록 몸 건강히 잘 계십시오."

　　한림이 놀라서 문을 열어 보았을 때는 이미 그 모습이 보이지 않았다.[38]

　　それ以來翰林は、ますますその美人の事に心を奪はれ、夜も寢ねず、食事もすすまず、日に顏色も衰へた。ある日鄭司徒夫妻、翰林を招んで盛に御馳走をした後で、『此頃は大變憔れたやうに見受けるが、』と言ふ。翰林『少し飮過ぎて胃を惡くしたものですから。』と何氣なく答へて居る處へ鄭十三が來る。

────────────

38 원문에는 장여랑이 떠나며 남긴 이별시가 있었다고 서술되어 있다.

그 이후로 한림은 더욱 그 미인에게 마음을 빼앗겨 밤에 잠도 이루지 못하고 식사도 잘 하지 못하고 나날이 안색이 쇠약해졌다.[39] 어느 날 정사도 부부는 한림을 불러서 성대하게 음식을 대접한 후에,

"요 근래 참으로 수척해진 듯이 보입니다만,"

이라고 말했다.

한림 "조금 과음을 해서 위가 나빠져서 그렇습니다."

라고 태연하게 대답하고 있던 차에 정십삼이 왔다.

鄭生『どうしました。何だか大變顔色が惡いぢやありませんか。』と翰林に言ふ。翰林黙つて怒つた顔をしてゐると、司徒『女中達の噂には此頃楊君の處へ非常な美人が來るといふ話だが、本當かね?』翰林『どうして、誰れが來るものですか。』

정생 "어찌된 일입니까? 왠지 참으로 안색이 나쁘지 않습니까?"

라고 한림에게 말했다. 한림이 잠자코 화난 얼굴을 하고 있으니, 사도,

"여인네들의 소문에는 요 근래 양군이 있는 곳에 상당한 미인이 온다는 이야기입니다만, 정말인가?"

한림 "어떻게, 누가 온단 말입니까?"

鄭生『君にも似合はない。もう隱したつて駄目ですよ。僕は先夜チヤンと見届けたのです。』とて、前夜の事を語るので流石に翰林も包み兼ね、委く仔細を白狀すると、司徒手を拍つて大に笑ひ『一つその張女娘

---

39 원문에는 양소유가 정십삼의 집에 수차례 찾아간 내용이 서술되어 있지만, 번역문에는 생략되어 있다.

の幽靈を見せてやるかな。』と言つて後ろの屛風をトンと叩き、『張女娘
は何處に居る。』と呼ぶ。

　　　정생 "그대답지 않소. 이제는 감춰도 소용없습니다. 저는 지난밤
똑똑히 지켜봤습니다."
라고 말하고, 지난밤의 일을 이야기하기에 과연 한림도 숨길 수 없
어 자세하게 자초지종을 고백하자, 사도는 손을 치고 크게 웃으며,
　　"잠시 그 장녀랑의 유령을 보여줄까?"
라고 말하고 뒤에 있는 병풍을 톡 치며,
　　"장녀랑은 어디에 있느냐?"
고 말했다.

　聲に應じて一人の美人が屛風の影から現はれる。見るに正しく張女
娘であるから、翰林これはとばかり驚いて、ただうツとりと見惚れて
居ると、司徒も夫人もぷツと噴き出し、鄭生の如きは轉げ廻つて笑つ
たが、やがて笑ひを收めて司徒は言ふ、『此の女は幽靈でもなければ仙
人でもない。實は我家に育つた賈春雲である。どうか此後とも可愛が
つてやつて下さい。』

　　　소리에 응하여 미인 한 명이 병풍 뒤에서 나타났다. 보기에도 바
로 장녀랑이었기에, 한림은 이게 무슨 일인가 하고 놀라서 오직 넋
을 잃고 바라보고 있으니, 사도도 부인도 픽하고 웃으며 정생과 같
이 굴러서 이리저리 돌아다니며 웃었는데, 이윽고 웃음을 멈춘 사도
가 말하기를,

"이 여자는 유령도 아니고 선인도 아니라오. 실은 우리 집에서 키운 가춘운(賈春雲)이오. 아무쪼록 앞으로도 아껴주시게나."

鄭生『惡戲をしたのは僕に違ひないが去りとて怨まれる筈もなからうぢやないか。いつそ媒酌の禮を言つてもらひたい位のものだ。』翰林も笑つて、『お禮はお岳父さんにこそ言へ、君に禮を言ふ筋はない。一體君の外に誰れが此んな惡戲を思ひつく者があるか。』

정생 "나쁜 장난을 한 것은 나임에 틀림없지만, 그렇다고 해서 원망을 들을 일은 없지 않는가? 오히려 중매[40]에 대한 감사를 받고 싶을 정도다."

한림도 웃으며,

"감사는 장인어른에게 해야지, 그대에게 감사를 말할 이유는 없다. 도대체 그대 말고 누가 이런 나쁜 장난을 생각하는 사람이 있단 말인가?"

鄭生『爾に出づるものは爾に歸ると云ふ語があるぢやないか。ようく考へて見たまへ。曾て君が人を欺ましたことが無いかどうかを。』翰林初めて膝を打ち、司徒に向つて何時ぞやの女裝の一件を白狀する。そこで一同笑ひ崩れて飮みなほし、春娘も亦仲間に入つて、夜遲くまで興會をつくした。

---

40 중매: 일본어 원문은 '媒酌'이다. 남녀의 인연을 맺어주는 것 혹은 그 사람을 뜻한다(松井簡治·上田万年編, 『大日本国語辞典』04, 金港堂書籍, 1919).

정생 "자신이 한 행동의 결과는 반드시 자신에게 돌아온다는 말이 있지 않은가? 잘 생각해 보게. 일찍이 그대가 사람을 속인 적이 없는가를."

한림은 비로소 무릎을 치며, 사도를 향해서 언젠가 여장을 했던 것을 고백했다. 이에 모두가 몸을 가누지 못할 정도로 몹시 웃다가 새로운 기분으로 다시 술을 마시고, 춘낭도 또한 같이 어울려 밤늦게까지 여흥을 즐겼다.

歸り際に春娘、燭をかかげて翰林を花園に送ると、翰林醉うて春娘の手を把り『お前は鬼女か仙女かと思へば、やつばり人間だつたのかい?』春娘『旦郡樣、どうぞお免し下さいまし。私の身體はあなたのものですわ。』

돌아갈 때쯤에 춘낭은 촛불을 들고 한림을 화원까지 바래다주었는데, 한림은 술에 취해서 춘낭의 손을 잡고,

"네가 귀신인지, 선녀인지 생각했더니 역시 인간이었구나?"

춘낭 "서방님, 아무쪼록 용서해 주십시오. 제 몸은 당신의 것입니다."

その頃林翰の心では、一度鄕里に歸つて親しく母の安否をたづね、母を連れて來て京都で婚禮の式を擧げる考へであつたが、時恰も河北の三節度自ら或は燕王と稱し、或は趙王と稱し、或は魏王と稱して夫れ夫れ叛亂を起したので、翰林大に建策し、魏王趙王は忽ちにして平らげたが、ただ燕王のみは容易に歸順しなかつた。翰林自ら天子に請うて兵を借り、詔を奉じて征燕の事に當らうとした。司徒夫妻、危ぶ

んで切に思ひ止まらせようとしたが、翰林笑つて之を慰め、別れを春娘に告げて征旅に上つた。

　　그 무렵 한림의 마음에는 한 번 고향으로 돌아가 다정히 어머니의 안부를 묻고 어머니를 모시고 와서 서울에서 혼례를 올릴 생각이었는데, 마침 하북(河北)의 삼절도(三節度)가 스스로를 어떤 자는 연왕이라고 칭하고, 어떤 자는 초왕이라고 칭하며, 어떤 자는 위왕이라고 칭하여 각각 반란을 일으켰기에 한림이 크게 건책하여 위왕 초왕을 곧바로 평정시켰는데, 오직 연왕만은 쉽게 귀순하지 않았다. 한림은 스스로 천자에게 청하여 병사를 빌려 조(詔)를 받들고 연(燕)을 정복하는데 임하려고 했다. 사도 부부는 위험하기에 진심으로 그만두게 하려고 했는데, 한림은 웃으며 이것을 위로하며[41] 춘낭에게 이별을 고하고 싸우러 나갔다.

　途上洛陽を過ぎつて、思ひ出すは前年の事である。當時僅に十六歳の少年、一介の讀書生に過ぎなかつたのが、その後幾ばくもなくして我が身にも驚かるゝ程の出世榮達。で、何より先に書童をして桂蟾月の所在を訪はしめると蟾月は彼の夜かぎり病と稱して遊客を謝絶し、身を道服に改めて、今では何處に行つたか分らないとのことである。翰林がツかりして、その夜は縣令の勸めに任せ、美妓十數名を集めて酒を酌んだが、遂に一人の女をも身邊に近づけずして洛陽の地を立つた。

---

41 원문에서의 황제와 양소유의 대화, 정사도와 양소유와의 대화가 번역문에는 생략되어 있다.

도중에 낙양을 지날 때 생각난 것은 지난해의 일이었다. 당시 불과 열여섯의 소년으로 일개 독서생에 지나지 않았던 것이, 그 후 얼마 안 가서 자신도 놀랄 정도로 출세하고 영달한 것을. 그리하여 무엇보다 먼저 서동으로 하여 계섬월의 소재를 찾게 하니, 섬월은 그날 밤 이후로 병에 걸렸다고 하여 유객을 사절하며 몸을 도복으로 고쳐 입고 지금은 어디로 떠났는지 알 수 없다는 것이다. 한림은 실망하여 그날 밤은 현령(縣令)이 권하는 대로 아름다운 기생 수십 명을 모아놓고 술을 마시고 있었는데 끝내는 한 명의 여자도 주변에 가까이 하지 않고 낙양 땅을 떠났다.[42]

やがて燕國に入ると、土地の人民翰林を見ること天子の如く、歡び迎へて歸順を願ふ有樣である。で、燕王に會して具さに順逆の理を說き、諄々として向背の道を敎へると、燕王直ちに前非を覺り、今後必ず臣職を守るべき旨を誓つたので、一夕宴を設けて互に隔意なきを示し、盛んなる見送りを受けて翰林は燕京を立つた。

이윽고 연국(燕國)에 들어가자 토착민들이 한림을 보기를 천자와 같이 기뻐하며 맞이하여 귀순(歸順)을 바라는 모습이었다. 그리하여 연왕을 만나서 자세하게 도리에 맞는지의 여부에 대해서 설명하고 간곡하게 향배(向背)[43]의 도(道)를 가르치자, 연왕은 바로 앞서 저지른 과오를 깨닫고 앞으로 반드시 신하의 직분을 지키겠다는 뜻을 맹세했기에 하룻밤 잔치를 베풀어 서로 격의 없음을 나타내고 한림은

---

42 원문에는 양소유가 길을 떠나며 벽 위에 시 한수를 남겼다고 서술되어 있다.
43 일의 추세나 어떤 일에 대한 사람의 태도를 가리키는 말.

성대한 배웅을 받고 연경(燕京)을 떠났다.

歸途邯鄲を通ると、前に一人の美少年が馬に乗つて駈けて行つた。その美少年の美しさは、曾て兩京の間に見たこともない美しさである。で、翰林早速呼び止めて、旅館に迎へてその名を聞くと、姓は狄名は白鸞と云ひ此度翰林の盛名を慕うて、是非その門下に置いてもらふつもりで實は此處まで來たのだと云ふ。翰林も大に喜んで、互に寢食を共にしつつ、やがて再び洛陽に還つた。

돌아가는 길에 한단(邯鄲)을 지나는데, 앞에 미소년 한 명이 말을 타고 달려 왔다. 그 미소년의 아름다움은 일찍이 두 도읍지에서 본 적이 없는 아름다움이었다. 그리하여 한림은 즉시 불러 세워서 여관으로 맞이하여 그 이름을 물으니, 성(姓)은 적(狄)이고 이름은 백란(白鸞)이라고 하며 이번에 한림의 명성을 사모하여 실은 꼭 그 문하에 들어가고 싶어서 이곳까지 왔다는 것이다. 한림도 크게 기뻐하며 서로 침식을 함께 했는데, 이윽고 다시 낙양으로 돌아왔다.

ここでまた蟾月のことを思ひ出し、何うかして會ひたいものだと思ひつつ、ふと近くの樓上に眼を注ぐと、簾をかかげて一人の美人がじつと此方を眺めて居る。よく見ると忘るべくもない桂蟾月その人である。互に情を凝らして熟視し、やがて旅館に着くと、蟾月は既に先き廻りして翰林を迎へ、手をとつて一別以來の無事を祝し、情緒を語つた。聞けば蟾月は貞操を守り、一切の遊客と斷つて、山中に獨居してゐたのであるが、過ぐる日翰林が洛陽に來て、切りに自分を索めてゐ

573

たと聞き、今日まで毎日のやうにお歸りを待つてゐたのだとのことである。で、翰林も亦別後の事を話し、一兩日はそのまま蟾月と舊情を溫むるに餘念もなかつた。

　　이에 다시 섬월의 일을 떠올려 어떻게 해서든 만나고 싶다고 생각하여 문득 가까이에 있는 누각 위를 주의해서 보니, 발을 들고 있는 미인 한 명이 물끄러미 이쪽을 바라보고 있었다. 자세히 보니 잊을 수 없는 계섬월 그 사람이었다. 서로 마음을 한 곳에 집중하여 자세히 눈여겨보았는데 이윽고 여관에 도착하니 섬월은 이미 앞질러 와서 한림을 맞이하며 손을 잡고 헤어진 이후 무사한 것을 축하하며 마음을 이야기했다. 듣자하니 섬월은 정조를 지키고 일절 유객을 거절하며 산중에서 홀로 지내고 있었는데, 지난날 한림이 낙양에 와서 진심으로 자신을 찾았다는 것을 듣고 지금까지 매일 매일 돌아오기를 기다리고 있었다는 것이다. 그리하여 한림도 또한 헤어진 후의 일을 이야기하며 한 이틀 그대로 섬월과 옛 정을 데우는 데 여념이 없었다.

　その間狄生と暫く顔を合はさずに居たが、すると書童がやつて來て『彼の狄生は善くない人物です。今も蟾娘としきりに戯れて居ります。』と言ふ。で、廊下に出て書童の言ふところに從ふと、成程蟾娘と狄生とが、手をとり合つて如何にも樂しげに笑ひ興じて居る。餘りの事に、一體何を話してゐるのかと、そつと立ち寄つて聽かうとしたが、此の時早くも足音を聽いて、狄生の姿は見えなくなつた。

그 사이 적생과 한동안 얼굴을 마주하지 않고 있었는데, 그러자 서동이 다가와서,

"저 적생은 좋지 않은 사람입니다. 지금도 섬낭과 줄곧 노닥거리고 있습니다."

라고 말했다. 그리하여 복도로 나와서 서동이 말하는 곳으로 따라가니, 과연 섬낭과 적생이 손을 잡고 너무나도 즐겁게 흥이 나서 웃고 있었다. 너무나도 다정한 모습에 도대체 무엇을 이야기 하고 있는가 하고 몰래 다가가서 들어보려고 했으나, 이때 이미 발소리를 들은 적생의 모습은 보이질 않았다.

そこで蟾月を呼んでその事を話ると、蟾月は狄生の妹と懇意の仲なので、思はず親しくして疑ひを招いたのであると云ふ。翰林深くは心にも留めず、更に狄生の行方を探したが、何處に行つたかそれきり歸つて來なかつた。夜になつて、翰林蟾月と酒を酌みかはし、樂しく往事を語りつつ、灯りを消して寝についたが、夜が明けて見ると、蟾月が鏡に向つてしきりにお化粧を施してゐる。と見て、更に熟視すると、眼元と云ひ口元と云ひ色の白さと云ひ、美しいには美しいが正に蟾月と別人である。翰林驚いて、何と問ひただす術も知らない。

이에 섬월을 불러서 그 일을 이야기하자, 섬월은 적생의 여동생과 친한 사이이기에 저도 모르게 다정하게 행동하여 의심을 불러 일으켰다는 것이다. 한림은 깊이 마음에 담아두지 않고 다시 적생의 행방을 찾았는데 어디로 갔는지 그 이후로 돌아오지 않았다. 밤이 되어 한림과 섬월은 술을 마시며 즐겁게 지난 일을 이야기하며 불을 끄

고 잠자리에 들었는데, 날이 밝아와 보니 섬월이 거울을 향해 계속
해서 화장을 하고 있는 것이다. 그래서 보고 또 자세히 눈여겨보니,
눈매면 눈매, 입매면 입매, 하얀 피부까지, 아름답기는 아름답지만
참으로 섬월과는 다른 사람이었다. 한림은 놀라서 뭐라고 물어야할
지를 몰랐다.

(二) 同簫を吹いて鶴を殿上に舞はす
　(2) 퉁소를 불고 학을 궁전에서 춤추게 하다

　ややあつて翰林『御身は何處の人か』と問ふと、美人の言ふ。『私は播
州の生れで、狄驚鴻と申し、蟾娘とは姉妹の契りを結んで居る者でご
ざいます。昨夜蟾娘が私に向ひ、少し氣分が惡いから今夜は身代りに
なつてほしいとのことで、その通り致したのでございます。』[44]言ふと
ころへ蟾月が來て、『いつか私がお勸めした狄驚鴻と此の人です。おめ
でたう存じます。』と言ふ。

　　조금 시간이 지난 후에 한림,
　　"그대는 어디 사람인가?"
　　라고 물으니, 미인이 말하기를,
　　"저는 파주 태생으로 적경이라고 합니다. 섬낭과는 자매의 연을
　　맺은 사람입니다. 지난밤 섬낭이 저를 보고 조금 기분이 좋지 않아
　　서[45] 그러니 오늘밤[한림을 모시는 것을] 대신하여 주었으면 좋겠다

---

44 일본어 원문의 인용부호의 오용.
45 원문에 따르면 몸에 병이 있어서 모시지 못했다고 서술되어 있다.

고 했기에, 그 말대로 했습니다."

　라고 말하던 차에 섬월이 와서,

　"언젠가 제가 권했던 적경홍이란 바로 이 사람입니다. 축하드립니다."

　라고 말했다.

翰林『話に聞いたとはまた一段の美人である。だが、男と女との違ひこそあれ、熟ら見るに狄生と少しも異はない。一體あの狄生は御身の兄か弟か。』驚鴻『私に兄弟はございません。』そこで更に再びよく見ると、初めて分つた。狄生とは實は此の狄娘の男装したものであつたのである。

　한림 "말은 들었지만 더욱 미인이구나. 하지만 남자와 여자의 다름이 있을 터인데, 유심히 보면 적생과 조금도 다르지 않구나. 도대체 그 적생은 그대의 형이냐? 아우냐?"

　경홍 "저에게 형제는 없습니다."

이에 더욱 다시 자세히 보고 비로소 알았다. 적생이란 실은 이 적낭이 남장을 한 것이었다.

驚鴻は言ふ、『實は私燕王に愛され、宮中に召されて居りましたが、一目旦那の姿を拜して、私の生涯仕へる人は此の方を措いて無いと思ひ、姿を更へ馬を偸んで御跡をお慕ひ申しました。今日まで實を打ち明けなかつたのは、ただ全く人目を避ける手段に過ぎないのでございます。どうか蟾娘と一緒に、私もお側に置いて頂きたう存じます。』そこで

翰林も大に喜び、その夜は兩側に美人を寢かして、樂しく語り明かして後、他日を約して洛陽を去つた。

경홍은 말하기를,

"실은 저는 연왕의 사랑을 받아 궁중으로 초대받아 갔습니다만, 서방님의 모습을 한 번 보고 제가 평생 섬길 사람은 이 분을 두고 없다고 생각하여 모습을 바꾸고 말을 훔쳐서 뒤를 밟았습니다. 오늘까지 사실을 이야기하지 않은 것은, 다만 완전히 사람들의 눈을 피하기 위한 수단에 지나지 않는 것입니다. 아무쪼록 섬낭과 함께 저도 곁에 두어 주셨으면 합니다."

이에 한림도 크게 기뻐하며 그 밤은 양 옆에 미인을 재우고 즐겁게 이야기하며 밤을 새운 후, 훗날을 기약하며 낙양을 떠났다.[46]

京都に歸つて此の趣を言上すると、天子の御感斜ならず、その勞を慰めて新たに禮部尙書に任ぜられた。家に歸れば司徒夫妻も歡んで迎へ、歡聲は一家に滿ち溢れるばかりであつた。

서울로 돌아와서 이 이야기를 아뢰니, 천자가 감탄하여 매우 좋아하며 그 수고를 위로하여 새로이 예부상서에 임명했다. 집에 돌아오니 사도 부부도 환영하여 맞이하며 환성이 일가에 가득 넘쳐날 듯 했다.

かくて日を經るほどに、天子は殊に揚少游の學才を愛し、頻りに便

---

46 원문에는 도로가 불편하여 함께 떠나지 못했다고 서술되어 있다.

殿に召して經史を講ぜしめ給うたが、ある夜、揚尙書高樓に上り、月に對して詩を吟じて居ると、折柄風と共に美妙なる洞簫の音が聞えて來た。何處から聞えるものとも分らないので、試に院吏に問ふと知らないと言ふ。そこで尙書も亦、玉簫を出して數曲を吹くと、俄然紫の雲が四方に起つて、一雙の鶴が飛んで來たかと思ふと、翩翻として節に合はせて舞る。その有樣を見た人々口から、忽ち宮中の評判となり、やがて天子の耳にもその事が聞えた。

이리하여 날이 지남에 따라, 천자는 특히 양소유(揚[47]少游)의 학문에 대한 재능을 사랑하여 자주 편전(便殿)에 불러서 경사(經史)를 강론하게 했는데, 어느 날 밤 양상서(揚[48]尙書)가 높은 누각에 올라 달을 마주하고 시를 읊고 있으니, 때마침 바람과 함께 미묘한 통소 소리가 들려 왔다. 어디에서 들려오는 것인지도 모르기에, 시험삼아 원리(院吏)에게 물어도 모른다고 말했다. 이에 상서도 또한 옥소(玉簫)를 꺼내어 여러 곡을 연주하니 갑자기 자줏빛 구름이 사방에서 일어나고 한 쌍의 학이 날아왔다고 생각했더니 훨훨 날아 가락에 맞추어 춤을 췄다. 그러한 모습을 본 사람들의 입에서 갑자기 궁중의 평판이 되어 이윽고 천자의 귀에도 그 일이 들리었다.

そもそも皇太后には二人の皇子と一人の皇女とがあつた。皇子は卽ち天子と越王で、皇女は蘭陽公主と申した。蘭陽の生れる時、皇太后夢に神女が明珠を懷中に入れると見て生み落されたとか。特に人品の

---

47 일본어 원문에 한자 오류
48 일본어 원문에 한자 오류

優れたことは、金枝玉葉の一門中にも比類を見ざる程であつたので、太后の寵は唯此の一人に鍾まつた、殊に蘭陽公主はある夜夢に仙女に遭うて洞簫の妙曲を教へられ、一たび之を口にすれば鶴忽ち群を爲して殿前に舞ふ慣ひであつた。で、太后常々天子に向ひ、蘭陽の夫は必ず洞簫を能くするものでなくてはならないと言ふことを、口にせられてゐたのであつたが、此の夜、蘭陽の簫に舞ふた鶴が、そのまま飛んで翰苑のほとりに調を合はせたとあつては、これ到底尋常一樣の出來事ではない。天子は直ちに此の事を太后に通ずる。

　　원래 황태후에게는 황자 두 사람과 황녀 한 사람이 있었다. 황자는 즉 천자와 월왕(越王)이고, 황녀는 난양(蘭陽)공주라고 했다. 난양이 태어났을 때, 황태후의 꿈에 신녀(神女)가 명주(明珠)를 가슴에 품고 있는 것을 보고 출산했다고 하는데, 특히 뛰어난 인품은 금지옥엽의 일문(一門) 중에서 비교할 만한 것이 없을 정도였기에, 태후의 사랑은 오직 이 사람에게만 집중했다. 특히 난양공주는 어느 날 밤 꿈에 선녀를 만나 통소로 기묘한 곡조를 배웠는데, 일단 이것을 입에 담으면 학이 갑자기 무리를 지어서 대궐 앞에서 춤을 추는 것이 관례였다. 그리하여 태후는 종종 천자를 향해 난양의 남편은 반드시 통소를 잘 부는 사람이지 않으면 안 된다는 것을 입에 담곤 했는데, 그날 밤 난양의 통소에 춤을 추던 학이 그대로 날아 한원 근처에서 보조를 맞추고 있는 것이, 이것은 도저히 예사로운 일이 아니었다. 천자는 바로 이 일을 태후에게 알렸다.

太后喜んで、『思ふに楊少游こそは天の定めた配偶であらう。』と、そ

こで早速楊尚書を喚んで、先づ別殿で文章を講ぜしめ、ひそかに次の
室から太后が、篤と少游の人爲を檢分し給ふことになつた。

　　태후는 기뻐하며,
　　"생각하건대 양소유야말로 하늘이 정한 배필이 아닐까요?"
라고 말하며, 이에 서둘러 양상서를 불러서 우선 별전(別殿)에서 문
장을 강론하게 한 후에, 몰래 다음 방에서 태후가 꼼꼼히 소유의 사
람됨을 살펴보기로 했다.

　その時尚書は鄭十三と酒を飲んでゐたが、喚ばれて闕下に伺ふと、天
子から經書詩文を講ぜよとの仰せがあつたので、直ちに仰せを畏みに、
治亂興亡の跡を論じ、古今の詩文を品評し、明快一々掌を指すが如き槪
を示したので、頗る天子の御意に叶ひ、更に十餘人の宮女(女中書)をし
て、それぞれに詩箋や扇面をささげて尚書の揮毫を乞はしめた。

　　그때 상서는 정십삼과 술을 마시고 있었는데 부름을 받고 임금 앞
으로 나아가니, 천자로부터 경서(經書)와 시문(詩文)을 강론하라는
분부가 있었기에 바로 분부를 정중하게 따르며, 치란흥망(治亂興亡)
의 자취를 강론하고 고금의 시문을 품평하며 시원시원하게 하나하
나 손바닥을 보듯이 훤하게 대강을 나타내는 것이 천자의 뜻에 매우
들어맞는 것이었기에 또한 10여 명의 궁녀 여중서(女中書)로 하여 제
각각 시전과 선면(扇面)[49]을 바쳐 상서의 휘호를 구하도록 했다.

---

49 부채의 겉면.

尙書醉に乗じて詩趣大に動き、或は絶句或は四韻、立ち所に十餘の詩を作つて、墨痕鮮かに書いてのけた。天子一々覽稱讚の辭を賜ひ、宮女をして盛んに酌をさせた上、潤筆科として各々の簪や指環を翰林の前に置かしめ給ふた。尙書ひどく醉ふて足腰も立たなかつたのを、援けられて馬に乗り、漸うにして花園に歸つた。

상서는 술기운이 올라 시흥이 크게 작용하여, 혹은 절구(絶句) 혹은 사운(四韻)을 금방 10여 편의 시를 지어서 묵흔(墨痕)이 선명하게 써내려갔다. 천자는 일일이 보고 칭찬의 말을 내리며 궁녀에게 가득 술잔을 따르게 한 후, 윤필료(潤筆科)로 각각의 비녀와 반지를 한림 앞에 놓아두게 했다. 상서는 아랫도리를 못 쓸 정도로 몹시 취했는데, 하사받은 말에 올라타 천천히 화원으로 돌아갔다.

春娘『何處でそんなにお飮みになつたのでございます?』尙書答へず、もらつて來た指環や首飾をどつさりほうり出して『これは皆天子樣からお前への下され物だ』と戲れたまま、そこへ倒れたかと思ふと前後も知らず眠つてしまつた。

춘낭 "어디에서 그렇게 마셨습니까?"
상서는 대답도 하지 않고 가져 온 반지와 목걸이를 잔뜩 꺼내어,
　"이것은 모두 천자께서 너에게 내리신 물건이다."
라고 말하며 노닥거린 채로 그 자리에 쓰러졌나 생각했더니 앞뒤도 모른 체 잠들어 버렸다.

翌日、尚書のもとへ皇弟趙王が來て、恭しく聖旨を傳へた。それに
よると、『蘭陽公主久しく駙馬を選ぶ。上今尚書の才德を愛し、之を降
嫁せしむるにより、宜しくお受けせよ。』と言ふのである。

다음 날 상서가 있는 곳에 황제의 동생 월왕(趙王)이 와서 정중하
게 성지(聖旨)를 전했다. 그것에 의하면,
"난양공주가 오래도록 부마(駙馬)를 고르고 있었다. 짐이 지금 상
서의 재덕(才德)을 사랑하여 이것을 결혼시키고자 하니 잘 받아주기
를 바란다."
라고 하는 것이었다.

尚書は駭いて、『仰せ誠に身に餘つて難有くは存じますが、旣に私
は鄭司徒の娘と婚約を致して居ります。どうぞ折角ではありまする
が、此の旨奏聞を願ひたう存じます。』そこで越王が歸られた後で、此
の事を司徒に話すと、司徒も意外の事に驚いて、只管その成行を氣遣
ふた。

상서는 놀라서,
"분부는 참으로 분에 넘치는 것으로 감사하게 생각합니다만, 이
미 저는 정사도의 딸과 혼약을 하고 있습니다. 부디 아무쪼록 이 뜻
을 임금에게 아뢰어 주시기를 바랍니다."
이에 월왕이 돌아간 후에 이 일을 사도에게 말하자, 사도는 뜻밖의
일에 놀랐지만 주저하지 않고 그 일이 성사되도록 마음을 썼다.

一方太后は、その夜楊少游の才學の非凡なのを見て大に喜び、蘭陽の夫たるものはこの者を外にして無いと云ふので、早速天子にその事を諮り、越王を使として尙書に此の旨を傳へしめることゝなつたが、天子は、更に親しく少游のものした揮毫を見直したいと言ふので、太監に命じて女中等がもらつた詩箋を取り寄せ給ふた。

한편 태후는 그날 밤 양소유의 재주와 학식이 보통이 아닌 것을 보고 크게 기뻐하며 난양의 남편이 될 사람은 이 사람을 제외하고는 없다고 말하며 서둘러 천자에게 이 일을 의논하고 월왕을 사신으로 하여 상서에게 이 뜻을 전하도록 했는데, 천자는 더욱 친히 소유가 적은 휘호를 다시 살펴보고 싶다고 하였기에, 태감(太監)에게 명하여 궁녀들이 받은 시전을 가까이 가져오게 했다.

處が宮女の中に一人、題詩の畵扇を寝所に持ち歸り、終夜かき抱いて泣いて居た女がある。これぞ姓は秦、名は彩鳳とて、曾て楊生と契つた秦御史の娘であるが、父非命に死して後宮中に召され、今は女中書の一人として、殊に蘭陽公主に愛されてゐたのであつた。

그런데 궁녀 중 한 명이 제시(題詩)가 적힌 화선(畵扇)[50]을 침소에 들고 가 밤새 끌어안고 울고 있던 여자가 있었다. 이는 성(姓)은 진(秦)이며 이름은 채봉으로 일찍이 양생과 연을 맺은 진어사의 딸이었는데, 아버지가 비명횡사한 후에 궁중(宮中)으로 불려와 지금은

---

50 부채 그림.

여중서(女中書)의 한 사람으로서 특히 난양공주에게 사랑을 받고 있
었던 것이다.

その夜上命を受けて、尚書に詩を乞ふたが、尚書の少しも氣づかな
かつたとは反對に、秦女は一目見てそれと知り、心は燃えるやうにあ
つたけれど、天子の御前如何ともする術なく、ただ戀しきその人の手
に成つた詩を口ずさんでは、自分も亦想ひを詩に託し扇頭の詩に續ぎ
足し、僅に心を慰むるのみであつた。

　그날 밤 임금의 명을 받고 상서에게 시를 청했지만 상서는 조금도
알아차리지 못한 반면에, 진녀는 한 번 보고 그것을 알아채고 마음
이 불타올랐지만, 천자의 앞에서 어찌할 수가 없어서 그냥 그리운
그 사람의 손수 쓴 시를 읊고는 자신도 또한 마음을 시에 담아 선두
(扇頭)[51]의 시에 이어서 적고 간신히 마음을 위로할 뿐이었다.[52]

處へ天子の命として、『その扇を差し出せ』との大監の言葉であつた
から、彼女は驚き狼狽へて、『ああ私、何うしたらいゝでせう。』とて泣
くより外を知らなかつた。

　그러던 곳에 천자가 명하여,
　"그 부채를 제출하여라."
　고 하는 대감(大監)의 말이 있었기에, 그녀는 놀라서 당황해 하며

51 부채의 아랫부분.
52 번역문에는 그 시의 내용이 생략되어 있다.

585

마음을 다잡고,

"아아, 저는 어찌하면 좋단 말입니까?"

라고 말하며 우는 것 말고 아무 것도 할 수가 없었다.

(三) 女刺客沈裊煙
(3) 여자 자객 침효연

秦女太監に向つて、『實は私、此の扇に自分の詩を書き添へました。これを見られたら私はどんな罰を受けるか分りません。ああ私は死ぬより外ありません。』とて今にも自害しようとする。大監宥めて、泣き沈む秦女を無理に連れ行き、先づ門の外に立たせて置いて、天子にその旨を言上すると兎も角もその詩を見せよといふ譯で、秦女の詩を上覽に入れる。

　진녀는 태감(太監)을 향해,

"실은 제가 이 부채에 자신의 시를 덧붙여 썼습니다. 이것을 보신다면 저는 어떠한 벌을 받을지 모릅니다. 아아, 저는 죽을 수밖에 없습니다."

라고 말하고 당장에라도 자해를 하려고 했다. 태감은 용서하며 슬픔에 잠기어 울고 있는 진녀를 억지로 데리고 가며 우선 문 밖에 세워 두고 천자에게 그 뜻을 아뢰니, 어쨌든 그 시를 보여 달라고 하기에 진녀의 시를 보시게끔 했다.

　納扇團如秋月圖

憶曾樓上對羞顏

初知咫尺不相識

却悔敎君仔細看

　　김부채 둥근 것이 가을 달처럼 밝은데,

　　지난 번 누각위에서 수줍은 얼굴 마주한 것 기억하노라.

　　처음에 지척에서 서로 알아보지 못할 줄 알았더라면,

　　오히려 후회하노라 그대 자세히 보라 할 것을.

　天子は之を御覽になつて、やがて秦女を呼び入れ、その仔細を糺したまうた。秦女淚ながらに、曾て楊少游と會し、楊柳詞を和して婚約を結んだ次第を述べると、天子も流石にその情を憫み、罪をゆるして扇面を返されたので、秦女は初めてほつと安堵の吐息を洩した。

　　천자는 이것을 보시고 이윽고 진녀를 불러들여서 그 자세한 사정을 물어보았다. 진녀는 눈물을 흘리면서 일찍이 양소유를 만나서 양류사를 서로 주고받으며 혼약을 맺었던 상황을 이야기하니, 천자도 과연 그 정을 불쌍히 여기며 죄를 용서하고 선면(扇面)[53]을 돌려받았기에, 진녀는 비로소 겨우 안심하고 안도의 한숨을 쉬었다.

　此の日越王、楊尙書の返事を齎らして太后に向ひ、旣に尙書が鄭司徒の娘と約束あることを言ふと、太后は非常の不機嫌で、『たとひ約束

─────────────

53 부채의 겉면.

があつたからとて、君命に從はないと云ふ事があるものか。尙書とも
あるものが、そんなことを辨へないで何うするか。』と言ふ。

　　이날 월왕은 양상서의 답을 받아와서 태후를 향해 이미 상서가 정
사도의 딸과 약속이 있다는 것을 말하니, 태후는 상당히 기분이 언
짢아하며,
　　"비록 약속이 있다고 하나, 임금의 명을 따르지 못한다고 하는 것
이 있을 수 있느냐? 상서라고 하는 자가 그런 것을 분별하지 못하고
어찌한단 말이냐?"
　　고 말했다.

天子翌日尙書を召し、言はるるやう、『此の度の君命に對し、その方
は旣に他に約束ありとの故を以て拜辭せんとする由であが、これは甚
だ心得違ひであると思ふ。昔は駙馬たらんが爲に正妻を出だした者さ
へある。鄭家の女子は自ら他に嫁ぐ道とあらう。殊にまだ夫婦の關係
があるといふではなし、少しも差支がないではないか。』と。

　　천자는 다음 날 상서를 불러서 말하기를,
　　"이번에 임금의 명에 대하여 그대는 이미 다른 약속이 있다는 이유
로 사양하고자 한다고 했으나, 이것은 심히 도리에 어긋난 것이라고
생각한다. 옛날에는 부마가 되기 위해서 본처[54]를 내보낸 자조차 있
었다. 정가의 여인은 스스로 다른 곳으로 결혼함이 마땅하다. 특히 아

---

54 본처: 일본어 원문은 '正妻'다. 본처 혹은 정실을 뜻한다(松井簡治・上田万年編,
『大日本国語辞典』03, 金港堂書籍, 1917).

직 부부의 관계가 있는 것도 아니니 조금도 지장이 없지를 않느냐?"
고 말했다.

尚書『誠に難有い仰せではございまするが、鄭家と私との間は到底尋常一樣の關係ではなく、婚禮こそは濟みませんけれど、情義は既に夫婦であり、親子でもあるのでございます。どうか此の事ばかりはお許しを願ひたう存じます。』とて、飽くまで受け引く氣色を見せなかつたので天子も已むなく『更に能く考へて見たがよからう』とて、その日は二人碁を打つて日を暮らした。

　상서 "참으로 감사한 분부이시기는 합니다만, 정가와 저 사이는
도저히 예사로운 관계가 아닙니다. 혼례는 치루지 않았다고 하나,
마음은 이미 부부이며 부모와 자식의 관계이기도 합니다. 아무쪼록
이 일만큼은 용서를 바라고자 합니다."
라고 말하고, 어디까지나 받아들일 기색을 보이지 않았기에, 천자도
어쩔 수 없이,
　"더욱 잘 생각해 보는 것이 좋을 것이다."
　라고 말하고, 그날은 두 사람 바둑을 두면서 날을 보냈다.

鄭家では司徒夫妻を初め一同の心痛一方ならず、殊に春娘は泣いて尚書に君命の無情を訴へ、若し尚書が之に從ふやうであつたら、直ちに鄭令孃と共に自分も去つてしまふ決心を語つた。

　정가 집에서는 사도 부부를 시작으로 모두가 마음 아픈 것이 이만

저만이 아니었다. 특히 춘낭은 울면서 상서에게 임금의 명이 무정함을 하소연하며, 만약 상서가 이것을 따른다고 한다면 바로 정영양(鄭令孃)과 함께 자신도 떠나 버릴 결심을 이야기했다.

尚書も困つてひとへに春娘を慰め、やがて筆を執つて上奏文を認め、之を天子にたてまつつた。その意味は蓋し『此度の恩命は、人倫の根本を亂すものであるから、速に撤回せられんことを請ふ』と云ふのである。天子之を見て太后に渡されると、太后の憤りその極に達し、直ちに楊少游を獄に下すべしとの嚴命、天子も手を束ねてただ徒らに傍觀したまふ有樣であつた。

상서도 곤란하여 그저 춘낭을 위로하며, 이윽고 붓을 들어 상주문(上奏文)을 적고는 이것을 천자에게 바쳤다. 그 의미는 생각건대,
"이번 은명(恩命)은 인륜의 근본을 어지럽게 하는 것이기에 서둘러 철회해 주실 것을 바랍니다."
라고 말하는 것이었다. 천자가 이것을 보고 태후에게 건네자, 태후의 분노는 극에 달하여 바로 양소유를 감옥에 넣어야 한다는 엄명이었기에, 천자도 어찌할 방도도 없이 그냥 수수방관하는 모습이었다.

その頃またもや邊疆の蕃族亂を起し、人心恟々として安んずるところを知らなかつた。かかる際に必要なのは楊尚書の如き人物である、で、少游を獄から引き出だし、召して之が對策を問はれると、少游は自ら軍を率ゐて討伐の事に當りたいと言ふ。天子は少游に將帥の才あることを知つて居られたから、喜んで其の言を容れ、直ちに大將に任

じて出發せしめ給ふた。

　その無렵 또다시 국경의 번족(蕃族)이 난을 일으켜 인심이 흉흉하여 편안한 날이 없었다. 이러한 때에 필요한 것은 양상서와 같은 인물이었다. 그리하여 소유를 감옥에서 꺼내어 부른 후 이것의 대책을 물으니, 소유는 스스로 군을 이끌고 토벌에 나서고 싶다고 말하는 것이다. 천자는 소유에게 장수의 재주가 있다는 것을 알고 있었기에 기뻐하며 그 말을 받아들여 바로 대장으로 임명하여 출발하게 했다.

　果して問もなく賊の先鋒に捷ち、追擊追擊、忽ちにして五十餘城を取り返したので、天子は尙書の功を嘉みし、御史大夫兼兵部尙書、征西大元帥に任じ給ふた。

　생각했던 대로 머지않아 적의 선봉을 물리치고 추격하고 추격하여 금방 50여 성을 되찾았기에, 천자는 상서의 공을 기리며 어사대부(御史大夫) 겸 병부상서(兵部尙書), 정서대원수(征西大元帥)에 임명했다.

　尙書が大軍を驅つて積雪山の麓に至つた時のことである。ある夜、燭をかかげて兵書を調べて居ると、深更に及んで忽ちばツと灯りが消えた。すると空中から一人の女が、手に七首を握つてすツくと降りた。

　상서가 대군을 이끌고 적설산(積雪山)의 산기슭에 이르렀을 때의 일이었다. 어느 날 밤, 촛불을 비추고 병서를 살펴보고 있었는데, 밤이 더욱 깊어지자 갑자기 불빛이 꺼졌다. 그러자 공중에서 여인 한

591

명이 손에 칠수(七首)를 거머쥐고 소리 없이 내려왔다.

尚書は直ちに刺客であることを知つたが、色をも變へず問ふて言ふ、『その方は何者ぞ。』女『私は吐蕃國から贊普の命を受けて、尚書の首をもらひに來たものです。』尚書『よろしい。早く持つて行け。』

상서는 바로 자객이라는 것을 알았지만, 얼굴색도 바꾸지 않고 물으며 말하기를,

"그대는 누구인가?"

여(女) "저는 토번국(吐蕃國)에서 찬보(贊普)의 명을 받고 상서의 목을 받으러 온 사람입니다."

상서 "잘 되었다. 어서 가지고 가거라."

すると女は劍をすてて恭しくそこに手をついて、『私は刺客となつて參りましたものの、決してあなたを害する心はございません。どうか私の本心をお聽き取り下さい。』とて、にツこり笑つた顔を見れば、その美しさ誠に露に濡ふ秋海棠の趣がある。

그러자 여인은 검을 버리고 정중하게 그 자리에서 양손을 땅에 짚고,

"제가 자객이 되어서 오기는 했지만 결코 당신을 해할 마음은 없습니다. 아무쪼록 저의 진심을 들어주십시오."[55]

라고 말하고, 방긋 웃는 얼굴을 보니, 그 아름다움은 참으로 이슬

---

55 원문에서는 이 부분을 기점으로 장이 나뉘어져 있다.

을 머금은 듯한 추해당(秋海棠)의 자태였다.

　その言ふ所によると、女は楊州の生れで沈梟煙と云ひ、ある女劍客に從つて劍を學ぶこと三年、遂に其の奧義を極めたが、ある時師の言葉に、御身の前世の縁は大唐國の貴人である。いつかは此の劍術を以てその人に近づく折があるであらうとの事であつたから、此度吐蕃の贊普刺客を募り、唐將を害せしむる計畫ありと聞いたのを幸ひ、一つは唐將の禍を救ひ、一つは前世の縁を結ぶつもりで、旁々刺客となつて此處には來たのだとのことである。

　그 말하는 바에 의하면, 여인은 양주(楊州)에서 태어난 침효연(沈梟煙)[56]이라고 하며, 어느 여검객을 쫓아서 검을 배운 지 3년 마침내 그 깊은 뜻에 다다랐지만, 어느 날 스승이 말하기를 너의 전생의 인연은 대당국(大唐國)의 귀인으로 언젠가는 이 검술로 그 사람에게 가까이 갈 때가 있을 것이라는 것이다. 이번에 토번의 자객 찬보의 부름을 받아 다행히 당의 장군을 해하려고 한다는 계략이 있다는 것을 듣고, 우선은 당의 장군을 재앙으로부터 구하고 또한 전생의 인연을 맺을 작정으로 어찌되었든 자객이 되어 이곳에 왔다는 것이다.

　且つ言ふ、『今あなたを見て、初めて先に師から聞いた事の僞りでないことを知りました。どうか私を何時までもお側に置いて下さいまし。』そこで尚書は大に喜び、『命を助けてもらつた上に、終生私に仕へ

---

56 심요연을 이른다.

て吳れるとは、これ程難有いことはない。』とて、早速寢床へ連れて行つて、めでたく偕老の契り結んだ。

　　　또 말하기를,

　　"지금 당신을 보고 비로소 예전에 스승에게 들은 이야기가 거짓이 아니었음을 알게 되었습니다. 아무쪼록 저를 언제까지나 곁에 있게 해 주십시오."

　　이에 상서는 크게 기뻐하며,

　　"목숨을 구해 줬을 뿐만 아니라 평생 나를 섬기겠다고 하니, 이것만큼 감사한 일은 없다."

　　라고 말하며, 서둘러 침상으로 데리고 가서 경사스럽게 해로의 인연을 맺었다.

　爾來三日の間、尙書は明け暮れ閨房に親しみ絶えて將士を顧みようともしなかつたが、すると梟煙『軍中は婦女子の居るべき處ではありません。私は一旦師の許へ歸つて、更に京都の方へ行つてお目にかゝります。』とて出て行つた。歸り際に一顆の珠を出し、『これは妙兒玩といつて、贊普の持物です。これを先方へ送つて、私が歸るつもりのないことを知らして下さい。それから、此の後あなた方は磐蛇谷といふ處をお通りでせう。そこの水は決して飮んではいけません。必ず井戸を堀つてお飮みなさい。』など、吳々も言ひ置いたので、將士を集めて此の事を話すと、一同元帥の武連と艶福とを併せ祝し、これ必ず神人の助けたまふものであるとて喜んだ。

그 후로 3일 간, 상서는 아침저녁으로 규방을 즐기며 전혀 장병을 돌아다보려고도 하지 않았는데, 그러자 효연,

"군대 안은 부녀자가 있을 만한 곳이 아닙니다. 저는 일단 스승이 계신 곳으로 돌아가서 다시 서울로 가서 찾아뵙겠습니다."

라고 말하고 나왔다. 돌아가는 길에 구슬 한 방울을 꺼내서,

"이것은 이름이 묘아완(妙兒玩)이라고 하여 찬보의 소유물입니다. 이것을 저쪽으로 보내서 제가 돌아갈 마음이 없다는 것을 알려 주십시오. 그리고 그런 후에 당신은 반사곡(磐蛇谷)이라는 곳을 지나실 것입니다. 그곳의 물은 결코 마셔서는 안 됩니다. 반드시 우물을 파서 마십시오."

이런 저런 것을 아무쪼록 잘 말해 두고 장병을 모아서 이러한 사실을 이야기하자, 일동은 원수(元帥)의 무련(武連)과 염복(艶福)을 합하여 빌고, 이것은 필시 신인(神人)이 도와주신 것이라고 생각하고 기뻐했다.

卷の四
권 4

(一) 洞庭湖に龍女を訪ふ
(1) 동정호의 용녀를 방문하다

梟煙が殘して行つた妙兒玩を吐蕃に送り、やがて、尙書の一隊は大山の下に行つた。嶮しい山路を辿り辿つて數百里を步いたので、咽喉の渴きも烈しく、處々に水を求めたけれども無い。と、山の麓に大き

な一つの澤のあるのが見つかつた。で軍卒は皆爭つてその水を口にしたが、忽ち色が蒼くなつて、いづれも言葉さへ出なくなり、まさに死に瀕する有樣である。

효연이 남기고 간 묘아완을 토번에 보내고 이윽고 상서 일대(一隊)는 대산(大山) 아래로 갔다. 가파른 산길을 따라서 수백 리를 걸었기에 목이 몹시 말라 곳곳에서 물을 구했지만 없었다. 그러자 산기슭에서 하나의 커다란 연못이 있는 곳을 발견했다. 그리하여 군졸은 모두 다투어 이 물을 입에 댔지만 갑자기 색이 파랗게 변하면서 모두 말을 하지를 못했다. 금방이라도 죽을 것 같은 모습이었다.

尙書之を聞いて親しく其處に行つて見ると、蒼々とした水の深さは何千丈あるか知れないで、寒さ身にしむばかりである。で、初めて悟つて、これぞ彼の梟煙が話した磐蛇谷といふところであらうと。

상서는 이것을 듣고 친히 그곳에 가서 보니 푸르고 넓은 물의 깊이는 몇 천 장(丈)이 되는 지 알 수 없으며 추위에 몸이 오싹해질 뿐이었다. 그리하여 비로소 이것이야말로 효연이 말한 반사곡(磐蛇谷)이라고 하는 것이라는 것을 깨달았다.

そこで軍兵を促がして井戸を掘らしめたが、掘ること數百、而も一として水の湧くものがない。已むを得ず陣營を他に移さうとしてゐるところへ、鐘大鼓の音が山の後ろから聞えて、正に賊軍の歸路を沮むものであることが分つた。さなきだに飢渴に惱んでゐた際であるか

ら、官軍の弱り方は一通りでない。流石の尙書も良策なく、思案に餘
つて卓にもたれたまゝ暫しまどろむともなくまどろむと、忽ち不思議
な香がして、女の童が二人尙書の前に立つた。

이에 군병을 재촉하여 우물을 파게 했는데, 수백 곳을 파더라도
어느 하나 물이 나오는 곳이 없었다. 어쩔 수 없이 진영을 다른 곳에
옮기려고 하던 차에, 종과 북소리가 산 뒤편에서 들렸기에 바로 적
군이 돌아가는 길을 막고 있음을 알았다. 그렇지 않더라도 배고픔과
목마름에 괴로워하던 차였기에 관군의 쇠약해짐은 이만저만이 아
니었다. 과연 상서도 좋은 방법이 없어 이리저리 생각하다가 탁자에
기댄 채 잠시도 졸지 않고 있었는데, 갑자기 이상한 향기가 나더니
여자 아이 두 명이 상서 앞에 서 있었다.

言ふ、『私ともの女主人、あなたにお目にかゝつてお話したいことが
あるさうです。どうぞお出でを願ひたう存じます。』尙書『女主人とは誰
のことか。』女童『洞庭龍君の令孃です。』尙書『龍神の居らるゝ處と云へ
ば水府だが、私は人間だから水の中へは行かれない。』女童『門前に神馬
を繋いで置きました。それに乘れば何の事もなく、直ぐでございま
す。』

말하기를,
"저희들의 여주인이 당신을 보고 하시고 싶은 말이 있다고 합니
다. 아무쪼록 나와 주셨으면 합니다."
상서 "여주인이라는 것은 누구를 말하느냐?"

597

여동[57] "동정(洞庭) 용군(龍君)의 영양입니다."

상서 "용신(龍神)이 있는 곳이라면 수부(水府)이다만, 나는 인간이기에 물속에는 갈 수가 없다."

여동 "문 앞에 신마(神馬)를 매달아 두었습니다. 그것을 타시면 아무 일 없이 바로 갈 수가 있습니다."

そこで尚書は女童の言に隨つて馬に乘ると、馬は忽ち失の如く走つて、程もなく水中の王宮に到着しすると一人の侍女が尚書の前に進み出て、『洞庭龍王の女、揚閣下に拜謁を得たう存じます。』と言ふ。

이에 상서가 여동의 말을 따라 말을 타자, 말은 갑자기 화살과 같이 달려서 곧 수중의 왕궁에 도착했다. 그러자 시녀 한 명이 상서 앞으로 나와서,

"동정 용왕의 여자, 양각하(揚[58]閣下)를 배알하고자 합니다."

라고 말했다.

尚書驚いて坐を下らうとするが、侍女達は尚書を押し止めて、下らせない。すると龍女は下手の方から、幾度も尚書に禮を施して言ふ、『私は龍王の末子凌波と申す者です。曾て眞人私の運命を見て、『此の女の前身は仙女である。必ず貴人の姬妾となり、富貴榮華の樂を盡して遂に佛家に歸するであらう。』とのこと。

---

57 여동: 여자아이, 소녀, 가까이에서 식사준비를 하는 소녀의 뜻이다(松井簡治·上田万年編, 『大日本国語辞典』04, 金港堂書籍, 1919).

58 일본어 원문의 오자.

상서는 놀라서 자리에서 내려가려고 하자, 시녀들은 상서를 막으며 내려가지 못하게 했다. 그러자 용녀는 아랫자리에서 몇 번이고 상서에게 예를 다하여 말하기를,

"저는 용왕의 막내 능파[59]라고 하는 사람입니다. 일찍이 진인이 저의 운명을 보고, "이 여자의 전신(前身)은 선녀이오. 반드시 귀인의 희첩(姬妾)이 되어 부귀영화의 즐거움을 다하고 마침내 불가로 돌아갈 것이오.""

라는 것입니다.

で、これ以來父は一層私を受して吳れますが、困つたことには南海龍王の子五賢と申す者、かねて私に想ひを懸け、强いて暴力を以ても望みを叶へようと致します。で、已むなく一時身を遁れて居りましたが、五賢はなほも執拗く私を追ひ、軍兵を率ゐて私に迫つてまゐりますので、辛うじて此の白龍潭に身を寄せて、危き命を取り止めて居るやうな譯でございます。此の水元は奇麗な水で、淸水潭と名づけて居りましたが、私が來るやうになつてから、俄かに氷のやうに冷たくなり、到底他國の者が入つて來れないやうになりました。それと申すも天が私を憫んで、敵を防ぐために然うして下さつたのに違ひありません。今日のなたを此處へお喚び申したのは、實は私の窮狀を訴へたいためばかりでなく、先刻頻りに井戶を穿つて水を求められたに拘らず、水が一滴も出なかつたのを見まして、及ばずながらお力を貸したいと考へてのことでございます。もし私の願ひを叶へて頂けば、今日

---

59 백능파를 이른다.

以後私の身體はあなたのもの、あなたの憂ひは私の憂ひ、直ちに此の水を以前の通り、奇麗な毒のない水にして返ず位は何でもないことでございます。』

"[60]그리하여 그 이후로 아버지는 한층 저를 사랑해 주셨지만, 곤란한 것은 남해용왕(南海龍王)의 아들 오현(五賢)이라는 자로 일찍이 저를 마음에 품어 억지로 폭력을 써서 바람을 이루려고 했습니다. 그리하여 어쩔 수 없이 잠시 몸을 피하고 있습니다만, 오현은 더욱 집요하게 저를 쫓아서 군병을 이끌고 저를 공격해 왔기에 간신히 이 백룡담(白龍潭)에 몸을 맡기어 위험한 목숨을 건졌던 것입니다. 이 물의 근원은 깨끗한 물로 청수담(淸水潭)이라고도 불리고 있습니다만, 제가 오고 나서부터 갑자기 얼음과 같이 차가워져서 도저히 다른 나라의 사람이 들어오지 못하게 되었습니다. 그렇게 말씀드리는 것도 하늘이 저를 불쌍히 여겨서 적을 막으려고 그렇게 해 주신 것임에 틀림없습니다. 오늘 당신을 이곳에 불러들인 것은 실은 저의 어렵고 궁한 상황을 호소하기만을 위함이 아니라 조금 전 계속해서 우물을 파서 물을 구하려고 했음에도 불구하고 물이 한 방울도 나오지 않은 것을 보고 미흡하지만 힘을 빌려드리고 싶다고 생각했기 때문입니다. 혹시 저의 부탁을 들어 주신다면 오늘 이후 제 몸은 당신의 것으로 당신의 근심은 저의 근심, 즉 이 물을 이전과 같이 독이 없는 깨끗한 물로 바꾸는 정도는 그렇게 힘든 일도 아닙니다."

---

60 일본어 원문에 인용부호가 누락되어 있지만 전후 문장을 고려한다면 인용부호가 들어가는 것이 자연스러운 문장으로 연결된다.

尚書『今あなたの仰しやるところによると、二人の緣は旣に前世から
の約束で、神も許した間柄であります。して見れば、此の場で直ちに
女夫の固めをしても差支ないと思ひますが如何。』

상서 "지금 당신이 말씀하시는 것에 의하면 두 사람의 인연은 이
미 전생에서부터의 약속으로 신(神)이 허락한 사이라는 것입니다.
그렇다면 이곳에서 바로 부부의 약속을 하더라도 지장이 없다고 생
각합니다만 어떠합니까?"

龍女『それはもう私のからだは、貴郞に獻げたも同樣ですから、決し
て異存はございませんけれど、今直ぐにとは參りません。一つは父母
にも一應相談しなければならず、二つには斯ういふ魚族の生臭いから
だではお厭でせうから、立派に人間に成り變つてからにしたいと思ひ
ます。三つには南海龍王の太子が、やがて軍卒を送つて戰ひを挑みに
來るに違ひありません。ですから此處は一時も早く賊を平げて、めで
たく京都へお歸りになり、その上で私はお邸へ參ることにしたいと存
じます。』

용녀 "그것은 이미 제 몸은 귀랑(貴郞)에게 바친 것과 마찬가지이
므로 결코 다른 생각이 있을 리가 없습니다만, 지금 바로는 할 수 없
습니다. 우선은 부모님과도 일단 의논을 하지 않으면 안 되고 또한
이렇게 비린내가 나는 어족(魚族)의 몸으로는 싫어하실 것이므로 훌
륭한 인간으로 변한 뒤에 하고 싶습니다. 그리고 남해용왕의 태자가
머지않아 군졸을 보내어 싸움을 걸어 올 것임에 틀림없습니다. 그러

므로 이곳은 한 시라도 빨리 적을 평정하고 경사스럽게 서울로 돌아
가서 그런 후에 저는 댁으로 가고자 합니다."

尚書『あなたの仰しやることは一々立派な言葉だけれど、父母に相談
するまでもなく、既に私の事は御承知の筈なのだから、決して差支は
ないと思ひます。また南海の龍王が攻めに來るといふことだが、憚り
ながら天子の大命を受けて賊を征伐する此の方である。そんな蟲螻の
やうなものは何程の事もない。それよりも今夜、折角かうしてお目に
かゝつたのだから、ね、ね、いゝでせう』とて、そのまゝ龍女と共に枕
に就いた。

　　상서 "그대가 하는 말은 하나하나 훌륭한 말이지만 부모와 상담
할 것도 없이 이미 나에 관해서는 잘 알고 있을 테니 결코 지장이 없
을 것이라고 생각합니다. 또한 남해 용왕이 공격해 온다는 것이지
만, 송구스럽지만 천자의 대명을 받아 적을 정벌한 것은 이쪽이다.
그런 벌레와 같은 자는 그리 대단한 것도 아니다. 그보다도 오늘밤
어쨌든 이렇게 만나게 되었으니, 이보게, 좋지 않으냐?"
라고 말하고, 그대로 용녀와 함께 잠자리에 들었다.

やがてまだ夜のあけないうちに、雷のやうな音が聞えて、驚き眼を
覺ます暇もなく、南海龍王の太子五賢が數多の軍兵をしたがへて乘り
込んで來た。尚書怒つて、たゞ一討ちと水邊を跳り出すと、相手の太
子は聲高らかに、『汝何者なれば他人の妻を盗むか。』と言ふ。

이윽고 아직 밤이 밝아오기 전에 우레와 같은 소리가 들려왔는데
놀란 눈을 뜰 사이도 없이 남해용왕의 태자 오현이 다수의 군병을 거
느리고 쳐들어 왔다. 상서는 화를 내며 수변(水邊)으로 뛰어나가자,
상대인 태자는 소리를 높여,

"너는 어떠한 자이기에 남의 부인을 훔치는 것이냐?"

고 말했다.

尚書笑つて『我は楊少游、洞庭の龍女とは三世の宿緣あるものであ
る。汝如き鱗蟲の與り知るところでない。』とて、兵をさしまねいて應
戰し、忽ちにして敵を破つた。龍女は尚書の大捷を賀し、千石の酒を積
んで軍卒一同をねぎらうた上、伴れ立つて洞庭の龍王のもとへ行つた。

상서는 웃으며,

"나 양소유는 동정의 용녀와는 삼세(三世)의 숙연(宿緣)[61] 있는 사
람이다. 너와 같은 인충(鱗蟲)[62] 무리가 알 수 있는 것은 아니다."
라고 말하며, 병사를 지휘하여 가리켜 맞서서 싸우며 금방 적을 무
찔렀다. 용녀는 상서의 대승을 축하하며 천석(千石)의 술을 싣고 군
졸 모두를 위로하고는 함께 동정의 용왕이 있는 곳으로 갔다.[63]

(二) 微服の李孃鄭家を訪ふ
(2) 미복을 한 이양정가를 방문하다

---

61 오래된 인연.
62 몸에 비늘이 있는 동물을 총칭.
63 원문에 따르면 동정 용왕의 사자가 그들을 모시기 위해 직접 찾아왔다.

楊尙書、龍女と並んで車に乗り、幾ほどもなくして洞庭に着くと、龍王が遠くまで迎へに出て、慇懃に尙書を接待した。龍王『元師の御力によりまして、漸く娘の命が助かりました。何と御禮を申し上げていいか分りません。』とて、盛んに酒をふるまひ、舞樂を奏して心から饗應した。

양상서가 용녀와 나란히 수레에 올라타고 얼마 안 가서 동정에 도착하자, 용왕이 멀리까지 마중을 나와서 정성스럽게 상서(尙書)를 접대했다.

용왕,

"원수(元師)의 도움으로 겨우 딸의 목숨을 구할 수 있었습니다. 어떻게 감사의 인사를 드려야할지 모르겠습니다."

라고 말하고, 술을 가득 대접하고 춤과 음악을 연주하며 진심으로 향응했다.

やがて歡樂を盡して門を辭するに臨み、尙書『軍中の事故、久しく止まることができません。ではお暇と致しますが、どうか他日令孃を遣はしのことを忘れないやうに願ひたい。』龍王『承知しました。』

이럭저럭 환락을 다하여 문을 떠나야 할 때에 이르러, 상서,

"출정한 동안의 사고는 오래도록 끊이질 않습니다. 그럼 물러나겠습니다만 아무쪼록 다른 날 영양을 보내는 것을 잊지 마시기를 바랍니다."

용왕 "알겠습니다."

門を出ると向うに高い山があつて、突兀として五つの峯が聳いて居る。尚書龍王を顧み、『あれは何といふ山ですか。』龍王『此の山を御存じないですか。』これは有名な南岳の衡山です。序に登つて御覧なさい。』

문을 나서자 건너편에 높은 산이 있고 다섯 개의 산봉우리가 우뚝 솟아 있었다. 상서는 용왕을 돌아다보며,
"저것은 뭐라고 하는 산입니까?"
용왕 "이 산을 모르십니까? 이것은 유명한 남악의 형산입니다. 가는 김에 올라가 보십시오."

そこで尚書は竹杖をついて、細い山徑を登りはじめた。登るに從つて路は嶮しく、岩は秀で、奇趣言ふばかりない。すると何處からともなく磬を叩く音がこえて來た。見ると絶頂に一つの寺があつて、多くの僧侶がずらりと集まり、眞中に一人の老僧が坐つて、しかりに經を誦して居る。眉長くして骨瘦せ、一見して高徳の僧であることが知られたが、尚書の姿を見るや否、堂を下りて迎へ入れ、『元帥の入らせらるゝことを少しも存ぜず、お迎ひもせずに御無禮をしました。』と言ふ。

이에 상서는 죽장을 짚고 좁은 산길을 오르기 시작했다.[64] 올라감에 따라 길은 험해지고 바위가 높이 솟아 있으며 괴이한 흥취가 말로 표현할 수가 없었다. 그러자 난데없이 경(磬)을 두들기는 소리가 들

---

64 원문에서는 양소유가 수레를 타고 산에 오른 것으로 서술되어 있다.

려왔다. 보아하니 절정에 절이 하나 있고 많은 승려가 즐비하게 모여 있었는데, 한가운데 노승이 한 사람 앉아서 그대로 경(經)을 읽고 있었다. 긴 눈썹에 야윈 골격이 얼핏 보아도 덕이 높은 스님이라는 것을 알 수 있었는데, 상서의 모습을 보자마자 당(堂)에서 내려와 맞이하며,

"원수(元帥)가 들어오시는 것을 조금도 알지 못하여 마중도 나오지 않고 무례를 범했습니다."

라고 말했다.

尚書も禮を返し、佛壇の前に行つて香を燒き、禮拜をまして其處を降りようとすると、忽ち足を踏み外して、ドウと轉げ落ちたと見て目が覺めた。あたりを見れば依然として身は陣中に在り、卓に倚つたまゝ長く眠つたとみえて、東の方は既に白んで居る。

상서도 감사의 말을 전하며 불단 앞으로 가서 향을 피우고 기도하고 절하는 것을 마치고 그곳을 내려오려고 하자, 갑자기 발을 헛디며서 워 하고 굴러 떨어지며 정신을 차렸다. 주변을 보니 여전히 몸은 군대의 진영 안에 있으며 탁자에 기댄 채로 오래도록 잠들어 있었던 듯 보였고, 동쪽은 이미 밝아 있었다.

で、尚書は餘りに不思議に思ひ、諸將に向つて『公等も夢を見たか』と問ふ、と皆が口を揃へて、『夢に元帥に從つて大に戰ひ、敵將を擒にしました。』と言ふ。で、尚書は夢に見たことを詳しく話し、白龍潭に往つて見ると、鱗が一ばいに散らかつてあたりは血だらけとなり、人

をして直ちに激戰の跡をしのばしめる、尙書試みに盃をもつて水を汲み、先づ嘗めて見るに味頗る佳い。で、先に此の水を飮んで病を得た士卒を呼んで飮ましてみると、忽ち元氣を恢復したので、一同大に喜び、勇氣頓に百倍して敵軍を破つた。

> 그리하여 상서는 너무나도 이상한 생각이 들어 여러 장군들을 향해,
> "제군들도 꿈을 꾸었느냐?"
> 고 물었다. 그러자 모두가 입을 맞추어서,
> "꿈에 원수(元帥)를 따라 크게 싸우고 적장을 사로잡았습니다."
> 라고 말했다. 그리하여 상서는 꿈에 본 것을 말하고 백룡담(白龍潭)에 가서 보니, 비늘이 가득 흩어져 있으며 주변은 피투성이가 되어 사람에게 바로 격전의 자취를 생각하게끔 했다. 상서는 시험삼아 잔을 들고 물을 길어 우선 맛을 보니 맛이 굉장히 좋았다. 그리하여 앞서 이 물을 마시고 병을 얻은 병사를 불러서 마시게 해 보니 갑자기 원기를 회복하였기에 모두 크게 기뻐하며 갑자기 백배로 용기가 나서 적군을 물리쳤다.

尙書が出征した後で、天子は尙書の功を嘉みし、ある日太后に向つて申されるやう、『楊少游の功は拔群であります。歸り次第彼を丞相に任じ、その功に酬ひたいと思ひますが、たゞ此際心にかゝるのは蘭陽公主の婚事であります。もし少游が心を飜して命に從はゞ此上ないが、さうでないとすると功臣を罰することはできず、如何致したものでせう。』

607

상서가 출정한 후에, 천자는 상서의 공을 기리며 어느 날 태후를 향해 말씀하시기를,

"양소유의 공은 출중합니다. 돌아오는 대로 그를 승상으로 임명하여 그 공을 보답해 주고 싶습니다만, 다만 때마침 마음에 걸리는 것은 난양공주의 혼사입니다. 혹시 소유가 마음을 바꾸어 명을 따른다고 한다면 더할 나위가 없으나 그렇지 않다고 한다면 공신(功臣)을 벌할 수도 없고, 어떻게 할까요?"

太后『聞く所によると、鄭家の娘はまことに美しく、且つ既に少游とは相思の仲であるさうです。して見ればとても少游が思ひ切る筈はありません。だから私が考へでは、少游の居ない間に鄭家に詔を下して、その娘を他處へ嫁せしめるが最良の手段と思ひます。』

태후 "듣는 바에 의하면 정가의 딸은 참으로 아름답고 또한 이미 소유와는 서로 사모하는 사이라고 합니다. 그렇다고 하면 도저히 소유가 단념할 리가 없습니다. 그러니 제 생각에는 소유가 없는 사이에 정가에게 조(詔)를 내려서 그 딸을 다른 곳으로 시집보내게 하는 것이 최선의 방법이라고 생각합니다."

天子は何とも筈へず、黙つてそこを出られたが、此の時蘭陽公主、太后の側に在つて此の言葉を聞き、太后に向つて言ふ、『只今の御言葉は、少しく道理に違つたことのやうに存じます。凡そ婚姻の事は一家の私事で、朝廷からみだりに指圖すべきことではございません。』

천자는 뭐라고 대답도 하지 못하고 잠자코 그곳을 나갔는데, 이때 난양공주가 태후 곁에서 이 말을 듣고 태후를 향해 말하기를,

"지금하신 말씀은 조금 도리에 어긋난 것처럼 생각됩니다. 무릇 혼인이라는 것은 일가의 사사로운 일로 조정에서 함부로 지도할 수 있는 것이 아닙니다."

太后『それはまことに其の通りに違ひないけれど、私はたゞそなたの爲を思ふばかりに、いろいろ心配してゐるのです。今日少游の外に、そなたの夫たるべき人はあらうとも思へず、さりとて鄭家との間は容易に割かれさうもない。もしそなたさへ承知なら、少游が歸つてから先づそなたとの婚禮を濟ませ、その後で鄭女を妾に入れたらと思ふのだが、そなたはそれをどう思ひます。』

태후 "그것은 참으로 그대로 틀린 것은 아니다만, 나는 다만 그대를 위하여 생각하다보니 이리저리 걱정을 하는 것입니다. 오늘 소유 말고 그대의 남편이 될 만한 사람이 있다고 생각하지도 않고, 그렇다고 해서 정가와의 사이는 쉽게 갈라놓을 수도 없다. 혹시 그대만 허락한다면 소유가 돌아오면 그대와 혼례를 마치고 그런 후에 정녀(鄭女)를 첩으로 들이려고 생각한다만, 그대는 그것을 어떻게 생각합니까?"

公主『私は決して嫉妬などするやうなものではありません。鄭女を妾にすることは少しも厭とは思ひませんが、しかし最早夫人として迎へることにきまつたものを、今度は妾にするといふのは禮に背いたこ

とヽ存じます。また鄭司徒は歴代の宰相で、門地の高い家柄です。その家の娘を妾にすると云ふことも當を得たことだとは思はれません。』

　　公주 "저는 결코 질투 따위를 하는 사람이 아닙니다. 정녀를 첩으로 하는 것은 조금도 싫지 않습니다만, 하지만 이미 부인으로 맞이하기로 결정되어진 사람을 이번에는 첩으로 삼는다는 것은 도리에 어긋나는 예를 거스르는 것이라고 생각합니다. 또한 정사도는 역대의 재상으로 지체가 높은 가문입니다. 그 집의 딸을 첩으로 한다는 것은 도리에 맞는 것이라고 생각지 않습니다."

　太后『と云ふと、そなたは何うしたらいヽと云ふ考へなの?』公主『國法に諸侯は三夫人といふことになつてゐます。ですから楊尙書が歸つたらば、諸侯と同樣の待遇をして、二人の夫人を納れることにすれば決して差支ないと存じます。』

　　태후 "그렇다면 그대는 어떻게 하면 좋은가 하는 생각이 있느냐?"
　　공주 "국법(國法)[65]에 제후는 삼부인(三夫人)으로 되어 있습니다. 그러하니 양상서가 돌아오면 제후와 같은 대우를 하여 두 명의 부인을 들이도록 한다면 결코 지장이 있지는 않을 것이라고 생각합니다."

　太后『それはいけません。そなたは普通の身の上とちがひ先帝の愛女、今上の寵妹、とても普通臣下の娘と並んで夫人となることはでき

---

65 원문에 따르면『예기』를 이른다.

ません。』

　　태후 "그것은 옳지 않습니다. 그대는 평범한 신분과 달라서 선제
　　(先帝)가 사랑하던 딸로 금상(今上)의 총애를 받는 여동생입니다. 도
　　저히 평범한 신하의 딸과 나란히 부인이 될 수는 없습니다."

　公主『身分の高いことは私も能く知つて居ります。けれども昔の明君
の中には、身分を忘れて德を愛し、萬乘の御身を以て好んで匹夫を友
とされた方も少くないと聞いてゐます。聞けば鄭家の女瓊貝は、容貌
と云ひ德行と云ひ、古の烈女も遠く及ばないと云ふことです。もしさ
うだとすれば、私が肩を並べたからといつて、決して辱になる譯はご
ざいません。たゞ噂に聞いたゞけでは當になりませんから、私一度親
しく鄭女に會つて見ませう。もし噂のやうでなかつたら、妾とするも
婢とするも唯母上の仰せのまゝに致します。』

　　공주 "신분이 높다는 것은 저도 잘 알고 있습니다. 하지만 옛날 명
　　군(明君) 중에는 신분을 잊고 덕을 사랑하였으며 만승(萬乘)[66]의 몸으
　　로 즐기며 필부를 친구로 삼은 자도 적지 않다고 들었습니다. 듣자
　　하니 정가의 딸 경패는 용모면 용모, 덕행이면 덕행, 옛날의 열녀도
　　전혀 미치지 못할 정도라고 합니다. 혹시 그렇다고 한다면 제가 어
　　깨를 나란히 했다고 해서 결코 굴욕이 되는 것은 아닙니다. 다만 소
　　문을 들은 것만으로는 옳다 할 수 없으니, 제가 한 번 가까이서 정녀

---

66 천자(天子) 또는 천자의 자리.

를 만나 보겠습니다. 혹시 소문과 같지 않으면 첩으로 하는 것도 여종으로 하는 것도 오직 어머님의 분부대로 하겠습니다.”

そこで折りを見て、鄭女と會ふことに相談をきめ、鄭家の佛事を行ふ寺についてその機會を伺つてゐると、丁度その時鄭家の婢賈春雲、鄭女のために發願文を寺に納めたので、寺の尼は密にそれを太后に獻じた。

이에 기회를 봐서 정녀와 만날 것으로 의논을 정하고 정가가 불사(佛事)를 행하는 절에 대해서 그 기회를 엿보고 있으니, 때마침 그때 정가의 여종 가춘운이 정녀를 위해서 발원문을 절에 바치고 있었기에 절의 비구니는 몰래 그것을 태후에게 아뢰었다.

その意味は、『私事罪業深き身を以て女子と生れ、既に楊少游と婚を結ばうとする段になつて、君命拒み難く、遂に楊家と絶たなければならぬことになりました。これ已むを得ないことではありますけれども、既に一旦心を許した以上、再び他に嫁して德を二三にすることはできませんから、今後は尼となつて生涯を佛前に捧げようと思ひます。それに付けても侍婢春雲とは深い宿世の緣あつて、共に一人に仕へん爲に、先に楊家に入つて妾となりましたが、今私の楊家と絶つに至つた結果として、彼女も亦主人の方へ歸つて來ました。伏して願はくは諸佛、どうか私共二人の心事を憫み、生々世々女人となることを免れしめ給はんことを。』
といふのであつた。

그 의미는,

"사사로이 죄업(罪業)이 깊은 몸으로 여자로 태어나 이미 양소유와 혼례를 맺으려고 하던 차에, 임금의 명을 막기 어려워 결국 양가(楊家)와 헤어지지 않으면 안 되게 되었습니다. 이것은 어쩔 수 없는 일이기는 하지만 이미 일단 마음을 허락한 이상 다시 다른 곳으로 시집을 가서 절개를 자주 바꿀 수는 없으니 앞으로는 비구니가 되어서 생애를 불전에 바치고자 생각합니다. 그와 관련하여 시비 춘운은 깊은 숙세(宿世)의 연이 있어 함께 한 사람을 모시고자 먼저 양가에 들어가 첩이 되었습니다만, 지금 제가 양가와 헤어지게 된 결과로 그녀도 또한 주인이 있는 곳으로 돌아왔습니다. 엎드려 바라건대 여러 부처님, 아무쪼록 저희 두 사람의 심사(心事)[67]를 불쌍히 여겨 다시 여인이 되는 것을 면하도록 해 주십시오."

라고 하는 것이었다.

それを見て公主はいたく兩人を憫み、一人の婚事によつて二人の女の生涯を過らしめるのは何としても忍びないことであるとて太后に話すと、太后も黙つて、暫くは何とも言はれなかつた。

그것을 보고 공주는 몹시 두 사람을 불쌍히 여겨 한 사람의 혼사로 두 명의 여인의 생애를 그르치게 하는 것은 아무리해도 차마 할 수 없는 것이라고 태후에게 말하자, 태후도 잠자코 있으며 한동안 아무 말도 하지 않았다.

---

67 마음속으로 생각하는 일.

その頃鄭令嬢は、我が婚約の成行に對しても、少しも怨むやうな顔色もなく、いつも變らぬいそいそした態度で兩親に仕へて居たが、母夫人や春雲は、却つて令嬢のために身を傷るまでの悲みをなし、一夕慰む術を知らなかつた。で令嬢は、母お氣遣ひ春雲を憫み、これまた自ら安んずる道を知らなかつたが、せめてはそれらの慰めにもとて、或は樂人を呼んだり、或は好きな美術品を求めたりして、耳目を樂しましめることを怠らなかつた。

　　그 무렵 정영양(鄭令孃)은 자신의 혼약의 성행(成行)에 대해서 조금도 원망하는 안색도 없이 평소와 다를 바 없이 신명나는 태도로 양친을 섬기고 있었는데, 모부인과 춘운은 오히려 영양 때문에 몸이 상할 정도로 슬퍼하여 밤낮으로 풀릴 방법을 알지 못했다. 그리하여 영양은 어머니를 염려하고 춘운을 불쌍히 여겼는데, 이것은 또 다시 자신이 안도할 방법을 알 수가 없었다. 그나마 그들을 위로하기 위해서 어떤 때는 악인(樂人)을 부르기도 하고, 어떤 때는 미술품을 구하기도 하여 귀와 눈을 즐겁게 하는 것을 게을리 하지 않았다.

すると或る日、女童が二人綺麗な刺繡を賣りに來た。一つ花間の孔雀、一つは竹林の鷦鴣で、二軸ともその絶妙さは曾て見たこともない出來榮えである。春雲は驚歎して夫人と令嬢に進めて言ふ、『お嬢さんはいつも私の刺繡をお賞めになりますけれど、これとおくらべになつたら迚も比較にならないことがお分りでせう。よもや人間業ではなからうと思ひます。』令嬢も亦驚いて、『全くこれは人間業でない。一體だれがこんな立派なものを作つたでせう。』とて、春雲にその出處を訊かした。

그러던 어느 날 여동 두 사람이 예쁜 자수를 팔러 왔다. 하나는 꽃과 꽃 사이의 공작(孔雀)이며, 또 하나는 죽림의 자고(鷓鴣)로, 두 가지다 그 절묘함은 일찍이 본 적이 없는 솜씨였다. 춘운은 경탄하여 부인과 영양에게 권하여 말하기를,

"아가씨는 항상 저의 자수를 칭찬하셨습니다만 이것과 비교해 보면 도저히 비교가 안 된다는 것을 알 수 있습니다. 설마 인간의 기예라고는 생각지 않습니다."

영양도 또한 놀라서,

"전혀 이것은 인간의 기예가 아니다. 도대체 누가 이런 훌륭한 것을 만들었단 말이냐?"

라고 말하고, 춘운에게 그 출처를 물었다.

すると女童の言ふ、『これは私の家の令嬢が作られたのです。令嬢は只今借住居をして居られますが、少し事情があつて、代は幾らでもいゝお上げしたいと仰しやるのです。』

그러자 여동이 말하기를,

"이것은 저의 집 영양이 만든 것입니다. 영양은 지금 잠시 거주하고 있습니다만, 조금 사정이 있어서 가격은 얼마라도 좋으니 드리고 싶다고 하십니다."

春雲『令嬢といふのは、何處の令嬢ですか。』女童『李通判の妹ですが此頃ひとりで謝三娘といふ人の家に寄寓して居られます。』で、春娘その旨を令嬢に話した上、値段をよくしてそれを買ひ取り、終日眺めて

樂しんだ。

춘운 "영양이라 함은 어디의 영양을 말합니까?"

여동 "이통판(李通判)의 여동생입니다만, 요즘 홀로 사삼낭(謝三娘)이라는 사람의 집에 기거하고 있습니다."

그리하여 춘낭이 그 뜻을 영양에게 말한 후, 가격을 후하게 쳐서 그것을 사서 하루 종일 쳐다보면서 즐겼다.

それ以來、李家の女童は時々鄭家へ出入して、鄭家の侍婢等と遊ぶやうになつたが、令孃ある時春娘に向ひ、『李家の娘と言ふのは、察するに餘程すぐれた人にちがひない。一度どういふ人か誰れかに見させて來たいと思ふがどうだらう。』と。

그 이후로 이가의 여동은 때때로 정가에 출입하며 정가의 몸종[68] 등과 노는 사이가 되었는데, 영양이 어느 날 춘낭을 향해,

"이가의 딸이라고 하는 사람은 살펴본 바로는 상당히 뛰어난 사람임에 틀림없다. 어떠한 사람인지 누군가에게 한 번 보여주고 오고 싶은데 어떠하냐?"

고 말했다.

で、氣のきいた女に言ひ含めて、女童と一緒に李家へやつた。李家の令孃は鄭家の婢と知つて丁重にもてなし、いろいろ御馳走をしてか

---

68 몸종: 일본어 원문은 '侍婢'다. 시중드는 여자를 뜻한다(松井簡治・上田万年編, 『大日本国語辞典』02, 金港堂書籍, 1916).

へした。

그리하여 눈치가 빠른 여인에게 이르고 여동과 함께 이가네로 보냈다. 이가의 영양은 정가의 여종이라고만 여기고 정중하게 대접하며, 여러 가지 맛있는 음식을 대접하고 돌려보냈다.

歸つてから春娘に向つて言ふ、『李令孃の美しさ立派さは、うちの令孃と全く同じやうです。』春娘『いくら立派な方と云つても、うちのお孃さんと同じだといふのは餘り言ひ過ぎだらう。此の世界にお孃さん位の方がもう一人とあらうとは思へないもの』とて、容易にその言葉を信じない。

돌아와서는 춘낭을 향해서 말하기를,
"이영양의 아름다움과 훌륭함은 우리 영양과 완전 똑같은 것 같습니다."
춘낭 "아무리 훌륭한 분이라고 하더라도 우리 아가씨와 같다는 것은 너무 말이 지나치지 않습니까? 이 세상에 아가씨와 같은 분이 또 한 사람 있다고는 생각지 않아요."
라고 말하고, 쉽게 그 말을 믿지를 않았다.

婢『疑ふならも一人誰れかをやつて御覧なさい。私は決していゝ加減なことを云つてるんぢやありませんから。』と言ふ。

여종(婢) "의심스럽다면 누군가 한 사람을 보내어 보세요. 나는 결코 무책임한 것을 말하는 것이 아니니까요."
라고 말했다.

そこで今一人別な婢をやって見ると、歸つて來てまた言ふ、『不思議ですねえ、全くさうに違ひありませんよ。それでもまだ疑ぐるならあなた自分で行つて見て來て御覽なさい。』春娘『二人とも何うかしてゐんですよ。きつと、』と言つて、果ては大笑ひしてその儘になつた。

이에 지금 한 사람 다른 여종을 보내어 보니, 돌아와서 다시 말하기를,
"이상하네요. 정말 그런 것임에 틀림없습니다. 그런데도 아직 의심스럽다면 당신이 직접 가서 보고 오세요."
춘낭 "두 사람 다 어떻게 된 게 틀림없어요."
라고 말하고, 결국은 큰 소리로 웃으며 그냥 그렇게 끝나버렸다.

それから四五日の後であつた。ある日謝三娘が鄭司徒の邸へ來て、夫人に目通りを得て言ふ『私の家に居られます李家の令孃が、實は此方の御令孃に是非一度お目にかゝつて、何か敎へを受けたいと云ふことでございます。で、私に此の事をお願ひしてみて吳れとのことで、伺つたわけでございます。』

그로부터 4-5일 뒤였다. 어느 날 사삼낭(謝三娘)이 정사도 댁에 와서 부인을 만나는 것을 허락받고 말하기를,
"저의 집에 있는 이가의 영양이 실은 이 댁의 영양을 꼭 한 번 만나

서 무언가 가르침을 받고 싶다고 말합니다. 그리하여 저에게 이 일
을 부탁해 봐 달라고 해서 찾아오게 되었습니다."

夫人が此の旨を令嬢に取りつぐと、令嬢『私も李令嬢の事は此間から
承つて、一度お目にかゝりたいと思つてゐるところでございます。』と
言ふ。

    부인이 이 뜻을 영양에게 전하니,
    영양, "저도 이영양의 일은 지난번부터 [들어]알고 한 번 만나고
싶다고 생각하던 차입니다."
    라고 말했다.

その翌日は李令嬢が、みづから鄭家を訪れるといふので、豫め心組
みして待つてゐると、夕暮近くなつて、李令嬢の轎が鄭家に着いた。
鄭令嬢早速坐敷に迎へて、主客相對して坐つたが、互にその美しさ立
派さの豫期以上なのを見たその驚き。

    그 다음날은 이영양이 직접 정가를 방문한다고 하기에 미리 각오
를 하고 기다리고 있으니, 해질 무렵 이영양의 가마가 정가네 집에
도착했다. 정영양은 즉시 응접실로 맞이하여 주인과 손님이 서로 마
주하여 앉았는데, 그 아름다움과 훌륭함이 예상한 것 이상인 것을
서로 보게 된 그 놀라움이란.

鄭嬢先づ言ふ、『此の頃召使共の言葉により初めてあなたの事を承り

ましたが、今日わざわざ御訪ね下されまして、此上なく嬉しく存じます。』李令嬢『私ことは早く父に別れ、何一つ教へられたこともない無學の女でございます。男ならばまた外に出て、何かと學ぶ機會もありますけれど、女の身ではそれも叶はず、誰に疑ひを質しやうもなくて日頃そればかりを憾みに思つて居りました。かねて承れば、學問と云ひ才德と云ひ、あなたは當世得がたい方とのこと、どうか宜しくお引立てに預りたう存じます。』

　　　정양이 먼저 말하며,

　　　"요즘 하인들의 말을 통해 처음으로 당신에 대해서 알게 되었습니다만, 오늘 일부러 방문해 주시니 더할 나위 없이 기쁘게 생각합니다."

　　　이영양 "저는 일찍이 아버지를 여의고, 무엇 하나 가르침을 받은 것이 없는 무학(無學)의 여인입니다. 남자라면 또한 밖으로 나가서 무언가 배울 기회도 있겠습니다만, 여자의 몸으로는 그것도 이룰 수 없고 누군가에게 의문점을 물어보지도 못하기에 평소에 그것만을 애석하게 생각하고 있었습니다. 학문이면 학문, 재덕(才德)이면 재덕, 당신은 당대에 얻기 어려운 사람이라는 것을 전부터 [들어]알고 있었습니다만, 아무쪼록 보살핌을 받고자 합니다."

　　　鄭嬢『仰せの事は私も兼ねて思つてゐることでございます。不束なものでございますが、何分によろしくお願ひ申します。』とて、茶菓を勸めてそれからそれと語り合ふ。李嬢『お宅に賈春雲といふ方が居られるさうに聞いて居りますが、お目にはかゝれませんでせうか。』鄭嬢『春雲

もお目にかゝりたいと申して居ります。』とて春娘を喚ぶ。

　　정양 "말씀하신 것은 저도 일찍이 생각하고 있던 것입니다. 미거
하나마 아무쪼록 잘 부탁드립니다."
　　라고 말하고, 다과를 권하고 그리고 나서 이야기를 나누었다.
　　이양 "댁에 가춘운이라는 사람이 있다고 들었습니다만 만나 뵐
수 없는지요?"
　　정양 "춘운도 만나 뵙고 싶다고 말했습니다."
　　라고 말하고 춘낭을 불렀다.

　春娘、李嬢を見てはじめて驚いた。『全く二人の婢が言ふ通りだ。ま
ア、何うして此んな美しい方が同時に二人と出來たらう。』李嬢もまた
聞きしに優る春娘の美しさを見て、『楊尙書の寵愛を一身に集めて居る
のも、げに此れでは無理もない。』と、心に秦女と春雲とを較べなが
ら、心置きなく春雲と語つた。

　　춘낭은 이양을 보고 비로소 놀랐다.
　　"완전히 여종 두 명이 말한 대로다. 이런, 어찌하여 이렇게 아름다
운 분이 동시에 두 명이나 있을 수 있나요?"
　　이양도 또한 들은바 대로 춘낭의 뛰어난 아름다움을 보고,
　　"양상서의 총애를 한 몸에 받고 있는 것도 과연 이것으로는 무리
도 아니구나."
　　라고 마음속으로 진녀(秦女)와 춘운을 견주면서 기탄없이 춘운과
이야기했다.

やがて李孃が歸つてから、鄭孃春娘に向つて言ふ、『あれだけの美人が同じ城中に居て、今日まで人の噂にものぼらなかつたといふのは、どういふ譯だらうねえ。』春娘『ほんにをかしうございますねえ私思ひますには、楊尙書がいつも言つて居る秦御史の娘といふのが、ひよつとすると名をかくして、あゝして出て來たのではございますまいか。』令孃『秦女のことは私も人から聞いたが、今は宮廷に召されて居ると云ふことです。して見れば此處へ來られる筈はないと思ふが。』

　　이윽고 이양이 돌아간 후에, 정양은 춘낭을 향해 말하기를,
　　"그런 미인이 같은 성(城)안에 있으면서 오늘날까지 사람들 입에 오르내리지 않았다는 것은 어떠한 이유일까?"
　　춘낭 "정말로 이상한 일입니다. 제가 생각하기로는 양상서가 항상 말하던 진어사의 딸이라는 사람이 어쩌면 이름을 숨기고 저렇게 나타난 것은 아닐까요?"
　　영양 "진녀의 일이라면 나도 사람들에게서 들었다만 지금은 궁정에 불려가 있다고 합니다. 그렇다면 이곳에 올 리가 없다고 생각한다만."

で、母夫人のそばへ行つて、しきりに李令孃のことを褒めると、私も是非會ひたいと云ふので、四五日してからまた李令孃を招待した。李令孃は大喜びで鄭家に行くと、すぐに夫人が出て來て李令孃を迎へ、『先日は折角おたづね下さいましたのに、丁度折惡しく臥つて居りまして御目にかゝることができませんでした。』と言ふ。李孃はまた夫人に對し、さながら母に對する禮を以て、ひたすら慇懃に誼みを乞

ひ、母夫人と鄭孃と春娘と、四人笑ひ興じて樂しき一日を過した。

　　そ리하여 모부인 곁으로 가서 줄곧 이영양에 대해서 칭찬하자 자
신도 꼭 만나고 싶다고 하기에 4-5일 지나서 다시 이영양을 초대했
다. 이영양이 크게 기뻐하며 정가로 가니 바로 부인이 나와서 이영
양을 맞이하고,
　　"지난날은 모처럼 와 주셨는데 하필이면 자리에 들었기에 만나
뵙지 못했습니다."
　　라고 말했다. 이양은 또 부인을 대하기를 마치 어머니를 대한 듯
예를 다해[69], 한결같이 정성스럽게 정분을 구하며 모부인과 정양, 춘
낭, 이렇게 네 사람은 흥이 나서 웃으며 즐거운 하루를 보냈다.

(三) 兩美人手を携へて宮中に入ろ
(3) 두 미인의 손을 잡고 궁중(宮中)으로 들어가다

　李孃が歸つたあとで、夫人は令孃と春娘とに向つて、『鄭家にも崔家
にも親戚は多く、隨分美人も居るけれど、今日初めて見た李令孃ぐら
ひのは見たことがない。全く孃と姉妹にしておいたなら申分はありま
せんね。』と言ふ。

　　이양이 돌아간 후에 부인은 영양과 춘낭을 향해,
　　"정가에게도 최가(崔家)에게도 친척은 많고 상당한 미인도 있지

---

[69] 원문에 따르면 이소저가 실제로 최씨 부인에게 어머님과 같이 섬기고자 한다는
　　뜻을 전한다.

만, 오늘 처음 본 이영양 정도의 미인은 본적이 없다. 완전히 자매라
고 하더라도 나무랄 데가 없네요."
　　라고 말했다.

　そこで令嬢は秦女のことを話し、『春娘はきつと秦女が名を變へて來
て居るだらうと言ひますけれど、私はさうとも思ひません。李嬢は姿
や形の美しいばかりか、氣品の高いことゝ云ひ、行儀の正しいことゝ
云ひ、とても尋常士大夫の家の娘に見られません。聞けば蘭陽公主
は、容色と云ひ才德と云ひ、大變に立ち優つた方だと云ふとですが、
李嬢を見ると、或はその人でないかと思ふほどに、氣品があります。』

　　이에 영양은 진녀에 대해서 이야기하며,
　　"춘낭은 필시 진녀가 이름을 바꿔 온 것이라고 말하지만 저는 그
렇게 생각지는 않습니다. 이양은 모습이나 형태가 아름다울 뿐만 아
니라 기품이 높은 것이나 행동거지가 바른 것이나 할 것 없이 도저히
평범한 사대부 집의 딸이라고는 보이지 않습니다. 듣자하니 난양공
주는 용색이면 용색, 재덕이면 재덕이 대단히 뛰어난 분이라고 합니
다만, 이양을 보면 어쩌면 그 사람이 아닌가 하고 생각할 정도로 기
품이 있습니다."

　夫人『公主は見たことがないけれど、いくら位が高いからと云つて、
とても李令嬢のやうにはいかないでせう。』令嬢『何にしても李嬢の身分
はどうも少し疑はしいやうに思ひますから、いつか春娘に一つ探つて
もらひませう。』

부인 "공주는 본 적이 없지만 아무리 지위가 높다고 하더라도 도저히 이영양과 같지는 않을 것이다."

영양 "어찌되었든 이양의 신분은 아무래도 조금 의심스러운 부분이 있다고 생각하니 언젠가 춘낭에게 한 번 살펴보도록 하지요."

で、翌日鄭孃と春娘とは、此の事について頻りに相談してゐると、李孃の婢が鄭家へ來て、『私どもの令孃は都合上明日、船で浙東の方へお歸りのことになりました。で、今日は是非此方へ伺つてお暇乞をしたいと仰しやいます、』と言ふ。

그리하여 다음 날 정양과 춘낭은 이 일에 대해서 계속 의논하고 있었는데, 이양의 여종이 정가네로 와서,

"저희 영양은 사정이 생겨 내일 배로 절동(浙東)으로 돌아가게 되었습니다. 그리하여 오늘은 꼭 이곳으로 오셔서 작별인사를 하고 싶다고 하십니다."

라고 말했다.

やがて鄭家で、支度をして待つてゐるところへ李孃が來て、夫人や令孃と懇に別れを告げる。その時李孃、『お別れに臨んで、どうかして令孃にお肯き入れ願ひたいと思ふことが一つあります。けれども恐らく肯き入れては下さるまいと思ひますので、先づ母夫人に申上げて見ますが。』と言ひさして躊躇して居る。

이윽고 정가네에서 준비를 하며 기다리고 있을 때 이양이 와서 부

인과 영양에게 진심으로 이별을 고했다. 그때 이양,

　"헤어짐에 이르러 어떻게든 영양이 수긍해 주셨으면 하는 것이
한 가지 있습니다. 하지만 필시 수긍해 주시지 않을 것이라고 생각
하기에 우선 모부인에게 말씀드려 봅니다만."

　라고 말을 중단하고 주저하고 있었다.

　夫人『何ういふ事でせうか。まア仰しやつてみて下さい。』李孃『實は
亡くなつた兩親のためにと、先達南海大師の畫像を繡つたのですが、
惜しいことに文人の贊がありません。で、令孃に數行何か書いて頂き
たいと思つたのですが、何分幅が廣くて持つて來るのが厄介であり、
且つ褻してもならないと思つて其のまゝに致しておきました。もし願
へるなら、一度令孃に來て頂いてと思ふのですが……』

　부인 "무슨 일입니까? 어쨌든 말씀해 주십시오."

　이양 "실은 돌아가신 양친의 일로 일전에 남해대사의 화상(畫像)
을 수놓았습니다만 애석하게 문인(文人)의 찬(贊)이 없습니다. 그리
하여 영양이 두서너 줄 무언가 적어 주셨으면 하고 생각합니다만 다
소 폭이 넓어서 가져오는 것이 어렵고 또한 더럽혀서도 안 된다고 생
각하여 그대로 두었습니다. 혹시 부탁을 들어 주실 수 있다면 한 번
영양이 와 주셨으면 합니다만……"

　母夫人は令孃を顧みながら『孃は極近しい親戚へも行つたことのない
身體だけれど、折角あゝ仰しやることでもあり、直ぐ近くでもあるか
ら、何うでせうね。』と言ふ。鄭孃初めは、ちよつと困つた顔付であつた

が、やがて心に、さうだ、此の機會に自分で探つて見ることにしようと
考へて、『外の事なら兎も角、親への孝行にと仰しやることですから、
喜んで參りませう。それにしても日が暮れてからにしたいものです。』

　　모부인(母夫人)은 영양을 돌아보며,
　　"아가씨는 지극히 가까운 친척에게도 간 적이 없는 몸이지만 모처럼
말씀하시는 것도 있고 바로 가까운 곳이기도 하니까, 어떠한가요?"
　　라고 말했다. 정양은 처음에는 좀 곤란한 얼굴빛이었지만 이윽고
마음에 그렇다, 이 기회에 직접 살펴 보기로 하자는 생각이 들어,
　　"바깥일이라면 어쨌든 부모에게 효행이라고 말씀하시니 기꺼이
가겠습니다. 그건 그렇다 하더라도 날이 저문 후에 하고 싶습니다."

　李孃喜んで謝し、『しかし餘りに暗くなつても筆を執るのが御難儀で
せう。道が煩はしいといふお考へなら、どうか私の轎に一緒に乘つて
入らしつて、夕方お歸り下すつたらどうでせう。』と言ふ。それは結構
といふので、李孃と鄭孃とは一つの轎に相乘りで、數人の婢を伴に連
れて、鄭孃の借住居に行つた。

　　이양은 기뻐하며 감사의 뜻을 전하며,
　　"하지만 너무 늦어도 붓을 잡는 것이 힘들 것입니다. 길이 번거롭
다고 생각하신다면 아무쪼록 제 가마에 함께 타서 가시고 저녁 무렵
돌아오시는 것은 어떠한가요?"
　　라고 말했다. 그것은 찬성이라고 하기에 이양과 정양은 하나의 가
마에 함께 타고 여러 명의 여종을 거느리고 정양의 임시 거처로 갔다.

627

行つて見ると、鄭孃の部屋は、別に澤山の道具とては無いが、ある
ものは何れも精巧なものばかり、飲食物なども簡略ではあるが、悉く
珍味でないものはない。心を留めて見れば見るほど疑はしいことが多
いので、暫く樣子をうかゞつてゐると、日も漸う暮れ近くなる。

가서 보니 정양의 방은 특별히 많은 도구라고 할 것은 없지만, 있
는 것은 모두 다 정교한 것으로 음식물 등도 간략하기는 하지만 전부
진미가 아닌 것이 없었다. 주의해서 보면 볼수록 의심스러운 것이
많기에 한동안 상황을 보고 있자니, 날도 어두워져 왔다.

で、鄭孃『觀音の畵像は何處にございますの?』ときくと、李孃『今お
目にかけますよ。』と言つて居るうちに、表の方に當つて車や馬の音が
八釜しく聞え、一隊の軍馬が家の周りを取り圍んだ。

그리하여,
정양 "관음의 화상은 어디에 있습니까?"
라고 묻자,
이양 "지금 보여드리겠습니다."
라고 말하고 있는 사이에 바깥쪽에서 수레와 말소리가 시끄럽게
들리며 일대의 군마가 집 주변을 둘러쌌다.

李孃言ふ、『實は私は蘭陽公主、蕭和です。今日あなたをお迎へ申す
のは、太后の命によつてゞすどうか安心して下さい。』鄭孃坐をすべつ
て兩手をつかへ、『常人と異なる氣品と風格に、薄々心付いては居りま

したものゝ、公主が斯うした處にお出で遊ばさうとは夢にも思ひがけ
ませんでした。今日までの無禮は平に御容赦下さいまし。』

　　　이양이 말하기를,

　　　"실은 나는 난양공주 소화입니다. 오늘 그대를 맞이한 것은 태후
의 명에 의한 것이니 아무쪼록 안심해 주십시오."

　　　정양은 자리에서 미끄러져서 양손을 사용하여,

　　　"보통 사람과는 다른 기품과 풍격에 어렴풋이 알아차리기는 했습
니다만, 공주가 이러한 곳으로 나와 한가로이 지내실 줄은 꿈에도
생각하지 못했습니다. 지금까지의 무례함은 부디 용서해 주시기를
바랍니다."

　言つて居るところへ三人の尙宮が入つて來て公主に向ひ、『今日は宮
へ御還幸の御豫定でありましたから、車馬儀杖を用意してお迎へにま
ゐりました。特に太后からは、鄭女を一處に連れて來るやうとの仰せ
でございます。』と言ふ。

　　　라고 말하고 있는 곳에 세 명의 상궁이 들어와서 공주를 향해,

　　　"오늘은 궁으로 환행(還幸)하실 예정이오니 차마(車馬)와 의장(儀
杖)을 준비하여 모시러 왔습니다. 특히 태후께서는 정녀를 함께 데
리고 오도록 말씀하셨습니다."

　　　라고 말했다.

　公主鄭女に向ひ、『詳しいことはまた追々に話します。今日兎も角太

后が是非あなたを見たいと言ふことですから、御苦勞でも私と一處に
行つて下さい。』鄭孃『仰せに從つてまゐりは致しますが、どうぞお先へ
お出で下さいますやうに。私は一旦宅へ歸り、母にも話してから改め
て參内致しませう。』

　　공주는 정녀를 향해,
　　"상세한 것은 또한 차차 말하겠습니다. 오늘은 어쨌든 태후가 꼭
그대를 보고 싶다고 하시니 고생이 되겠지만 저와 함께 가 주십시오."
　　정양 "분부를 따라 가기는 하겠지만 아무쪼록 먼저 가셨으면 합
니다. 저는 일단 집에 돌아가 어머니에게도 말씀을 드리고 나서 다
시 대궐에 들어가도록 하겠습니다."

　　公主『太后からは是非同車して來よとの仰せでから、決して遠慮など
してはいけません。』鄭孃『私ごとき微賤の身が、公主と知つてどうして
御一處に乘れません。』と言つたが、公主は肯かず、無理に手をとつて
鄭孃を同じ輦に乘せてしまつた。やがて一人の侍婢は歸つてその旨を
夫人に告げる。公主と鄭孃と宮中に行つて、それより太后にお目通り
する。

　　공주 "태후께서 꼭 함께 타고 오라고 하셨으니 결코 사양해서는
안 됩니다."
　　정양 "저와 같이 미천한 몸이 공주라는 것을 알고 어떻게 함께 탈
수가 있겠습니까?"
　　라고 말했는데, 공주는 수긍하지 않고 억지로 손을 잡고 정양을 같

은 수레에 태워 버렸다. 이윽고 여종 한 사람이 돌아와서 그 내용을 부인에게 고했다. 공주와 정양은 궁중으로 가서 태후를 알현했다.

太后初めのほどは鄭嬢に對して少しも好意をもつてゐなかつたのであるが、蘭陽公主が鄭家に親しみ、鄭女の美貌と淑德とに敬服して、しばしば太后に鄭女と姉妹になりたいことを、書面で申送つてから、太后の心も漸くに動いて、初めて公主と鄭女とを、併せて楊少游の夫人とすることに決心した。そこで親しく鄭女と會ひたいといふので、公主に言ひつけて鄭女を宮中に連れて來さしたのであつた。

태후는 처음에는 정양에 대해서 조금도 호의를 가지고 있지 않았지만 난양공주가 정가에서 친하게 지내며 정녀의 미모와 숙덕(淑德)에 경복하여 자주 태후에게 정녀와 자매가 되고 싶다는 것을 서면으로 전달했기에 태후의 마음도 차차 움직여 비로소 공주와 정녀를 함께 양소유의 부인으로 하고자 결심했다. 이에 가까이에서 정녀와 만나고 싶다는 것이기에, 공주에게 일러서 정녀를 궁중으로 데리고 오게 한 것이었다.

鄭女は暫く部屋にひかへてから、やがて太后の召しにより前に出た。左右の宮女たち皆眼を側てゝ言ふ、『世の中に眞に美しい人といへば、蘭陽公主の外に無いと思つてゐたが、』と。

정녀는 한동안 방에서 대기하고 있다가 이윽고 태후의 부름에 따라 앞으로 나갔다. 좌우의 궁녀들은 모두 고개를 숙이고 곁눈질로

보며 말하기를,

"세상에 참으로 아름다운 사람이라고 하면 난양공주 말고는 없는 줄 알았는데,"

라고 말했다.

太后は鄭女に坐を賜ふて言ふ、『先頃朝廷で公主を楊家に降嫁させることに定められたが、聞けばそなたとの間に既に約束があつたとかで、公主は頻りに私を諫め、舊約を破るは人倫を正す所以でないとて、二人一緒に楊少游に仕へるやうにと懇願した。で、帝とも相談の上此度その事にきめたから、楊少游が歸り次第左様のことに取り運ばうと思ふ。』

태후는 정녀에게 자리를 내리시며 말하기를,

"지난번 조정에서 공주를 양가(楊家)에게 강가(降嫁)[70]하도록 정했지만, 듣자하니 그대와의 사이에 이미 약속이 있다고 하여 공주가 계속해서 나에게 간하여 말하기를, 오래전부터의 약속을 깨는 것은 인륜을 바로잡는 바가 아니기에 두 사람이 함께 양소유를 섬길 수 있도록 간원했다. 그리하여 임금과 함께 의논한 결과 이번에 그렇게 하기로 결정했으니, 양소유가 돌아오는 대로 그렇게 진행시키고자 생각한다."

楊女起つて謝し『誠に有り難い御仰せ、御禮の申上やうもございませ

---

70 왕족이나 지체가 높은 집안의 여자가 지체가 낮은 집안에 시집가는 것.

んが、たゞ私は微臣の身、とても公主と並んで同じ位につくといふことは勿體なくて出來ません。私は兎も角としても、父母は決して詔りに從ふまいと存じます。それよりも私は、やはり年とつた父母に孝養して、餘生を送らせたいのが、目下の願ひでございます。』

양녀(楊女)[71]가 일어나서 감사의 뜻을 전하며,

"참으로 감사한 말씀에 뭐라고 예를 올려야 할지 모르겠습니다. 다만 저는 지위가 낮은 신하의 몸으로 도저히 공주와 나란히 같은 지위에 오른다는 것은 과분하여 할 수 없습니다. 저는 그렇다 치더라도 부모는 결코 분부를 따르지 않을 것이라고 생각합니다. 그보다 저는 역시 나이 드신 부모를 효양하며 여생을 보내고자 하는 것이 지금의 바람입니다."

太后『子としての孝心はさもあらうが、さりとてその美貌をそのまゝに終らせるわけにもゆかない。もと私にも二人の女があつたが、蘭陽の姉は十歳で死んで、蘭陽が大きくなるに從ひそれのことを思ひ出す。今そなたを見るのに、容貌と云ひ才德と云ひ、蘭陽に劣るところがない、さながら死んだ女を見てゐるやうな氣がする。で、帝にも話してそなたを私の養女にしたいと思ふが、そなたは何う思ふ。』

태후 "자식으로서의 효심은 그럴 수도 있지만 그렇다고 해서 그 미모를 그대로 끝낼 수는 없다. 원래 나에게도 두 명의 여자아이가

---

71 각주내용: 전후 문맥상 정녀(鄭女)의 오자인 듯하다.

있었지만 난양의 언니는 10살에 죽었는데, 난양이 성장함에 따라 그 것을 떠올리게 된다. 지금 그대를 보니 용모면 용모, 재덕이면 재덕, 난양에 뒤떨어지는 것이 없다. 마치 죽은 딸아이를 보는 것 같은 기 분이 든다. 그리하여 임금에게도 말하여 그대를 나의 양녀로 삼고 싶다고 생각하는데, 그대는 어찌 생각하는가?"

話のうちに蘭陽公主の姿が見えたので、太后早速その思ひ付きを公 主に話すと、公主の喜びは更に譬ふるに物もない。更に太后、鄭嬢に 向ひ、『聞けば御身は詩を能くするさうなが、一つ見せてもらひたい。』 と云ふ。公主『私も一緒に試みて見ませう、』とて、詩箋をとり寄する折 も折、鵲が欄外の桃の花にとまつて啼いた。太后それを指して「碧桃花 上聞喜鵲」と題し、詩中に定婚の意を含めて七言絶句一首を作るべきこ とを命ずる。すると忽ち出來上つた詩、鄭女のは

말하는 사이에 난양공주의 모습이 보였기에, 태후는 즉시 그 생각 을 공주에게 말하자 공주의 기쁨은 또한 비유할 바가 없었다. 다시 태후가 정양을 향해,

"듣자하니 그대는 시를 잘 짓는다고 하던데, 한번 보여줬으면 한다."[72]

라고 말했다.

공주 "저도 함께 시험해 보겠습니다."

라고 말하며, 시전을 들고 가까이 하려고 할 때, 까치가 난간 밖의

---

72 원문에 따르면 일곱 걸음에 시 한 수를 짓는 것을 이른다.

복숭아꽃에 멈추어 울었다. 태후는 그것을 가리키며 '벽도화상문희
작(碧桃花上聞喜鵲)'으로 제목을 삼고, 시 안에 정혼(定婚)의 뜻을 포함
해서 칠언절구한 수를 적을 것을 명했다. 그리하여 바로 완성된 시,
정녀의 것은,

紫禁春光醉碧桃 何來好鳥語咬々
樓頭御妓傳新曲 南國天華與鵲巢

　　궁궐의 봄빛이 벽도에 취했는데
　　어디서 좋은 새 날아와 교교히 재잘 되는가.
　　다락머리의 어기들은 새 곡조를 전하고
　　남국의 요화는 까치와 더불어 깃드는구나.

公主の詩は

　　공주의 시는,

春深宮掖百花繁 靈鵲飛來報喜言
眼漢作橋須努力 一時濟度兩天緣

　　봄이 깊어 궁궐에 백화가 번창한데
　　신령스런 까치 날아와 기쁜 소식 알려주네.
　　은하수에 다리 놓도록 모름지기 노력하여
　　두 천손이 일시에 가지런히 함께 건너세.

太后は見て感歎措かず、更に迭にその詩を二人に見せると、二人は
また今更のやうに互の詩才に敬服した。

　　태후가 보고 감탄을 멈추지 않고 더욱 보낸 그 시를 두 사람에게
보이니, 두 사람은 또한 새삼스러운 듯이 서로의 시재(詩才)에 경복
했다.[73]

卷の五
　　권5

(一) 楊元帥凱旋京に歸ろ
　　(1) 양원수는 싸움에서 이기고 서울로 돌아오다

恰度その時天子の御姿が見えたので、太后から、鄭女を養女にする
旨を言上されると、天子も喜んで贊成し、直に鄭女に拜謁を賜はつ
た。そこで平服を脱がせて章服に着せかへ、英陽公主と號して、蘭陽
公主と並び立たしめ給うた。特に英陽は蘭陽よりも一歳の姉であつた
から、蘭陽を姉とし蘭陽を妹とすることにして席次をきめられた。

　　마침 그때 천자의 모습이 보였기에 태후가 정녀를 양녀로 하겠다
는 뜻을 아뢰어 올리니, 천자도 기꺼이 찬성하여 바로 정녀에게 배
알(拜謁)하도록 명했다. 이에 평복(平服)을 벗기고 장복(章服)으로 갈

---

73 원문에는 태후가 소상궁에게 두 여인의 시가 지닌 의미를 풀어주는 장면이 수
　록되어 있으나 번역문에는 생략되어 있다.

아 입혀 영양(英陽)공주라고 부르게 하며 난양공주와 나란히 서게 했다. 특히 영양은 난양보다도 한 살 언니이기에 영양을 언니로 하고 난양을 동생으로 하기로 하여 자리의 순서가 정해졌다.[74]

天子『太后の德まことに大きい。さて、こゝに今一人秦女であるが、これまた事情の頗る憫むべきものがあるやに思ふ。之を淑夫人として、二人の正夫人と共に楊少游に仕へしめては如何。』蘭陽『秦女のことは、私も兼ね兼ねさうしたいと思つて居りました。』と言ふ。

　　천자는,
　　"태후의 덕이 참으로 크다. 그건 그렇고, 지금 여기에 또 한 사람 진녀가 있는데, 이 또한 사정이 상당히 불쌍하다고 생각한다. 이것을 숙부인(淑夫人)으로 하고, 두 사람의 정부인(正夫人)과 함께 양소유를 모시게 하는 것은 어떠한가?"
　　난양 "진녀에 대해서는 저도 전부터 그렇게 하고 싶다고 생각하고 있었습니다."
　　라고 말했다.

そこで太后秦彩鳳を召してこの事を告げ、爾今兩夫人と共に楊少游のために忠誠を盡すべき旨を申渡されると、秦女はたゞ感泣して幾度となく伏し拜むより外知らなかつた。

---

74 원문에는 난양공주와 영양공주의 순서를 정함에 정경패와 태후 사이에 있었던 대화가 상세히 서술되어 있지만 번역문에는 생략되어 있다.

이에 태후는 진채봉을 불러서 이 일을 알리고, 너는 지금 두 부인
과 함께 양소유를 위해 충성을 다해야 할 것이라는 뜻을 전달하자, 진
녀는 다만 감읍하여 몇 번이고 엎드려 절하는 것 말고는 알지 못했다.

太后『先に兩女は鵲の詩を作つて祝意を表した。そなたも一詩試みた
がよからう。』と言ふ。秦女直ちに

태후 "먼저 두 여인은 까치를 소재로 한 시를 지어서 축하의 뜻을
나타냈다. 그대도 시 한 편을 시험해 보는 것이 좋지 않겠느냐?"
고 말했다. 진녀는 바로,

喜鵲査々繞紫宮 鳳仙花上起春風
安巢不待南飛去 三五星稀正在東

반가운 까치 소리 자궁에 감돌고,
봉선화 위에 봄바람 이는구나.
어찌 깃들어 남으로 날아가길 기다리지 않는가.
세 다섯 별이 드물게 정히 동녘에 있구나.

と咏ずる。天子も太后も、ひとしく秦女の詩才を稱し、言ふ、『古來
女子の詩を作るものは班姫、蔡女、卓文君、謝通溫の四人ぐらゐのも
のである。今才女三人同じく一席に集まるとは、何と盛んなことでは
ないか。』蘭陽公主『英陽姉の侍婢賈春雲を加へたら、更に盛んでせう。』
と言ふ。

라고 읊었다. 천자도 태후도 사랑스럽게 진녀의 시재(詩才)를 일컬어 말하기를,

"예로부터 여자가 시를 짓는 것은 반희, 채녀, 탁문군, 사통온의 네 사람뿐이다. 지금 재녀(才女) 세 사람이 같은 자리에 모여 있는 것은 얼마나 성(盛)한 것이냐?"

난양공주 "영양 언니의 시비 가춘운을 더한다면 더욱 성할 것입니다."

라고 말했다.

その日は暮れて、英陽は蘭陽と共に退いて宮中に泊つたが、翌朝早く太后のもとへ行つて、一度歸つて父母に此の次第を告げたい由を願ふ。太后『一旦養女となつてから、さう輕々しく大內を離れていゝものか。その事の相談は私もしたいと思つてゐるのだから……』とて、鄭家に使をやつて崔夫人をお召したなる。

그날은 날이 저물어서 영양은 난양과 함께 물러나서 궁중에 머물었지만, 다음 날 아침 일찍 태후가 있는 곳으로 가서 한 차례 집으로 돌아가서 부모에게 이 사정을 알리고 싶다고 부탁했다.

태후 "일단 양녀가 되었으니 그렇게 경솔하게 궁전을 떠나도 괜찮을지. 그 일에 관해서는 나도 의논하고 싶다고 생각하고 있었는데……"

라고 말하고, 정가에게 심부름꾼을 보내어 최부인을 불러오게 했다.

鄭司徒夫妻は、令孃が宮中へ召されたと聞き、只管驚いてゐるとこ

ろへ、またまたお召しとの使を得て、早速内殿に伺候すると、太后は
夫人を引見し、鄭女を養女として蘭陽と共に楊少游に嫁せしめる旨を
語ると、崔夫人は感激して、起つては拜し伏しては泣き、御禮の申す
べき詞も知らなかつた。

　　　정사도 부부는 영양이 궁중으로 불려갔다는 것을 듣고 한결같이
　　놀라고 있던 차에, 또한 부르신다는 명을 받고 즉시 내전(內殿)에서
　　기다리니 태후가 부인을 접견하여 정녀를 양녀로 삼아 난양과 함께
　　양소유에게 결혼시키겠다는 뜻을 이야기하자, 최부인은 감격하여
　　일어서서는 절하고 엎드려서는 울며 뭐라고 감사의 인사를 올려야
　　할지 몰랐다.

　太后言ふ、『今暫くは英陽を此方にとゞめて置くが、婚禮が濟めば蘭
陽も一緒に夫人にお預けしたいと思ふ。私が英陽を見るやうに、夫人
も蘭陽を可愛がつてやつて下さい。』

　　　태후가 말하기를,
　　　"지금 당분간 영양을 이곳에 두지만 혼례가 끝나면 난양도 함께 맡
　　기고 싶습니다. 제가 영양을 보듯이 부인도 난양을 예뻐해 주세요."

　そこで蘭陽と夫人とは、更めて前日の無禮を謝し、更に太后の命に
よつて賈春雲を宮中に召し入れる。太后春雲を見てその美を稱し、三
人の詩を示して一詩を試みしめ給ふ。春雲の詩。

이에 난양과 부인은 다시 전날의 무례를 사과하고 또한 태후는 가춘운을 궁중으로 불러오게 명했다. 태후는 춘운을 보고 그 아름다움을 칭찬하고, 세 사람의 시를 보이며 시를 한 편 지어보도록 했다. 춘운의 시는,

報喜微誠祇自知 虞庭幸逐鳳凰儀
秦播春色花千樹 三繞寧無借一枝

　기꺼움을 알리는 작은 정성 다만 스스로 알지니,
　궁정의 행운이 봉황의 의를 좇을세라.
　진파(秦播)의 봄빛은 천 그루의 꽃에 담아있는데,
　세 겹으로 싸여 있으니 어찌 한 가지를 빌릴 수 있을까.

太后之を見て兩公主に示し、『賈女の才は兼ねて聞いてゐたが、しかし此れほどゝは思はなかつた。』とて、大に春雲の美と才とを賞し別室に退いて秦女と接見することを許された。

　태후는 이것을 보고 두 공주에게 보이며,
　"가녀(賈女)의 재(才)는 익히 들어 왔다만 하지만 이정도일 줄은 몰랐다."
　라고 말하며 크게 춘운의 아름다움과 재주를 칭찬하며 별실로 물러나서 진녀와 접견하는 것을 허락했다.

春雲秦女を見て『秦女とは、楊柳詞をお作りになつた秦御史の娘御で

641

ありませんか。』と言ふに秦女『あなたはどうしてそれを御存じです?』春
娘『楊尚書はいつもあなたのことを忘れず、時々楊柳詞を咏じては當時
を思ひ出して泣いて居られます。』秦女『尚書が私のことを忘れないでゐ
て下さると聞いたら、もう私は此の世に思ひ殘すこともありません。
あゝ嬉しい。』と言つて更に扇面に詩を書いたことなどを話す。

　　　춘운은 진녀를 보고,
　　　"진녀라면 양류사를 지으신 진어사의 따님이 아니십니까?"
　　라고 말하니 진녀는,
　　　"당신은 어찌하여 그것을 아십니까?"
　　　춘낭 "양상서는 항상 당신을 잊지 못하고 때때로 양류사를 읊고
　　는 당시를 떠올리며 우시곤 했습니다."
　　　진녀 "상서가 저를 잊지 않으셨다고 들으니 이제 저는 이 세상에
　　아무런 미련이 없습니다. 아아, 기쁩니다."
　　　라고 말하며 다시 부채의 겉면인 선면에 시를 적었던 것 등을 이
　　야기했다.

　　崔夫人の歸るに當り、太后『婚禮のことは二人同時に行ひたいと思ふ
が、それで異存はないでせうか。』崔夫人『お心任せに如何樣でも。』太后
笑つて『それにつけても楊少游は、三度も朝命を背いた罪がある。歸つ
たら一つ彼を欺して、鄭孃は旣に死んだことにし、婚禮の日に鄭孃の
顔を知つて居るかどうかを試驗して見るのも面白からうと思ふ。』とて
春娘にその事を言ひ含める。崔夫人もうなづいて宮中を辭した。

최부인이 돌아갈 시간이 되자, 태후는,

"혼례에 대해서는 두 사람 동시에 하고 싶다고 생각합니다만 그에 대해서 다른 생각은 없으십니까?

최부인 "마음 내키시는 대로 아무렇게 해도 상관이 없습니다."

태후는 웃으며,

"그와 관련해서 양소유는 세 번이나 조정의 명령을 거역한 죄가 있소. 돌아오면 한 번 그를 속이고 정양은 이미 죽은 것으로 하여 혼례 날에 정양의 얼굴을 알고 있는지 어떤지를 시험해 보는 것도 재미있을 것이라고 생각하오."

라고 말하고 춘낭에게 그 일을 알렸다. 최부인도 수긍하며 궁중을 떠났다.

楊尙書吐蕃を征服し、凱歌を擧げて京都に歸らうとする時であつた。頃は正に仲秋、天地おのづから簫條として、坐ろに覆旅人を悲しましむるものがある。

양상서는 토번(吐蕃)을 정복하고 승리의 노래를 울리며 서울로 돌아오려고 하던 때였다. 때는 바야흐로 중추(仲秋)로 천지가 저절로 소조(簫條)하여 저절로 여행객의 마음을 슬프게 하는 것이 있었다.

ある夜少游心に母を思ひ、『一別以來既に三年、定めて白髮もふえたことであらう。介抱する人もなくて、一人鄕里に淋しく日を送つて居らるゝ事かと思ふと、子たるものゝ心は頓に悲しからざるを得ない。歸つたるば早速鄭女との婚禮を許してもらつて、一日も早く母を迎へ

なくてはならない。』など〻考へつ〻、何時しか眠りに入ると、夢に鄭女に遭うた。而もそれは此の世でなくして、天國である。

　　　어느 날 밤 소유의 마음에 어머니를 생각하며,

　　　"한번 헤어진 이후 이미 3년, 틀림없이 백발이 늘었을 것이다. 병구완할 사람도 없이 홀로 고향에서 쓸쓸히 시간을 보내고 있을 것이라고 생각하니, 자식 되는 자의 마음으로 갑자기 슬퍼지지 않을 수 없었다. 돌아가면 바로 정녀와의 혼례를 허락받고 하루라도 빨리 어머니를 모시러 가지 않으면 안 된다."

　　　라고 이런 저런 것을 생각하면서 어느새 잠이 드니 꿈속에서 정녀를 만났다. 게다가 그것은 이 세상이 아니라 천국이었다.

　　鄭女言ふ、『私は此の度天國に來ました。最早京都へ歸られても私を見ることはできますまい。どうか私の代りに此處に居る織女仙君、戴香玉女の二人と前世の約束を遂げて下さい。』とて例の二人の美人を指した。と、見て覺むれば固より一睡の夢であつたが、しかし何にしても不吉な夢は夢である。鄭女は必ず死んだにちがひないと、歎息しながら京都へ歸つた。

　　　정녀가 말하기를,

　　　"저는 이번에 천국으로 왔습니다. 이제는 서울로 돌아간다고 하더라도 저를 볼 수는 없을 것입니다. 아무쪼록 저를 대신해서 이곳에 있는 직녀선군(織女仙君)과 대향옥녀(戴香玉女) 두 사람과의 전생의 약속을 지켜주십시오."

라고 말하고 그 두 사람의 미인을 가리켰다. 그렇게 보고 눈을 뜨자 처음부터 하룻밤의 꿈이었는데 하지만 어찌되었든 불길한 꿈은 꿈이었다. 정녀는 필시 죽었음에 틀림없다고 생각하고 탄식하며 서울로 돌아왔다.

楊元帥が凱旋して歸つたといふので、天子は親ら出で迎へ給ひ、群衆は歡呼して萬歲を唱へた、楊元帥は紫金の鎧を着、黃金の甲を穿ち、千里の駿馬に打ちまたがつて、旗鼓堂々として陣前に立つたが、その立派さは近古に見ることのできないものであつた。天子を見て、馬より下りて一禮すると、天子は手づから勞つてその勞に酬ひ、恩賜を下して直ちに大丞相に任じ、魏國公に封じ、食祿三萬石を賜はつた。

양원수가 싸움에서 이기고 돌아왔다고 하기에 천자는 친히 마중을 나오고 군중은 환호하며 만세를 불렀다. 양원수는 자금(紫金)의 갑옷을 입고 황금의 갑옷을 걸치며 천리 준마에 올라타서 깃발과 북소리 당당하게 진영 앞에 서 있었는데, 그 훌륭함이라는 것은 근고(近古)에 본 적이 없는 것이었다. 천자를 보고 말에서 내려와 예를 갖추어 인사를 하니, 천자는 스스로 위로하며 그 노고에 보답하여 은사(恩賜)를 하사하고 바로 대승상(大丞相)으로 임명하고 위국공(魏國公)으로 봉하여 식록(食祿) 3만 석을 하사했다.[75]

やがてその日の朝宴も濟み、闕下を辭して鄭家に向ふと、鄭司徒の

---

75 아울러 능연각에 양소유의 모습을 그리도록 명했다고 원문에 서술되어 있다.

一門一族悉く門に迎へ、外堂に會して祝詞を述べる。丞相先づ司徒及び夫人の安否を問ふと、鄭十三『先頃の不幸から、叔父夫妻は兎角病氣がちで、非常に氣力が衰へてゐます。どうかあとで内堂の方へ御出で下さい。』

이윽고 그날의 조연(朝宴)도 끝내고 임금 앞을 물러나서 정가를 향하니, 정사도의 일문(一門) 일족(一族) 모두가 문으로 마중 나와 외당(外堂)에서 만나서 축하의 인사를 말했다. 승상이 우선 사도 및 부인의 안부를 묻자, 정십삼,
"지난번의 불행으로 숙부 부부는 어쨌든 병이 잦아져 기력이 상당히 쇠해져 있습니다. 아무쪼록 나중에 내당으로 가세요."

丞相何の事とも分らずぼんやりしながら、遽かに問ふこともしないでゐたが、やがて『不幸とは誰れが一體亡くなつたのかね?』鄭十三『叔父夫妻には男の兒とては無く、眞に女一人きりでした。だが會うても決して悲しい顔をしてはいけませんよ。』

승상은 무슨 일인지도 모른 체 멍하니 있으며 조급하게 물어보지도 않고 있다가 마침내,
"불행이라는 것은 도대체 누가 죽었다는 것인가요?"
정십삼 "숙부 부부에게는 남자 아이도 없고 참으로 여자 아이 혼자였습니다. 하지만 만나도 결코 슬픈 얼굴을 해서는 안 됩니다."

丞相聞いて大に驚き、涙をハラハラとこぼして錦の袖に顔を掩う

た。で、鄭生と共に司徒夫妻に會ふと、夫妻はたゞ喜ぶばかりで少し
も令嬢の事を口にしない。丞相『幸ひ朝威を以て賊を夷らげ、今日めで
たく凱旋することとなりしに就ては、早速天子に乞うて舊約を果た
し、令嬢をお迎へ致したいと存じましたのに、まア何たる果敢ないこ
とでございましたらう。』とて、思はず涙ぐむと、

　　　승상이 듣고 크게 놀라 눈물을 뚝뚝 흘리며 비단 소매로 얼굴을
가렸다. 그리하여 정생과 함께 사도 부부를 만나니 부처는 다만 기
뻐할 뿐 조금도 영양의 일을 언급하지 않았다.
　　　승상 "다행히 조위(朝威)[76]로 적을 평정하고 오늘 경사스럽게 싸
움에서 이기고 돌아오게 되어 즉시 천자에게 청하여 구약(舊約)을 이
행하고 영양을 맞이하고 싶다고 생각했습니다만, 이 어찌 허무한 일
입니까?"
　　　라고 말하고, 저도 모르게 눈물을 글썽이자,

司徒『いやいや、それはもう天命で、致方がない。今更何と言つても
及ばないことであり、今日は凱旋の芽出たい日だから、一切もうさう
いふ話はめにしよう。』鄭十三もしばしば眼顔でそれと知らせるので、
丞相もそれきり口をつぐんで花園の別堂に歸つた。春雲が走つて出迎
へる。丞相見るなり涙を流し、何事も言ひ得ないで只管悲しみの意を
あらはすのを、

---

76 조정의 위광(威光).

사도 "아니오, 그것은 이미 천명으로 방법이 없소. 새삼스럽게 뭐라고 말한다고 하더라도 아무 소용이 없는 것이니 오늘은 싸움에서 이기고 돌아온 경사스러운 날이니까 이제는 일체 그런 이야기는 하지 않기로 하지요."

정십삼도 자주 눈짓으로 그것을 알리기에 승상도 그 이후로는 입을 다물고 화원에 있는 별당으로 돌아갔다. 춘운이 달려와서 맞이했다. 승상은 보자마자 눈물을 흘리며 아무 말도 하지 못하고 오로지 슬픔을 나타내는 것이다.

春雲は慰めて、『あなた、今日はめでたい日でから、そんな悲しい顔はなさらないで、どうか機嫌をなほして私の言ふことをお聽き下さい。令嬢天に上る前、私に向つて仰しやるには、自分は今此の世を見棄てゝ行くけれども、お前は楊尚書のもとへ行つて生涯を送つたがいゝ。歸つて來て私が居ないとお聞きになつても、あまり悲しむやうなことはなさらないで、どうか君命のまゝに御婚禮を遊ばすやう申上げて吳れとのことでございました。』と言ふ。

춘운은 위로하며,

"그대, 오늘은 경사스러운 날이니까 그렇게 슬픈 얼굴은 하지 말고 아무쪼록 기분을 풀고 제가 말하는 것을 잘 들으세요. 영양이 하늘에 오르기 전에 저를 향해 말씀하신 것은 자신은 지금 이 세상을 버리고 가지만 너는 양상서가 있는 곳으로 가서 평생을 보내는 것이 좋다. 돌아와서 내가 없다는 것을 듣더라도 너무 슬퍼하지는 마시고, 아무쪼록 임금의 명령대로 혼례를 치르시도록 말씀을 올려달라고 하셨습니다."
　라고 말했다.

　丞相それをきいてはますます悲しく、追慕の涙いよいよ已み難く見
えたが、やがて春娘を抱いてありし日の事どもを語り、『私は令嬢の言
葉に従ひ、決して生涯御身に背くやうなことはない。』とて、新情更に
濃かなるものがあつた。

　승상은 그것을 듣고는 더욱 슬퍼져서 추모의 눈물이 그칠 줄 몰랐
다. 이윽고 춘낭을 안으며 그동안의 일들을 이야기하며,
　"나는 영양의 말을 따라 결코 평생 배신하는 일은 없을 것이다"
　라고 말했다. 새로운 정이 더욱 깊어지는 것이 있었다.

(二) 鄭女名を伴つて楊公を悩1ます
　(2) 정녀인 것처럼 하여 양공을 괴롭히다.

　翌日天子丞相を召し、『結婚の事は卿にとつても今や火急の要となつ
た。聞けば家の鄭女は既に死んださうで、今更如何に思ふとも詮方な
い。此の際早く公主と婚姻しては如何。』との御諚。

　다음날 천자는 승상을 불러,
　"혼례에 관해서는 경(卿)에게도 이제는 화급을 다투는 일이 되었
다. 듣자하니 집에 있는 정녀는 이미 죽었다고 하니 새삼스럽게 어
떻게 라고 생각해도 아무런 소용이 없다. 이 기회에 서둘러 공주와

혼인하는 것은 어떠하냐?"

고 하는 분부셨다.

丞相『臣曩に君命に逆ひ、罪萬死に當るに拘はらず、度々の恩命身に
餘つて誠に難有う存じます。今は鄭女も死し、敢て人倫に拘はる所も
御座いませんから、謹んで仰せの如く致したい所存に御座います。』と
答へる。天子も頗る御滿足で、直に臣下をして吉日を選ばしめ、秋九月
の望月の夜を卜して、盛大なる婚儀を擧げることに取りきめられた。

　승상 "신이 일찍이 군명(君命)을 거역한 죄 만 번 죽어 마땅함에도
불구하고 누차 분에 넘치는 은명(恩命)을 내려주시니 참으로 감사하
게 생각합니다. 지금은 정녀도 죽어서 결코 인륜에 구애받을 일도
없으니 정중히 분부와 같이 하고자 생각합니다."
　라고 대답했다. 천자도 굉장히 만족하여 바로 신하에게 길일을 정하
게 하고 가을 9월 보름달 밤에 성대한 혼의(婚儀)를 올리도록 결정했다.

その前に當つて天子丞相に言はるゝやう、『實は此の前は婚儀のこと
が定まらずにあつたので、此の事を卿には言はなかつたが、朕には妹
が二人あつて、何れも揃つて凡骨ではない。で、もう一人卿のやうな
人物を得ようとしても、到底得らるゝ筈もないから、兩妹を一處に卿
の夫人に降したいと思ふ。どうぢや。』

　그 전에 천자는 승상에게 말하기를,
　"실은 지난번에는 혼의에 대한 것이 정해지지 않아서 이 일을 경

에게는 말하지 않았지만 짐에게는 여동생이 두 명이 있는데 어느 쪽
도 다 평범하지는 않다. 그리하여 다른 한 사람도 경과 같은 인물을
얻고자 하였으나 도저히 얻을 수가 없어 두 여동생을 함께 경의 부인
으로 결혼시키고자 생각한다. 어떠한가?"

丞相此の時、初めて彼の鄭女の夢を想ひ出し、心ひそかに不思議と
しながら言ふ、『私の如きものに對し、同時に三人の皇女を降したまふ
とは、國家あつて以來曾て聞かないことどもでございます。』天子『いや
いや、卿の功績は恐らく國家あつて以來のものであらう。殊にこれは
太后の思召であるから、決して要らざる遠慮をなすべきでない。今一
つ宮人に秦女と云ふものがある。才貌あり、文章を能くし、蘭陽公主
の腹心として手足の如くに立ち働いてゐる。之を淑人として、降嫁の
日より卿の許に遣はすから、その旨豫め承知して置くがよい。』

　　　승상은 이때 비로소 그 정녀의 꿈을 떠올리며 남몰래 이상하다고
　　생각하며 말하기를,
　　　"저와 같은 사람에게 동시에 세 사람의 황녀를 결혼시키고자 하
　　는 것은 건국 이래로 일찍이 들어본 적이 없는 것입니다."
　　　천자 "아니다. 경의 공적은 필시 건국 이래로 가장 뛰어날 것이다.
　　특히 이것은 태후의 생각이니 결코 사양해서는 안 된다. 지금 궁인
　　중에 진녀라는 사람이 한 명 있다. 재모도 뛰어나며 문장을 잘하여 난
　　양공주의 심복으로 손발과 같이 움직이고 있다. 이것을 숙인(淑人)[77]

---

77 덕행이 있는 사람.

으로 하여 공주가 결혼하는 날부터 경의 곁에 두고자 하니 그 뜻을
미리 알리는 것이 좋겠다.”

丞相、たゞ感泣して謝する外はなかつた。

いよいよ婚禮の當日となつて、盛大なる儀式は行はれた。その立派
なことは勿論こゝに書き立てるまでもない。これより先英陽公主は、
身臣下に生れて上座につくことを厭ひ、切りにその事を爭うたが、蘭
陽公主は、自ら德性才學を劣れりとして却々に肯かず、遂に英陽公主
を左夫人、蘭陽公主を右夫人、秦女を淑人といふことにして、それぞ
れ禮をおはつた。

승상은 다만 감읍하여 감사할 따름 아무것도 하지 못했다.

드디어 혼례 당일이 되어서 성대한 의식이 행해졌다. 그 훌륭함은
말할 것도 없이 여기에 적을 필요도 없다. 이보다 앞서 영양공주는
신하의 몸으로 태어나서 상좌에 앉는 것을 꺼려하며 줄곧 그 일을 간
하였으나 난양공주는 스스로 덕성과 재학이 뒤떨어진다고 하여 좀
처럼 수긍하지 않아 마침내 영양공주를 좌부인으로, 난양공주를 우
부인으로, 진녀를 숙인으로 삼을 것으로 하고 각각 예를 마쳤다.

左夫人といひ右夫人と云ひ、はた淑人と云ひ、いづれも絶世の美人
であつて、才德共に稀に見るの人々であるから、楊丞相の滿足は此上
もなく、たゞたゞ夢かと思ふばかりであつた。

좌부인이면 좌부인, 우부인이면 우부인, 그리고 숙인(淑人)이면

숙인, 모두 절세미인으로 재덕 모두 보기 드문 사람들이었기에 양승
상(楊丞相)의 만족은 더할 나위 없었다. 다만 꿈은 아닌지 생각할 뿐
이었다.

初めの夜は英陽公主と衾をつらね、翌日は太后、皇上、皇后と共に、
日暮れるまで酒宴に歡を盡して、その夜は蘭陽公主と枕を並べ、第三日
目に秦淑人の部屋に入つた。秦淑人丞相を見て、さめざめと泣く。

첫날밤은 영양공주와 이불을 같이하고, 다음 날은 태후, 황상, 황
후와 함께 날이 저물 때까지 주연의 기쁨을 다하고, 그날 밤은 난양
공주와 베개를 나란히 하며, 3일 째 되는 날에는 진숙인의 방으로 들
어갔다. 진숙인은 승상을 보고 하염없이 울었다.

丞相『泣くとはハテ何うしたことだ。』秦女『あなたは私をお忘れにな
つたのでございますか。』丞相つらつらその顔を見て初めて悟り、『うむ
御身は華陰の秦女ではないか。』秦女は感極まつて唯泣くばかり、何か
言はうとするけれども聲が口に出ない。

　　승상 "그런데 무슨 일로 우는 것이냐?"
　　진녀 "당신은 저를 잊으셨습니까?"
　　승상은 곰곰이 그 얼굴을 보고 비로소 깨달으며,
　　"음, 그대는 화음(華陰)의 진녀가 아니냐?"
진녀는 감정이 극에 달하여 오직 울기만 할 뿐 무언가 말하려고 하더
라도 소리가 입 밖으로 나오질 않았다.

丞相『御身はもう死んだことだと諦めてゐたが、さては宮中に召され
て居たのか。當時の事は今更言はず、たゞ今日まで一日も御身のこと
を忘れたことがない。而も今日圖らず舊約を遂げようとは、實に思ひ
も寄らなかつた。』とて、曾て秦女から貰つた詩を取り出せば、秦淑人
もまた懷から丞相の詩を出して見せ、彼の兩人初めて楊柳詞をかはし
た日の如く、互に舊情を語りかはして、前の二夜に比し更に親密なる
夜をあかした。

　　승상 "그대는 죽은 것이라고 생각하고 체념하고 있었는데, 그건
그렇고 궁중에 불려와 있었던 것이냐? 당시의 일을 이제 와서 말할
것은 없지만, 다만 오늘날까지 하루도 그대를 잊은 적은 없다. 게다
가 오늘 뜻하지 않게 구약(舊約)을 이루게 될 줄이야, 실로 생각지도
못한 일이다."
　　라고 말하며, 일찍이 진녀로부터 받았던 시를 꺼내자, 진숙인도
또한 승상의 시를 품에서 꺼내어 보이며 두 사람은 처음 양류사(楊柳
詞)를 주고받았던 날과 같이 서로 옛 정을 주고받으며 앞선 두 밤에
비해서 더욱 친밀한 밤을 보냈다.

その翌日、丞相、英陽、蘭陽兩公主と一室に會して、盃を取りかは
した。その時英陽、小さな聲で侍女を招き、秦女を此處へよぶやうに
と言つた。その聲を聽くと、曾て鄭家に行つて琴を彈じた時に聽いた
鄭女の聲と、少しも違はないのみならず、容貌は固より忘れもせぬ鄭
女の容貌そのまゝである。

그 다음날 승상은 영양과 난양 두 공주와 한 방에서 만나서 잔을 주고받았다. 그때 영양은 작은 소리로 시녀를 불러 진녀를 그곳으로 불러오게 했다. 그 소리를 들으니 일찍이 정가에 가서 금을 연주할 때 들었던 정녀의 소리와 조금도 다르지 않을 뿐만 아니라 용모는 말할 것도 없이 한시도 잊지 못했던 정녀의 용모 그대로였다.

丞相心に思ふやう、『世間には能く他人の空似と云ふこともあるが、さりとてこんなに似たものも少い。が、鄭女は既に此の世の人でないとすれば、似たと思ふも或はわが心の迷ひでがなあらう。』と、ほろほろ淚をこぼして、思はず暗い影を顏一ぱいに漂はせた。

승상은 마음에 생각하기에,

"세상에는 자주 다른 사람과 얼굴이 꼭 닮은 것도 있지만 그렇다고 해서 이렇게 닮은 것은 많지 않다. 하지만 정녀는 이미 이 세상의 사람이 아니라고 한다면 닮았다고 생각하는 것도 어쩌면 내 마음의 미혹함일 것이다."

라고 말하고 뚝뚝 눈물을 흘리며 저도 모르게 어두운 그림자를 얼굴 가득 나타냈다.

英陽せれと見て、丞相に向ひ、『お見受けすれば何かお氣に障つたことでもあると存ぜられます。如何の譯でございますか。』と問ふ。丞相『いや、此れは惡かつた。實はあなたの容貌が餘りに鄭家の女に似て居るので、ふと以前のことを思ひ出したのです。』と言ふと、英陽忽ち顏を赤くして、つと起つて内殿に入つてしまつた。

영양은 그것을 보고 승상을 향해,

"보아하니 무언가 기분이 상하신 듯 합니다. 무슨 일이십니까?"

라고 물었다. 승상은,

"아니오, 미안하오. 실은 당신의 용모가 너무나도 정가의 여인과 닮아서 문득 이전의 일을 떠올렸습니다."

라고 말하자, 영양은 갑자기 얼굴을 붉히며 일어나서 내전(內殿)으로 들어가 버렸다.

蘭陽『英陽は太后の寵愛が過ぎて、性質が少し高慢です。多分あなたが鄭女と容色を比較してお話しになつたので、機嫌を損ねたのでせう。』で丞相秦女に賴んで謝罪せしめると、秦女が歸つて來て言ふ、『英陽公主の仰しやるには、自分は苟も太后の愛孃、臣下の鄭女と同じやうに見られるのは心外でならない。私はもう決して此の部屋を出ないから、とのことでございます。』

난양 "영양은 태후의 총애가 과하여 성질이 조금 거만합니다. 아마도 당신이 정녀와 용색을 비교하며 말씀하셨기에 기분을 상한 것일 것입니다."

그리하여 승상은 진녀에게 부탁하여 사죄를 하도록 하니, 진녀가 돌아와서 말하기를,

"영양공주가 말씀하시기를 자신은 적어도 태후의 사랑을 받는 딸로 신하된 정녀와 같이 보는 것은 너무나 뜻밖의 일이 아닐 수 없다. 나는 결코 이 방을 나가지 않을 것이라고 말씀하셨습니다."

丞相も怒つて、『妻の身として夫に向ひ、斯の如く勢を恃むものは二人とない。あゝ矢張り駙馬たることはつらいものだ。』とて、蘭陽に向つて餘憤をもらすと、蘭陽『私から能く申しませう。』とて、これまた英陽の部屋にはいつてしまつた。

　　승상도 화가 나서,
　　"아내 된 몸으로 남편을 향해 그와 같은 세력을 믿는 것은 둘도 없다. 아아, 역시 부마라는 것은 힘든 것이구나."
　　라고 말하고, 난양을 향해서 분한 마음을 이야기하니, 난양이,
　　"제가 잘 말해 보겠습니다."
　　라고 말하고, 이 또한 영양의 방으로 들어가 버렸다.

日が暮れて灯りがついても出て來ない。やがて侍婢の一人は蘭陽の言葉を傳へて言ふ、『英陽にいろいろ說いて見ましたけれどどうしても心が晴れません。私は最初から英陽と約束して、生涯どんなことがあつても離れないことにしてあるのですから、英陽が厭だといふ以上は、私もあなたに近づくことはできません。どうか秦女の部屋でお過し下さい。』

　　날이 저물어 등불을 밝혀도 나오지 않았다. 이윽고 시비 한 명이 난양의 말을 전하며 말하기를,
　　"영양을 이리저리 설득해 보았습니다만, 아무래도 마음을 풀지 못했습니다. 저는 처음부터 영양과 약속하여 평생 무슨 일이 있더라도 헤어지지 않을 것으로 하였기에 영양이 꺼리는 이상 저도 당신에

657

게 가까이 갈 수 없습니다. 아무쪼록 진녀의 방에서 지내십시오."

丞相之を聞いて益々憤り發したが、しかし何うすることも出來ない
で、じつと秦女を眺めて居ると、秦女は燭をかゝげて丞相を自分の部
屋に導き、香を燒き、衾を展べて、靜かに丞相を寢ませておいてか
ら、さて言ふ、『妾御は敢て夕に當らずと申します。今兩公主とも內殿
に入つて居られるのに、私だけお側に居ることはできませんから、ど
うか今夜はひとりでおやすみ下さいまし。』と言つて往つてしまつた。

승상은 이것을 듣고 더욱 화가 났지만 어찌할 수도 없는 것이기에
물끄러미 진녀를 바라보고 있으니, 진녀는 불을 밝히며 승상을 자신
의 방으로 안내했다. 향을 피우고 이불을 피며 조용히 승상을 재우
고 나서 말하기를,
　"첩이 감히 말하기를 오늘밤은 모실 수가 없습니다. 지금 두 공주
가 모두 내전으로 들어가 있는데, 저만 곁에 있을 수는 없으니 아무
쪼록 오늘 밤은 혼자서 주무시기를 바랍니다."
　라고 말하고 가 버렸다.

丞相、强いて止める勇氣もなく、うらめし氣に出て往くあとを見お
くつたが、その態度が如何にも冷淡に思はれて、枕にはついたものゝ
眠ることができない。轉々反側して自ら心に語つて言ふ、『奴等は黨を
組んで愚弄しようとしてゐるのだ。なアに彼等に負けてたまるもの
か。思へば以前は面白かつた。晝は鄭十三と飮み放題、夜は賈春雲と
寢放題、一つとして樂しくないことはなかつたつけが、今は三日駙馬

となつて此のザマだ!』

승상은 억지로 붙잡을 용기도 없어 원망스럽게 나가는 뒷모습을
바라봤는데, 그 태도가 아무래도 냉담하게 생각되어 베개를 베고 눕
기는 했지만 잠을 잘 수가 없었다. 이리 뒤척 저리 뒤척 하며 스스로
마음에 이야기하며 말하기를,

"저자들이 한 무리를 이루어 우롱하려고 하는 것이다. 그렇다면
저자들에게 질 수야 없지. 생각해 보니 이전은 재밌었다. 낮은 정십
삼과 마음껏 마시고, 밤은 가춘운과 마음껏 자고, 어느 것 하나 즐겁
지 않았던 것이 없었는데, 지금은 부마가 된 지 3일 이 모양이다!"

で、懊惱禁ぜず、そつと窓をあけると、滿庭の月色得も言はれぬ眺
めである。下駄を穿いて庭におりたち、ぶらぶらそこいらを步いて見
ると、遠くに英陽公主の部屋が見えてそこから燈りがきらきらと輝い
て居る。『此の夜更けに寢ないで何をして居るだらう。』と、輕く足音の
せぬやうにしてそつと窓の外に近づくと、英陽蘭陽の兩公主が、さも
樂しげに語り合つて居る聲が聞えて居る。

그리하여 언짢은 마음이 금할 길 없어 조용히 창문을 열어보니,
달빛이 뜰 안 가득하여 이루 말할 수 없는 경치였다. 나막신을 신고
뜰에 내려가 어슬렁어슬렁 그 근방을 걸어 보니, 멀리서 영양공주의
방이 보이고 그곳으로부터 등불이 반짝반짝 빛나고 있었다.

"이 밤이 밝도록 자지 않고 무엇을 하고 있을까?"
라고 생각하며, 가벼운 발소리도 나지 않도록 몰래 창 밖에 가까

이 가 보니, 영양과 난양 두 공주가 아주 즐거운 듯이 서로 이야기하고 있는 소리가 들려 왔다.

僅に隙よりのぞいて見ると、二人の前に秦女が坐つて、誰れか一人の女と頻りに碁を戰はして居るやうである。その女を誰れかと思つて、ふと身をかはしたのを見ると、正に賈春雲に違ひない。丞相驚いて、『春雲がどうして此處へ來て居るだらう。』と云ふのは、春雲は毎日宮中に來て居たのであるが、態と丞相にかくれて顔を見せずに居たのである。

간신히 틈으로 엿보니 두 사람 앞에 진녀가 앉아서 누군가 여자 한 명과 계속해서 바둑을 두고 있는 것이었다. 그 여자가 누군가 하고 생각하며 얼핏 몸을 피하는 것을 보니 바로 가춘운임에 틀림없었다. 승상은 놀라서,

"춘운이 어찌하여 이곳에 와 있단 말이냐?"

그 이유는 춘운은 매일 궁중에 와 있었던 것이지만 일부러 승상의 눈에 띄지 않게 얼굴을 보이지 않고 있었던 것이다.

すると秦女が、やがて局を改めて春雲に向ひ、『聞けば春雲は、曾て仙女になつたり幽靈になつたりして丞相をだましたといふことですが、詳しい話をして聞かして下さいませんか。』と春雲は英陽公主の方に體を向け、『お孃さまお孃さま、あなたは私を可愛がつてゐて下さるのに、どうしてそんなことまでお話なすつたのですか。私は恥かしくてしようがありませんわ。』

그러자 진녀가 이윽고 판을 새로이 하며 춘운을 향해,

"듣자하니 춘운은 일찍이 선녀가 되기도 하고 유령이 되기도 하여 승상을 속인 적이 있다고 들었습니다만 자세한 이야기를 들려주시지 않겠습니까?"

라고 하자 춘운은 영양공주 쪽으로 몸을 향해,

"아가씨, 아가씨, 당신은 저를 귀여워 해 주시면서 어찌하여 그런 것까지 말씀하셨습니까? 저는 부끄러워 어찌할 바를 모르겠습니다."

秦女『春娘さんは直ぐお孃さまお孃さまと仰しやるけれど、英陽公主は大丞相の夫人ですよ。ちとお氣をつけなさいな。』春雲『十年も呼び慣れた口ですもの、仕方がないぢやありませんか。公主であらうと奧方であらうと、私やちつとも畏れはしませんわ。』とて嬉々として笑ひ興ずる。

진녀 "춘낭씨는 바로 아가씨라고 말씀하시지만 영양공주는 대승상의 부인입니다. 조금 조심하십시오."

춘운 "10년이나 익숙하게 불러왔던 것이므로 어쩔 수 없지를 않습니까? 공주라고 하더라도 귀인의 부인이라고 하더라도 저는 조금도 두렵지 않습니다."

라고 말하며 기뻐하고 즐거워하며 흥에 겨워 웃었다.

蘭陽もまた英陽に問うて言ふ、『私も春娘の話は詳しく聞かなかつたが、丞相が春娘に欺まされたことは事實なんですか?』英陽『えゝえゝ、それはもう幾度もなんですよ。』

난양도 또한 영양에게 물으며 말하기를,

"저도 춘낭의 이야기는 자세히 듣지는 못했습니다만, 승상이 춘
낭에게 속은 것이 사실입니까?"

영양 "예예, 그것은 이미 몇 번이나 됩니다."

その言葉だけでも既に英陽の鄭女であることがわかつたので、丞相
は地中の人に再會したやうな心の喜び、我を忘れて窓から飛び入らう
とさへしたが、じつと思ひ止まつて心の中に、『さうだ、向うが欺すな
ら此方も一つだましてやれ。』と、その儘秦知らぬふりして秦女の部屋
へ歸り、衾を引つかぶつて寝てしまつた。

그 말만으로도 이미 영양이 정녀라는 것을 알았기에 승상은 땅 속
에 사람과 다시 만난 듯한 기쁨에 자신도 모르게 창으로 뛰어 들어가
려 했지만 꾹 참고 마음속으로,

"그렇다. 저쪽이 속인다면 이쪽도 잠시 잠자코 있어 주겠다."

라고 말하고, 그대로 시치미를 떼고 진녀의 방으로 돌아와 이불을
덮고 자 버렸다.

夜も明けてから秦女が出て來て侍女に向ひ、相公はもう起きたかと
いつて問ふと、まだ寝んでゐらつしやいますとの答へに、暫く外で待
つてゐたが何時まで經つても起きる氣配も見えぬので、何うかしたか
と訝つてゐると、俄に苦しさうな呻き聲が聞えた。秦女『何處か御氣分
でもお惡うございますか。』と云つて進み寄ると、丞相忽ち目を見ひら
き、一つ處を見つめたまゝ頻りに譫語を吐く。

밤이 밝아오자 진녀가 나와서 시녀를 향해 상공은 이미 일어났는
지를 물으니 아직 주무신다고 대답하니 잠시 밖에서 기다리고 있었
는데 언제까지고 기다려도 일어날 기색이 보이지 않기에 어찌된 일
인가하고 수상해 하고 있으니 갑자기 고통스러운 듯 신음소리가 들
려왔다. 진녀는,

"어딘가 기분이 나쁘십니까?"

라고 말하며 가까이 앞으로 나아가려고 하니 승상은 갑자기 눈을
크게 뜨고 바라보더니 한 곳을 응시한 채로 계속해서 거짓을 말했다.

秦女『何うなすつたのです?』と言ふと、丞相暫らく身をもがいて、氣
の拔けたやうな顔しながら、『お前は誰だ。』と言ふ。秦女『私を御存じ
ないのですか。秦淑人ですが。』丞相『秦淑人といふのは誰のことか。』

진녀 "어찌 되신 일입니까?"

라고 말하자, 승상은 한동안 발버둥치며 정신이 나간 듯한 얼굴을
하며,

"너는 누구냐?"

고 말했다.

진녀 "저를 모르시겠습니까? 진숙인입니다만."

승상 "진숙인이라는 것은 누구를 말함이냐?"

秦女は答へず、手で丞相の頭を撫でゝ見て、『頭は餘程熱いやうだ。
何處か惡いにちがひない。しかし一晩のうちに何の病氣か知ら。』丞相『昨
夜は夜どほし夢に鄭女と語つた。これでは病氣にならずに居られな

663

い。』秦女その譯を訊かうとしたが、丞相は默つてた丶轉々するばかり
である。

　　　진녀는 대답하지 않고 손으로 승상의 머리를 어루만지며 보면서,
　　　"머리가 상당히 열이 있는 듯하구나. 어딘가 좋지 않은 것임에 틀
　림없다. 하지만 하룻밤 사이에 무슨 병이란 말이냐?"
　　　승상 "지난밤은 밤새도록 꿈속에서 정녀와 이야기했다. 이런 상
　황에 병이 안 날래야 안 날수가 없다."
　　　진녀는 그 이유를 수상하게 생각했지만 승상은 잠자코 있으며 다만
　정신없이 왔다 갔다 할 뿐이었다.

　で、秦女は此の事を兩公主に告げ、『丞相は御病氣のやうですから早
く來て診て下さいまし。』と言はせる。英陽『昨日酒を飲んだ人が今日病
氣とは受取れません。きつとさう言つて私たちを喚び込まうと云ふの
でせう。』と云つて笑つたが、秦女はやゝあわてゝ、『誰れか大醫を喚び
にやつては如何でせう。』とて、ひとり氣を揉むこと甚だしい。

　　　그리하여 진녀는 이 일을 두 공주에게 알리며,
　　　"승상이 병이 나신 듯하니 서둘러 와서 보십시오."
　　　라고 말하게 했다. 영양,
　　　"지난밤 술을 마신 사람이 오늘 병이라는 것은 이해할 수가 없다.
　필시 그렇게 말하여 우리들을 불러들이려고 하는 것일 것이다."
　　　라고 말하며 웃었는데, 진녀는 조금 당황해 하며,
　　　"누군가 대의(大醫)를 불러 오게 하는 것은 어떠할는지요?"

라고 말하며, 홀로 몹시 애를 태웠다.

太后之を聞いて公主を召し、『あまり丞相を瞞し過ぎてはいけません。兎に角病氣だといふのに出て行かないのはよろしくない。早く行つて病氣の樣子を見ていらつしやい。』と言ふ。

태후가 이것을 듣고 공주를 불러서,
"승상을 너무 지나치게 속여서는 안 됩니다. 어쨌든 병이라고 하니 나가지 않는 것은 옳지 않아요. 어서 가서 병 상태를 보고 오세요."
라고 말했다.

英陽公主、已むなく蘭陽と其に丞相の寝所に往き、先づ蘭陽と秦女とが入つて見ると、丞相二人を見ても知らないふりをして、手を搔かしたり眼をむいたり、咽喉から妙な聲を出しながら、『あゝ死ぬ、死ぬ。英陽は何處へ行つた。英陽……』

영양공주는 하는 수 없이 난양과 함께 승상의 침소로 가서 우선 난양과 진녀가 들어갔는데, 승상은 두 사람을 봐도 모르는 척하며 손을 흔들거나 눈을 부라리고 목구멍에서 묘한 소리를 내면서,
"아아, 죽을 것 같다. 죽을 것 같다. 영양은 어디로 갔느냐? 영양은……"

蘭陽『どうなすつたのです。』丞相『鄭女が怒つて來たのだ。あゝ恐ろしい。鄭女が怒つて居る。もう生きては居られない。』などゝ、頻りに

取り止めもない言葉を放つて身をもだえる。此の有樣を見ては流石に
打ち棄てゝも置けないので、蘭陽この事を英陽に話すと、英陽も遲疑
しながら、手をひかれて室に入る。

　　난영 "어찌되신 일입니까?"
　　승상 "정녀가 화를 내고 있다. 아아, 무섭구나. 정녀가 화가 나 있
어. 이제는 살아갈 수가 없구나."
　　등등 계속하여 두서없는 말을 내뱉으며 몸부림쳤다. 이러한 모습
을 보고는 과연 내팽개칠 수가 없었기에 난양이 이 일을 영양에게 이
야기하자, 영양도 머뭇거리면서 손에 이끌리어 방으로 들어갔다.

『英陽が來ましたよ。』と言ふと丞相『もう駄自だ。もう別れだ。私は
鄭女に連れられて行く。』英陽初めて進み寄り『あなたは死んだ鄭女をば
かり思つて生きた鄭女を御覽にならないのですか。私は鄭女です、瓊
貝です。』と言ふ。

　　"영양이 왔습니다."
　　라고 말하자 승상은,
　　"이제 더 이상 버틸 수가 없다. 이제 헤어져야 한다. 나는 정녀를
따라 갈 것이다."
　　영양은 비로소 앞으로 나아가,
　　"당신은 죽은 정녀만을 생각하고 살아 있는 정녀를 보지 않으시
는 것입니까? 저는 정녀입니다. 경패입니다."
　　라고 말했다.

丞相『鄭女は一人しかない筈だ。生きた鄭女が眞ものなら死んだ鄭女は僞だし、死んだ鄭女が眞ものなら生きてるのは□だ。そんなことを私は信じない。』

승상 "정녀는 틀림없이 한 사람밖에 없다. 살아 있는 정녀가 진짜라면 죽은 정녀는 거짓이고, 죽은 정녀가 진짜라면 살아 있는 것은 거짓일 것이다. 그런 것을 나는 믿을 수 없다."

そこで蘭陽が、太后の思召を以て鄭女を養女にしたこと、英陽が卽ちその鄭女であることを話すと、丞相漸く首を上げ、『春雲は居ないか、春雲をよんで下さい。』と言ふ。やがて春雲が『御氣分は少しお宜しいでせうか。』と言ひ言ひ入つて來ると、丞相は他の者を皆室の外に出して春雲だけを殘し、髮を梳り衣冠を整へてから、他の三人を呼び入れさした。春雲笑ひながら兩公主と秦淑人とに『お喚びでございますよ。』と言ふ。

이에 난양이 태후의 생각으로 정녀를 양녀로 삼은 것과 영양이 바로 그 정녀라는 것을 이야기하자, 승상은 겨우 고개를 들고,
"춘운은 없느냐? 춘운을 불러 주십시오."
라고 말했다. 이윽고 춘운이,
"기분이 조금은 좋아지셨습니까?"
라고 말하며 들어오자, 승상은 다른 사람들을 모두 방밖으로 내보내고 춘운만을 남기고 머리를 빗고 의관을 바로하고 다른 세 사람을 불러 들였다. 춘운이 웃으면서 두 공주와 진숙인에게,

"부르십니다."
라고 말했다.

四人一度に入つて見ると、丞相まるで別人のやうになり澄まして、端然として坐つて居る。英陽はこれと悟つて、輕く微笑を以て對する。蘭陽『御病氣は如何です。』丞相色を正して『女だちが黨を組んで夫を瞞着するのは甚だ宜しくない。そこで病氣を起したのであるが、今はもう何ともない。』

네 사람이 한 번 들어가 보니, 승상은 마치 다른 사람이 되어 바르게 앉아 있었다. 영양은 이것이라고 깨닫고 가볍게 웃음으로 대하였다. 난양,
"병은 어떠십니까?"
승상은 얼굴빛을 바로하고,
"여자들이 무리를 지어서 남편을 기만하는 것은 심히 옳지가 않다. 이에 병을 일으켰지만 지금은 아무렇지도 않다."

英陽『此の事は私たちの知つたことではございません。どうか太后に仰しやつて下さい。』丞相『あなたはもう此の世では會はれないことゝ諦らめて居たが、』と言つて更めて英陽公主の顔をしみ〴〵と見る。やがて一伍一什を語り、太后の前に出ると、太后『死んだ鄭女が生き返つておめでたう。』とて笑ふ。丞相、一層聖恩の渥きに感激する。

영양, "이 일은 저희들이 알 바가 아닙니다. 아무쪼록 태후에게 말

씀해 주십시오."

승상 "당신을 이제는 이 세상에서 만날 수 없을 것이라고 체념하고 있었습니다만,"

라고 말하며 다시 영양공주 얼굴을 차분하게 보았다. 이럭저럭 자초지종을 이야기하고 태후 앞으로 나가니, 태후는,

"죽었던 정녀가 살아 돌아 온 것을 축하하오."

라고 말하며 웃었다. 승상은 더욱 두터운 성은에 감격했다.

日を經て丞相、母夫人を迎へるとて鄕に歸り、途中桂蟾月狄驚鴻の二妓に會うて舊情を溫め、やがて母夫人を連れて再び京都へ歸つた。母夫人柳氏の喜びは今更言ふ要しない。手を把り背を撫でヽ、『御身は本當の少游か』とばかり感極まつて泣くばかりであつたが、京都に來て後は、日夜柳夫人の爲めに盛んな酒宴が催され、吉日を選んで恩賜の新邸に居を移された。やがて洛陽の蟾月、河北の驚鴻も來て、大夫人、左右夫人、秦淑人、春雲等と、一堂に手を把つて相親しみ、歡樂は更に歡樂を生んで極まるところを知らなかつた。

날이 지나 승상은 모부인을 맞이하러 고향으로 돌아가다가 도중에 계섬월과 적경홍 두 기생을 만나서 옛 정을 되살리고,[78] 이윽고 모부인을 모시고 다시 서울로 돌아왔다. 모부인 류씨의 기쁨은 새삼스럽게 말할 필요도 없었다. 손을 잡고 등을 어루만지며,

---

78 원문에서는 양소유가 낙양을 지나며 계섬월과 적경홍을 만나고자 했으나 길이 엇갈려 만나지 못했다고 서술되어 있다. 그들은 유부인과 함께 서울로 돌아와 이를 축하하며 모친의 장수를 비는 연회를 베푸는 중에 양소유를 찾아오는 것으로 서술되어 있다.

"그대가 정말로 소유인가?"

라고 말하며 몹시 감동하여 울기만 할 뿐이었다. 서울로 온 후로
는 밤낮으로 류부인을 위해서 성대한 주연이 열리고, 길일을 정하여
임금이 내려주신 새 저택으로 옮겼다. 이윽고 낙양의 섬월과 하북
(河北)의 경홍도 와서 대부인, 좌우부인, 진숙인, 춘운 등과 한 자리에
모여 앉아 손을 잡고 서로 친하게 지내니, 환락은 다시 환락을 낳아
서 다할 줄을 몰랐다.

卷の六
권 7

(一) 樂遊原上の春色
(1) 낙유원에서의 봄 경치

桂蟾月、狄驚鴻の二妓が楊邸へ來てからは、各々の居所を一定して
おく要があるといふので、先づ正堂を慶福堂とよんで大夫人の住居に
あて、燕喜堂を左夫人英陽公主に、鳳簫宮を右夫人蘭陽公主に、凝香
閣、清和樓りは丞相自ら之に居り、こゝで時々宴會を催す。その前の
太史堂、禮岳堂は客を引き政事を行ふ處とした。

계섬월, 적경홍의 두 기생은 양(楊)의 집에 오고부터는 각각의 처
소를 정해 둘 필요가 있다고 하기에 우선 정당(正堂)을 경복당(慶福
堂)이라고 불러 대부인의 거처로 삼고, 연희당(燕喜堂)을 좌부인 영양
공주에게, 봉소궁(鳳簫宮)을 우부인 난양공주에게, 응향각(凝香閣)과

청화루(淸和樓)에는 승상이 스스로 이곳에 거처하며 때때로 이곳에서 연회를 열었다. 그 앞의 태사당(太史堂)과 예악당(禮岳堂)은 손을 들여 정사를 보는 곳으로 했다.

更に尋香院は淑人秦彩鳳に、迎春閣は孺人賈春雲に、賞花樓、望月樓を蟾月、驚鴻の兩妓に各一堂をあてがひ、天下の樂妓色あり才あるもの八百人を東西二部に分つて、左部四百人は蟾月之を司どり、右部四百人は驚鴻之を掌り、互に歌舞の技を鬪はしめた。

또한 심향원(尋香院)은 숙인 진채봉에게, 영춘각(迎春閣)은 유인(孺人)[79] 가춘운에게, 상화루(賞花樓)와 망월루(望月樓)를 섬월과 경홍 두 기생에게 각각 한 당(堂)을 배당하고 천하에 노래를 잘 부르며 색과 재(才)가 있는 기생 800명을 동과 서 두 부(部)로 나누어 좌부(左部) 400명은 섬월이 이것을 맡도록 하고, 우부(右部) 400명은 경홍이 이것을 맡아 서로 가무의 재주를 다투도록 했다.

で、月一度づゝ淸和殿に於て競技會を開き、丞相は大夫人と兩公主とを連れてそれに臨む。各々賞罰があつて、技藝日に日に上達し、梨園の弟子とても兩部の者には逮ばないといふ有樣であつた。

그리하여 달에 한 번 청화전(淸和殿)에서 경기회(競技會)를 열어, 승상은 대부인과 두 공주를 데리고 그곳으로 왔다. 각각 상벌이 있

---

79 신분이 있는 사람의 처.

기에 기예는 나날이 향상되고, 이원(梨園)의 제자라고 하더라도 두 부의 사람에게는 미치지 못하는 모습이었다.

處がある日越王から、『此の春風駘蕩の好季節に當り、一度樂遊原上に獵を催し、舞樂を競はしめて昇平を樂しむは如何に』との意味の手紙が來た。蓋し越王の宮庭には多くの美人が居る上に、此の頃また新たに武昌の名技玉燕を加へて、頗る自慢の樣子である。そこで獵にかこつけて双方の美人較べをやらうと言ふ魂膽。

　　그러던 어느 날 월왕으로부터,
　　"이 봄바람이 온화하게 부는 좋은 계절을 맞이하여 한 번 낙유원(樂遊原) 위에서 사냥을 열고 무악(舞樂)을 경쟁하게 하여 승평(昇平)을 즐기는 것은 어떠한가?"
　　라는 의미의 편지가 왔다. 생각건대 월왕의 궁정에는 많은 미인이 있을 뿐만 아니라 요즘 다시 새로이 무창(武昌)의 명기(名技) 옥연을 더하여 굉장히 자만하는 모습이었다. 이에 사냥을 나가서 쌍방의 미인을 경쟁하자는 속셈[80]이었다.

公主『たとび一時の遊戲にしても、決しておくれをとつてはなりません。』で蟾月驚鴻の二人をよんで相談すると、蟾月『越王殿下では迚り私どもに叶ひません。私どもが笑はれるのはかまひませんが、丞相の恥になつては大變です。』丞相『初めて蟾月と會つた時に、靑樓の三絶色と

---

80 원문에 따르면 월왕의 이와 같은 속셈은 월왕의 편지를 읽은 난양공주가 깨달은 내용이다.

して玉燕の名を聞いたが、しかし三人のうちの二人までは此方に居る
のだから大丈夫だらうぢやないか。』

공주 "비록 한 때의 유희라고 하더라도 결코 뒤떨어져서는 안 됩
니다."

그리하여 섬월과 경홍 두 사람을 불러서 의논하니, 섬월,

"월왕전하는 도저히 저희들이 감당할 수가 없습니다. 저희들이
비웃음을 사는 것은 상관없습니다만 승상의 수치가 되어서는 큰일
입니다."

승상 "처음 섬월과 만났을 때에 청루(靑樓)의 세 명의 절색으로 옥
연의 이름을 들었는데 하지만 세 사람 중에서 두 사람까지는 이곳에
있으니 괜찮지 않겠느냐?"

公主『美人は玉燕ばかりぢやありませんよ。』蟾月『美人はそこいら到
るところに居ます。私は氣が弱いから、今からもう咽喉がむづかゆく
なつて謠をうたふ氣になれません。』

공주 "미인은 옥연뿐만이 아닙니다."

섬월 "미인은 그 근방 여기저기에 있습니다. 저는 마음이 약해서
지금부터 벌써 목구멍이 근질거려서 노래를 부를 기분이 들지 않습
니다."

驚鴻むつとして、『蟾娘、それはあなた本氣なの? 私は關東七十餘州
を歩いて、曾てまだ人に膝を折つたことがありません。玉燕ぐらゐが

何です。』蟾月『そんな口幅つたいことを言ふもんぢやないわよ。成るほどこれまでは人に負けたことは無いけれど越王殿下と來てはまた別です。それに向うには玉燕といふ偉物が居るんですから、餘り輕く見て居ると負けますよ。』

　　경홍은 불끈 화가 나서,

　　"섬낭, 그것은 그대의 진심인가? 나는 관동(關東) 70여 주(州)를 걸어 다녔지만 일찍이 아직 남에게 무릎을 꿇어 본 적이 없습니다. 옥연 정도가 뭐라고 말입니까?"

　　섬월 "그런 건방진 소리를 하는 것이 아니요. 과연 지금까지는 남에게 진 적이 없을지 모르겠지만 월왕전하와 온다면 또한 다를 것입니다. 그것에 대항하기에는 옥연이라는 위물(偉物)이 있으니까 너무 가볍게 보고 있어서는 질 수 있습니다."

丞相に向ひ、『とうも此の人は相手を見くびる癖があつていけません。』とてさんざん驚鴻をこきおろす。驚鴻笑つて、『まア此の人の口の惡さツたら。きつと何でせう、私が餘り可愛がつてもらふもんだから、妬けるンでせう。』一同皆大笑ひする。

　　승상을 향해,

　　"아무래도 이 사람은 상대를 얕보는 경향이 있어서 못쓰겠습니다."

　　라고 말하며 호되게 경홍을 깎아내렸다. 경홍은 웃으며,

　　"이런 이 사람은 정말 입이 거칠군요. 필시 그럴 것입니다. 내가 너무나도 귀여움을 받고 있으니까 질투를 하는 것이군요."

일동은 모두 크게 웃었다.

蟾月『そんな冗戯言つて笑つてる場合ぢやないぢやありませんか。』全
く私たち二人では心細うござんすから、春孀人も行つてくださいま
しょ。越王なら他人ではないから秦淑人もいいぢやありませんか。』春
秦両人『歌舞の場に私たちが出るのは、市人を駆つて戦ふも同様、初め
から負けるにきまつてゐます負けるのはいゝが丞相の恥になりますか
ら私たちは行きません。』

섬월 "그렇게 한가롭게 시시덕거리며 웃고 있을 때가 아니지 않
습니까? 정말이지 우리 두 사람으로는 불안하니까 춘유인(春孀人)도
가주십시오. 월왕이라면 남이 아니니까 진숙인도 괜찮지 않습니까?"
춘(春)과 진(秦) 두 사람은,
"가무를 하는 곳에 우리들이 나가는 것은 동네 사람들이 말을 몰고
싸우는 것과 마찬가지니 처음부터 질 것이 뻔합니다. 지는 것은 상관
없습니다만 승상의 수치가 되기에 우리들은 갈 수가 없습니다."

公主『それにしても期日は何時です。』丞相『明日にしよう。』蟾月驚鴻
『明日ですつて？ それではグズグズしちや居られません。』とて、此の旨
を無妓一同に言ひ渡す。

공주 "그건 그렇다고 하더라도 기일(期日)이 언제입니까?"
승상 "내일로 하자."
섬월과 경홍 "내일 말입니까? 그렇다면 꾸물거리고 있을 때가 아

닙니다.”

라고 말하고, 이 뜻을 춤을 추는 기생 모두에게 전했다.

翌日丞相は早く起きて、戎服をまとひ矢を帶びて雪毛の馬に打ちまたがり、獵士三千を發して城南に向つた。その後には蟾月と驚鴻とがおのおの粧をこらして部妓を率ゐ、結束して續く。

다음 날 승상은 일찍 일어나서 융복(戎服)을 입고 화살을 허리에 차고 설모(雪毛)의 말에 올라타고는 엽사(獵士) 3천을 움직여 성의 남쪽으로 향했다. 그 뒤를 섬월과 경홍이 각기 공들여 화장하고 부하 기생들을 거느려 결속하여 이어갔다.

すると中程にして向うから越王の一行が現はれた。その軍容女樂は、丞相のそれと全く同じやうである。で、越王と丞相とが轡を並べて行くと、やがて遙かの彼方から一匹の大鹿が獵軍に逐はれて馳けて來た。越王馬前の壯士に討たしめたが、皆中らない。越王怒つて、自ら馬をおどらして一矢にその左腹を貫き、みる<斃した。

그리하여 중간 정도쯤에 월왕의 일행이 나타났다. 그 군용(軍容)과 여악(女樂)은 승상의 그것과 완전히 같은 듯 했다. 그리하여 월왕과 승상이 고삐를 나란히 하며 가니 머지않아 아득한 곳에서 큰 사슴 한 마리가 엽군(獵軍)에 쫓겨서 뛰어 달려 왔다. 월왕이 말 앞에 있는 장사에게 쏘게 했는데 모두 과녁에 맞지 않았다. 월왕은 화를 내며 스스로 말을 뛰게 하여 한 방에 그 왼쪽 배를 뚫고 순식간에 쏘아 죽였다.

丞相『御立派なお腕前、驚き入りました。』越王『なアに此れしきの
事、それよりも丞相の腕前を見たい。』言ふ處へ一羽の鴉が高く雲の間
から飛んで來た。皆言ふ、『此の鳥はとても射られない。』

　　승상 "훌륭한 솜씨에 놀랐습니다."
　　월왕 "뭐 이 정도의 일로 그것보다도 승상의 솜씨를 보고 싶소."
　　말하던 차에 한 마리의 갈까마귀가 높은 구름 사이에서 날아왔다.
　　모두 말하기를,
　　"이 새는 매우 맞히기 어렵다."

丞相笑つて『靜かに靜かに』と言ひながら身を飜して箭を放つと、箭
はまともに左の眼にあたつて、鴉は馬前に墜ちた。越王『妙手々々』と
て大に賞め、やがて馬をとばして廣野を駈り、丘にぼつて武術を談
じ、草を藉いて射とめた獲物を割きながら、互に盃をとりかはした。

　　승상은 웃으며, "조용히, 조용히."
　　라고 말하면서 몸을 날려 화살을 쏘니, 화살은 제대로 명중하여
갈까마귀는 말 앞으로 떨어졌다.
　　월왕 "뛰어난 솜씨로다. 뛰어난 솜씨로다."
　　라고 크게 칭찬하며, 이윽고 말을 달리게 하여 광야로 몰고 갔다.
언덕에 올라가 무술을 말하며 풀숲을 깔개로 하여 쏘아 잡은 노획물
을 가르면서 서로에게 잔을 주고받았다.

處へ天子から使があつて、美酒佳肴山の如くに積まれ、賓客一同星

の如くに居並ぶと、周圍には數千の女樂が取り卷いて、絲竹の音さな
がら曲江の水を沸かすが如くである。

　　그러던 차에 천자로부터 사신이 와서 미주가효(美酒佳肴)를 산처
럼 쌓아놓고 빈객(賓客)과 함께 별과 같이 늘어 앉아 있는데 주위에
는 수천 명의 여악(女樂)이 둘러싸서 사죽(絲竹)의 소리가 마치 곡강
(曲江)의 물을 끓이는 듯 했다.

　酒半ばにして越王、丞相に向ひ、互に侍妾を集めて餘興を助けしめ
てはと言ふ。そこで丞相の方からは蟾月と驚鴻、越宮からは金陵の杜
雲仙、陳留の少蔡兒、武昌の萬玉燕、長安の胡英口の四美人が並ぶ。

　　술이 한창일 때 월왕은 승상을 향해 서로 시첩(侍妾)을 모아서 여
흥을 돋우는 것은 어떠한가하고 말했다. 이에 승상 쪽에서는 섬월과
경홍, 월궁(越宮)에서는 금릉(金陵)의 두운선, 진류(陳留)의 소채아,
무창(武昌)의 만옥연, 장안(長安)의 호영구의 네 미인이 나란히 했다.

　丞相玉燕を見て越王に向ひ、『曾て玉燕の艶名を聞いて居りました
が、今見る處、聞いたよりはまた一層美しうございます。』と言ふ。越
王もまた蟾月、驚鴻の名を聞いて居たので、『丞相は何時此の二美人を
得られたか。』と問ふ。

　　승상은 옥연을 보고 월왕을 향해,
　　"일찍이 옥연의 염명(艶名)을 듣고는 있었습니다만, 지금 보니 듣

던 바보다도 훨씬 한층 아름답습니다."

라고 말했다. 월왕도 또한 섬월과 경홍의 이름을 듣고 있었기에,

"승상은 언제 이런 두 미인을 얻으셨습니까?"

라고 물었다.

そこで丞相はありし日の事を具さに語つて、蟾月をして當夜の詩を
謠はしめる。越王蟾月の淸歌の美妙なるを賞め、滿酌して蟾月にさ
す。やがて六人の美妓入り亂れて、歌ひつ舞ひつ歡樂をつくして後、
外に出て一同の武術を見る。

이에 승상은 지난날의 일을 상세하게 이야기하며 섬월로 하여 그
날 밤의 시를 읊게 했다. 월왕은 섬월이 맑은 목청으로 부르는 노래
의 미묘함을 칭찬하며 잔 가득히 술을 따라 섬월에게 주었다. 이윽
고 여섯 명의 아름다운 기생들이 뒤엉켜서 노래하고 춤을 추며 환락
을 다한 후에 밖으로 나가서 함께 무술을 봤다.

越王『宮女のうちにも弓や馬に通じたものがあるであらう。それらに
武技を試みしめるもの一興ではないか。』と。その時驚鴻、『中つても中
らなくても笑はないで下さい。』とて弓を取つて出で、駿馬に飛び乘つ
て駈け廻る。

월왕 "궁녀 중에도 활과 말에 능통한 자가 있을 것입니다. 그들에
게 무기를 시험해 보는 것도 하나의 즐거움이 아닐까요?"

라고 했다. 그때,

경홍 "과녁에 맞히던 맞히지 못하던 웃지 말아 주십시오."
라고 말하며 활을 꺼내어 준마에 올라타고 뛰어 달렸다.

たま<雉が飛んで來たのを目早く見て、驚鴻纖腰をひねつて矢を放つ
と、五色の彩り美しい雉の羽は、キリキリと舞うて忽ち馬前に墜ちて
來たので、越王も丞相も手を打つて賞めた。

때마침 꿩이 날아 온 것을 눈치 빠르게 보고 경홍이 가는 허리를
돌려서 화살을 쏘니, 오색으로 물들어진 아름다운 꿩의 깃털이 뱅글
뱅글 춤을 추듯 갑자기 말 앞으로 떨어져 왔기에 월왕도 승상도 손을
치며 칭찬했다.

蟾月心に思ふやう、『私たち二人は、決して向うに負ぶないけれど、
四人と二人ではどうもいけない。春娘を連れて來ればよかつたつけ。』
と。此の時、丞相の小室と稱する二人の美人が表に來て、丞相に目通
りしたいと言ふ。喚び入れて見ると、一人は梟煙、他の一人は夢に見
た洞庭の龍女である。

섬월은 마음속으로 생각하기를,
"우리 두 사람은 결코 상대에게 지지 않지만, 네 사람과 두 사람은
아무래도 어렵다. 춘낭을 데리고 왔으면 좋았던 것이 아닌가?"
이때 승상의 소실이라고 칭하는 두 사람의 미인이 밖에 와서 승상
을 배알하고 싶다고 하였다. 불러서 보니 한 사람은 효연, 다른 한 사
람은 꿈에 본 동정(洞庭)의 용녀였다.

丞相は越王に向ひ、『此の兩人は西蕃を征伐した時に得たもの共であります。』越王つらつら見るに、美色に於ては蟾月、驚鴻に少しも劣らず、更に氣品の何となく立ちまさつたものがある。越宮の美人、殆ど顔色がない。

　　승상은 월왕을 향해,
　　"이 두 사람은 서번(西蕃)을 정벌하였을 때 얻은 것들입니다."
　　월왕이 곰곰이 보니 미색에 있어서는 섬월, 경홍에 조금도 뒤지지 않고, 기품 또한 어딘가 뛰어난 것이 있었다. 월궁(越宮)의 미인은 거의 얼굴빛이 없었다.

越王、兩人に向ひ、『名は何と云ひ、何處の生れか。』で、一人は沈梟煙とて西涼州のもの、一人は白凌波とて曾て變を瀟湘の間に避けてゐたものであることを答へる。

　　월왕은 두 사람을 향해,
　　"이름은 무엇이라고 하고 어디에서 태어났느냐?"
　　그리하여 한 사람은 침효연이라고 하고 서양주(西涼州)의 사람이며, 한 사람은 백능파라고 하며 일찍이 변(變)을 맞아 소상(瀟湘) 사이에 피해 있었다고 대답했다.

越王『二人は管絃を解するか。』梟煙『私は何も王を娛ませるやうな藝はもちません。たゞ一つ幼ない頃に劍舞を學んだことがありますが、貴人の御覽になるやうなものではございますまい。』

월왕 "두 사람은 관현(管絃)을 이해할 수 있느냐?"

효연 "저는 조금도 왕이 즐기실 만한 재주를 가지고 있지 않습니다. 다만 어릴 때 검무를 배운 적이 있습니다만 귀인이 보실 만한 것이 아닙니다."

越王喜んで、丞相共々その帶びて居た劍をわたすと梟煙畏まつて袖をまくり帶を解き、妙技を盡して一曲を舞ふ。その疾いこ、巧みなこと、梟煙のからだは忽ち隱れて目にも止まらず。越王感歎して『そなたは仙人ではないか。恐らく人間ではなからう。』と言ふ。

월왕은 기뻐하며 승상과 함께 그 허리에 차고 있던 검을 건네자, 효연은 황공해 하며 소매를 걷고 허리띠를 풀며 묘기를 다하여 한 곡 춤을 췄다. 그 빠름과 정교함에 효연의 몸은 갑자기 가려져 눈에도 멈추지 않을 정도였다. 월왕은 감탄하며,

"그대는 선인(仙人)이 아닌가? 필시 인간이 아닐 것이다."

라고 말했다.

更に凌波に向ひ、『そなたは何の才があるか。』凌波『私の家は湘水の上にありましたので、月夜の頃などは琵琶を彈じて自ら慰めて居りました。しかし恐らく貴人の耳には合ひますまい。』王『瀟湘の人よく琵琶を彈ずることは聞いて居るが、曾て耳にしたことがない。是非一曲。』と言ふ。

또한 능파를 향해,

"그대는 어떠한 재주가 있느냐?"

능파 "저의 집은 상수(湘水) 위에 있기에 달밤에는 비파를 연주하며 스스로를 위로하고 있었습니다. 하지만 필시 귀인의 귀에는 맞지 않을 것입니다."

왕(王) "소상의 사람은 자주 비파를 연주한다고 들었다만 일찍이 들어 본 적이 없다. 아무쪼록 한 곡을,"

라고 말했다.

凌波そこで袖の中から二十五絃を取り出だし、靜かに一曲を彈ずると、一坐忽ち凄然として涙を流さぬものは無い。と見ると、秋風が俄かに吹き起つて枝上の枯葉がハラハラとして墮ちた。越王驚き『人間の曲律が造化の秘を回さうとは、』とて、感嘆久しく禁ずることができない。

이에 능파가 소매 속에서 이십오현(二十五絃)을 꺼내서 조용히 한 곡을 연주하자 갑자기 단 숨에 처연해지며 눈물을 흘리지 않는 자가 없었다. 그리하여 보니 가을바람이 조용히 불어와 가지 위에 낙엽이 팔랑팔랑 떨어졌다. 월왕이 놀라서,

"인간의 곡률(曲律)이 조화(造化)의 비밀을 바꿀 줄이야,"

라고 말하며, 오래도록 감탄을 금하지 못했다.

やゝあつて玉燕王に告げて、『私の藝などはとても比較になりませんけれど、日頃習ひ覺えた琴を一曲試みませう。』とて、徐ろに前に出て、絃を拂ふその技の妙また言ふばかりない。丞相も鴻月も、思はず口を極めてほめた。

조금 있다가 옥연이 왕에게 고하며,

"저의 재주와는 비교가 되지 않습니다만 매일 매일 익힌 금 한 곡을 시험해 보겠습니다."

라고 말하며, 스스로 앞으로 나와 악기 줄을 떨구는 그 재주의 묘함이 또한 이루 말로 표현할 수가 없었다. 승상도 홍월도 저도 모르게 온갖 말을 다하여 칭찬했다.

(二) 丞相醉うて大に罰酒を飮む
(2) 승상은 취하도록 크게 벌주를 마신다

此の日越王と丞相とは、歡を盡して城門に歸ると、大夫人を初め兩公主、秦賈兩娘と共に丞相の歸りを今や遲しと待つて居た。

이날 월왕과 승상은 기쁨을 다하고 성문으로 돌아오니[81] 대부인을 시작으로 두 공주와, 진(秦)과 가(賈)두 여인이 함께 승상이 돌아오기를 이제나 저제나 하고 기다리고 있었다.

丞相は堂に上つて先づ沈梟煙、白凌波の二人を引見し、他の人々に紹介して言ふ、『曾て軍中に瀕死の難を救うて吳れた美人といふのは、此の二人である。其の後會ふことの出來ないのを殘念に思つてゐたが、とうしてさう晩かつたかね?』

---

81 원문에는 낙유원에서 돌아오는 길의 성대한 행차를 매우 상세히 서술하고 있으나 번역문에서는 이를 생략하고 있다.

승상은 당(堂)으로 올라가서 우선 침효연과 백능파 두 사람을 불러들여 다른 사람들에게 소개하며 말하기를,

"일찍이 출정하였을 때 거의 죽을 뻔했던 어려움 속에서 구해 주었다고 말했던 것이 이 두 사람이다. 그 후 만날 수 없었던 것을 안타깝게 생각하고 있었는데, 왜 이렇게 늦게 만났는지?"

梟煙凌波『早くまゐりたいとは思つて居りましたが、何分遠方のことでございますから、つい延引いたして居りました。たまたま丞相の獵遊に遭ひ、今日親しく御目にかゝることを得まして何より嬉しう存じます。』

효연과 능파는,

"일찍 오고 싶다고 생각하고 있었습니다만 다소 먼 곳이기에 그만 예정보다 늦어지게 되었습니다. 때마침 승상이 사냥을 즐기시고 계시는 곳에서 만나서 오늘 가까이에서 만나 뵐 수 있게 되어 무엇보다도 기쁘게 생각합니다."

春娘秦女、蟾月と驚鴻とに向ひ、『今日の勝負は何うでした。』驚鴻『蟾娘は私の大言を笑ひますけれど、今日は私、一言で越宮の人々の氣を奪つてしまひました。嘘だと思召すなら蟾月にきいて見て下さいまし。』

춘낭과 진녀가 섬월과 경홍을 향해,

"오늘의 승패는 어떠했습니까?"

경홍 "섬낭은 나의 대언(大言)[82]을 웃었습니다만, 오늘은 제가 한마디로 월궁(越宮)의 사람들의 기를 빼앗아 버렸습니다. 거짓이라고

생각되신다면 섬월에게 물어보십시오."

蟾月『鴻娘の弓は實際うまかつたが、あれはあゝいふ風流の場だから
よかつたものゝ、矢石の間ではとてもあゝうまく行くものではない。
越宮の人々が氣を奪はれたのは、それよりも新來の二人の美貌と神才
とです。私いゝ話を敎へて上げませうか。春秋の時に賈夫人が、ある
日妻を連れて野に出たさうです。妻は餘りに賈夫人の顔の醜いため
に、三年間一度も笑はなかつたが、その時たまたま雉を射おとしたの
を見て、初めて妻はニツと笑つたと申します。鴻娘の雉を射たのはこ
れと丁度同じですよ。』

섬월 "홍낭의 활은 실제로 뛰어났습니다만 그것은 그러한 풍류를
즐기는 장소였기에 좋았을 뿐 전쟁터에서는 그렇게 잘 될 수가 없습
니다. 월궁의 사람들의 기를 빼앗았다는 것은 그것보다도 새로 온 두
사람의 미모와 신재(神才)입니다. 제가 좋은 이야기를 가르쳐 드릴까
요? 춘추시대에 가부인(賈夫人)이 어느 날 부인을 데리고 들에 나갔
다고 합니다. 부인은 가부인의 얼굴이 너무나도 추하기에 3년간 한
번도 웃지를 않았는데 그때 마침 꿩을 쏘아 잡는 것을 보고 처음으로
부인은 씩 웃었다고 합니다. 홍낭이 꿩을 쏜 것은 이것과 딱 같은 것
입니다."

驚鴻『賈夫人のやうな醜い顔でも弓馬の才で妻を笑はすことができた

---

82 대언: 많은 말 또는 뛰어난 말이라는 뜻이다(松井簡治·上田万年編, 『大日本国語
辞典』03, 金港堂書籍, 1917).

ンぢやありませんか。美しい顔で雉を射たら尚ほと喜ばれるにきまつ
てゐわ。』蟾月『此の人の己惚の強いことを御覧なさいよ。丞相が餘り可
愛がり過ぎるからいけないンやありませんか。』

경홍 "가부인과 같은 추한 얼굴로도 활과 말의 재주로 부인을 웃
게 한 것이 아닙니까? 아름다운 얼굴로 꿩을 맞히니 또한 기뻐하는
것이 당연하지 않겠습니까?"

섬월 "이 사람의 자만이 심한 것 좀 보십시오. 승상이 너무 귀여워
하시는 것이 옳지 않습니다."

翌日丞相が入朝すると、天子は太后、越王と共に丞相を召される。
兩公主も旣に坐に在る。そこで天子は越王を顧み、『昨日は丞相と春色
を較べたといふことだが、一體どちらが勝つたのか。』越王『とても駙馬
君に及びません。しかし丞相の艶福は、女にとつて何んなものかね。』

다음 날 승상이 조정에 들어가자, 천자는 태후와 월왕과 함께 승
상을 불렀다. 두 공주도 이미 자리하고 있었다. 이에 천자는 월왕을
돌아보며,

"어제는 승상과 봄 경치를 견주었다고 들었습니다만, 대체 어느
쪽이 이겼습니까?"

월왕,

"도저히 부마군(駙馬君)에게는 미치지를 못했습니다. 하지만 승
상의 염복(艶福)은 여자에게 있어서 어떠한가요?"

丞相、『越王殿下が臣に勝たずと仰しやるのは、李白が崔顥の詩を見て氣を奪はれたと同じやうなものでございませう、また公主が福と爲すか否かは、私の知つたことではありません。どうぞ公主におきゝ下さい。』

승상 "월왕전하가 신을 이기지 못했다고 말씀하시는 것은 이백이 최호의 시를 보고 정신을 잃어버린 것과 마찬가지 일 것입니다. 또한 공주에게 복인지 아닌지는 제가 알바가 아닙니다. 아무쪼록 공주에게 물어주십시오."

太后笑つて兩公主を顧みる。公主『夫婦は一體と申します。夫も福は妻の福、丞相の樂しみは又私の樂しみです。』越王　『その言葉は立派だが、恐らく心から出た言葉ぢやなからう。一體昔から駙馬の身で丞相ぐらゐの放蕩者はない。太后、どうか一つ少游を相當の罰に處して下さい。』とて、戲れに丞相問罪の一文を作る。

태후는 웃으며 두 공주를 돌아봤다.

공주 "부부는 한 몸입니다. 남편의 복은 부인의 복, 승상의 즐거움은 또한 저의 즐거움입니다."

월왕 "그 말은 훌륭합니다만 필시 마음에서 나온 말이 아닐 것입니다. 도대체 예로부터 부마의 몸으로 승상과 같은 방탕한 자는 없소. 태후, 아무쪼록 소유에게 상응하는 벌을 내려 주십시오."

라고 말하고, 장난으로 승상을 문죄(問罪)하는 한 문장을 지었다.

その意は、『駙馬の身を以て敬奉の道を思はず、狂蕩の心を抱いて意を紛黛の窟、綺羅の叢に遊ばし、美色を獵取すること飢渇よりも甚だし云々』と云ふのである。

　　その 뜻은 "부마의 몸으로 경봉(敬奉)의 도리를 생각하지 않고 광탕(狂蕩)한 마음을 품으며 뜻을 아름답게 화장한 소굴과 비단 옷의 무리 속에 노닐게 하며 미색을 사냥하고 취하는 것이 배고프고 목마른 자보다 심하니라."
　　라고 말하는 것이었다.

越王高聲に之を讀み上げると、丞相頭を垂れて神妙に罪を待ち、やがて言ふ。『臣少游妾を蓄へて居ることは事實でありますけれども、結婚前に得たところの者は、多少恕する所がなくてはならぬと存じます。淑人秦氏の如きは皇上の命ずる所であつて、元臣の與らざる所。小妾賈氏を初め、桂狄沈白いづれも結婚前に於ける關係であります。之を斷ずるに國法を以てするはその意を得ません。』

　　월왕은 소리 높여 이것을 읽으니, 승상은 머리를 떨구고 고분고분히 죄를 기다리다가 이윽고 말했다.
　　"신(臣) 소유 첩을 쌓아두고 있는 것은 사실이지만 결혼 전에 얻은 자는 다소 용서해 주시지 않으면 안 된다고 생각합니다. 숙인 진씨(秦氏)와 같은 경우는 황상이 명한 바가 있어 원래 신에게 주신 것입니다. 소첩 가씨를 시작으로 계, 적, 침, 백 어느 것 하나 결혼 전에 관계가 있었던 것입니다. 이것을 금하시기에는 국법으로도 그 뜻을 얻을 수가 없을 것입니다."

太后笑つて許し、『妾はいゝが酒は餘り過すと健康を損ねるから注意しなければならない。』と言ふ。越王『少游を此の儘にして許すことは斷じていけません。唯少しく情狀を酌量して酒罰を加へることにしたいと思ひますが如何。』太后『酒罰は面白からう。』そこで宮女が白玉の小盃をさゝげて丞相の前に進み出る。

태후는 웃으며 허락하며,
"나는 괜찮다만 술은 너무 과하면 건강을 해하니 주의하지 않으면 안 된다."
라고 말했다.
월왕 "소유를 이대로 허락하는 것은 결코 옳지 않습니다. 다만 조금 상황을 참작하여 술로 벌을 더하고자 합니다만 어떠십니까?"
태후, "술로 벌을 내리는 것도 재미있겠구나."
이에 궁녀가 백옥으로 만든 작은 잔을 받들고 승상 앞으로 나왔다.

越王『丞相の酒量は鯨同樣だ。そんな小さなものでは仕方がない。』とて一斗近くの大盃をつきつけて、なみなみと注ぐ。流石の丞相もこれでは醉はざるを得ない。やがて立たうとしては轉び、起きようとしては轉び、漸く宮女に扶けられて歸つた。

월왕 "승상의 주량은 고래와 같다. 그런 작은 것으로는 어찌할 도리가 없다."

라고 말하며, 큰 잔을 들이 내밀며 한 말 가까이의 술을 넘칠 정도
로 따랐다. 과연 승상도 이렇게 되면 취하지 않을 수가 없었다. 이윽
고 똑바로 서려고 하다가 구르고, 일어서려고 하다가 구르며, 겨우
궁녀의 도움을 받아 돌아왔다.

丞相公主を睨んで言ふ、『公主の兄越王、太后に訴へて我輩に毒酒を
飲ました。きつと昨日の負けを怨んでのことにちがひないそれには蘭
陽も一緒になつて、我輩を困しめようとしてゐるのだらう。母上、蘭
陽に罰として一盃酒を飲まして下さい。』

　승상은 공주를 흘겨보며 말하기를,
　"공주의 오라버니 월왕이 태후에게 고하여 저희에게 독주를 마시
게 했습니다. 필시 어제 진 것이 원통하여 그러한 것이 틀림없습니
다. 그것은 난양도 함께 저희들을 괴롭게 하려고 한 것일 것입니다.
어머니, 난양에게 벌로 술 한 잔을 마시게 해 주십시오."

柳夫人　『蘭陽は迚も一盃の酒も飲めません。お茶ならいゝだらう。』
丞相『お茶では駄目です。』柳夫人公主を顧み、『どうでもお酒を飲まな
くては酔つばらひが納まらないさうです。』とて、侍女に罰酒をおくら
せる。

　류부인 "난양은 한 잔의 술도 전혀 마시지 못합니다. 차라면 괜찮
지 않겠습니까?"
　승상 "차는 안 됩니다."

류부인은 공주를 돌아보며,

"아무래도 술을 마시지 않으면 술 취한 사람을 진정시킬 수 없을 듯 합니다."

라고 말하며, 시녀에게 벌주를 보내게 했다.

公主笑つて飲まうとする。と忽ち丞相が疑つて、その盃をとつて嘗めようとする。それ取らしてはと、蘭陽急に席上に投げる。丞相指で盃の雫を嘗めて見ると砂糖水である。

공주가 웃으며 마시려고 했다. 그러자 갑자기 승상이 웃으며 그 잔을 취하여 맛을 보려고 했다. 그것을 빼앗긴다면 하고 생각한 난양은 급히 자리 위로 던졌다. 승상이 손가락으로 잔에 있는 물방울을 맛보았더니 설탕물이었다.

丞相『母上、私が飲まされた罰酒はこんな砂糖水ではありません。』で、侍女に酒樽を持ち來らせ、自ら酌んで蘭陽に飲ませる。蘭陽も仕方なしに、顔をしかめて飲む。

승상 "어머님, 제가 마신 벌주는 이런 설탕물이 아닙니다."

그리하여 시녀에게 술통을 가지고 오게 하여 스스로 술을 따라 난양에게 마시게 했다. 난양도 하는 수 없이 얼굴을 찌푸리며 마셨다.

丞相『相談にあづかつのは蘭陽だが、鄭氏も元より同罪だ。母上、鄭氏にも飲まして下さい。』夫人笑つて英陽に盃を送ると、英陽は少し座

を離れて飮む。

　　승상 "관련되어 있는 것은 난양이지만 정씨도 원래 같은 죄이다. 어머니, 정씨에게도 술을 마시게 해 주십시오."
　　부인은 웃으며 영양에게 잔을 보내니 영양은 조금 자리를 옮겨 마셨다.

　　丞相『我輩が罰酒を受けたのは、樂原の會で越王を負かしたからだ。鴻、月、煙、波の四人が、寡を以て衆敵に當り、勝を致したのが惡いのだから、之も罰しなければならない。』

　　승상 "우리들이 벌주를 받은 것은 낙원에서 모인 자리에서 월왕을 이겼기 때문이다. 홍, 월, 연, 파
　　네 사람이 적은 수로 많은 무리의 적에게 대항하여 승리를 거둔 것이 옳지 않기에 이것도 벌하지 않으면 안 된다."

　　柳夫人『勝つて罰を受けるとは、隨分可笑しいね。』と言ひながら盃を四人に渡すと、四人もかはるがはる酒を飮む。鴻月『賈孺人が罰を受けないのは不公平ぢやありませんか。』柳夫人『全くさうね、』と言ひつゝ春雲に大盃をさすと、春娘笑ひながら何とも言はずに飮む。ひとり一座の隅で先程から、默つて此の狂態を見て居た秦淑人を丞相は見て、『秦女は先刻から頻りに笑つてゐる。あれも罰しなければならない。』とて秦女に滿酌して盃を送る。秦女も笑ひながらそれを飮む。

류부인 "이기고 벌을 받는 것은 심히 이상하구나."

라고 말하며 잔을 네 사람에게 건네자, 네 사람도 번갈아 가며 술을 마셨다. 홍과 월이,

"가유인이 벌을 받지 않는 것은 불공평하지 않습니까?"

류부인 "정말 그렇구나."

라고 말하며 춘운에게 큰 잔을 내미니 춘낭은 웃으면서 아무 말도 하지 않고 마셨다. 홀로 구석에 앉아서 조금 전부터 잠자코 이 광태(狂態)를 보고 있던 진숙인을 승상이 보고,

"진녀는 조금 전부터 계속해서 웃고 있었다. 저것도 벌하지 않으면 안 된다."

라고 말하며 진녀에게 술을 가득 따른 잔을 보냈다. 진녀도 웃으면서 그것을 마셨다.

柳夫人蘭陽公主に向ひ『お酒を飮んで氣分は惡くありませんか。』公主『頭痛がしてたまりません。』で、公主を先へ寢させてから、柳夫人言ふ、『公主は女の聖である。彼の樣な人に無理酒を飮ませて、もしからだを惡くしたなら、太后がどんなに心配されるか知れません。すれば私も罪が無いとはいへないから、此の盃で自ら罰を受けませう。』とて大盃を悉く飮む。

류부인은 난양공주를 향해,

"술을 마셔서 기분이 나쁘지는 않습니까?"

공주 "두통이 나서 참을 수가 없습니다."

그리하여 공주를 먼저 재운 뒤에 류부인 말하기를,

"공주는 여인 중의 성인이다. 그러한 사람에게 억지로 술을 마시
게 하여 혹시 몸에 병이라도 난다면 태후가 얼마나 걱정하실지 모릅
니다. 그렇다면 저도 죄가 없다고 말할 수 없으니 이 잔으로 스스로
벌을 받겠습니다."

라고 말하며 큰 잔을 모두 마셨다.

丞相すつかり恐縮して、『母上にまで罰を及ぼして、兒たる私が何と
して安閑として居られませう。母上許して下さい。私も罰を受けま
す。』とて、大きな椀に滿酌させ、一息に吸つてしまふと、足も腰も定ま
らずして、そのまゝ瞠とまろびながら凝香閣をさして歸らうとする。

　승상은 몹시 죄송해하며,

"어머니에게까지 벌을 미치게 하여 자식 되는 제가 어찌하여 편
안하고 한가로울 수가 있겠습니까? 어머님 용서해 주십시오. 저도
벌을 받겠습니다."

라고 말하며 큰 주발에 술을 가득 따르게 하여 한꺼번에 마셔버리
니, 다리도 허리도 바로잡지 못하고 그대로 눈을 휘둥그레 뜨고 구
르면서 응향각(凝香閣)을 가리키며 돌아가려고 했다.

大夫人春雲に連れて行かせようとすると、春雲『桂娘、狄娘、共に私
の寵を妬んでゐらつしやるから、嫌や。』と言ふ。『では蟾月さん』と言
ふと、蟾月『私が言つた事で春雲さんがあんなこと仰しやるンでせう。
私も嫌ですよ。』驚鴻笑ひながら、丞相を扶けて連れて行つた。

대부인이 춘운에게 데리고 가게 하자,

춘운 "계낭과 적낭이 함께 제가 총애를 받는 것을 질투하고 있으니 싫습니다."

라고 말했다.

"그렇다면 섬월은?"

이라고 말하자,

섬월 "제가 말하니 춘운씨가 그렇게 말씀하시는 것입니다. 저도 싫습니다."

경홍이 웃으며 승상을 도와서 데리고 갔다.

爾來、兩夫人と六娘子との樂しみは、まこと水魚のそれにもひとしく、相思の情は日に日に濃かになりまさつた。これもとより諸夫人の聖德によることであるが、その元はと云へば九人のものが、當初南岳にあつた時の發願によるものである。

이후로 두 부인과 여섯 낭자들의 즐거움은 참으로 물을 만난 물고기와 같았으며 서로를 생각하는 정은 나날이 짙어져만 갔다. 이것은 원래 여러 부인의 성덕에 의한 것이었지만 그 근본을 이야기한다면 아홉 사람 모두가 당초 남악에 있었을 때의 발원에 의한 것이었다.

さてある日兩公主が言ふやう、『昔は姉妹一時に同じ人に嫁した例もあるけれど、私たちのやうなのは本當に少い。いつそ互に兄弟の契り結ばうではありませんか。』と。

그런데 어느 날 두 공주가 말하기를,

"옛날에는 자매가 한꺼번에 같은 사람에게 시집가는 예도 있었지
만 우리들과 같은 것은 정말로 적었다. 한층 더 서로의 형제의 약속
을 맺지를 않겠습니까?"

라고 말했다.

そこで之を他の六人にも話すと、春娘と驚鴻と蟾月とは、身分が賤
しいからとて直ちに應じなかつたが、結局初めの生れなど何うでも
いヽといふことになつて、一同宮中に秘藏の觀音畫像の前に行き、燒
香禮拜して次の誓文を捧げた。

이에 이것을 다른 여섯 사람들에게도 말하니 춘낭과 경홍과 섬월
등은 신분이 미천하기에 바로 응하지 못했지만 결국 처음의 출생 등
은 아무래도 상관없다는 것이었기에 함께 궁중에서 소중히 소장하
고 있는 관음화상 앞으로 나아가 소향예배(燒香禮拜)하여 다음과 같
은 서문(誓文)을 올렸다.

維年月日、弟子瓊貝鄭氏、簫和李氏、彩鳳秦氏、春雲賈氏、蟾月桂
氏、驚鴻狄氏、梟煙沈氏、凌波白氏、謹んで南海大師の前に告ぐ。世
人或は四海の人を以てして兄弟となるあり。或は天倫の親を以てして
路人と爲るあり。弟子八人、始めは各々南北に生れ東西に散處すと雖
も、長ずるに及びて一人に同事し一室同居す。氣相合ふなり。義相孚
すなり。之を物に比するに一枝の花、風雨の憾む所となるや、或は宮
殿に落ち或は閨閤に諷ひ、或は陌上に墜ち或は山中に飛び、或は溪流

に隨つて江湖に達す。然も其本を言へば則ち同一根なり。惟だ夫れ同根なり、故に花もと無心の物、その始めや同じく枝に開き、其の終りや同じく地に歸す。人の同じく受くる所のもの亦一氣のみ。卽ち氣の散ずるや豈に一處に同歸せざらんや。古今遼濶にして生を一時に並せ、四海廣大にして居を一室に同じくす。これ實に前生の宿緣、人生の幸會なり。是を以て弟子等八人、同約同盟、結んで兄弟と爲り、一吉一凶一生一死、必ず相隨ひ、相離れざらんと欲するなり。八人中苟も異心を懷き失言に背く者あらば、則ち天必ず之を殛し神必ず之を忌まん。伏して望むらくは大師、福を降し灾を消し、以て妾等を佑け、百年の後同じく極樂世界に歸せしめば幸甚。

모년모월모일, 제자 경패정씨(瓊貝鄭氏), 소화이씨(簫和李氏), 채봉진씨(彩鳳秦氏), 춘운가씨(春雲賈氏), 섬월계씨(蟾月桂氏), 경홍적씨(驚鴻狄氏), 효연침씨(梟煙沈氏), 능파백씨(凌波白氏), 정중하게 남해대사(南海大師) 앞에 고합니다. 세상 사람들 혹은 사해(四海)의 사람들은 형제가 된다고 합니다. 혹은 천륜의 친함으로 나그네가 된다고 합니다. 제자 팔인은 처음에 각각 남과 북에서 태어나고 동과 서에서 흩어져 살았다고 하더라도 장성해서는 한 사람을 함께 섬기며 함께 한 집에서 기거하고 있습니다. 기가 서로 합하고 의가 서로 통합니다. 이를 사물에 비유하면 한 가지의 꽃이 풍우에 흔들려, 혹은 궁전에 떨어지고, 혹은 규각에 날리고, 혹은 밭두렁에 떨어지고, 혹은 산중에 날리고, 혹은 시냇물의 흐름을 따르다가 강호에 도달합니다. 그러나 그 근본을 말하면 바로 같은 뿌리입니다. 오직 그것이 같은 뿌리이기에 꽃나무 같은 무심한 사물도 그 처음은 같은 가지에서 피어나 그 마지막을 같이 지상으로 돌아갑니다. 사람도 같이 받은 것 또한 한 기운일 뿐입니다. 즉 기운이 흩어지면 어찌 한 곳에 돌아가지 않겠습니까? 고금(古今)이 아득하고 넓지만 한 생을 같이 나란히 하고 있으며 사해가 광대하다고 하더라고 한 곳에서 기거하고 있습니다. 이것은 실로 전생의 오래된 인연으로 인생의 다행한 기회입니다. 이것으로 제자 등 팔인은 함께 약속하고 함께 동맹하여 형제로 맺어져 길흉생사를 함께 하며 반드시 서로를 따르고 서로 헤어지지 않고자 합니다. 팔인 중에 굳이 다른 마음을 품고 약속을 저버리는 자가 있다면 하늘이 반드시 이를 죽이시고 신이 반드시 이를 경계할 것입니다. 엎드려 바라건대 대사, 복을 내리시고 재앙을 소멸시키시어 이로써 첩 등을 도우시어 백년 후에 함께 극락세계로 돌아가게 하신다면 매우 다행이겠습니다.

かくて人々おのおの子を産み、兩夫人と春雲、蟾月、梟煙、驚鴻とは男の子、彩鳳と凌波とは女の子を、それぞれにはぐくみ育てた。丞相、出でゝは天子に陪して遊獵し、入つては大夫人を奉じて北堂に謙樂し、樂しくも亦安らけき日を送り、おくつて、早くも十年の光陰は流れた。

이리하여 사람들은 각각 자녀를 낳아 두 부인과 춘운, 섬월, 효연, 경홍은 남자아이를, 채봉과 능파는 여자아이를 각각 소중히 키웠다. 승상은 나와서는 천자를 모시고 유렵(遊獵)하고, 들어가서는 대부인을 받들며 북당(北堂)에서 연악(謙樂)하며 즐겁게 또한 편안한 날을 보내고 또 보내며 어느새 10년의 세월이 흘렀다.

母夫人は天壽九十九を以て世を終り、八人の子達はそれぞれ役につ
いた。上は君心を得、下は人望に協ひ、望月の夜の缺くることなき盛
滿の有樣は、歷代その比を見ることが出來なかつたが、かくても自ら
その大名の居り難きを思ひ、上疏して身を退かうと決心したのに、天
子は之を許したまはず、城南の翠微宮を少游に賜ひ、新に封を加へ
て、丞相魏國公爵太史としたまうた。

　　모부인(母夫人)은 천수를 다하여 99세로 세상을 마치고, 여덟 명
의 자녀들은 각각 벼슬에 올랐다. 위로는 임금의 마음을 얻고 아래
로는 위엄과 명망을 좇으니, 보름달 밤의 이지러짐 없는 성만(盛滿)
한 모습은 역대에 그 비교할 만한 것을 볼 수가 없었는데, 결국 스스
로 그 명성을 차지하는 어려움을 생각하여 상소하여 물러나려는 결
심을 했지만 천자는 이것을 허락하지 않고 성의 남쪽에 있는 취미궁
(翠微宮)을 소유에게 하사하여 새로이 봉(封)을 더하며 승상위국공작
태사(丞相魏國公爵太史)로 하였다.

(三) 夢覺めて性眞本元に還る
　　(3) 꿈에서 깨어난 성진은 본래의 모습으로 돌아가다

丞相聖恩に感じ、家を擧げて翠微宮に移つた。曾て玄宗帝の暑を避
けた處で、樓臺の壯麗と景致の奇絶とは、天下稀に見る仙境である。

　　승상은 성은에 감동하여 집안 모두가 취미궁으로 옮겼다. 일찍이
현종제(玄宗帝)가 여름을 피하여 거처하던 곳으로 누대(樓臺)의 웅장

하고 아름다움과 경치의 매우 기묘함은 천하에 드물게 보이는 선경
(仙境)이었다.

丞相日々、二夫人六娘子と共に、水に臨みて月を弄び、谷に入つて
は梅を尋ね、或は詩を賦し琴を彈じ、晩年の清果の純朴なる、人をし
て羨ましむるに餘りあつた。

승상은 매일 두 부인과 여섯 낭자와 함께 물가에 이르러 달을 희
롱하며 계곡에 들어가서는 매화를 찾고 혹은 시를 짓고 금을 연주하
며 만년의 맑은 결실의 순복(純朴)함이 사람들이 부러워함에 남음이
있었다.

翠微宮の西に高臺がある。そこに登れば八百里の秦川さながら掌を
見るやうである。ある日二夫人及び六娘子と其に此の上にのぼり、秋
の景色を稱しつヽ、相對して飲んだ。雲低くして夕日斜めに輝き、秋
色燦として畵のやうである。丞相懷から玉簫を取り出し、目ら一曲を
吹くと、その聲、咽ぶが如く泣くが如く、怨むが如く訴ふるが如く、
聽くもの慘として悲まざるはない。

취미궁의 서쪽으로는 높은 대가 있었다. 그곳에 오르면 800리 떨
어져 있는 진천(秦川)이 마치 손바닥을 보는 듯했다. 어느 날 두 부인
및 여섯 낭자와 함께 이 위로 올라와서 가을 풍경을 칭찬하며 서로
마주하여 마셨다. 구름 아래로 석양이 비스듬하게 빛나며 가을의 경
치를 찬연하게 그려놓은 듯했다. 승상이 품에서 옥소(玉簫)를 꺼내어

스스로 한 곡 불자, 그 소리 목이 메는 듯 우는 듯, 원망하는 듯 호소하는 듯, 듣는 사람들이 애처롭고 슬프지 않을 수 없었다.

兩夫人怪んで問ふて言ふ、『丞相早く功名を成し、富貴を享け、今や何一つ不足とすることろはない筈であります。此の佳辰に當り風景は美に、玉人は座に滿ち、人生の樂事此上もない道理でありますのに、その玉簫の悲しい音は、一體何としたことでございませう。』

두 부인이 기이하여 물어 말하기를,

"승상은 일찍이 공명을 이루고 부귀를 누리며 지금은 어느 것 하나 부족한 것이 없을 터입니다. 이 좋은 시절에 이르러 아름다운 풍경에 자리에 옥인(玉人)[83]이 가득하여 인생의 즐거운 일이 이보다 더 할 수는 없을 것이라고 생각합니다만 그 옥소의 슬픈 소리는 대체 어찌되신 일입니까?"

丞相簫を投じて欄頭に倚り、名月を指して言ふ、『北を望めば平野の間、草原の中に僅に明滅してゐるのは秦の始皇の阿房宮である。西を望めば悲風林に鳴き、暮雲山を包むものは漢の武帝が茂陵である。東を望めば粉墻靑山を繞り、朱甍碧空に隱映し、玉欄干頭更に人の倚るなきは玄宗皇帝が太眞と遊べる華淸宮である。此の三君は皆千古の英雄、四海を家とし億兆を臣妾とし、意氣宇宙を壓したものであつたが、今は果して何處に在るか。少游もと河東の一布衣を以て聖恩を受

---

83 아름다운 사람.

け、將相に上り、諸娘子と相會うて深情ますます密なるものがある。蓋し前生未了の緣でなくては此に至ることができない。而も我輩一たび歸れば、高臺は頹れ曲池は埋もれ、今日歌舞の處はやがて雜草の下に蔽はれてしまふであらう。その時言ふ、これは昔楊丞相が美人と遊んだ處であると。人生こゝに至つては亦朝露暮電よりも果敢ない。天下に三道あり、儒道、仙道、佛道、是れ。而も儒道は全きを成すも、たゞ倫紀を明かにし、事業を貴び、名を身後に止むるのみである。仙道に至つては誕に近く、昔から之を求むる者多くして得たものは無い。私は每夜眠りに就けば、夢中必ず薄團の上に參禪するを常とする。必定佛家と緣あるものに違ひない。で、これより家を棄てゝ道を求め、不生不滅の道を得て塵世の苦海を超脫しようと思ふが、悲悅の心おのづから簫の音色にも現はれたのであらう。』

　승상은 통소를 던지고 난간마루의 한 귀퉁이에 기대어 명월(名月)을 가리키며 말하기를,

　"북을 바라보면 평평한 벌판 사이에 초원 속에서 간신히 명멸(明滅)하고 있는 것은 진시황의 아방궁이다. 서를 바라보면 슬픈 바람이 숲에서 울고 모운산(暮雲山)을 덮고 있는 것은 한무제의 무릉(茂陵)이다. 동을 바라보면 분칠한 담장이 청산을 둘렀고, 붉은 지붕은 푸른 하늘에 은은히 비추는데, 옥난간(玉欄干)에는 의지할 사람이 없는 것은 현 황제가 태진과 노시던 화청궁(華淸宮)이다. 이 세 임금은 모두 천고(千古)의 영웅으로 사해를 집으로 하고 억조(億兆)로 신첩을 삼으니 의기가 우주를 억누르는 것이 있었는데, 지금은 과연 어디에 있는 것인가? 소유는 본디 하동(河東)의 벼슬 없는 선비로 성은

을 받아 장상(將相)에 오르며 여러 낭자들과 서로 만나 깊은 정이 더욱 은밀해졌다. 생각건대 전생에 아직 끝나지 않은 인연이 아니고는 이렇게 이르지는 못할 것이다. 게다가 우리들이 일단 돌아가면 높은 대는 무너지고 굽은 못이 메워지고, 오늘 가무하던 곳은 곧 잡초 아래에 가려지게 될 것이다. 그때 말하기를 이것은 예전에 양승상이 미인과 놀던 곳이라는 것이다. 인생이 이곳에 이르러서는 또한 아침 이슬과 해질 무렵의 번개보다도 덧없는 것이다. 천하에 세 가지 도가 있는데, 유도, 선도(仙道), 불도 이것들이다. 게다가 유도는 온전함을 이루나, 다만 윤기(倫紀)[84]를 밝히고 사업을 귀히 여기고 죽은 후에 이름을 남길 뿐이다. 선도에 이르러서는 거짓에 가까워 예로부터 이것을 구하고자 하는 사람이 많았으나 얻은 자는 없다. 나는 매일 밤 잠이 들면 꿈속에서 반드시 포단(蒲團) 위에서 참선하는 것이 일상이었다. 필시 불가와 인연이 있는 것임에 틀림이 없다. 그리하여 이로부터 집을 버리고 도를 구하여 불생불멸할 도를 얻어 진세(塵世)[85]의 고해에서 초탈하려고 생각하기에 슬프고 기쁜 마음이 저절로 통소의 소리에 나타나는 것일 것이다."

『更に諸娘子よ、御身達の前生は南岳の仙女である。此の世の縁も早や盡きた』と。一同丞相の言葉を聽いて感動し、『では私たち八人は、朝夕禮拜して相公のお還りを待つて居りませう。得道の後は必ず私たちをお教へ下さいますやう。』と言ふ。

---

84 윤리와 기강.
85 정신에 고통을 주는 어수선한 세상.

"게다가 여러 낭자들이여, 그대들의 전생은 남악의 선녀였다. 이 세상의 인연도 이제는 다했다."[86]

라는 것이다. 모두 승상의 말을 듣고 감동하여,

"그렇다면 저희 팔 인은 아침저녁으로 예배를 드리며 상공이 돌아오시기를 기다리고 있겠습니다. 득도를 하신 후에는 반드시 저희들을 가르쳐 주시기를 바랍니다."

라고 말했다.

丞相大に喜んで、此の世の別れに盃を洗ふと忽ち一人の老僧が現はれた。眉長く、眼は輝き、形貌動作、とても尋常の人ではない。丞相急ぎ一體して『老師は何處より入らせられましたか。』老僧笑つて、『聞く貴人は能く忘ると、丞相昔の顔を忘れ給ひしか。』

승상이 크게 기뻐하며 이 세상과의 이별에 잔을 씻으니 갑자기 노승한 사람이 나타났다. 눈썹이 길고 눈은 빛이 나며 생김새와 행동이 도저히 평범한 사람이 아니었다. 승상은 서둘러 가볍게 인사하며,

"노사(老師)는 어디에서 들어오셨습니까?"

노승은 웃으며,

"묻고 있는 귀인은 잘 잊는 다고 들었는데 승상은 예전의 얼굴을 잊었단 말인가?"

丞相つらつら熟視したが、さて確には思ひ出せないで、諸夫人を顧

---

86 원문에는 이 같은 언급이 양소유의 말이 아닌 지문으로 서술되어 있다.

み、『曾て吐蕃を討つた時に、夢に洞庭の宴に招かれ、歸り南岳に上つて一高僧を見た。老師はその夢に見た老僧ではないでせうか。』と言ふ。

승상이 곰곰이 자세히 눈여겨보았는데 그런데 확실하게는 생각나지 않았기에 여러 부인을 돌아다보며, "일찍이 토번(吐蕃)을 정벌할 때에 꿈에 동정(洞庭)의 잔치에 초대 받았다가 돌아오는 길에 남악에 올라가서 고승 한 분을 봤다. 노사(老師)는 그 꿈에 본 노승이 아닌가요?"
라고 말했다.

老僧『左樣々々、而も夢中の老僧を記憶して、曾て十年同處しことを忘れるとは。』更に聲を高くして『性眞、々々、人間の味は何うであつたか?』と問ふ。

노승, "그렇다, 그렇다. 게다가 꿈속에 노승을 기억하며 일찍이 10년을 같은 곳에 잊었다는 것은."
또한 소리를 높여서, "성진아, 성진아. 인간 세상의 맛이 어떠하더냐?"[87]
고 물었다.

問はれて性眞(丞相)初めて覺め、涙を流して言ふ、『性眞大に悟りました。師傳一夜の夢を喚び起して、此の心を悟らしめたまふた。その大恩は千萬劫を經ても報ゆることはできません。』

---

[87] 원문에서는 육관대사가 양소유에게 십 년을 함께 했던 것을 기억하지 못하느냐는 질문만을 던졌을 뿐, 직접적으로 성진을 호명하는 내용을 수록되어 있지 않다.

질문은 받은 성진(승상)은 비로소 깨닫고 눈물을 흘리며 말하기를[88],
"성진은 크게 깨달았습니다. 스승이 하룻밤의 꿈으로 환기하여
이 마음을 깨닫게 하셨습니다. 그 큰 은혜는 천만겁을 지나도 보답
할 수는 없을 것입니다."

大師『汝興に乘じて去り、興盡きて來る、我れに何の關するところが
あらう。且つ汝は、夢を以て人生とは別のものであると考へて居るの
は、まだ眞に夢が覺めないのである。莊周夢に胡蝶となり、胡蝶また
變じて莊周となる。莊周の夢が胡蝶となつたのか、胡蝶の夢が莊周と
なつたのか、到底辨することができない。そもそも、何が夢であり何
が眞であるかを、誰れが知つて居ようぞ。今汝が、性眞を以て汝の身
となし、夢を以て汝が身の夢となすならば、卽ち身と夢とを二つのも
のと考へてゐるのである。性眞と少游と、そもそも何れが夢であり、
何れが眞であるか。』

대사 "네가 흥(興)을 타고 갔다가 흥이 다하여 왔다. 내가 무슨 관
여한 일이 있겠느냐? 또한 네가 꿈이 인생과 다른 것이라고 생각하
고 있는 것은 아직 진짜로 꿈에서 깨어나지 않은 것이다. 장주(莊周)
가 꿈에 나비가 되었고, 나비가 다시 변하여 장주가 되었다. 장주의
꿈이 나비가 된 것인지? 나비의 꿈이 장주가 된 것인지? 도저히 판별
할 수가 없다. 원래 무엇이 꿈이고 무엇이 진짜인가를 누가 알고 있
겠느냐? 지금 너는 성진이 너의 몸인 줄 알고 꿈을 네 몸의 꿈이라고

---

88 원문에서는 육관대사가 석장을 들어 난간을 두드리며 양소유의 깨우침을 위해
환술을 부리는 장면이 수록되어 있다.

여긴다면, 즉 몸과 꿈을 두 가지라고 생각하고 있는 것이다. 성진과 소유는 도대체 어느 것이 꿈이고, 어느 것이 진짜이냐?"

性眞『弟子蒙暗、眞と夢と辨することができません。願はくば師よ、弟子をして之を悟らしめ給へ。』大師『我れ當に金剛經の大法を說いて汝が心を悟らせよう。だが暫く待つて居れ。』と、言つて居るところへ、門番の道人が告げて言ふ、『昨日來られた衛夫人の仙女八人がまた見えて、大師にお目にかゝりたいとのことでございます。』

성진 "제자 몽매하여, 진짜와 꿈을 판별할 수가 없습니다. 바라건대 스승이여, 제자로 하여 이것을 깨닫게 해 주십시오."

대사 "내가 바로 금강경(金剛經)의 대법(大法)을 설명하여 너의 마음을 깨닫게 해 주겠다. 하지만 잠시 기다려라."

고 말하고 있는 곳에 문지기[89] 도인이 고하며 말하기를,

"어제 오신 위부인(衛夫人)의 선녀 팔인이 다시 오셔서 대사를 만나 뵙고 싶다고 합니다."

そこで八仙女を坐に通すと、八仙女は大師の前に手をついて、『弟子ら衛夫人の傍に居りましても、學ぶ所とてはなく、妄念頻りに起り情慾忽ち動いて、抑へることができません。どうか大師の敎を得て佛門に歸依さして頂きたう存じます。』と言ふ。

---

89 문지기: 일본어 원문은 '門番'이다. 문을 지키는 사람이라는 뜻이다(棚橋一郞·林甕臣編,『日本新辭林』, 三省堂, 1897).

이에 팔선녀를 자리에 오게 하니, 팔선녀는 대사 앞에 손을 짚고,
"제자들은 위부인 곁에 있었지만 배우는 바가 없어 계속하여 망령된
생각이 일어나고 갑자기 정욕이 생겨나 억제할 수가 없습니다. 아무
쪼록 대사의 가르침을 얻어 불문에 귀의하게 해 주셨으면 합니다."
라고 말했다.

大師『佛法は深遠にして一朝に學ぶことができません。これを學ぶに
は餘程の決心がなくてはならぬ。』仙女達は別室に退いて滿面のお白粉
を剝がし、綺羅を脱ぎ、綠髮を奇麗に剃り上げて、再び入つて來た。

대사 "불법은 심원하여 하루아침에 배울 수 있는 것이 아닙니다.
이것을 배우기 위해서는 상당한 결심이 없어서는 안 됩니다."
선녀들은 별실로 물러나서 얼굴 가득한 화장을 지워내고, 곱고 아
름다운 비단 옷[90]을 벗고, 까맣고 윤기 있는 고운 머리를 깨끗하게
깎아내고 다시 들어왔다.

大師『善哉々々』と、引いて法座に上せ、經文を講じた。性眞及び八
人の尼は、その後暫くにして本性を悟り、大に寂滅の道を得たので、
大師は後事を性眞に託して、程なく西方淨土に去つた。性眞の道場は
益々榮え、八人の尼また性眞に師事して、深く菩提を得、皆極樂世界
に渡つたといふ。

---

90 아름다운 비단 옷: 일본어 원문은 '綺羅'다. 무늬가 없이 전체를 하나의 색으로
염색한 비단 혹은 아름다운 의복을 뜻한다(松井簡治·上田万年編, 『大日本国語
辞典』01, 金港堂書籍, 1915).

대사 "좋구나! 좋구나!"

라고, 들이고는 법좌에 앉게 하고 경문(經文)을 강론했다. 성진 및 팔 인의 비구니는 그 후 한참 뒤에 본성을 깨닫고 크게 적멸(寂滅)의 도를 얻었기에, 대사는 뒷일[91]을 성진에게 맡기고 곧 사방정토(西方淨土)를 떠났다. 성진의 도장(道場)은 더욱 번영하고 팔 인의 비구니는 또한 성진을 스승으로 섬기며 깊이 보리(菩提)를 깨닫고 모두 극락세계(極樂世界)로 건너갔다고 한다.

---

91 뒷일: 일본어 원문은 '後事'다. 나중일, 장래의 일, 사후의 일이라는 뜻이다(松井簡治·上田万年編,『大日本国語辞典』02, 金港堂書籍, 1916).